P. De Tchihatcheff

Asie Mineure

P. De Tchihatcheff

Asie Mineure

ISBN/EAN: 9783741184161

Manufactured in Europe, USA, Canada, Australia, Japa

Cover: Foto ©Andreas Hilbeck / pixelio.de

Manufactured and distributed by brebook publishing software
(www.brebook.com)

P. De Tchihatcheff

Asie Mineure

ABRÉVIATIONS ET SIGNES

EMPLOYÉS DANS LES DEUX PREMIERS VOLUMES

LA BOTANIQUE DE L'ASIE MINEURE

Alp. — Alpinus (locis alpinis).

Alt. — Altitudo.

An. sc. nat. Sér. T. — Annales des sciences naturelles, Série, Tome.

Austr. — Australis.

Bor. — Borealis.

Bot. Mag. — Botanical Magazine.

Bull. Soc. bot. — Bulletin de la Société botanique de France.

Bull. Soc. nat. Mosc. — Bulletin de la Société des naturalistes de Moscou.

Cat. herb. syr. — Catalogus herbarii Syriaci, par Poel et Maille.

Declivit. — Declivitas.

Engl. bot. — English Botany, par Smith.

Fl. Dan. — Flora Danica, par Œder, Muller, Vahl, Rottboell, Drejer, Schouw et Liebmann.

Fl. gr. — Flora græca, par Sibthorp et Smith.

Fl. Wett. — Œkonomisch-technische Flora der Wetterau, par Gaertner, B. Meyer et J. Scherbius.

Flora. — Journal botanique publié par la Société botanique de Ratisbonne.

Fl. — Flumen.

G. — Genus.

Geopon. — Geoponica.

Græc. hodiern. — Græcorum hodiernorum.

Herb. — Herbarium.

Herb. gr. norm. — Herbarium græcum normale, par Heldreich.

Herb. — Herbosus (locis herbosis).

H. — Hortus.

Hortal. — Hortalanus.

Ic. — Icon.

Ind. — Index.

Ined. — Ineditus.

Infer. — Inferior.

Ins. — Insula, ou Insulis.

Ins. Canar. — Insulæ Canarienses.

Ins. Azor. — Insulæ Azoricæ.

Linn. — Linnæa, journal botanique publié par Schlechtendal.

L. c. — Loco citato, ou locis citatis.

Marit. — Maritimus (locis maritimis).

M. — Mons, ou Montes.

Merid. — Meridionalis.

Mont. — Montosus, ou Montanus (locis montosis, montanis).

Nouv. fl. Pélop., Fl. Pelop. — Nouvelle Flore du Péloponèse et des Cyclades, par Bory de Saint-Vincent et Chaubard.

Pl. d'Or. — Plantæ d'Orient.

Pr. — Prope.

Prdr. fl. gr. — Prodromus floræ græcæ, par Smith.

Prov. Caucas. — Provincia Caucasica.

Reg. — Regio.

Reg. mont. — Regio montana.

Ross. merid. — Rossia meridionalis (à l'exclusion de la Crimée).

Rupestr. — Rupestris. (Locis rupestribus.)

Sec. — Secundum.

Sibir. ural. — Sibiria uralensis.

ABRÉVIATIONS ET SIGNES.

Silval. — Silvaticus (locis silvaticis, regione silvatica).

Sp., ou Spec., ou Spa. — Species.

Subalp. — Subalpinum. (Locis subalpinis.)

Super. — Superior.

† Signe qui indique les espèces indigènes en Europe (à l'exclusion de la Crimée, de la Grèce et des provinces de la Turquie d'Europe.)

» Signe qui indique les espèces exclusivement propres à l'Asie Mineure à l'Arménie, ou à l'Archipel grec.

Observ. Les espèces qui ne sont point accompagnées d'un signe quelconque, sont celles qui habitent à la fois l'Asie Mineure et des régions placées en dehors de l'Europe, mais non dans l'Europe (prise dans le sens restreint sus-mentionné).

AUX MANES DE HUMBOLDT

Si le temple auguste de la nature n'a point d'autel où l'on
ne puisse découvrir le nom de HUMBOLDT gravé en lettres
impérissables, il s'y trouve un sanctuaire qui doit être tout
particulièrement consacré à cette illustre mémoire : c'est le
sanctuaire des sciences destinées à l'investigation des grandes
lois qui régissent la distribution du règne végétal sur la sur-
face de notre globe. Créateur de la GÉOGRAPHIE BOTANIQUE,
appelée à un rôle brillant auquel elle a déjà si noblement
préludé, ALEXANDRE DE HUMBOLDT est le chef légitime de
cette immense et généreuse association qui, à sa voix impo-
sante, s'est organisée comme par enchantement pour éclai-
rer d'une nouvelle lumière les points les plus opposés de
notre planète. Ce fut sous le patronage de ce grand homme,

qui joignit l'exemple au précepte, que des régions inhospitalières et inconnues furent interrogées pour la première fois au nom de sciences dont la voix ne s'était encore fait entendre que dans l'étroite enceinte de l'Europe. Pendant plus d'un demi-siècle, les voyageurs de toute nationalité et de toute position sociale étaient réunis sous le drapeau fraternel portant pour devise le nom prestigieux de HUMBOLDT, devise qui leur rappelait sans cesse que, quelque éloigné que fût le théâtre de leur activité, ils étaient constamment l'objet de la sollicitude vigilante d'un génie tutélaire qui, du fond de Berlin, suivait et quelquefois dirigeait leurs mouvements, assistait et compatissait à toutes leurs peines, à toutes leurs souffrances, et réservait à chacun d'eux le prix de ses travaux. Aussi, quelle n'a pas dû être la douleur du monde savant, et surtout des naturalistes voués aux explorations lointaines, lorsqu'ils virent disparaître de l'horizon l'étoile polaire à laquelle leurs regards comme leurs cœurs se trouvaient invariablement attachés!

Ne pouvant plus, hélas! l'offrir, comme ils en avaient la douce habitude, les dépouilles des régions qu'ils parcouraient en qualité de ses missionnaires, ils viennent aujourd'hui, ô ombre vénérée! les déposer sur ta tombe. Qu'il me soit donc permis, à moi aussi, de délier à ta mémoire ces feuilles fugitives, fruits de douze années de pénibles pèlerinages à travers

les classiques contrées de l'Orient où les conseils m'ont con-
duit, et où, d'après tes inspirations, j'ai cherché de nouveaux
matériaux pour la GÉOGRAPHIE BOTANIQUE, l'aîné et le plus
chéri de tes enfants!

Ce n'est qu'à ces titres que mon humble offrande réclame
sa place au milieu de toutes celles qui pourront orner plus
dignement ton urne cinéraire.

PRÉFACE

I

Depuis la publication de la deuxième partie de l'Asie Mineure[1],
j'ai dû laisser s'écouler quatre années avant de faire paraître la
troisième partie à laquelle la précédente ne sert en quelque sorte
que d'introduction.

En effet, comme j'envisage la question de la végétation particulièrement sous le point de vue de la géographie botanique, mes
études climatologiques ne pouvaient être qu'une préparation pré-
liminaire du terrain que j'allais exploiter dans le présent ouvrage
consacré à l'énumération des richesses végétales de la péninsule
anatolique. Or, c'est précisément la partie de cette tâche qui
m'avait rendu plus sévère sur ses exigences, en sorte que le
nombre et l'étendue des matériaux, qui avaient pu me paraître
suffire au but que je m'étais proposé dans mes études climatologiques, ne répondaient plus à l'importance d'un travail dont ces
dernières n'étaient que les prolégomènes. En conséquence, je me
décidai, en 1858, à reprendre le fil de mes explorations, bien que
leur limites parussent reculer à mesure que je m'efforçais de les
atteindre, et que chaque nouvelle expédition ne me donnât souvent d'autre résultat incontestable que celui de me prouver une
fois de plus combien ce que j'avais fait était insignifiant auprès de
ce qui me restait à faire : pensée décourageante à laquelle ne

1. Asie Mineure. Partie deuxième. Climatologie et Zoologie. 1846.
Paris, chez Gide et Baudry.

s'abandonne que trop aisément l'explorateur isolé qui, comme
moi, a eu l'imprudence de se charger d'une tâche au-dessus des
forces d'un seul homme, en prétendant interroger, au nom de
presque toutes les branches des sciences naturelles et physiques,
une contrée où le plus souvent il ne peut rattacher ses études à
celles d'aucun prédécesseur, et où il compte le nombre de ses
observations par le nombre des périls et des privations de toute
espèce dont elles sont le prix. Aussi, ce qui m'a particulièrement
décidé à faire paraître dès aujourd'hui mon travail sur la végétation de l'Asie Mineure, c'est la conviction que de plus longs retards
n'auraient jamais amené le degré de perfection que je lui dési-
rais, à moins que les conditions défavorables au milieu desquelles
je poursuis ma tâche pénible ne vinssent à changer complétement,
ce qu'aucune prévision ne saurait me faire admettre. Lorsque,
dans son ardeur juvénile, un intrépide ouvrier s'imagine pouvoir
à lui seul construire un somptueux édifice, le temps ne tarde pas
à lui prouver l'audacieuse excentricité de son entreprise; mais
cet ouvrier ajouterait sans doute la pusillanimité à l'extravagance
si, par découragement, il renonçait à l'œuvre de toute une vie, et
s'il ne se résignait point à accepter l'honneur plus modeste d'avoir
élevé les échafaudages qui après lui serviront à la construction de
l'édifice qu'il rêvait. Malgré la défectuosité aussi évidente qu'iné-
vitable de mon travail, j'ai cependant la consolation de croire
qu'il renferme des faits assez nombreux pour permettre de retra-
cer un tableau général de la Flore de l'Asie Mineure, et pour offrir
des données nouvelles et intéressantes à la géographie botanique.

II

Ainsi que je l'ai dit, c'est surtout sous le point de vue de la
GÉOGRAPHIE BOTANIQUE que j'ai étudié la végétation de l'Asie Mineure,
car je suis de ceux qui ont foi dans l'avenir et dans les services
que cette science, jeune encore [1], est appelée à rendre un jour à

---

1. Après ALEXANDRE DE HUMBOLDT, ALPHONSE DE CANDOLLE est incon-
testablement celui à qui cette science doit le plus. La GÉOGRAPHIE BOTA-
NIQUE RAISONNÉE est déjà en possession d'une de ces places qu'il est
presque aussi difficile de conquérir que de perdre. Il n'en est pas moins

la botanique, en fournissant à cette dernière les moyens de constater et de préciser la valeur réelle des caractères qui aujourd'hui servent de base à nos classifications. En effet, cette base c'est l'idée de l'*espèce*, idée tellement complexe de sa nature qu'elle est demeurée à l'état de nuage ou d'énigme pour les plus grands philosophes de l'antiquité, sans en excepter l'incomparable génie d'Aristote[1], et que même de nos jours il y a presque autant de

vrai que le mérite d'avoir marqué à la géographie botanique le rang qui lui est réservé appartient à M. de Humboldt; et j'ai été d'autant plus heureux de lui dédier mon ouvrage, que des liens de sincère affection et de gratitude m'attachent à cet homme illustre. Aussi n'ai-je pas pu me défendre d'un sentiment bien pénible, lorsqu'une impardonnable indiscrétion est venue défigurer cette image immortelle par la burlesque caricature que nous en offrent les fameuses *Lettres d'Alexandre de Humboldt à M. de Varnhagen.* Jamais le respect attaché aux mystères du tombeau n'a été violé d'une manière plus regrettable. On croirait que, possédé du désir de dissiper le prestige dont paraissait être entourée, aux yeux de la postérité, le buste vénérable de Humboldt, l'éditeur de cette correspondance a pris à tâche de le dépouiller de la toge classique pour le livrer à la risée de la foule sous les dehors ridicules du négligé le plus indécent. Rien ne devait manquer au cruel désenchantement des spectateurs : ni la vulgaire vanité d'un bourgeois gentilhomme, qui ne se laisse aborder par ses amis les plus intimes qu'avec le titre d'*Excellence*, et exhibe, comme autant de titres à l'estime de l'Europe, les billets les plus insignifiants reçus de l'étranger, ni les convulsions ricaneuses d'un vieillard bilieux qui ne craint point de souiller de sa bave le front d'un auguste monarque, son bienfaiteur. Voilà sous quel aspect ce livre malencontreux nous représente Humboldt, aspect qu'au reste il ne serait pas difficile de donner aux plus grands hommes de l'histoire, si on allait les guetter dans leur intérieur pour appliquer impitoyablement le daguerréotype à chaque geste, à chaque attitude qui, dans des moments de mauvaise digestion ou de migraine, ont pu leur échapper. Et quand c'est un ami qui s'avise de tirer furtivement de semblables photographies, n'est-on pas dans le cas de s'écrier : « Que Dieu nous préserve de nos amis, car nous saurons nous défendre nous-mêmes contre nos ennemis? »

1. Dans son excellent ouvrage : HISTOIRE NATURELLE GÉNÉRALE DES CORPS ORGANIQUES, t. II, partie deuxième, M. Isidore Geoffroy Saint-Hilaire prouve, par une foule d'exemples, combien les idées d'espèce et de genre étaient vagues chez tous les écrivains anciens. A ces exemples on pourrait ajouter encore ceux que nous fourniraient les opinions de plusieurs botanistes et médecins de l'antiquité sur la prétendue faculté qu'ils attribuaient aux plantes de passer brusquement, et pour ainsi dire sous l'œil même de l'observateur, d'une espèce à l'autre, ce qui naturellement rendrait super-

définitions de l'espèce qu'il y a d'auteurs qui s'en sont occupés, en sorte qu'après tant de siècles d'efforts et de tentatives, nous ne posséderions peut-être pas encore une définition généralement valable, si M. Geoffroy Saint-Hilaire ne fût pas heureusement parvenu à l'énoncer ainsi : « *L'espèce est une collection ou suite d'individus caractérisés par un ensemble de traits distinctifs dont la transmission est naturelle, régulière et indéfinie dans l'ordre actuel des choses* [1]. » En admettant la définition de l'espèce telle qu'elle a été formulée par M. Saint-Hilaire, il en résulte nécessairement que toute différence spécifique suppose deux conditions, savoir : que parmi les traits de dissemblance, ceux qui servent de traits distinctifs soient non-seulement transmissibles, mais encore d'une certaine importance absolue [2], et qu'ensuite les caractères dont la valeur aura été démontrée soient réellement transmissibles, ou, ce qui revient au même, soient doués du degré requis de fixité. Pour réaliser la première condition, il est indispensable de se rendre compte de la nature même des organes, afin de proportionner l'importance des caractères distinctifs à l'importance du

rôle ou impossible toute distinction spécifique. Ainsi Théophraste, *Hist. pl.* 8, 17, admet la métamorphose du froment et de l'orge en *Lolium temulentum* ; selon Pline, 18, 17, 44, l'avoine n'est qu'une dégénérescence de l'orge, et Galenus, *De alim. facult.* 1, 37, nous apprend que son père avait fait une série d'expériences, par lesquelles il parvint à constater que le froment se convertit en *Lolium*, l'orge en *Ægylops*, le millet *panis*, en l'*ima crocea, ægaic*,, en *Coronilla securidaca* (*securins*) et en *Galium aparine* (*aparine*) : c'est-à-dire que, selon Galenus, il y aurait une transition naturelle non-seulement entre les espèces d'ordres différents, mais encore entre les espèces appartenant à des classes différentes, et nommément entre les dicotylédonées et les monocotylédonées.

1. Voy. *Histoire naturelle générale des règnes organiques*, t. II, partie deuxième, p. 437. La définition de M. Saint-Hilaire n'est pas seulement un résumé philosophique et critique des opinions de ses prédécesseurs, c'est l'expression la plus complète qui ait été donnée jusqu'à ce jour de toutes les exigences de la science, si admirablement analysées par ce savant dont le moindre mérite est de justifier le nom célèbre qu'il porte.

2. Il peut y avoir certains traits distinctifs qui se transmettent régulièrement et indéfiniment et qui cependant, par leur peu d'importance physiologique, constituent plutôt des nuances que des caractères spécifiques ; ainsi, pour les végétaux, la taille, certaines teintes, la présence ou l'absence de certains poils ou cils, etc., pourraient souvent être dans ce cas.

rôle qu'ils jouent dans l'économie vitale. Or, la réalisation de
cette tâche est bien plus difficile pour le règne végétal que pour le
règne animal. Dans la zoologie, l'étude physiologique des organes
est facilitée par la manière beaucoup plus précise et plus appréciable dont se manifestent et s'enchaînent les phénomènes de la
vie chez les animaux que chez les végétaux, et souvent aussi par
les dimensions des organes généralement plus considérables chez
les premiers que chez les seconds. Il s'ensuit que tant que la
physiologie et l'organogénie ne nous auront pas éclairés plus
que nous ne le sommes aujourd'hui sur le rôle véritable réservé
dans l'économie vitale aux diverses parties qui constituent les
végétaux[1], nous ne serons jamais parfaitement certains si les
caractères spécifiques que nous empruntons à tel ou tel caractère transmissible ou non transmissible sont physiologiquement
importants ou seulement d'une nature tout à fait subordonnée.
Mais lorsque la physiologie nous aura indiqué ceux des caractères dont la transmissibilité nous intéresse réellement, il restera toujours à constater cette transmissibilité même, c'est-à-dire
à s'assurer si l'importance physiologique conserve toute sa portée sous l'influence du changement dans les conditions du sol, du
climat et de l'altitude, et si ce qui s'était présenté à nous avec
toutes les attributions requises de fixité et d'invariabilité n'est
pas susceptible de se modifier d'une manière plus profonde que
ne le comporteraient les phénomènes du *polymorphisme*, ou bien
ceux des races exclusivement dépendantes des agents souvent arti-
ficiels qui les ont fait naître. Or, bien peu de caractères qui servent de base à notre classification botanique ont été soumis à
cette double épreuve. Aussi, si pour le moment la réunion d'une
quantité considérable de traits distinctifs dont on ne connaît pas
toujours suffisamment la véritable valeur laisse planer encore

---

1. En disant combien il reste encore à faire à l'anatomie, à l'organogénie
et à la physiologie végétales, je suis bien loin de méconnaître tout ce qui
a déjà été fait de nos jours dans cette voie par des savants tels que Hugo
Mohl, Gærtner, Kölreuter, Decaisne, Hofmeister, Payer, Chatin, Naudin,
Schacht, Thuret, Trécul, Al. Braun, Schleiden, et plusieurs autres dont les
noms figureront toujours parmi les promoteurs de ces sciences, trop jeunes
encore pour qu'elles n'aient pas le droit de considérer comme très-modestes
leurs richesses actuelles comparées à celles qu'elles possèderont un jour.

quelque incertitude sur les espèces qui les réunissent, à plus forte raison l'avenir de ces dernières est-il compromis lorsqu'elles ne reposent que sur un petit nombre de semblables caractères. Et cependant, non-seulement une foule d'espèces n'ont d'autres raisons d'être que des fondements aussi fragiles[1], mais encore bien

[1] Je ne puis naturellement pas avoir l'intention de développer ici ce sujet, et de citer aucune preuve à l'appui de mes assertions, d'autant plus que je me propose de traiter un jour cette question dans un ouvrage spécial pour lequel je recueille depuis longtemps des materiaux, et en vue duquel j'ai toujours attaché une grande importance à observer, dans les contrees de l'Orient, les modifications imprimées par les causes locales à celles de nos espèces européennes les plus vulgaires que j'ai été à même d'y rencontrer. Pour le moment, je me bornerai à citer les exemples suivants des caractères vacillants et douteux sur lesquels reposent plusieurs de nos distinctions specifiques, génériques et même ordinales. Le RHINANTHUS CRISTA GALLI L. a été séparé par Ehrh. en deux espèces, savoir : R. MAJOR et R. MINOR, admises comme telles par Benth dans DC. Prdr. et par le plus grand nombre des botanistes. Mais comme il n'y a absolument aucune différence entre ces deux espèces que leur taille, cette distinction n'est pas plus fondée que celle que l'on ferait en zoologie entre les animaux aussi semblables que possible, mais qui différeraient uniquement par leur stature, ce qui ferait presque de chaque espèce de mammifères une centaine d'espèces nouvelles. Or, l'exemple que fournissent les deux pretendues espèces de Rhinanthus n'est pas le seul, car plus d'une espèce ne repose particulièrement que sur des distinctions de dimensions de la totalité ou d'une partie de ses organes, comme il y a des espèces fondées uniquement sur la nature plus ou moins foliacée, ou plus ou moins glabre ou velue de ses organes. Le genre PULSATILLA, détaché du genre ANÉMONE DC. et admis comme tel par plusieurs auteurs, ne se distingue particulièrement des espèces de l'Anemone proprement dite que par les divisions plus ou moins profondes ou plus ou moins variées de l'involucre et de ses folioles. Or j'ai vu plusieurs Pulsatilla qui, sous ce rapport, se rapprochent tellement de l'Anemone que toute distinction crée presque complétement. Le nombre des sépales et des pétales est quelquefois très-variable dans les individus de la même espèce, et cependant Dillenius a converti le Ranunculus ficaria L. en un genre FICARIA admis par De Candolle, et qui no se distingue du genre RANUNCULUS que parce que celui-ci a 5 sépales et 8-10 petales, tandis que dans le genre FICARIA le calice a 3 sépales et 9 petales. Cependant De Candolle lui-même observe que souvent les Ficaria ont 5 sépales et 8-11 pétales; dès lors où placera-t-on la limite entre ces deux genres? Le genre FUMANA, créé par Spach aux depens de la sect. VII du HELIANTHEMUM Tourn. DC. ne diffère du genre HELIANTHEMUM que par des caractères dont la valeur n'est pas plus grande que celle des caractères qui dis-

des genres et même des ordres entiers ne possèdent pour toute garantie d'existence qu'un très-petit nombre de caractères dont l'oblitération ou même la modification suffirait pour faire crouler l'échafaudage tout entier.

Depuis que la doctrine de la stérilité des hybrides a reçu des atteintes mortelles dont elle ne se relèvera jamais, la botanique

tinguent plusieurs espèces les unes des autres. Dans l'énorme famille des COMPOSÉES, les caractères génériques sont principalement empruntés à la monogamie ou hétérogamie des capitules, à la forme et à la disposition de l'involucre, du réceptacle, des akènes, du pappus et de la corolle. Quand tous ces caractères sont mis à contribution, le genre auquel cet ensemble sert de base est parfaitement solide. Mais il y a beaucoup de genres qui ne sont fondés principalement que sur quelques-uns de ces caractères et notamment sur ceux d'entre eux dont la valeur physiologique et la stabilité sous l'influence des agents locaux sont le moins constatées, tels que la nature, la forme et la disposition de l'involucre ou du pappus, la position plus ou moins verticale ou plus ou moins oblique des akènes, leur villosité ou leur glabrisme, etc., et alors les nuances intermédiaires entre des genres ainsi constitués deviennent fréquemment insaisissables. C'est ce qui se rencontre fréquemment, entre autres, dans la longue série de genres fondés aux dépens du genre CENTAUREA de Linné. Le doute et l'incertitude qui se rattachent aux distinctions spécifiques et génériques remontent quelquefois même jusqu'aux distinctions ordinales. Ainsi les JASMINÉES diffèrent des OLÉACÉES particulièrement par la présence de l'albumine dans les semences de l'une, et par sa *rareté*, mais non par son *absence complète* dans celles de l'autre famille, en sorte que quelques espèces des Jasminées qui ont un *peu* d'albumine ne se distinguent plus des OLÉACÉES que par la quantité de cette substance, ainsi que par des sépales à dentelures plus ou moins nombreuses. Le nombre des étamines, soit libres, soit disposées en faisceau, est le caractère principal sur lequel repose la différence entre les CÉLASTRINÉES et les HIPPOCRATÉACÉES. Les OXALIDÉES ne diffèrent des MYRTACÉES que par des feuilles non ponctuées et par le nombre des étamines. Or, ce dernier caractère ne peut guère avoir une importance ordinale et descend tout au plus au rang d'un caractère générique, puisque très-souvent deux genres ne se distinguent l'un de l'autre que par le nombre des étamines (par exemple le genre Azalea à l'égard du genre Rhododendron), et que dans les espèces d'un même genre les premières n'offrent pas toujours le même nombre d'étamines. Les PARONYCHIÉES ne diffèrent principalement des CARYOPHYLLÉES qu'en ce que ces dernières ont les pétales et les étamines le *plus souvent* périgynes, tandis que les PARONYCHIÉES ne les ont périgynes que *très-rarement*. En un mot, il ne serait pas difficile de multiplier les exemples qui prouvent combien les caractères sur lesquels reposent plusieurs de nos ordres pèchent par leur solidité ou leur importance.

a perdu le tribunal le plus puissant qu'elle croyait posséder pour le contrôle et la constatation de la validité des espèces, et il ne lui reste plus que des caractères qui, à cause de leur nature encore plus ou moins douteuse, ne sauraient être employés autrement qu'en masse ou dans leur ensemble, afin que le nombre compense la qualité, et que, ne pouvant pas toujours être pesés, ils puissent du moins être comptés [1].

[1]. La perte d'un critérium aussi important et aussi fortement tranché qu'eût été celui de la stérilité absolue des hybrides est sans doute un mécompte très-douloureux pour les sciences biologiques en général, mais bien plus encore pour la botanique que pour la zoologie, car le règne animal (surtout dans ses classes supérieures) est infiniment plus riche que le règne végétal en traits caractéristiques susceptibles de fournir des éléments de distinction. Non-seulement les animaux présentent des organes plus complexes et plus nombreux que les végétaux, mais encore les premiers ont sur les derniers cet avantage : qu'aux caractères purement matériels et palpables viennent se joindre des caractères puisés dans des facultés qui sont complètement refusées au règne végétal, telles que les sentiments d'affection ou de répulsion mutuelle les mœurs, l'instinct, etc. Sans doute des traits fondés sur cet ordre de choses ne suffisent point pour motiver à eux seuls l'assimilation ou la disjonction des types animaux; mais, ajoutés aux caractères plus solides, ils sont quelquefois de nature à consolider ou à infirmer la valeur de ces derniers. D'ailleurs, ils pourraient souvent servir de contrôle dans les investigations relatives à l'origine de certains animaux apprivoisés ou domestiques dont nous ne connaissons plus avec certitude les souches à l'état sauvage. Ainsi, par exemple, des considérations de cette nature offriraient quelque importance dans la question de savoir si le chacal (Canis aureus L.) est véritablement la souche de notre chien domestique (Canis familiaris L.). Cette question, traitée par M. Isidore Geoffroy Saint-Hilaire (Hist. naturelle générale des règnes organiques, t. III, première partie, p. 101-115) avec la sagacité et l'érudition qui lui sont propres, a été décidée affirmativement, et cela avec une logique d'autant plus rigoureuse que l'illustre savant base son opinion non-seulement sur des caractères physiques, mais encore sur les traits de ressemblance qu'il admet entre les mœurs respectives du chacal et du chien. Or, c'est cette dernière similitude qui est pour moi l'objet de certains doutes que je me promets de soumettre à l'éminent zoologiste. Malgré les assertions de Guldenstädt et de Pallas, jamais, pendant douze années de pérégrinations en Asie Mineure, terre classique du chacal, je n'ai pu constater ni son apprivoisement, ni ses sympathies pour l'homme, ni la naissance d'hybrides entre ces deux espèces à l'état sauvage (bien que ces hybrides aient été produits plus d'une fois en Europe dans les ménageries). Partout et toujours je n'ai vu que des preuves de l'insurmontable aversion de cet animal pour le chien

Or, lorsqu'on se demande quelle voie directe nous conduira à la connaissance vraiment *qualitative* des caractères spécifiques, il est difficile de ne point admettre qu'il ne nous sera possible d'y arriver que lorsque d'un côté la physiologie nous aura éclairés sur le rôle véritable de chacun des organes constitutifs des végétaux, et que de l'autre côté l'observation des influences que subit

et vice versa. Lorsque, le soir, une tente se trouvait saluée par la voix de quelques chacals, cet orchestre naissant provoquait chaque fois une véritable explosion de la part de tous les chiens des villages limitrophes, villages dont souvent je ne découvrais la présence que par cette espèce de feu roulant d'aboiements. Au dire de tous les habitants, jamais chien égaré au milieu d'une bande de chacals n'échappa à leur fureur, de même qu'il était impossible d'arracher ces derniers à leurs implacables adversaires, lorsqu'ils avaient la maladresse de se laisser surprendre par eux, chose très-rare, car il n'y a pas deux autres animaux peut-être qui, en Asie Mineure du moins, s'évitent aussi soigneusement. Le chacal n'approche de l'homme qu'en voleur *, mais jamais en ami ou en suppliant. Quand il est découvert, sa fuite est tellement précipitée que jusqu'à ce jour je ne suis pas encore parvenu à en tuer un seul, malgré les innombrables amorces que j'ai brûlées en honneur de ces visiteurs aussi importuns que mystérieux, genre d'insuccès que je partage au reste avec tous les chasseurs du pays qui, pour s'emparer de l'insaisissable animal, ont recours non à l'arme à feu, mais à la ruse, en lui tendant des pièges. Aussi, si Guldenstädt et Pallas le qualifient « animal humanissimum, homini amicus, » il faudra prendre ces épithètes dans un sens opposé et désigner par humanissimum tout animal qui s'attache à l'homme soit pour le voler, s'il ne peut faire que cela, soit pour le tuer, si ses forces et son courage le lui permettent. Dans ce dernier sens, le tigre et la hyène seraient des animaux humanissima par excellence, et même homini amici, en qualifiant d'amitié (dans tous les cas fort intéressée) toute tendance qu'un animal éprouve à se rapprocher de l'objet de ses désirs. J'ignore si le caractère que je viens de tracer est également applicable au chacal des autres régions, mais je puis assurer que c'est celui qu'il a dans toute l'Asie Mineure, et même dans les parties de la Turquie d'Europe habitées par ce carnassier. Il n'en est pas moins vrai que plus l'identité entre le chacal et le chien se trouve physiquement démontrée, plus on est étonné de voir que ces deux animaux n'ont pu jusqu'à présent se rapprocher l'un de l'autre dans un pays où, ainsi que je l'ai fait observer (loc. cit., p. 758), les antipathies beaucoup plus fondées ; puisqu'il s'agit d'animaux appartenant à deux familles différentes) que les anciens avaient signalées entre le chameau et le cheval ont été complétement effacées par leur longue habitude de se voir ensemble.

* Voyez le passage curieux de Pierre Belon que je cite dans mon Asie Mineure, deuxième partie. Zoologie, p. 641.

le même individu placé dans diverses conditions hygrométriques[1]
et chimiques nous aura permis de décider si l'importance
physiologique des organes végétaux est toujours proportionnée
au degré de fixité et d'invariabilité que doivent avoir les caractères destinés à servir de base aux distinctions spécifiques[2]. Or,
voilà précisément la question à laquelle la géographie botanique
sera à même de nous donner la réponse; en sorte que, de concert
avec la physiologie végétale, elle est appelée à opérer un jour une
véritable révolution dans la classification de notre science, ce qui
naturellement exposera cet édifice, en partie artificiel, à un tel
remaniement que l'on y verra disparaître non-seulement beaucoup d'espèces et de genres, mais peut-être même plus d'un
ordre.

Il est évident qu'à peine sortie de son berceau et se débattant
encore dans ses langes, la géographie botanique ne sera capable
de rendre les services que l'on est en droit d'attendre d'elle que
lorsqu'elle aura à sa disposition tous les éléments nécessaires à
l'établissement d'une théorie basée sur des faits positifs et nombreux. Ce n'est qu'après avoir passé par le creuset d'épreuves
multipliées, que les végétaux pourront nous révéler la véritable
nature de leurs caractères distinctifs; en sorte que si d'un côté

1. Comme il serait fort difficile de soumettre chaque espèce à l'épreuve
des changements climatériques en l'étudiant successivement sous des latitudes variées, on pourra provisoirement se contenter des résultats approxi-
matifs que l'on obtiendrait si l'on cultivait une espèce dans le même lieu
en lui faisant parcourir successivement des altitudes diverses, ce qui tra-
duirait en quelque sorte les latitudes par des équivalents altitudinaux.
Ainsi, comme deux degrés de latitude et 175 mètres d'altitude correspondent à peu près à un degré de température, toute espèce dont la station
aura été élevée ou abaissée de 350 mètres sera censée avoir changé d'un
degré de latitude en plus ou en moins.

2. L'une des méthodes les plus rationnelles et les plus concluantes qui
aient été jamais employées pour la détermination de l'espèce est sans nul
doute la méthode des hybridations, si ingénieusement développée par
M. Naudin, et qui, comme le fait remarquer cet excellent observateur, a
pour but de nous découvrir le point où une espèce commence et celui où
elle finit. Or, rien ne pourrait mieux contrôler la valeur des conclusions de
cette méthode que l'épreuve qu'on leur ferait subir à l'aide des principes
de la géographie botanique, en répétant dans les conditions climatériques
les plus variées les expériences faites à Paris.

nous sommes indubitablement amenés un jour à condamner un grand nombre d'espèces actuellement admises, d'un autre côté nous pourrons peut-être nous trouver dans le cas de reconnaître une valeur spécifique à certaines modifications importantes que ces épreuves auront fait subir aux individus de la même espèce, ce qui naturellement nous forcera alors d'admettre la possibilité de la création de nouvelles espèces à l'époque actuelle. Sans attacher une importance exagérée à une hypothèse dénuée pour le moment de toute preuve positive, il serait difficile cependant de se dissimuler que, sous plus d'un rapport, elle n'a rien de déraisonnable, et qu'elle n'est nullement susceptible d'être réfutée à *priori*, parce qu'elle est loin d'être en contradiction avec la définition même de l'espèce telle que l'a formulée M. I. Geoffroy Saint-Hilaire, et telle qu'elle peut être admise comme l'expression la plus rigoureuse de l'état actuel de la science. En effet, si, ainsi que M. Isidore Geoffroy Saint-Hilaire l'a prouvé, l'invariabilité de l'espèce n'est que *limitée à l'ordre actuel des choses*, tandis que le changement du milieu ambiant a pu et a dû créer de nouvelles espèces par la modification des anciennes, il en résulte nécessairement la question de savoir si l'effet d'un changement donné dans le *milieu ambiant* est le même pour le règne animal que pour le règne végétal, et si ce changement, incapable de déterminer la variabilité de l'espèce dans l'un, est également impuissant pour opérer ce phénomène dans l'autre. Évidemment l'effet produit par le changement du milieu ambiant est proportionné au degré de dépendance dans lequel les êtres organisés sont placés à l'égard de ce milieu ; or, son action est infiniment plus forte et plus efficace sur les végétaux que sur les animaux, et cela notamment pour deux motifs : par la faculté de locomotion et par la faculté de l'instinct que possèdent les animaux, facultés qui font que tandis que ceux-ci ne sont que l'expression indirecte et atténuée de l'action des agents extérieurs au milieu desquels ils vivent, les végétaux, au contraire, en sont l'expression rigoureuse et infaillible. La faculté de locomotion permet à l'animal de quitter les endroits que des causes diverses ont rendus moins propres à son habitation ; il se retire des contrées dont les forêts ont été détruites pour aller les chercher ailleurs ; il abandonne les terrains inondés ou privés de leurs irrigations habituelles ; de plus, il atténue l'action

que pourraient avoir sur lui les contrastes ordinaires ou extraor-
dinaires que présentent les saisons ou les températures diurnes
et nocturnes, en s'abritant contre le froid ou contre la chaleur
dans des cavernes, dans des nids, sur les montagnes, etc. Tout
cela est impossible aux végétaux, qui subissent impitoyablement
les plus grandes vicissitudes locales, et qui, par conséquent, doivent
traduire l'effet de certains phénomènes à l'influence desquels
l'animal peut se soustraire [1]. Dès lors, serait-il tellement hasardé

[1]. En signalant l'importance pour les plantes des influences locales, je
suis loin de vouloir exagérer l'action de la composition chimique du sol,
car je partage complètement l'opinion de M. Thurmann et de M. Alphonse
De Candolle, qui admettent que les conditions purement physiques, c'est-à-
dire l'état d'agrégation des éléments constitutifs du sol, jouent dans l'influence de ce dernier un rôle beaucoup plus important que ses propriétés
chimiques. Il n'en restera pas moins une foule de circonstances ou d'agents
dont la nature et la portée ont jusqu'à ce jour complètement échappé à
l'appréciation de la science, et qui seules pourront expliquer les curieux
phénomènes que nous présentent certaines espèces qui, dans des conditions analogues, s'attachent exclusivement à une localité restreinte, ou bien
qui, placées les unes à côté des autres, offrent dans les phases de leur vie
végétale les différences les plus frappantes ; je me bornerai à citer le célèbre
marronnier des Tuileries autour duquel les promeneurs se groupent chaque
printemps pour admirer son épanouissement qui devance d'une dizaine
de jours celui de ses nombreux voisins. On pourrait dresser un long catalogue d'exemples de ces prédilections ou de ces antipathies locales dont
aucune cause appréciable ne saurait rendre compte, et j'ai recueilli à ce
sujet de nombreuses et intéressantes observations relatives à l'Orient et
surtout à l'Asie Mineure, qui trouveront leur place dans le troisième volume de ma Botanique, où je discuterai également l'importante question des
espèces disputées, question sur laquelle M. Alphonse De Candolle a appelé
l'attention des savants, en se livrant à une étude aussi féconde que neuve
sur l'influence que les événements géologiques antérieurs à notre époque
ont pu exercer sur la distribution actuelle de la végétation. Or, même après
avoir appliqué cette ingénieuse théorie à l'élucidation de plusieurs phénomènes dont elle donne la solution, il restera encore une immense quantité
de cas qui y échappent complètement, et en faveur desquels on ne pourra
se dispenser d'invoquer certaines influences inconnues, éminemment
locales et limitées à l'époque actuelle. Parmi une foule d'exemples qui
rentrent dans cette catégorie, je ne rappellerai que celui fourni par les
trois localités du midi de la France, où l'importation accidentelle d'espèces exotiques ou peu indigènes a été opérée à l'aide de laines étrangères
qui y sont lavées et d'où sont sorties trois intéressantes colonies : Marseille,
Montpellier Port-Juvénal ; et Agde (située à 14 kilomètres au S.-O. de

d'admettre que ce qui de nos jours ne peut plus affecter l'invariabilité de l'espèce dans le règne animal possède encore quelquefois la force de l'atteindre dans le règne végétal? En l'admettant, on n'a point recours à un nouveau principe, on ne fait qu'une application plus large d'un principe reconnu; ce n'est qu'une question de *plus* ou de *moins*. On pourrait s'imaginer la création, de nos jours, d'une nouvelle espèce à l'aide de gradations successives telles, par exemple, qu'il serait possible de les admettre à *priori* dans la conversion d'une variété d'abord en race, et ensuite en espèce indépendante. En effet, puisque la race

Montpellier]. Or, bien que d'un côté ces villes assez limitrophes offrent la plus grande analogie sous le rapport de l'altitude, du climat et de la constitution de leur sol, et que d'un autre côté les laines dont on y fait les lavages viennent des mêmes contrées, néanmoins chacune de ces trois localités n'admet que certaines espèces et en exclut d'autres. Ainsi, d'après l'Énumération des plantes étrangères observées aux environs d'Agde, par MM. P. Lespinasse et A. Théveneau (V. Bull. Soc. bot. de France, T. VI, p. 641), sur 94 espèces ou variétés signalées à Agde : cinquante-neuf se retrouvent également au Pont-Juvénal et à Marseille, tandis que trente-neuf en moins sont exclusivement propres à Agde! Et cependant, lorsqu'on voit parmi ces plantes si singulièrement localisées des espèces qui, comme le TAMARIX CONSTANTINOPOLITANCE Ser. et le THAPSIA BALLNSEA Boiss., sont originaires de Constantinople et de Smyrne, il est impossible d'admettre qu'en parmi toutes les laines apportées depuis un siècle de ces deux villes à Marseille, à Montpellier et à Agde, celles déhiscantes dans cette dernière localité aient été constamment les seules à renfermer les graines des Papilionacées sus-mentionnées; de même on ne conçoit nullement pourquoi certaines espèces exotiques et algériennes se soient laissé importer exclusivement à Agde, et non à Montpellier et à Marseille, puisque les communications entre ces trois villes et l'Espagne ou l'Algérie sont exactement les mêmes et ont pour objet des articles de commerce parfaitement identiques. Or, la même espèce animale introduite de Constantinople, de Smyrne, de l'Espagne ou de l'Algérie à Marseille, à Montpellier et à Agde, ne traduira jamais les différences inappréciables qui se présentent entre le climat de ces trois dernières localités, au point de prospérer dans l'une et de s'éteindre immédiatement dans l'autre; ou elle acceptera les trois localités au même titre, ou elle les refusera également. Il est donc évident que dans le cas sus-mentionné on doit tenir compte de certaines influences locales, inconnues, très-sensibles pour le règne végétal, mais sans aucune valeur pour le règne animal, et puisque ces agents locaux et mystérieux se manifestent d'une manière si énergique dans l'admission ou l'exclusion de certaines espèces végétales, ils pourraient bien aussi posséder le pouvoir d'imprimer des modifications plus ou moins importantes aux espèces qu'ils auront acceptées.

que l'homme crée à volonté, et qu'un concours de circonstances serait également capable de produire, n'est qu'une variété constante et héréditairement transmissible, toute la différence entre l'espèce et la race ne consiste qu'en ce que dans la première cette transmission se fait naturellement et régulièrement, tandis que dans la seconde elle exige l'intervention plus ou moins prononcée de l'homme, ou l'influence de certains agents locaux. Or, du moment où les modifications qui constituent la race se seront assez intimement identifiées avec l'individu qui la représente pour se transmettre héréditairement et indéfiniment, lors même que les agents modificateurs auront cessé leur action directe, toute différence entre la race et l'espèce aura disparu, et la race à son tour sera devenue une véritable espèce.

Je n'ai pas besoin de faire observer qu'en émettant l'opinion *que la variabilité limitée des espèces telle que l'a admise M. Isidore Geoffroy Saint-Hilaire pourrait, à l'égard du règne végétal, être moins limitée qu'à l'égard du règne animal, et que par conséquent la création de nouvelles espèces végétales serait admissible, même dans l'état actuel des choses qui offre aux espèces animales toutes les garanties acquises de stabilité,* cette opinion n'a rien de commun avec celle de l'école de Lamark, qui applique la théorie de la variabilité illimitée, non-seulement aux *espèces,* mais encore aux *classes,* théorie si ingénieusement reproduite en ce moment par M. Charles Darwin dans son remarquable ouvrage *On the Origine of species.* Au reste, M. Darwin est un de ces hommes qu'il n'est point permis de juger définitivement, tant qu'il n'a pas dit son dernier mot. Or, c'est ce qu'il n'a pas encore fait, et c'est ce que tous les naturalistes attendent avec impatience, car tout ce qui est dû à un savant aussi original, aussi consciencieux que l'est M. Darwin, ne saurait être que profitable à la science. Cependant, autant qu'il est possible d'apprécier l'ensemble de sa théorie d'après le remarquable volume qu'il a publié, on ne peut pas ne pas admettre comme fort judicieuses les observations émises à cet égard par M. Bronn[1], ce vénérable doyen des naturalistes, à la couronne duquel l'Institut de France vient d'ajouter un brillant fleuron.

1. Voy. *Neues Jahrbuch für Mineralogie, Geognosie,* etc., von K. C. v. Leonhard und H. G. Bronn Librg. 1860. 1. Heft, p. 113.

III

Quoi qu'il en puisse être de toutes ces hypothèses, que je ne mentionne que pour ce qu'elles valent, il n'en est pas moins vrai qu'elles se rattachent à des questions d'un immense intérêt, dont la géographie botanique seule pourra nous donner un jour la solution. Mais, je le répète, elle ne sera capable de réaliser cet idéal que lorsqu'elle aura élargi considérablement la sphère de ses observations. Loin de se borner à notre Europe trop uniforme pour offrir les conditions voulues, elle devra interroger les contrées des autres parties du monde, parmi lesquelles le continent asiatique se présente d'une manière très-avantageuse aux études de cette nature, et où l'Asie Mineure, nommément, réunit à un degré remarquable les contrastes climatériques les plus tranchés, ainsi que j'ai tâché de le faire ressortir dans la partie météorologique de mon Asie Mineure, et ainsi qu'on eût pu déjà le pressentir rien qu'en jetant un coup d'œil sur le labyrinthe des montagnes qui sillonnent cette contrée en tous sens, aussi bien que sur les contours frangés et ramifiés à l'infini de ses lisières littorales, sans parler de sa position tout exceptionnelle entre deux mers, dont l'une la place pour ainsi dire sous l'action de la zone torride par l'intermédiaire de l'Égypte, et l'autre l'expose à l'influence de la région glaciale par l'intermédiaire des immenses plaines de la Russie.

Ce sont des considérations de cette nature qui, il y a bientôt vingt ans, m'avaient décidé à choisir la péninsule anatolique comme point de départ de mes explorations de l'Orient sous le rapport de la géographie botanique. Je dis *point de départ*, car à cette époque je me trouvais encore sous le prestige de la jeunesse qui ne mesure l'étendue de ses forces que d'après celle de ses aspirations et de ses rêves généreux ; aussi, ce que j'avais admis comme simple point de départ s'est converti pour moi en champ clos, que toute mon existence suffira à peine pour parcourir. J'ai donc dû avant tout délimiter, d'une manière aussi précise que possible, cette enceinte déjà beaucoup trop vaste

pour les efforts d'un seul individu. En conséquence, j'ai adopté
pour mon répertoire botanique les limites suivantes : au Nord,
le littoral septentrional de l'Asie Mineure, compris entre Constantinople (inclusivement) et une bande étroite côtière (inclusivement, qui, sous le nom d'Atchasie, forme une partie du
littoral oriental du Pont-Euxin. Au Sud, la limite est représentée
par la côte méridionale de l'Asie Mineure depuis le cap Khrio jusqu'au golfe de Skanderun, d'où cette ligne continue à l'Est en pas-
sant par Marach et Nisib pour aboutir à Mossul ; là elle tourne sous
un angle aigu au Nord-Ouest en formant une ligne droite entre
Mossul et l'extrémité méridionale du lac Urumia. La limite orientale longe d'abord la côte orientale du lac Urumia ainsi que la
lisière orientale de l'Arménie russe jusqu'à l'extrémité Nord-Ouest
du lac Goktchaï, où elle tourne à l'Ouest pour regagner la frontière turque dans les parages de la petite ville d'Alexandropol, qui
marque la frontière entre les possessions russes et ottomanes ; de
là la ligne continue la frontière orientale de ces dernières jusqu'aux parages du petit fort Saint-Nicolas, et tourne enfin au Nord
pour suivre la lisière orientale de la bande côtière connue sous le
nom d'Awhasie. Enfin, la limite occidentale est formée par le
groupe des îles de l'Archipel, comprises entre le littoral occidental
de l'Asie Mineure et le littoral oriental de la Grèce et de la Thes-
salie [1]. On voit par les limites entre lesquelles j'ai circonscrit la
vaste contrée dont la végétation est l'objet de mon répertoire botanique, que ces limites ne s'accordent pas toujours avec les divisions politiques, et que, d'un autre côté, elles ne sont même pas
basées sur le caractère de la végétation, plusieurs des contrées
dont il s'agit étant encore très-peu connues sous ce rapport. J'ai
donc dû me contenter de réunir les régions qui, tant par leur

---

1. Je n'ai pas besoin de faire observer que ma carte de l'Asie Mineure
ne correspond nullement à l'étendue qu'embrasse la partie botanique de
mon ouvrage. Aussi le troisième volume de cette partie botanique sera
accompagné d'une nouvelle carte qui, sur une échelle beaucoup plus
petite que celle choisie pour ma grande carte, reproduira toutes les contrées comprises entre les limites que je viens de tracer. De plus, par des
teintes conventionnelles, j'essaierai d'y indiquer l'étendue des régions boi-
sées, ainsi que l'extension de certains végétaux les plus importants pour
l'économie domestique, comme les céréales, la vigne, l'olivier, etc.

configuration que par leur contiguïté, pourraient offrir le plus
d'analogie sous le point de vue botanique, et que par conséquent
il eût été peu logique de séparer. C'est pour cette raison que
je n'ai pas cru pouvoir disjoindre l'Arménie russe de l'Arménie
turque, ni la province ottomane où se trouve le lac de Van de la
province persane où est situé celui d'Urumia, ni Constantinople
et ses environs de la côte opposée du Bosphore, ni enfin les îles
de l'archipel grec de la partie de cet archipel demeurée turque, en
dépit des protestations que provoque cette démarcation contre
nature, non-seulement au nom de la géographie, mais encore au
nom des intérêts les plus sacrés de l'humanité. Cependant j'ai
exclu de l'Archipel l'île de Candie par les mêmes raisons qui ne
me permettent point de traiter l'île de Chypre comme un simple
appendice du littoral méridional de l'Asie Mineure ; c'est que l'une
et l'autre de ces îles constituent des surfaces assez considérables et
assez variées pour pouvoir offrir des caractères botaniques qui leur
sont propres et que, par conséquent, l'on n'a pas droit de considérer comme la continuation naturelle de la flore des pays voisins. Quant aux dénominations des diverses régions qui constituent l'Asie Mineure, je me suis servi des mêmes noms empruntés
à la géographie ancienne dont j'ai fait usage dans la deuxième
partie de mon Asie Mineure, en leur conservant l'étendue et le
sens que je leur avais primitivement assignés [1]. Seulement, comme
la partie botanique de mon ouvrage embrasse un aréal beaucoup
plus vaste que la partie précédente, puisque, postérieurement à
la publication de cette dernière, j'ai considérablement élargi la
sphère de mes explorations en les étendant sur une portion de
l'Arménie ainsi que sur les régions encore complétement incon-

1. V. le chapitre IX, p. 391-517 de la *Climatologie de l'Asie Mineure*. Il
est presque inutile de faire observer qu'il ne peut point exister une exacti-
tude mathématique dans cette manière de délimiter les régions de l'Asie
Mineure, car les géographes de l'antiquité sont eux-mêmes plus ou moins
vagues à cet égard. D'ailleurs, ce manque de précision n'a que très-peu
d'importance pour la nature de mon ouvrage ; les localités une fois exactement indiquées, il importe peu de savoir à laquelle des deux provinces
contiguës ces localités devraient appartenir, d'après le sens qu'y attachait
Strabon ou Ptolémée. Aussi, si quelquefois il m'est arrivé de placer tantôt
en Cappadoce, tantôt en Cilicie, la chaîne d'Aladagh, les villages Bereketly, etc., situés sur les confins de ces deux régions classiques, il suffit

nues jusqu'alors du Pont central et du Pontus Polemoniacus, je
dois dire quelques mots relativement au sens dans lequel les
noms de Pont et d'Arménie sont employés dans le présent travail.
J'applique la dénomination de Pont non-seulement à la partie
littorale ainsi désignée par les anciens, mais je la prolonge à
l'Ouest jusqu'à Samsun inclusivement, et au Sud, à travers le Pontus Polemoniacus des anciens, jusqu'à la vallée du Haut-Iris inclusivement. Je sépare la portion littorale du Pont (comprise entre
Trébisonde et Batum) de l'Arménie proprement dite, par la longue
chaîne qui, sous le nom de Kalat-dagh, s'élève au sud de Trébisonde et se replie de là graduellement au Nord-Est, en longeant à
une certaine distance la côte de la mer Noire, pour s'en rapprocher ensuite dans les parages de la rivière Tchoruk. Cette chaîne,
qui porte des noms très-divers selon les localités (Dachimud,
Katcherkar, Kochtar-dagh, etc.), et que, dans sa totalité, j'appelle
chaîne Pontique ou *Taurus Pontique*, fait partie de ce que les anciens désignaient sous le nom de *Montagnes Moschiques*.

Ainsi, conformément à ma délimitation, tout ce qui est situé au
sud de la chaîne Pontique par exemple la vallée du Tchoruk, les
villes de Gumuchhane, Baibut, etc., est censé se trouver dans le
domaine de l'Arménie. Quant à cette dernière, je lui donne également un sens très-large, en y comprenant non-seulement la Grande
et la Petite Arménie, ainsi que l'Arménie russe, mais encore les régions septentrionales du Kurdistan et de la Mésopotamie, deux
contrées que je n'ai point admises en totalité dans mon cadre,
parce que alors je n'aurais plus eu de bornes et que j'aurais pu
tout aussi bien pousser jusqu'au golfe Persique. En conséquence,
je n'ai compris dans la dénomination générale d'Arménie que
les portions du Kurdistan tout à fait contiguës à cette contrée, à
l'exception cependant de la ville de Mossul que j'ai cru devoir faire
entrer dans mes limites, parce qu'elle figure dans la deuxième
partie de mon Asie Mineure comme un des points météorologi-

parfaitement pour mon sujet que le lecteur sache positivement que l'espèce
dont il est question a été observée dans les localités sus-mentionnées, en
lui réservant le droit de les considérer comme rapprochées ou éloi-
gnées, selon qu'il croira les textes de Strabon plus favorables à l'un de
ces noms qui, après tout, n'ont qu'une valeur de souvenirs classiques et
nullement d'actualité géographique.

ques. Toutes les autres portions de la Mésopotamie et du Kurdistan se trouvent rejetées dans le groupe nombreux des pays placés en dehors de mes limites, et que je signale chaque fois qu'une espèce appartenant à mon domaine a été constatée ailleurs; dans ce cas, les régions faisant partie de ce domaine sont toujours séparées par un trait de celles qui ne s'y rattachent point. C'est parmi ces dernières, naturellement, que figure l'Europe, prise dans un sens restreint, car j'en sépare la Grèce, les provinces européennes de la Turquie et la Crimée, et je cite ces dernières comme des régions parfaitement distinctes, ainsi qu'elles le sont en effet, *botaniquement* parlant, ce que j'essaierai de prouver dans le troisième volume de ma *Botanique de l'Asie Mineure* [1]. J'ai cru inutile de mentionner les diverses régions européennes habitées par une espèce, car nos flores fournissent ces renseignements; mais comme il n'est pas indifférent pour la géographie botanique de savoir si une espèce croissant spontanément en Asie Mineure est également établie en Europe, j'ai adopté le signe † pour indiquer son existence dans cette dernière partie; cependant j'ai cru devoir signaler nominativement les régions de l'Europe, dans le cas où *l'habitat* de l'espèce y offre une aire d'expansion remarquablement restreinte. Par contre, les flores non européennes étant souvent aussi rares qu'incomplètes et généralement

[1]. Aussi toutes les fois que je cite la Russie en général ou la Russie méridionale en particulier, il est bien entendu que je ne comprends dans ces dénominations ni la Sibérie, ni le Caucase, ni la péninsule taurique (Crimée). De même, dans mon ouvrage, les termes de *Provinces Caucasiennes* (*Provincia Caucasica*) n'embrassent ni l'Arménie russe, ni la bande littorale nommée *Abhasie*, qui, toutes deux, ainsi que je l'ai déjà fait observer, sont censées faire partie l'une de l'Arménie, et l'autre du Pont. J'attribue de plus à l'Arménie les quelques rares espèces que M. Ledebour signale comme habitant les extrémités occidentales du Caucase, dans les parages des frontières turques (*Caucaso occidentali versus fines turcicas*), car il m'a paru peu logique d'admettre que ces lignes de démarcation conventionnelles que l'on appelle frontières entre deux États ont le pouvoir de neutraliser certaines espèces, comme en politique on neutralise certains cantons ou certaines mers. Évidemment, les espèces signalées sur la frontière entre le Caucase et les provinces turques (provinces qui précisément constituent l'Arménie) appartiennent autant au premier qu'aux dernières.

peu connues, j'ai indiqué en détail les localités de l'Asie, de l'Afrique et même de l'Amérique habitées par les espèces appartenant à l'Asie Mineure, à l'Arménie et à l'Archipel, en sorte que celles qui ne se trouvent que dans ces dernières contrées ainsi que dans d'autres parties du monde, mais non en Europe (prise dans le sens restreint), n'ont aucun signe particulier. Enfin, la figure d'un croissant (( ) a été choisie pour indiquer les espèces qui jusqu'à ce jour n'ont été observées qu'en Asie Mineure, en Arménie et dans l'Archipel [1].

IV

Après avoir indiqué le but, la tendance et les limites de mon ouvrage, j'ai à rendre compte des matériaux dont je me suis servi pour sa rédaction, ainsi que de la méthode systématique que j'ai choisie. Depuis Tournefort, le nombre des botanistes qui ont visité l'Asie Mineure n'a présenté un chiffre notable que de nos jours, où l'on a vu successivement descendre dans l'arène : Sintenis, Aucher-Éloy et Montbret, Jaubert, Grisebach, Koncey, Boissier, Heldreich, C. Koch, M. Wagner, Clementi, Balansa, Huet du Pavillon, etc. Malgré les remarquables services que ces savants, mais surtout *Kotschy* et *Balansa*, ont rendus à l'étude de la végétation de l'Asie Mineure, leurs belles récoltes ne pouvaient suffire aux éléments d'un tableau général de la flore de *toute* la péninsule anatolique, tant que cette vaste contrée continuerait à offrir des lacunes nombreuses constituant une véritable *terra incognita* non-seulement pour la botanique, mais encore pour toutes les branches des sciences exactes; en sorte que les localités explorées par les savants que je viens de citer représentaient autant d'oasis fleuries au milieu d'immenses surfaces stériles. Ce sont ces dernières que j'ai tenté de faire disparaître en rattachant le connu à

1. Je n'ai dévié du principe de n'admettre dans mon répertoire que des espèces constatées entre les limites sus-mentionnées, qu'en faveur des genres PHYSAUINE et CALYPTOPERA, tous deux ne renfermant que des espèces caucasiennes et persanes; mais comme ces genres faisaient partie du manuscrit de M. Fenzl, je n'ai pas voulu les en exclure et priver les botanistes d'un travail très-important.

l'inconnu. Malheureusement, l'inconnu composait encore la majorité de l'Asie Mineure. Ainsi, à l'époque où, il y a treize années, j'ouvris ma première campagne, les parties intérieures du PONT, de la PAPHLAGONIE, de la CAPPADOCE, de la MYSIE, de la GALATIE, de la CILICIE PÉTRÉE, de l'ANTI-TAURUS, de l'ARMÉNIE BORÉALE, etc., étaient plus ou moins un sol vierge pour les botanistes, ce qui constituait des lacunes d'autant plus importantes que l'on savait exister dans ces contrées des massifs montagneux aussi considérables que nombreux, et entre autres l'ARGÉE, le BINGŒLDAGH, le PARYADRÈS, l'ALA-DAGH GALATIEN (*Olympus Galaticus* des anciens), le YULDIZDAGH, l'AK-DAGH (en Galatie), le KROMADAGH (chaîne qui borde la rive orientale du grand lac salé de la Lycaonie), l'ERIXDAGH, le SULTANDAGH, les chaînes du LATMUS et de LIDA en Carie, et tant d'autres systèmes de montagnes vaguement indiqués sur nos cartes, ou seulement connus par le témoignage des anciens dont les noms grecs et latins étaient à peu près tout ce que l'on en possédait. Ce sont donc ces massifs montagneux que je me suis attaché à explorer ainsi que les vastes espaces intermédiaires qui les relient, espaces qui (les massifs sus-mentionnés y compris) constituent plus du tiers de la superficie de la péninsule anatolique. Grâce aux efforts des botanistes cités plus haut et à douze années d'explorations, pendant lesquelles j'ai sillonné l'Asie Mineure dans tous les sens [1], les matériaux se sont accumulés à un tel point, qu'en ce moment il est permis d'aborder une entreprise qui, il y a douze ans, eût été impossible, savoir : celle d'ébaucher un tableau botanique non de quelques portions, mais de la *totalité* de l'Asie Mineure, en donnant une *énumération complète de toutes les espèces spontanées phanérogames et cryptogames qui y ont été observées jusqu'à ce jour*. Or, cette énumération, la première qui ait jamais été

1. Le nombre total d'espèces (en y comprenant celles de Constantinople, de Brousse, de l'Olympe et de Smyrne qui ne se trouvent point représentées dans mon herbier) que j'ai recueillies de mes propres mains pendant mes explorations en Asie Mineure peut être évalué à environ 4500, parmi lesquelles 70 nouvelles ainsi qu'un genre nouveau (Tchihatchewia). Quant au nombre des localités dont j'ai mesuré l'altitude, il se monte à 800, dont 611 indiquées dans le premier volume de l'*Asie Mineure* (p. 554), et environ 200 encore inédites, effectuées postérieurement à la publication de ce volume. Il est probable que ma prochaine campagne portera le grand total de mes déterminations hypsométriques à près de mille.

tentée, ne comprend pas moins de 6803 espèces (dont 5701 dicotyl.
et 836 monocot., distribuées en 131 ordres et 967 genres[1], ce qui
sans doute constitue des éléments capables de fournir des bases
solides à une flore de ces contrées. En effet, quoique peu connues
encore dans leurs détails, elles ont été cependant suffisamment
examinées pour qu'aucun type saillant et caractéristique ait
échappé à l'attention des botanistes; et d'ailleurs, quelque large
part que l'on fasse aux différences que les diverses régions de
notre globe doivent offrir entre elles sous le rapport de la variété
et de la richesse de la végétation, ce serait pour ainsi dire rompre
les proportions de la symétrie générale de la nature, que de vouloir supposer en faveur de l'Asie Mineure des anomalies encore
plus considérables que celles qui y sont déjà constatées, et qui lui
assurent une supériorité marquée sur toutes les régions connues[2].
Il est donc permis d'admettre que l'immense répertoire que je suis
parvenu à réunir représente assez exactement l'inventaire de la
richesse réelle de l'Asie Mineure; ce que l'on y ajoutera plus
tard ne changera pas sensiblement la physionomie générale de sa
flore, car l'acquisition de nouvelles espèces se trouvera souvent
neutralisée par l'abrogation de plusieurs autres qui y avaient été
accueillies comme telles.

On conçoit aisément qu'il ne pouvait entrer dans mon plan de
remplir rigoureusement toutes les conditions d'une FLORE, en
donnant la diagnose de chaque espèce. Une telle tâche aurait porté

---

1. N'appartenant nullement à l'école des spécialistes, je ne crois pas
m'être exposé au reproche d'avoir trop multiplié les espèces, et par conséquent d'avoir reproduit les mêmes formes sous des noms différents; je
crains plutôt d'être tombé dans l'excès contraire, en réunissant fréquemment, à titre de synonymes ou de variétés, des espèces généralement admises
comme autant de types spécifiques distincts.

2. D'après le *Sylloge floræ Europææ* de Nyman, la totalité des espèces
que contient l'Europe, prise dans le sens le plus étendu, est de 9000. Or,
si l'on en retranche les espèces appartenant exclusivement à la Roumélie, la
Grèce et la Crimée, la flore européenne proprement dite se trouverait
réduite à 8699 espèces, et par conséquent elle n'aurait que 1896 espèces
de plus que l'Asie Mineure qui, cependant, ne constitue qu'un tout petit
canton comparé à la vaste étendue du continent européen, dont plusieurs
régions, comme l'Espagne et l'Italie méridionale, se trouvent à peu près
sous les mêmes latitudes que la péninsule anatolique.

mon ouvrage à cinq ou six volumes ; de plus, dans le cadre général de mon *Asie Mineure*, la partie botanique aurait figuré d'une manière par trop disproportionnée comparativement aux autres parties destinées à la Géographie, à la Climatologie, à la Géologie et à l'Archéologie. A l'exception de certaines espèces dont je vais parler tout à l'heure, je me suis donc borné à signaler les autres seulement par leur nom, en indiquant avec la plus grande précision les autorités qui en constatent l'existence dans les contrées qui m'occupent. Cependant, lors même que mon ouvrage ne fait que citer des espèces déjà observées en Asie Mineure par mes prédécesseurs ou par mes contemporains, il élargit toujours l'aire d'expansion qui leur avait été assignée dans cette région, et il fournit aux botanistes l'avantage de trouver rattachées à des localités précises un grand nombre d'espèces dont l'habitat n'avait pu être signalé dans le *Prodrome* de De Candolle ou dans les *Index* de Fischer que par le mot vague « en Anatolie[1] » (in *Anatolia* ou *Natolia*), ou par l'expression plus vague encore « en Orient » (in *Oriente*). Je ne parle point ici de plusieurs espèces de M. Boissier, qui jusqu'à ce jour n'avaient figuré que comme exclusivement propres à la Syrie, à la Perse ou à l'Asie centrale et méridionale, mais dont la présence et souvent même l'extension assez considérable en Asie Mineure ont été révélées soit par mes propres recherches, soit par

---

1. Rien ne donne une idée plus frappante de l'ignorance complète où l'on se trouvait à l'égard de l'Asie Mineure, même à une époque assez rapprochée, et, dans tous les cas, très-postérieure aux voyages de Tournefort et d'Ollivier, que la manière dont cette contrée est mentionnée dans les premiers volumes du *Prodrome* de De Candolle. Je n'en finirais point si je voulais citer les erreurs, les contre-sens et les expressions vagues qui s'y rencontrent presque chaque fois qu'il s'agit de l'Asie Mineure, de la Syrie et de la Perse, trois contrées qui souvent y sont tellement confondues qu'il devient impossible de les distinguer l'une de l'autre. Ainsi la province persane *Adzerbeidjan* et le lac turc l'remia y sont censés appartenir à la Russie. (*Voy. Centaurea squarrosa, Cent. ustulata*, etc. Prdr. VI. 76.) D'autres fois, une portion de l'Asie Mineure est citée comme un pays ne faisant point partie de la péninsule; ainsi le *Cardopatium corymbosum* Pers. (Prdr. VI, 518) a pour habitat : rupibus *Barbariæ, Natoliæ et Frondis*, exactement comme si l'on disait qu'une plante habite les trois pays suivants : la France, l'Italie et la *Bourgogne*: enfin le *Thymus punctatus* Fis. est signalé : circa *Angorum ad Mare Nigrum* (Prdr. XII, 108) et *Achillea microlepis* (DC. Prdr. VI, 39) *Anatolia* : pr. *Ancyram* (Angora) ad *Mare*

les observations en grande partie *inédites* c'est-à-dire consignées
seulement dans les étiquettes des collections) de MM. Kotschy,
Balansa, Calwert et Huet du Pavillon.

Je puis donc dire qu'indépendamment des faits absolument nouveaux que renferme mon ouvrage et qui lui assurent un caractère
d'incontestable originalité, il conserve encore ce caractère à un
certain degré, même à l'égard des faits déjà connus, qu'il reproduit en les amplifiant et en les complétant de manière à rehaus-
ser leur valeur et leur portée au point de vue de la géographie
botanique [1].

Les diagnoses que donne mon ouvrage (au nombre de 100 dont
51 *inédites*) sont : d'abord celles des espèces nouvelles et inédites
dont MM. Fischer, Boissier et Fenzl, ont eu l'amitié de me fournir les descriptions, et ensuite celles qui, bien que publiées, ne
se trouvent point dans les ouvrages botaniques que l'on peut appeler classiques et que les hommes de métier sont censés ou posséder ou pouvoir aisément consulter. J'ai cru par là rendre ser-
vice aux botanistes de tous les pays en les dispensant de compulser
de nombreuses brochures ou des ouvrages périodiques difficilement accessibles, ceux-ci par leur prix élevé, celles-là, à cause de
leur nature précaire; car elles ne se composent fréquemment que

Euxinum, ce qui est tout aussi correct, que si, en mentionnant Dijon ou
Lyon, on croyait mieux préciser la localité en ajoutant *sur la côte de la
Méditerranée*. Des bévues semblables prouvent tout à la fois combien l'idée
de l'étude de la végétation de l'Orient au point de vue de la géographie
botanique est encore de date récente, et combien il eût été difficile de la
réaliser, même si on l'avait voulu, tant que l'on ne possédait sur ces régions
que des données vagues ou erronées.

1. Dans l'indication des localités je me suis permis, contrairement à
l'usage généralement adopté, de retrancher le plus souvent la préposition
in (*Phrygia, Bithynia, Caucaso.* au lieu de *in Phrygia, in Bithynia, in Caucaso*. L'omission de cette particule qui, sans ajouter à la clarté du sens,
ne fait qu'allonger inutilement les phrases et leur imprimer une fatigante
monotonie, m'a permis de multiplier des abréviations nécessitées par le
grand nombre de lieux que j'avais à mentionner, et pour l'intelligence desquelles je recommande à l'attention du lecteur la table explicative placée
en tête du premier volume. Grâce à ces abréviations et au choix de la langue
latine, si admirablement concise et colorée, je suis parvenu à condenser,
dans deux volumes faciles à consulter, des matériaux qui, rédigés en français, auraient exigé un développement beaucoup plus considérable.

de feuilles volantes auxquelles, chose très-regrettable, les botanistes confient trop souvent leurs travaux, au risque de les laisser
en dehors de la grande publicité et de les voir disparaître sans
retour. Ainsi, pour ne citer qu'un seul exemple entre mille, on
chercherait vainement dans plusieurs des grandes bibliothèques
de l'Europe, sans en excepter même celles de Delessert et de l'Institut, une série complète de l'*Index seminum horti petropolitani* de
Fischer, qui renferme cependant les diagnoses de plusieurs espèces orientales fort intéressantes et souvent exclusivement limitées
à cette publication, puisque plusieurs de ces espèces ont échappé
même au regard scrutateur de M. Walpers, qui ne les reproduit
point dans son *Repertorium botanicum*. Or, grâce aux échantillons
que M. Boissier a pu se procurer de ces espèces si rares pour en
enrichir son magnifique herbier, il a pu les reconnaître parmi les
plantes recueillies par MM. Balansa, Kotschy, Huet du Pavillon, ou
par moi. Je me suis donc efforcé de remonter à la source, et j'ai
reproduit ces précieuses diagnoses du célèbre botaniste russe. J'ai
fait de même à l'égard de plusieurs publications périodiques de
l'Allemagne, de l'Angleterre, de la France, de la Russie et de l'Italie, qui, telles que la *Flora*, le *Botanical Register*, l'*Œstreichische bo-
tanische Zeitung*, le *Bulletin des naturalistes de Moscou*, le *Bulletin
de la Société botanique de France*, les *Annales des sciences naturelles* [1], etc., sont loin d'être aussi connues et aussi faciles à trouver à l'étranger que dans les pays où elles paraissent. Par contre,
je me suis dispensé de reproduire les diagnoses des espèces décrites soit dans les *Diagnoses plantarum orientalium* de M. Boissier [2], soit dans la *Flora rossica de Ledebour*, soit dans les *Beiträge
zur Flora des Orients* de C. Koch [3], soit enfin dans le *Spirilegium*

---

[1]. Parmi les diagnoses des plantes orientales insérées dans les *Annales
des sciences naturelles*, je n'ai pas cru devoir reproduire celles que M. Boissier avait publiées des plantes d'Aucher, parce qu'elles font partie des
Diagnoses plantarum orientalium, et que d'ailleurs M. Boissier en a fait
des tirages à part, qu'avec sa libéralité accoutumée il a distribués à un
très-grand nombre de botanistes de tous les pays.

[2]. Cependant j'ai reproduit les diagnoses des plantes données par M. Boissier dans son magnifique *Voyage botanique en Espagne*, parce que cet
ouvrage, par son prix élevé, n'est pas à la portée de tous les botanistes.

[3]. C'est sous ce titre que M. C. Koch a réuni des publications bota-

de Grisebach, parce que d'abord ces ouvrages (et particulièrement le premier) doivent nécessairement être supposés en possession de tous les botanistes qui s'occupent de la flore de l'Orient, et qu'ensuite, le nombre d'espèces dont il m'aurait fallu reproduire les diagnoses eût été incompatible avec le cadre que je m'étais tracé. C'est pour ce dernier motif que je me suis vu forcé de renoncer à la réimpression des diagnoses si complètes et si précieuses des *Illustrationes plantarum orientalium* de Jaubert et Spach, bien que ce splendide ouvrage rentre dans la classe de ces publications dont je m'étais imposé le devoir de reproduire les diagnoses, car à cause de son prix il n'est pas généralement accessible, surtout hors de France. Malgré toutes ces restrictions, les diagnoses que j'ai pu reproduire restreindront considérablement le nombre des livres à consulter pour avoir la description de celles des espèces que je ne fais que nommer. Ces livres se borneront à peu près aux *Prodrome* de De Candolle, *Enumeratio plantarum omnium hucusque cognitarum* de Kunth, *Spicilegium floræ rumelicæ et bithynicæ* de Grisebach, *Flora rossica* de Ledebour, *Beiträge zur Flora des Orients* de C. Koch, et enfin aux *Illustrationes plantarum orientalium* de Jaubert et Spach. Il est vrai que cela forme encore un certain appareil bibliographique que quelques-uns pourraient trouver assez considérable; cependant, il se réduit à des proportions bien modestes lorsqu'on le compare à l'immense bibliothèque qu'on eût été forcé de compulser si je n'avais pas épargné au lecteur la peine de remonter chaque fois à la source pour y puiser lui-même les diagnoses que je donne, et dont la découverte m'a coûté quelquefois beaucoup de recherches et de temps.

J'aurais bien désiré pouvoir faire graver sinon toutes, du moins les plus remarquables des espèces soit nouvelles soit non encore figurées dont mon ouvrage donne les diagnoses; c'eût été sans doute le moyen le plus efficace d'augmenter l'importance scientifique de ce dernier. Malheureusement, ici encore ma position d'isolement a manifesté toute son action paralysante. Éditant depuis douze années, exclusivement à mes propres frais, un ouvrage qui, à cause de sa nature spéciale et surtout de son prix élevé, se

qques sur l'Orient disséminées dans les Linnæa; l'ouvrage, qui peut être relié en un volume peu considérable, est d'un prix fort modéré.

rend d'autant plus mal que, par habitude et par principe, je me
suis constamment abstenu des démarches qui seules peuvent assurer aux auteurs soit une grande publicité, soit la coopération indispensable des souscriptions officielles, j'ai dû nécessairement
chercher à restreindre les sacrifices énormes qu'il m'impose et
qui, sous le rapport de la compensation pécuniaire, demeu-
rent pour moi à peu près improductifs et gratuits. En conséquence, je me suis vu forcé de réduire le chiffre de mes planches
botaniques à quarante-quatre [1], chiffre qui ne représente qu'une
très-minime fraction de celui qu'elles auraient atteint si j'avais
été à même de leur donner tout le développement que réclamait
le sujet.

Les quarante-quatre planches, toutes gravées à Paris et dont une
explication détaillée se trouve à la fin du deuxième volume, ont été
exécutées sur des dessins faits d'après nature par les artistes suivants : les dessins des planches 2, 3, 9, 19, 21, 22, 27, 28, 33, 36,
37, 38, 40, 41 et 42, par M. Fischer, à Saint-Pétersbourg, et complètement retouchés à Paris par M. Riocreux conformément aux
indications de M. Decaisne; ceux des planches 1, 4, 6, 7, 8, 10,
11, 12, 13, 14, 15, 16, 17, 18, 20, 23, 24, 25, 30, 31 et 43, par
M. Riocreux, sous la direction de M. Decaisne qui a bien voulu
donner lui-même les analyses; et enfin, ceux des planches 29,
32, 34, 35 et 39, par M. Heyland, à Genève, sous la direction
de M. Boissier, à qui appartiennent les analyses dont ces cinq
planches sont enrichies [2].

Pour chaque espèce qui a été recueillie soit par M. Balansa, soit
par moi, ou bien qui se trouve représentée dans les collections
de M. Kotschy de l'année 1853, dans le *Herbarium græcum normale* de M. de Heldreich, ou enfin dans le *Catalogue des plantes
de la Syrie*, par MM. Puel et Maille, je cite les numéros des collections et herbiers respectifs, en plaçant immédiatement après
l'espèce ou après les synonymes de cette dernière (renfermées
entre des parenthèses) en abréviations initiales, les phrases sui-

1. Et cependant il est déjà bien supérieur à celui des planches qui accom-
pagnent la première partie de mon *Asie Mineure* qui n'en a que vingt-sept.
2. La planche 11, représentant le platane de Godeffroy à Buyukdere, a
été gravée à Paris sur un dessin fait par M. Laurent, le zèle compagnon de
l'infortuné Humboldt de Mali.

vantes : *Tchihat. pl. As. Min. exsicc.* (Tchihatcheff, plantæ Asiæ Minoris exsiccatæ) N°... — *Bal. pl. d'Or.* (Balansa, plantes d'Orient) N°... — *Ky. diar. Cilic. an. 1853* (Kotschy, Diarium ou Iter Cilicium an. 1853) N°... — *Cat. pl. Syr.* (Catalogue des plantes de Syrie) N°...

Les botanistes pourront ainsi contrôler eux-mêmes les déterminations ou les diagnoses des espèces dont il s'agit, en les comparant avec les spécimens originaux. Il est vrai que des collections offertes aux acheteurs ou aux souscripteurs, comme celles de MM. Kotschy, Balansa, Huet et Heldreich, que les principaux herbiers publics ou privés de l'Europe se sont empressés d'acquérir, possèdent, sous le rapport de leur expansion, un avantage que n'ont point mes collections qui ne se composent que d'un petit nombre d'échantillons destinés exclusivement à mon propre usage et n'ayant jamais été l'objet d'une transaction quelconque. Cependant, malgré cet inconvénient, les exemplaires cités de mon herbier sont loin d'être inaccessibles aux botanistes : d'abord, les doubles de toutes les espèces recueillies en 1847, 1848 et 1849 ont été communiqués à M. Fischer, directeur du Jardin botanique impérial de Saint-Pétersbourg, et il est probable qu'après sa mort ils auront été incorporés aux collections de cet établissement constamment ouvert aux botanistes; ensuite, une partie de mes collections recueillies en 1853 a été déposée au Muséum du Jardin des plantes, et une autre partie dans l'herbier de M. Boissier, où se trouvent également les doubles des récoltes faites en 1858. De plus, mon propre herbier, que je serai toujours heureux de mettre à la disposition des botanistes qui voudront bien me faire l'honneur de venir le visiter dans ma demeure constante, 27, *rue Tronchet,* renferme les doubles de toutes mes collections d'Asie Mineure, à l'exception cependant de celle de 1853 qui, ainsi que je l'ai dit, a été intégralement transmise soit au Jardin des plantes, soit à M. Boissier. Toutes les espèces n'étant pas en double dans cette collection, j'ai préféré conserver à MM. Decaisne et Boissier, qui avaient eu l'amitié de se charger de la détermination, tous les éléments nécessaires à leur travail, et je n'ai pas voulu les priver de la possession des exemplaires qui en avaient été l'objet. Aussi, dans les citations de mes collections pour l'année 1853, les numéros marqués de la lettre B. ne se trouvent que dans l'herbier de M. Boissier, et le reste *seulement* dans le Muséum du Jardin des plantes. Je ne dois pas oublier de faire observer que, de même que plusieurs exemplaires des collections de M. Balansa ne portent point de numéros [1], de même plusieurs espèces, dont les localités sont signées T. sans indication de collection ou de numéro, ne se trouvent point dans mon herbier : il s'agit dans ce cas d'espèces recueillies par moi aux environs de Constantinople, à l'époque déjà très-reculée (de 1835 à 1838) où je me trouvais attaché à l'ambassade impériale de Russie, alors que, m'occupant encore très-peu de botanique, je me contentai, à la prière de M. Fischer, de lui envoyer tout ce que, pendant trois années de séjour, j'avais récolté autour de la capitale ottomane dans les environs de Smyrne, de Brousse ou sur l'Olympe, sans conserver les doubles de mes collections. Il ne m'est resté d'autre trace de ces herborisations qu'un catalogue des espèces déterminées par M. Fischer, qui probablement les aura incorporées aux herbiers du Jardin botanique de Saint-Pétersbourg, ce que je ne puis affirmer d'une manière positive, puisque c'est à l'ami et à l'ancien maître, et non au directeur officiel d'un établissement public que s'adressaient mes envois, qui devenaient sa propriété personnelle et dont il avait parfaitement le droit de disposer selon sa convenance. A cette occasion, je dois m'empresser de dire que M. Fischer a eu l'amitié de déterminer non-seulement les plantes dont je viens de parler, mais encore toutes celles recueillies par moi en 1847, 1848 et 1849, et dont les doubles se trouvent dans mon herbier. J'ai eu le bonheur de jouir de garanties non moins sérieuses pour la détermination des collections formées pendant mes campagnes de 1853 et 1858, car elle a été faite par M. Decaisne, et surtout par M. Boissier. Le premier a eu l'amitié de se charger d'une partie de celle de l'année 1853, en soumettant le reste au tribunal si compétent de M. Boissier, qui a le droit incontestable et incontesté de faire valoir sa juridiction exclusive à l'égard d'un grand nombre d'espèces orientales dont personne, autant que lui, n'a enrichi l'immense répertoire. C'est à cet excellent ami, à cet infatigable travailleur, que je dois la détermination de la totalité

1. C'est le cas de toutes les espèces dont les localités sont marquées dans mon ouvrage des initiales B&L, sans indication de numéro de collection.

de mes collections de l'année 1858[1]. Sa complaisance et sa science
ne m'ont jamais fait défaut chaque fois que j'ai eu besoin de l'une
ou de l'autre, et il m'a ouvert ses riches herbiers si admirablement
conservés par M. Reuter, avec une libéralité et un empressement
que les botanistes trouveront plus facile d'apprécier que d'imiter.
Au reste, je me fais un devoir et un plaisir d'ajouter que la patrie
des De Candolle et de Saussure est peut-être l'endroit où l'on a plus
fréquemment qu'ailleurs l'occasion d'aider le savant autant

1. Il faut en excepter cependant les espèces de chêne déterminées par
M. Kotschy, qui a fait de ce genre important et si incomplètement connu
une monographie que les botanistes attendent avec la plus vive et la plus
légitime impatience. Je ne saurais, pour ma part, trop regretter que les
retards apportés par l'éditeur dans la publication de cet ouvrage ne m'aient
pas permis d'en profiter autant que je l'aurais désiré. Je crois devoir rap-
peler ici qu'en examinant les espèces de chêne de mon herbier, dont les
étiquettes étaient marquées par M. Fischer, M. Kotschy y distingua plusieurs espèces qui, postérieurement à l'époque où j'avais recueilli les
spécimens qui les représentent, ont été élevées au rang d'espèces indé-
pendantes; en sorte que plusieurs de ces dernières avaient déjà été découvertes par moi depuis nombre d'années, avant qu'elles eussent été publiées
et décrites comme nouvelles par plusieurs botanistes contemporains. Je n'ai
pas besoin de dire que cela n'enlève point à ces derniers le droit de
priorité, puisque dans les sciences naturelles il appartient non à ceux
qui ont les premiers découvert une espèce dont ils ne soupçonnaient pas
la véritable valeur, mais à ceux qui en ont fourni une diagnose basée sur
une étude plus heureuse des spécimens méconnus. Ainsi M. Kotschy a con-
staté parmi les spécimens de mon herbier, recueillis il y a déjà douze ou
treize ans (en 1847, 1848 et 1849), les espèces suivantes : le QUERCUS
TROJANA C. Koch dans le N° 158, recueilli par moi en 1847, et déterminé par M. Fischer comme variété du Q. Ilex L. (varietas cupula basi
rotundata); le Q. Unguru Ky., dans le N° 161, recueilli par moi en 1849,
et déterminé par M. Fischer comme Q. Ægilops L.; le Q. Trumarchii
Ky., dans le N° 162, recueilli par moi en 1849, déterminé par M. Fischer
comme Q. Libani, et représenté sous ce nom sur ma planche 10 fig. 1,
qui était déjà gravée depuis cinq ans, et où naturellement je me suis
empressé de remplacer le nom erroné par celui qu'a bien voulu adopter le
savant botaniste de Vienne; enfin M. Kotschy a reconnu le Q. Cyanto-
xxxx C. Koch dans la fig. 2 de ma planche 10, où cette espèce se trouvait
figurée (très-imparfaitement à la vérité) sous le nom de Q. Libani Oliv.
Malheureusement l'échantillon original qui avait servi à la détermination
et au dessin n'existe pas dans mon herbier, et sera probablement resté
dans celui de M. Fischer. D'après le catalogue dressé par ce dernier de
toutes les espèces qu'il avait déterminées ou dessinées pour moi, on voit

qu'on l'admire. Enfin, j'ai des obligations très-grandes à un ami non moins affectueux et non moins célèbre, à M. Fenzl, qui a bien voulu non-seulement me donner les diagnoses d'un bon nombre d'espèces nouvelles d'Asie Mineure déposées dans le riche herbier du Jardin botanique impérial de Vienne, qu'il dirige avec une habileté et un zèle infatigables, mais encore me fournir de précieuses observations sur des espèces critiques ou non suffisamment étudiées [1]. Parmi ces observations quelques-unes, il est

que cet échantillon correspond au N° 664, et a été recueilli par moi en 1857, en Isaurie, entre les villages Bachlidja et Sarybala. Quant à la classification de mes chênes, elle ne doit être considérée que comme provisoire, le reste genre *Quercus* attendant une révision complète que nous devrons sans doute à M. Kotschy; aussi ai-je groupé mes espèces de chênes d'une manière très-générale, sauf à les voir reparties plus tard entre les sections et subdivisions qu'aura établies le savant monographe autrichien. De plus, le chiffre de mes espèces n'est qu'une fraction de celui qui représente le nombre total des espèces de chênes connues en Asie Mineure, car M. Kotschy, auquel j'avais communiqué ma liste, m'écrit qu'outre les espèces qu'elle contient il en possède encore une cinquantaine d'autres qu'il se propose de décrire dans son grand ouvrage, ce qui, par conséquent, va porter le nombre des chênes habitant l'Asie Mineure presque au triple de ce qu'en renferme toute l'Europe, puisque M. Nyman n'y compte que 35 espèces !

1. Les différents travaux que M. Fenzl a bien voulu me fournir, et qui constituent une des parties les plus solides de mon ouvrage, ont été réunis dans une brochure sous le titre de : *Diagnoses plantarum orientalium et Observationum botanicarum, auctore Fenzl, in Tchihatcheff Asie Mineure; troisième partie.* Je dois faire observer que j'ai ajouté quelquefois aux citations que fait M. Fenzl des collections de M. Kotschy et d'autres les citations des exemplaires y correspondant empruntés aux collections de M. Balansa et de mon propre herbier. Ces additions se distinguent par l'absence de tout signe, tandis que les citations faites par M. Fenzl, et qui se rapportent à des exemplaires étudiés par lui-même, sont marquées du signe !. Une autre observation que je dois faire encore relativement aux diagnoses inédites de M. Fenzl publiées dans mon ouvrage, c'est que malheureusement plusieurs d'entre elles se trouvent déligurées par des erreurs typographiques assez graves pour troubler ou obscurcir quelquefois le sens; aussi m'empressé-je d'appeler toute l'attention du lecteur sur ce fait regrettable, pour éviter l'inconvénient qui en résulterait pour lui, et d'un autre côté m'épargner le reproche de ne le lui avoir pas signalé. En conséquence, je ne saurais trop l'engager à ne point admettre définitivement le texte des espèces suivantes avant d'avoir consulté les corrections que j'y ai faites, et qui se trouvent consignées dans l'Errata placé

vrai, ne s'accordent point avec les opinions d'autres botanistes
d'un grand mérite ; cependant toute étude faite par un homme
aussi consciencieux ne peut qu'être profitable à la science, et s'il
n'est guère donné à un savant quelconque de prononcer toujours
des arrêts sans appel, personne ne possède plus que M. Fenzl le
talent de faire jaillir la lumière de la discussion, et de manier les
armes de la polémique avec autant de force que de courtoisie et
d'élégance.

Quant à la méthode systématique relative à l'arrangement des
ordres, genres et espèces, je me suis conformé, pour les premiers,
particulièrement à celle adoptée par M. Grisebach dans son *Spicilegium floræ rumelicæ et bithynicæ*, qui m'a toujours paru un
véritable modèle à suivre dans la rédaction des flores locales. En
conséquence, j'ai admis dans mon ouvrage l'ordre dans lequel
les familles se trouvent rangées dans celui de M. Grisebach, en
substituant le mot ORDO au mot FAMILIA, et en adoptant le plus
souvent, pour les déterminations ordinales et génériques, les
caractères exposés dans les GENERA d'Endlicher. Pour la classification des espèces, j'ai généralement suivi celle du PRODROME de De
Candolle, à l'exception des cas où les méthodes employées par Grisebach, l. c., par Ledebour, dans sa *Flora rossica*, ou par d'autres
botanistes de notre époque, m'ont paru préférables. Au reste, je ne
me suis abstenu de plusieurs modifications assez urgentes qui auraient pu être introduites dans les distinctions génériques et spécifiques les plus fréquemment adoptées, que parce que des changements à cet égard eussent rendu fort embarrassante la comparaison
de la végétation de l'Asie Mineure avec celle des pays dont les flores
ont été disposées d'après la classification usuelle ; or ces études
comparées sont précisément celles qui auront la plus large place

à la fin du premier volume. Ces espèces sont : *Trifolium phleoralys*, -
p. 29 et 30 ; *Gypsophila sphærocephala*, p. 106 ; *Alsine tenuifolia*, Crantz,
p. 115, 116, 117 et 118 ; *Cerastium gnaphalodes*, p. 249 et 250 ; observations
de M. Fenzl à l'égard de l'*Alyssum campestratum*, p. 305 et 306 ; *Alyssum
Hoffmannum*, p. 307, 308, 309 et 310 ; *Alyssum Mesopotamicum*, p. 311 ;
Bupleurum asperuloides, p. 117, 118 et 119 ; *Bunium Cilicicum*, p. 112 et
113 ; *Polylophium thalictroides*, p. 113 et 114 ; *Heracleum pastinaca*, p. 437,
438 et 439 ; *Bupleurum radiatum*, p. 121, 123, 124, 125 et 126 ; *Eriocyapha
Kotschyana*, p. 133 et 134 ; *Linaria polyclada* (t. II.), p. 23, 24 et 25 ; *Salvia
argylia* (t. II.), p. 116 et 117.

dans mon troisième volume de la *Botanique de l'Asie Mineure*. C'est pour des motifs de même nature que je ne me suis pas conformé à la méthode si philosophique adoptée par MM. Decaisne et Naoul dans leur *Flora des jardins et des champs*, manuel botanique le plus utile et le plus remarquable peut-être qui ait jamais été publié, et où ces savants auteurs n'admettent qu'à titre de *sous-genres* un bon nombre de *genres* qui, très-certainement, disparaîtront un jour comme tels. D'ailleurs, le système d'épuration suivi par MM. Naoul et Decaisne, et d'une manière plus large encore par M. Naudin, a déjà eu d'illustres représentants à la tête desquels figure De Candolle qui, le premier, porta la hache et la serpe dans l'épaisse forêt de plantes parasites dont se trouvait encombré, même de son temps, le sobre et sévère jardin de l'immortel Linné. Le coup d'œil le plus rapide jeté sur le PRODROME suffit pour apprécier l'étendue de ce travail de déblaiement, véritable nettoyage des étables d'Augias. En effet, presque chacune des sections qui divisent en groupes naturels les espèces du PRODROME sont autant de genres inutiles créés depuis Linné. Bien que l'œuvre monumentale du PRODROME, si admirablement continuée et si substantiellement développée par M. Alphonse De Candolle, qui s'est associé pour collaborateurs plusieurs des plus éminents botanistes de notre époque (Bentham, Boissier, Choisy, Decaisne, Dunal, Meisner, Nees van Esenbeck, etc.), représente aujourd'hui la science sous ses formes, sinon irrévocablement arrêtées, du moins délivrées des contours fantastiques et arbitraires qui la défiguraient, cependant, à mesure que ce prodigieux répertoire avance, les découvertes et les contributions continuelles rendent de plus en plus incomplètes les parties du PRODROME publiées depuis un certain nombre d'années, et réclament impérieusement une révision scrupuleuse, ne fût-ce que pour discuter les titres de la légion de nouveaux hôtes qui y demandent leur place, souvent à la vérité rien que pour avoir changé le nom porté par leurs devanciers. En un mot, les étables d'Augias sont encombrées de nouveau, et cette fois elles attendent non-seulement un nouvel Hercule qui en déblayera l'enceinte, mais encore un nouvel architecte qui consolidera et modifiera les bases mêmes de l'édifice : tant il est vrai que dans leur marche les sciences naturelles se trouvent successivement arrêtées ou gênées,

tantôt par la pauvreté, tantôt par l'excessive richesse de leurs
matériaux.

C'est précisément cette richesse embarrassante qui rend si difficile la tâche de préciser le chiffre réel des éléments d'une flore
locale, et surtout d'une flore intéressant un pays aussi peu connu
que l'Asie Mineure. Au milieu du nombre immense de nouvelles
espèces qui viennent sans cesse et de tous les points du monde
s'adjoindre aux anciennes, on n'est pas toujours certain si l'espèce que l'on enregistre dans son répertoire est réellement pour
ce dernier une nouvelle acquisition, ou bien si elle ne fait qu'y
ajouter, sous un autre nom, ce qui y figurait déjà. Aussi, pour
parer autant que possible à cet inconvénient que l'on peut affai-
blir mais non éviter complétement, parce que les moyens de contrôle n'existent pas toujours, j'ai attaché la plus grande importance à la *synonymie*. C'est dans ce but que je me suis efforcé de
constater l'identité, d'abord entre les espèces recueillies en Asie
Mineure par moi-même et par d'autres botanistes, et ensuite,
entre ces espèces et celles qui les représentent dans les pays voisins et nommément dans la Grèce, pour laquelle l'HERBARIUM GRÆ-
CUM NORMALE et les planches de la FLORA GRÆCA m'ont fourni
de très-bons termes de comparaison. Là où le contrôle, à l'aide
d'herbiers ou de figures, m'était impossible, j'ai eu soin de com-
parer mes échantillons d'espèces déjà connues avec les diagnoses
des auteurs qui les avaient décrites, en sorte que le plus souvent
je n'ai donné place dans mon répertoire qu'aux espèces qui étaient
sorties victorieuses de tous les moyens de contrôle qu'il était en
mon pouvoir de leur appliquer. Quant à celles que je devais admettre sur l'autorité d'autrui, je n'ai rien négligé pour en étudier
la synonymie, et j'ai scrupuleusement consulté les auteurs qui s'en
sont le plus occupés. En citant les synonymes, j'ai naturellement
dû me borner aux auteurs modernes et, à l'exception de Tournefort, des frères Bauhin et de Clusius, exclure ceux d'une époque
antérieure à Linné, ce qui aurait grossi outre mesure mon ouvrage d'un appareil superflu, puisque chacun peut consulter à
cet égard les dictionnaires spéciaux, entre autres le *Nomenclator
botanicus*, de Steudel. Cependant, j'ai cru utile de citer les synonymes principaux et surtout ceux qui ont pour objet les espèces
linnéennes. De plus, j'ai pensé que quand il s'agit d'une contrée

classique à laquelle se rattachent les noms des plus grands naturalistes de l'antiquité[1], il était intéressant d'ajouter aux espèces actuelles les noms sous lesquels les anciens les désignaient, lorsque, bien entendu, on parvient à les identifier avec un certain degré de probabilité, ce qui n'a lieu que pour un très-petit nombre d'espèces. Sous ce rapport, je me suis particulièrement appuyé sur l'autorité de M. Fraas, si avantageusement connu par sa *Synopsis floræ classicæ*, ouvrage bien supérieur aux travaux de cette nature tentés par d'autres auteurs; toutefois, pour les noms des Grecs modernes cités par M. Fraas, je n'ai admis que ceux qui s'accordent avec les renseignements qu'il m'a été possible de recueillir pendant mes voyages en Grèce.

V

L'ouvrage que je soumets au jugement du public ne forme que la première section de la partie botanique de mon Asie Mineure, car l'abondance des matériaux ayant dépassé mes prévisions les plus étendues, il me devint impossible de renfermer dans l'espace de deux volumes l'énumération des plantes connues en Asie Mineure, et les considérations aussi nombreuses qu'intéressantes auxquelles elles donnent lieu. Ces considérations constitueront la partie philosophique, la plus importante peut-être de ma Botanique de

[1]. Il est assez curieux d'observer que c'est en Asie Mineure que sont nés la plupart des grands naturalistes, philosophes et artistes de l'antiquité, tels que Hippocrate, Théophraste, Dioscoride, Arrianus et Galien, pères de la médecine et de la botanique, Hérodote et Strabon, fondateurs de l'histoire et de la géographie, Homère, modèle éternel de la poésie épique, Apelle et Protogènes, créateurs de la peinture. Lorsqu'on voit se concentrer en un seul pays tous les dons de la nature physique et de la nature intellectuelle, on est presque tenté d'admettre que, pour rétablir l'équilibre entre ses enfants, la Providence arrête à dessein la marche trop rapide de celui d'entre eux qu'elle avait le plus favorisé, afin de donner à ses frères déshérités le temps de le rejoindre. Dans ce cas, l'Asie Mineure aura cruellement expié la prédilection dont elle fut l'objet; cependant elle a été traitée d'abord avec trop de largesse pour que des siècles de léthargie aient jamais pu lui enlever ses imprescriptibles avantages, qu'elle ne tardera pas à reprendre du moment où il lui sera permis de briser les chaînes qui la tiennent captive.

l'Asie Mineure. C'est donc à un troisième volume que je réserve
cette étude qui, à mes yeux, est d'une grande valeur, et dont l'appréciation pourra seule permettre à mes juges naturels d'avoir
une opinion définitive sur l'ensemble de mon travail. Excepté la
carte botanique dont j'ai parlé plus haut, le troisième volume
offrira un Index détaillé des espèces et synonymes renfermés
dans les deux premiers volumes, ainsi qu'un supplément qui
signalera les acquisitions que la flore de l'Asie Mineure aura pu
faire postérieurement à la présente publication, soit par les observations d'autres voyageurs, soit par celles que je serai à même
de recueillir pendant la nouvelle exploration que je me propose
d'entreprendre l'année prochaine[1]. Ce sera ma septième cam-

1. On trouvera également à la fin du troisième volume le relevé complet
de toutes les rectifications que les erreurs typographiques ou mes propres
lapsus calami auront rendues nécessaires. Quoique j'aie tout lieu de
craindre que ce relevé (et surtout pour ce qui concerne la deuxième catégorie d'erreurs) n'acquière une fâcheuse extension, je suis persuadé que
les hommes de métier apprécieront les innombrables difficultés que présente
l'impression en latin d'un ouvrage sur la botanique d'une contrée de l'Orient.
Dans une tâche semblable, on a non-seulement l'inconvénient de traiter
un sujet qui, même exprimé en français, serait encore plus ou moins
étranger au personnel d'une imprimerie quelconque (et certes je ne puis que
me louer sous tous les rapports de celle de M. Claye), mais on augmente
singulièrement les perplexités du typographe par le choix d'une langue
d'autant moins intelligible qu'appliquée à la botanique elle devient obscure aux latinistes de profession. Que l'on y ajoute encore cette circon-
stance aggravante : que dans un ouvrage comme le mien l'imprimeur ne
quitte le labyrinthe des termes techniques que pour entrer dans le domaine
de la géographie d'une contrée où les localités portent des noms souvent
difficiles à prononcer pour un Européen, et dont un grand nombre ne se
trouvent ni dans les dictionnaires géographiques, ni sur nos cartes, et l'on
conviendra aisément qu'à moins de trouver des correcteurs également
versés dans la botanique, dans le latin et dans la topographie des régions
les plus inconnues de l'Orient, il restera toujours à la charge exclusive de
l'auteur une masse considérable de corrections, dont quelques-unes pourront échapper à l'attention la plus scrupuleuse, surtout quand il s'agit d'un
ouvrage de plus de mille pages. Au reste, j'ai placé à la fin de chaque volume
le relevé des errata les plus saillants, et je réitère ici la prière que j'ai déjà
adressée au lecteur, celle de vouloir bien consulter les Errata, particulièrement pour les diagnoses inédites de MM. Fenzl et Boissier, dans l'impression
desquelles les erreurs se sont d'autant plus multipliées qu'elles se trouvaient
quelquefois favorisées par l'écriture souvent difficilement déchiffrable des

pagne qui, très-probablement, ne clora point ma longue carrière d'aventureuses pérégrinations. Lorsqu'on a contracté l'habitude de rattacher ses plus doux souvenirs et ses plus ardentes aspirations à l'existence du pèlerin, on ne peut renoncer à l'Orient que quand l'âge ou les infirmités rappellent forcément en Europe. C'est alors seulement que le pèlerin dépose son bâton et salue de son dernier regard les contrées qu'il ne reverra plus, semblable aux enfants d'Ismaël qui ne meurent sur un sol étranger que la tête tournée du côté du soleil levant.

manuscrits de mes deux savants amis. Quant aux tables des noms d'auteurs et des abréviations, tables qui sont placées au commencement du premier volume, elles se rapportent, comme de raison, non-seulement aux deux premiers, mais encore au troisième volume de ma *Botanique de l'Asie Mineure*.

TCHIHATCHEFF.

Paris, le 1er juin 1860.

TABLE ALPHABÉTIQUE

DES ORDRES, GENRES ET SOUS-GENRES[1]

CONTENUS DANS LE PREMIER VOLUME.

[1]. Les noms admis sont en lettres romaines, les synonymes en lettres italiques.

FIN DE LA TABLE ALPHABÉTIQUE.

NOMS[1] DES AUTEURS

cités

DANS LES DEUX PREMIERS VOLUMES

DE LA BOTANIQUE DE L'ASIE MINEURE

Achar. — Acharius.
Adam. — M. F. Adams.
Adans. — Adanson.
Ag. — C. A. Agardh.
Ait. — W. et T. Aiton.
All. — C. Allioni.
Andr. — N. J. Anderson.
Andr. bot. rep. — H. Andrews, the Botanist's repository.
Andrz. — A. Andrzeiowski.
Apic. — Apicius.
Ard. — Petrus Arduinus (Arduin).
Asso. — J. Asso.
Auch. ou Ancher. — Aucher-Eloy.
Audeb. — Audebert.
Bab. — C. Babington.
Bal. — Balansa. Collections, et communications verbales ou manuscrites.
Balb. — J. B. Balbis.
Balb. et Noe. — Balbis et Noë.
Barr. — P. Barrère.
Bartl. — F. G. Bartling.
Bast. — Bastard.
Bauh. — Bauhin.
Baumg. — J. C. G. Baumgarten.
Bell. — L. Bellardi.

Bernh. — J. J. Bernhardi.
Bert. ou Bertol. — A. Bertolini.
Benth. — G. Bentham.
Brot. — V. B. Brotero.
Betch. — E. F. Betche.
Biass. — Biasoletto.
Biv. — A. Bivona Bernardi.
Bluff et Fing. — M. J. Bluff et K. A. Fingerhuth.
Blum. — C. L. Blume.
Bœb. — Bœber.
Bœhm. — J. R. Bœhmer.
Bœnngh. — C. M. F. von Bœnninghausen.
Bœrh. — Herm. Bœrhave.
B. ou Boiss[1]. — Ed. Boissier, Diagnoses plantarum orientalium novarum.
B. An. — Ed. Boissier, plantæ Ancherianæ in Annal. sc. nat. ser. 3, t. XVI, XVII, et ser. 4, t. II; ainsi que dans les tirages à part.
B. Herb. — Herbier de M. Boissier.
B. Voy. Esp. — Boissier dans son Voyage botanique en Espagne.
Bory. — Bory de Saint-Vincent.
Bouc. — L. A. G. Bouc.
Br. (R.). — Robert Brown.

1. Les noms placés en tête de chaque ligne sont les noms abrégés tels qu'ils sont cités dans l'ouvrage, tandis que les noms écrits en toutes lettres sont ceux qui correspondent aux abréviations.

2. Dans l'indication des localités le nom de Boissier est désigné par l'initiale B., et dans celle des synonymes par Bois. L'une et l'autre abréviation se rapportent toujours aux Diagn. pl. or. nov., à moins qu'elles ne soient accompagnées d'une indication différente.

Br. (A). — Alexander v. Braun.
Britt. — Brittinger.
Brongn. — Adolphe Brongniart.
Brot. — F. A. Brotero.
Bge. Mém. — A. v. Bunge, Mémoir. Tamarisc.
Bge in pl. Abich. — A. v. Bunge, plantas Abichianas in itineribus per Caucasum, etc., extrait des Mémoires de l'Académie des sciences de Saint-Pétersbourg.
Burm — N. L. Burmannus.
Cabr. — M. Cabrera.
Calv. — Calvert. Collections faites dans l'Arménie turque.
Camb. — J. Cambessèdes.
Camer. — Camerarius.
Camp. — F. Campdera.
Carmich. — Dugald Carmichael.
Cartign. — V. Cartignani.
Cass. — A. H. G. de Cassini
Cast. — L. Castagne.
Castigl. — L. Comes de Castiglioni.
Cav. — A. J. Cavanilles.
Carol. — F. Carolini.
Caulin. — P. Caulini.
Cels. — Celsius.
Cerv. — Vinc. de Cervantes.
Ces. — V. Cesati.
Chaill. — J. F. Chaillet.
Chandl. — Chandler.
Chamb. — Chambard.
Chav. — E. Chavannes.
Clairv. — De Chairville.
Clarke. — E. D. Clarke.
Claus. — K. Claus.
Clem. — Clemente. Sertum orientale, extrait de Memorie della Reale Accademia delle scienze di Torino, ser. u, t. XVI.
Clus. — Clusius.
Colum. — Columella.
Corane. — Cornaccae.
Coss. — E. Cosson.
Coss. et Germ. — E. Cosson et E. Germain.
Coult. — T. Coulter.
Crantz. — H. J. N. Crantz.
Curt. — W. Curtis.
Cuss. — P. Cusson.
Cyr. — D. Cyrillus.

DC. — De Candolle[1].
DC. Prdr. — De Candolle, Prodromus systematis naturalis regni vegetabilis.
Dene. — J. Decaisne.
Del. — A. Raffeneau-Delile.
Delar. — De La Roche.
Dill. — Dillenius.
De Not. — J. De Notaris.
Desf. — R. L. Desfontaines.
Desm. — C. Des Moulins.
Desr. — L. A. J. Desrousseaux.
Desv. — A. N. Desvaux.
Dietr. (A.). — Albert Dietrich.
Dietr. (D.). — David Dietrich.
Doll. — G. Dolliner.
Doll. — J. Ch. Doll.
Don (G.) — G. Don.
Don (J.). — J. Don.
Drej. — S. Drejer.
Dub. — J. E. Duby.
Dufr. — P. Dufresne.
Duham. — H. L. Duhamel du Monceau.
Dum. — B. C. Dumortier.
Dum. Cours. — J. L. M. Du Mont de Courset.
Dun. — F. Dunal.
Dur. — Durieu de Maisonneuve.
Echl. — C. F. Ecklon.
Eh. — Ehart.
Ehrenb. — C. G. Ehrenberg.
Ehrh. — F. Ehrhart.
Eichw. — E. Eichwald.
Endl. — S. Endlicher, Genera plantarum.
Eschw. — F. G. Eschweiler.
Esp. — E. J. C. Esper.
Ett. — A. E. Ettingsh.
Fabric. — P. C. Fabricius.
Fer. — A. de Férussac.
Ficin. — H. F. Ficinus.
Fisch. — F. E. L. Fischer.
Fisch. et Mey. — F. E. L. Fischer et C. A. Meyer.
F. ou Fenzl. — E. Fenzl.
Flem. — J. Fleming.
Flot. — J. de Flotow.
Forb. — Edward Forbes, Travels in Lycia, vol. II, chap. XIII.
Forst. — Forster.
Forsk. — P. Forskhal.
Fras. — Fraser.
Fr. — Fraas, Synopsis Floræ classicæ.

---

1 Partout où se trouve DC. sans autre indication, il s'agit toujours du Prodromus.

Fort. — Fortis.
Fries. — E. Fries.
Fresen. — J. B. G. W. Fresenius.
Friv. — E. Frivaldszky.
Froel. — J. A. Froelich.
Froer. — L. F. v. Froerep.
Furnr. — A. E. Furnrohr.
Gaertn. — J. Gaertner.
Gasp. — G. Gasparrini.
Gaud. — J. Gaudin.
Gay. — J. Gay.
Gawl. — Gawler ou Ker.
Gilib. — J. E. Gilibert.
Gis. — P. D. Giseke.
Gmel. Junior. — C. C. Gmelin.
Gmel. (S. G.) — S. G. Gmelin.
Godr. — D. A. Godron.
Good. — S. Goodenough.
Gouan. — A. Gouan.
Grat. — Grateloup.
Gref. — J. Greffer.
Gren. — C. Grenier.
Gren. et Godr. — Grenier et Godron.
G. ou Griseb[1] — A. Grisebach, Spicilegium florae rumelicae et bithynicae.
Goldenst. — J. A. Güldenstädt.
Guenn. — J. E. Guenner.
Guss. — J. Gussone.
Habl. — C. L. Hablitz.
Hacq. — Hacquet.
Haenk. — V. Haenke.
Hall. — A. v. Haller.
Haller fil. — J. E. v. Haller.
Hardw. — Thom. Hardwick.
Hasselq. — T. Hasselquist.
Haw. — A. H. Haworth.
Hecht. — J. G. C. Hecht.
Hedw. — Hedwig.
Hegetsch. — J. Hegetschweiler.
Hell. — F. X. Heller.
Heldr. — V. Heldreich. Collections et communications manuscrites.
Henck. — L. F. V. Henckel von Donnersmark.

Hern. — Hornung.
Her. (l') — C. L. l'Héritier.
Herb. — W. Herbert.
Heuf. — Heufel.
Hoffmgg. — Hoffmannsegg.
Hipp. — Hippocrates.
Hochst. — C. F. Hochstetter.
Hoffm. — G. F. Hoffman.
Hook. — W. J. Hooker.
Hohenac. ou Hohen. — Hohenacker.
Hornem. — J. W. Hornemann.
Host. — N. T. Host.
Hoppe. — D. B. Hoppe.
Huds. — C. Hudson.
H. — Hort. du Pavillon. Collections et communications manuscrites.
Hunt. — Will. Hunter.
Jacq. — N. J. v. Jacquin.
Jacqm. — V. Jacquemont.
Jacq. fil. — J. F. v. Jacquin.
Jan. — C. Jan.
Jaub. et Sp.[2] — J. B. Jaubert et Spach, Illustrationes plantarum orientalium.
Jord. — A. Jordan.
Juss. — A. L. de Jussieu.
Ker. bot. reg. — Ker, Botanical register.
Kit. — Kitaibel.
Koch et Ziz. — W. D. J. Koch et J. B. Ziz.
K. — C. Koch, Beiträge zu einer Flora des Orients[3], et communications manuscrites.
K. R. — C. Koch, Reise im Pontischen Gebirge und türkischen Armenien.
Koeh. — Koechel.
Ky. — T. Kotschy. Collections, publications dans l'Œstr. bot. Wochenbl. Reise im cilic. Taurus; Monographie des chênes; communications manuscrites.
Kœn. — J. G. König.
Kœlr. — J. G. Kœlreuter.
Kroch. — A. J. Krocker.
Kunth. — C. S. Kunth.

[1]. Dans l'indication des localités le nom de Grisebach est désigné par l'initiale G., dans celle des espèces par Griseb. Dans l'un et l'autre cas c'est toujours du Spicil. fl. rum. et bith. qu'il s'agit, à moins que ces noms ne soient accompagnés d'une indication différente

[2]. Jaub. désignant les localités, et Jaub. et Sp. les espèces: l'une et l'autre abréviation se rapportent toujours à l'Illustr. pl. or., à moins qu'elles ne soient accompagnées d'une indication différente.

[3]. C'est toujours à cet ouvrage que se rapporte l'initiale K. et le nom C. Koch., à moins qu'il ne soient accompagnés d'une indication différente.

Kunth. Enum. — C. S. Kunth, Enumeratio plantarum hucusque cognitarum.

Kütz. — F. T. Kützing.

Knaf. — G. Knaf.

Labill. — J. J. H. de Labillardière.

Lachen. — W. Lachenal.

Lachm. — E. Lachmann.

Lag. — M. Lagasca.

Lmx. — J. V. T. Lamouroux.

Lmk. — J. B. B. Lamarck.

Lamb. — A. B. Lambert.

Lapeyr. — P. Picot de La Peyrouse.

Laroch. — F. de Laroche.

Ledeb. — C. F. Ledebour, Flora rossica.

Lehm. — J. G. Ch. Lehmann.

Lej. — A. L. S. Lejeune.

Lepech. — J. Lepechin.

Lestib. — F. J. Lestiboudois.

Less. — C. F. Lessing.

Leys. — T. W. v. Leysser.

Lightf. — J. Lightfoot.

Lindl. — J. Lindley.

Lnk. — H. F. Link.

L. — C. A. Linné.

L. fil. — C. A. Linné, filius.

Lisa. — F. L. Lisa.

Littl. — Little-John.

Lodd. — G. Loddiges.

Loch. — D. Lochhart.

Löfl. — P. Löfling.

Lois. — Loiseleur-Deslongchamps.

Lilj. — S. Liljeblad.

Lloyd. — J. Lloyd.

Lond. — J. C. Loudon.

Lour. — Juan de Loureiro.

Lyngb. — H. Chr. Lyngbye.

Maly. — J. C. Maly.

Mar. — J. F. Maratti.

Marg. et Reut. — H. Margot et F. G. Reuter, Essai d'une flore de l'île de Zante.

Mart. — K. F. P. von Martius.

Mass. — G. F. Massara.

Maur. — E. Mauri.

MB. — Marschall von Bieberstein.

Medik. — F. K. Medikus ou Medicus.

Meisn. — C. F. Meisner.

Mert. et Koch. — F. C. Mertens et W. D. J. Koch.

Mey. (C. A.). — Carl Alexander Meyer.

Mey. (E.). — E. H. F. Meyer.

Mich. — P. Micheli.

Michx. — F. A. Michaux.

Mik. — J. C. Mikan.

Mill. — P. Miller.

Mitch. — J. Mitchel.

Mœnch. — C. Mœnch.

Mon. — Monnier.

Montbr. — G. C. de Montbret.

Moq. — A. Moquin-Tandon.

Mor. — J. H. Moris.

Moret. — G. Moretti.

Moul. — C. Des Moulins.

Mühlenb. — H. Mühlenberg.

Müll. — O. F. Müller.

Murr. — J. A. Murray.

Mut. — A. Mutel.

Neck. — N. J. de Necker.

Nees. — C. G. Nees von Esenbeck.

Nestl. — Ch. G. Nestler.

Nolte. — E. F. Nolte.

Nordm. — Nordman.

Nutt. — T. Nuttal.

Nyl. — F. Nylander.

Nym. — C. F. Nyman. Sylloge florae Europææ.

Œd. — C. G. Œder.

Oliv. — W. A. Olivier.

Pall. — P. S. Pallas.

Panz. — G. W. F. Panzer.

Panc. — Joseph Pancvié, Verzeichniss der in Serbien wildwachsenden Phanerogamen; dans les Verhandlungen des Zoologisch-botanischen Vereins in Wien, Band VI, p. 475.

Parl. — Parlatore.

Pohl. — J. E. Pohl.

Poir. — J. L. M. Poiret.

PB. — A. M. T. J. Palisot de Beauvais.

Poll. (J. A.) — J. A. Pollich.

Poll. (C.) — C. Pollini.

Pourr. — Pourret.

Portenschl. — F. de Portenschlag Ledermayer.

Pers. — C. H. Persoon.

Presl. — K. B. Presl.

Pursch. — E. T. Pursch.

Quer. — Quer y Martinez, Don Joseph.

Raf. — C. S. Rafinesque-Schmaltz.

Ram. — L. F. E. Ramond.

Rau. — A. Rau.

Rchb. — L. Reichenbach.

Red. — P. J. Redouté.

Retz. — Abr. Retz.

Ren. — P. A. Renault.

Req. — Requien.

Rœm. et Schult., ou R. et S. — J. J. Rœmer et J. A. Schultes.

Robill. et Cast. — Robillard et Castagne.

Retz. — A. J. Retzius.

Reut. — Reuter.

Rich. (A.) — A. Richard.

R. — Rigler. Die Türkei und ihre Bewohner.

Rich. (L. C.) — L. C. M. Richard.

Roch. — A. Rochel.

Rœhl. — J. Ch. Rœhling.

Rœm. — J. J. Rœmer.

Rchl. — C. F. Reichel.

Roxb. — Will. Roxburg.

Russ. — A. Russel.

Sadl. — J. Sadler.

Salisb. — R. A. Salisbury.

Salzm. — Salzmann.

Saut. — Sauter.

Sav. — C. Savi.

Sauv. — F. Sauvages.

Schtt. — H. W. Schott.

Schtt. et Ky. — Schott et Kotschy.

Schk. — Ch. Schkuhr.

Schimp. — Schimper.

Schlechtd. — D. F. L. v. Schlechtendal.

Schleich. — J. C. Schleicher.

Schleid. — M. J. Schleiden.

Schultz. (C. H. bip.) — C. H. Schultz bipontinus.

Schultz. (F.) — F. W. Schultz.

Schm. — F. W. Schmidt.

Schnizl. — A. Schnizlein.

Schousb. — P. K. A. Schousboe.

Schouw. — J. F. Schouw.

Schrad. — H. A. Schrader.

Schreb. — J. C. D. v. Schreber.

Schult. — J. A. Schultes.

Schweig. — A. F. Schweigger.

Scop. — J. A. Scopoli.

Seb. — A. Sebastiani.

Seb. et Maur. — A. Sebastiani et Mauri.

Seg. — J. F. Seguier.

Ser. — N. C. Seringe.

S. — Dominique Sestini. Voyage dans la Grèce asiatique, à la péninsule de Cyzique, à Brusse et à Nicée. Traduit de l'italien. Londres, 1789.

Sibth. et Sm. — Sibthorp et Smith.

Sieb. — Sieber.

Sm. — J. E. Smith.

Sole. — W. Sole.

Sond. — Sonder.

Spenn. — F. K. L. Spenner.

Spr. — K. Sprengel.

Sturm. — J. Sturm.

St-Am. — J. F. B. de Saint-Amans.

Stechm. — J. P. Stechmann.

Steinh. — A. Steinheil.

Steph. — F. Stephan.

Sternb. — C. v. Sternberg.

Steud. — E. G. Steudel. Nomenclator botanicus.

Stev. — Chr. v. Steven. Verzeichniss der auf der taurischen Halbinsel wildwachsenden Pflanzen; dans le Bulletin de la Société impériale des naturalistes de Moscou, an. 1856 et 1857, t. XXIX, XXX.

Sw. — Olaus Swartz.

Sweet. — R. Sweet.

Sut. — J. R. Suter.

Sutt. — C. Sutton.

Sym. — J. Symons.

Ta. — Tardani, Histoire naturelle de la Bessarabie, Lausanne, 1841.

Targ. — J. Targioni Tozzetti.

T. vel Tchihat. — P. de Tchihatcheff.

Ten. — M. Tenore.

Thom. — E. Thomas.

Thor. — J. Thore.

Thuill. — J. L. Thuillier.

Thunb. — C. P. Thunberg.

Tim. — Timmy.

Tin. — V. Tineo.

Tod. — A. Todaro.

Tomm. — M. Tommasini.

Torr. et Grey. — J. Torrey et A. Grey.

Tourn. — Tournefort.

Trautv. — E. R. Trautvetter.

Trevir. — L. C. Treviranus.

Trin. — C. B. Trinius.

Turr. — A. Turra.

Turcz. — Turczaninow.

Ucr. — B. ab Ucria.

Ung. — F. Unger.

Urv. (D') — J. Dumont D'Urville. Enumeratio plantarum quas in insulis Archipelagi, etc.

Ust. — P. Usteri.

Vahl. — M. Vahl.

Vent. — E. P. Ventenat.

Vest. — L. Ch. v. Vest.

Vill. — D. Villars.

Vis. — R. de Viviani.
Vitm. — F. Vitman.
Viv. — D. Viviani.
Vog. — Vogel.
Willd. — C. L. Willdenow.
Wimm. — G. F. Wimmer.
W. et K. — F. Waldstein et P. Kitai-bel.
Welk. — A. Welbe.
Wahlnbg. — G. Wahlenberg.
W. ou Wag. — Moritz Wagner, Reise nach dem Ararat und dem Hochland Armeniens.
Wall. — N. Wallich.
Wallm. — J. Wallman.
Wallr. — C. F. W. Wallroth.
Walp. — W. J. Walpers.
Web. — G. H. Weber.
Webb. — P. B. Webb.
Weig. — C. F. Weigel.

Welm. — J. A. Weinmann.
Welw. — Welwitsch.
Wender. — G. W. Wenderoth.
Wenz. — H. Wenzel.
Wib. — A. W. F. E. Ch. Wibel.
Wierzb. — Wierzbicki.
Wigg — F. H. Wiggers.
Wikstr. — J. E. Wikström.
Willem. — R. Willemet.
Willk. — M. Willkomm.
Winterl. — Joc. Jon. Winterl.
With. — W. Withering.
Wolfg. — Wolfgang.
Wulf. — F. X. Wulfen.
Wydl. — H. Wydler.
Zaw. — A. Zawadzky.
Zeygh. — Zeynber.
Ziz. — J. B. Ziz.
Zacc. — A. Zaccagni.
Zuccar. — J. G. Zuccarini.

ASIE MINEURE

CLASSIS I. DICOTYLEDONEÆ

DIALYPETALÆ

ORDO I. PAPILIONACEÆ. Endl. gen.

SUBORDO I. PAPILIONACEÆ. DC. Prdr. II. 91.

TRIBUS I. PODALYRIEÆ. Benth. Endl. gen.

SUBTRIB. EUPODALYRIEÆ. Benth. Endl.

I. **Anagyris** Tourn. DC. Prdr. II. 99.

1 † **A. fœtida** L. — Fl. gr., tab. 366. (Ἀνάγυρις Diosc., anagyris
Plin., ἀγριοκουκιά, ἀνάγυρ Græc. hodiern.) Bal. pl. d'Or., 1855.
N° 218. — Herb. græc. norm., N° 102. — Regione calida
Macedoniæ et in Bithynia. G. Ionia, ad Smyrnam in Judæorum
cœmeterio. Bal. Frequens insulis Archipelagi græci. Prdr. fl.
gr., I, 211. Lycia : montibus supra Maselis. Forb. — Frequeo-
tissima Græciæ littoralibus. Fr., Syn. fl. class. — Heldr.

TRIBUS II. LOTEÆ. DC. Prdr. II. 115.

SUBTRIB. I. GENISTEÆ. DC, Prdr. II. 118.

II. **Lupinus** Tourn. DC. l. c. 406.

1 † **L. albus** L. (L. sativus Gater. L. varius Gærtn., non L.)
Pratis circa Byzantium. G. — Provinciis Caucasicis. Ledeb.
Fl. ross. I. 512.

2 † **L. varius** L. (L. semiverticillatus Desr. in Lmk. Dict. L. silvestris *a*, Lmk. Fl. fr.) Nemorosis ins. *Melos*. prope monasterium. D'Urv. Enum.

3 † **L. hirsutus** L. (L. digitalus, Forsk. θέρμος Hippocr. θέρμος ἄγριος Diosc. Lupinus Plin. λούπινα Græc. hodiern.) *Tchihat.* pl. As. Min. exsicc. an. 1859. N° 461 ; an. 1853. N° 20. — Agro *Byzantino*. G. *Lydia :* declivitate merid. montis Tmoli, inter pagos Ovadjik et Kizilkalessi, alt. c. 300°. T. Insulis *Archipelagi.* — *Ægypto.* DC. Prdr. II, 417. *Græcia.* Nym.

4 **L. Græcus** Boiss. (L. hispanicus Boiss. et Rcut.) *Lydia :* vallis *Mæandri* arenosis, prope Tralles. — *Græciæ* cultus inter Spartam et Mistra. D.

5 † **L. pilosus** Murr. in L. non Walll. (L. peregrinus major, etc. Bauhin.; Tourn.) — Variis *Archipelagi* insulis. Prdr. fl. gr. II. 61. — *Græcia.* Nym.

6 † **L. angustifolius** L. non Guss. (L. varius Sav. θέρμος Theophr., θέρμος ἄγριος Diosc., ἄγρια λούπινα Græc. hodiern.) *Bithynia :* ad sinum Mudaniensem G. Ins. *Melos* atque scopulo *Nuovo Cameni*, ad latera vulcani. D'Urv. Enum. — Ins. *Eubœa.* Fr. syn. II. clas.

III. **Lerchoordea** Dolil. Endl. gen.

1) **L. genistoides** Fenzl. in Pugil. atque in Russeg. Reis., t. 1, p. 190. — *Tchihat.*, pl. As. Min. exslcc. an. 1851. N° 3, 188, 203, 292, 663. — *Bal.* pl. d'Or. an. 1851. N° 184; an. 1856. N° 1209. —*Ioniæ* collibus, secus viam a Smyrna ad pagum Ludja ducentem. Bal. *Lycaoniæ* planitie, prope pagum Dokuskban, alt. c. 1500°, nec non in monte Karadagh. T. *Phrygiæ* collibus, prope Tchak, alt. c. 940°. *Ciliciæ* Bulgardagh, ad pagum Gulek, pr. pylas. Bal., *Cataonia* merid. inter vallem Kusanta-su et pagum Kizildagh, locis montosis, altis, silvaticis, alt. c. 1350° T.

2 **L. sericea** Ledeb. Fl. ross. I, 512. — Provinciis transcaucasicis occident., versus *fines turcicas.* Ledeb. l. c.

IV. **Adenocarpus** DC. Prdr. II. 158.

1 A. Græcus Grisch. (Cytisus divaricatus Sm. Prdr. Fl. gr. tab.
701, non l'Hérit. A. orientalis Auch. mss. in itin. ejus ab. ill.
Jaub. edito, p. 770 A. intermedius Lindl. Ononis ramosissima
Friv. herb. rum.) *Bal.* pl. d'Or. an. 1854. N° 188. — *Lydia :*
monte Tmolo, pr. pagum Bozdagh. Bal. — *Macedonia :* formatione fruticum sempervirentium penins. Hajion-Oros, alt.
0–370ᵐ G. *Græcia :* ins. Euboea. Nym.

> *Var.* glabrescens Boiss. (*Bal.* pl. d'Or., an. 1855. N° 189.) *Ionia :*
> collibus ad septentrionem pagi Ludja, pr. Smyrnam. Bal.

2) A. villosus Boiss. — *Lydia :* umbrosis regionis alpinæ
montis Tmoli, ad pagum Bozdagh. B.

> V. **Ononis** L. DC. l. c. ex parte. — Anonis Tourn. — Anonis et
> Natrix Mœnch.

> Sect. I. Natrix Griseb. Spic. II. rum. bith.

1 † O. natrix L. (O. pinguis β L. Natrix pinguis Mœnch. O. pinguis Lmk.) *Bithynia :* Olympo S. — *Græcia.* Nym. *Tauria.* Stev.

2 † O. ramosissima Desf. non Friv. (O. arenaria DC. O. his-
panica L. fil. suppl.? O. virgata Kuntze, O. gibraltarica Boiss.?)
Pamphylia : arenosis maritimis, pr. Adalia. B. herb. *Archipelago.*
Nym. — *Creta.* B. herb.

3 † O. viscosa L. — Fl. gr. tab. 678. (O. glutinosa Presl. O. breviflora DC. et auct. plurim.) Herb. græc. norm. N° 161. —
Arenosis insulæ *Melos.* D'Urv. Enum. *Cilicia campestri* pr. Mersina. Bal. — Submontosis *Atticæ.* Heldr. *Palæstina.* Steud.
Nomen. bot.

4 † O. pubescens L. (O. calycina Lmk. O. arthropodia Brot.
O. Morisoni Gouan.) *Bal.* pl. d'Or. an. 1854. N° 190. —
Herb. græc. norm. N° 663. — Flor. pelop. N° 1111. — *Caria.*
Lycia : monte Tahtalu. B. herb. *Ionia :* ad pagum Kukuludja, pr.

Smyrnam. Bal. *Archipelago.* — *Persia, Algeria.* B. herb. Fruticetis apricis et vineis, ad radices *Atticæ* montis Parnethis. Heldr.

SECT. II. BUGRANA Grisb.

5 † O. arvensis L. Benth. (O. antiquorum Fl. gr. tab. 675.
O. repens Koch. O. spinosa α mitis L. O. hircina Jaq.) Herb.
græc. norm. N° 478. — *Bithyniæ* Olympo. S. — Arvis circa
Athenas, post messem copiose. Heldr. *Serbia.* Pan.

6 † O. spinosa Wallr. (O. spinosa β L. — O. senescens Lapeyr.
O. antiquorum Moris.-Poll.-Koch. et Ziz. Bonaga arvensis.
Medic.) *Tchihat.* pl. As. Min. exsicc. an. 1853. N° 578; an. 1858.
N° 954. — Pr. *Byzantium.* G. *Cappadocia* : inter Mundjalik et
Karabadjeli, locis subplanis, humidiusculis, alt. c. 1500ᵐ. T.
Armenia boreali : circa Erzerum, alt. 1850ᵐ; et *australi* : inter
l'zunlu et Litchka, alt. 1951-2126ᵐ. T. — Provinciis *Caucasicis.*
Ledeb. *Græcia.* Nym. *Serbia.* Pan.

7 † O. antiquorum L. (O. spinosa β glabra DC. Bonaga antiquorum Medic. ὄνωνις Theophr. ἀνωνίς Diosc. ἀνωνίδα Græc. hodiern.)
Archipelagi insulis vulgaris. Prdr. fl. græc. II, 55. *Armenia* :
pr. Erzerum. — *Persia.* B. herb. *Argolide* et *Brotia* vulgaris,
sed altitudinem 163ᵐ haud transgrediens. Fr. syn. fl. class.

8 > O. Kotchyana Fenzl in Pugil. (*Tchihat.* pl. As. Min. exsicc.
an. 1849. N° 116.) *Phrygia* : ad pagum Isparlar-kevi, pr. urbem
Uchak. Bal. *Tauro occident.,* F. Maritimis *Ciliciæ trachæ.* T.,
nec non summis montium supra pagum Kechlik exsurgen-
tium ad NO urbis Tarsus. Bal.

9 † O. mitissima L. (Anonis scariosa Mænch.) *Bal.* pl. d'Or.
an. 1855. N° 490. — *Ciliciæ campestris* regione calida ad pagum
Buluklu, pr. Mersinam. Bal. Frequens ins. *Cos.* D'Urv. Enum.
— *Græcia.* Prdr. fl. gr. II, 56.

10 † O. hirta Desf. (O. hispida Desf. O. hirta spinescens DC.
O. serrata, var. β Boiss., Voy. Esp.) *Ciliciæ campestris* collibus,
ad occasum pagi Sidichig, pr. Mersinam. Bal. — *Palæstina.*
Hispania. B. herb.

11 O. serrata Forsk. *Lyciæ* : ad radices montis Tahtalu. B. herb.
In Ins. *Melos.* Nouv. Fl. d. Pelop. — *Arabia, Ægypto.* insulis
Canariensibus et *Madeiræ.* B. herb. *Sahara algeriensi.* alt. 730^{m}.
Coss., Bul. soc. bot. T. IV, p. 396.

12 ‡ O. diffusa Ten. non Guss. nec Coss. ex B. (O. serrata auct.
non Forsk. O. Dehnhardti Ten.) *Archipelago.* Nym.

13 > O. adenotricha Boiss. (*Bal.* pl. d'Or. an. 1855. Nᵒ 457.)
Phrygia : in dumosis regionis montanæ Cadmi montis, supra
Denizly atque in jugo supra Colossam sito. B. In *Ciliciæ campes-
tris* montibus supra pagum Sedichig sitis, ad NO. Mersinæ. Bal.

14 † O. Columnæ All. — Fl. gr. tab. 676. (O. parviflora Lmk. non
Thunb. O. subocculta Vill. O. minutissima Jacq. Anonis inaperta
Mœnch. Bonaga Columnæ Medic. O. Cherleri L.? sec. Bertol. Fl.
ital.) Herb. græc. norm. Nᵒ 162. — *Caria :* monte Cadmo supra
Denizly. B. *Cilicia campestri :* ad pagum Sedichig, prope Mer-
sina. Bal. — Regione silvatica Olympi *Thessaliæ.* B. herb. *Græ-
ciæ* monte Pindo. Fr. Syn. (l. class.; Heldr. *Tauria.* Provinciis
Caucasicis. Ledeb. fl. ross. I, 514. *Serbia.* Pan. *Algeria,* prope
Djelfa, alt. 1120^{m}. Coss., Bull. soc. bot. de Fr., T. V, 485.

15 ‡ O. Cherleri L. non Forsk. nec DC. (O. mollis Sibth. et
Sm.? O. falcata Viv.) *Lyciæ* Olympo. Forb. *Cilicia campestri :*
ad pagum Buluklu, pr. Mersina. Bal. — Ins. *Cypro.* Pnlr. fl.
gr. II. 57. *Hispania, Italia.* Nym.

16 ‡ O. variegata L. (O. aphylla Lmk.) *Pamphyliæ* arenosis. B. herb.
Insula Cos. D'Urv. Enum. — *Algeria.* B. herb. *Græcia.* Nym.

VI. **Spartium** DC. — Genista subg. Spartium Maout. et Dene.
Fl. eb. et jard.

1 ‡ S. junceum. L. (Genista juncea Lmk. G. odorata Mœnch.
Spartianthus junceus Link). *Tchihat.* pl. As. Min. exsicc. an. 1851.
Nᵒ 450. — *Bal.* pl. d'Or. an. 1854. Nᵒ 191. — *Troadis* littore
merid. inter pagos Ahmetlu et Nuslu, alt. c. 150^{m}. T. *Bithyniæ*
Olympo. S. *Lyciæ* maritimis inter Armetlu et Gaga. Forb. *Ionia,*
pr. Smyrna. T. Ins. Halki, pr. *Byzantium; ad Dardanellas.* G. Col-

libus *Archipelagi* insulis frequens. Prdr. fl. græc. II, 53. *Armenia
rossica*. Ledeb. fl. ross. — *Thracia et Macedonia*. alt. 0-300ᵐ. G.
Frequens *Græcia* ubi in monte Pentala altitud. 325ᵐ attingit.
Fr. Syn. fl. class.

VII. **Genista** L. — Griseb. char. emend..

A. **SPARTOCARPUS** Spach. Ann. Sc. nat., Ser. III, t. II. 240.

Sect. I. Antherospartum Spach. l. c.

1 † **G. candicans** L. (Cytisus candicans L. Cyt. pubescens
Mœnch. G. canariensis Bory et Chaub. ex Boiss.) Agro *Bysan-
tino*, prope Sariyeri. G. — *Græcia*. Nym.

2 › **G. liparoides** Boiss. (Cytisus orientalis Lois.) Declivitate
australi *Lydiæ* montis Tmoli, prope pagum Terrassa in quercetis. B.

3 › **G. Aucheri** Boiss. — *Tchihat.* pl. As. Min. exsicc. an. 1858
Nº 778. — *Galatia* prope jugum Tchitchekdagh (mons florum.).
B.T. *Armenia* · circa Baibut. H.

4 › **G. Tchihatchewi** Boiss. ined. (*Tchihat.* pl. As. Min. exsicc.
an. 1858. Nº 953.) G. ramis lignosis superne ramulos numero-
sissimos tenues strictos adpressissime hirtulos opposite vel
subverticellatim ramosos edentibus, foliis trifoliatis petiolo desti-
tutis foliolis minimis tenuiter lineari-convolutis apice sublincur-
vis obtusis, floribus perparia remotissima subopposita dispositis
racemos laxissimos 5-9 floros formantibus subsessilibus folio
basilari trifoliolato calyce multo breviori suffultis, calycis
adpresse velutini circiter campanulati labio superiori ad
basin usque bipartiti inferiori ad medium tridentato dentibus
omnibus triangularibus acutiusculis, corolla calyce 3-4plo longa
flava adpresse hirsuta, vexillo acuto carina sublongiori ovario
brevi adpresse albo-hirto. — Rami vetusti penna anserina
crassiores, ramuli cum racemo 8-10 pollicares eis G. radiatæ
vix crassiores. Habitus G. cinereæ sed flores 4 lineas tantum
longi. Ex affinitate G. Aucheri Boiss. et G. Montbretii Jaub. et

Sp. differt floribus duplo minoribus et præsertim foliolis tenuissimis 1½-2 lineas longis valde convolutis.

Armenia : inter pagos Avanis et Kortanos, (ad ONO urbis Erzindjan) planitiebus vallibusque excelsis plerumque aridis; gregatim; alt. c. 1000ᵐ T.

5) **G. sessilifolia** DC. (Spartium sessilifolium Spr.) *Galatiæ* collibus. DC. Prdr. II, 150.

6) **G. pulverulenta** Fisch. et Mey. Ann. sc. Nat. ser. IV. T. I. Incruis humilis e rhizomate crasso lignoso multipliciter distortum ramosissimum emittens; ramis abbreviatis divaricatis ramulosis dense foliosis cano-pulerulis; foliis pube alba brevi obtectis et inde glaucescentibus simplicibus imbricatis lineari-ovalibus obtusis (1-2ᵐ longis) supra concavis crassiusculis; floribus 2-3 ad apices ramulorum subsessilibus aut brevissime pedicellatis; calycibus villosis, dentibus tubo fere æqualibus ovatis acutis; vexillo et carina apprime sericeo-villosis. — (*Tchihat.* pl. As. Min. exsicc. an. 1819. Nᵒ 228 et 319.)

Lycaonia : prope pagum Kulukessa, locis subplanis, lapidosis, alt. c. 1030ᵐ; in eadem regione prope lacum Bulukgheel, locis ab aquis lacus amaris hieme plerumque inundatis, alt. c. 931ᵐ. T.

7) **G. Cappadocica** Spach. — *Cappadocia,* J. et S.

8) **G. Jaubertii** Spach. — *Phrygia :* prope pagum Tauchanlu. *Bithyniæ* Olympo J. S.

SECT. II. ACANTHOSPARTUM Spach. l. c.

9 **G. acanthoclada** DC. (Echinophora Prosp. Alpin. G. Alpini Spach. G. Lobelii D'Urv. non DC. Spartium acanthocladum Spr. Spart. horridum Fl. gr. tab. 675, non Vahl. ασπαλαθος Theophr.) *Tchihat.* pl. As. Min. exsicc. an. 1853. Nᵒ 57 bis. — *Bal.* pl. d'Or. an. 1855. Nᵒ 460. Græc., an. 1859. Nᵒ 190. — Herb. græc. norm. Nᵒ 352. — Declivitate boreali *Cariæ* montis Latmus T; *Archipelago.* Spach. *Ciliciæ campestris* regi me calida, ad pagum Baluklu prope Mersina. Bal. — Frequens

Attica, Euboea et *Boeotia* ubi allid. 321° haud transgreditur. Tr. Syn. fl. class.; Heldr.

10 > G. echinus Spach. — *Caria* littoribus. Sp.

11 G. sphacelata Dene. Ann. sc. nat., ser. ii, T. IV, 460. Insulis *Archipelagi.* — *Græcia, Syria,* Spach.

12 G. Melia Boiss. Ins. *Melos.* B.

Sect. III. LEPTOSPARTUM Spach. l. c. p. 256.

13 G. gracilis Spach. — Circa *Byzantium.* — *Græcia.* Sp.

14 G. carinalis Griseb. G. gracilis Spach ? G. incerta Friv.) *Bal.* pl. d'Or. an. 1854, N° 192. — Circa *Bosphorum* montosis G. *Lydiæ* monte Tmolo occident., pr. pagum Dozdagh. Bal. — *Macedonia* et *Thracia,* alt. 0-390° G.

Sect. IV. VOGLERIA Flor. Wetterav. et Spach.

15 > G. Anatolica Boiss. (J. Olivieri Spach. G. hirsuta Vahl. var. orientalis DC.) *Bal.* pl. d'Or. an. 1854. N° 193. — Collibus et montibus siccis *Smyrnæ,* prope Budja nec non in monte Tahtalu, B.; In Isthmo ionico prope Telmesae. DC. Prd. II.

16 > G. Orientalis Spach. — *Ionia* prope Smyrna. — *Syria.* Sp.

17 † G. scorpius DC. (G. spiniflora Lnk. Spartium scorpius L.) *Archipelagi* montibus. — *Græcia.* Prdr. fl. gr. II. 53.

B. STENOCARPUS Spach. Ann. sc. nat. ser. iii, T. III. p. 106.

Sect. I. SPARTIOIDES Spach.

18 G. albida MB. (*Tchihat.* pl. As. Min. exsicc. an. 1858. N° 762 et 812.) *Ponto :* inter Niksar et Dachtchiflik, alt. c. 1500°. T. *Armenia.* Sp.

10 > G. Armeniaca Spach. — *Ionia :* inter pagos Sedikoi et Trianda ad meridiem Smyrnæ sitos in fruticetis. Bal. *Armenia,* circa Erzerum. *Calv.*

20 ♂ **G. tomentella** Boiss. et Noe. — Subalpinis *Anatoliæ orientalis*. B.

21 ♂ **G. Montbretii** Spach. — *Tauro occident.* J. S.

22 ♂ **G. Pestalozzæ** Boiss. (*Bull.* pl. d'Or. an. 1856. N° 901,897 et an. 1857. N° 1211.) *Phrygiæ* collibus prope Uchak, alt. 810ᵐ. Bal. *Lyciæ* monte Bereketdagh. B. *Cappadociæ* monte Karamasdagh, prope Kaisaria situ, nec non jugi Aladagh monte Mesmeney. Bal.

23 ♂ **G. involucrata** Spach. — *Ponto.* J. S.

Sect. II. Genistoides Mœnch. et Spach. l. c.

24 ♂ **G. Pontica** Spach. (*Tchihat.* pl. As. Min. exsicc. an. 1858). Prope *Byzantium.* T. *Ponto australi* : inter Chablanekarahissar et Lidsja, alt. 1500-1700ᵐ. T.

25 **G. spathulata** Spach. — Prope *Byzantium, Bithyniæ* monte Olympo. J. S.

26 † **G. depressa** MB. (G. phylophylla et G. polytricha Spach. — *Tchihat.* pl. As. Min. exsicc. an. 1858, N° 655. — Pr. *Byzantium, Bithyniæ* Olympo. G. *Ponto* : circa Samsun montibus. T. *Rumeliæ* monte Orbelo. G. *Taurin.* Stev. *Podolia.* Ledeb. fl. ross.

β. Lydia Boiss. (G. lydia Boiss. G. leptophylla Spach.?) *Bithyniæ* Olympo. G. *Iona* p. Smyrna. *Lydia* . montibus Sipylo et Tmolo. B. *Troade* : m. Gargara. J. S. (G. leptophylla.)

27 G. ♂ **commixta** Spach. — *Ponto.* J. S.

α. buxifolia ⎱
β. parvifolia ⎰ *Ponto.* J. S.

28 † **G. anxantica** Ten. (G. Janensis Bertol. G. lamprophylla Spach. sec cl. Grisеb.) Circa *Byzantium.* J. S. *Bithynia.* G. — *Neapoli.* Ten.

29 † **G. tinctoria** L. (G. pubescens Lang. G. pratensis ♀ Poll. G. virgata ♀ Willd. Genistoides tinctoria Mœnch. Spartium tinctorium Roth. Carniola tinctoria Medic.) Agro *Byzantino.* G. *Bithyniæ* Olympo. S. — *Serbia.* Pan. Prope *Mæotidem* et circa

ostia Borysthenis, sed non in peninsula *Taurica*. Stev. Provinciis *Caucasicis et Sibiria*. Ledeb. fl. ross. I, 516.

30 † **G. mantica** Poll. (G. tinctoria L. var. DC.?) Inter *Byzantium* et Buyukdere. G.

31 **G. dracunculoides** Spach. (*Tchihat. pl. As. Min. exsicc. an. 1858. N° 275.*) *Armenia borrali :* Inter pagum Sepigor et urbem Erzindjan, alt. 1979-2310ᵐ *T*. — *Kachetia*. Spach.

Species non descripta.

32 ꝺ **G. inops** Boiss. Collibus ad septentrionem *Cappadociæ* pagi Enegil sitis, alt. c. ?500ᵐ. B.

    VIII. **Retama** Boiss. Endl. Griseb. — Spartii spec. L.

1 **R. angulata** Griseb. (Spartium angulatum L. Genista parviflora DC. — Fl. gr. tab. 672.) *Bithynia :* apricis Olympi, pr. Mudania. G.

    IX. **Argyrolobium** Eckl. et Zeyh. — Trichasma Walp — Cytisi subg. Argyrolobium Maout. et Dene. l. c. — Cytisi spec. L. — Chasmone spec. E. Mey.

1 † **A. lotoides** Benth. (Cyt. pauciflorus M. B. Cyt. lotoides Willd. D'Urv. Trichasma calycinum Walp. Chasmone calycina E. Mey.) *Galatia*. DC. Prdr. II. 157. *Ponti collibus circa Trapezunt ubique*. D'Urv. Erzrum. *Tauria*. Stev. *Dalmatia*. Nym.

2 † **A. argenteum** Griseb. (Cyt. argent. L. Chasmone argentea E. Mey.) Olympo *Bithyniæ*. S.

    X. **Calycotome** Link. non E. Mey. — Ononis sect. III. Calycotome DC. Prdr. II, 154. — Cytisi subg. Calycotome Maout. et Dene. l. c.

1 † **C. villosa** Link. (Spartium villosum Vahl. C. spinosus Link. — DC. l. c. C. lanigerus DC. l. c. Spart. spinosum L. Spart. lanigerum Desf. C. spinosus creticus, etc. Tourn.) Bal.

pl. d'Or. 1854. N° 195. — *Tchihat.* pl. As. Min. exsicc. 1849.
N° 144.—*Bithynia* et *Macedonia*, alt. 0-390ᵐ : copiose inter Scutari
et Kartal, ubi cum Poterio spinoso consociata viget; insulis
Halki et Prinkipus solitarie, frequens prope Mudania. G. *Ionia :*
ad Smyrnam collibus incultis. Bal. *Pamphylia :* declivitate meri-
dionali montis Cragi. T. *Lycia :* inter Cybera et Bulhon. Forb.
Frequens Ins. *Melos.* D'Urv. Enum., nec non ins. *Sapienza :* Nouv.
Fl. Pelop. — *Græcia :* regione inter Argos et Korinthos ; insula
Eubœa : monte Xirabunis usque alt. 486 m. Pr. syn. fl. class.

XI. **Cytisus** L. sp. excl.

SECT. I. ALBURNOIDES DC. Prdr. et parte.

1 † **C. biflorus** l'Herit. (C. cinereus Host. C. macrospermus
Bess. B. hirsutus et supinus MB. C. glaber β L. M. C. Ratisbo-
nensis Schœf.) — *Bithynia :* prope Bolu. G.

2 **C. Ponticus** Willd. (C. Ponticus humifusus, magno flore ex
luteo purpurascente Tourn. Cor. 44.— Herb. Tourn.) Regionis
mediterraneæ montanæque silvis. *Bithynia* et *Thracia*, alt.
0-812 m : sparse in castanetis Olympi Bithynici et quercuum
fruticetis, colle Bulguriu prope Scutari ; silva Belgradensi cis
Bosphorum. G. *Galatia :* inter Beibazar et Ayach, alt. 0-960ᵐ T.

3 † **C. ramosissimus** Ten. (C. argyreus Rafibch. C. spinescens
Sieb. C. apulus Ten. et Guss. C. hirsutus Sibth. et Sm. ex
Griseb.) Olympo *Bithyniæ*. G. — *Macedonia.* G. *Neapoli.* Ten.

4 ⊃ **C. Smyrnæus** Boiss. (*Tchihat.* pl. As. Min. exsicc. an. 1849.
N° 512. — *Bal.* pl. d'Or. 1854, N° 197.) Umbrosis summis montium ditionis *Smyrnæ* supra Burnabat sitorum. B. *Troade :*
inter Nurlu et Tchauchlar, alt. c. 100ᵐ T.

β prostratus Boiss. *Ionia parte superiore montis Sipyli.* B.

SECT. II. TUBOCYTISUS DC. l. c. Viborgia Mœnch. non Thunb.

5 † **C. hirsutus** L. (C. supinus Pall. C. triflorus Lmk. non l'Herit.
C. polytrichus M. B. C. Tournefortianus Lois.) *Tchihat.* pl. As.

Min. exsicc. an. 1853. N° 540.) *Ponto* inter Niksar et Seleyathassi, montibus silvaticis, alt. c. 900ᵐ T. — Silvaticis *Serbiæ et Bulgariæ*. G. *Tauria et Caucaso*. Ledeb. fl. ross. I, 518.

6 † **C. supinus** L. (C. chrysotrichus Boiss. C. biflorus Host. C. lotoides Pourr. C. biflorus β l'Hérit. C. capitatus β lr. Fl. fr.) *Thracia et Bithynia* : Olympo, prope Byzantium. G.

7 > **C. lasiosemius** Boiss. Ined. *Tchihat.* pl. As. Min. exsicc. an. 1858. N° 656, 629, 617. — C. suffruticosus totus patule hispidus ramis pumilis basi radicantibus inermibus, foliis trifoliolatis petiolo foliolis obovatis vel ellipticis utrinque attenuatis acutis subæquilongo, floribus 2-5 terminalibus capitulis subsessilibus, folio supremo et subsequente bracteatis, pedicello bracteola lanceolata et longiori suffulto, calyce tubuloso patule hirsuto bilabiato labio superiori ad basin usque bidentato inferiori integro, vexillo extus villosissimo, legumine.

Inter contribulis C. supino L. indumento adpresso et ramis brevibus radicantibus magis affinis, ab eo differt foliolis acutis, vexillo villoso nec glabro.

Ponto : inter Samsun et Tekekoi, regione montosa silvatica, alt. c. 100ᵐ. T.

8 **C. pygmaeus** Willd. — *Galatia*. DC. Prodr. II, 156.

    Sᴇᴄᴛ. III. Lᴏᴛᴏɪᴅᴇs DC. l. c.

9 † **C. sessilifolius** L. (C. Lobelii Tsch. ex Bert.) *Cycladum insulis*. — *Græcia*. Nouv. Fl. Pélop.

10 † **C. capitatus** Jacq. (Viborgia capitata Mœnch.) *Bithynia* : prope Brussa. G. — *Sibiria uralensi*. Ledeb. fl. ross. I, 519. *Serbia*, Pan.

11 > **C. acutangulus** Jaub. et Spach. — *Galatia* : pr. Beibazar. J. S.

12 > **C. Tmoleus** Boiss. — Regione media *Lydiæ* montis Tmoli, supra Philadelphiam ad margines argillosas viarum cavarum. B.

13 > **C. eriocarpus** Boiss. (*Bal.* pl. d'Or. an. 1854. N° 108.) Umbrosis regionis alpinæ montis Tmoli ad pagum Bozdagh. B.

14 **C. drepanolobus** Boiss. (*Bal.* pl. d'Or. an. 1855. N° 488.)

, *Ciliciæ campestris* montosis supra pagum Kechlik, 4 leucis ad NO. Mersinæ. Bal. — *Syria* : monte Cassio cum Cyt. Cassio Boiss. associatus. B.

XII. **Podocytisus** Boiss. et Heldr.

1 > P. Caramanicus Boiss. et Heldr. (*Bal.* pl. d'Or. N° 452.) *Isauria* : collibus apricis Tauri in valle fluvii Gurksu inter Caraman et Ernuenek. B. Tauro *Ciliciæ* ad pagum Gulek. Bal.

XIII. **Gonocytisus** Spach.

1 G. angulatus Spach in Ann. sc. nat., ser. III, III, p. 153, adnot. (Cytisus pauciflorus Boiss.) *Bal.* pl. d'Or. an. 1855, N° 461 et 1854, N° 242. — *Lydia* : monte Sipylo supra Magnesiam. Bal. nec non in. Tmolo. B. *Bithyniæ* pr. Mudania. B. *Ciliciæ* Bulgardagh ad pagum Gulek, alt. c. 1300ᵐ. Ky. diar. cilic. an. 1853.

XIV. **Anthyllis** L. ex parte.

1 † A. cytisoides L. Olympo *Bithyniæ*. S.

2 ‡ A. Hermanniæ L. (A. aspalathus DC. Cytisus græcus L. Spartium creticum Desf. Aspalathus cretica L. Barba Jovis linarifolia Mœnch.) *Bal.* pl. d'Or. 1854. N° 196. — *Lycia* : circa veterum urbem Xanthus, nec non inter Cybera et Bubon. Forb. *Ionia* : pr. Smyrnam in collibus Burnabat et pr. Dudja. Bal. Ericetis *Bosphori*. B. Herb. *Archipelagi* Insulis copiose. Prodr. fl. gr. II, 69. — *Anatolia, Græcia*. B. Herb.

3 † A. Webbiana Hook. (A. vulneraria L. var. A. variegata Boiss.) Cacumine Olympi *Bithyniæ*. B. *Ciliciæ* Bulgardagh. Bal.— Cacumine Olympi *Thessaliæ. Macedoniæ* monte Athos. G. Regione alpina *Hispaniæ* montis Sierra-Nevada B. herb.

4 † A. Dillenii Schultz. (A. vulneraria L. A. affinis Bretling. A. alpestris W. K.—Rchbch. A. maritima Schweig. A. polyphylla W. K. A. rustica Mill. A. Tournefortii Schultz. Vulneraria anthyllis Scop. Vuln. heterophylla Mœnch.) *Tchihat.* pl. As. Min. exsicc. an. 1858. N° 639, 801. — *Phrygia* : ad urbem Urbak, alt.

c. 900ᵐ. Bal. *Ponto boreali et austr:* circa Samsun collibus silvaticis; inter Tchavdak et Kulcihissar, alt. 1050-1500ᵐ. T. *Ciliciæ*
Bulgardagh : alpinis montium Ketsibell et Kiziltepe, alt. 2600ᵐ
Ky. diar. cilic. an. 1853. — *Rumeliæ* jugo Scardo, G. *Creta. Græcia.* Nym. *Serbia.* Pan. *Tauria.* Provinciis *Caucasicis.* Ledeb. fl.
ross. I. 522.

XV. **Physanthyllis** Boiss. Griseb.

1 † P. tetraphylla Boiss. (Anthyllis tetraphylla L. Vulneraria
tetraphylla Mœnch. Vuln. vesicaria Lmk. fl. Fr.) — *Tchihat.*
pl. As. Min. exsicc. 1849. Nᵒ 446. — Littoribus *Bithyniæ :*
copiose ad sinum Maris Marmorei, prope Mudania cum Cystis et
Calycotome consociata. B. *Troadis* littore merid. : inter Ai-
metlu et Nusku, alt .0-150ᵐ. T. *Ciliciæ campestris* regione calida :
in planitie pr. Mersina. Bal. Vineis saxosis *Archipelagi.* —
Græcia. Prdr. fl. gr. Nᵒ 59.

XVI. **Hymenocarpus** Savi. Griseb. — *Cornicinæ* spec. Boiss.

1 † H. circinnatus Savi. (Cornicina circinnata Boiss. Medicago
nummularia DC. Medicago circinnata L. — Fl. gr. tab. 769. Medicago hispanica Mill. Medicago vulnerariæ facie, cretica. Tourn.
herb.) — *Bal.* pl. d'Or., an. 1851. Nᵒ 202. — Regione semperviridi *Bithyniæ* et *Thraciæ,* alt. 0-390ᵐ : sparse arenosis
maritimis prope Maroguna et inter frutices Lavandulæ in insula
Halki ; prope Byzantium. G. *Ionia :* prope Smyrnam collibus
incultis. Bal. *Lyciæ* . pratis vallibusque maritimis, alt. 0-490ᵐ.
Forb. *Cilicia campestri :* planitie circa Mersinam. Bd. *Archipelago :* montosis insulæ Melos. D'Urv. Emm. — *Macedonia.* B.
herb. In collibus circa Athenas frequens. Herb. græc. norm.
Nᵒ 539.

XVII. **Cytisopsis** Jaub. et Sp.

1 C. dorychnifolia Jaub. et Sp. (Cornicina pseudorytisus Boiss.)
Bal. pl. d'Or., an. 1853. Nᵒ 187. — *Ciliciæ* Tauro. B., nec non
ad pagum Bulukly prope Mersina. Bal.— *Syriæ* montibus. J. S.

XVIII. **Lembotropis** Griseb.

1 L. nigricans Grisch. — Prope *Byzantium*. G.

SUBTRIB. II. TRIFOLIEÆ DC. Prdr. II. 121.

XIX. **Medicago** L.

Sect. I. Lupularia Ser. in DC. l. c.

1 † M. lupulina L. (M. Willdenovii Mérat. Trifolium lupulinum
Savi. M. lupulina unguiculata Savi. M. lupulina corymbosa
Ser.) Prope *Byzantium*. R. *Armenia turcica* : pr. Erzerum. H. et
rossica. Ledeb. fl. ross. I, 527. *Cilicia* Bulgarlagh ad pagum
Gulek. Bal. — Provinc. *Caucasicis, Sibiria, Tauria*, Ledeb. l. c.
Serbia. Pan. *Græcia*. Nym.

Var. Longisulcata Boiss. M. Armenia Ten. M. littoralis Ten. non
Rhode. M. pentacycla DC. M. histria Ten. M. catalonica Schrank).
Ponto ad Trapezunt. B. herb.

2 † M. falcata L. (M. procumbens Bess. M. intermedia Schult.
M. annularis Bess. ß. M. miella γ Pers. M. sativa var. flor. pallide
cæruleis. Willd.) Cacumine *Lydiæ* montis Bozdagh. B. herb.
Agro *Byzantino*. G. — Provinciis *Caucasicis, Tauria, Sibiria*,
Ledeb. fl. ross. I, 324. *Serbia*. Pan. *Græcia*. Nym.

3 M. arborea L. — Fl. græc. tab. 767 (Herb. græc. norm.
N° 474.) Ins. *Rhodos*. Nym. — Rupibus circa *Athenas*. Prdr. fl.
gr. II, 109. Heldr. *Neapoli*. Nym.

4 † M. sativa L. (Μηδική Théophr. Medica Plin. Varro. Pallad.
Virg. *Georg*.) Tchihat. pl. As. Min. exsicc. an. 1853, N° 227 ;
an. 1858. N° 693, 696, 820. — *Ponto bor. et austr*. (Polemoniaco) inter Samsun et Tekekoi, alt. 100-700ᵐ, reg. mont.
silvat.; inter pagum Tchavdak et oppidulum Kuleihissar, locis
nemorosis, alt. 1000-1500ᵐ. T. *Pisidia* : inter Tchukurkoi et
Ahyrkoi, locis montosis, silvatis, herbosis, alt. 0-900ᵐ. T.

Armenia : pr. Erzerum Calv., nec non in monte Ararat. Ledeb.
fl. ross. 1 525. — *Bessarabia* prope Akkermann et Odessa. Ta.
Tauria. Stev. *Serbia*. Pan. Provinciis *Caucasicis*. Ledeb. l. c.
Græcia. Nym. — *Algeria* : prope Djelfa, alt. 1120ᵐ. Coss., Bull.
soc. bot. IV, 485.

5 > **M. papillosa** Boiss. — Subalpinis *Armeniæ*. B.

Sect. II. **Spirocarpus** Ser. DC.

6 † **M. orbicularis** All. (M. inermis α Lmk. fl. fr. M. scutellata
Pall. M. orbiculata Bauh. M. polymorpha α MB.) *Tchihat*. pl. As.
Min. exsic. an. 1858. Nᵒ 116. — *Ponto* : collibus maritimis,
plerumque silvaticis supra Samsun. T. Prope *Byzantium*. Clem.
Prope *Smyrnam*. T.— *Serbia*. Pan. *Persia*. B. herb. *Tauria*. Pro-
vinciis *Caucasicis*. Ledeb. fl. ross. *Græcia*. Nym. *Algeria* : prope
Djelfa, alt. 1120ᵐ. Coss., Bull. soc. bot. IV, 485.

7 † **M. scutellata** L. (M. polymorpha β L.) Prope *Byzantium*. R.
— *Græcia*. Nym.

8 † **M. elegans** Jacq. in Willd. (M. rugosa Desr. in Lmk. —
D'Urv.) Herb. Græc. nonn. Nᵒ 476. — *Archipelago* Nym.— Inter
segetes prope *Athenas*. Heldr.

9 † **M. muricata** Willd. Koch. (M. turbinata Willd. M. neglecta
Guss.) Pratis maritimis et campis regionis mediterraneæ
mari propinquis *Bithyniæ* et *Thraciæ* : copiose prope Kartal
et Kutchuk-Tchekmedje, in arenosis ad Mare Marmo-
reum. G.

10 † **M. tuberculata** Willd. (M. magna turbinata L. Bauh.
M. catalonica Schrank. M. polymorpha tuberculata Retz.
M. sperulosa DC. M. turbinata Carniig. non Willd. M. pubescens
DC.) *Pamphylia* : locis apricis prope Adalia. B. *Cilicia cam-
pestri* prope Mersina. Bal. *Archipelago*. Nym. — *Creta, Syria,
Græcia, Arabia petrea*. B. herb.

11 † **M. denticulata** Willd. (M. ciliaris β Savi, M. apiculata
β Mérat. M. flexuosa Ten.) *Tchihat*. pl. As. Min. exsic. an. 1858.
Nᵒ 172.— *Ponto* : collibus marit. supra Samsun. T. Prope *Byzan-*

tium et *Smyrnam*. B. herb. — *Serbia*. Pan. Provinciis *Caucasiis*. *Tauria*. Ledeb. fl. ross. I, 530. *Algeria* : prope Djelfa, alt. 1130ᵐ Coss. Bull. soc. bot. IV, 485. Ins. *Zante*. Nym.

12 M. Galilæa Boiss. — *Cilicia campestri* : collibus ad septentrionem Mersinæ. Bal. — Herbidis planitiei Esdrælon *Galilæ*. B.

13 † M. spinulosa DC. (M. apiculata Bast. non Willd. M. rugosa D'Urv. non Lmk.) *Archipelago* : Ins. Melos. D'Urv. Enum.

14 † M. marina L. Sibth. Littore *Bosphori* et ad *Dardanellas*. G. Maritimis Ins. *Melos* haud rara. D'Urv. Enum. *Ponto prope Tra*-pezunt. B. Herb. *Græcia*. Nym.

15 † M. coronata Lmk. (M. coronata cherleri J. Bauhin. M. polymorph acoronata L. — Prodr. fl. gr. Nᵒ 1811.) Bal. pl. d'Or. 1851. Nᵒ 208. — Herb. græc. norm. Nᵒ 366. — Ad *Byzantium*. B. herb. Propo *Smyrnam*, in collibus lapidosis pagi Kukuludja. Bal. Petrosis insulæ *Astypalææ*. D'Urv. Enum. — *Palæstina*. B. herb. Prope *Athenas*, in colle Lycabetto. Heldr.

16 M. Noeana Boiss. *Phrygia* : marginibus viæ ab urbe Ushak ad pagum Bulgaskevi ducente. Bal. — Cultis *Kurdistaniæ*. B.

17 † M. littoralis Rohde. (M. littoralis breviseta DC. M. polymorpha rigidula Bertol. — Moris. fl. sard. tab. 40.) — Herb. græc. norm. Nᵒ 62. — Pratis maritimis prope Hirsek *Bithyniæ*, solo arenoso copiose. G. *Lycia* : maritimis inter Armutlu et Gaga. Forb. — *Sahara algeriensi* : alt. 750ᵐ. Coss. Bull. soc. bot. IV, 390. Ins. *Zante*. Nym. *Atticæ* arenosis maritimis ad Phalerum. Heldr.

Var. longiaculeata Boiss. *Ponto* circa Trapezunt. B.

18 † M. tribuloides Lmk. (M. Murex Guss. M. Hornemaniana β DC. M. pubescens Hornem. M. crassispina Vis. M. aculeata, Rchbch.) Prope *Byzantium*. Tauro. — *Creta, Syria, Græcia*. B. herb. *Sahara algeriensi*, alt. 750ᵐ. Coss. Bull. soc. bot. IV, 390, nec non pr. Djelfa, alt. 1130ᵐ. Id. ibid., p. 485. Provinciis *Caucasiis*. Ledeb. fl. ross. I, 528.

19 † **M. minima** Lmk. (M. hirsuta All. M. polymorpha hirsuta
et M. polymorpha minima L.)

> *Var.* tuberculata Boiss. *B. herb.* — Prope *Sagrææ.* — *Persia, Gallia
> merid.*
> *Var.* longispina Boiss. Ad *Byzantium,* – *Rumelia, Hispania, Gallia
> austr.* Insulis *Canar,* B. herb. *Sahara algeriensi,* alt. 730ᵐ. *Com.
> l. c.*

20 † **M. uncinata** Willd. (M. pentacycla DC.?) *Tchihat.* pl. As.
Min. exsicc. an. 1848. Nᵒ 2. — *Ponto :* collibus maritimis circa
Samsun. T.

21 † **M. Gerardi** W. et K. (M. rigidula Thuill. M. villosa DC.
M. agrestis Ten. M. hirsuta Thuill. a.) Prope *Byzantium.* R.
Pamphylia : pr. Adalia. In *Cilicia* planitie prope Mersina. Bal.
— *Rumelia. Græcia.* Nym, *Serbia.* Pan. *Tauria.* Provinciis *Cau-
casicis.* Ledeb. fl. ross. — Secund. cl. Stev. species Taurica ab
Anatolica toto cœlo diversa.

> *Var.* aravena C. Koch. — Ledeb. fl. ross. I. 519 *Aravena rosica.* K.

22 † **M. maculata** Willd. (M. Arabica All. M. cordata Desrous.
M. polymorpha *a* arabica. L.) Prope *Byzantium* ad sepes.
D'Urv. Enum. *Archipelago.* Prdr. fl. gr. II, 112. Insula *Tassos.*
G. — *Serbia.* Pan. *Macedoniæ* penins. Hajion-oros. G. *Tauria.*
— Provinc. *Caucasicis.* Ledeb. *Africa bor.* Steud. nom. bot.
Græcia. Nym.

23 † **M. sphærocarpos** Bert. (M. globulifera Desf.) Ad *Bosphorum,* prope Therapia. G. — *Algeria.* B. herb. Prov. *Caucasicis.*
Ledeb. fl. ross. 1, 528.

24 † **M. intertexta** Willd. (M. intertexta *a* Desrous. M. polymorpha intertexta L. M. ciliaris Willd.) Arenosis Insulæ *Samos.*
D'Urv. Enum. — *Africa boreali. Amer. bor.* Steud. Nom. bot.

XX. **Trigonella** L. DC. Prdr. II. 181.

Sect. I. GRAMMOCARPUS Ser. in DC. Prdr. l. c.

1 **T. aurea** C. A. Mey. (Trifolium cærulescens MB.) *Bal. pl. d'Or.*, an. 1857. N° 1219. — Herb. græc. norm. N° 394. — *Bithynia :* prope Muduriu. G. Prope *Byzantium*. R. *Phrygiæ* vincis, pr. Uchak, alt. 910ᵐ. Bal. Circa *Cappadociæ* oppidulum Bereketly, alt. c. 1400ᵐ. Bal. — Provinciis *Caucasicis*. Ledeb. fl. ross. I. 531. Locis aridis, collibus siccis et ad vias circa *Athenas*. Heldr. *Tauria*. Stev.

2 > **T. capitata** Boiss. *Phrygia :* ad aquas et rivulos, prope Pambuk-Kalessi. *Armenia :* ad Euphratem superiorem. R.

3 ╪ **T. Bessariana** Sering. (T. cærulea DC. var. Spr. Melilotus procumbens Bess.) *Bal. pl. d'Or.* 1857. N° 1218. — *Armenia :* circa Erzerum. Calv. *Phrygiæ* arvis otiosis. pr. Uchak, alt. c. 910ᵐ. — *Tauria*. Stev.

4 > **T. velutina** Boiss. — *Bal. pl. d'Or.* an. 1857. N° 1221. — *Cappadocia :* circa oppidulum Bereketly, alt. c. 1350ᵐ. Bal. Dumetis umbrosis *Cariæ :* monte Cadmo supra Denisly, et jugo prope Colossum sito. B. *Phrygia :* vincis pr. Uchak, alt. c. 950ᵐ. Bal.

5 **T. uncinata** Sering. (Trif. melilotus hamosum MB. Mel. uncinata Bess. — Ledeb. fl. ross. I. 535. Mel. hamosa LK. non Lunk.) *Tchihat. pl. As. Min. exsicc.* an. 1849. N° 430. — *Troadis littore merid.* inter pagos Ahmetli et Nurlu, alt. c. 150ᵐ. T. — *Tauria. Provinc. Caucasicis.* Ledeb. l. c.

6 > **T. Smyrnæa** Boiss. — *Bal. pl. d'Or.* an. 1854. N° 182. — Umbrosis regionis montis Tartali supra *Smyrnam,* ubi rara. B. Ad pagum Kukuludja, prope Smyrnam. Bal.

7 **T. Sprunerana** Boiss. — *Bal. pl. d'Or.* 1854. N° 180; 1855. N° 469; 1857. N° 1222. — Herb. gr. norm. N° 205. — Prope *Byzantium et Smyrnam.* Bal. *Phrygiæ* vincis, prope Uchak, alt. c. 910ᵐ. Bal. *Lydia, Caria, Cilicia,* nec non Tauro. B. — Colle Lycabetto, pr. *Athenas.* Heldr.

D Var. velutina Boiss. — *Cilicia arenosis marit.,* pr. Mersina. Bal.

Sect. II. Fœnum græcum Ser. in DC. Prdr. l. c. — Fœnum græcum. Tourn.

8 T. Sibthorpii Boiss. (T. hamata Fl. gr. non L.) *Asia Minore. — Cypro*. B.

9 > T. Kotschyi Fenzl. — *Bal*. pl. d'Or. 1856. N° 911. — *Cappadociæ* collibus, intra fl. Dusanta et Karulebly sitis. Bal. *Armenia :* ad Karpul. B. herb. *Ciliciæ* Bulgardagh, ad pagum Gulek. Bal.

10 T. Cariensis Boiss. (T. fœnum græcum Sibth. fl. gr. tab. 760 non L.) *Bal*. pl. d'Or. 1854. N° 178. — Herb. gr. N° 101. — *Caria :* prope Mula. B. *Ionia :* prope Smyrnam; in declivitate lapidosa montis supra pagum Kukuladja exsurgentia. Bal. — Collibus *Atticæ* rara. Heldr.

11 † T. gladiata Stev. Guss. (T. fœnum græcum β L.) *Tchihat*. pl. As. Min. exsicc. 1853. N° 235. — *Lycia :* maritimis inter Aruootly et Gaga. Forb. *Pisidia :* inter pagos Tchukurkoi et Alhyrkoi, montosis, silvaticis, herbosis, alt. c. 1000ᵐ. T. — *Touria*. Ledeb.

> Var. prostrata Boiss. (T. prostrata DC.) *Bal*. pl. d'Or. an. 1854. N° 179. — *Ionia :* pr. Smyrnam. Bal. — *Attica :* fruticetis ad montem Pentelicum, rara. Herb. græc. norm. N° 595.

12 † T. fœnum græcum L. non Suter. (Buceras fœnum græcum All. Fœnum græcum officinale Mœnch.) Littore *Cariensi* copiose. Insulis *Rhodus* et *Cypro*. Sm. fl. græc. *Cappadociæ* planitie urbis Kaisariæ. T. *Ciliciæ* planitie circa Mersinam. Bal. — Frequens *Atticæ* collibus et planitiebus lapidosis. Fr. fl. class.

13 > T. isthmocarpa Boiss. et Bal. *Cappadocia :* pr. Kaisaria, alt. 1100ᵐ. B.

14 > T. rytidocarpa Boiss. et Bal. *Cappadocia :* ad ripam dextram fl. Karulchlitchai prope Berekelly, alt. 1300ᵐ. B.

15 > T. macrorryncha Boiss. *Ciliciæ* Bulgardagh, ad pagum Gulek, prope Pylas cilicicas. Bal.

16 T. plagioneura Boiss. — *Bal*. pl. d'Or. 1855. N° 170. — Ar-

nosis maritimis *Ciliciæ campestris* prope Mersina. Bal. — Arenosis *Palæstinæ*, ad Gazam. Boiss.

Sect. III. Buceras DC. Ser. in DC. Prdr. l. c. — Bucer-atis spec. Mœnch.

17 **T. striata** L. fil. (Ledeb. huc T. cancellatam Desf. refert.)
Armenia rossica circa Erivan. W. — Provinciis *Caucasicis, Sibiria.*
Ledeb. *Serbia.* Pan. *Abyssinia.* Steud. nom. bot.

18 > **T. polycarpa** Boiss. *Pamphylia :* campis sterilibus ad orient.
urbis Adaliæ. B.

19 > **T. aurantiaca** Boiss. (*Tchihat.* pl. As. Min. exsicc. an. 1849.
N° 200.) Regione alpina montium *Lydiæ* et *Cariæ :* Mesogi
supra Tralles abunde, montibus circa Gheym B. *Lycaonia :*
inter pagos Inevi et Kulukoi, alt. c. 900ᵐ. T.

20 > **T. Phrygia** Boiss. et Bal. *Phrygia :* agris derelictis ad urbem
Uchak, alt. 900ᵐ. B.

21 **T. arcuata** Fisch. et Mey. (T. Retzii Spr. Lotus medicagi-
noides Retz.) *Armenia rossica :* planitie fl. Araxis, alt. 900-1130ᵐ.
W. — Provinciis *Caucaso-Caspicis.* Ledeb. l. c.

22 **T. Fischeriana** Sering. (T. flexuosa Fisch. in horto gor. ex
MB. fl. taur. non Del.) Bal. pl. d'Or. 1856, N° 012. —
Tchihat. pl. As. Min. exsicc. an. 1858. N° 735. — *Ponto australi*
(Polemoniaco) : inter pagos Jaglisian et Tchavdak, alt. 1526-
1600ᵐ. T. *Armenia :* circa Erzerum. Calv. *Phrygiæ* arvis otiosis,
pr. Uchak, alt. c. 910ᵐ. — *Tauria.* Stev.

23 > **T. torulosa** Griseb. Prope *Byzantium.* R. *Bithynia :* prope
Mudurlu. G.

24 **T. cancellata** Desf. (T. ægyptiaca Poir.) *Caria* monte
Cadmo supra urbem Denisly. B. *Ciliciæ campestris* fauce Guzel-
Dere prope Mersinam sita. Bal. — *Caucasia rossica :* prope
Tiflis. B. herb.

25 > **T. sinuata** Boiss. — *Bal.* pl. d'Or. 1855. N° 447. — *Cilicia*
campestri : arenosis maritimis inter Mersinam et rudera Pompeiopolis. Bal. *Cappadociæ* collibus incultis, secus fl. Kamichli-
Tchai sitis prope Bereketly, alt. c. 1350ᵐ. Bal.

26 > **T. halophila** Boiss. — Arenosis maritimis *Ciliciæ campestris*, inter Mersinam et rudera Pompeiopolis. Kol.

27 † **T. Monspeliaca** L. (T. divaricata Clairv. Buceras elliptica Moench. Buceras monspeliaca All. T. Fœnum græcum Suter.) Agro *Cariensi* et insula *Cypro*. Fl. gr. Collibus incultis insulæ *Melos*. D'Urv. Enum. Circa *Cappadociæ* oppidum Bereketly, alt. c. 1400^m. In *Ciliciæ* planitie circa Mersina. Bal. — *Tauria*. Prov. *Caucasicis*. Ledeb. fl. ross. I. 533. *Græcia*. Nym. *Serbia*. Pan.

28 † **T. spicata** Sibth. et Sm. fl. gr. tab. 763. (T. uncinata Desf. Melilotus uncinatus Poir.) — *Bal*. pl. d'Or. 1855. N° 467 et an. 1854. N° 181. — Herb. græc. N° 105. — *Ionia*, pr. Smyrnam. Bal. *Lydiæ* montibus supra Ephesin. *Cariæ* monte Cadmo supra Denisly. *Pamphylia* . pr. Alaya. B. herb. *Cilicia campestri*. collibus inter Mersinam et Bulukly sitis. Bal. *Archipelago* : ins. Scriplio. Prdr. fl. gr. II. 108. — Monte Lycabetto, pr. *Athenas*. Heldr. *Tauria*, *Rossia merid*. Ledeb. *Syria* pr. Saida. Cat. herb. Syr. N° 62.

29 > **T. cephalotes** Boiss et Bal. — *Bal*. pl. d'Or. 1855. N° 468. — Regione calida *Ciliciæ campestris* : marginibus herbosis angustiæ Guzel-Dere prope Mersinam. Bal.

30 † **T. polycerata** L. (Buceras polycerata All. Buc. mutica Moench. Medicago polycerata Sauv.) *Armenia turcica* : circa Erzerum in incultis II.; nec non *rossica* : circa Etchmiaudin. — Provinciis *Caucasicis*. Ledeb. *Sahara algeriensi*, alt. 750^m. Coss. Bull. soc. bot. IV. 396, nec non pr. Djelfa, alt. 1120^m. Id. ibid.

31 > **T. Anatolica** Boiss. et Bal. *Cappadocia* : ad basin montis Alidagh, prope Kaisaria. *Armenia* : circa Erzerum. D.

32 > **T. crassipes** Boiss. — *Bal*. pl. d'Or. an. 1854. N° 183; an. 1857. N° 1224. — Cacumine *Lydiæ* montis Sipyli supra Magnesiam, nec non m. Cadmi, vallibus supra Denisly. B. Regione superiori *Cappadociæ* vallis fl. Kamichly, alt. c. 1700^m. Bal. Cultis planitiei *Caricis* ad septentrionem pagi Davas situe. T. *Phrygiæ* arvis oliosis, pr. Uchak, alt. c. 910^m. Bal.

33 ⅀ **T. rigida** Boiss. et Bal. — *Bal.* pl. d'Or. an. 1856. N° 908. *Ciliciæ borrali :* calcareis, circa Bosanta-Tchai. Bal.

34 **T. monantha** C. A. Mey. — *Bal.* pl. d'Or. 1856. N° 914; 1857. N° 1223 — *Phrygiæ* arvis otiosis pr. Uchak, alt. c. 910™. *Cappadocia :* collibus secus fl. Kamichly-Tchai sitis, prope Bereketly, alt. c. 1800™. Bal. — Provinciis *Caspicis* Lenkoran et Suwant, alt. 1305™. Ledeb. fl. ross. I. 534.

35 **T. geminiflora** Bge. — *Bal.* pl. d'Or. an. 1856. N° 013. *Cappadociæ* planitie urbis Kaisariæ. Bal.

Sect. IV. FALCATULA Ser. in DC. Prdr. l. c. — *Falcatula* Brot. — Buceratis spec. Mœnch.

36 † **T. corniculata** L. (Buceras grandiflora Mœnch.) *Bal.* pl. d'Or. au. 1854. N° 177. — *Tchihat.* pl. As. Min. exsicc. an. 1858. N° 174. — *Ponto :* collibus maritimis supra Samsun. T. *Ionia :* pr. Smyrnam in campis maritimis. Bal. Graminosis insularum *Melos* et *Astypalæa.* D'Urv. Enum. — *Græcia.* Nym.

37 **T. ornithopodioides** DC. (Trifolium ornithopodioides L.) Campis agri *Byzantini.* G.

38 **T. elatior** Sibth. et Sm. (T. esculenta Willd.) *Asia Minore. Cypro.* Pr. O. gr. II. 108. *Cyclad.* insulis. *Græcia.* Nouv. Fl. Pélop. *Serbia.* Pan.

39 **T. Balansæ** Boiss. et Reut. — Prope *Smyrnam.* Bal. *Græcia.* B.

XXI. POCOCKIA Ser. in DC. Prdr. II. 185. Character fructus emend. a Bois. Diagn. Series I. vol. II. p. 11. — Trifolii spec. L.

1 ⚥ **P. radiata** Trautv. (Medicago radiata L.) *Bal.* pl. d'Or. an. 1856. N° 910. — Pr. *Byzantium.* G. *Cappadociæ* collibus, inter Bosanta-au et Kamichly. Bal.

2 **P. cretica** Ser. (Melilotus cretica Desf. Trifolium melilotus cretica. L.) *Tchihat.* pl. As. Min. exsicc. 1849. N° 442. — *Troadis* littore meridionali, inter pagos Ahmetlu et Nusalu, alt. c. 150™. T. *Phrygia :* circa urbem Uchak rarissima. Bal. *Mysia :*

valle fluminis Madaratchaï (Khadjatchaï) T. *Pamphyliæ?* pr.
Aphrodisias. — Communis in arvis maritimis insulæ *Leros.*
D'Urv. Enum. — *Creta.* B.

3 › P. lunata Boiss. et Heldr. (Trigonella lunata Boiss. Trig.
biflora Griseb.) *Bal.* pl. d'Or. an. 1856. N° 909; an. 1857.
N° 1216. — Prope *Byzantium. Bithynia.* prope Mudurlu. G. Umbrosia *Lydiæ* montis Cadmi, supra Colossam rarissima. B. *Cappadocia* : ad radices montis Akdagh; collibus secus ripam
dextram fl. Kamichly-Tchaï sitis prope Bereketly, alt. 1300ᵐ.
Bal. Ad basin *Phrygiæ* montis Bulgasdagh, in silvis querci
ægilopis. Bal.

4 P. glomerata Boiss. (Trigonella glomerata Hort. Paris. Tr.
brachycarpa Spr. Medicago brachycarpa Fisch.) *Bal.* pl. d'Or.
1855. N° 466; 1857. N° 1217. — *Cariæ* monte Cadmo supra Denisly, regione inferiore. B. *Phrygia* : prope Ushak, alt. c. 910ᵐ.
Bal. *Cilicia campestri* : collibus supra pagum Sixlichig, 2 leucis
ad NO. Mersinæ, regione calida. Bal. *Cappadocia* : planitie
urbis Kaisariæ. Bal. — *Syria.* B. herb.

5 › P. Aucheri Boiss. et Heldr. (Trigonella Aucheri Boiss.)
Cappadocia : ad Euphratem. B.; nec non ad basin montis Karamasdagh, 5 leucis solem orientem versus ab urbe Kaisaria. Bal.

6 P. Kotschyi Boiss. (Trigonella rytidocarpa Boiss. in Ky. pl. Pers.
bor. 1840.) — *Bal.* pl. d'Or. 1856. N° 907. — *Cappadociæ*
collibus secus fl. Kamichly-Tchaï sitis prope Bereketly, alt.
c. 1300ᵐ. Bal. — *Persia* : monte Tatschaï prope Teheran. B.

7 › P. rostrata Boiss. — *Bal.* pl. d'Or. 1856. N° 908; 1857.
N° 1215. — *Cappadocia* : collibus secus ripam dextram fl. Kamichly-Tchaï sitis prope Bereketly, alt. c. 1300ᵐ. *Phrygia,*
prope Ushak, alt. c. 830ᵐ. Bal.

8 › P. Cilicia Boiss. et Bal. — *Bal.* pl. d'Or. 1855. N° 465. —
Cilicia campestri : Tauro ad pagum Gulek inter vinea, in pinetis
supra pagum Aladagh sitis. Bal.

9 › P. plicata Boiss. et Bal. *Cilicia littorali* : arenosis fluvii
Guzel-Dere prope Mersinam. B. Collibus lapidosis secus fl.
Karnichly sitis prope *Cappadociæ* oppidulum Bereketly. Bal.

XXII. **Melilotus** Tourn. DC. Prdr. II. 186. — Trifolii spec. L.

1 **M. arborea** Cast. Ad *Byzantium*. B. herb. *Phrygia* : pr. urbem
Ushak (forma major). Bal. — *Persiæ* provincia Ghilan. B. herb.

2 † **M. officinalis** L. (M. citrina Dumal. M. flava Pall. M. arvensis
Wallr.) *Tchihat.* pl. As. Min. 1849. N° 247. — *Phrygia* pr. urbem
Ushak, alt. c. 900ᵐ. Bal. *Lycaonia* : planitie arida prope pagum
Atlan, all. c. 979ᵐ. T. *Armenia rossica*. Ledeb. fl. ross. I. 53.
— *Bessarabiæ* arenosis prope fl. Dniester. Ta. *Serbia*. Pan.
Græcia. Nym. Umbrosis *Colchidis* ad arcem Sukum-Kale. D'Urv.
Enum. Prov. *Caucasicis, Tauria*, omni *Sibiria*. Ledeb. l. c.

3 † **M. alba** Desr. (M. altissima Schull. M. officinalis β Willd.
M. vulgaris Willd. M. leucantha Koch. Trifolium altissimum
Loisl. Trifolium germanicum Smith.) — *Tchihat.* pl. As. Min.
exsicc. an. 1858. N° 189. — *Pisidia* : ad littora deserta locus
Reychir. B. *Armenia* : inter Mamahatun et Jenikol (ad occid.
Erzerum), all. 1500-2000ᵐ. T.

4 » **M. Armena** Boiss. — *Armenia, Mesopotamia* : inter Orfa et
Severek. B.

5 **M. parviflora** Desf. (Trifolium melilotus indica Willd. Trif.
indicum Loisl. Melilotus rugulosa Willd. Tr. mel. parviflorus
MB.) *Tchihat.* pl. As. Min. exsicc. an. 1858. N° 609 bis. —
Prope *Byzantium* et *Smyrna*. B. herb. *Archipelago* : ins. Sapienza.
Nouv. Fl. Pelop. *Ponto* : inter pagos Tchele et Suniza, ad SSE
urbis Samsun sitos. T. — Provincia *Caspica* Baku. Ledeb. fl.
ross. I. 538. *Egypto*. B. herb. *Sahara Algeriensi* : alt. 750ᵐ. Coss.
Bull. soc. bot. *Græcia* : locis incultis oliveti Athenarum. Herb.
græc. norm. N° 551.

6 † **M. Italica** Link. (M. rotundifolia Ten. M. rugosa Mœnch.
Trifolium melilotus italica. L.) *Ionia* : Smyrnæ montibus prope
Siklar et ad radicem montis Tablaly. *Archipelago* : vulgaris ad
latera vulcani Nævæ Cameni. D'Urv. Enum. *Pamphylia*. —
Algeria. B. herb. *Daredania*. G.

7 † **M. messanensis** Desf. (M. stricta Mœnch. Trifolium meli-

lotus messanensis L. — Sibth.) Paludosis maritimis insulæ
Scyri. D'Urv. Enum.—*Barbaria*. DC. Prdr. II. 189. *Græcia*. Nym.

8 † **M. sulcata** Desf.—Fl. græc. tab. 712. (M. mauritanica Willd.
M. indica Desr. Trifolium melilotus γ indica L. Trifolium mau-
ritanicum Willd.) Herb. græc. norm. N° 552. — Frequens in
arvis insulæ *Melos*. D'Urv. Enum. — *Alexandriæ* et *Algeriæ*
agris cultis. DC. Prdr. II. 189. Campis sabulosis mari Unitimis
ad Phalerum *Atticæ*. Heldr.

9 † **M. Neapolitana** Ten. (M. gracilis DC. M. globulosa Stev.
Trifolium spicatum Sibth. et Sm. sec. Fisch. et Mey.) Prope
Byzantium. R. Regione inferiori *Lydiæ* montis Cadmi prope
Denisly. B. *Armenia rossica*. Ledeb. fl. ross. I. 539. *Græcia*. B.
herb. *Iberia*. Ledeb. l. c. *Algeria*. pr. Djelfa, alt. 1120^m. Coss.
Bul. soc. bot. IV. 485. *Tauria*. Stev.

10 † **M. elegans** Salzm. (M. collina Guss.). *Lyciæ* monte Elmalu.
— *Palæstina*. Insula *Madeira*. B. herb.

11 † **M. diffusa** Koch. (M. Petitpierreana α Willd. M. expansa
Host. M. officinalis Lauk. var. Spr. M. pallida Bess. Trifolium
petitpierreanum Hayne. M. Korkiana DC. non Willd. M. officinalis Friv. herb. Ruut.) *Armenia*, *Mesopotamia* : Inter Orfa et
Severek. B.

12 › **M. bicolor** Boiss. et Bal. — *Bal*. pl. d'Or. 1857. N° 1199.
Phrygia : ad Kaiagœl-Dere, 2 leucis ad S.O. urbis Uchak. Bal.

XXIII. **Trifolium** Tourn. DC. Prdr. II. 189.— Trifolii spec. L.

Sect. I. Lagopus. Ser. In DC. Prdr. I. r.

13 † **T. angustifolium** L. (Triphylloides angustifolia Mœnch.)
Prope *Byzantium*. R. *Lycia* : maritimis inter Armutlu et Gaya.
Furb. *Cilicia campestri* pr. Mersina. Bal. *Archipelago*. Prodr. fl.
gr. II. 98. *Ponti* collibus circa Trapezunt. D'Urv. Enum. —
Prov. *Caucasicis*. *Tauria*. Ledeb. fl. ross. 1. 540. *Græcia* Nym.
Serbia. Pan.

14 › **T. Pamphylicum** Boiss. et Heldr. — *Pamphylia* : arenosis
ad fl. Melas infra Manavgat. B.

15 T. **formosum** D'Urv. non Savi. — Incultis insulæ *Melos* frequens. D'Urv. Enum.

16 † T. **purpureum** Lois. (T. angustifolium L. var. Lapeyr.) *Tchihat.* pl. As. Min. exsicc. an. 1853. N° 620. — *Bal.* pl. d'Or. 1854. N° 167. — Prope *Byzantium.* R. *Ionia,* prope Smyrnam. T. *Lydiæ* monte Mesogis. T. *Cilicia campestri :* ad pagum Buluklu prope Mersinam. Bal. *Antitauro* inter Teledeme et Yerilukan loc. mont. silv., alt. c. 1400m. T. Frequens ad sepes insularum *Sami* et *Scyri.* D'Urv. Enum. — *Serbia.* Pan. *Græcia.* B. herb. Provinciis *transcaucasicis* versus fines turcicas. Ledeb. fl. ross. I. 510.

17 › T. **dichroanthum** Boiss. — *Bal.* pl. d'Or. 1855. N° 450. — *Ciliciæ campestris* regione calida, circa pagum Gisurlol prope Mersinam. Bal.

18 › T. **Paluvicum** Hochst. Flora an. 1845. I. p. 32. — Walp. Repert. bot. V. 512. — T. caule ascendente ramoso (digitali vel spithameo) adpresse cinerascente-puberulo; stipulis connatis ovalibus membranaceis striato-nervosis subulato-acuminatis villoso-pilosis; foliolis obverse lanceolatis, apice rotundato-obtusisadpresse cinereo pubescentibus; capitulis spiciformibus; calycis villosi dentibus subulatis villosis, infimo reliquis longiore; corolla purpurea calyce longiore, vexillo elongato. — Species intermedia quasi inter T. angustifolium et T. incarnatum.

Armenia australi : circa oppidulum Palu, ad Euphratis brachium meridionale (Murad-tchai) situm. Hochst. l. c.

19 † T. **rubens** L. non Aubry. Prope *Byzantium.* Nym. *Serbia.* Pan.

20 † T. **Incarnatum** L. (T. rubens Aubry. T. Molineri Balb.) Ad *Byzantium.* B. herb. — *Serbia.* Pan. *Macedonia, Græcia.* Nym.

21 T. **Roussæanum** Boiss. — *Cilicia.* B.

22 † T. **arvense** L. (T. Lagopus Neck. T. pectinatum Willd. herb. T. campestre Smith fl. brit. — DC. fl. fr. T. erectum Poir. encycl. sec. cl. D'Urv.) *Tchihat.* pl. As. Min. exsicc. an. 1853. N° 343; an. 1858. N° 432, 640. — Prope *Byzantium.* G. *Porta*

prope Trapezunt. D'Urv. Enum. nec non inter urbem Samsun et pagum Tekekoi, collibus silvaticis, alt. 100-700ᵐ. T.
Cilicia : inter urbem Tarsus et pagum Namrun, locis montuosis,
silvaticis. T. — *Bessarabiæ* pratis. Tn. *Serbia*. Pan. *Tauria*. Provinciis *Caucasicis*, *Sibiria uralensi*, Ledeb. fl. ross. *Atticæ* m.
Hymetto, usque alt. 650ᵐ. Fr. Syn. fl. class.

23 > **T. longissetum** Boiss. et Bal. *Phrygia* ad Kaiagel, prope
l'chak. B.

24 > **T. Preslianum** Boiss. (T. affine Presl. non Lejeun.) *Bal. pl.
d'Or. 1855, N° 918; 1854, N° 171; 1857, N° 1193. — *Lydia,
Caria* et *Ionia* collibus siccis montium : montibus Smyrnæ
supra Burnabat ; m. Mesogi supra Tralles obunde ; collibus
Cadmi et Tmoli prope Sardes. B. *Phrygia* ad Kaiagel-Dere,
2 leucis ad SO urbis l'chak, alt. 800ᵐ. *Cilicia campestri* : in
angustiis Guzel-Dere, 3 leucis ad NO Mersinæ. Bal. *Cappadocia* :
planitie urbis Kaisariæ, alt. c. 1200ᵐ. T.

25 † **T. lappaceum** L. (Triphylloides rigida Mœnch. T. nervosum
Presl.) *Bal. pl. d'Or. 1854, N° 163. — *Ionia* : prope Smyrnam. T. *Ciliciæ* regione calida, in planitie prope Mersinam.
Bal. — *Palæstina*, *Macedonia*, *Caucaso*, *Madeira*. B. herb. *Tauria*, Ledeb. *Græcia*, *Thracia*. Nym.

26 > **T. Smyrnæum** Boiss. — *Bal. pl. d'Or. 1854, N° 159; 1857,
N° 1190. — *Ionia* : montibus circa Smyrnam ; monte Corace,
jugo Sipyleo supra Burnabat. B. *Phrygia* ad Kaiagel-Dere, ad
SO urbis l'chak. Bal.

27 † **T. erinaceum** MB. *Ciliciæ* Bulgardagh : regione montana
ad septentrionem Pylarum. Bal. — *Iberia*, provincia Caspia
Talusch. Ledeb. l. c.

Sect. II. PHLEASTRUM Ser. in DC. Prdr.

28 † **T. Bocconi** Savi (T. semiglobosum Brot.) Apricis insulæ
Melos. D'Urv. Enum. — *Macedonia*, *Græcia*. Ins. *Zazynte*. Nym.

29 † **T. scabrum** L. (T. ochroleucum Rosic.) *Bithynia* et *Thracia*
alt. c. 390ᵐ : sparse, inter frutices sempervirides insulæ
Halki, incultis prope Byzantium. G. *Ciliciæ campestris* regione

calida, planitie urbis Tarsus. T. Collibus insulæ *Melos.* D'Urv.
Enum. — *Græcia.* Nym. *Serbia.* Pan. *Tauria.* Prov. *Caucasicis.*
Ledeb. fl. ross.

30 † **T. ovatifolium** Bory et Chaub. (T. Cupani Tineo. T. alatum
Biv.) Herb. græc. norm. No 292. — Agro *Byzantino.* G. *Cilicia
campestri* : ad pagum Sedichig, 2 leucis ad NO. Mersinæ. Bal.
Phrygia : ad pagum Jachamichlar, 2 leucis ad sept. urbis Uchak
situm. Bal. — Regione abietina *Atticæ* m. Parnethes frequens,
alt. 974-1300m. Heldr.

31 ‡ **T. ochroleucum** L. (T. squarrosum L. excl. syn. ex Sm. T.
roseum Presl. ex Gussone. Tr. album β Crantz.) Prope *Byzantium.* G. *Ponto* : collibus prope Trapezunt. D'Urv. Enum. —
Cappadociæ planitie urbis Kaisariæ. T. *Cilicia* : inter pagos
Bulukly et Aladagh, alt. c. 700m. Bal. — *Tauria.* Provinciis *Caucasicis.* Ledeb. fl. ross. I. 511. Pratis regionis montanæ *Scardi.*
G. *Serbia.* Pan.

32 ‡ **T. cherleri** L. (T. incanum Presl. T. involucratum Link. fl.
fr. T. obvallatum Mœnch.) *Bal.* pl. d'Or. 1854. No 171. —
Littore Bosphori. G. *Ionia* : in collibus lapidosis ad septentrionem
sinus Smyrnensis. Bal. *Ciliciæ campestris* regione calida, in
planitie circa Tarsus et Mersina. T. *Archipelago.* Prodr. fl. gr.
II. 96. — Regione mediterranea *Macedoniæ* et *Thraciæ.* alt.
390m. G. *Græcia.* Nym.

33. » **T. phlebocalyx** Fenzl. ined. T. annuum, dense villosum, diffuse comosum humifusum, foliolis obovato-cuneatis apice rotundatis v. retusis a medio eroso-denticulatis, 6-3 lin. potissimum
longis ac 3½-1½ lin. infra apicem latis ; capitulis terminalibus
multifloris, globoso-depressiusculis compactis involucratis in
fructu ½-1 poll. latis, demum integris deciduis ; involucri 9-2 phylli
foliolis membranaceis, late semiorbicularibus, intimo foliifero
reliquis aphyllis stipularibus cuspidato-mucronatis ; calyce
sepali ultra semiquinquefido, *tubo turbinato a latere compresso
extus villosissimo 30-35 nervio, nervis medianis 5 validioribus
simplicibus, commissuralibus a basi flabellato bitrifurcatis, ore intus
excuneato ;* dentibus subulato *setaceis æqui ac inæquilongis, in
fructu 3-3½ lin. long.,* primum acutis, demum *subfalcato-incurvis.*

fuscescentibus v. purpurascentibus plumose hirsutis sinubus rotundatis discretis, *postico omnium latiore* ; corolla calycem aequans v. triente ultraque eum exsuperans, in fructu eo brevior, vexillo lineari acuminato v. acuto $1\frac{1}{2}$-2 lin. longo ac $\frac{1}{4}$ lin. lato, alis eo dimidio brevioribus; legumine tenue membranaceo ellipsoideo, lenticulari compresso, monospermo, calycis tubi longitudine; semine legumini conforme 2-$1\frac{1}{4}$ *lin. longo* umbrino vel testaceo, *extremitate radiculari obscurius tincto, faciebus absolete sulcato, caeterum levissimo.*

Obs. Species mihi adhuc valde suspecta inter T. cherleri et hirtum media, ac fortasse nil nisi unius alteriusve varietas, calyce nervis his copiosioribus insignita. T. cherleri cui habitu, indumenti indole, capitulorum forma ac floribus cum rhachi indurata in fructu firmiter cohaerentibus ac unacum delabentibus simillimum differt calyce omni ac late 1, imo minore, tubo 20-23 nervio, dentibus in fructu erecto-patulis, nec homomalle falcatis, ferrugineo nec albo pilosis, vexillo parum latiore obtuso, ac seminibus subduplo minoribus. T. hirtum a nostro potissimum recedit floribus in fructu a rhachi facile avellendis, calycis tubo 15-20 rarissime 23 nervio sinubus dentibus interjectis omnibus aequalibus ac ore intus obscure ac interrupte annulato. Ad reliqua vero adeo similis est nostrae speciei, quod absque accuratiore calycis examine haud discernenda sit. T.

Aridis *Ciliciæ* Bulgardagh prope Ilan ovassi, in viciniis Gulek-Bogaz, alt. 1235ᵐ, unde Kotschy, an. 1853 mense Augusto semina retulit. F.

34. T. ambiguum MB. (T. Vaillantii MB.) *Armenia circa Erzerum,* nec non in monte Ararat. — Provinciis *Caucasicis. Tauria.* Ledeb. fl. ross. I. 552.

35 † T. Tenorianum Boiss. (T. tenuiflorum Ten. T. strictum Moris.) Prope *Byzantium.* R. — *Græcia* Nym.

Sect. III. Eriosphærum Ser. in DC.

36 † T. maritimum Huds. (T. Xalardi DC. T. glabellum Presl. T. rigidum Savi. T. globosum Presl. T. stellatum Huds.) *Trichm.*

pl. As. Min. exsicc. 1849. N° 257 bis. — *Galatia :* inter pagos
Tchaltyk et Allar. T.

37 † T. **supinum** Savi non Griseb. (T. echinatum MB.) *Bal.* pl.
d'Or. 1855. N° 118. — *Tchihat.* pl. As. Min. exsicc. an. 1848.
N° 101. — *Ponto* collibus marit. circa Samsun. T. *Ionia,* prope
Smyrnam. *Pamphylia :* herbidis pratis Telurbac-khan. *Lydia :*
ad aquas ad basin montis Tmoll. *Caria :* humidis montis
Cadmi. B. *Cilicia boreali :* in via a pago Bulukly ad pagum
Aladagh ducenti, alt. c. 700ᵐ. Bal. — *Serbia,* Pan., *Bulgaria,*
Dalmatia. B. Herb. Provinc. *Caucasicis.* Ledeb. fl. ross. I. 541.
Italia, Nym.

38 T. **Constantinopolitanum** Ser. — *Bal.* pl. d'Or. 1850. N° 161.
— Ad *Byzantium.* B. *Ionia :* campis insulæ Kitsali in Sinu Smyrnensi. Bal. *Mesopotamia* circa Urfa et Severek. B. — *Palæstina.* B.

   Var. phleoides Boiss. Ad *Byzantium.* B.

39 † T. **reclinatum** W. et K. (T. supinum Griseb. T. reflexum DC.
T. Waldsteinianum Sweet.) *Bal.* pl. d'Or. 1855. N° 119. —
Ionia : ad declivitates umbrosas montis Tahtaln prope Smyr-
nam. B. herb. *Cilicia campestris* regione montana, ad pagum
Aladagh. Bal. — *Thracia, Græcia.* B. herb. *Serbia,* Pan. *Mace-*
donia. G. *Hungaria,* DC. l. c.

40 T. **trichocephalum** MB. (T. armenium Willd. ? sec. Stev.
T. canescens hot. mag. sec. MB.) *Armenia :* monte Ararat, alt.
3248-3891ᵐ W. — Alpinis et subalp. totius *Caucasi,* alt. 1361-
2531ᵐ. Ledeb. fl. ross. I. 545.

41 T. **canescens** Willd. (T. ochroleucum magnum Guldenst.) —
Cappadocia. DC. Pedr. II. 193. *Armenia* circa Kenprn-haehl. H. —
Bessarabia pratis vulgaris. Ta. Provinc. *Caucasicis.* Ledeb. fl.
ross. I. 545.

42 † T. **Pannonicum** L. (T. alopecuroides β Pers. T. armenium
Eichw.) *Bithynia* Olympo. G. — *Tauria,* Provinc. *Caucasicis,*
Ledeb. fl. ross. I. 541. (Cl. Stev. hanc speciem unquam Tauriæ
vidisse negat.) *Serbia,* Pan.

43 T. **Armenium** Willd. non Eichw. (T. Pannonicum L. var. DC.?)

Bal. pl. d'Or. an. 1856. N° 917. — *Tchihat.* pl. As. Min.
exsicc. an. 1858. N° 630, 619. — *Ponto :* inter Samsun et pagos
Sarmytch atque Teke, alt. 100-700ᵐ T. *Cappadocia :* monte Alidagh, pr. Kaisaria sito, alt. 1150ᵐ T. *Armenia :* jugo Tekdagh,
alt. 2000ᵐ; nec non planitie circa Erzerum, alt. 1950ᵐ. T.

> ♂ *Var.* pumilum Clem. Sert. Orient., p. 35. — Caulis humilis semi-
> palmaris adscendens; capitull abbreviati; stipulæ turpe aphyllæ.
> — *Bithynia :* declivitatibus alpinis Olympi, latere orientall. Clem.
> l. c.

> ♂ *Var.* (*Tchihat.* pl. As. Min. exsicc. an. 1858 N° 301.) *Ponto aus-
> trali :* inter pagos Agatchbachi et Sarybaha (ad NO urbis Gumuch-
> hane), alt. 2300ᵐ T.

41. T. Olympicum Horn. (T. elongatum Willd.) *Bithyniæ* Olympo.
Caria : monte Cadmo supra Colossam, in pinetis. B. herb. *Galatia.* — *Græcia.* Steud. nom. bot.

15. T. alpestre L. (T. medium Friv. non L. T. pratense. L. var.
T. rubens Habl.) Olympo *Bithyniæ.* S. *Armeniæ* monte Ararat.
Ledeb. fl. ross. — Regione montana *Macedoniæ :* sparse in formatione Juniperi Oxycedri, herbosis apricis in monte Peristeri,
alt. 1137-1495ᵐ, et in pratis montis Kobelitza, alt. 909-1537ᵐ. G.
G. *Serbia.* Pan. *Prov. Caucasicis. Tauria. Sibiria uralensi.* Ledeb.
l. c.

> ♂ *Var.* minus Boiss. (*Bal.* pl. d'Or. an. 1857. N° 1192.) *Phrygia :*
> prope Uchak. Bal.

16 † T. expansum W. et K. (T. pratense L. var.! DC.) *Tchihat.*
pl. As. Min. exsicc. an. 1858. N° 532. — Ad *Byzantium.* G. *Ponto :*
inter pagos Suniza et Teke, ad SSE urbis Samsun sitos. T.

17 > T. Bithynicum Boiss. — Silvaticis regionis mediæ Olympi
Bithyniæ. B.

18 † T. pratense L. (T. sativum Mill. Reichb. Triphylloides pratense Moench.) *Tchihat.* pl. As. Min. exsicc. an. 1853. N° 513;
an. 1858. N° 105. — *Ponto boreali et meridionali :* collibus circa
Samsun; inter Alucra et Niksar locis mont. silv., alt. c. 700ᵐ. T.
Armenia : circa Erzerum. Calc. *Archipelago :* graminosis ubique.

Prodr. fl. gr. II. 97. Regione alpina inferiore *Cappadociæ* montis
Masmener-Dagh (jugo Ala-Dagh). — *Bessarabiæ* pratis. Ta.
Serbia. Pan. *Tauria*. Omni *Sibiria*. Ledeb. fl. ross. I. 548.

49 ⟩ **T. caudatum** Bois. — *Lydia* : herbidis partis superioris
Mesogis supra Tralles. B.

50 † **T. pallidum** W. et K. *Lydia:* humidis montanis supra Ephesum. — *Græcia. Creta. Algeria*. B. herb. *Serbia*. Pan. *Rossia austr.*
Ledeb. fl. ross.

51 † **T. diffusum** Ehrb. Willd. (T. ciliosum Thuill. T. circumci-
sum Pers. T. purpurascens Roth.) *Lydia:* dumosis montis Tmoli
prope Philadelphiam.— Herbosis prope Odessam. D'Urv. Enum.
Prov. *Caucasicis, Tauria*. Ledeb. fl. ross. I. 543.

52 **T. hirtum** L. (T. pictum MB. Triv.) *Tchihat.* pl. As. Min. exsicc.
an. 1853. N°110 et 141. — *Bal.* pl. d'Or. 1854. N° 173. — *Ionia:*
collibus lapidosis ad septentrionem sinum Smyrnæum circumdantibus. Bal. *Pisidia:* inter pagos Aglassan et Tchukur-koi, alt.
c. 880°. T. *Archipelagi* ins. Zea. Stev. — *Rumelia*. G. *Tauria*.
Prov. *Caucasicis*. Ledeb. fl. ross. I. 544.

53 **T. globosum** L. (T. aldificum Griseb. Calycomorphum globosum Presl.) *Bal.* pl. d'Or. 1854. N° 160, 161; 1855. N° 451.
— *Tchihat.* pl. As. Min. exsicc. 1853, N° 30. — *Agro Byzantino*. G. Regione littoralis *Bithyniæ:* frequens in aridis prope
Katerli ad sinum Nicomedicum. G. Olympo. S. *Ionia:* prope
Smyrnam collibus incultis. Bal. *Lydia* et *Caria*. B.Regione
calida *Ciliciæ campestris*. — *Attica*. B.

54 ⟩ **T. pilulare** Bois.—*Bal.* pl. d'Or. 1854. N° 162.—Umbrosa
graminosis montium, *Lydia, Caria* et *Ionia:* montibus prope
Smyrnam, montibus Mesogis, Tmoli, etc. B.

55 ⟩ **T. Oliverianum** Ser. (T. libanoticum Ehrh.T. radiosum Wahl.)
Circa *Byzantium*. DC. Prdr. II. 197. Umbrosis *Cariæ* et *Lydiæ*. B.

56 **T. clypeatum** L. (Triphylloides clypeata Mœnch.) *Bal.* pl. d'Or.
1854. N° 168. — *Ionia:* ad rivulos declivitatis montis Tahtaly
prope Smyrnam. B. herb. Agro *Cariensi*. Prdr. fl. gr. II. 99. —
Palæstina. B. herb. Prope Saida. Cal. herb. Syr. N° 12. *Cypro*.
Prdr. l. c. *Græcia*. Nym.

57 † **T. stellatum** L. non Pall. Olympo *Bithyniæ*. S. Ad *Byzantium*.
B. herb. *Lycia* : inter Phineca et Armutlu. Forb. — *Macedonia*,
Syria, *Græcia*, *Teneriffa*. B. herb.

> *Var.* Longiflorum Boiss. Reg. sempervir. *Bithyniæ et Thraciæ*, alt
> 0-190ᵐ : copiose campos siccis pr. Modania; penins. Hajion-Oros;
> pr. Byzantium; pascuis pr. Hissek. G.

58 † **T. leucanthum** MB. (T. malacanthum Link. T. obscurum
Guss. T. stellatum Pall. T. variabile Guss. T. leucanthemum
Ten.) Prope *Byzantium*. T. *Tauria*. Stev.

Sect. IV. Trifoliastrum Ser. in DC. Prdr.

59 † **T. parviflorum** Ehrh. (T. strictum Schreb. Amoria parviflora
Presl.) *Ionia* : montibus Smyrnæ ad Burnabat. B. *Caria* : dumo-
sis monti Cadmi supra Gheyra. B. herb. — *Serbia*, Pan. *Tauria*.
Stev. Provinc. *Caucasicis*, Ledeb. Q. ross. I. 553.

60 † **T. glomeratum** L. Agro *Byzantino*. G. Arenosis maritimis
Ciliciæ campestris prope Mersham. Bal. — *Rossiæ* prov. caspica
Lenkaran. Ledeb. l. c.

61 > **T. pauciflorum**. D'Urv. Campis prope *Byzantium*. DC. Prdr.
II. 196.

62 † **T. striatum** L. (T. roseum Presl. T. scabrum Poll. T.
micropetalum E. M. T. tenuiflorum β Ten.) Prope *Smyrnam*.
T. — *Macedonia*, Nym. *Serbia*, Pan. *Teneriffa*. B. herb. Provinc.
Caucasicis, Tauria. Ledeb. l. c.

> *Var.* Constantinopolitanum Clem. Sert. Orient. p. 35. Tota planta
> villoso-albescens, caulibus abbreviatis, compactis, robustis. —
> Collibus circa *Byzantium*, æstate. Clem. l. c.

63 > **T. glanduliferum** Boiss. (T. Tunetanum Boiss. et Bal. in
pl. Or. exsicc. an. 1851. Nº 175.) Bal. pl. d'Or. an. 1857.
Nº 1191. — Pinetis regionis montanæ *Lydiæ* et *Cariæ* : montibus Smyrnæ, in. Mesogi, supra Tralles, in. Cadmo, in. Tmolo
ad pagum alpinum Boz-Dagh. B. *Phrygiæ* valle Yachamichlar,
keni ad septentrionem urbis Ushak. Bal.

64 † **T. repens** L. (T. album *a* et β Link. ll. fr. Amoria repens
Presl. T. luxurians β hort. par.) *Tchihat.* pl. As. Min. exsicc.
1853. N° 83. — *Cariæ* planitie prope Davas, alt. c. 1100ᵐ.
T. Pratis regionis montanæ et mediterraneæ a Serbia ad Thra-
ciam; prope Byzantium. G. — *Tauria*, Prov. *Caucasicis. Sibiria.*
Ledeb. fl. ross. I. 533. *Cypro.* Prdr. fl. gr. *America bor.* Torr. et
As. Gray. *Africa bor.* Boiss. Voy. Esp. *Madera.* Lehman.

65 † **T. prostratum** Biasol (T. Biasoletianum Steud. T. cæspitosum Reyn. var.? T. repens. L. var. Koch.) Pratis maritimis
prope Iliraek *Bithyniæ,* solo arenoso frequentissime . G.

66 > **T. Meneghianum** Clem. Sert. Orient. p. 31, tab. VII. fig. l.
T. caule fistuloso; foliolis ovatis vel obovatis; stipulis vagina
lata membranaceo-scariosa externe connexis; capitulis minute
bracteolatis, post anthesin umbellatim reflexis; laciniis calycinis lanceolato-triangularibus, cuspidatis tubum subæquantibus; leguminibus dispermis.

Radix...? caulis erecto-adscendens ramique numerosæ fisto-
losi, longitudinaliter striati. Foliola basi cuneata, minute
serrata, serraturis a venulis productis cuspidato subaristatis.
Stipulæ basi petioli interne adnatæ, membrana ampla continua
scariosa m. 0,002-3 longa caulem pedunculumque vaginante
præditæ; caudiculæ dimidiam longitudinem petioli superantes,
triangulares, oblongæ, acutæ, reticulato-nervosæ. Pedunculi
axillares, erecto patentes, striati, petiolo bracteante triplo quadruplo longiores. Capitula 30-40 flora bracteolata, floribus
pedicellatis, primum erectis deinde reflexis, centralibus abor-
tientibus, in penicillum rectum conniventibus immutatis. Florum fertilium pedicelli teretes glabri, longitudine varia externi
brevissimi, interiores pedetentim longiores, tandem tubum
calycinum æquantes vel superantes. Bracteolæ minutæ, lan-
ceolato-acuminatæ, scariosæ. Calycis tubus membranaceo-
scariosus, longitudinaliter 10-nervius. Nervi primarii usque ad
apicem dentium decurrunt; minores cum iis alternantes fauce
consistunt et in duabus venulis divisi marginem dentium percurrunt et tandem nervo mediano conjunguntur. Dentes calycini
lanceolato-subulati, viriduli; superior tubum æquans vexillo

plus quam dimidio brevior ; intermedii tubo breviores ; infimi intermediis minores. Vexillum ovato-obtusum, in anthesi albo-luteolum, tandem avellaneum, nervoso-striatum. Alæ vexillo quarta parte breviores carinam superantes. Legumen glabrum, dorso infra duo semina, quæ matura non vidi, emarginatum.

Tota planta glabra, caules et rami primarii m. 0,25 circiter longi.

Obs. T. *Micheliano* Savi et T. *nigrescenti* Viv. affinis. Differt a primo stipulis margine externo connexis, licet continuis cau-lemque vaginantibus ; dentibus calycinis lanceolato-triangula-ribus tubum subæquantibus, nec *lineari-setaceis tubo longioribus.* A T. *nigrescenti* differt caulibus ramisque fistulosis, legumi-nibus dispermis. — Collibus circa *Byzantium* ultra cœmeterium magnum. Clem.

67) T. Petrisavii Clem. Sert. Orient. tab. VIII, fig. 2.

T. caulibus solidis medullosis ; foliolis cuneato-triangulari-bus, obtusis ; stipulis vagina scarioso-membranacea caulem amplectente externe connexis ; capitulis densis ; floribus brac-teolatis, post anthesim omnibus umbellatim reflexis ; dentibus calycinis lanceolatis tubum æquantibus, leguminibus dispermis. Copiose provenit in collibus constantinopolitanis ultra *il Gran Campo* et tota æstate floret.

Planta perennis, cæspitosa ; ramis primariis sparsis, pro-stratis, arrhizis, medulla farctis, m. 0,08 a m. 0,18 circiter longis, longitudinaliter striatis. Folia longe petiolata ; foliola cuneato obtusis, nervosis, superiori margine ex nervaturis excurrentibus serrato-cuspidatis. Stipulæ exteriori latere inter se, interiori cum petioli basi connexæ, caulem pedunculumque late vaginantes ; caudiculæ triangulares, lineari-acuminatæ, nervosæ vaginæ longitudine. Pedunculi axillares folio 2-4-lon-giores, striati, erecto-divergentes, capitulis densis 25-30-floris terminati. Flores minute bracteolati, pedicellati. Pedioli teretes, præsertim externi abbreviati, post anthesim omnes recurvati. Bracteolæ scariosæ, ovato-acuminatæ, nervo mediano usque ad apicem producto carinatæ. Calycis tubus campanulato-cylindri-cus, membranaceo-scariosus pediolo longior, longitudinaliter

10-nervius; limbus 5-dentatus, dentibus lanceolato-acuminatis, margine scarioso-membranaceis; duobus superioribus majoribus, tubum æquantibus, dimidiumque vexillum paullulum superantibus; inferiore minori dimidiam carinam æquante. Nervi calycis quinque majores usque ad apicem dentium decurrunt; quinque minores, ad faucem bifidi dentium reapse trinervium margines percurrunt. Vexillum sordide albidum, ovato-acuminatum, longitudinaliter plicato-striatum, apice minute denticulatum. Alæ vexillo quarta parte breviores, carinam vix superantes. Legumen sessile, dispermum, dorso, infra semina, emarginatum.

Obs. A T. Meneghiniano differt; caulibus medullosis nec *fistulosis*; capitulis densifloris, forma foliorum et omnino habitu.

A *T. nigrescente* Viv. diff. leguminibus dispermis nec 4-spermis, dentibus calycinis tubo et dimidio vexillo brevioribus, capitulis magis densis, et tandem omnibus partibus rigidioribus magisque compactis.

68 ⸸ **T. nigrescens** Viv. (T. Michellianum Savi. T. hybridum Savi. T. Vaillantii Lois. Amoria Michelliana Presl. T. cappadocicum altissimum, caule fistuloso, flore albo. Herb. Tourn.) *Tchihat.* pl. As. M. exsicc. 1853. N° 66. *Bal.* pl. d'Or. 1854. N° 161. — *Ionia* : prope Smyrnam, collibus incultis. Declivitate boreali *Cariæ* montis Cadmi. T. *Ciliciæ campestris* regione calida in planitie circa Mersinam. Bal. *Ponti* segetibus circa Trapezunt copiosissime. D'Urv. Enum. Regione sempervirenti insulæ *Tassos*. G. — Provinciis *Caucasicis*. Ledeb. fl. ross. I. 535.

69 ⸲ **T. hygrophilum** Boiss. Humidis maritimis *Ioniæ* ad Smyrnam; regione montosa inter Ephesum et Magnesiam ad Meandrum. B.

70 ⸲ **T. Anatolicum** Boiss. — *Bal.* pl. d'Or. 1854. N° 170. — Arenosis humidis regionis alpinæ aliorum *Anatoliæ*: Tmoli, Sipyli, Olympi Bithynici, etc. B. Regione subalpina *Cappadociæ* montis Argæi, nec non montis Masmenevdagh (jugo Aladagh). Bal.

71 ⸲ **T. macrorrhizum** Boiss. Ad fontes supra plumbi-fodinas

in monte Pach-Olug *Tauri Cilicii*, alt. 2273ᵐ. B. *Cappadocia* : regione subalpina montis Argei. Bal.

72 > T. **Balansæ** Boiss. (*Bal.* pl. d'Or. 1854. Nº 158.) Ad pagum Cordilio prope Smyrnam, in arvis otiosis. Bal.

73 > T. **elegans** Savi. (T. ambiguum MB. T. formosum Savi. T. hybridum Poll. T. Vaillantii Poir. Amoria elegans Presl.) *Bithynia* prope Brussa. G. *Ponti* herbidis circa Trapezunt. D'Urv. Enum. — Prov. *Caucasicis*. Ledeb. l. c. *Græcia*. Nym. *Serbia*. Pan. *Bessarabia* : locis humidis. Ta.

74 T. **Latinum** Sebast. Maur. (An idem ac T. Dalmaticum?) Regione superiori *Lydiæ* montis Mesogis; humidis montium prope Ephesum. Dumosis *Cariæ* montis Cadmi prope Denisly. *Ionia* : prope Smyrnam ad Burnabat. — *Græcia*. B. herb. *Italia*. Nym.

75 ÷ T. **montanum** L. *Armenia rossica* m. Ararat. Bge.

76 † T. **Dalmaticum** Vis. (T. lucanicum Fl. sic. T. maculatum Host.) Montibus Smyrnæ. *Cariæ* monte Cadmo inter Gheyra et Denisly. — *Græcia*, *Dalmatia*. B. herb.

SECT. V. VESICASTRUM Ser. in DC. Prdr.

77 † T. **subterraneum** L. (Calycomorphum subterraneum Presl. Triphylloides comosa Mœnch.) Campis pratisque regionis sempervirentis *Bithyniæ*, *Macedoniæ* et *Thraciæ*, alt. 0-200ᵐ : socialis pratis insulæ Prinkipo; campo littorali prope Kapaklu ad sinum Mudaniensem fere unica vegetatio. G. Provinciis *Caucasicis*, *Tauria*, Ledeb. fl. ross. *Græcia*. Ins. *Zante*. Nym.

α. Pedunculis folio longioribus, seminibus atro-purpureis nec nigris. Tota planta gracilis longissime repens, parce pilosa; flores et steriles numerosi tenues; dentes calycini valde elongati, pilosissimi. — Ad *Byzantium* locis humentibus prope aquæductum ultra il *Gran Campo di Pera*. Clem. l. c.

β. Pedunculis folio longioribus, seminibus atro-purpureis sicut in antecedente; sed tota planta valde contracta, robusta, villosa.

Flores sterilibus minus graciles quam in α. Clem. l. c. — Ad Byzantium. l. c.

γ. Calycibus atro-purpureis. Planta sæpissime pusilla, ramulis prostrato-divaricatis, fere truncatis. Clem. l. c. — Ad Byzantium.

78 **T. xerocephalum** Fenzl. in Pugillo atque in Russeg. Reise I. 899. — *Bal.* pl. d'Or. an. 1855. N° 132. — *Ionia* : humidis montium inter rudera Ephesi et Tralles. B. *Cilicia campestri* : regione calida prope Mersina. Bal. — *Syria* : prope Saida. Catal. herb. Syr. fasc. I. N° 13. nec non prope Saida, ad ostia fl. Orontis. T.

79 > **T. chlorotrichum** Boiss. et Bal. *Phrygia* : ad Kalaguel-Dere prope Ushak. B.

80 > **T. setiferum** Boiss. (T. vesiculosum Savi. Tr. mutabile Portsch. T. recurvum W. et K. T. turgidum MB. Mistyllus turgidus Presl.) Prope Byzantium. G. Dumosis montium *Lydiæ* : circa Ephesum, Cadmo collibus prope Jenidje ; ad basin Mesogis inter Dervend et Philadelphiam. B. — *Rumeliæ* m. Scardo. *Bulgaria. Mœsia.* Nym.

81 † **T. spumosum** L. (T. folliculatum Lmk. fl. fr. Mistyllus spumosus Presl.) — *Bal.* pl. d'Or. 1855. N° 452. — *Ionia* : montibus Smyrnæ. *Pamphylia* : prope flumen Cestrum circa Adaliam. B. herb. *Cilicia campestri* : arvis prope Mersinam. Bal. Communis arvis ins. *Melos.* D'Urv. Enum. *Græcia.* Nym. — Provincia Caspica Baku. Ledeb. l. c.

82 † **T. resupinatum** L. (T. bicorne Forsk. Galearia resupinata Presl.) *Tchih.* ct. pl. As. Min. exsicc. an. 1858. N° 38, 669. — *Ponto* : collibus marit. circa Samsun. T. vulgatum pascuis omnibus *Bithyniæ, Thraciæ australis.* et *Macedoniæ* secus littus maris *Marmorei Ægyptique.* alt. 0-195ᵐ. G. *Archipelago,* Pdr. fl. gr. *Ponto* : inter pagos Feringe et urbem Nicksar, alt. 500ᵐ. T. *Armenia* : circa Erzerum. Calv. — Provinciis *Caucasicis.* Ledeb. fl. ross. *Tauria.* Stev. *Serbia.* Pan. Omni *Græcia.* Pdr. fl. gr.

83 † **T. fragiferum** L. (Galearia fragifera Presl.) *Tchihat.* pl. As. Min. exsicc. 1853. N° 11 ; an. 1858. N° 578. — Agro *Carkemal.* Pdr. fl. gr. Ios. *Melos.* D'Urv. *Ponto* : maritimis, umbrosis, silva-

ticis: T.—*Bessarabiæ* vallibus prope Kichencff, Bender, Leontieff.
Ta. *Serbia.* Pan. Provinc. *Caucasicis, Tauria.* Ledeb. fl. ross. I.
519. Locis humidis *Macedoniæ* littoralis. G. Frequentissime
Græciæ littoralibus depressis. Fr. Syn. Fl. class. *Algeria* : pr.
Djelfa, alt. 1120m. Coss. Bull. soc. bot. iv. 485.

84 T. **tomentosum** L. (Galearia tomentosa Presl.) *Lycia:* inter Phe-
nica et Armutlu. Forb. *Archipelago :* incultis ins. Melos, D'Urv.
Ad *Byzantium,* ad *Smyrnam.* B. herb. — *Græcia, Arabia Petræa.*
ins. *Zante. Algeria.* Insulis *Canaricis.* B. herb. *Iberia* et prov.
Baku. Ledeb. l. c.

Sect. VI. Lupinaster Ser. in DC. l. c. — G. Lupinaster Mœnch.

85 > T. **nigrolineatum** Wahlbg. (T. nigropunctatum G. Don.)
Ad *Byzantium.* G.

86 † T. **uniflorum** L.—Fl. græc. tab. 752. (T. Buxbaumii Sternb.
Lupinaster uniflorus Presl.) *Tchihat.* pl. As. Min. exsicc. an. 1849.
N° 501. — *Bal.* pl. d'Or. 1854. N° 176. — Herb. græc. norm.
N° 490. — Regione sempervirente *Thraciæ* et *Bithyniæ,* alt.
0-390m: sociale inter quercum cocciferum, colle Burgurlu prope
Scutari; formatione poterii spinosi prope Byzantium; montosis
aridis circa Constantinopolim et Peram. G. *Troade* inter pagos
Nurlu et Tchauchlar, alt. c. 1000m. T. *Ionia:* collibus lapidosis
ad orientem Smyrnæ. Bal. Frequens insulis *Archipelagi.* D'Urv.
Enum. — Saxosis *Atticæ* montium frequens ad alt. 1300m,
nec non ad littus maris. Heldr. *Creta, Dalmatia.* Nym.

Sect. VII. Chronosemium Ser. in DC. Prdr.

87 > T. **rytidosemium** Boiss. et Hohen. — *Tchihat.* pl. As. Min.
exsicc. an. 1858. N° 300, 920. — Regione subalpina *Cappadociæ*
montis Argæi. Bal. *Ponto australi :* inter pagos Agatchbachi et
Sarybaba ad NNO Guinuchhane sitos, alt. c. 2300m. T. *Armenia :*
jugo Bingœldagh, alt. c. 3000m. T. — *Persia :* monte Totchal
pr. Teheran. B.

88) **T. rivulare** Boiss. et Bal. *Antitauro :* in rivulis regionis alpinæ montis Arslandagh. B.

89 † **T. agrarium** L. non. Gmel. (T. campestre Gmel. fl. bad. non Schreb.) *Cariæ — Peloponnesi* et *Cretæ* montibus. Prdr. fl. gr. — Provinciis *Caucasicis.* Ledeb. fl. ross. *Serbia.* Pan.

90 † **T. spadiceum** L. — *Tchihat.* pl. As. Min. exsicc. an. 1858. Nᵒ 927. — *Armenia :* ad radicem bor. jugi Bingœldagh, alt. 1400-2000ᵐ. T.

91 † **T. speciosum** Willd non Boiss. (T. Gussoni Tineo. T. Billardieri Spr. T. comosum Labill. T. plicatum Presl.) *Tchihat.* pl. As. Min. exsicc. an. 1849. Nᵒ 353; 1853. Nᵒ 25. — *Bal.* pl. d'Or. 1854. Nᵒ 172; 1857. Nᵒ 1193. — Herb. gr. nonn. Nᵒ 293. — *Ionia ,* prope Smyrnam, collibus incultis. Bal. Declivitate orient. *Lydiæ* montis Tmoli, inter pagos Ovadjik et Kiäl-Kalessi, alt. c. 300ᵐ. T. *Phrygia* ad Kaisagœldere 2 leucis ad SO. urbis Uchak. Bal. *Mysia :* prope pagum Derekoi, alt. c. 60ᵐ, locis herbosis. T. Insulis Archipelagi. — *Syria.* Steud. Nomen. bot. — *Macedonia.* Nym. Faucibus *Atticæ* montis Hymetti. Heldr. *Tauria.* Stev.

92 **T. Boissierianum** Guss. (T. speciosum Boiss.) *Bal.* pl. d'Or. 1854. Nᵒ 166; 1855. Nᵒ 454. — Herb. græc. Nᵒ 193, atque Heldr. pl. exsicc. Nᵒ 630. — *Pamphylia :* fauce Tsumbuckhan inter Adalia et Isbarta, fruticetis. B. Herb. — *Ciliciæ campestris* regione calida prope Mersinam. *Ionia :* prope Smyrnam, collibus incultis. Bal. — *Palæstina.* B. herb. Lycabetto et Hymetto *Atticæ* montibus, alt. 162-850ᵐ. Heldr.

93 † **T. procumbens** L. (T. agrarium Gmel. T. campestre Bess. Melilotus lupulina Lmk.) *Tchihat.* pl. As. Min. exsicc. an. 1849. Nᵒ 457. — *Troade :* inter pagos Tuzlu et Hasil. T. *Ciliciæ campestri* ad pagum Dulukly prope Mersinam. Bal. — Provinciis *Caucasicis, Tauria.* Ledeb. fl. ross. *Græcia.* Nym. *Serbia.* Pan.

> Var. minus (T. procumbens Schreb. T. pseudo procumbens Gmel.) Ad *Byzantium, Ionia :* in montibus supra Ephesum, nec non prope Smyrnam. *Pamphylia :* prope Adaliam. — *Tauria.* B. herb.
>
> Var. erythranthum Griseb. Regione sempervirente *Bithyniæ, Thraciæ* et *Macedoniæ.* G.

94 † T. filiforme L. Sm. engl. bot. tab. 1257. (T. minus Sm.
engl. bot. tab. 1256) *Tchihat.* pl. As. Min. exsicc. an. 1858.
N° 68. — *Ponto :* collibus maritimis circa Samsun. T.

95 T. Mesogitanum Boiss. (T. procumbens L. v. pauciflorum.)
Regione montana superiore Mesogis, supra Tralles. B.

96 † T. micranthum Viv. (Melilotus anomala Ledeb. T. filiforme
var. microphyllum DC.) Ad *Byzantium. Algeria* B. herb. —
Provinciis *Caucasicis.* Ledeb. l. c.

97 T. polyphyllum C. A. Mey. non Nutt. Alpestribus *Lozistani.*
B. herb. — Regione alpina *Caucasi orient.*, alt. 2330-2836ᵐ,
Ledeb. fl. ross. 1. 551.

98 T. scutatum Boiss. — *Bal.* pl. d'Or. 1851. N° 160. — *Ionia :*
montosis Smyrnæ supra Burnabat. B. — *Syria :* inter Saida et
Beyrut. Cat. herb. syr. fasc. 2. N° 61.

XXIV. **Dorycnium** Tourn. DC. Prdr. II. 208. excl. sper. —
Loti spec. L.

1 D. ibericum Willd. (D. intermedium Ledeb. D. latifolium
Willd. non MB. Ononis quinata Forsk. D. salsuginum Rchbh.
Bonjeania villosa Vill. Lotus latifolius Sibth. et Sm.) *Tchihat.*
pl. As. Min. exsicc. 1852. N° 660 ; an. 1858. N° 633. — Ad
Byzantium. T. Olympo *Bithyniæ.* Prdr. fl. gr. II. 107. *Catuonia :*
inter vallem fl. Basanta-su et pagum Kisildagh, alt. c.
1300ᵐ. T. *Lydiæ* monte Sipylo. B. herb. *Ponto :* nemoribus
circa Trapezunt. D'Urv. Emin. Nec non inter Samsun et
pagum Tekekoi, locis montosis silvat. T. — Peninsula Ila-
jion-Oros. G. Provinciis *Caucasicis, Tauria.* Ledeb. fl. ross.
1. 559.

2 † D. suffruticosum Vill. Ser. (Lotus Dorycnium L. — Sm. Fl.
gr. D. Monspeliense Willd. D. fruticosum Pers. Lotus digitatus Link.) Nemoralibus agri *Byzantini* prope Belgrad, et insulis
Cyaneis. G. Olympo *Bithyniæ.* S. *Ciliciæ campestris* regione calida
ad pagum Tchauchli, prope Mersinam. Bal. *Græcia.* Nym. —

Serbia. Pan. *Algeria* : prope Djelfa, alt. 1120ᵐ. Com. Bull. soc. bot. IV. 465.

3 » D. **Anatolicum** Boiss. *Lycaonia* : collibus apricis inter Beycher et Konia sitis. B. *Ciliciæ* monte Bulgardagh, editioribus cedreti locis apertis, inter pagum Gulek et plumbi-fodinas, alt. 1040ᵐ. Ky. *Cappadociæ* Karamas-Dagh, 5 leucis solem orientem versus ab urbe Kaisaria. Bal.

XXV. **Lotus** Ser. in DC. Prdr. II. 209. — Lotl Spec. L.

Sect. I. **Krokeria**, Ser. in DC. l. c. — G. Krokeria Mœnch.

1 † L. **edulis** L. (Krokeria oligoceratos Mœnch. L. oligoceratos Desf.) Agro Cariensi. — *Græcia*. Insulis *Zacyntho* et *Cypro*. Prdr. fl. gr. II. 103.

Sect. II. **Lotea** DC. S. fr. — G. Lotea Medic. Mœnch.

2 † L. **ornithopodoides** L. (Lotea ornithopodoides Mœnch.) Collibus insulæ *Melos*, D'Urv. Enum. — Haud rarus maritimis *Græciæ*. Fr. syn. fl. class.

3 † L. **peregrinus** L. (L. villosus Forsk. L. oligoceratos Lnk. L. Dioscoridis All.) *Bal*. pl. d'Or. 1854. Nᵒ 200. — Heldr. pl. exsicc. Nᵒˢ 476, 1402. — Herb. græc. norm. Nᵒ 519. — *Ionia* : declivitalibus herbosis rupium insulæ Kilsall prope Vurla, sinu Smyrnensi sitæ. *Cilicia campestri* prope Mersinam. Bal. — *Atticæ* arenosis maritimis ad Phalerum frequens. Heldr.

Sect. III. **Euloteæ** Ser. in DC. l. c.

4 L. **anthylloides** Vent. Prope Karput *Armeniæ*. B.

5 L. **halophilus** Boiss. et Sprun. — *Bal*. pl. d'Or. an. 1855. Nᵒ 455 — Herb. græc. norm. Nᵒ 173. — *Ciliciæ campestris* arenis ad orientem Mersinæ. Bal. — Arenis maritimis *Atticæ* ad Phalerum ubi in consortio loti peregrini crescit. B.

6 † **L. Creticus** L. (L. sericeus Mœnch). *Lycia* : pratis et vallibus maritimis, alt. 0.-190^m. Forbs.

Var. viridescens. Ins. *Chio.* — *Græcia. Creta.* B. herb.

7) **L. thermalis** Boiss. Paludosis ad fontes thermales *Hierro-polis*. B.

Var. rotundifolius Boiss. Paludosis *Cappadociæ* urbis Kaisariæ. Bal.

8 † **L. cytisoides** L. (L. diffusus Schranck non Soland. L. glaucus Sieb. non Alt.). — Regione littorali insulæ Halki inter lavandulos; rarius in pratis *Bithyniæ*. G.

Var. prostratus Ser. (L. Allionii Desr. an Poir?) *Archipelago.* — *Græcia.* Nym.

Var. uniflorus Ser. (L. coronillifolius Cuss.) *Archipelago : arenosis maritimis ins.* Melos. D'Urv. Enum. — *Græcia.* Nym.

9) **L. polyphyllus** Clarke. — *Troadis* monte Gargaro. DC. Prdr. II. 211.

10 **L. strictus** Fisch et Mey. — *Armenia rossica.* Ledeb. fl. ross. I. 560.

11 † **L. Gebelia** Vent. (L. ciliatus Ten. L. varians Desv.) *Tchihat. pl. As. Min. exsicc.* an 1819. Nᵒˢ 215 et 224. — *Lycaonia* prope lacus Bulukgœl, locis salsis. T. — Prov. *Caspica* Talusch. Ledeb. fl. ross.

Var. hirsuta. — *Tchihat. pl. As. Min. exsicc.* an. 1858. Nᵒ 894. — *Armenia australi* (Kurdistano) inter pagos Kale et Sughls, regione montos, alt. 1900^m. T.

12 **L. Arabicus** L. (L. roseus Forsk.). — *Archipelago.* Nym. — *Arabia.* DC. Prdr. II. 212.

13 † **L. hispidus** Loisel (L. subbiflorus Lagasc. L. pilosissimus β Poir.) Prope *Byzantium.* — *Macedonia.* B. herb. *Græcia.* Nym.

14) **L. divaricatus** Boiss. (L. macrotrichus Boiss. in pl. Anat. *Tchihat.* Ann. sc. nat. 1854.) *Lydia* : monte Mesogis; nec non ad basin montium inter Devrent et Alacher. B.

15 L. ciliatus Cyr. Prope *Byzantium.* R.

16 ⟂ L. angustissimus L. (L. angustifolius Gouan. L. diffusus
Sol. ap. Sm. L. gracilis W. et K.) *Tchihat.* pl. As. Min. exsicc.
an. 1858. N° 479 — Agro *Byzantino,* et in regione sempervirente
Italton Oros solitarie, alt. 0ᵐ 390ᵐ. G. *Ponto .* collibus maritimis
circa Kerasun et Samsun. T. — *Græcia.* Nym.   ·

> *Var.* Fructu abbreviato. — Bal. pl. d'Or. 1854. N° 101. — Declivi-
> tatibus Lepidosis insulæ Chustan (Micronisi) in sinu *Smyrnæo*
> sitæ. Bal.
> *Var.* alpina Boiss. *Ciliciæ campestris* siccis pinetorum. Bal.

17 ⟂ L. Coimbricensis Brot. (L. aristatus DC. hort. monsp.)
Ad *Byzantium.* G. Arvis insulæ *Melos.* D'Urv. Enum. — *Græcia,*
Nym.

18 ⟂ L. corniculatus L. (L. ciliatus β Ten. L. villosus γ Thuill.
L. alpinus ε Schleich. L. Forsteri Sweet. L. crassifolius ε Pers.)
Tchihat. pl. As. Min. exsicc. an. 1849. N°ˢ 658, 659; an. 1853.
N°ˢ 312, 472; an. 1858. N°ˢ 84 et 49. — *Ponto boreali :* collibus
maritimis circa Samsun. T. et *Polemoniaco :* inter Chahkhane
Karahissar et Lisdja, reg. mont., alt. c. 1600ᵐ. T. *Ciliciæ
trachææ boreali :* inter pagum æstivale (Yaila) Avcharorum
principis Ali-Bey et pagum Karatach, alt. 1600ᵐ., planitiebus et
vallibus excelsis lapidosis. In Pylis. T. *Archipelago.* Prdr. fl.
græc. II. 106. *Antitauro :* inter Tchataloglu et Yailadji, alt.
c. 1200ᵐ. T. *Cappadocia merid. :* inter vallem Bosanta-su et
pagum Kisildagh, loc. mont. silvat., nec non in monte Alidagh
pr. Kaïsariam. T. *Armenia* circa Erzerum. Calv. — *Bessarabia*
arenosis littoralibus. *Græcia.* Nym. *Serbia.* Pan. *Sahara algeriensi,* alt. 750ᵐ. Coss. Bull. soc. bot. IV. 395. *Tauria.* Provinciis *Caucasicis. Sibiria.* Ledeb. fl. ross. I. 560.

> *Var.* angustissimus Boiss. Pr. *Smyrnam.* — Ins. *Canariis. Creta.*
> B. berb.
> *Var.* tenuifolius Poll. (L. tenuis Kit. L. diffusus et tenuifolius
> Willd.) *Armenia :* circa Erzerum. Calv. — Herbidis circa Odessam.
> D'Urv. Enum. *Tauria.* Pr. Mare Caspium ad Astrakan. Ledeb.
> fl. ross. I. 506.

Var. hirsutissimus Ledeb. l. c. Declivitate boreali montis Ararat,
valle Anguri. Bge.

Var. supinus Boiss. *l.gr.* : pinetis m. Anamas, alt. 1140™. — Græcia : m. Taygeto. B. herb.

Var. Tchihatchewi Boiss. (L. Tchihatchewi Boiss. in. An. Sc. nat.)
Bal. pl. d'Or. an. 1857. N° 1105. — *Phrygia* : prope Tchek. Bal.

19 L. palustris Willd. Provinciis *Transcaucasicis* occidentalibus
versus fines turcicas. Ledeb. fl. ross. I. 562. — *Creta.* DC. Prdr.
II. 214.

20 > L. sulphureus Boiss. — *Bal.* pl. d'Or. 1856. N° 010; 1857.
N° 1208. — *Tchihat.* ' pl. As. Min. exsicc. an. 1857. N° 100. —
Lydia : collibus argilosis prope Gheyra, nec non in monte
Mesogis. *Caria* : ad basin montis Cadmi prope Denisly. B.
Phrygia pr. Uchak. Bal. *Lycaoniæ* planitie prope Dokuskan, alt.
c. 1400™. T. *Cappadocia* : monte Alidagh ad SE ab urbe Kaisa-
riæ, alt. c. 1300™. Bal.

XXVI. **Bonjeania** Rchbch. — Loti subg. Bonjeania Maoul. et
Dens. l. c. — Dorynii spec. DC. Prdr. II. 208.

1 ¹⁄ᵢ B. recta Rchb. (Dorycnium rectum Ser. in DC. Prdr.
Lotus glomeratus Link. Lotus rectus L.) Agro *Byzantino* prope
Belgrad. G. — *Græcia.* Nym.

2 ¹⁄ᵢ B. hirsuta Rchbch. (Lotus hæmorrhoidalis Link. fl. fr. L.
hirsutus L. Dorycnium hirsutum Ser. in DC. Prdr. Lotus affinis
Bess. β Dorycnium tomentosum Don. Lotus hirsutus Incanus
Lois. Lotus sericeus DC.) *Bal.* pl. d'Or. an. 1854. N° 386. —
Prope *Byzantium.* D. herb. Prope *Smyrnam* inter frutices. *Bal.*
Archipelagi ins. Sapienza. Nouv. fl. Pélop. — *Græcia.* Nym.

XXVII. **Tetragonolobus** Scop. ex parte. DC. Prdr. II. 215.
ex parte. — Loti subg. Tetragonolobus Maoul et Dens. l. c.

1 ¹⁄ᵢ T. purpureus Mœnch. (T. edulis Link. Lotus tetragonolobus L.) Inter segetes insulæ *Melos* copiosissime. — Ins. *Melita.*
D'Urv. Enum. — *Græcia.* Nym.

1. Vide nostram Tab. I.

2 † **T. siliquosus** Roth. (*Lotus siliquosus et maritimus* L.)
Tchihat. pl. As. Min. exsicc. an. 1853. Nᵒˢ 586 et 637. — *Cataonia* : inter Gœksyn et Jarpuz, locis planis, aridis, alt. c.
1200ᵐ. T. *Galatia orientali* : inter Karalindjeli et Tekmatch,
vallibus subaridis, alt. c. 1400ᵐ. T. — Provinciis *transcaucasicis*
versus lines turcicas ad littora Maris Nigri. *Tauria*, Ledeb. fl.
ross. I. 563, *Algeria* : pr. Djelfa, alt. 1130ᵐ. Coss. Bull. soc.
bot. IV. 485.

3 † **T. conjugatus** Link. (*Lotus conjugatus* L.) *Bal.* pl. d'Or.
1855. Nᵒ 491. — *Cilicie campestris* regione calida : ad pagum
Bulukly prope Mersinam. Bal.

4 **T. Ægæus** Griseb. (*Lotus Ægæus* Boiss. L. cytisoides Friv.
Socialis in littore arenoso *Thracie* prope pagum Makri. —
Macedonia. G.

5 **T. aduncus** Griseb. Ins. *Tassos*. — *Macedonia*. G.

SUBTRIB. III. GALEGEÆ DC. Prdr. II. 243.

XXVIII. **Psoralea** L. DC. l. c. — Dorycnium et Ruteria Mœnch.

1 † **P. bituminosa** L. (Rhynchodium palæstinum Presl. ex
Walp. Ann. P. palæstina Gouan. P. plumosa Rchb.h. Trifolium
bituminosum Riv.) *Tchihat.* pl. As. Min. exsicc. an. 1858.
Nᵒˢ 612, 438. — *Ponto* : collibus maritimis silvat. circa Samsun
atque Kernsun. T. Olympo *Bithyniæ*, necnon peninsula Cyzici. S.
Pylis *Ciliciis*. Bal. Petrosis *Archipelagi* frequens. Prdr. fl. gr.
II. 92. — *Tauria*. Ledeb. fl. ross. I. 564. Frequens *Græcia*, inter
frutices, collibus. Fr. syn. class.

   Var. Clem. sert. Orient. Ad littora Maris Nigri prope Phanar.
   Clem.

2. **T. acaulis** Stev. — *Tchihat.* pl. As. Min. exsicc. an. 1858. Nᵒ 663.
— *Ponto austr.* : inter urbem Niksar et pagum Feringe, locis
nemorosis. T. — Provinciis *Caucasicis*. Ledeb. fl. ross. I. 563.

XXIX. **Glycyrrhiza** Tourn. ex parte DC. Prdr. II. 247. excl.
spec.

1 † G. **glandulifera** Wald. et Kit (G. hirsuta Pall. Liquiritia officinalis Mœnch.) *Bal.* pl. d'Or. 1857. N° 1204. *Tchihat.* pl. As.
Min. exsicc. an. 1849. N° 379, 740.—*Galatia :* monte Karyoglan-
yedik, alt. 1276ᵐ. T. *Phrygia :* prope Ushak. Bal. *Armenia rossica :*
uliginosis, prope Etchmiasdin. W. — Prov. *Caucasicis. Tauria.
Sibiria.* Ledeb. fl. ross. *Græcia.* Fr. Syn. fl. class.

2 † G. **echinata** L. (G. capite echinato Tourn.) *Tchihat.* pl. As.
Min. exsicc. an. 1853. N° 250, 263; an. 1858. N° 828, 261. —
Bal. pl. d'Or. 1854. N° 211. — *Ponto :* inter urbem Amasiam et
pagum Messak. T. *Ionia :* planitie Burnabat prope Smyrnam
in vineis. Bal. *Cilicia trachæa :* inter Selevke et Perchembe,
locis herbosis subplanis. T. Arenosis maritimis ins. *Sami* et
Cretæ copiosissime. Prdr. fl. gr. II. 77. — *Thracia* et *Macedonia.*
G. *Bessarabia* humidis prope fl. Dniester. Ta. *Serbia.* Pan. —
Tauria. Provinciis *Caucasicis.* Ledeb. fl. ross. I. 505.

3 > G. **pallida** Boiss. et Noe. *Armenia :* circa Diarbekir. B.

XXX. **Glycyrrhizopsis** Boiss. et Bal.

1 G. **flavescens** Boiss. et Bal. (Glycyrrhiza flavescens Boiss.)
Bal. pl. d'Or. an. 1855. N° 495. *Cilicia campestri regione
calida :* ad pagum Bulukly prope Mersinam, nec non circa
Adanam. Bal. — Silvis *Syriæ* montis Casali, in via a Laodicea
ad Suadich. B.

XXXI. **Galega** Tourn. DC. Prdr. II. 248. — *Galegæ* spec. L.

1 G. **orientalis** Link (G. montana Schultz.) *Armenia rossica :*
humidis pr. Etchmiasdin. W. — *Caucaso.* Ledeb. fl. ross.
I. 568.

2 † G. **officinalis** L. (G. vulgaris Lmk. fl. fr. G. africana β Mill.)
Tchihat. pl. As. Min. exsicc. an. 1849. N° 376; an. 1846. N° 427.

Bithyniæ Olympo. G. *Ponto* : collibus maritimis circa Kerasun.
T. *Galatia* . pr. pagum Aladja, locis planis, plerumque her-
bosis, alt. c. 1126ᵐ. T. Littore orient. *maris Nigri :* abundat
pratis Colchidesᵈ ad arcem Sukhum-Kale. D'Urv. Enum. —
Macedonia : m. Athos. Prdr. fl. gr. II. 81. *Serbia.* Pan. *Tauria.*
Ledeb. fl. ross. I. 568.

XXXII. **Caragana** Lmk. DC. Prdr. II. 268.

1 ⟩ C. Tortumensis Boiss. mss. *Armenia* prope Tortum. H.

XXXIII. **Chesneya** Lindl.

1 ⟩ C. rytidosperma Jaub. et Sp. *Armenia :* ad Euphratem inter
Kemach et Erzinghian (Erzindjan). J. S.

2 ⟩ C. vaginalis Jaub. et Sp. (*Tchihat.* pl. As. Min. exsicc. an.
1851. N° 738.) *Armenia :* circa Tortum. H. *Ponto Polemoniaco :*
inter urbem Chabhane-Karahissar et pagum Lisdja, alt. 500-
1700ᵐ. T.

XXXIV. **Colutea** R. Br. DC. Prdr. II. 270. — Colutea spec. L.

1 ⟩ C. cilicica Boiss. et Bal. — *Bal.* pl. d'Or. an. 1856. N° 922.
— *Cilicia :* pr. Mersinam, atque pinetis pr. Gulek-boghaz, alt.
1300ᵐ. B.

2 C. arborescens L. — *Tchihat.* pl. As. Min. exsicc. an. 1849.
N° 94, 112, 305; an. 1853. N° 293, 532 ; an. 1858. N° 584. —
Bal. pl. d'Or. an. 1857. N° 1207. — *Cilicia :* pr. Mersinam ;
pinetis jugi Bulgardagh pr. Pylas, alt. 1300ᵐ. Bal. *Lycia :* valle fl.
Xanthus. Forb. *Cappadociæ* in Alidagh pr. Kaisaria silo, alt.
1350ᵐ. Bal., nec non pr. Ortakoi, alt. 1302ᵐ. T. Regione
semperviridi littorali *Bithyniæ, Thraciæ* et *Macedoniæ.* G. *Pisidia :* inter pagos Baulo et Kaladja, alt. c. 1250ᵐ. T. *Phrygia :*
pr. Uchak, collibus. Bal. *Mysia :* inter pagos Devanly et Kut-
chuluey, alt. c. 1000ᵐ. T. *Lycaonia :* m. Karadagh. T. *Ponto bor.
et merid.* Inter Yusuf-Oglu et Almus, locis mont. valde silva-

ticis, alt. c. 1400ᵐ, nec non inter urbem Niksar et pagum Bachtchiflik, loc. mont. silvat., alt. c. 1700ᵐ. T. — Provinciis *Caucasicis. Tauria.* Ledeb. fl. ross. I. 571. *Græcia bor.* frequentior quam in *Græcia merid.* Fr. syn. fl. class. *Serbia.* Pan. Penins. Hadjion-Oros rarius, alt. 0-390ᵐ. Inter quercus fruticosas pr. Enos ubi in collibus Tchalat-tepe adscendit 0-390ᵐ.; rarissime in districto Tettovo pr. Kolkandale, alt. 277ᵐ. G.

3 C. **orientalis** Lmk. (C. aperta Schmidt. Mœnch. C. cruenta All. C. humilis Scop. C. sanguinea Mill. Poll.) *Armenia :* circa pagum Habo inter Erzerum et Ispir situm. H. — Provinciis *Caucasicis, Tauria.* Ledeb. fl. ross. I. 571.

4 C. **melanocalyx** Boiss. et Heldr. *Lycia :* silvis abietinis mont. Clymaeis et Solyma. *Græcia.* B.

5 » C. **Armena** Boiss. et Huet. — *Armenia.* B.

SUBTRIB. IV. ASTRAGALEÆ DC. Prdr. II. 271.

XXXV. **Phaca** L.

1 † P. **Bætica** L. (Astragalus Lusitanicus Lmk.) *Lycia :* fauce Dembra. Forb. — *Mauritania. Hisp. Lusit.* DC. l. c.

XXXVI. **Oxytropis** DC. Prdr. II. 275. — Astragali spec. L.

1 † O. **cyanea** MB. (O. Albana Stev. O. montana Stev. Astragalus montanus MB. O. neglecta Gay in Bertol.) Regione alpina superiori *Cappadociæ* montis Argæi, alt. 3200ᵐ. Bal. *Armeniæ* montibus Ararat et Alages, alt. 1300-1525ᵐ W. — Prov. *Caucasicis.* Ledeb. fl. ross.

2 O. **montana** DC. (Astragalus montanus L. Phaca montana Crantz.) Olympo *Bithyniæ.* G. Prope *Byzantium.* H.

Var. Armenia rosira : monte Ararat prope nives. Rge.

3 » O. **dioritica** Boiss. (Astragalus dioriticus Schott et Kotschy.) Bal. pl. d'Or. an. 1855. Nᵒ 477. — *Ciliciæ* jugo Bulgardagh :

arenosis dioriticis Kisil-tepe ad argenti-fodinas, alt. 1950ᵐ. Ky.
Anti-Tauro : regione alpina montis Arslandagh, 1? leucis ad
ESE a Cappadociæ monte Argeo sill. Bal.

4 ÷ 0. **pilosa** DC (Astragalus pilosus L. et ochroleucus Gilib.
A. caulescens erectus Gmel.) Montibus inter *Armeniam rossicam et Grusiam silis*, alt. 988-1493ᵐ. W. — *Tauria, Sibiria*, provinciis *Caucasicis*. Ledeb. l. c.

XXXVII. **Astragalus** DC. Prdr. II. 281, Astragali spec. L.

SERIES I. PURPURASCENTES DC. l. c.

A. HYPOGLOTTIDEI DC. l. c.

1 > **A. Cadmicus** Boiss. *Phrygia* : ad rupes regionis montanæ
m. Cadmi, supra Denisli et supra Colossam. B.

2 > **A. adunciformis** Boiss. *Asia Minore*. B.

3 **A. mesopterus** Griseb. Prope *Byzantium*. — *Macedonia*. G.

4 > **A. Karamasicus** Boiss. et Bal. *Cappadocia* : m. Karamasdagh. B.

5 > **A. Lycius** Boiss. *Lycia* : prope Elmalu. B.

6 > **A. caudiculosus** Boiss. — *Tchihat. pl. As. Min. exsicc.
an. 1858. Nᵒ 290.* — *Armenia* : ad nives montis Tekdagh, prope
Erzerum. Boiss. *Ponto australi* : inter Embrek et Ardensi,
alt. 1131-1790ᵐ. T.

7 > **A. leucocyanus** Griseb. (A. Lydius Boiss.) *Bithynia* : prope
Mudurlu. G. *Lydia* : m. Tmolo. *Caria* : m. Cadmo supra Gheyra
et Colossam. B. *Armenia* : circa Ispir. H.

8 > **A. violæfolius** DC. (A. sericeus β Lmk. fl. fr. A. humifusus
Willd.) *Cappadocia*. DC. Prdr. II. 282.

9 > **A. onobrychioides** MB (A. canescens DC. A. cephalotes Pall.)
Tchihat. pl. As. Min. exsicc. an. 1859. Nᵒ 262. — *Galatia* : inter
Ellek et Jaurudjik, alt. c. 1000ᵐ, locis planis. T. *Armenia* : circa

Tortum. H. *Ciliciæ* collibus calcareis inter Pylas et fl. Bozanta-
Tchai sitis. T. — Provinciis *Caucasicis*. Ledeb. fl. ross. I. 608.

Var. Armenia circa Zazalarhane, inter Baibut et Erzerum situm. H.

10 > A. **bicolor** Lmk. non Mœnch (an cum A. Onobrychioidi con-
jungundus?) *Armenia :* prope Erzerum. Calv.

11 > A. **oxytropoides** Bge. in plant. Abich. p. 7. — A. acaulis;
stipulis a petiolo liberis oppositifoliis connatis imbricatis membranaceis sericeo-villosis, foliis petiolatis sericeo-villosis sub
15-jugis; foliolis oblongo-lanceolatis acutis, scapo foliis subduplo longiore solitario erecto pube erecto-patula sericeo-villo-
sulo pilis nigris superne intermixtis, capitulo subgloboso, bracteis subherbaceis calycis tubum subæquantibus lanceolatis
extus nigro-alboque-villosis, calycis albo nigroque sericeo-
villosi tubo dentibus nigricantibus rectis subduplo longiore,
vexillo oblongo sursum arcuato calycem plus duplo alas retu-
sas carina longiores triente excedente, ovario sessili sericeo-
villoso (octoovulato?) — Habitus oxytropeos montanæ; sed
carina haud mucronata. Capitulum fere. A. dasyglottidis. Affinis
A. bicolori, oxytropifolio, aliisque speciebus orientalibus hujus
sectionis, sed ad omnibus alaunde distinctus. Scapus 3-5 pollicaris. Capitulum ½ pollicare. Calyx 3′″ longus, vexillum 7′″.
Alæ 4½′″. Carina vix 5′″ longa.

Armenia rossica : monte Alagœs. Bge. l. c.

12 > A. **Karputanus** Boiss. et Noe. *Armenia* prope Karput. B.

13 > A. **setulosus** Boiss. et Bal. *Cappadocia :* collibus lapidosis
pr. Karahissar. B.

14 > A. **alyssoides** Willd. *Armenia :* monte Tekdagh. H. atque
circa Erzerum. Calv.

15 > A. **Melitenais** Boiss. — Prope *Malatia*, ad Euphratem. B.

16 > A. **psoraleoides** Lmk. non Willd. — *Cappadocia orientali.*
B. herb.

17 > A. **xerophilus** Ledeb. fl. ross. — *Armeniæ* monte Ararat,
locis aridissimis. Ledeb. fl. ross. I. 607.

18 A. Bostani Boiss. *Cappadociæ* monte Argæo. — *Syria* : prope
Aintab. Boiss.

19 › A. aemonotrichus Fenzl. in Pugill. et in Russeg. Reis.
I. 808. — Tauro *Ciliciæ* : In cacuminibus alpis Maaden-tepessi,
alt. 2025ᵐ. Fenzl.

20 A. Mesogitanus Boiss. — *Bal.* pl. d'Or. an 1857. N° 1225.
— *Lydia* : collibus montis Mesogis circa pagum Derbent. B.
Phrygia : collibus calcareis ad sept. urbis Ushak sitis, alt. c.
940ᵐ. Bal.

21 A. oxytropifolius Boiss. — *Bal.* pl. d'Or. an. 1857. N° 1220.
— Alpinis totius *Anatoliæ meridionalis* : m. Cadmo, m. Da-
vras, etc. B. *Phrygia* : ad Katagol-Dere 2 leucis ad SO. vallis
Ushak, alt. c. 820ᵐ. Bal. — *Syria* : collibus prope Aleppum. B.

22 › A. chrysochlorus Boiss. et Ky. *Ciliciæ* jugo Bulgardagh :
rupestribus declivis Karly-boghaz, alt. 2112ᵐ. atque Kizil-tepe,
alt. 2695ᵐ. Ky. diar. cilic. an. 1853.

Nota. Amicissimus Fenzl in litt. A. pannosum suum sche-
dulis ad Ky. Coll. pl. Taur. N° 127 inscriptum, A. chrysochlori
Boiss. varietatem vel potius formam albo-tomentosam esse declarat, atque diagnosi cl. Boissieri sequentia addet. « Caudiculi
lignescentes modo brevissimi sunt, modo palmares ac longiores, foliolorum juga ab 18-30 variant ; foliolis inferioribus sæpe
subovato-oblongis vel potius late subovato-linearibus, 4-6 lin.
lg. ac 2-4 lin. lt. ; superioribus haud raro subrotundo-ovalibus,
2½-4 lin. lg., omnibus apice rotundato-truncatis vel sub-
emarginalis. Calycis dentes (in floribus bene multis exacte me-
titis) nunquam tubo subtriplo breviores, immo potius vix duplo
vidi breviores, dentibus scilicet brevioribus in genere solum
2-3 lin., longioribus 2½-3½ lin. lg., tubo pari ratione solum
3-4 lin. longo. Corollæ vexillum computato simul ungue, laminam æquante vel paruur superante, 7-9 lin. longum. Semina
suboblique reniformia , lenticulari-compressa, inæqualiter
scrobiculata pallide-viridula vel olivacea, diametro majore
1½ lin. lata. — Hæc de utrisque varietatibus valent.! »

« Prostant enim duæ (vel si mavis meræ formæ), quarum
altera tomento flavido, altera eximie albo-griseo sunt insignatæ.

Ad utrasque simul spectant partim specimina Kotchyana Coll. Tauri I. N° 127; ad varietatem *flavescentem* specimina Kotchyana It. cilic. an. 1853. N° 50 et 187 b. A. chrysochlori nomine distributa; ad varietatem *albo-tomentosam* ea sub N° 098. c. A. pannosi nomine edita, nec non cognomina coll. pl. d'Orient Balansæ an. 1855. sub N° 480. Species lapsu certe calami, a cl. Boissier ad Astragalus anthylloideos relata, cum proximis A. emarginata Labill. oxytropifolio, Listoniæ, densifolio, chrysophyllo et cedreti Boiss. inter Hypoglottideos militat. Stipulæ enim inter se quidem connatæ, petiolo non adhærent, nec fructus calyce inflato est inclusus, ipse potius ample vesicarius. » F.

23 » **A. Listoniæ** Boiss. — *Tchihat.* pl. As. Min. exsicc. an. 1853. N° 614. B. — *Galatia* : ad rivulos reg. super. m. Elmadagh. B. *Anti-Tauro* : inter pagos Belenkoi et Teke locis herbosis, alt. c. 1200ᵐ. T.

24 » **A. macropus** Boiss. et Bal. *Anti-Tauro* : reg. mont. super. montis Bededagh. B.

25 » **A. densifolius** Lmk. (A. Rostani Boiss. diag. II. ex parte) *Isauria, Cappadocia* : m. Argæo, Bal. *Armenia*. B. *Ponto* : circa Gumuchhane. II.

26 » **A. latebracteatus** Boiss. Ined. (*Tchihat.* pl. As. Min. exsicc. an. 1858. N° 731) A. perennis acaulis nanus totus breviter griseo-sericeus, foliis brevibus ambitu linearibus 15-25 jugis foliolis minutis contiguis lineari-oblongis retusis pedunculo folium æquanti, capitulo denso rotundo, bracteis late ovato-oblongis calyce tertia parte brevioribus, calycis adpressiuscule hirsuti dentibus lanceolato-linearibus tubo subquadruplo brevioribus corolla carnea glabra vexillo elongato. — Folia 2-2½ pollices longa, 3 lin. lata. Capitula magnitudine inter avellanam et nucem media. Ab. eriophyllo, densifolio et aliis hujus gregis bracteis latis ovatis nec lineari-lanceolatis angustis facile distinguendus.

Ponto Polemoniaco : inter pagos Laghsian et Tchavdak, reg. plerumque silvatica, alt. c. 1600ᵐ. T.

27 » **A. eriophyllus** Boiss. *Cappadocia* : m. Karamas-dagh, prope Kaisaria. Bal. *Tauro*. B

28 > **A. calophyllus** Boiss. et Heldr. *Galatia orientali : subalpinis* prope urbem Sivas. B.

29 **A. chrysophyllus** Boiss. (A. Rostani Boiss. ex parte) *Cappadocia : monte Mazurdagh.* — *Syria : montibus* prope Aintab. B.

30 > **A. Pestalozzæ** Boiss. *Lycia : montibus* prope Elmalu. B.

31 > **A. eubrychioides** Boiss. *Cilicia* Bulgardagh ; summis jugis inter alpes Kizil-tepe et Kochan. alt. 2599ᵐ. Ky. dioc. cilic. an. 1853.

32 > **A. Heldreichii** Boiss. *Pisidia : pascuis saxosis regionis alpenæ montis* Bavros-dagh, alt. 1624-1950ᵐ. B. *Caria : monte* Cadmo supra Gheyra. B.

33 **A. Kotschyanus** Boiss.—*Tchihat. pl. As. Min. exsicc.* an. 1849. N° 201. — *Lycaonia : inter* pagos Inevi et Kulukoi locis subplanis, alt. c. 900ᵐ. T. — *Syria :* prope Aleppum. B.

34 > **A. ovalis** Boiss. et Bal. *Cappadocia :* collibus lapidosis prope Karahissar. B.

B. DISSITIFLORI DC. Prdr. II. 281.

35 **A. Austriacus** L. non Delarb. (A. dichopterus Pall. A. bifidus Turz. Craccina austriaca Stev.) *Armenia rossica :* prope Erivan, alt. 1072ᵐ. W. — Siccis et apricis *Taurix. Sibiria altaica.* Ledeb.

36 **A. gladiatus** Boiss. *Lydia :* m. Mesogi circa Dervend. — *Rumelia.* B.

> *Var.* — Bal. pl. d'Or. an. 1856. N° 975. — *Cappadocia :* collibus siccis O. Kamichly-tchai sitis, prope oppidulum Hərəkelly, alt. c. 1300ᵐ. B.

37 > **A. Aucheri** Boiss. *Armenia.* B.

C. ONOBRYCHOIDEI DC. Prdr. II. 283.

38 **A. ornithopodioides** Lauk. (A. onobrychis orientalis DC.) *Armenia :* pr. Tortum. H. Regione super. *Cappadociæ* vallis

Kamichly, alt. 1500ᵐ. Bal. — *Persiæ* provincia Adjerbidjan. B. herb.

39 A. **Dahuricus** DC. (Galega Dahurica Pall. Phaca Dahurica Pall. Tephrosia Dahurica Pers.) *Armeniæ* planitie O. Araxis. W. — Ad ripas fluminum *Dahuriæ*. DC. l. c.

40 A. **Stevenianus** DC. (A. gracilis Stev. A. juncrus Ledeb. in Spr.) *Asia Minore.* — *Caucaso.* DC. Prdr. II. 280.

41 > A. **Ispirensis** Boiss. — *Armenia boreali:* prope Ispir. B.

42 † A. **onobrychis** L. non Pollich (A. hedysaroides Sievers in Pall. A. onobrychis stipulaceus DC. A. maximus Link. A. microphyllus Scoviz. A. purpurascens β Jacq. III. Macrosema Onobrychis Stev.) Prope *Byzantium*. B. *Armenia:* prope Erzerum. Calv. *Lyciæ* monte Rinualu. — *Bessarabia.* B. herb. *Serbia. Pan. Sibiria.* Gmel. Copiosissime in herbidis *Odessæ.* D'Urv. *Tauria.* Provinciis *Caucasicis.* Ledeb. fl. ross.

43 A. **aduncus** Mill. (Sec. cl. Ledeb. in fl. ross. I. 608 cum A. onobrych. L. conjungendus.) *Cappadociæ* valle Kamichly prope opidulum Berckelly, alt. 1100ᵐ. Bal.; præruptis lapidosis *Cappadociæ.* DC. Pr. II. 280.

44 † A. **fruticosus** Pall. *Armeniæ rossicæ* humidis prope Etchmiasdin. — *Sibiria transbaic. et orient.* DC. l. c. *Podolia.* Ledeb. l. c.

45 > A. **barbatus** Link. (A. hispidus Labill.) Cacumine *Bithyniæ* Olympo. G. *Armenia.* DC. l. c.

46 > A. **stenosemus** Boiss. et Noe. *Armeniæ* alpibus prope Bekirmaden. B.

D. SESAMEI DC. Prdr. II. 285.

47 † A. **pentaglottis** L. (A. cristatus Gouan. A. dasyglottis Pall. A. echinatus Link. A. procumbens Mill. Glottis pentaglottis Mœnch.) *Bal. pl. d'Or.* 1855. № 478. — *Ciliciæ campestris* regione calida ad pagum Tchauchlu pr. Mersinam. Bal. Ins. *Chio.* — *Algeria.* B. herb.

48 A. **oxyglottis** Stev. in MB. O. Taur. — *Cappadociæ* valle flum.

Kamichly pr. oppidulum Bereketly, alt. c.1350m. Bal. — Collibus. *Tauriæ*, circa Sudak. Stev.

49 A. cruciatus Link non DC. *Armenia rossica*, — *Iberia*. Ledeb. *Egypto*, Steud. nom. bot.

50 A. asterias Stev. (A. Stella MB. A. cruciatus DC. A. pseudo-stella Hohenak. Enum. Talusch.) *Cappadocia* valle fl. Kamichly pr. pagum Bereketly, alt. 1350m. Bal. — Provinciis *Cauensicis*. Ledeb.

51 A. tribuloides Del. *Armeniæ rossicæ* humidis prope Etchmiasdin. W. — *Egypti* desertis. Del. ill. fl. æg.

52 † A. sesameus L. non Pall. (A. stellatus Riv.) Agro *Cariasi*. — Ins. Cypro. Fl. gr. *Sahara algeriensi*, alt. 750m. Coss. Bull. soc. bot. IV. 396.

53 A. Sinaicus Boiss. Ins. *Chius*. - Desertis *Arabiæ* montis Sinai. B.

E. VESICARII DC. Prdr. 283.

54 A. lineatus Lmk. *Armenia* circa Erzerum. Calv.

55 † A. vesicarius L. non Lmk. (A. albidus W. K. A. dealbatus Pall. A. glaucus MB. A. mixtus MB. & non A. Mulleri Steud. Hochst.) *Caria* : monte Cadmo. *Pisidiæ* monte Davros regione superiore, alt. c. 1500m. B. herb. *Armenia turcica* Calv. — *Hispaniæ* jugo Sierra-nevada (rarus), alt. c. 2274m. *Galliæ* provincia Dauphiné. B. herb. *Rossia australi* et *Tauria*. Ledeb. fl. ross.

56 » A. melanocephalus Boiss. In montibus Tauri *Ciliciæ*. B.

57 » A. rigidus Boiss. et Bal. *Cappadocia* : parte superiore montis Alidagh prope Kaisaria. B.

Var. paucijuga. Boiss. *Ciliciæ* Bulgardagh ad Bulgarmaden. B.

58 A. nitens Boiss. *Lycaonia* : collibus aridis prope Konia. *Lycia* : prope Elmalu. *Armenia* : prope Malatia. B.

F. ANNULARES DC. Prdr. II. 289.

59 A. campylorhynchus Fisch. et Mey. in Linn. X. — Walpers Repert. bot. I. 702. — *Bal. pl. d'Or.* an. 1856. N° 834.

— Annuus piloso-hispidus : caulibus ramosis diffusis, stipulis
lanceolatis distinctis, foliolis (9-15) linearibus emarginatis,
pedunculis axillaribus, folium subæquantibus subbifloris ;
leguminibus puberulis subulatis subcompressis rectis, apice
uncinatis. — *Cappadocia :* collibus ad ripas fl. Kamichly sitis
prope oppidulum Berekelly, alt. c. 1300ᵐ. Bal.— *Persia boreali.*
F. et A.M.

SERIES B. OCHROLEUCI DC. Prdr. II. 190.

A. BUCERATES DC. l. c.

60 † A. contortuplicatus L. (A. repens siliquis undulatis Buxb.)
Ad campos in *Asia Minore,* nec non ins. *Cypro.* Prdr. fl. gr.
— *Sibiria et Rossia australi.* Ledeb.

61 A. trimestris L. non MB. (A. membranaceus Mœnch. A. hamosus β Pall.) Ins. *Chio.* — *Ægypto.* DC. l. c.

62 † A. hamosus L. non Pall. (A. austriacus Delarb. A. Buceras
Willd. sec. Link.) *Bal. pl. d'Or.* an. 1856. Nº 935. — Ad basin
Cappadociæ montis Karamas-Dagh, ad orientem urbis Kaisariæ
inter segetes, *Phrygia :* ad pagum Bulgas kevi pr. Uchak. Bal.
— *Tauria.* Prov. *Caucasicis.* Ledeb. fl. ross. — *Sahara alge-
riensi.* alt. 750ᵐ. Coss. Bull. soc. bot. IV. 396.

Var. multiflorus Griseb. Agro *Byzantino.* — *Hæmo.* G. *Serbia.* Pan.

63 A. tuberculosus DC. — *Bal.* pl. d'Or. 1855. — *Pamphylia*
saxosis maritimis occasum versus Adaliæ. B. herb. *Cappadociæ* planitie urbis Kaisariæ. Bal. *Cilicia campestris* arenosis
maritimis prope Mersinam. Bal. — *Syria.* B. herb.

64 † A. epiglottis L. (A. asperulus Duf.) *Cilicia :* regione calida, planitie circa Tarsum et Mersinam. T. — *Barbaria.* DC.
Pr. II. 290.

65 † A. Baeticus L. (A. uncinatus Mœnch.) Arvis insulæ *Melos,*
prope vetus theatrum. D'Urv. Enum.—*Barbaria.* DC. pr. II. 291.

66 ♂ A. pictus Boiss. et Gaillardot. *Mesopotamia.* — *Syria.* B.

B. SYNOCHREATI DC. Prdr. II. 291.

67) **A. pelliger** Fenzl. in Pugill. et in Russeg. Reis. I. 896. (Bal. pl. d'Or. an. 1855. No 841.) *Ciliciæ* Bulgardagh: cacuminibus alpinæ Mauden-Tepessi et Alla-Tepessi, alt. 2598-2623m, nec non supra fodinas Bulgarmaden. Bal.

68) **A. emarginatus** DC. (A. capitatus L. A. densifolius Lmk. a.) *Anti-Tauro:* inter pagos Tchatalogli et Jailadji, alt. c. 1500m. T. *Armenia turcica.* Calv.

69) **A. fragrans** Willd. (A. glaber DC.) *Cappadocia.* DC. prodr. II. 291. *Armenia:* prope Tachkœpru. H. atque pr. Erzerum. Calv.

70) **A. geobotrys** Boiss. et Bal. *Phrygia:* m. Ahmadagh. B.

71) **A. resupinatus** MB. (A. physodes var. perpusilla MB. fl. taur. 2. p. 198.) Montibus inter *Armeniam rossicam* et *Grusiam* sitis, alt. 488-1493. W. — *Iberia media.* Ledeb.

72) **A. cicerellus** Boiss. et Bal. *Cappadocia:* ad margines paludum ad occidentem urbis Kaisariæ sitarum. B.

73) **A. odoratus** Lmk. — *Bal.* pl. d'Or. 1856. No 902. — *Tchihat.* pl. As. Min. exsicc. an. 1849. No 206. — *Galatia* inter pagos Ineal et Kulukeul, alt. c. 1000m. T. *Armenia:* circa Erzerum in cultis. H. *Pylis Ciliciæ,* locis herbosis et humidis. Bal. Marginibus paludum *Cappadociæ* urbis Kaisariæ, alt. c. 1100m. Bal. — *Macedonia bor.* B. herb.

74) **A. fraxinifolius** DC. *Armenia.* B. herb.

75) **A. trigonelloides** Boiss. *Armenia:* prope Malatia. B.

C. CICEROIDEI DC. Prdr. II. 292.

76 † **A. glicyphyllos** L. (Hedyphylla vulgaris Stev. Hamosa glicyphylla Mœnch. A. rotundifolius Presl.) Olympo *Bithyniæ.* S. — — *Tauria,* provinciis *Caucasicis. Sibiria.* Ledeb. fl. ross. I. 621. *Serbia.* Pan.

77 A. glicyphylloides DC. (A. uliginosus MB. Hedyphylla recta
Stev.) Olympo *Bithyniæ*. B. herb. — *Iberia*, silvis m. Talusch,
Tauriæ valle Baidar. Ledeb. l. c.

78 † A. depressus L. non Pall. nec Sibth. et Sm. (A. helmin-
thocarpus Vil.) *Lydiæ* monte Mesogl, herbidis supra Tralles.
B. herb. Schistosis *Ciliciæ* Tauri monte Kizil-tepe, alt. 2500ᵐ.
Ky. *Mesopotamia*. B. herb. — *Macedoniæ* monte Athos. G.
Serbia. Pan.

79 ⊃ A. nigrostriatus C. Koch in Linn. xv. — *Armeniæ rossicæ*
humidis, pr. Etchmiasdin. W.

80 † A. cicer L. (A. vesicarius Lmk. fl. fr. Astragaloides cicera
Mœnch. A. pseudocicer Opiz β. Cystium cicer Stev.) Agro
Byzantino. G. — *Bessarabiæ* pratis. Ta. *Serbia*, Pan. *Caucaso*,
Tauria, *Sibiria*. Ledeb. fl. ross. In lazareto *Odessæ*. D'Urv. Enum.

81 † A. Bonanni Presl. (A. depressus Sibth. fl. græc. t. 733.) *Bal.*
pl. d'Or. 1855. N° 182. — Herb. græc. norm. N° 13. — Heldreich pl. exsicc. 1844. N° 423. — Regione alpina Tauri *Ciliciæ*
supra Bulgarmaden, pratis humidis, Bal. — *Græciæ* montibus
elatioribus, alt. 1300-2275ᵐ. Heldr. *Sicilia*. Presl.

D. GALEGIFORMES DC. Prdr. II. 291.

82 † A. galegiformis L. (A. malacophyllus Hort.) *Armenia turcica*:
pr. Erzerum. Calv. et *rossica* : districto Alualtzik. Bge. — Pro-
vincella *Caucasicis*. Ledeb. fl. ross. I. 622. *Serbia*, Pan. *Transylvania*. Nym.

E. ALOPECUROIDEI DC. l. c.

83 ⊃ A. maximus Willd. (*Tchihat*. pl. As. Min. exsicc. an. 1849.
N° 378.) *Lycaoniæ* : planitie arida, pr. pagum Severek., alt.
1063ᵐ. T.

84 ⊃ A. chartaceus Ledeb. Fl. ross. I. 634. *Armenia rossica*. Ledeb. l. c.

85 A. Ponticus Pall. (*Tchihat. pl. As. Min. exsicc. ann. 1858, Nᵒ 232, 233.) *Bithynia* · pr. Bolu. G. *Ponto australi* : inter pagos Kussekai et Sadakoi, alt. c. 1700ᵐ T. *Phrygia* · prope l'clmk, alt. c. 910ᵐ. Bal. *Armenia* circa Erzerum in arvis. H. — *Bessarabia*. Steud, *Tauria. Rossia australi*. Ledeb. l. c.

86 > A. crinitus Boiss.—Aucher. pl. exsicc. Nᵒ 1207. — *Tchihat. pl. As. Min. exsicc. an. 1858. Nᵒ 223. — *Armenia* : inter Kala-ratch et Almalu (ad orient. urbis Erzindjan), alt. 1174-2010ᵐ. T.

87 > A. elatus Boiss. et Bal. *Cappadocia* : cacumine montis Ali-dagh ad orientem Kaisariæ, alt. 1600ᵐ. B.

88 > A. macrocephalus Willd. — *Bal. pl. d'Or. 1856. Nᵒ 928.— *Tchihat. pl. As. Min. exsicc. an. 1853. Nᵒ 280, 285. —Omnibus *Asiæ Minoris* planitiebus et vallibus excelsis vulgatissimus, e. g.: Lycaonia inter Hadin-Seraï et Alibel, alt. c. 1050ᵐ, nec non inter Alibei et Suleimandhadji, alt. c. 1100ᵐ ; Cilicia trachea frequentissimus in aridis inter Kuden et Karatach, nec non in declivitatibus jugorum Bulgardagh et Aladagh, alt. 1400-1500ᵐ ; Cataonia : inter Elbostan et Ketchemegara, locis arid. lapid., alt. 1400ᵐ ; Ponto inter Kasikol et Yusufoglu rupibus basalticis, alt. c. 1500ᵐ. T. Armenia turcica circa lapir. H. et rossica : declivi-tate bor. m. Ararat. Bge. — Provinciis *Caucasicis*. Ledeb. fl. ross. I. 635.

89 > A. vaginans DC. (Sec. cl. Fisch. non tragacanthaceis ubi a cl. DC. collocatur, sed Alopecuroideis referendus.) *Ciliciæ Bul-gardagh ad pagum Gulek. Bal.

90 > A. erythrotaenius Boiss. *Armenia* · circa Diarbekir. B.

91 > A. decurrens Boiss. Circa Diarbekir. B.

92 > A. pectinatus Boiss. *Armenia* : pr. Malatia. B.

93 > A. bracteosus Boiss. et Noe. *Ponti* subalpinis prope Tokat. B.

F. CHRISTIANI DC. l. c.

94 > A. Christianus L. non Sibth. et Sm. (A. flavidus Scop.) *Tchihat. pl. As. Min. exsicc. an. 1858. Nᵒ 232, 371 ; an. 1858.

N° 553. — *Phrygia* planitie herbosa pr. pagum Arabeuren, alt. c. 1000m. T. *Ponto australi* (Polemoniaco) inter Chabhanekarahissar et Lisdja, alt. 1700m. T. *Armenia* : inter Baibut et Erzerum. Tourn. *Palæstina*. Steud. Nomen. Bot.

95 > A. columnaris Boiss. *Caria* (Lycia ?). Boiss.

96 > A. Cilicicus Boiss. (*Tchihat.* pl. As. Min. exsicc. an. 1840. N° 645.) *Cilicia*. H. *Anti-Tauro* : valle ad declivitatem orientalem montis Kartandagh sita, alt. 1400m. T. *Cappadocia* planitie urbis Kaisariæ. Hal.

97 > A. Pisidicus Boiss. et Heldr. *Pisidia* : campis planitiei pr. Isbarta. *Isauria*. B.

98 > A. gilvus Boiss. — *Caria*. B.

SERIES III. TRAGACANTHACEÆ DC. Prdr. II. 295. Fisch. Synop. Astragal. tragacanth. in Bull. soc. Natur. Mosc. T. XXVI. an. 1853. p. 316.

A. SESSILIFLORI. Fisch. l. c.

§ 1. *Microcalycini.*

99 A. erinaceus Fisch. et Mey. l. c. Ad limites *Turciæ* et *Persiæ*. F. M.

100 A. microcephalus Willd. Fisch. l. c. (A. pycnocephalus Stev. A. compactus MB. Ledeb. fl. ross. I. 640.) *Bal.* pl. d'Or. an. 1856. N° 209. — *Cappadocia* : reg. subalp. m. Argæi, alt. c. 1400m. Bal. *Armenia* : circa Erzerum, alt. 1960m. T. — Provinciis *Caucasicis* : alt. 1300-1364m. Ledeb. l. c.

101 > A. crassinervis Boiss. et Noe — *Armenia* : circa Van. B.

102 A. arnacantha MB. Fisch. l. c. Ledeb. l. c. (A. poterium Pall. non Vahl. A. compactus β DC. A. horridus Willd. herb.) *Armenia rossica* — Provincia *Caspica* Talusch, alt. 1306-1364m. *Tauria*. Ledeb. l. c.

103 > A. Schottianus Boiss. *Cilicia* Bulgardagh : rupestrib. circa castellum ruteratum supra pagum Gulek, alt. 1560m. B.

104 > **A. erianthus** Willd. Fisch. l. c. (A. eriocaulos DC. Prodr. II. 296.) *Armenia.* DC. l. c. Fisch. l. c.

105 **A. Creticus** Link. Fisch. l. c. Fl. gr. tab. 730. (τραγάκανθα Theophr.-Diosc. Spina alba quæ radix tragacantha, etc. Plin. Τραγάκανθα Græc. hodiern. Herb. græc. norm. Nº 14. — *Bithynia* Olympo. G. *Armenia* circa Erzerum. H. — *Creta* : in. Ida. Fisch. *Græcia* : Peloponneso, Achaia. Fr. syn. fl. clas., reg. alp. Parnassi, alt. 1848-2272ᵐ. Heldr.

106 **A. Caucasicus** Pall. Fisch. l. c. Ledeb. l. c. — *Armenia rossica* : circa Erivan, alt. 1073ᵐ. W. — Provinciis *Caucasicis.* Ledeb. l. c.

107 **A. Caspius** MB. Fisch. l. c. Ledeb. l. c. (A. echinus DC. non Labill. Tchihat. pl. As. Min. exsicc. an. 1859. Nº 716. — *Cappadocia boreali* . Inter pagos Mandjulik et Karahadjeli, collibus basalticis prope rivulum Tchumur-su sitis, alt. 1450ᵐ. T. — Provinciis *Caucaso-Caspicis*, alt. 1306-1364ᵐ. Ledeb. l. c.

108 > **A. Tournefortii** Boiss. Fisch. l. c. (Tragacantha cappadocica Tourn.) *Cappadocia.* D.

109 > **A. pseudocaspius** Fisch. l. c. A. fruticulosus, cæspitosus, humillis, ramosus, ramis subdense foliosis et erinaceis, tomentosis. Stipulæ ovatæ, lanceolato-ovatæ, acuminatissimæ, basi tomentosæ, villosæ. Spina flavescens rhacheos 4-5 jugæ erecto-patulæ hirsutulæ virescentis parum longior, foliolis linearibus mucrone pungente terminatis, complicatis, juvenilibus hirsutis, adultis glabris, glaucescentibus. Acervuli biflori bibracteati nunc in glomerulos oblongos, nunc laxius secus ramulos per totam eorum longitudinem dispositi. Bracteæ vix naviculares, lineares, calyce paulo longiores, villosæ apice subulato glabræ. Calyx cylindraceo-urceolatus, non fissilis, villosus, dentibus ovatis, subulatis, mucrone supra villos sæpius emergente, tubo triplo brevioribus. Corolla calyce 1 ½ longior, vexilli lamina subrotunda, emarginata, levissime contracta, in unguem cuneatim abeunte. Alæ liberæ. Stylus ovarii velosissimi longitudine. Planta sesquipedalis; folia 1-1 ½″ longa; foliola 1 ad 1 ¼‴. Calyx.

2°. Primo aspectu refert. A. Rousseanum, a quo mox plurimis
characteribus distinguitur.

Paphlagonia : prope Mersivau. F.

Var. habitu A. Caucasicum β laxum referens, foliis remotis, foliola
paulo longioribus. — *Paphlagonia* : prope Zafranboli. F.

110 > A. gummifer Labill. Fisch. l. c. (A. adpressus Ehrenb.)
Bal. pl. d'Or. an. 1856. N° 937. — *Cappadocia* : regione
alpina m. Argæi, alt. c. 1100ᵐ. Bal. — *Libano.* Labill.

111 > A. cryptocarpos DC. Fisch. l. c. (Tragacantha Armena,
humillima foliis viciæ, costæ purpureæ innascentibus) *Armenia*.
Tourn.

112 A. aureus Willd. Fisch. l. c. (A. pseudo-tragaranthus sec.
Fisch. l. c. non sec. Ledeb. fl. ross. I. 611 atque DC. Prodr. qui
plantas Willdenowii et Pallasii pro duas species distinctas habent.) Tchihat. pl. As. Min. exsicc an. 1849. N° 587 ; an. 1858.
N° 892. — *Paphlagonia* : collibus inter Iskelib et Bayazi sitis,
alt. c. 1000ᵐ. T. *Galatia* : pr. Tchengeri, alt. c. 960ᵐ, nec non
valle fl. Ulutchai. T. *Cappadocia* : inter pagos Enderlik et Everek, alt. c. 1300ᵐ, nec non in Argæo usque ad alt. 2167ᵐ. T.
Armenia : m. Tekdagh supra Erzerum, alt. 2000-2250ᵐ. T. nec
non ad lacum Gorktchai. Ledeb. fl. ross. I. 641. — Provinciis
Caucasicis : alpinis regionis orientalis Caucasi, alt. 2729ᵐ.; provincia Talusch, alt. 1205-1950ᵐ. Ledeb. l. c.

§ 2. *Macrocalycini.*

113 A. breviflorus DC. (A. erdocephalus Willd., et pseudo-traga-
cantha Auch. herb.) *Cappadocia* : reg. alp. m. Argæi, alt. 2200ᵐ.
Bal. *Armenia* : m. Tekdagh. Il. — *Persia* : provincia Adjerbedjan, districto Khoi. Fisch. l. c.

114 A. oleifolius DC. Fisch. l. c. (A. longifolius Willd.) *Bal.* pl.
d'Or. an. 1856. N° 912. — *Galatia* : pr. Angora. T. *Cappadocia* :
summis montis Hamdagh, prope Kaisaria, alt. c. 1100ᵐ. Bal. —

Declivibus montium ad limites *Turciæ*. *Persia* : provincia Adjerbedjan, districto Khoi. Fisch.

115 » A. **Prusianus** Boiss. Fisch. l. c. *Bithynia* : Inter Brussam
et Gemlik. B. *Cilicia* : ad castellum Anocha, pr. Bosanta. T.

. Var. *Phrygia* : pr. Uchak. Bal.

116 A. **compactus** Lmk. Fisch. non Willd. — *Bal.* pl. d'Or.
an. 1850. N° 941.—*Cappadocia* : m. Alidagh pr. Kaisaria, alt. c.
1400ᵐ. Bal. *Armenia*. Fisch. — *Persia* : sterilibus lapidosis pro-
vinciæ Adjerbedjan, districto Khoi. Fisch.

Var. *Tchihat*. pl. As. Min. exsicc. an. 1853. N° 175.— *Lydia* : declivitate bor. m. Messogis. T. *Phrygia* : inter Karayuklazar et lacum
Baldagœl., alt. c. 1164ᵐ. T.

117 » A. **Lamarkii** Boiss. Fisch. l. c. (A. compactus Willd.
A. compactus var. β Lmk. A. humilis Willd. herb. non MB.)
Tchihat. fl. As. Min. exsicc. an. 1858. N° 485. — *Ponto australi* :
inter pagos Agatchbachi et Sarybaba, alt. 2300ᵐ. T. *Armenia*. B.
Cappadocia : m. Alidagh reg. subalp. Bal:

118 A. **longifolius** Lmk. Fisch. l. c. (A. pugniformis l'Herit.)
Armenia. B. — *Syria*. Fisch.

119 » A. **Tokatensis** Fisch. l. c. p. 370.—*Ponto* : prope Tokat. Fisch.

120 » A. **Mitchellianus** Boiss. Fisch. l. c. — *Bal.* pl. d'Or.
an. 1851. N° 216.—*Ionia* . ad Sabandjakave inter Smyrnam et
Magnesiam. Bal. *Phrygia* : inter Azadi et Gediz. B.

121 » A. **ptilodes** Boiss. Fisch. l. c. *Lydia* : reg. alp. montis
· Sipyli. B. *Phrygia* : ad pagum Gachanichlar, pr. Uchak. Bal.
Caria. B. *Pisidia* : montibus supra Duldur. B. *Cappadocia* : m.
Karamoulagh, ad orient. urbis Kaisariæ. Bal.

122. » A. **Fenzlii** Boiss. — *Bal.* pl. d'Or. an. 1855. N° 938.—
Cappadocia : reg. subalp. m. Argei., alt. 2200ᵐ. Bal. Reg. alp.
merid. *Cilicia* Tauri, alt. 1721-1949ᵐ. B.

123 » A. **Byzantinus** Fisch. l. c. (Forse cum A. Prusiano Boiss.
conjungendus). Prope *Byzantium*. *Bithynia*. Fisch.

124) **A. Barba Jovis** DC. Fisch. l. c. *Paphlagonia* : prope Zafranboli. Fisch. *Armenia*. H. berl.

125) **A. Nosanus** Boiss. *Armenia* : pr. Karput. B.

126 **A. plumosus** Willd. Fisch. l. c. (A. Parnassi Boiss. A. aristatus var. australis Boiss. Voy. Esp.) *Galatia*. G.

   Var. Boiss. *Phrygia* : reg. alp. m. Murad-dagh. Bal.

127) **A. stenorachis** Fisch. l. cl. (Sec. c. auctorem ipsum nimis
A. andrachnifolio Fenzl. affinis.) *Galatia* : ad pagum Thorball
et Theracli, in ditione Angorensi. F. l. c.

128) **A. andrachnifolius** Fenzl. in Pugil. et in Russeg. Reise. I.
891. — Fisch. l. c. (*Bot. pl. d'Or. au.* 1855. N° 485.) Regione
infer. *Ciliciæ* Bulgardagh prope Gulck. Fenzl. Bal. — *Syria* :
circa Aleppo. Fenzl.

129) **A. Lydius** Fisch. l. c. A. fruticulosus, procumbens (?) ramosus, ramis satis dense foliosis erinaceis, hirsutis. Stipulæ
ovatæ, acuminatæ dense ciliatæ, apicem versus subcoloratæ.
Spina rhacheos 4-5 jugæ, erecto-patentis, demum patentissimæ, gracilis, hirsutæ, flavescentis, longior foliolis elliptico-
lanceolatis, utrinque acutatis, breviter mucronatis, adpresse
hirsutis et canis, venosis, internodia superantibus. Glomeruli
ad basin ramorum novellorum, subglobosi, avellanæ magnitudine, plumosi, acervulis depauperatis (?) bracteis lanceolato-
linearibus, subulatis, apice coloratis, dorso villosis et ciliatis,
calyce parum brevioribus, bracteolis calycinis filiformibus; totis
plumosis, calyce parum brevioribus. Calycis villosissimi tubus
cylindraceus, tenuissimus, fissilis, dentibus filiformibus æqui-
longus. Corolla calyce longior, purpurea. Vexilli lamina
oblongo-elliptica, obtusissima, emarginata, basi acute auriculata et sensim in unguem æquilongum attenuata. Ungues petalorum interiorum, ad gibberem laminarum leviter cohærentes,
fere ad medium usque connati. Stylus inferne villosulus, triplo
longior ovario longe et parcius villoso. — *Lydia*. F. l. c.

130) **A. brachyphyllus** Fisch. l. c. (Secundum cl. auctorem

ipsum species dubia, atque cum A. ptilodi vel A. Cretico forte
conjungenda.) *Mysia* : inter Kutaya et Eskieber. F. l. c.

131) **A. Wiedemannianus** Fisch. l. c. A. suffruticosus humilis
ramosus, dense foliosus, erinaceus, ramis tomentosis, penna
anserinæ crassitie. Stipulæ ovato-lanceolatæ, acutæ, hirsutæ,
ciliatæ, florales late-ovatæ, acuminatæ. Spina rhachecs 6 ad
9 jugæ erecto-patentis, laxiusculæ, dorso tricostatæ, hirsutæ,
pallide virentis; brevior foliolis lanceolato-ellipticis, utrinque
acutatis, spinula mucronatis, adpresse hirsutis et subincanis.
Glomeruli ad basin ramorum novellorum, ovato-globosi, magnitudine Juglandis, speciosi, compacti, plumosi, acervulis
multifloris, multibracteatis. Bracteæ naviculares, acutæ, dorso
villosæ, superne ciliatæ, calyce breviores, exteriores interdum
ovato-oblongæ, et inæqualiter bifidæ, plerumque lanceolatæ,
spatulato-lanceolatæ, nunc lanceolato-lineares et acuminatæ.
Bracteolæ filiformes, plumosæ, calyce breviores. Calycis villosissimi tubus oblongo-cylindraceus, multinervius Basilis, parum
brevior dentibus subulato-filiformibus plumosis. Corolla calyce
½ longior. Vexilli lamina ovato-elliptica, obtusissima, submarginata, panduriformis, acutangula, sensim in unguem æquilongum attenuata. Ungues petalorum interiorum ad ½ longitudinis
connati. Stylus basi villosus ovario villoso 5 ad 6plo longior.

  Habitu refert A. compactum aut A. Lamarckianum.—Rami
3-4 pollicares. Folia 1-2½" longa. Foliola 3-5'" longa, 1 ad
1½'" lata. Calyces 5-7'" longi.

  Ponto : prope Kastamuni. *Galatia* : prope Angora, montibus
Hussein-dagh atque Dykman. F. l. c.

132) **A. micropterus** Fisch. l. c. A. suffruticulosus, ramosus,
hystricinus, dense foliosus, ramis brevibus tomentosis, penna
cygneæ crassitie. Stipulæ alatæ basi ovatæ, acutatæ, villosæ,
ciliatæ. Spina rhachecs 6-7 jugæ, erecto-patentis, rigidæ, demum patentissimæ et incurvæ, rigidæ, firmæ, hirsutæ, pallido
virentis brevior foliolis lanceolato-ellipticis, utrinque acutatis,
spinula mucronatis, patentibus, dense incano-villosis. Glomerulus ovatus ad ipsam basin rami novelli, speciosus, compactus,
juglandis magnitudine, acervulis multifloris, multibracteatis.

Bracteæ naviculares, lanceolato-oblongæ, intimæ spatulato-
lineares, ad apicem acutum villosæ et ciliatæ, calyce breviores;
bracteolæ calyce duplo breviores, filiformi-spatulatæ, præsertim
versus apicem plumosæ. Calycis villosissimi tubus turbinato-
cylindraceus, nervosus, dentibus filiformi-subulatis, erectis
plumosis, fere 1½ brevior. Corolla calyce ½ longior. Vexilli lamina ovato-elliptica, obtusissima, panduriformis, hastulato-
acutangula, ungue laminæ æquilongo, cuneato. Petala interiora
unguibus ad medium connata. Stylus basi hirsutulus ovario
villoso 4 plo longior. — Præcedenti affinis habitu, differt ramis
robustioribus, foliis rigidis, foliolis dense villosis. Specimina
fere ½'. Folia 2 ad 2½''. Foliola 6''' longa, 1-1½ lata. Calyces 5'''.
Porro : inter Amasiam et Toptcha, in ditione Tokatensi. F. I. c.

133 › A. brachypterus Fisch. l. c. A. suffruticulosus, humilli-
mus, ramosus, dense foliosus et erinaceus, ramis brevibus, confertis, cæspitosis. Stipulæ ovalæ, acutæ, villosæ, ciliatæ, mox
glabrescentes, florales latiores. Spina rhæbeos 5—7 jugæ,
erecto patentis, tomentellæ, strictæ, brevior foliolis lineari-
ellipticis, acutis, breviter mucronatis, patentibus, tomento
denso, brevissimo, albo, adpresse subsericeis. Glomeruli sub
ipso apice ramulorum, globosi, avellanæ majores, compacti,
plumosi. Acervuli, multiflori. Bracteæ lanceolatæ, acutæ, navi-
culari-concavæ, versus apicem ciliatæ, calyce breviores. Calycis
villoso-plumosi tubus cylindraceus 5 nervius, dentibus filiformi-
subulatis sesquilongior; basi stipatis bracteolis tubo-vix longioribus, filiformibus, plumosis. Corollæ calyce ¼ longioris
vexillum lamina ovato-elliptica, obtussisima, leviter panduri-
formi et acutiuscule auriculata, abeunte in unguem cuneato-
linearem, laminæ æquilongum. Ungues alarum ad medium
usque connatæ. Stylus glaber 4 plo longior ovario villosissimo.
Specimen 3 unciale. Folia uncialia. Foliola 2''' longa. Calyx 6'''.

Galatia : ad pagum Beybazar. F. I. c.

134 › A. Aucherianus Fisch. l. c. (*Auch.* collect. Num. 3502.)
Tchihat. pl. As. Min. exsicc. an. 1849. Nº 21. A. fruticulosus,
procumbens (?) ramosus, dense, sed laxius foliosus, erinaceus,

ramis novellis elongatis, tomentosis. Stipulæ ex ovata basi longe
acuminatæ, villosæ, longe-ciliatæ, sæpius purpurascentes. Spina
rhacheos 4-6 jugæ, hirsutæ, firmæ, rigida, flavescentis, erecto-
patulæ, demum patentissimæ, æquilonga aut longior foliolis
approximatis, elliptico-lanceolatis, utrinque, præsertim ad apicem breviter mucronatum acutalis, patentibus, villosis, incanis.
Glomeruli ad basin ramorum novellorum oblongi, avellanæ
magnitudine, plumosi, acervulis laxius dispositis, multifloris,
multibracteatis. Bracteæ lanceolato-lineares, acuminatæ, hyali-
næ, dorso parce villosæ, apicem versus ciliatæ, calycis longitudine. Bracteolæ filiformes, plumosæ, calyce parum breviores.
Calyx villosissimo-plumosus, tubo cylindraceo, quinquenervio,
dentibus filiformibus, rectis, plumosis parum breviore. Vexillum
calyce ⅓ longius, lamina ovato-elliptica, obtusissima, panduri-
formi, hastulato-auriculata, ungue æquilongo cuneiformi-
lineari. Ungues alarum cum carina ad medium usque concreti.
Stylus inferne pubescens, ovario villoso triplo longior.

 Specimina 4 ad 0″, ni fallor, procumbentia, folia 1—1½″,
foliola 2 ad 3‴ longa. Calyx 7‴ longus.

 Galatia : inter pagum Kilichler et urbem Angora, alt. 1000ᵐ.
Cappadocia : in valle ad declivitatem orient. montis Katrandagh
sita, alt. 1400ᵐ. T. — *Cataonia* : ad margines viarum. F. l. c.

135 ⟩ **A. Tmoleus** Boiss. Fisch. l. c. (A. plumosus var. tomentosus Boiss. pl. Anat. exsicc. an. 1842.) *Bal. pl. d'Or.* an.
1854. Nᵒ 211. — *Lydia* : reg. media m. Tmoli supra Philadelphiam et ad Bozdagh. B. *Armenia* : circa Erzerum. Calv.

136 **A. Thracius** Grisb. Fisch. l. c. (A. compactus Friwalds.
A. pseudotragacantha Durn. D'Urv. excl. syn.) *Caria.* T. — *Thracia, Macedonia.* G.

137 ⟩ **A. Trojanus** Herb. Steven, Fisch. l. c. A. suffruticulosus,
ramosus, dense foliaceus et erinaceus, ramis brevibus, vix hir-
sutulis. Stipulæ ovatæ, acuminatæ, ciliatæ, florales multo majores, margine glabræ. Spina rhacheos 8-9 jugæ patulæ,
hirsutulæ, demum patentissimæ brevior foliolis linearibus, mu-
cronulo minuto terminatis, pallide viridibus, initio hirsutie
exigua parce adspersis, mox glaberrimis. Glomerulus sub ipso

ramorum apice ovatus, compactus, plumosus, Juglandis minoris
magnitudine. Acervuli multiflori, multibracteati. Bracteæ naviculares acutæ, dorso et margine ciliatæ ; interiores ex ungue
filiformi leviter spatulatæ, omnes calyce tertia parte breviores.
Bracteolæ filiformes plumosæ, calycis longitudine. Calycis tubus
urceolaris, villosissimus, fissilis, dentibus plumosissimis duplo
brevior. Corolla calyce 1½ longior, lamina vexilli elliptica,
obtusa, medio parum contracta, basi subacutangula. Ungues
petalorum interiorum ad ½ partem longitudinis connati. Stylus
ovario præsertim apicem versus villosissimo 4 plo longior.

Troade. Ad Dardanelles. F. l. c.

B. PEDUNCULATI Fisch. l. c.

138 A. flavescens Boiss. Fisch. — *Bal. pl. d'Or.* an. 1854. N° 215.
— *Lydia :* regione alpina montis Tmoli, cacuminibus supra Philadelphiam et Sardes, ad pagum Bozdagh. B.

139 > A. horridus Boiss. Fisch. l. c. *Asia Minore.* — *Persia* centrali et occidentali. B.

140 > A. angustifolius Lmk. Fisch. l. c. (A. Olympicus Lmk. A.
leucophyllus et A. retusus Willd. A. echinoides l'Hérit. A. pungens Friwnld.) *Bal. pl. d'Or.* an. 1854. N° 213 ; an. 1855. N° 481.
Bithynia : siccis prope Djesida. G. *Lydia :* cacumine montis Sipyli. B. *Phrygia :* reg. alp. montis Murad-dagh. Bal. *Cilicia* Bulgardagh, reg. mont. ad pagum Gulek prope pylas. Bal. *Armenia.*
DC. Prdr. II. 298. — *Græcia :* ins. *Candia.* Fisch. l. c.

> *Var.* pauciflora Boiss. herb. *Lydia :* monte Sipylo. — *Macedonia :*
> monte Athos. B. *Græcia :* reg. abietina Parnassi, alt. 1157™. Herb.
> græc. norm. N° 613.
> *Var.* pedunculata Boiss. *Armenia* ad vias in subalpinis prope
> urbem Karput. B.

141 > A. pungens Willd. Fisch. l. c. (A. bracteolatus DC.) *Galatia :*
pr. Angora. *Ponto :* pr. Tokat. Fisch. l. c. *Cappadocia :* in. Akdagh.
Boiss. herb.

142 > A. gymnolobus Fisch. l. c. A. e basi lignescente perennis.

erectus, primo intuitu glaber, revera autem pilis sparsis, partim medio affixis; brevibus, albis, hinc inde perraris, tectus, caulibus pedalibus, gracilibus, flexuosis, fili emporetici crassitie, trigonis, parum ramosis. Stipulæ e basi valde callosæ, lanceolato-lineares, subulatæ, ciliatæ uniuersiæ. Folia 6—8 juga, patenti-erecta, longiuscule petiolata. Spina rhacheos rectæ, basi biexcavatæ, caule parum tennioris, albidæ, brevior foliolis elliptico-lanceolatis, utrinque acutatis, remotis, utrinque pilis adpressissimis adspersis, viridibus. Pedunculi ex axillis superioribus, foliis fere triplo longiores, graciles, apice gerentes in racemo plusquam pollicari flores circiter 10 erecto patulos, brevissime pedicellatos, bractea lanceolato-subulata ciliata suffultos. Calyx campanulato-cylindraceus, tumidulus, quinquenervius, bracteolis minutissimis ciliatis, albidis bibracteolatus, adpressissime strigulosus, apice quasi truncatus, et dentibus subulatis, rectis, tubo duplo brevioribus coronatus. Corolla calyce plusquam duplo longior, vexillo recto vix attenuato basi oblongo-elliptico acuto (?). Alæ liberæ, lamina unguibus sesqui longiore. Carinæ lamina basi vix auriculata. Ovarium glaberrimum, oblongum, stylo glabro plusquam duplo brevius. Folia 2-2½''; intermedia ¼ ad 1 pollicaria cum floribus ¼ ad 6''. Species valde singularis, et anomala, ad nullam Tragacantharum tribum accedens et habitu A. virgati gaudens.

Galatia: ad pagum Kadikoi prope Angora. Fisch. l. c.

143 **A. vestitus** Boiss. et Heldr. Fisch. l. c. *Isauria*: saxosis reg. super m. Karadagh, alt. 1462ᵐ. B.

144 **A. lagopoides** Lmk. DC. Fisch. l. c. (A. lagopodioides Vahl.). *Armenia rossica* ad lacum Goktchai. *Persia*: provincia Adjerbidjan. Fisch. l. c.

145 **A. persicus** Fisch. et Mey. (A. lagopoides Lmk. var. β. A. lagopoides β persicus DC.) *Armenia rossica*: ad lacum Goktchai. — Provincia *caspica*, Talusch. Ledeb. fl. ross. I. 611. *Persia*: inter Kermanchah et Amadan. DC. l. c.

146 › **A. mesopotamicus** Boiss. Fisch. *Mesopotamia*. B.

147 **A. lagurus** Willd. (A. lagopoides α Lmk.) *Bal.* pl. d'Or.

an. 1856. N° 943. — *Tchihat.* pl. As. Min. exsicc. an. 1858.
N°⁰ 198, 258. *Armenia* : circa Erzerum. H. nec non inter pagos
Mamahatun et Jenikol,. alt. c. 2000ᵐ.; atque inter urbem
Erzindjan et pagum Sepigor, alt. 1500-2147ᵐ. T. *Armenia ros-
sica* : m. Ararat et Alagaes. Ledeb. fl. ross. — *Cappadocia* : m.
Alidagh pr. Kaisaria, alt. c. 1100ᵐ. Bal. — *Persia* : inter Ker-
manchah et Amadan, nec non provincia Adjerbidjan, districto
Khoi; apricis altiorum montium ad fines Turciæ. Fisch. l. c.

148 > A. Talassens Boiss. et Bal. *Cappadocia* : ad pagum Talasse.
pr. Kaisaria. B.

149 > A. Balansæ Boiss. *Cappadocia* : collibus ad occidentem
urbis Kaisariæ sitis. B.

150 A. hymenocystis Fisch. et Mey. l. c. Apricis montium ad
limites *Turciæ.* Fisch. l. c.

151 A. tortuosus DC. Fisch. l. c. *Mesopotamia.* — *Persia* : inter
Kermanchah et Bagdad. Fisch. l. c.

152 A. coluteoides Willd. Fisch. l. c. (A. damascenus DC.
Anthyllis tragacanthoides Labill.) *Armenia* : inter Kars et Erivan.
— *Libano*, ad cedros. Fisch. l. c.

153 > A. chthonocephalus Boiss. et Bal. *Antitauro* : reg. subalp.
m. Dededagh. D.

154 > A. Szovitsii Fisch. et Mey. *Armenia rossica* : collibus lapidosis siccissimis secus fl. Nahitchivan Tchai. Fisch. l. c.

155 > A. micracme Bois. et Noe. *Armenia* : inter Erzerum et Kars
pr. Van. B.

SERIES IV. PODOCHREATI DC. Prdr. II. 300.

A. ANTHYLLOIDEI DC. l. c.

156 > A. halicacabus Lmk. (A. halicacabus var. β. A. canescens
C. Koch in Linn. XV, 720. Phaca vesicaria Schreb.) *Armenia
turcica* : circa Erzerum. Calv.; et *rossica* : circa Kulp. Ledeb. fl.
ross. l. 643.

157 > A. anthylloides Link. (Colutea incana Link. Phaca incana Vahl.) *Cappadocia :* ad Euphratem. B. herb. *Armenia.* DC. l. c.

Var. lugubris Boiss. subalpina *Asiæ Minoris.* B.

158 > A. dictyophysus Boiss. Ined. *Tchihat.* pl. As. Min. exsicc. an. 1858. N° 773. — A. perennis acaulis totus pilis adpressissimis albis ad pedunculos et petiolos copiosis ad foliola sparsis obsitus collo petiolis vetustis persistentibus vestito, foliis remotiuscule 15-20 jugis foliolis minutis obovatis vel ellipticis sæpe retusis, pedunculo foliis breviori in lacinium laxiuscule oblongo-cylindricum abeunti, pedicellis brevissimis bractea lanceolata setosa calyce triplo breviori suffultis, calyce pilis albis nigrisque sparsis adpressis obsito globoso-vesicario nec non reticulato, corolla alba. — Folia 5-6 pollicaria, foliola 2-3 lineas longa. Calyces magnitudinis eorum A. anthylloidem quod differt indumento molli tomentello, foliolis angustioribus et calyce non reticulato.

Ponto Polemoniaco : inter pagum Tchavdak et oppidulum Kuletdissar, regione montosa plerumque arida, alt: 1000-1500ᵐ. T.

159 † A. vulneraria DC. (Phaca halicacaba Willd.) *Tchihat.* [1] pl. As. Min. exsicc. 1848, au 1849. N° 22, 24, 102, 288. — *Bal.* pl. d'Or. an. 1857. N° 1298. — *Galatia :* inter pagum Kilichler et urbem Angora, alt. c. 1000ᵐ. T. *Phrygia* occid. inter pagos Gumavcher et Tefne, alt. c. 900ᵐ. T. nec non collibus inter urbem Ushak et pagum Bulgas Kevi, copiosissime, alt. c. 900ᵐ. Bal. *Lycaonia :* pr. pagum Kulukessa subplanis lapid., alt. c. 1030ᵐ. T.

160 A. mollis MB. (A. eriocarpus MB. non DC.) *Bal.* pl. d'Or. an. 1856. N° 931. — *Cappadocia :* in. Alidagh pr. Kaisaria, alt. c. 1500ᵐ. T. *Armeniæ :* in. Ararat, alt. 3248-1222ᵐ. W. — Prov. *Caucasicis.* Ledeb., l. c. *Persia* occid. B. herb.

161 A. sphærocalyx. Ledeb. M. *Ararat.* Ledeb. fl. ross. I. 647.

162 > A. lacertus Ledeb. M. *Ararat.* Ledeb. l. c.

1. Vide nostram Tab. II.

163 > **A. Tauricola** Boiss. Reg. alp. *Cilieiæ* Bulgardagh, supra
Bulgarmaden. B.

164 > **A. venulosus** Boiss. *Galatia* : m. Tchitchekdagh B.

165 > **A. Cappadocicus** Boiss. *Cappadocia* : m. Akdagh. B. *Ponto* :
circa Baibut. H.

166 > **A. chionophilus** Boiss et Heldr. — *Tchihat*[1]. pl. As. Min.
exsicc. an. 1849. Nº 582. — *Bal.* pl. d'Or. an. 1855. Nº 479. —
Isauria : saxosis ad nives in cacumine m. Gheidagh, alt. 2273-
2590ᵐ. T. *Cappadocia* : reg. alp. m. Argæo, alt. 3005ᵐ. T. *Antitauro* : reg. alp. m. Aslandagh. Bal. *Ciliciæ* Bulgardagh : inter
fragmina calcaria scopulosa Metdesis et Kisil-tepe, alt. 2308-
3248ᵐ, Ky. ; nec non supra plumbifodinas Bulgarmaden. Bal.

167 > **A. chrysotrichos** Boiss. affinis. — *Tchihat.*[ ] pl. As. Min.
exsicc. 1849. Nº 254. — *Galatia* : pr. pagum Tchaltyk, alt. c.
850ᵐ, nec non inter Tchaltyk et Hamza Hadji, alt. c. 935ᵐ. T.

B. CAPRINI DC. *l. c.*

168 > **A. ovatus** DC. *Ponto* : circa Gumuchhane. H.

169 > **A. leporinus** Boiss. et Noe : *Armenia merid.*, alpibus pr.
Bokirmaden. B.

170 **A. lanigerus** Desf. (A. lanigerus subglabratus DC. A. tragacanthoides Willd. sec. DC.) *Phrygia* : arenosis apricis, et collibus. — *Iberia, Mauritania, Ægypto.* DC. l. c. *Sahara algeriensi* :
alt. 750-1120ᵐ. Coss. Bull. soc. bot. IV, 396. *Græcia.* Nym.

171 > **A. angustiflorus** G. Koch. Linn. XV, 720. *Armenia turc.*
atque *ross.*, provinc. Kars et Schuragel. K.

172 > **A. declinatus** Willd. (A. tragacanthoides Lmk. non
Willd.) *Armenia.* DC. l. c.

173 > **A. pinetorum** Boiss. — *Tchihat.* pl. As. Min. exsicc.
an. 1853. Nº 136. B. — *Caria* : pinetis reg. mont. m. Cadmi.

1. Vide nostram Tab. III.

B. *Pisidia* : inter pagos Aglassan et Tchukur. T. *Armenia* : circa Erzerum. H.

174 A. nummularius Lmk. — *Tchihat.* pl. As. Min. exsicc. an. 1849. N° 550 *a*. — *Bal.* pl. d'Or. an. 1856. N° 927. — *Cappadocia* : reg. alp. m. Argæi, alt. 3005ᵐ. T. *Ponto* : graminosis, circa Trapezunt. D'Urv. Ennin. *Armenia* : m. Ararat. — Provinc. *Caucasicis.* Ledeb. l. c. *Syria. Creta.* Steud. l. c.

> *Var.* foliis non retusis Boiss. herb. — Heldr. pl. exsicc. 1854. N° 2176. *Bithynia, Lyria* m. Elmalo. — *Syria* B. herb. *Attica* : reg. subalp. m. Kithæronis, alt. 1300ᵐ. Heldr.

175 A globosus Vahl. — *Tchihat.* pl. As. Min. exsicc. an. 1858. N° 496. — *Ponto* : declivitate merid. jugi Paryadres veterum, inter pagos Lisdja et Kumbetkhan, alt. c. 1800ᵐ. T. *Armenia.* DC. l. c.

176 A. cylindraceus DC. (A. cylindricus Spr.) *Bal.* pl. d'Or. an. 1856. N° 930. — *Cappadocia* : m. Alldagh. pr. Kaisariam, alt. c. 1550ᵐ. Bal. *Armenia* : circa Zazalarhane, inter Baibut et Erzerum. H.

177 ♭ Anatolicus Boiss. *Lydiæ* et *Cariæ* reg. montana : m. Sipylo, m. Tmolo. B.

178 ♭ A. ovinus Buiss. *Tauro.* B.

C. INCANI DC. Prdr. II. 301.

179 A. latifolius Lmk. *Armenia* : pr. Karpul. — *Persia.* B. herb.

180 † A. Monspessulanus Lmk. (A. incanus Pall. non L.) *Cilicia* : declivitate orient. jugi Bulgardagh. Auch. voy. I. — Provinc. *Caucasicis. Rossia* austr. Ledeb. l. c. *Rumelia* : m. Hæmo et Athos. G. *Græcia.* Nym.

181 A. sanguinolentus MB. non Willd. (A. clavatus β brevibracteatus DC. A. incanus var. Pall.) *Armenia* : pr. Erzerum. B. herb. — *Caucaso orient.* B. herb.

182 A. incanus L. non Pall. *Bithynia* . pr. Djesida. G. Insulis

Rhodos et *Cypro*. Prdr. fl. gr. II. 89. — *Macedonia* : pr. Saloniki.
G. *Græcia*. Prdr. l. c.

183 A. clavatus DC. *Armenia* : m. Ararat, alt. c. 1300-1525ᵐ. W.
— Provincia *Caucasica*, Kachetia. Ledeb. fl. ross. I. 640.

184 > A. cinereus Willd. (A. clavatus β brevibracteatus DC. sec.
Steud. l. c.) *Armenia* : circa Erzerum. Calv., atque inter Go-
muchbane et Zazalarhane. II.

185 † A. nummularioides Desf. (A. nummularius Desf. excl.
Syn. A. rotundifolius Willd.) Apricis insulæ *Melos* ubique.
D'Urv. Emm. — *Tingitania*. DC. l. c. *Algeria* : alt. 1120ᵐ,
Coss. l. c.

186 A. brachycarpus MB. — *Tchihat*. pl. As. Min. exsicc.
an. 1858. Nº 771. Montibus inter *Armeniam rossicam et Grusiam*
sitis, alt. 488-1493ᵐ. W. *Ponto australi* (Polemoniaco) : inter
pagum Tchavdak et oppidulum Kulethissar, alt. 1000-1500ᵐ. T.

187 > A. elongatus Willd. — *Bal*. pl. d'Or. an. 1856. Nº 924. —
Galatia. DC., l. c. *Cappadocia* : m. Alidagh, pr. Kaisariam, alt. c.
1500ᵐ. Bal.

188 > A. campylosema Boiss. *Cilicia*. B.

189 > A. atropurpureus Boiss. et Heldr. *Pisidia* : arenosis ad
vias planitiei Isbarta. B.

190 > A. Cariensis Boiss. *Caria* : pr. Mula. B.

191 > A. nucifeurs Boiss. *Cappadocia* : ad Euphratem. B. atque
collibus inter Bosanta-su et Kautichly-tchai. Bal.

192 > A. schizopetalus Boiss. *Cappadocia* : collibus inter fl.
Bosanta-su et Kamichly-tchai. *Cilicia campestri* : collibus calcareis supra pagum Sedichig, pr. Mersina. Bal.

193 > A. scabrifolius Boiss. *Armenia*. B.

194 A. Pinardi Boiss. (A. Monspessulanus var. variegatus Pinard
pl. exsicc.) *Caria*. *Lycia* : saxosis m. Solima. — *Græcia*. B.

195 > A. squalidus Boiss et Noe. *Tchihat*. pl. As. Min. exsicc.
an. 1858. Nº 518. — *Galatia orientali* : subalp. pr. Sivas. B.
Ponto australi : declivitate merid. Jugi Paryadres veterum, inter
pagos Liadja et Kumbetkhun, alt. c. 1700ᵐ. T.

D. RADICIFLORI DC. l. c.

196 A. testiculatus Pall. *Armenia.* — *Sibiria altaica.* B. herb. *Tauria :* deserto Soongoro-Kirghisico. Ledeb. fl. ross. I. 655.

197 A. hirsutus Vahl. *Bithynia :* cacumine Olympi. *Pisidia :* m. Davros, alt. 1401-1500ᵐ. *Caria :* m. Cadmo ad Denisly, regionibus superioribus.—*Creta.* Lapidosis montium *Lazistani,* alt. c. 1049ᵐ. B. herb.

198 » A. Allindanus Boiss. *Caria :* pr. Mula, atque pr. veterum Allindum. B.

199 » A. chlorosphærus Boiss. et Noe. *Armenia :* subalp. inter Karput et Sivas. B.

200 ɟ A. Armeniacus Boiss. *Armenia :* circa Erzerum. Calr.

201 » A. Sibthorpianus Boiss. (A. barbatus Sm.) *Bithyniæ* Olympo. B.

202 » A. pœcilanthus Boiss. et Heldr. *Pisidia :* saxosis montis Davrosdagh, alt. 1625ᵐ. *Phrygia :* circa Uchak, alt. 975ᵐ. B.

203 » A. amœnus Fenzl. in Pugill. et in Russeg. Reise 1. 895. (A. decumbens Boiss.) *Bal.* pl. d'Or. an. 1855. N° 476. — *Cilicia* Tauri alpibus : Maaden Tepessi et Alla-Tepessi, alt. 2000-3249ᵐ. P. nec non supra plumbifodinas Bulgarmaden. Bal. *Isauria :* m. Gheldagh, alt. 1949ᵐ. B.

204 » A. Argæus Boiss. et Bal. *Cappadocia :* reg. alp. super. m. Argæl, alt. 3200ᵐ. B.

Species nondum descriptæ.

205 » A. ptonocephalus Boiss. *Antilauro :* m. Dededagh. Bal.

206 » A. decumbens Boiss. — Bal. pl. d'Or. 1856. N° 933. — *Cappadocia :* collibus ad fl. Bosanta-su, in via a Tarso ad Kaisariam ducente. Bal.

207 » A. mutabilis Boiss. — Bal. pl. d'Or. an. 1857. N° 1227. — *Phrygia :* collibus ad septentr. urbis Uchak, alt. c. 950ᵐ. Bal.

208 > A. macroptilus Boiss. *Phrygia* : ad pagum Yapurlarkoi. Bal.

209 > A. Georgicus Boiss. herb. — *Tchihat.* pl. As. Min. exsicc.
an 1858. N° 710. — *Ponto* : inter pagos Tekekoi et Sarnytch (ad
SSE. urbis Samsun), reg. mont. silvat., alt. 486-1516ᵐ. T.

XXXVIII. **Biserrula** L. DC. Prdr. II. 307.

1 † B. pelecinus L. — Fl. gr. tab. 737. — Herb. græc. norm.
N° 18. — Silvulis apricis pr. *Bosphorum.* Clem. Sert. orient. p.
437. *Pamphylia* : colle aprico, pr. Alaya. B. *Cilicia* : regione
calida planitie circa Tarsum et Mersinam. T. *Algeria.* Ins.
Canaria. B. herb. Collibus apricis *Atticæ*, pr. Pikermi ad radices m. Pentelici. B.

TRIBUS III. VICIEÆ DC. Prdr. II. 353. — Viciæ Adans.

XXXIX. **Cicer** Tourn. DC. l. c.

1 † C. arietinum L. Jaub. et Sp. *Troade* : m. Gargara (Kas-
dagh. Ida veterum) J. S. *Armenia* : m. Ararat. — Provinciis
Caucasicis, Tauria. Ledeb. fl. ross. I. 660. *Thessalia et Albania.*
Fr. syn. G. class. *Serbia*, subspontaneum. Pan.

2 C. Judaicum Boiss. *Cappadocia* : collibus lapidosis secus fl.
Kamichly, pr. oppidulum Bereketly. Bal. — Circa *Hierosoly-
miam.* B.

3 C. Songoricum Steph. (Cl. Steud. l. c. hanc speciem cum Cic.
arietino L. conjungit, non annuente DC. in Prodr. II, p. 354,
nec Ledeb. in fl. rossica I. 660.) Bal. pl. d'Or. an. 1856.
N° 920. — *Tchihat.* pl. As. Min. exsicc. an 1858. N° 549. —
Ponto australi (Polemoniaco), inter urbem Chabhanekarahissar
et pagum Lisalja, alt. 1300-1700ᵐ. T. *Lydia* : m. Tmolo supra
Philadelphiam. *Armenia* : pr. Erzerum. B. herb. *Cappadocia* :
reg. subalp. m. Argæi, alt. c. 1900ᵐ. Bal. — *Persia* : m. Elwend.
D. herb. Prov. *transcaucasicis* occident. *Sibiria altaica.* Ledeb. l. c.

4 > C. floribundum Fenzl. in Pugill. et in Russeg. Reise 1. 872. Regione inf. *Ciliciæ* Bulgardagh, pr. pagum Gulek. Fenzl.

5 C. pinnatifidum Jaub. et Sp. *Asia Min.* J. S.

6 C. pimpinellifolium Jaub. et Sp. (Cicer ervoides Fenzl. Ononis ervoides Ledeb.) Herb. græc. norm. Nº 232. — *Heldreich,* pl. exsicc. 1855. Nº 2962. — *Armenia:* m. Kichichdagh. J. S. *Pisidia:* m. Budrun, supra Aglassan. B. *Ciliciæ* Bulgardagh, supra Bulgarmaden. Bal. — *Creta, Syria.* B. herb. Lapidosis mobilibus regionis mediæ m. *Parnassi,* alt. 1462ᵐ. Heldr.

7 > C. Montbretii Jaub. et Sp. Rupestribus agri *Byzantini.* G.

8 > C. spiroceras Jaub. et Sp. *Cappadocia* ad Euphratem. J. S.

XL. **Pisum** Tourn. DC. Prdr. II. 348. — Pisi spec. L.

1 † P. elatius Ster. (P. elatum DC.) Regione calida pr. littora *Bithyniæ, Thraciæ* et *Macedoniæ,* ubi locis umbrosis sparse riget: fruticetis inter Bazardjik et Gemlik supra Mudania, et frequentius pr. Kapaklu, alt. 0. 300ᵐ; silvis frondosis Thraciæ, alt. 260-390ᵐ; solitarie, inter fruticeta ins. Tassos, et dumetis Sambuci pr. Karas peninsulæ Hajion-Oros, alt. 630ᵐ; arvis circa Byzantium. G. *Phrygia:* pr. urbem Uchuk, alt. c. 900ᵐ. Bal. Montibus *Smyrnæ.* T. *Serbia.* Pan. Provinciis *Caucasicis.* Ledeb. l. c.

2 > P. fulvum Sibth et Sm. *Lydia:* copiose planitie circa Myram. Forb.

3 > P. Aucheri Jaub. et Sp. (Lathyrus frigidus Schott et Katschy). *Ciliciæ* Tauri reg. alpina supra Bulgarmaden. Bal. *Armenia:* m. Tekdagh pr. Erzerum. H.

4 > P. humile Boiss. et Noe. Ad rupes *Armeniæ* merid., prope Bakirmaden. B.

5 > P. biflorum Rafin. *Cappadocia:* ad basin. m. Karamaslagh, pr. Kaisariam. *Cilicia:* via a pago Bulukly ad pagum Aladagh ducente. Bal.

6 P. sativum L. (P. maritimum Pall.) *Cycladum* ins. Sapienza, sponte. Nouv. Fl. Pelop. — *Græcia, Tauria.* Ledeb. l. c.

XLI. **Ervum** L. ex parte. DC. Prdr. II. 366 ex parte. — Viciæ subg. Ervum Maout et Dcne. l. c.

Sect. Lens. Ser. in DC. l. c. — G. Lens Tourn.

1. **E. Lens** L. (Lens esculenta Mœnch.) Subspontanea : *Cappadociæ* planitie urbis Kaisariæ. Bal. — *Rossia austr.,* provinc. *Caucasicis,* hinc inde inter segetes et circa pagos quasi spont. Ledeb. fl. ross. I. 662. Ins. *Zante. Italia.* Nym. *Serbia,* quasi spontanea. Pan.

2 † **E. nigricans** MB. (E. silvaticum Fisch. E. uniflorum. Ten. E. lentoldes Ten. fl. nap. tab. 107. fig. 2.) *Tchihat.* pl. As. Min. exsicc. an. 1853. N° 28. — *Bal.* pl. d'Or. an. 1857. N° 1201. — Herb. græc. norm. N° 527. — *Lydia :* declivit. merid. m. Tmoli, inter pagos Ovadjik et Kizilkalessi, alt. c. 300ᵐ T. *Caria :* m. Cadmo. T. *Armenia russica :* planitie fl. Araxis, alt. 908–1136ᵐ. W. — *Attica :* pinetis m. Pentelici, pr. Pikermi. Heldr. *Tauria.* Ledeb. l. c. *Serbia.* Pan.

3 **E. orientale** Boiss. — *Bal.* pl. d'Or. an. 1855. N° 464. — Montanis lapidosis totius *Orientis :* *Lydia* m. Cadmo supra Colossam. B.; declivitate boreali *Ioniæ* m. Ninfe-dagh ad orientem Smyrnæ, in pinetis; regione superiore *Cappadociæ* vallis fl. Kamichly, pr. pagum Bereketly; *Ciliciæ campestris* angustia Guzel-dere, pr. Mersluaan. Bal. — *Antilibano. Persia australi,* pr. Gere, inter Abuchir et Schiraz. B.

4 † **E. hirsutum** L. — *Tchihat.* pl. As. Min. exsicc. an. 1858. N° 175. — *Ponto :* collibus maritimis supra Samsun. T. Littore *Bosphori.* G. *Phrygia :* pr. Uchak. Bal. *Cilicia :* ad pagum Gulek, pr. pylas. Bal. — *Macedonia.* G. *Tauria.* Provinc. *Caucasicis. Sibiria Uralensi.* Ledeb. l. c. *Serbia.* Pan.

5 † **E. Salisii** Griseb. (Vicia Gayi et Biebersteinii Guss. Ervum pubescens DC.) Ad *Byzantium.* G. — Ins. *Zarynthio. Creta.* Nym. *Algeria. Teneriffa.* B. herb.

Var. *Hymettia* Boiss. Montibus ad *Smyrnam.* B. — Pinetis *Atticæ,* m. Pentelici, pr. Pikermi. Herb. græc. norm. N° 516.

6 † E. gracile MB. (E. tetraspermum. L. var. β DC.) Herb. græc.
norm. N°127.—Ad *Byzantium*. G. *Cilicia campestri* : cacumine m.
supra pagum Sedichig, pr. Mersinam. Bal. Agro *Cariensi*. Prdr. fl.
gr. II. 11.—*Tauria*. Ledeb. l. c. Pinetis *Atticæ* m. Pentelici. Heldr.

7 † E. lenticula Schreb. (E. uniflorum Ten. Fl. nap. t. 172.
fig. 2.) Herb. græc. norm. N° 128. — *Tchihat*. pl. As. Min.
exsicc. an. 1858. N° 602. — *Ponto* : inter Samsun et pagum
Tekekoi, alt. 100-761ᵐ. T. *Lyciæ* : collibus aridis pr. Tchukalar
ad radicem m. Solyma. — *Palæstina*, B. herb. Reg. abietina m.
Parnassi, alt. 959ᵐ. Heldr.

8 † E. monanthos L. — *Tchihat*. pl. Asiæ Min. exsicc. an. 1849.
N° 427. — *Mysia* : valle fl. Kodjatchai, alt. c. 400ᵐ. T. — *Rossiæ*
prov. Baltica Lithuania quasi sponte. l. c. *Sibiria*. Ledeb. l. c.
Græcia. Nym.

9 » E. Kotschyanum Boiss. *Armenia* : circa Diarbekir. B.

10 » E. lunatum Boiss. et Bal. — *Bal*. pl. d'Or. 1851. N° 210. —
Declivitate boreali Nifé-dagh ad orientem *Smyrnæ*, in pinetis. Bal.

>—Add. Ervilia Link. — Ervi sect. II. Ser. in DC. Prdr. II. 366.
Viciæ subg. Ervilia Maoul. et Dene.

1 † E. sativa Link. (Ervum Ervilia L. Vesca Ervilia Willd.) *Bal*.
pl. d'Or. 1851. N° 186. — Prope *Brussam*. G. Prope *Smyrnam*, in
alluviis. Bal. Provinciis *Caucasicis*. Ledeb. fl. ross. I. 663, *Græcia*,
culta. Fr. Syn. fl. class.

Var. minus.— *Bal*. pl. d'Or. 1857. N° 1197. — *Phrygia* : pr. Uchak. Bal.

2 † E. tetrasperma Link (Ervum tetraspermum L. Vicia tetrasperma Lois. Vicia pusilla Muhl. in Willd. ?) *Tchihat*. pl. As. Min.
exsicc. an. 1858. N° 85. — *Ponto* : collibus maritimis plerumque alluviciis circa Samsun. T.

XLIII. **Vicia** Tourn. DC Prdr. II. 354. — Viciæ spec. L.

1 † V. pisiformis L. Agro *Byzantino*. G. — *Tauria*. Caucaso. Ledeb.
fl. ross. — Cl. Stev. eam vel in Tauria vel in Caucaso vidisse
negat. *Serbia*. Pan.

2 » **V. Pontica** Willd. *Ponto.* DC. l. c.

3 † **V. dumetorum** L. Pr. *Byzantium.* R. Olympo *Bithyniæ.* S. — *Serbia.* Pan. Omni *Sibiria boikalensi.* Ledeb. fl. ross. I. 671. ·

4 **V. variegata** Willd. — *Tchihat.* pl. As. Min. exsicc. an. 1858. N° 500. — *Ponto boreali :* pr. Trapezunt. B. herb. *et australi* (Polemoniaco) inter urbem Chabhane-Karahissar et pagum Lisdja, alt. c. 1200ᵐ. T. *Archipelago.* Nym. *Armeniæ* Olympo. B. herb. nec non pr. Erzerum. T. — Reg. alp. *Caucasi* orient. et occid. Ledeb. fl. ross. I. 678. *Græcia.* Nym.

5 » **V. gregaria** Boiss. et Heldr. (V. canescens Labill. var. angustifolia Boiss. et Heldr. in Heldr. plant. Anat. exsicc.) Tauro Isaurico : reg. superiore m. Gheldagh, alt. 1625-2274ᵐ, gregarie crescens, totumque jugum e longinquo tapete violaceo obtegens. B.

6 † **V. cassubica** L. Pr. *Byzantium. Bithyniæ* Olympi silvaticis. B. herb. *Ponti* nemoribus circa Trapezunt. D'urv. Enum. — Provinc. *Caucasicis et Tauria.* Ledeb. l. c. *Macedonia.* Nym. *Serbia.* Pan.

7 † **V. cracca** L. (V. multiflora a Lmk. fl. fr.) *Armenia :* pr. Erzerum, Calv. *Ponto :* pr. Trapezunt. D'Urv. Enum. — *Tauria.* Prov. *Caucasicis. Sibiria.* Ledeb. l. c. Frequentissime *Græcia*, usque alt. 650ᵐ. Fr. Syn. fl. class. *Serbia.* Pan.

  Var. Girardi Gaud. Prope Byzantium. Macedonia. Serbia. G.
  Var. longiflora C. Koch in Linn. XV. *Armenia ross.* Ledeb.

8 » **V. Cæsarea** Boiss. et Bal. (V. torulosa in *Bal.* pl. d'Or. an. 1830. N° 921, non Jordan.) *Cappadocia :* inter segetes planitiei pr. Cæsaream (Kaisariam.), alt. 1200ᵐ. B.

9 » **V. Armena** Boiss. *Armenia.* B.

10 » **V. anisodonta** Boiss. et Huet. — *Tchihat.* pl. As. Min. exsicc. an. 1858. N° 515. — Olareosis *Armeniæ* m. Tekdagh supra Erzerum. H. *Ponto australi :* declivitate bor. jugi Paryadren veterum, inter pagos Lisdja et Kumbethhan, alt. c. 1500ᵐ. T.

11 » **V. hypoleuca** Boiss. (floribus obscure cœruleis.) *Ciliciæ* Bulgardagh : frequens in montis Kizil-tepe deversis orienti soli obversis, sulo argiloso lapidibus deciduis oblacto, alt. 2761ᵐ.

Ky. diar. cille. an. 1853, *Antitauro* : reg. alp. m. Aslandagh. Bal.

12 ⟩ **V. Sibthorpii** Boiss. (V. polyphylla Fl. gr. t. 609.) Herb. græc. N° 200. — Dumosis et agris derelictis totius *Græciæ* et probabiliter quoque in *Asia Minore*. Boiss.

13 † **V. pseudo-cracca** Bert. (V. tenuifolia Bert.) *Tchihat.* pl. As. Min. exsicc. an. 1858. N° 67. — Pr. *Byzantium*. H. *Ponto* : collibus maritimis circa Samsun. T. — *Græcia*. Nym.

14 † **V. villosa** Roth. (V. polyphylla MB.) *Armenia rossica*. — *Tauria*. Provinc. *Caucasicis*. Ledeb. fl. ross. I. 676. *Thracia*. *Macedonia*. *Bulgaria*. Græcia, Nym.

15 † **V. varia** Host. (V. villosa var. glabrescens Koch. V. dasycarpa Ten.) Collibus circa *Byzantium*. — *Lycia* : m. Tmolo, ad sepes, nec non pr. Ephesum in sepibus. B. herb.

16 † **V. microphylla** D'Urv. (V. ambigua Guss. ex Bert.) Herb. græc. N° 199. — *Archipelago* : insulis Melos et Chio. Boiss. herb. *Atticæ* collibus apricis frequens. Heldr. *Hæmo*. Nym.

17 † **V. polyphylla** Desf. non Fl. gr. nec MB. *Armenia rossica*, circa Erivan, alt. 3012™. W. — *Algeria*, Steud. *Hispania*, Nym.

18 † **V. tenuifolia** Roth. non Bert. *Ponto* : collibus circa Trapezunt. d'Urv. Enum. *Armenia rossica*. Ledeb. fl. ross. I. 676. — Circa *Odessam*, D'Urv. Enum. — *Macedonia*. *Thracia*. G. *Serbia*. Pan. *Tauria*. Provinc. *Caucasicis*. *Sibiria*. Ledeb. l. c.

> Var. major Boiss. (V. tenuiflora latiflora Griseb. V. elegans Guss.)
> *Pisidia* : vulgaris in pratis prope Egerdir et Libarts ubi equorum
> præcipuum pabulum constituit atque in mercatis venditur.
> *Bithynia*, *Ionia* : pr. Smyrnam. *Lydia* monte Sipylo supra Magnesiam. B. herb. *Armenia* : pr. Ispir. H., nec non pr. Erzerum.
> Calv. *Cappadocia* : m. Karamas-dagh prope Kaisariam. B. — *Rumelia*. *Syria*. *Creta*. B. herb. *Tauria*. Provinciis *Caucasicis*. Ledeb. fl.
> ross. I. 677.

19 **V. Cilicia** Boiss. Tauro *Ciliciæ* : reg. alp. supra Bulgarmaden. Bal.

20 † **V. ochroleuca** Ten. non Gilib. Pr. *Byzantium*. R. — *Dalmatia*. *Italia*. Nym.

21 > V. Pinardi Boiss. *Caria.* B.

22 † V. onobrychioides L. Udis insulæ *Melos* rarius. D'Urv.
Enum. *Græcia.* Nym. *Macedonia.* G.

23 † V. sativa L. — *Tchihat.* pl. As. Min. exsicc. an. 1858.
N° 171. — *Ponto :* collibus maritimis supra Samsun. T. *Armenia :* pr. Erzerum. Calv., atque m. Ararat. Ledeb. l. c., nec non
planitie fl. Araxis, alt. 908-1136ᵐ. W. Provinc. *Caucasicis,
Tauria.* Ledeb. l. c.

    ᴅ *Var.* macrocarpa, Agro *Byzantino* G.
    ᴅ *Var.* uniflora C. Koch *Armenia rossica* Ledeb. l. c.
    Var. amphicarpa Boiss. (V. amphicarpa Dorm.) *Arabia petræa.* B.
      herb.
    Var. grandiflora Boiss. Prope *Byzantium. Armenia :* circa Erzerum. —
      Græcia. Sardinia. Hispania. B. herb.

24 V. repens D'Urv. Siccis insulæ *Melos.* D'Urv. Enum.

25 † V. cordata Wulf. (V. sativa L. var. DC.) *Armenia rossica :*
planitie fl. Araxis, alt. 908-1136ᵐ. W. *Tauria.* Stev. *Serbia.* Pan.

26 † V. peregrina L. (V. megalosperma MB. V. sativa var. peregrina DC. fl. fr.) Ad *Byzantium.* G. *Caria :* pr. portus Crissæ
(Porto Cavaliere) Prdr. fl. gr. *Cappadocia :* planitie urbis Kaisariæ, inter segetes. T. *Armenia rossica :* planitie fl. Araxis, alt.
908-1136ᵐ. W. — Ins. *Zante.* Nym. *Tauria.* Provinc. *Caucasicis.*
Ledeb. l. c.

27 > V. Cappadocica Boiss. et Bal. *Cappadocia :* planitie Karahissar, alt. 1200ᵐ. B.

28 † V. lathyroides L. (E. Soloniense. L. Wiggersia lathyroides
Fl. Wett.) *Tchihat.* pl. As. Min. exsicc. an. 1849. N° 460;
an. 1853. N° 10. — *Bal.* pl. d'Or. an. 1854. N° 203. — *Bithynia
et Thracia :* ericetis infra collem Bulguriu pr. Scutari; ins.
Prinkipo, alt. 0-130ᵐ. G. *Troade :* inter pagos Nuriu et Tchauchlar. T. *Lydia :* declivitate merid. m. Tmoli, inter pagos
Ovadjik et Kisil-Kalessi, alt. c. 350ᵐ. T. *Ionia :* pr. Smyrnam,
collibus incultis, atque insula Chustan in sinu Smyrnensi sita.
Bal. — *Serbia.* Pan. Prov. *Caucasicis. Tauria.* Ledeb. fl. ross.
l. 667. *Græcia.* Nym.

29 ⟩ **V. cuspidata** Boiss. — *Bal.* pl. d'Or. an. 1854. N° 201. — Pinetis montium *Ioniæ*, *Lydiæ* et *Cariæ*. Montibus circa Smyrnam, m. Mesogi, m. Tmolo, m. Cadmo. B.

30 † **V. hybrida** L. non Huds. (*V. lutea* β. Lmk. fl. fr. Vicioides hybrida Mœnch) *Bal.* pl. d'Or. an. 1854. N° 202. — *Ionia* : pr. Smyrnam inter segetes. Bal. Regione calida *Bithyniæ* frequens, alt. 0-325ᵐ. : Inter frutices planitici pr. Brussa, et regione castanea inferiori Olympi ; ubique dumetis ad sinum Nicomedleum ; Inter Scutari et Kartal ; summo colle insulæ Prinkipo. G. *Archipelago* : ins. Tinos et Tenedos. — *Græcia*. Nouv. fl. Pelop. Provinciis *Caucasicis*. *Tauria*. Ledeb. l. c.

31 † **V. lutea** L. (*Vicioides lutea* Mœnch. Wiggersia lutea Fl. Wett.) *Byzantii* et *Cariæ* littoribus. Prdr. fl. gr. *Bessarabiæ* pratis et campis. Tn. *Algeria* : pr. Djelfa, alt. 1120ᵐ. Coss. Bull. soc. bot. IV. 485.

> Var. Chaub. et Bory (Vicia hirta Balb.) *Archipelago* ins. Naxos. Nouv. Fl. Pelop. — *Græcia*. Ibid.

32 **V. grandiflora** Scop. non Hedwig. — *Tchihat.* pl. As. Min. exsicc. an. 1849. Nᵒˢ 448, 140 bis. — Pr. *Byzantium*. R. *Tronde* : inter pagos Nurlu et Tchauchlar, alt. c. 1000ᵐ, montibus vallibusque. T. *Armenia rossica*. Prov. *Caucasicis*. *Tauria*. Ledeb. l. c. *Serbia*. Pan.

> Var. diserta Boiss. Silvaticis *Lydiæ* montis Mesogis supra Tralles — *Græcia* ro. Oth. B. herb.
> Var. linarifolia Boiss. Regione media Mesogis. B. herb.

33 † **V. sericocarpa** Fenzl. in Pugill. et In Russeg. Reis. I. 891. Regioni inferiori *Tauri* occidentalis, pr. pagum Gulek. F.

34 ⟩ **V. picta** Fisch. et Mey. *Armenia rossica* ad fl. Araxis. Ledeb. l. c.

35 † **V. sordida** W. K. non MB. (*V. grandiflora* Hedwig). Pr. *Byzantium*. R. *Armenia rossica* : planitie fl. Araxis, alt. 908-1136ᵐ. W. *Thracia*. *Macedonia*. G. *Serbia*. Pan.

36 † **V. sepium** L. Olympo *Bithyniæ*. S. *Umbrosia Colchidis* ad

arcem Sukhum-kale. D'Urv. Enum. *Armenia rossica.* — Prov. *Caucasicis. Sibiria.* Ledeb. l. c. *Serbia.* Pan.

37 † V. Pannonica Jacq. (Vicioides hirsuta Mœnch? Vicia uncinata Rchbch.) Pr. *Byzantium.* R. — Herbidis *Tauriæ* copiose. D'Urv. Enum. Prov. *Caucasicis.* Ledeb. l. c. *Macedonia.* G. *Serbia.* Pan.

38) V. galeata Boiss. *Cilicia campestri :* pr. Scanderun. B.

39) V. Assyriaca Boiss. *Armenia :* circa Diarbekir et Karput. B. herb.

40 † V. truncatula Fisch. *Armenia rossica.* — Prov. *Caucasicis.* Ledeb. fl. ross. I. 670.

41 † V. Narbonensis Riv. — *Tchihat.* pl. As. Min. exsicc. an. 1853. N° 31, 38. — *Lydia :* declivitate merid. m. Tmoli, inter pagos Ovadjik et Kisil-Kakessi, alt. c. 300ᵐ, T. *Armenia rossica.* Ledeb. fl. ross. I. 665. — *Macedonia.* G. *Caucaso. Tauria.* Ledeb. l. c. *Græcia.* Nym.

 Var. heterophylla Rchbch. *Armenia rossica :* planitie fl. Araxis, alt. 908-1136ᵐ. W.

42 V. Bithynica L. Agris *Thraciæ.* G. Incultis ipsulæ *Melos.* D'Urv. Enum.—*Græcia :* ins. *Zante. Tauria.* Prov. *Caucasicis.* Ledeb. l. c.

43) V. ciliaris Sibth. et Sm. *Asia Minore.* Fl. gr.

44) V. Smyrnæa Boiss. *Ionia :* montibus pr. Smyrnam. *Lydia :* silvis pineis m. Mesogis. B. herb.

45) V. torulosa Boiss. — *Bal.* pl. d'Or. an. 1856. N° 921. — *Cappadocia :* planitie urbis Kaisariæ inter segetes, alt. 1107ᵐ. Bal.

46 † V. angustifolia Roth (V. sativa Pall. V. sativa β. angustifolia Ser. in DC. Prdr. V. segetalis Thuill.) *Armenia rossica.* — Prov. *Caucasicis. Tauria.* Ledeb. l. c. *Græcia.* Nym. *Serbia.* Pan.

XLIV. **Lathyrus** L. DC. Prdr. II. 369. — *Lathyrus. Clymenum, Aphaca et Ochrus* Tourn. — *Cicercula* Mœnch.

SECT. 1. EULATHYRUS. Ser. in DC. l. c.

1 † L. **silvestris** L. (L. heterophyllus Rchhch. L. ·longifolius
Ten.) Agro *Byzantino.* G. *Serbia.* Pan. *Rossia boreal.* Ledeb. fl.
ross. I. 684. *Græcia.* Nym,

2 » L. **undulatus** Boiss. Ad *Byzantium.* B.

3 † L. **latifolius** L. *Bithyniæ et Thraciæ* regione calida; solitarie
in castanetis Olympi, alt. 584. G. *Armenia rossica :* planitie fl.
Araxis, alt. 908-1135ᵐ. W. — *Serbia.* Pan. *Tauria.* Provinciis
Caucasicis. Ledeb. l. c.

> Var. elongatus Griseb. Ad ripas *Bosphori.* G. *Bithynia :* inter
> frutices sempervirentes prope Modania; raro ad sinum maris
> Marmorei. G.

4 L. **rotundifolius** Willd. MB. (L. latifolius. L. var. Rchhch.)
Tchihat. pl. As. Min. exsicc. an. 1849. Nᵒ 374; an. 1858. Nᵒ 339.
— Nemorosis pr. *Byzantium* haud rarus. G. *Ponto australi :*
inter pagos Agatchbachi et Sarybaba, alt. 2300ᵐ. T. *Mysia :*
inter pagos Kotchybey et Hamamlu, alt. c. 750ᵐ. T. *Armenia :*
circa Erzerum. T. — *Bessarabiæ* fruticetis. Ta. *Tauria.* Provinciis *Caucasicis.* Ledeb. l. c.

5 » L. **nervosus** Lunk. *Armenia :* pr. Diarbekir. B.

6 † L. **pratensis** L. — *Tchihat.* pl. As. Min. exsicc. an. 1853.
Nᵒ 590. — Pratis *Byzantii.* G. *Cataonia* (Cappadocia orient.)
inter Geksyn et Jarpuz, locis planis, aridis, alt. c. 1270ᵐ; nec
non inter Ketche-megara et Gurum, locis valde lapidosis, aridis, alt. 1500ᵐ. T. *Armenia :* circa pagum Habo, inter Erzerum
et Baibut situm. H. Provinciis *Caucasicis. Tauria. Sibiria.* Ledeb.
l. c. *Græcia.* Nym. *Serbia.* Pan. *Macedonia :* m. Athos. G.

7 † L. **tuberosus** L. — *Tchihat.* pl. As. Min. exsicc. an. 1858.
Nᵒ 862. — *Armenia :* circa Erzerum. T. *Ponto Polemoniaco :*
ripis planis herbosisque fl. Iris superioris. T. — Collibus

herbidis circa Odessam. D'Urv. Enum. *Tauria.* Prov. *Caucasicis.*
Sibiria. Ledeb. l. c. *Macedonia.* G. *Serbia.* Pan.

8 > **L. chrysanthus** Boiss. *Armenia :* circa Erzerum. Calv., atque
circa Diarbekir. B.

9 **L. roseus** Stev. (Orobus roseus Ledeb. l. c.) Montibus inter
Armeniam rossicam et *Grusiam* sitis, alt. 488-1493ᵐ. W. —
Iberia. Ledeb. l. c.

10 > **L. chloranthus** Boiss. et Bal. — Bul. pl. d'Or. an. 1857.
Nᵒ 1900. — *Phrygia :* Inter segetes ad pagum Jakamichlar, pr.
Uchak. *Armenia* pr. Erzerum. B.

11 † **L. aphaca** L. — Herb. græc. norm. Nᵒ 112. — *Tchihat.* pl.
As. Min. exsicc. an. 1858. Nᵒ 681. — Olympo *Bithyniæ.* Prdr. fl.
gr. *Pamphylia :* campis humidis ad. fl. Melas, pr. pagum Manavgat. T. Inter segetes *Archipelagi* frequens. Prdr. fl. gr. II. 65.
Ponto : inter Samsun et Tekekoi, alt. 100-700. T. *Armenia :* pr.
Erzerum. T. *Cilicia campestri :* ad pagum Kechlik, 5 leucis ad
NO a Mersina situm. Bal. *Armenia rossica :* planitie fl. Araxis,
alt. 908-1136ᵐ. W. — *Thracia :* solitarie in campis pr. Ruskoi,
alt. 100ᵐ.; nec non declivitate Orieli borealis. G. *Serbia.* Pan.
Turcomania. Syria. Persia. Tauria. Ins. *Zante.* B. herb. Inter
segetes, pr. *Athenas,* Heldr.

12 † **L. Nissolia** L. *Tchihat.* pl. As. Min. exsicc. an. 1858.
Nᵒˢ 6 bis, 596. — Circa *Bosphorum* montosis graminetis. G.
Ponto : collibus maritimis silvaticis supra Samsun. T. — Campis *Hæmi* vicinia. G. *Bulgaria. Serbia.* G. *Tauria.* Provinc. *Caucasicis.* Ledeb. fl. ross. I. 680. *Græcia.* Nym.

13 † **L. inconspicuus** L. non Koch. (L. axillaris Lmk. L. micranthus Loisl. L. parviflorus Roth. L. stans Vis. Nissolia parviflora
Mœnch.) *Lycia :* planitie Cybirensi In cultis. B. *Armenia rossica :*
planitie fl. Araxis, alt. 908-1136ᵐ. W. — *Syria :* pr. Aleppo.
B. herb.

14 † **L. angulatus** L. Sibth. (L. sphæricus DC. L. hexandrus
Chaub. et Bory. L. coccineus All.) Agro *Carlensi.* Prdr. fl. gr.
II. 66. Arvis ins. *Melos.* D'Urv. Enum. *Armenia rossica.* Ledeb.
l. c. *Græcia.* Nym. *Tauria.* Stev.

15 † **L. amphicarpos** L. non Gouan. (L. setifolius L. var. ? DC.)
Rhodo et Cypro. Prdr. fl. gr. II. 65. — *Syria.* DC. Prdr. II. 373.
— *Lusitania?* Nym.

16 ‡ **L. sativus** L. *Armenia.* — Prov. *Caucasicis.* Ledeb. l. c.
Græcia raro. Fr. syn. fl. class. *Serbia* quasi spontaneus. Pan.

17 ⟩ **L. vinealis** Boiss. *Armenia :* pr. Karput. B.

18 ⟩ **L. setifolius** L. non Gouan (L. prostratus Brign. L. amphicarpos β Gouan.) Agro *Cariensi.* Prdr. fl. gr. II. 66. *Armenia :*
circa Erzerum. Calv. *Græcia.* Prdr. fl. gr.

19 ⟩ **L. stenophyllus** Boiss. et Heldr. *Pamphylia :* herbidis ad
promontorium Alayæ. B.

20 † **L. cicera** L. (L. dubius Ten. L. sativus β Lnk. L. purpureus
et L. erythrinus Presl.) *Tchihat.* pl. As. Min. exsicc. an. 1853.
N° 17 B. ; an. 1858. N° 500. — Circa *Byzantium.* G. Reg. calida
Bithyniæ : campis pr. Kartal ; sparse ad sinum Nicomedicum et
in collibus pr. Mudania, alt. 0-163ᵐ. G. *Lydia :* declivitate
merid. m. Tmoli, inter pagos Ovadjik et Kizilkalessi, alt. c.
300ᵐ. T. Inter segetes Ins. *Melos.* D'Urv. Enum. *Ponto australi :*
inter urbem Niksar et pagum Feringe, alt. c. 500ᵐ T. *Armenia
rossica.* — Provinciis *Caucasicis.* *Tauria.* Ledeb. l. c. *Græcia*
hucusque haud obvia. Fr. Syn. fl. class. *Serbia.* Pan. Regione
calida *Thraciæ :* pr. Philippopolin. G.

21 † **L. annuus** L. (L. leptophyllus Maly ex Vis. L. Gorgoni Heldr.
pl. exsicc. N° 2251 non Parl. — Sibth. et Sm. Prdr. fl. gr.
N° 1692.) *Tchihat.* pl. As. Min. exsicc. an. 1858. N° 74. — *Ponto :*
collibus maritimis supra Samsun. T. Montosis gramineis circa
Bosphorum. Insula *Tassos :* regione calida, raro ad mare .*Ægeum.*
G. — Prov. *Caspica* Talusch. Ledeb. l. c. Locis cultis oliveti
Athenarum. Herb. græc. norm. N° 543.

22 ⟩ **L. Chius** Boiss. et Orph. Ins. *Chio.* B.

23 † **L. hirsutus** L. (L. Cicer Habl. Ervum hirsutum Mœneb. L.
hirtus Lnk. β). Agro *Byzantino.* G. — *Tauria.* Provinciis *Caucasicis.* Ledeb. l. c. *Græcia.* Nym. *Serbia.* Pan.

24 † **L. odoratus** L. Ad *Byzantium.* G. — *Neapoli, Sicilia.* Nym.
India orient. Steud. l. c.

25 » L. Lycius Boiss. et Heldr. *Lycia :* fruticetis ad portum Thi-
noïa. B.

Sect. II. Clymenum DC. l. c.

26 † L. alatus Sibth. et Sm. non Ten. (L. tenuifolius Desf.) *Asia
Minore.* Inter segetes *insulæ* Melos non in frequens. D'Urv. Enum.

27 † L. Clymenum L. Agro *Byzantino.* G. Olympo *Bithyniæ.* S.
Archipelago. — *Cret.* Nym.

Var. latifolius Boiss. (L. alatus Ten.) Pr. *Byzantium.* — *Algeria.* B.
herb.

28 † L. ochrus DC. Agro *Byzantino.* G. — *Græcia.* Nym.

29 † L. erectus Lag. — *Bal.* pl. d'Or. an. 1857, N° 1207. —
Phrygia : pr. Utchak, alt. 910^m. Bal. *Cappadocia :* planitie urbis
Kaisariæ, inter segetes Bal. — *Istria. Gallia. Hispania.* Nym.

30 L. angustatus Ser. Pr. *Byzantium.* R.

XLV. **Orobus** Tourn. DC. Prdr. II. 376.

1 † O. hirsutus MB. — *Tchihat.* pl. As. Min. exsicc. an. 1849. N° 505;
an. 1853. N° 129 ; an. 1858. N° 19, 119. — *Ponto :* collibus marit.
supra Samsun. T. *Circa Byzantium.* R. *Bithyniæ* silvis umbrosis:
inter frutices m. Samanlu pr. Nicæam raro, alt. 483^m. G. *Troade :*
inter Xuriu et Tchauchlar, alt. c. 1000^m. T. *Pisidia :* inter Tchukurkoi et Abyrkoi, incultis, silvat. herbosis, alt. c. 000^m. T.
Phrygia : ad pagum Yachamichlar, pr. Utchak. Bal. *Armenia :*
pr. Erzerum, alt. 1900^m. T. *Cilicia bor.* ad pagum Aladagh. T.
— Prov. *Caucasicis. Tauria.* Ledeb. l. c. *Græcia.* Nym. *Thraciæ*
et *Bulgariæ* silvis umbrosis. G.

Var. glabratus Griseb. — *Tchihat.* pl. As. Min. exsicc. an. 1858,
N° 788. — Ad *Bosphorum :* copiose m. Bulgurlu. G. *Ponto :* sparsim collibus marit. silvat. supra Samsun ; atque inter hanc urbem
et Tekrkoi, reg. mont. silvat., alt. 100-700^m. T. — *Græcia* reg.
infer. montis Parnassi, alt. 813^m. Herb. græc. norm. N° 76.

2 O. **Orientalis** Boiss. *Tchihat.* pl. As. Min. exsicc. an. 1858. Nº 699. — *Bithyniæ* Olympo. T. *Ponto :* inter pagos Tekekol et Sarnytch, alt. 100-700ᵐ. T. — *Syria :* m. Cassio. B.

3 ⟩ O. **Olympicus** Boiss. *Bithyniæ* Olympo. B.

4 † O. **luteus** L. — *Tchihat.* pl. As. Min. exsicc. an. 1849. Nº 281. — *Mysia :* inter Hamamlu et Biledjik, alt. c. 250ᵐ. T. — *Tauria:* Bessarabia. Ledeb. Fl. ross. I. 690.

5 O. **aurantiacus** Stev. — *Tchihat.* pl. As. Min. exsicc. an. 1858. Nº 650. — *Ponto :* inter Samsun et Tekekoi, reg. mont. silvat., alt. 100-700ᵐ. T. — *Iberia occid.* DC. l. c.

6 † O. **venetus** Mill. (O. pyrenaicus Scop. non L. O. versicolor MB. O. variegatus Ten.) *Bithynia :* pratis silvisque. G. — *Serbia.* Pan.

> α. calyce dense piloso, foliis trijugis Griseb. — *Bithyniæ* Olympo. pr. Karaes, alt. 544-811. G.
>
> β. calyce adpresse puberulo, foliis quadrijugis. Grbeb. — *Bithynia :* silvis quercuum pr. Bolu. G.

7 O. **croceus** Desf. *Cappadocia.* DC. l. c. *Ponto :* nemorosis pr. Trapezunt, in consortio cum Azalea Pontica. D'Urv. Enum.

8 † O. **niger** L. Pr. *Byzantium.* T. — *Tauria.* Prov. *Caucasicis.* Ledeb. l. c.

9 † O. **tuberosus** L. (O. pyrennicus L. O. tenuifolius Roth. O. gracilis Gaud. Lathyrus montanus Bernh. L. attenuatus Viv.) Umbrosis agri *Byzantini.* G. — *Hæmo :* castanetis peninsulæ Hajion-Oros. G. *Dahuria.* Ledeb.

10 † O. **canescens** L. (O. filiformis Lmk. fl. fr.)

> β. pallescens Ser. O. pallescens MB. non Willd. herb. O. angusti-folius L. O. pannonicus Pall. non Jacq.) *Armenia :* pr. Erzerum. Calv. *Cappadocia :* collibus 3 leucis ad. meridiem pagi Enebil sitis, alt. c. 1600ᵐ. Bal. Provinc. *Caucasicis. Tauria.* Ledeb. l. c.

11 † O. **albus** L. Fl. suppl. (O. lacteus MB. O. angustifolius Pall. non L.) *Tchihat.* pl. As. Min. exsicc. an. 1858. Nº 388. — *Arme-*

nia *boreali* : inter Kerekli et Kœusedagh (ad NO. urbis Gu-
muelibane), alt. 1300-2000ᵐ. T.

    † γ. *versicolor* Ledeb. l. c. (O. *versicolor* Gmel. O. *pallescens* Willd.
    Lathyrus *varius* C. Koch in Linn. XV.) *Armenia rossica*. — *Rossia*
    australi. Ledeb. l. c.

12 > O. trachycarpus Boiss. *Armenia australi* : inter Diarbekir
et Severek. B.

13 † O. sessilifolius Sibth. fl. gr. tab. 692 (O. digitatus MB.-Fl.
pelop. Nᵒ 1156. O. digitatus et cyaneus Wahlb. O. pyrenaicus
Pall.) *Tchihat.* pl. As. Min. exsicc. an. 1810. Nᵒ 503; an. 1858.
Nᵒ 306. — Herb. græc. norm. Nᵒ 368. — Circa *Byzautium*. R.
Bithyniæ reg. calida : sparse umbrosis m. Samanli, alt. 188ᵐ ;
frequens pineto Insulæ Prinkipos, alt. 48-65ᵐ ; monte Bulgurlu.
G. *Troade* : Inter pagos Nurlu et Tchauehlar, alt. c. 800ᵐ. T.
Phrygia : ad pagum Yachamlehlar, pr. Uchak. Bal. *Caria*. T.
Ponto australi: Inter pagos Agatehbachi et Sarybaba, alt. 2300ᵐ.
T. *Armenia* : m. Tekdagh supra Erzerum. H. *Cilicia* : summis
montibus supra pagum Sedichig, pr. Mersina. Bal. — Reg.
calida *Thraciæ* et *Macedoniæ*. G. *Serbia*. Pan. *Græcia* : m. Hy-
metto, alt. 650-810ᵐ, atque m. Parnasso usque ad alt. 1300ᵐ.
Fr. Syn. fl. class. — Heldr. *Tauria*. Ledeb. l. c.

14 > O. Armenus Boiss. et Huet. *Armenia* : ad radices montis
Tekdagh, pr. Erzerum. B.

15 O. cyaneus Stev. (Platystylis cyanea Sweet. Lathyrus cyaneus
C. Koch in Linn. XV. 723.; Pr. *Byzautium*. R. *Armenia rossica*. —
Subalpinis *Caucasi occident*. alt. 974-1751ᵐ. Ledeb. l. c.

    TRIBUS IV HEDYSAREÆ DC. Prdr. II. 307. — Coronilleæ et pars
    Galegearum Bronn. — Coronilleæ et pars Phaseolorum Adans.

    SUBTRIB. 1. CORONILLEÆ DC. l. c.

    XLVI. Scorpiurus L. DC. l. c. — Scorpioides Tourn. — Scor-
    pias Lois.

1 † S. lævigata Sibth. et Sm. Fl. gr. tab. 718. *Archipelago*. —
Hispania. Nym.

2 † B. subvillosa L. (S. echinata γ et muricata β Lnk. Scorploides vermiculata Mœnch.) Circa *Byzantium*. T. Collibus *Smyrnæ*. B. herb. *Archipelago* : segetibus ins. *Astypalææ*. D'Urv. Enum. *Cilicia* : reg. calida, pr. pagum Tchauchlu. Bal.— *Palæstina, Teneriffa*, B. herb. *Græcia*. Insulis *Zante* et· *Corfu. Touria*. Sieb.

3 † B. sulcata L. *Cariæ* arvis. *Archipelago*. Prdr. Ø. gr. II. 81. *Hispania. Lusitania*. Nym.

XLVII. **Coronilla** Neck. DC. Prdr. II. 309.—Coronilla spec. L.

Sect. I. Emerus DC. Prdr. II. 309. — G. Emerus Tourn.

1 † C. emerus L. non fl. gr. (C. pauciflora Lnk. Emerus major et minor Mill.) Pr. *Byzantium*. R. — *Tauria*. Ledeb. 0. ross. I. 695. *Macedonia*. G. *Serbia*. Pan.

2 C. emeroides Boiss. et Sprun. (C. emerus Fl. gr. tab. 710.) *Bal.* pl. d'Or. an. 1853. N° 492. — Heldr. pl. exsicc. an. 1845. N° 483. — Ej. Herb. græc. norm. N° 142. — Pr. *Byzantium*. R. *Caria*. B. Insulis *Chios* et *Rhodos*, B. herb. — *Græcia* : rupibus Hymetti aliorumque Atticæ montium, alt. 486-675ᵐ. Heldr. *Libano*. B. herb.

Sect. II. Coronilla. DC. l. c. — G. Coronilla Tourn.

3 † C. glauca L. — Tchihat. pl. As. Min. exsicc. an. 1849. N° 610. — *Cappadocia* : m. Alidagh (pr. Kaisaria.) T. — *Bœotia*. Prdr. fl. gr. II. 78. *Macedonia* : m. Athos. G.

4 † C. montana Scop. *Ionia* : declivitatibus herbosis rupium insulæ Kasali, in sinu Smyrnensi pr. Vurla sitæ. Bal. *Cilicia* campestri : planitie circa Mersinam et Tarsum. T. — Provinc. *Caucasicis. Tauria*. Ledeb. l. c. *Serbia*. Pan.

5 > C. grandiflora Boiss. *Caria*. B. *Cilicia* Bulgardagh : pr. angustias Gulek-boghaz. *Armenia* : circa Erzerum. Calv.

Var. calyce glabro. — Bal. pl. d'Or. an. 1855. N° 458. — *Cilicia* Bulgardagh : pr. pagum Gulek. Bal.

6 C. iberica MB. (C. Cappadocica Willd. C. orientalis Mill.) *Ponto :*
collibus graminosis circa Trapezunt. D'Urv. Enum. *Cappadocia :*
m. Alidagh, pr. Kaisariam, alt. c. 1400ᵐ. Bal. *Lycia :* copiose
planitie circa Myram. Forb. *Armenia :* circa pagum Ilint, pr.
Erzerum silum. H. — *Iberia.* DC. Prdr. II. 310.

> *Var.* trichocalycina Bge. pl. Abich. Pedicellis calycibusque pilis patu-
> lis aut densis obsitis, foliis cauleque densius pubescentibus. —
> *Armenia rossica :* pr. Akaltzyk. Bge. l. c.

7 † C. cretica L. (C. parviflora Monch. non Sibth. et Sm. nec
MB. Astrolobium creticum Desv.) *Bal. pl. d'Or. an. 1854. Nᵒ 207.*
— *Tchihat. pl. As. Min. exsicc. an. 1858. Nᵒ 118.* — Collibus
elatis ins. *Cos.* D'Urv. Enum. *Ponto :* collibus maritimis silvat.
supra Samsun. T. *Cilicia campestri :* reg. super. montium supra
pagum Kochler (pr. Mersina). Bal. — *Thracia. Græcia.* B. herb.
Tauria. Provinc. *Caucasicis.* Ledeb. l. c.

8 † C. varia L. — *Tchihat. pl. As. Min. exsicc. an. 1849. Nᵒ 548,*
777, 782; an. 1853. Nᵒ 38, 301, 391; an. 1858. Nᵒ 413, 531.
— *Bal. pl. d'Or. an. 1854. Nᵒ 206.* — *Ponto :* inter pagos Suniza
et Tchelu (ad SSE. Samsun) reg. mont. silvat.; collibus maritimis circa urbem Kerasun. T.; circa Trapezunt; atque circa
Sukhum-Kale (Colchide). D'Urv. Enum. Agro *Coriensi.* Prdr.
fl. gr. II. 79. *Galatia :* m. Kuredagh, valle herbosa, alt. c.
1200ᵐ. T. *Lydia :* m. Sipylo supra Magnesiam. Bal. *Pisidia :*
inter pagos Aglassan et Tchukur, alt. c. 1500ᵐ. T. *Cilicia :* collibus inter Karamen et Kuden, alt. c. 1500ᵐ. T. *Cappadocia :*
jugo Aladagh. T. — *Tauria.* Circa *Odessam.* D'Urv. Enum. *Serbia.* Pau. *Macedonia :* m. Athos. *Græcia. Cypro.* Prdr. fl. gr.
Provinc. *Caucasicis.* Ledeb. l. c.

9 C. rostrata Boiss. et Sprun. (C. parviflora Sibth. et Sm. fl. gr.)
Bal. pl. d'Or. an. 1854. Nᵒ 205; an. 1855. Nᵒ 483. — *Caria.* B.
Ionia : pr. Smyrnam. Bal. Ins. *Rhodos.* B. herb. *Pamphylia :*
copiosissime in herbosis et pascuis pr. urbem Adalia. B. *Cilicia
campestri :* reg. calida pr. Mersinam. Bal. — *Græcia. Syria.* B.
herb.

XLVIII. **Astrolobium** Dcv. DC. Prdr. II. 311. — Arthrolobium Dcv. — Ornithopi spec. L.

1 † A. scorpioides DC. (Ornithopus scorpioides L.) *Tchihat.* pl. As. Min. exsicc. an. 1840. N° 610 bis; an. 1858. N° 730. — *Bal.* pl. d'Or. an. 1857. N° 1198. — *Caria:* m. Cadmo. B. herb. *Lycia:* pr. Araam. Forb. *Archipelago:* frequens arvis ins. Melos. D'Urv. Enum. *Phrygia:* pr. Uchak, alt. 910^m. Bal. *Ponto australi* (Polemoniaco): inter urbem Chabhane-Karahissar et pagum Agdja, reg. arida, alt. c. 1000^m. T. *Ciliciæ* Bulgardagh: ad pagum Gulek-Boghas. Bal. — *Rumelia. Græcia. Syria.* B. herb. *Tauria. Provinc. Caucasicis.* Ledeb. l. c. *Sahara Algeriensi:* alt. 750-1120^m. Coss. Bull. soc. bot. IV. 396, 485.

2 † A. ebracteatum DC. *Bal.* pl. d'Or. an. 1854. N° 217. — *Ionia:* collibus Smyrnæ B. herb., nec non declivitatibus insulæ Chustan, in sinu Smyrnensi sitæ. Bal. *Archipelago:* Ins. Melos ad sepes. D'Urv. Enum. — *Græcia.* Nym. *Madeira.* B. herb.

XLIX. **Hammatolobium** Fenzl. in Pugil. et in Russeg. Reis. 1. 847.

1) H. lotoides Fenzl. l. c. — *Bal.* pl. d'Or. an. 1855. N° 475. — *Cilicia campestri;* reg. montana Tauri circa Gulek. F.; reg. calida ad pagum Bulukly, pr. Mersinam. Bal.

L. **Ornithopus** Dcv. DC. Prdr. II. 311. — Ornithopi spec. L. — Ornithopodium Tourn.

1 † O. compressus L. non Sieb. (Ornithopodium compressum Mœnch.) Reg. sempervirente *Bithyniæ:* solitarie inter cæspites Trifolii globosi, pr. Katerli ad sinum Nicomedicum; copiose herbosis apricis insulæ Tassos, pr. Panaia, alt. 0-65^m. G.; Olympo. S. Agro *Curiensi.* — *Græcia.* Prdr. fl. gr. 79.

LI. **Hippocrepis** L. DC. l. c. — Ferrum equinum. Tourn.

1 † H. unisiliquosa L. *Archipelago.* Prdr. fl. gr. II. 80. *Bithyniæ* Olympo. S. *Ciliciæ campestri:* ad pagum Tchauchli pr. Mersinam.

Bal. — *Cypro. Græcia.* Prdr. l. c. *Tauria.* Provinc. *Caucasicis.* Ledeb. fl. gr. I. 697.

Var. monocarpa Griseb. (H. monocarpa MB. H. unisiliquosa MB. sec. Tfieb. et C. A. Mey.) *Bithynia :* collibus apricis ad Propontidem, pr. Kartal. G. — *Tauria* Stev.

2 † **H. ciliata.** DC. — Morjs Fl. Sarb. tab. 67. *Herb.* græc. norm. N° 250. — *Cilicia :* reg. calida, planitie circa Tarsum et Mersinam, T. — *Tauria* Stev. *Sahara Algeriensi :* alt. 750-1120ᵐ. Coss. l. c.

Var. dicarpa Griseb. (H. dicarpa MB.) Agro *Byzantino.* G. Apricis Insulæ *Melos.* D'Urv. Enum.

3 **H. biflora** Spr. Jacq. — *Bal.* pl. d'Or. an. 1815. N° 463. — Reg. calida *Ciliciæ campestris,* collibus calcarcis ad septentr. Ster-kinar. Bal.

LIII. **Securigera** DC. Prdr. II. 313. — Securidaca Tourn. Lmk. Ill. tab. 629 non L. — Bonaveria Scop. — Securilla Pers.

1 † **S. coronilla** DB. (Coronilla securidaca L. Bonaveria securigera Scop.) *Tchihat.* pl. As. Min. exsicc. an. 1849. N° 445. — *Bal.* pl. d'Or. an. 1851. N° 187. — Circa *Byzantium.* R. *Bithyniæ* Olympo. S. *Trawle :* littore merid. inter pagos Ahmetlu et Nurlu, alt. 150ᵐ. T. *Ionia :* ad Smyrnam, collibus incultis. B. Ins. *Samos* ad sepes. D'Urv. Enum. — *Bessarabia.* Ta. *Macedonia :* penins. Hajlon-Oros. G. Oliveto *Athenarum* frequens. Fr. Syn. fl. class. *Tauria.* Provinc. *Caucasicis.* Ledeb. l. c.

SUBTRIB. II. EUHEDISAREÆ. DC. Prdr. II. 313.

LIII. **Hedysarum** Jaum. excl. spec. DC. Prdr. II. 340. — Echioloblum Desv. — Hedysari spec. L.

Sect. I. Echinolobiæ DC. l. c. — G. Echinolobium Desv.

1 » **H. elegans** Boiss. et Huet. *Armenia :* pr. Gumuchhane. B.

2 † **H. spinosissimum** L. excl. syn. — Fl. gr. tab. 721. Herb.

græc. boreal. N° 159. — Arvis maritimis insulæ *Melos* copiosissime. D'Urv. Enum. *Cilicia campestri :* ad pagum Bulukly pr. Mersinam. Bal. — *Attica herbosis.* Heldr. *Algeria :* pr. Djelfa, alt. 1120ᵐ. Coss. l. c.

3 † **H. capitatum** Desf. non Burm. *Archipelago* et *Græcia.* Nym. *Barbaria.* DC. l. c.

4 › **H. pogonocarpum** Boiss. *Lydia :* pr. Antab. B.

5 **H. varium** Willd. (H. Lydium Boiss. sec. Grisb.) *Tchihat.* pl. As. Min. exsicc. an. 1859. N° 701. — *Bal.* pl. d'Or. an. 1856. N° 904. — *Bithynia :* pr. Mudurlu. G. *Lydia :* collibus argillosis circa Denizly, nec non monte Mesogi pr. Dervend. D. *Antitauro :* inter pagos Tchatalogbo et Yailadji, alt. c. 1200ᵐ. T. *Cappadocia :* m. Karamasdagh (pr. Kaisariam), alt. c. 1400ᵐ. Bal. *Armenia.* DC. l. c.

6 › **H. Palavicum** Hochst. Flora an. 1845. T. 1. 32. — Walp. Repert. bot. V. 527. — H. caule, petiolis, pedunculis foliolisque subtus tenuiter sericeo-puberulis ; foliis 4-5 jugis, foliolis ovato-ellipticis petiolulatis ; stipulis lanceolatis longe acuminatis, fere medium usque coalitis ; racemis floriferis brevibus ; bracteatis subulatis pedicellos subtriplo superantibus ; dentibus calycinis subæqualibus subulatis pilosis tubo paulo longioribus ; corolla magna lutescenti-albida, carina obtusa alisque æquilongis apice azureis. — H. Lydiæ forte varietas grandiflora.

Armenia australi : circa oppidulum Palu (ad Euphratis brachium meridionale Muradtchai dictum.) Hochst. l. c.

7 › **H. sulphureum** Boiss. *Armenia :* circa Tortum. B.

8 › **H. Calverti** Boiss. — *Tchihat.* pl. As. Min. exsicc. an. 1858. N° 382, 803, 804. — *Ponto australi* (Polemoniaco) : inter pagum Tchavdak et oppidulum Kulethissar, alt. 1000-1500ᵐ. T. *Armenia :* circa Tortum. B. ; nec non inter pagos Kussekoi et Sadukoi (ad SSE. urbis Gumuchhane), alt. c. 1700ᵐ. T.

9 › **H. Pestalozzæ** Boiss. *Lydia :* pr. Elmalu. B.

10 › **H. leucocladum** Boiss. et Heldr. *Pisidia :* collibus circa Buldur. H.

11 › **H. nitidum** Willd. — *Tchihat.* pl. As. Min. exsicc. an. 1859.

Nº 370. — *Cappadocia* : ad Euphratem. B. *Armenia* : inter urbem Gumuchhane et pagum Kerekli, alt. c. 1300ᵐ. T.

12 » H. incanum Ledeb. fl. ross. I. 703. Provinciis *Caucasicis* versus fines *turcicas*. Ledeb. l. c.

13 » H. Aucheri Boiss. *Cappadocia* : ad Euphratem. B.

14 » H. Kotschyi Boiss. *Armenia* : pr. Diarbekir. B.

15 » H. rotundifolium Boiss. *Armenia* : pr. Karput. B.

16 » H. velutinum Boiss. Ibid.

17 » H. callichroum Boiss. *Caria* : collibus ad basin austr m. Cadmi, ad meridiem urbis Denizly. B.

18 » H. atomarium Boiss. et Sprun. — *Bal.* pl. d'Or. an. 1855. Nº 472. — *Ciliciæ* Bulgardagh : ad pagum Gulek pr. pylas. Bol. — *Syria* : declivitatibus siccis planitiei elevatæ ad meridiem et orientem Antiochiæ, inter hanc urbem et Darkuseh sitæ. B.

19 » H. Cappadocicum Boiss. — *Tchihat.* pl. As. Min. exsicc. an. 1849. Nº 349. — *Galatia* : collibus gypsaceis ad meridiem pagi Kepen, alt. c. 950ᵐ. T. *Cappadocia* ad Euphratem. B. *Armenia* : circa Tortum. H. [1]

20 » H. dumetorum Boiss. et Heldr. (H. Lydium var. versicolor Heldr. pl. Anat. exsicc.) *Pisidia* : dumetis inter pagos Ghelindost et Karaagatch. B.

21 H. Ibericum Stev. In MD. non Willd. herb. *Armenia* : circa oppidulum Tortum. H. — *Iberia.* Ledeb. fl. ross. I. 703.

22 » H. Lydium Boiss. — *Tchihat.* pl. As. Min. exsicc. an. 1849. Nº 140 bis.) — *Lydia* : circa Denizly atque monte Messogi, pr. pagum Dervend. B. T.

23 » H. laxum Boiss. *Antitauro* : ad basin m. Dededagh. B.

24 » H. Phrygium Boiss. et Bal. *Phrygia* : collibus incultis ad urbem Uchak, alt. 950ᵐ. B.

1. Vide nostram Tab. IV.

Sect. II. Lasiolobium DC. Prdr. II. 313.

25 † H. obscurum L. (H. obscurum altaicum Fisch. H. obsc. brachisema DC. H. alpinum Jacq. H. controversum Crantz.) *Tchihat.* pl. As. Min. exsicc. an. 1859. N° 203. — *Lycaonia :* inter pagos Incvi et Kulukol, alt. c. 940ᵐ. T. — Omni *Sibiria.* Ledeb. l. c.

26 ♀ H. Armenium Boiss. Ined. — *Aucher.* Coll. N° 1078. — *Tchihat.*[1] pl. As. Min. exsicc. an. 1859. N° 870. — H. caulibus glabris numerosis ascendentibus subsimplicibus inferne stipulis parcis membranaceis vestitis, foliis 8-10 jugis foliolis ellipticis acutis utrinque glaberrimis mucronulatis, stipulis membranaceis, pedunculo folium superius pluries superanti, racemo oblongo densiusculo axi molliter pubescenti, bracteis lanceolatis hirsutis tubum calycinum vix æquantibus, calycis hirsuti dentibus triangulari-lanceolatis obtusis tubo dimidio brevioribus, corolla purpurea glabra calyce quadruplo longiori, vexillo alas æquanti carina breviori, calycis articulis 2-3 ellipticis breviter puberulis angusti membranaceo-marginatis. — Planta semipedalis affinis H. Caucasico MB. foliolis duplo vel triplo majoribus magis dissitis subtus pubescentibus, floribus majoribus pedicello calycem subæquanti nec brevissimo suffultis, calycis adpressae hirti dentibus elongatis acutis valde inæqualibus distincto.

Armenia : jugo Bingœldagh (monte Mille-lacuum), alt. c. 3400ᵐ. T.

27 H. Caucasicum MB. (H. neglectum Ledeb. fl. ross. I. 706. — Cl. Steud. in Nom. bot. H. caucasicum MB cum H. Sibirico Link. conjungit non annuente cl. Ledeb.) *Armenia rossica :* montibus Ararat. alt. 3218-3897ᵐ W., atque Alagœa. Bge. — *Caucasi* alpestribus, alt. 1956-2141ᵐ. *Sibiriæ altaicæ* alpestribus subumbrosis. Ledeb. l. c.

28 ♀ H. Sipyleum Boiss. *Lydia :* reg. monl. m. Sipyli supra Magnesiam, dumosis. B.

29 H. Syriacum Boiss. — *Tchihat.* pl. As. Min. exsicc. an. 1849.

[1]. Vide nostram Tab. V.

N° 230. — *Lycaonia:* pr. lacum Buluk-gœl, locis salsis, hyeme inundatis, alt. 931 m. T. — *Syria:* pr. Antab. B.

Species nondum descripta.

30 » H. erythroleucum Schtt. et Ky. *Ciliciæ* Tauro : declivitate ad lacum alpinum Kochan-gœl, alt. 2509 m. Ky. diar. cilic. an. 1859. atque Reis. Cilic. Taur. p. 398.

LIV. **Onobrychis** Tourn. DC. II. 344. — Hedysari spec. L. — Hedysari subg. Onobrychis Maout et Decne. Fl. élém. jard.

Sect. 1. Eubrychis DC. l. c.

1 » O. Balansæ Boiss. — *Bal.* pl. d'Or. an. 1850, sub nomine O. Cadmea. — *Antitauro :* reg. alp. m. Arslandagh. B.

2 » O. Cadmea Boiss. — *Tchihat.* pl. As. Min. exsicc. an. 1853. N° 140 B.; an. 1858. N° 337. — *Bal.* pl. d'Or. an. 1855. N° 470. — *Bithynia :* praeruptibus alpinis Olympi. Clem. sert. orient. *Caria :* lapidosis m. Cadmi, reg. mont. supra Denizly. B. *Pisidia :* inter pagos Aglaman et Tchukur, alt. c. 1000 m. T. *Ciliciæ* Bulgardagh : pr. plumbifodinas Gulek-maaden. Bal. *Ponto :* inter pagos Agatchbachi et Sarybaba (ad NNO. Gumuchhane), alt. c. 2000 m. T.

> β var. virescens Boiss. herb. Tchihat. pl. As. Min. exsicc. an. 1858. N° 135. — *Ponto :* inter pagos Agatchbachi et Sarybaba, alt. 1900 m. T.

3 † O. sativa Lmk. (Hedysarum onobrychis L.) *Tchihat.* pl. As. Min. exsicc. an. 1853. N° 124, 194. — Agro *Byzantino* haud frequens. Clem. sert. orient. *Lycaonia :* planitie pr. Bokuskhan (pr. urbem Konia), alt. c. 1150 m. T. *Armenia turcica :* circa Erzerum. T.; atque *russica :* montibus Ararat et Alagœs, alt. 1300-1525 m. W. — Frequens collibus herbidis pr. *Odessam.* D'Urv. Enum. *Rumelia :* m. Scardo. G. *Tauria.* Provinc. *Caucasicis. Sibiria.* Ledeb. l. c.

4 ⊃ **O. Argæa** Boiss. et Bal. *Cappadocia :* m. Argæo, alt. 2500ᵐ. B.

5 ⊃ **O. lasiostachya** Boiss. — *Tchihat.* [1] pl. As. Min. exsicc. an. 1853. N° 220. — *Bal.* pl. d'Or. an. 1856. N° 915. — *Lydia :* collibus circa Tralles, et ad basin austr. m. Cadmi. B. Ins. *Chios.* B. *Pisidia :* Inter pagos Gelendus et Yakamber, alt. c. 1400ᵐ. T. *Cappadocia :* m. Alidagh (ad SE. urbis Kaïsariæ). alt. c. 1400ᵐ. Bal.

6 ⊃ **O. sulphurea** Boiss. et Bal. — *Bal.* pl. d'Or. an. 1853. N° 927. — *Cappadocia :* latere septentr. m. Alidagh. alt. 1130ᵐ. B.

7 ⊃ **O. Pisidica** Boiss. *Pisidia :* campis arenosis planitiei Isbarta. B.

8 † **O. gracilis** Bess. — *Bal.* pl. d'Or. an. 1855. N° 471. — *Cilicia campestris* reg. calida : ad pagum Bulnkly, pr. Mersinam. Bal. *Armenia rossica :* declivitate boreali m. Ararat. Bge. l. c. — *Macedonia.* Nym. *Tauria. Rossica austr.* Ledeb. fl. ross. I. 710.

9 † **O. saxatilis** Lmk. (O. tenuifolia Mœnch. Hedysarum saxatile.) *Bithynia :* saxosis inter Smyrnam et Brussam. — *Cypri montosis.* Prdr. fl. gr. I. 83.

10 † **O. caput Galli** (Hedysarum caput galli L. ὀνόβρυχις Diosc.) Pr. *Byzantium.* T. *Cilicia campestri :* pr. Mersinam. Bal. *Cycladum insulis.* Nouv. Fl. Pelop. — Provinc. *Caspica* Schirvan. Ledeb. l. c. *Atticæ* m. Hymetto. Fr. Syn. fl. class.

11 † **O. crista galli** Link. (Hedysar. crista galli L. ὀνόβρυχις Diosc.) Agro *Byzantium.* G. *Bithyniæ* Olympo. S. — *Attica :* m. Hymetto, alt. 470ᵐ. Fr. l. c.

12 † **O. æquidentata** D'Urv. (O. Cretica Desv. Hedysar. æquidentatum Sibth. et Sm. Fl. gr. tab. 725.) *Bal.* pl. d'Or. an. 1854. N° 185. — Herb. græc. norm. Cent. viii. — Reg. calida *Bithyniæ.* alt. 0,195ᵐ ; ad Propontidem pr. Kartal. G. Collibus insulæ *Melos* copiose. D'Urv. Enum. — Reg. calida *Thraciæ* et *Macedoniæ.* G. *Græcia :* reg. sempervirente Atticæ pr. Pikermi, ad m. Pentelicon. Heldr.

13 ⊃ **O. argyrea** Boiss. — *Tchihat.* pl. As. Min. exsicc. an. 1858.

<hr>

1. Vide nostram Tab. VI.

N°° 382, 803, 801. — *Cappadocia*, ad Euphratem. B. *Armenia* : inter pagos Kasse et Sada (ad SSE. Gumurbhane), alt. c. 1700ᵐ. T. *Ponto Polemoniaco* : inter pagum Tchavdak et oppidulum Kulchissar, alt. 1000-1500ᵐ. T.

14 › O. **oxydonta** Boiss. *Galatia* : m. Tchitchekdagh. B.

15 › O. **Armena** Boiss. et Huet. *Armenia* : circa pagum Hiosk, pr. Erzerum. B.

16 › O. **tennis** Boiss. et Bal. — *Bal.* pl. d'Or. an. 1857. N° 1210. — *Phrygia* : ad Tchak, alt. 910ᵐ. B.

17 › O. **Kotschyana** Fenzl. in Pugil. et in Russeg. Reise. I. 680. — *Cappadocia*, planitie urbis Kaisariæ. Bal. — *Syria* : circa Aleppum. P.

18 › O. **elata** Boiss. et Bal. — *Bal.* pl. d'Or. an. 1856. N° 027. — *Cappadocia* : collibus ad meridiem paludum circa Kaisariam sitorum. B.

Secr. II. Hymenobrychis DC. Prdr. II, 346.

19 › O. **Tournefortii** Desv. (Hedysar. Tournefortii Willd.) *Tchihat.* pl. As. Min. exsicc. an. 1853. N° 301. — *Lycaonia* : m. Karadagh. T. *Galatia. Armenia. DC.* l. c. — Provinc. *Transcaucasicis.* Ledeb. l. c.

20 › O. **trichocalycina** Boiss. *Armenia kurdica* : pr. Van. B.

21 › O. **hypargyrea** Boiss. *Lydia* : collibus jugi Mesogitani, pr. pagum Devrend. B. *Phrygia* : pr. urbem Tchak. Bal.

22 O. **Pallasii** MB. (O. Burmanniana Desv. Hedysar. Pallasii Willd.) *Tchihat.* pl. As. Min. exsicc. an. 1859. N°° 80, 591. — *Galatia* : inter pagos Alisly et Mentche, alt. c. 1200ᵐ. T. *Cappadocia* : m. Alidagh (pr. Kaisariam). T. *Armenia* : circa Erzerum, alt. 1960ᵐ. T. — *Tauria* : collibus cretaceis. Ledeb. l. c.

23 › O. **expansa** Boiss. et Heldr. *Lycaonia* : aridis, pr. Konia. B.

24 O. **radiata** MB. (O. circinnata Desv. Hedysar. circinnatum Willd. H. Buxbaumii MB.) *Cappadocia*, collibus lapidosis. DC. l. c. *Armenia rossica.* Ledeb. l. c. — *Iberia caucasica.* DC. l. c.

25 O. **ornata** Desv. (Hedysar. ornatum Willd. H. coronatum
Poir.) *Tchihat.* pl. As. Min. exsicc. an. 1849. N° 33, 37. — *Galatia* : valle fl. Halys (hodie Kizil-Irmak), declivitate orient. m.
Kuredagh, pr. pagum Karlangiteh, alt. c. 870ᵐ. T. — Provinciis
Transcaucasicis, versus fines turcicos. Ledeb. l. c.

26 ⟩ O. **Huetiana** Boiss. *Armenia* : pr. urbem Ispir. B.

27 ⟩ O. **pilosa** Boiss. Ann. sc. nat. — *Tchihat.* pl. As. Min. exsicc.
an. 1853. N° 301. B. — *Bal.* pl. d'Or. an. 1850. N° 1118. —
O. perennis, caulibus elatis flexuosis simpliciusculis teretibus
patule hispidis, stipulis liberis vel superioribus latere exteriori
breviter connatis triangulari-lanceolatis acuminatis, foliis longiuscule petiolatis 5-6 jugis petiolis longe hirsutis griseis,
foliolis omnibus subæqualibus petiolulatis oblongo-ellipticis
obtusis mucronulatis supra glabris subtus adpressiuscule et
longe hirsutis, racemis axillaribus longis folio longioribus,
bracteis lanceolatis pedicello longioribus, floribus...., calycis
dense hirsuti grisei laciniis lanceolatis longe acuminatis tubo
duplo longioribus, legumine falcato suborbiculato nitido ad
areolam centralem et margines breviter crispo lanato areola
centrali scrobiculata in 4-6 aculeos inæquales producta, crista
marginali radiata margine denticulata areola centrali angustiori.

Planta pedalis, folia cum petiolo fere semipedalia, foliis 9-10
lineas lg. 3-4 lt. Legumina diametro majori 6-7 lin. lt. Affinis
indumento et foliorum forma et magnitudine. O. vaginali C. A.
Mey. quæ differt stipulis infimis vaginantibus cæteris longe nec
breviter acuminatis leguminibus densius tomentosis areola centrali tuberculata nec aculeata.

Antitauro merid. T. *Cappadocia* : planitie urbis Kaisariæ, alt.
c. 1200ᵐ. Hal.

28 O. **nitida** Boiss. *Cappadocia* : ad Euphratem. B.

Sect. III. Denbosarcais DC. l. c.

29 O. **cornuta** Desv. (O. orientale Jaum. Hedysar. cornutum L.)
Bal. pl. d'Or. an. 1855. N° 466. — *Cilicia Bulgardagh* : supra

Bulgarmaden, Bal. *Armenia* : inter Baibut et Erzerum. H. —
Provinc. *Caucasicis.* Ledeb. l. c.

ꝺ l'ar. glabrescens Boiss. *Armenia* : circa Erzerum. Calv.

Species nondum descripta.

30 ꝺ O. aurea Boiss. *Cappadocia* : collibus aridis reg. super. vallis
fl. Kamichly, pr. oppidulum Berektly. Bal.

LV. **Sartoria** Boiss. et Held.

1 ꝺ S. hedysaroides Boiss. et Heldr. Tauro *Isaurico* : pascuis
siccis montium ad orientem jugi Gheidagh sitorum, alt. c.
1623ᵐ. B.

LVI. **Ebenus** L. — Anthyllidis spec. Link.

1 ꝺ E. hirsuta Jaub. et Sp. (E. laguroides Boiss. E. Cilicica Schtt.
et Ky.). *Tchihat.* pl. As. Min. exsicc. an. 1853. Nᵒˢ 546, 206. —
Bal. pl. d'Or. an. 1855. Nᵒ 189; an. 1856. Nᵒ 903. — *Phrygia* :
summis m. Cadmi. B. *Caria* : pr. Mula. D. *Lycaonia* : reg. infer.
m. Karadagh. J. S.; nec non planitie circa Bokus-Khan (pr.
Koniam), alt. c. 1350ᵐ. T. *Cappadocia* : ad Euphratem. B. atque
reg. subalp. m. Karamas, pr. Kabariam, alt. 1500ᵐ. Bal. *Galatia orientali* : inter oppidulum Garum et pagum Mandjulik,
alt. 1400ᵐ. T. *Cilicia* Bulgardagh : valle amœna Karli-boghaz,
alt. 2112ᵐ. Ky. diar. cilic. an. 1853.

2 ꝺ E. Montbretii Jaub. et Sp. — *Tchihat.* pl. As. Min. exsicc.
an. 1853. Nᵒ 546. — *Galatia orientali* : inter pagos Mandjulik et
Karnhadjeli, reg. lapid., alt. c. 1500ᵐ. T. *Cappadocia* : ad
Euphratem. J. S.

3 ꝺ E. pogonotropis Jaub. et Sp. (E. barbigera. Boiss.) *Tchihat.*
pl. As. Min. exsicc. an. 1853. Nᵒ 77. — *Caria* : ad m. Cad-
mum. J. S.

4 » E. depressa Boiss. et Bal. *Cappadocia* : collibus lapidosis, pr.
Karahissar, alt. 1300ᵐ. B.

5 » E. macrophylla Jaub. et Sp. *Asia Minore*. B. herb.

6 » E. plumosa Boiss. et Bal. *Ionia* : collibus incultis, pr. Smyrnam. *Phrygia* : ad pagum Yaparlar, ad orientem urbis Uchak. B.

7 » E. longipes Boiss. — *Ænt.* pl. d'Or. an. 1856. N° 902. *Antitauro* : in. Dededagh. Bal.

8 » E. stipulacea Grisch. *Mesopotamia*. G.

Species nondum descripta.

9 » E. Cilicia Schtt. et Ky. *Cilicia* Bulgardagh. Ky. Reis. Cilic.
Taur. p. 398.

SUBTRIBUS III. ALHAGEÆ DC. Prdr. II. 352.

LVII. **Alhagi** Tourn. DC. l. c. — Hedysari sp. L. — Manna Don.

1 A. Maurorum Tourn. DC. (A. mannifera Desv. Hedysar. alhagi.
L. excl. spec. Ononis spinosa Hasselq. Manna hebraica Don.)
Tchihat. pl. As. Min. exsicc. an. 1853. N° 279, 283. — *Ionia* :
inter Smyrnam et Magnesiam. T. *Lycaonia* : planitie arida
excelsa inter pagos Hadinsaral et Alibey, alt. c. 1030ᵐ, atque
inter Alibey et Suleiman-hadji, alt. c. 1050ᵐ. T. *Mesopotamia.*
DC. l. c.

2 A. Græcorum Boiss. (Hedysarum alhagi Sibth. et Sm. non L.)
Herb. græc. norm. N° 402. — Arenosis maritimis ins. *Samos.*
Prdr. fl. gr. II. 82. — Planitie maritima *Atticæ* ad Phalerum et
Pyræum. Prdr. l. c. — Heldr.

3 † A. camelorum Fisch. (A. pseudalhagi Desv. Hedysar. alhagi.
Lerch. non L. nec Sibth. et Sm. H. pseudalhagi MB. Manna
caspica Ikon.) *Tchihat.* pl. As. Min. exsicc. an. 1840. N° 168,
202. — *Archipelago* : Ins. Tinos et Syra. Nouv. fl. Pelop. *Lycaonia* : inter Inevi et Kulukoi, alt. c. 940ᵐ. T. *Cappadocia* : pr.
Cassaba, planitiebus desertis, excelsis, alt. c. 1250ᵐ. T. — De-

serto *Caspio*. Ledeb. fl. ross. I. 715. Desertis *Mesopotamiæ, Syriæ, Ægypti*. DC. l. c. *Græciæ* littoribus. Nouv. R. Pelop.

4 **A. Turcorum** Boiss. — *Bal.* pl. d'Or. an. 1855. Nº 450. — *Lycaonia* : pr. Konia. B. *Cilicia* campestri : cœmeteriis urbis Tarsus. Bal. *Mesopotamia*. — *Syria* : pr. Beyrut. B.

TRIBUS V. EUPHASEOLEÆ. Benth. Endl. gen.

LVIII. **Phaseolus** L.

Sect. I. Euphaseolus DC. Prdr. II. 390.

1 **P. multiflorus** Willd.
  a coccineus DC. (P. vulgaris coccineus L. P. coccineus Knaph.-Lmk.-Moris.) *Archipelago* : insulis Syra, Tinos et Naxos subspontaneæ. Nouv. R. Pelop. — *America* calida, DC. l. c.

TRIBUS VI. SOPHOREÆ. Endl. gen. Griseb.

LIX. **Sophora** R. Br. — Sophoræ spec. L. excl. spec. nonn.

Sect. IV. Pseudosophora DC. l. c.

1 **S. alopecuroides** L. (S. albicans Jaum. Rodiusia.alopecuroides Achbch). *Tchihat.* pl. As. Min. exsicc. an. 1858. Nº 231, 551 bis. — *Bithynia* et *Thracia* : pr. Bolu; dumetis circa pagos ad mare Nigrum. G. *Ponto* : vallibus et planitiebus ad SSE. urbis Samsun sitis. T. *Phrygia* : pr. Akhissar (Thyatira veterum). Prdr. II. gr. I. 210. *Armenia rossica* . pr. Erivan. alt. 1072 m. W., atque *turcica* : sparsim inter Tokat et Yamurtakoi planitiebus, alt. c. 500 m. T.; nec non circa urbem Ispir. H.; vulgatissima et gregatim quasi omni valle fl. Euphratis inter Erzindjan et Erzerum, e. c.; inter Erzindjan et Kalaratch, alt. 1200-1400 m., inter Mamahatun et Yenikoi, alt. 1800 m. hinc inde gregatim. T. — Provinc. *Caucasicis, Sibiria*. Ledeb. fl. ross. I. 717. *Tauria. Persia*. DC. l. c.

LX. **Cercis** L. — Siliquastrum Tourn.

1 † C. siliquastrum L. (Siliquastrum orbiculatum Mœnch.) Tchihat. pl. As. Min. exsicc. an. 1849. N° 473. — *Bithyniæ* fruticetis, alt. 0-123ᵐ. G. *Ionia* : inter Smyrnam et Brussam. Prdr. fl. gr. I. 271. *Mysia* : valle fl. Madaraïchai. T. *Troade* : littore merid. inter Ahmetlu et Nurlu, alt. c. 150ᵐ. T. *Lydia* : m. Tmolo inter pagos Gvadjik et Ortakoi, alt. c. 250ᵐ. *Lyriæ* maritimis. T. Ins. *Samos*. Prdr. fl. gr. *Ciliciæ* Bulgardagh, declivitate merid., alt. 600ᵐ. T. — Frequentissima *Græcia*, ad rivulos, plerumque in montosis a littoribus maris remotis. Fr. Syn. fl. class. Fruticetis *Thraciæ* et *Macedoniæ*, alt. 0-123ᵐ. G.

TRIBUS VII. CÆSALPINEÆ Endl. gen.

LXI. **Ceratonia** L.

1 † C. siliqua L. Tchihat. pl. As. Min. exsicc. an 1849. Nᵒˢ 117-150. — Quasi omnibus Asiæ Minoris regionibus calidis divulgata, sed præcipue partibus meridionalibus et maritimis amnarum *Ciliciarum*, ubi sæpe forma arborescente alt. 550ᵐ ascendit : e. c. ripis rupestribus fl. Calycadni (hodie Ermenek-su.) etc.; siliquæ dulcissimæ ab incolis pro cibo utuntur, atque exsiccatæ per hyemis tempus servantur. T. *Archipelago*. Prdr. fl. gr. I. 182. — Frequens collibus siccis aridis *Atticæ*, *Corynthi*, *Euboæ*, etc., raro forma arborescente. Fr. Syn. fl. class.

ORDO II. MIMOSEÆ R. BR.

TRIBUS PARKIEÆ Wight. et Arnot.

SUBTRIB. ACACIEÆ. Wight. et Arnot.

I. **Lagonychium** MB.

1 L. Stephanianum MB. (Acacia heterocarpa Delil. et stephaniana MB. Mimosa stephaniana MB.) Bul. pl. d'Or. an. 1855. N° 491.

—*Ciliciæ campestri* : planitiebus circa Tarsum et Mersinam vulgatissimum. T. — *Cypri* maritimis pr. Larnaka. Bal. Littoralibus
maris *Caspii*. Ledeb. l. c. Inter *Mosul* et *Bagdad*, *Persia*. DC.
Prdr. II. 118.

ORDO III. ROSACEÆ DC. Prdr. II. 525.

TRIBUS I. AMYGDALEÆ DC. l. — Ordo Amygdalaæ Juss. excl.
gen. Ledeb. fl. ross. II. 4.

I. **Amygdalus** Tourn. DC. l. c. — Amygdali spec. L. — Amyg-
dalophora Neck.

1 **A. communis** L. *Archipelago*, ins. Naxus. — Ins. *Egina, Grætia*.
Heldr. In litt.

2 **A. orientalis** L. (A. argentea Link.) *Bal.* pl. d'Or. an. 1857.
N° 1291. — *Phrygia* : pr. Uchak, alt. 010ᵐ, sepibus. Bal.

3 > **A. Balansæ** Boiss. *Phrygia* : pr. Uchak. B.

4 > **A. salicifolia** Boiss. — *Bal.* pl. d'Or. an. 1857. N° 1290. —
Phrygia : pr. Uchak. B.

II. **Armeniaca** Tourn. DC. l. c. — Pruni spec. L. — Pruni
Sect. I. Ledeb. fl. ross. II. 3.

1 **A. vulgaris** Link. (Prunus armeniacus L.) *Armenia rossica*. —
Omni *Caucaso*. Ledeb. l. c. *Algeria*. Munby. fl. alg. *Grætia*. Fr.
Syn. fl. class.

III. **Prunus** Tourn. DC. l. c. — Pruni spec. L. — Prunophora
Neck. — Pruni Sect. II. Ledeb. l. c.

Sect. 1. Prunus Griseb.

1 † **P. spinosa** L. (P. silvestris Mill.) Ad sepes circa *Byzantium*
et pr. *B-lgrad* (Thracia). G. *Bithyniæ* Olympo. S. *Lycia* : m.
Crago. Forb. — *Serbia*. G. *Bassarabia*. Ta. *Grætia*. Fr. Syn.
fl. class.

2 † **P. insititia** L. (an potius P. spinosæ var? sec. Ser. in. DC.
Prdr.) Pr. *Byzantium* cum præcedente. — *Thracia. Macedonia.*
G. *Serbia.* Pan. *Tauria. Prov. Caucasicis.* Ledeb. l. c.

3 **P. divaricata** Ledeb. fl. ross. II. 1. Agro *Byzantino* frequens :
inter Scutari et collem Bulgurlu, alt. 0–325ᵐ. G. — *Macedonia,*
pr. Saloniki. G. Prov. *Caucasicis. Tauria.* Ledeb. l. c.

> Sect. II. Cerasus Ledeb. Griseb. — G. *Cerasus* Tourn. excl. spec.
> racem. — Amygdali subg. *Cerasus.* Maout et Dene. l. c. — *Cerasi*
> Sect. 1. Cerasophora DC. Prdr. II. 535. — Pruni spec. L.

4 † **P. avium** L. (Cerasus avium DC.) *Tchihat.* pl. As. Min. exsicc.
an. 1858. Nº 410. — *Ponto littorali :* copiose collibus circa Kerasun, T. — *Tauria.* Prov. *Caucasicis.* Ledeb. l. c.

5 † **P. cerasus** L. (Cerasus duracina DC. l. c. Cer. vulgaris Mill.)
Bithynia : reg. castanea Olympi. G. *Armenia rossica :* pr. Erivan.
Ledeb. l. c. — *Macedoniæ* planitiebus quasi sponte. G. *Bessa-*
rabiæ vinelis. Ta. *Tauria.* Prov. *Caucasicis.* Ledeb. l. c.

6 † **P. chamæcerasus** Jacq. (P. fruticosa et Cerasus pumila Pall.
P. intermedia Poir. Cer. chamæcerasus DC. l. c.) *Tchihat.* pl. As.
Min. exsicc. an. 1858. Nº 140. — *Ponto merid. :* inter Embereck
et Ardassi (ad NNO. Gumuschhane), alt. 1100–1400ᵐ. T. — *Rossia*
med. et austr. Sibiria. Ledeb. l. c.

7 **P. incana** Stev. (Cerasus incana Spach.) *Bithynia :* inter Smyrnam et Brussam. Prdr. fl. gr. *Armenia :* m. Ararat, alt. 1300–
1325ᵐ.W.

> ꝺ Var. *angustifolia* Boiss. — Bal. pl. d'Or. an. 1856. Nº 963. —
> *Cappadocia :* collibus lapidosis circa Kaysariam, alt. 1200ᵐ. Bal.

8 † **P. prostrata** Labill. (Cerasus prostrata. Ser. DC. Spach.
Amygdalus incana Pall. — cl. DC. huc etiam P. incanam Stev.
adducit.) *Bithynia :* inter Smyrnam et Brussam. Prdr. fl. gr.
Ponto. H. *Phrygia :* m. Bulgasdagh pr. Uchak, alt. 1500ᵐ. Bal.
Lycia : regione alpina, alt. 1945–3245ᵐ; nec non fissuris rupium
pr. lacum Coralitis. Forb. *Armenia rossica.* Ledeb. l. c. —
Græcia : rupibus altiorum montium. Fr. Syn. O. class.; reg.

abietina Parnassi, alt. 1137-1695ᵐ. Herb. græc. norm. Nᵒ 626.
Macedonia : m. Athos, Prdr. fl. gr. Prov. *Caucasicis*. Ledeb. l. c.
Cretæ montibus et *Libano*. Labill. pl. Syr. *Algeria* · m. Atlas,
Desf. *Sardinia*. Moris. *Hispania*. R.

9 P. orientalis Spach. *Cappadocia* : ad Euphratem. — *Persia* :
m. Perè-Zend. J. S.

SECT. III. PADUS Ledeb. Grisb. — Cerasi et Laurocerasi spec.
Tourn. — Cerasi Sect. II. DC. l. c. 539.

10 † P. Mahaleb L. (Cerasus Mahaleb. Mill. DC. l. c.) Vulgaris
circa *Byzantium*. G. *Phrygia* : m. Bulgasdagh pr. urbem Uchak.
Bal. — *Macedonia*. G. Hortis fruticetisque *Bessarabiæ* : pr.
Odessa, Ackerman, etc. Ta. *Serbia*. Pan. *Tauria*. Provinc. *Cau-*
casicis. Ledeb. l. c. *Græciæ* montibus. Fr. Syn. fl. class.

11 ‡ P. padus L. (Cerasus padus DC.) *Armenia rossica*. — Provinc. *Caucasicis*. Omni *Sibiria*. Ledeb. l. c.

12 P. laurocerasus L. (Cerasus laurocerasus Loisl. DC. l. c.
Padus laurocerasus Mill.) Sponte convallibus *Bosphori*, pr.
Therapia. G. *Bithyniæ* Olympo. R. — Provinc. *Caucasicis*. Leded.
l. c. *Græcia*. Prdr. fl. gr. I. 338.

13 › P. cypria Ky. mss. *Ciliciæ* Bulgardagh : Infra pagum Gulek,
alt. 975ᵐ. Ky. Reis. Cilic. Taur. p. 390.

TRIBUS II. SPIRÆACEÆ DC. Prdr. II. 541. — Ulmariæ Vent.

IV. Spiræa L. DC. l. c — Spiræa, Ulmaria et Filipendula Tourn.

SECT. 1. CHAMÆDRYON Ser. in DC. l. c.

1 † S. hypericifolia DC. Vulgaris ad radicem m. Ararat, sed
vix alt. 1629ᵐ adscendit, et jam infra limitem inferiorem juniperi oxycedri evanescit. W. — Prov. *Caucasicis*. Sibiria. Tauria. Ledeb. fl. ross. II. 12.

† *Var. crenata* Ser. in DC. l. c. (S. crenata L. S. obovata W. et K.)
Armenia rossica : m. Alagœs, ad limitem vegetationis arborescentis.
Bge. pl. Abich.

Sect. II. Ulmaria Camb. DC. l. c. — G. Ulmaria Mœnch.

2 † S. almaria L. (Ulmaria palustris Mœnch.) *Tchihat.* pl. As.
Min. exsicc. an. 1858. N° 201. — *Armenia :* inter pagos Maua-
batun et Yenikoi (ad occid. Erzerum), alt. 1500-2000ᵐ. T. —
Prov. *Caucasicis.* Omni *Sibiria.* Ledeb. l. c.

3 † S. filipendula L. (Filipendula vulgaris Mœnch.) *Tchihat.* pl.
As. Min. exsicc. an. 1858. N°˙ 052, 789. — Pr. *Byzantium.* T.
Ponto : inter Samsun et pagum Sarnytch, reg. mont. silvat.;
alt. 100-750ᵐ. T. *Ciliciæ* Bulgardagh : reg. mont. supra pylas.
T. — Prov. *Caucasicis. Tauria. Sibiria.* Ledeb. l. c. *Macedonia.*
G. *Bulgaria.* Nym. *Serbia.* Pan.

TRIBUS III. DRYADEÆ Vent. DC. Prdr. II. 549.

V. Geum L. excl. spec.

Sect. I. Caryophyllastrum Ser. l. c.

1 ½ G. strictum Ait. (G. heterophyllum Fisch. non Desf. G. ra-
nunculoides Ser. in DC. l. c. G. intermedium Bess. non Ehrh.)
Armenia rossica. Prov. *Caucasicis.* Omn. *Sibiria.* Ledeb. l. c.
Tauria. Stev.

2 † G. urbanum L. — *Tchihat.* pl. As. Min. exsicc.˙ an. 1858.
N° 681. *Ponto* inter Terekoi et Sarnytch (ad SSE. Samsun) reg.
mont. silvat., alt. c. 500ᵐ. T. *Bithyniæ* Olympo. S. — *Macedonia et Serbia,* alt. 390-682ᵐ. G. *Tauria.* Prov. *Caucasicis. Sibiria.* Ledeb. l. c.

3 G. coccineum Sibth. et Sm. (G. Sadleri Priv.) *Tchihat.* pl.
As. Min. exsicc. an. 1840. N° 291 ; an. 1858. N°˙ 288, 514, 615.
— *Ponto :* inter tractum Hassanly et pagum Ayatchbachi (ad
SSE. urbis Tereboli) alt. 900-1000ᵐ; declivitate merid. jugi
Paryadres veterum, inter Liadja et Kumbeikhan, reg. mont.
aspera, alt. 1700-2800ᵐ T. *Bithynia:* reg. alp., campis pratisque
humidioribus; Olympo. G. *Mysia:* valle fl. Humuntu. T. —
Macedonia : reg. alp. G. *Græcia,* Nym.

4 † G. ambrosum Boiss. Voy. Esp. II. 729. tab. lviii. (G. hetero-
carpum Boiss. in Bibl. univ. Gen.) Radice crassa valde fibrosa
biennis? Folia patentim pilosa, radicalia interrupte pinnatisecta. Segmenta ovata lobulato-incisa, terminale maximum
reniforme cordatum 5-7 lobatum lobis obtusis inciso-crenatis.
Folia superiora ad lobum terminalem reducta. Stipulæ ovato-
lanceolatæ acute incisæ. Caules 1-3, pedis 1-2 longi, basi ascendentes erecti superne cum pedunculo in dichotomia, patule
pilosis... Rami iterum dichotomi patentim divaricati. Pedunculi
post anthesin elongati. Flores subcampanulati in anthesi subnu-
tantes. Calyx 10 fidus, persistens, laciniis quinque alternatim
minoribus. Petala obovato-rotundata albo-lutescentia calyce
duplo breviora. Antheræ luteæ. Styli retrorsum scabri. Appendix jam sub antheseos fine decidua, stylo subbrevior, adpresse
hirsuta, pilis basilaribus longioribus patulis. Carpella adpresse
hirta, caudato acuminata in capitulum stellatum stipitatum
aggregata; unicum ad basin stipitis intra calycem persistentem
sessile. Cauda carpellorum parte inferiori glabra, parte superiori pilis retrorsis adpresse albidis scabrida.

Lydia : m. Tmolo, Auch. *Caria :* cacumine m. Cadmi, in
umbra juniperi sabinæ. B. l. c. *Cilicia* Bulgardagh : cacumine
montis castello ruderato coronati pr. pagum Gulek. Bal. —
Hispania australi : alt. 1624-1940ᵐ. B. l. c.

5 *Var.* syncarpum Boiss. mss. *Phrygia* reg. alp. m. Murad-dagh,
alt. c. 2100ᵐ Bal.

Sect. II. Caryophyllata Ser. l. c. — G. Cariophyllata Tourn.

5 † G. rivale L. — *Tchihat.* pl. As. Min. exsicc. an. 1858. Nº 247.
— *Bithynia :* humidis, pr. Brussam. G. *Armenia turcica et ros-
sica :* circa Erzerum ; atque inter pagos Kerekli et Kussidagh
(ad SSE Gumuchhane), alt. 1000-2000. T. — Prov. *Caucasici.
Tauria, Sibiria,* Ledeb. l. c. *Bessarabia* humidis, Ta. *Grœcia.
Nym. America,* Steud. l. c.

Sect. III. Oxonata Ser. in DC. l. c. — Caryophyllaæ spec. Tourn. — G. Sieversia Willd. Ledeb. l. c.

6 † G. montanum L. non Gouan. Bithyniæ Olympo. S. — Macedonia : ampla reg. alp. G.

VI. Rubus L. DC. Prdr. II. 556.

§ 1.

1 R. Idæus L. Bithynia : Olympo, Prdr. fl. gr. I. 349. pr. Artaki in penins. Cyzica. S. Armenia rossica. — Prov. Caucasicis, Tauria. Ledeb. l. c. Græcia : m. Parnasso. Prdr. fl. gr. Serbia. Pan. ·

§ 2.

2 † R. cæsius L. Bithynia : silvis Olympi. G. — Macedonia : silvis m. Athos. G. Bessarabia : fruticetis silvisque. Ta. Serbia. Pan. Tauria. Prov. Caucasicis. Sibiria. Ledeb. l. c. Græcia rara. Fr. fl. class.

3 † R. fruticosus L. non Sm. (R. sanctus Pall. Sieb.) Bithyniæ Olympo. S. Littore orient. Maris Nigri : sepibus Colchidis haud rarus. D'Urv. Enum. — Prov. Caucasicis. Tauria. Sibiria. Ledeb. l. c. Serbia. Pan. Græcia rarus. Fr. Syn. fl. class.

4 † R. discolor Welhe. (R. fruticosus Prdr. fl. gr. I. 308.) Ciliciæ maritimis fruticosis circa urbem Skanderun (Alexandretta). Martins, Promen. bot. — Græcia vulgatissimus. Prdr. l. c. Libano. Martins. l. c. Brasilia. Ins. Canar. Steud. Nom. bot.

5 † R. tomentosus Willd. Bithynia : reg. alp. Olympi. Clem. in Sert. orient. — Græcia. Nym. Serbia. Pan. ·

Var. genuinus Griseb. (R. tomentosus Sm.) Agro Byzantino. — Macedonia : silvis mixtis m. Athos, alt. 380-975ᵐ. G.

6 R. sanguineus Triv. (R. tomentosus var. amœnus Griseb. R. amœnus Portenschl. non Koch.) Bosphori littore asiatico ultra Scutari. Clem. l. c. — Rumelia : penins. Hadjion-Oros, atque montibus Scardo et Orbelo. G.

7) **R. sanctus** Schreb. (R. obtusifolius Willd.) Littore orient.
Ponti Euxini : inter Poti et Redut-kale. Bge. pl. Abich.

Species nondum descriptæ.

8) **R. sancto affinis.** — *Tchihat.* pl. As. Min. exsicc. an. 1849.
N° 677. — *Galatia* : inter pagos Akmaden et Akdemirdji, reg.
mont. silvat., alt. 1300ᵐ. T.

9) **R. cedrorum** Ky. *Ciliciæ* Bulgardagh pr. cedretum, alt.
1024ᵐ. Ky. Reis. Cilic. Taur. p. 396.

VII. **Fragaria** Tourn. DC. Prdr. II. 569.

1 ‡ **F. vesca** L. — *Tchihat.* pl. As. Min. exsicc. an. 1858. N° 825.
— Agro *Byzantino.* G. *Ponto boreali* : copiose inter Samsun et
Tekekoi, reg. mont. silvat. T. *Bithynia* : silvis Olympi. G. *Phrygia* :
reg. mont. m. Murad-dagh. Bal. *Armenia* : circa Erzerum. T. —
Prov. *Caucasicis, Tauria, Sibiria*, Ledeb. Fl. ross. II. 64. *Serbia,*
Pan. *Rumelia* : reg. media m. Peristeri pr. Bitolia, alt. 779-
1495ᵐ. G. *America* : Andibus Quindueniibus unico loco, alt.
9131ᵐ. DC. l. c.

VIII. **Potentilla** Nestl. Ser. in DC. Prdr. II. 571. Lehm.
Rev. Potent. — Potentilla, Tormentilla et Comarum L. Ju-
Luk.

A. HÈRBACEÆ Lehm. l. c.

α. MULTICIPITES Lehm. l. c.

I. TERMINALES Lehm. l. c.

SERIES I. PINNATÆ Lehm. l. c.

Sect. I. Bifurcatæ Lehm. l. c.

1 **P. bifurca** L. (P. bifurcata Poir. P. bifida Pall.) *Tchihat.* pl. As.
Min. exsicc. an. 1858. N° 270.— *Armenia* : circa Erzerum ; nec-
non inter pagos Kosse et Sada (ad SSE. urbis Gumuchhane).

alt. 1712-1753ᵐ. T. — Deserto *Caspica*, et prov. *Caucasicis*. Sibiria. Ledeb. fl. ross. II. 44.

SECT. II. GLANDULOSÆ Lehm. l. c

2 † **P. rupestris** L. — *Tchihat.* pl. As. Min. exsicc. an. 1858. Nᵒ 487. — *Ponto australi :* inter Agatchbachi et Sarybaba (ad NNO. Gumuchhane), reg. aspera, mont., alt. 2300ᵐ. T.

» *Var. Armenia :* circa pagum Ilaho, inter Erzerum et Ispir ditom. H.

SECT. III. SUBPALMATÆ Lehm. l. c.

3 **P. subpalmata** Ledeb. fl. ross. II. 56. Lehm. l. c. *Armenia rossica :* montibus Ararat. Led. l. c. et Alagœs. Bge. l. c.

4 » **P. nuda** Boiss. *Armenia :* circa Erzerum. Lehm. l. c. — *Persia :* ad nives m. Kuh-Dœna. B.

5 **P. geranioides** Willd. *Armenia :* m. Tekdagh supra Erzerum. H. — *M. Libano, America.* Lehm. l. c.

6 » **P. Argæa** Boiss. et Bal. *Cappadocia :* reg. super. m. Argæl, alt. 3700ᵐ. B.

SERIES II. DIGITATÆ Lehm. l. c.

SECT. I. MULTIFLORÆ Lehm. l. c.

§ 1. *Rectæ.*

7 » **P. Kotschyana** Fenzl. in Pugil. et in Russeg. Reise I. 907. — Lehm. l. c. — *Tchihat.* pl. As. Min. exsicc. an. 1853. Nᵒ 120. B. *Bal.* pl. d'Or. an. 1855. — *Caria orientali :* m. Oyukla, inter Mulam et Bulakhan, alt. c. 950ᵐ. T. *Ciliciæ* Bulgardagh alpibus. P. — Bal.

8 † **P. recta** L. (P. hirta α recta, β astracanica et ζ obscura DC. Prdr. P. astrachanica Jacq. P. obscura Willd. P. pallens et corymbosa Nœncb.) Circa *Byzantium.* Lehm. *Archipelago.* Lehm. *Bithyniæ* Olympo. S. *Cappadocia :* collibus supra paludes pr.

Kaisariam sitas. Bal. *Armenia rossica :* m. Alagæs. Bge. — Provinc. *Caucasicis. Tauria.* Ledeb. l. c. *Serbia.* Pan.

9 † **P. hirta** L. (P. recta α Link. P. angustifolia γ DC. P. pilosa DC. P. chrysopetala Bess. P. parva Friw. *Tchihat.* pl. As. Min. exsicc. an. 1853. N°° 114, 340. — *Bal.* pl. d'Or. an. 1854. N° 395. — *Caria :* inter Mulam et Bulakhan, locis mont., lapid., alt. c. 850ᵐ. T. *Lydia :* reg. media in. Sipyll. Bal. *Cappadocia :* in. Alidagh. T. *Cilicia :* declivitate austr. Bulgardagh : inter Tarsum et Namrun, reg. mont. silvat. T. — Campis *Thraciæ. Macedoniæ* et *Albaniæ.* G. *Tauria.* Stev. *Rossia med.* et austr. Ledeb. l. c. *Græcia :* vulgaris planitiebus pr, montes sitis. Fr. Syn. fl. clas.

> ß *Var.* pinnatifida Boiss. — *Tchihat.* pl. As. Min. exsicc. an. 1858. N° 599, 332, 611. — *Armenia :* pr. vallem Kassuklu, inter Baibut et Erzerum sitam. H. *Ponto :* collibus marit. supra Samsun ; necnon inter pagos Agutchlachi et Sarybala, alt. 1200ᵐ. T.

10 **P. umbrosa** Stev. *Armenia rossica :* in. Alagæs. Bge. l. c. — *Tauriæ merid.* umbrosis, DC. l. c.

§ 2. *Argenteæ.*

11 ⟩ **P. Fenzlii** Lehm. l. c. p. 94. — *Ky.* Coll. pl. Taur. N° 131 ex parte. — *Bal.* pl. d'Or. an. 1856. N° 060. — P. caulibus brevibus adscendentibus foliosis petiolisque tomento densissimo pilisque longioribus patentibus candidis; foliis quinatis summis ternatis supra pallide viridibus flavidis glabriusculis vel pubescentibus, subtus niveo-tomentosis; foliolis oblongis circumserrato-incisis segmentis obtusiusculis inæqualibus margine planis; stipulis caulinis longissimis lineari-lanceolatis acuminatis integerrimis; floribus in summo caule condensatis pro planta magnis; sepalis *externis* elongatis linearibus obtusiusculis, *reliquis* paulo brevioribus ovatis acuminatis; petalis fere obcordatis longitudine calycis. — Accedit ad nonnullas P. argenteæ formas, a quibus præsertim differt statura multo robustiore ; forma foliolorum, quæ supra pallida fere flavicantia, margine plana neque subcoriacea sunt; stipulis multo longioribus angustioribusque integerrimis, floribus in capitulo condensatis multo

majoribus : sepalis externis linearibus quam reliquæ acuminata
paulo longioribus.

Reg. alp. *Ciliciæ* Bulgardagh : pr. plumbifodinas Gulekmaden. Ky. Bal. *Cappadocia :* reg. subalp. m. Alidagh, pr. Kaisariam. B.

12 † **P. argentea** L. (P. cinerea ᵧ Willd. P. Norvegiam Genners,
non L. P. neglecta Baung. P. impolita β Wahlb. P. decumbens
Jord. Fragaria argentea Crantz.) *Tchihat.* pl. As. Min. exsicc.
an. 1819. Nᵒ 552, an. 1853. Nᵒ 463. — Agro *Byzantino.* G. *Bithynia :* silvis Olympi. G. *Ponto :* pr. Trapezunt. D'Urv. Enum.;
nec non Inter Niksar et Seleyallassi reg. mont. silval., alt. c.
900ᵐ. T. *Cappadocia :* m. Argæo, alt. 2463ᵐ. T. *Armenia rossica.*
Ledeb. fl. ross. II. 48. — *Hæmo.* G. *Bessarabia merid. pratis.*
Ta. *Serbia.* Pan. *Tauria. Prov. Caucasicis. Sibiria.* Ledeb. l. c.

β *Var. Cappadocio* · m. Alidagh. Bal.

13 † **P. collina** Wibel. (P. inclinata Presl. P. Weinmanni Lodd.
P. Weinmanniana Gunth. P. Guntheri Pohl P. insperta Jord.)
Armenia boreali. Lehm. l. c.

14 † **P. inclinata** Vill. Ledeb. Griseb. Lehm. (P. assurgens Vill.
P. canescens. Bess. P. canescens β Inclinata Ser. in DC. Prdr.
P. intermedia Wahlb.) Agro *Byzantino.* Clem. Sert. orient.
Montibus inter *Armeniam ross.* et *Grusiam* sitis, alt. 488-1403ᵐ.
W. — Prov. *Caucasicis. Sibiria. Tauria.* Ledeb. l. c. *Serbia.* Pan.
Macedonia : m. Scardo. G. *Græcia.* Nym. *Africa bor.* Steud. l. c.

Sect. II. Aureæ Lehm. l. c.

15 † **P. maculata** Pourr. Lehm. (P. bithynica Hornem. Ser. in
DC. Prdr. P. sabauda Vill. non DC. P. salisburensis Hke. Ledeb.
fl. ross. II. 55. P. aurea L. var. salisburensis. Ser. in DC. Prdr.
P. affinis Host.) *Bithynia.* DC. Prdr. II. 586. *Armenia :* circa Erzerum. Calv. — Prov. *Caucasicis.* Ledeb. l. c.

16 › **P. Cappadocica** Boiss. Lehm. —*Tchihat.* pl. As. Min. exsicc.
an. 1853. Nᵒ 566. — *Cappadocia orientali.* B. *Ponto australi :*

inter Niksar et Bachkol, reg. silvat. mont., alt. c. 500^m; nec non inter Chahbane-Karahissar et Lisdja, alt. 1500^m. T.

17 > P. adenophylla Boiss. *Armenia.* B.

18 † P. opaca L. (P. varia Wender. P. Neumanniana Rehbch. P. aurea Poll.) *Armenia.* Lehm. l. c.—Prov. *Caucasicis, Sibiria, Tauria.* Ledeb. l. c. *Serbia.* Pan. *Græcia bor,* Prdr. fl. gr. I. 352.

19 > P. pulvinaris Fenzl. in Pugil. et in Russeg. Reis. I. 904. (P. Nevadensis β condensata Boiss. Fl. Esp. I. 203?) *Bal.* pl. d'Or. an. 1855. N° 794.— *Cilicia* Bulgardagh : cacumine alpium Maaden-tepessi. F. Bal.

20 † P. aurea L. non Poll. *Circa Byzantium.* T. *Bithynia :* cacumine Olympi. Prdr. fl. gr. I. 352. — *Serbia.* Pan.

21 > P. radicaulis Boiss. et Bal. *Antitauro :* reg. alp. super. m. Arslandagh. B.

     SERIES III. TERNATÆ Lehm. l. c.

     SECT. I. FRAGARIASTRUM Lehm. l. c.

22 † P. speciosa Willd. *Mesopotamia. Kurdistano.* Lehm. l. c.

    † β minor. Lehm. (P. poetarum Boiss.) Fl. gr. tab. 481. — Heldr. pl. exsicc. N° 338, 2113. — Ejusd. Herb. græc. norm. N° 867. — Bal. pl. d'Or. an. 1855. N° 793. — Pr. *Byzantium.* B. *Cilicia* Bulgardagh : altioribus rupestribus montium Deve-tepe et Kizil-tepe, alt. 1271-1599. Ky. diar. cilic. an. 1853. Bal. — *Thessalia :* m. Olympo. *Græcia :* cacumine Parnassi. B.-Heldr. Montibus elatioribus *Cretæ.* Prdr. fl. gr. t. 353. *Dalmatia.* Nym.

23 † P. fragariastrum Ehrh. Ledeb. Lehm. (P. fragaria Poir. DC. l. c. Fragaria sterilis L.) *Agro Trojano :* m. Gargaro. G. *Antitauro :* reg. alp. m. Arslandagh. Bal.—*Macedonia.* G. *Serbia.* Pan. *Græcia.* Nym.

24 > P. Buccoana. Clem. Sert. orient. tab. VIII. fig. 2.

    P. radice lignosa, valida; caulibus adscendentibus robustis; foliis ternatis, foliolis ovalis vel obovato-cuneatis, grosse et obtuse dentatis; corymbo multifloro, petalis obcordatis vel obovalis, calyce tertia parte longioribus; calycinis laciniis lan-

qualibus; receptaculo conoideo-columnari, villoso. — Radix
descendens lignosa, præ planta maxima, nigricans, ad collum
reliquiis foliorum persistentibus squamata; squamis rufo-nigri-
cantibus. Caules bi-sesquipedales, plurimi, adscendentes, fistu-
losi et robustissimi, obsolete rotundato-angulati, superne striati
et dichotomi, pilis tenuibus villoso-pubescentibus. Folia omnia
ternata, inferiora longe petiolata. Foliola inferiorum ovata,
basi cuneata, vel obovato-cuneata, rariusve tantum ovata; superiorum magis cuneata; omnia, parte cuneata excepta, grosse et
plus minus profunde serrato-dentata, dentibus omnibus obtusissimis rotundatis conformibus; utrinque viridia, demum frequenter lutescentia; dorso nervaturis et margine subæqualiter
villosa, facie glabrata. Petioli pubescentes supra canaliculati.
Stipulæ grandiusculæ, basi petioli adnatæ, oblongæ vel lanceolatæ, oblique acuminatæ. Cyma subcorymbosa dichotoma,
ramis plus minusve elongatis, floribus in ramis approximatis.
Pedioli firmi semper axillares, magis quam caules pilosi.
Calyces magni etiam pilosi, laciniis ovato-lanceolatis inæqualibus, exterioribus multo minoribus, nervosis vel reticulato-
nervosis, in anthesi subacutis dein obtusiusculis. Petala obcor-
data vel obovata, calyce tertia parte longiora, supra luteo-aurea,
subtus ochraceа. Filamenta glabra. Receptaculum conoideo-
columnare villosum. Nuculæ arcuatim striato-costatæ.

Obs. Differt a *P. grandiflora:* dentibus foliorum oblongatorum
obtusis; calycinis laciniis inæqualibus obtusiusculis, petalis minoribus, receptaculo conoideo-columnare, omnibus partibus
robustioribus et facie propria. Forma receptaculi et habitu
etiam ad *Geum* vergit. — *Bithyniæ* Olympo, pratis alpinis lapidosis latere NE. Clem. l. c.

II. AXILLIFLORÆ Lehm. l. c.

SERIES 1. TORMENTILLÆ Lehm. l. c.

25 † P. tormentilla Nestl. (P. silvestris Neck. Tormentilla erecta
L. T. officinalis Sm.) Agm *Byzantino.* G. — *Serbia.* Pan. Prov.
Caucasicis. Sibiria. Ledeb. l. c.

SERIES II. REPTANTES Lehm. l. c.

26 † **P. reptans** L. non Georgi. (P. reptans DC. Prdr. excl. var. γ.) *Bithyniæ* Olympo. S. *Lycia*. Forb. *Armenia :* circa Erzerum. Calv. Littore orientali *Ponti Euxini;* communis ad sepes Colchidis. D'Urv. Enum. — *Græcia :* vulgaris humilis et depressis. Fr. Syn. fl. clas. *Serbia*. Pan. *Tauria*. Prov. *Caucasicis* Ledeb. l. c.

27 **P. cilicica** Boiss. Lehm. l. c. *Cilicia campestri :* m. Baylan ad Scanderun. B.

SERIES III. ANSERINÆ Lehm. l. c.

28 † **P. anserina** L. (P. argentina Gilib.) *Armenia rossica*. — Prov. *Caucasicis*. *Sibiria*. *America bor*. Ledeb. l. c. *Serbia*. Pan. *China bor*. *Cachemiria*. *Nova Zeelandia*. DC. l. c.

β. ACEPHALÆ.

SERIES I. SUPINÆ.

29 **P. pimpinelloides** L. *Armeniæ saxosis*. DC. Prdr. 580. — *Serbia*. Pan.

30 › **P. cleutariæfolia** Willd. *Galatia*. DC. l. c.

31 † **P. supina** L. (Fragaria supina Cnaut.) *Bithyniæ* Olympo. S. *Armenia ross*. ad fl. Araxin. Ledeb. l. c. — *Rumelia*. G. Prov. *Caucasicis*. *Sibiria*. *America*. DC. l. c.

9. FRUTICOSÆ Lehm. Ledeb.

32 † **P. fruticosa** L. (P. tenuifolia et glabrata Willd.) *Tchihat*. pl. As. Min. exsicc. an. 1858. Nº 903. — *Armenia :* circa Erzerum, alt. 1950ᵐ; nec non in. Tekdagh, alt. 2000-2250ᵐ. T. — Prov. *Caucasicis*. *Sibiria*. *America arctica*. Ledeb. l. c.

Species nondum descripta.

33 » P. calycina Boiss. Circa pagum Aladagh, ad radices Tauri *Ciliciæ*. Bal.

IX. **Sibbaldia** L. excl. spec. DC. Prdr. II. 586.

1 † S. procumbens L. (Potentilla procumbens Clairv.) *Bithynia :* reg. alp. Olympi. Clem. Sert. orient. *Armenia :* circa Erzerum. T. — *Caucasi alpinis*, alt. 2534-2921ᵐ. *Sibiria.* Ins. *Unalaschka.* Ledeb. fl. ross. II. 33. *America, maxime bor.* DC. l. c.

2 S. parviflora Willd. — *Tchihat.* pl. As. Min. exsicc. an. 1819. Nᵒ 559, 622, 224, 628; an. 1858. Nᵒ 505. — *Ponto australi :* declivitate merid. jugi Paryadres veterum, inter Lledja et Kumbetkhan, vallibus alpinis asperis humidiusculis, alt. 1900-2700ᵐ. T. *Cappadocia :* m. Argæo, alt. c. 3005ᵐ. T. *Armenia :* m. Tchdagh supra Erzerum, alt. 2300ᵐ. T.

X. **Agrimonia** Tourn. DC. Prdr. II. 577. — Agrimonia spec. L.

1 † A. Eupatoria L. — *Tchihat.* pl. As. Min. exsicc. an. 1853. Nᵒ 234, 581, 672. — Agro *Byzantino. Bithynia :* ad vias inter Brussam et Smyrnam. Prdr. fl. gr. l. 321. *Pisidia :* inter pagos Tchukurkoi et Ahyrkoi, reg. mont. silvat. herbosa. T. *Cilicia bor. :* declivitate septentr. m. Akdagh, alt. c. 1800ᵐ, pr. pagum Kisildagh. T. *Cappadocia orient.* (Antitauro) inter pagum Ketche-Megara et oppidulum Gurum, reg. arid. mont., alt. c. 1500ᵐ. T. — Prov. *Caucasicis. Tauria. Sibiria.* Ledeb. l. c. *Serbia.* Pan. *Bessarabiæ* pratis. Ta. *Græcia* rara. Fr. Syn. II. clas.

2 † A. repens L. *Armenia.* DC. l. c. — *Serbia.* Pan. *Transylvania.* Nym.

XI. **Aremonia** Neck. DC. Prdr. II. 588. — Agrimonioides Tourn. — Spallanzania Poll. — Amonia Nesl.

1 † A. agrimonioides DC. — Fl. gr. tab. 458 (Agrimonia agrimonioides L.) Herb. græc. norm. Nᵒ 708. — Circa *Byzantium.* R. *Parnasso.* Prdr. fl. gr. 1. 322. Heldr. *Serbia.* Pan.

TRIBUS IV. SANGUISORBEÆ Juss. excl. gen. DC. Prdr. II. 588.

XII. Alchemilla Tourn. DC. l. c. — Alchemilla et Aphanes L. Lmk.

Sect. I. ALCHEMILLA DC. l. c. — G. Alchemilla L.

1 † A. vulgaris L. — *Tchihat.* pl. As. Min. exsicc. an. 1853. N° 446; an. 1858. N° 309, 750. — *Ponto boreali et meridionali;* inter Tekekoi et Tchelu, alt. 761-790ᵐ; nec non collibus marit. circa Kerasun; inter pagos Yusufoglu et Alintus loc. mont., alt. c. 1100ᵐ. T. *Bithynia:* ad rivulos Olympi. Prdr. fl. gr. I. 106. *Cilicia* Bulgardagh: alpinis Meidensi et rupestribus horridis declivitatis borealis ad fodinas argentiferas Bulgar-megara, alt. 2300. Ky. diar. cilic. an. 1853. *Armenia turcica:* circa Erzerum. T., et *rossica:* m. Ararat. Ledeb. l. c. — Prov. *Caucasicis. Sibiria. Tauria.* Led. l. c. *Serbia.* Pan. *Græcia.* Prdr. fl. gr. *Macedonia:* m. Nigde cacumine inter saxa, alt. 1422-1787ᵐ. G.

> *Var.* subsericea Koch (A. montana Willd. A. hybrida Hoffm. DC.
> l. c. A. pubescens Lmk. A. alpina hybrida L.) *Armenia rossica.*
> — Prov. *Caucasicis.* Ledeb. l. c.
>
> β *Var.* major. Boiss. herb. *Armenia.* Calv.

2 A. pubescens MB. non Lmk. *Armenia turcica;* montosis.- H., atque *rossica:* m. Ararat. — *Caucasi* altioribus rupestribus, alt. 770-2421ᵐ. *Tauria.* Ledeb. l. c. *Rumelia:* m. Scardo. G. *Serbia.* Pan.

3 † A. alpina L. non MB. (A. argentea Lmk.) *Bithynia:* rupibus excelsis Olympi. — *Græcia.* Prdr. fl. gr. I. 107. *Sibiria Ural. bor.* Ledeb. l. c. *America bor.* DC. l. c.

4 A. sericea Willd. (A. alpina MB.) *Armenia rossica:* provincia Erivan, alt. 1071ᵐ. W.; nec non m. Alagaes. Bge. pl. Abich. — Alpibus *Caucasicis,* alt. 2339-2618ᵐ. Ledeb. l. c.

Sect. II. APHANES DC. l. c. — G. Aphanes L.

5 † A. arvensis Scop. (Aphanes arvensis L.) Agro *Byzantino.* Prdr. fl. gr. *Cilicia:* reg. calida circa Tarsum et Mersinam. T.

— *Græcia*. Prdr. fl. gr. Prov. *Caucasicis*. Ledeb. l. c. *Serbia*. Pan.

6 † **A. cornucopioides** Rœm. et Schult. (Aphanes cornucopioides Lag.) Pr. *Byzantium*. R. — *Hispania* : arvis circa Madritum. DC. l. c.

XIII. **Sanguisorba** L. DC. Prdr. II. 593. non Scop. — Pimpinellæ spec. Tourn. Gaerta.

1 † **S. officinalis** L. — *Tchihat.* pl. As. Min. exsicc. an. 1858. N° 893. — *Bithyniæ* Olympo. S. *Armenia* : circa Erzerum planitie, alt. 1050™ ; nec non m. Tekdagh, alt. 2520™. T. — Prov. *Caucasicis, Sibiria*. Ledeb. l. c. *Græcia*. Prdr. fl. gr. *Serbia*. Pan.

2 > **S. Armena** Boiss. *Armenia* : m. Tekdagh supra Erzerum. B.

XIV. **Poterium** L. DC. l. c. — Pimpinellæ sp. Tourn. Gaerta. — Pimpinella Adans.

Sect. 1. Leiopoterium DC. l. c.

1 † **P. spinosum** L. — Sibth. fl. gr. tab. 943. — *Tchihat.* pl. As. Min. exsicc. an. 1849. N° 407. — *Bal.* pl. d'Or. an. 1854. N° 372. — Herb. græc. norm. N° 480. — Campos *Thraciæ* et *Bithyniæ* sæpius plane obducit ; pr. Byzantium vel fruticibus semper virentibus immiscetur, ins. Prinkipo, littore pr. Mukrikoi, alt. 0-320™. G. *Mysia* : penins. Cyzico pr. Artakoi ; nec non valle fl. Madaratchai (Khodjatchai), alt. c. 400™. T. *Archipelago* : collibus alexis ubique. D'Urv. Enum. *Ionia* : ad Smyrnam collibus saxosis, incultis. Bal. *Lycia* : pratis collibusque maritimis, alt. 0,490™. Forb. *Ciliciæ campestris* reg. calida ; planitie circa Meralusm. T. — *Macedonia*. G. *Græcia* : vulgaris reg. sempervirente atque monte Kirobuno, usque ad alt. 950™ adscendens. Fr. Syn. fl. class. — Heldr.

Sect. II. Rutidoropterium DC. l. c.

2 † **P. sanguisorba** L. (P. glaucescens Rchbch. P. dictyocarpum Spach. Pimpinella minor Lmk. fl. fr.) *Bithyniæ* Olympo. S. *Cycladum* insulis. Nouv. fl. Pelop. *Lycia* : inter Gagæ et Olympum lycium. Forb. *Armenia* : circa Tortum. H. Littore orient. *Ponti*

Euxini : copiosissime ad sepes Colchidis. — Vulgaris *Tauria* pr.
Kertch. D'Urv. Enum. *Serbia.* Pan. *Macedonia :* ad rivulos m.
Athos. G. Prov. *Caucasicis. Sibir,* Ledeb. l. c. *Græcia.* Nym.

3 † P. polygamum W. et K. non Lejeun. — *Tchihat.* pl. As. Min.
exsicc. an. 1858. N° 325. — *Ponto australi :* Inter pagos Agatch-
hachli et Sarybala (ad XXO. urbis Gumuchhane; reg. mont., alt.
c. 2300ᵐ. T. — *Rossia austr.* Prov. *Caucasicis.* Ledeb. l. c. *Hungaria. Banato,* DC. l. c.

4 ⸆ P. villosum Sibth. et Sm. Agro *Byzantino :* colle Bulgarlu. G.

5 P. verrucosum Ehrenb. Ann. Sc. nat. III. 263. — Walpers.
Repert. bot. II. 41. — Caulibus angulosis glaberrimis, foliorum
intimorum foliolis ovalis, caulinorum oblongis, omnibus inciso-
dentatis, subtus pilosiusculis ; capitulis polygamis ; bracteis
subrotundis ciliatis ; fructibus globosis verrucosis. (*Tchihat.* pl.
As. Min. exsicc. an. 1858. N° 511.) *Ponto :* inter Saussun et Te-
ringe, reg. m. silvat., alt. 450-500ᵐ. T. — *Arabia :* m. Sinai.
Ehrenb. l. c.

TRIBUS V. ROSEÆ DC. Prdr. II. 596. Grisseb. — Ordo Rosacea
Lindl. Ledeb. fl. ross. II. 87.

XV. Rosa Tourn. DC. l. c. — Rhodophora Neck.

SECT. I. SYSTYLÆ DC. l. c. — Systylæ Lindl.

1 † R. sempervirens L. Circa *Byzantium.* R. — *Græcia :* communis ad flumina. Fr. Syn. fl. clas.

2 R. moschata Mill. Agro *Byzantino.* G. — Agro *Tunetano ? Ne-
paulia.* DC. l. c.

SECT. II. CINNAMOMEÆ DC. l. c.

3 † R. Gallica L. *Archipelago :* ins. Andros. Fr. l. c. *Armenia
ross.* — Prov. *Caucasicis. Tauria.* Ledeb. l. c. *Serbia. Macedonia.*
G. *Græcia austr.* Heldr. in litt.

Var. pumila DC. (R. pumila L. Jacq.) *Armenia :* pr. Erzerum. Calv.
— *Macedonia, Serbia.* G.

4 R. pygmæa MB. (Ser. cl. Ledeb. cum R. gallica conjungenda.)

> Var. Olympica Clem. sert. orient. « A. specie recedit foliis tomentoso-sericeis, subtus albicantibus. » — Bithynia : ad rupes calcareas alpinas Olympi, vernante NE. Clem. l. c.

5 R. Orientalis Dupont. Antitauro : reg. subalp. m. Arslandagh. Bal. — Persia. DC. l. c.

6 † R. eglanteria L. non Mill. (DC. Prdr. excl. var. lutea.) Armenia austr. : circa Baibut. B. — Hispania. Italia. Nym.

7 > R. Phrygia Boiss. Ann. Sc. Nat. Ser. iv. T. 11. — Ramis elongatis crebro et breviter ramulosis glabris nitidiusculis rubellis, aculeis sparsis validis valde aduncis basi subcompressis, stipulis late linearibus parte libera triangulari ovatis glandulosociliatis foliis 5-7 jugis ad margines faciem inferiorem et secus petiolos glandulis breviter stipitatis crebris adspersis, foliolis minutis ovatis acute et crebre a basi ad apicem biserratis dentibus glanduliferis, floribus ad apicem ramulorum solitariis biniave pedunculo ovario subæquilongo suffultis, bracteis obovatis. — Phrygia occidentali. T.

8 > R. sulphurea Ait. (R. glaucophylla Ehrh.) Tchihat. pl. As. Min. exsicc. an. 1849. N⁰ˢ 589, 767. — Galatia : m. Kuredagh locis depressis, herb. silvat., alt. c. 1200ᵐ. T.

9 > R. Rapini Boiss. et Bal. — Bal. pl. d'Or. an. 1857. N° 1171. — Tchihat. pl. As. Min. exsicc. an. 1858. N° 212. — Phrygia : pr. Uchak, alt. 010ᵐ. Bal. Armenia : inter Kalaraich et Almalu (ad Orient. urbis Erzindjan), alt. 1400ᵐ. T.

Var. Cæsarea Boiss. — Bal. pl. d'Or. an. 1856, sub nomine R. Cæsarea Boiss. et Bal. — Cappadocia : circa urbem Cæsaream. B.

10 † R. pimpinellifolia L.

Var. vulgaris Ser. in DC. Prdr. (R. spinosissima Jacq. R. chamærhodon Vill.) Tchihat. pl. As. Min. exsicc. an. 1853. N° 393. — Cilicia boreali : declivitate orient. jugi Aladagh inter Hadjinan et Farach, alt. c. 1850ᵐ. T. Armenia : circa Erzerum. Calv. ; necnon m. Ararat. — Sibiria. Daouria. Ledeb. fl. ross. II. 74. Var. myriacantha Ser. in DC. Prdr. (R. myriacantha DC. fl. fr.) Armenia ross. : planitie alpina pr. originem fl. Cyri, alt. c. 1948ᵐ. K. — Prov. Caucasicis. Sibir. Ledeb. l. c. Græcia. Nym. Serbia. Pan.

Sect. III. Caninæ DC. Prdr. II. 611.

11 † R. canina L.

> † Var. dumetorum Koch. Syn. (R. caucasica Pall. MB. R. collina
> DC. fl. fr. non Jacq.) Bithynia : Olympo. G. Ponto bor. et austr. :
> collibus maritimis circa Samsun; inter pagos Yaghsian et Tchav-
> dak, alt. 1626-1633ᵐ; inter Agdja et Chabhane-Karahissar, alt.
> 1500ᵐ, mixta fruticeta constituens; inter Sarybaba et Ember
> 1600-1800ᵐ, sparsim; inter Embrek et Ardassa, alt. 1800ᵐ, spar-
> sim. T. Armenia : circa Erzerum; inter Ardassa et Gumuchhane,
> alt. 1200ᵐ; inter pagos Kerekle et Karssa, m. Karssa-dagh, alt.
> 1800-2100ᵐ; inter pagum Sepegur et orbem Erzindjan , alt.
> 2000-2600ᵐ. T. Cappadocia : m. Alidagh pr. Kaïsariam. T. —
> Thracia. Macedonia : sparse silvis mixtis m. Athos, alt. 390-975ᵐ,
> raro quercuum fruticetis pr. Ruskoi, alt. 600ᵐ. G. Bessarabia pra-
> tis. Ta. Serbia. Pan. Taurus. Prov. Caucasicis. Ledeb. l. c. Algeria :
> pr. Djelfa. alt. 1780ᵐ. Cosson. Bull. soc. bot. IV. 186.

12 † R. rubiginosa L. Collibus circa *Byzantium*. Clem. sert.
orient. — *Tauria*. Stev. *Serbia*. Pan.

> Var. Cretica Bed. et Thor. (R. rubig. sphærocarpa Desv. R. gluti-
> nosa Sibth. et Sm. nec Bess. nec Bellardi.) Cappadocia : m. Ali-
> dagh. pr. Kaïsariam. T. Cilicia Bulgardagh, pr. pagum Gulek. —
> Creta. Sibth. et Sm.

> Var. sepium Ser. in DC. Prdr. (R. sepium Thuill. α et β DC. fl. fr.
> R. myrtifolia Hall fl. R. canina β DC. fl. fr.) Armenia : m. Tek-
> dagh. supra Erzerum. K.

13 † R. villosa L. (R. pomifera Herm. Ledeb. fl. ross. II. 81.
qui etiam R. elliopetalam Bess. DC. Prdr. huc refert sed non
R. Andrzejowskii Bess. quam ille pro var. R. caninæ, ac cl. DC.
pro var. villosæ habent.) *Tchihat.* pl. As. Min. exsicc. an. 1853.
Nᵒ 821. — *Antitauro* : inter Belenkoi et Feke, loc. mont.,
alt. c. 1300ᵐ. T. *Cappadocia (Catnonia)* inter Kotche-megara et
Gurum, loc. lapid., alt. c. 1500ᵐ. T. *Armenia* : circa Erzerum.
T. — M. *Athos.* Prdr. fl. gr. I. 348. *Tauria*. Prov. *Caucasicis*.
Ledeb. l. c.

14 R. centifolia L. *Armenia rossica* : planitie fl. Araxis, alt. 908-
1130ᵐ. W. — *Caucasi orientalis nemorala*. Ledeb. l. c.

Species nondum descriptæ.

15 > R. pulchella Schtt. et Ky. (Nomen mutandum nam a Willd. alteri speciei in DC. Prdr. II. 602 citatæ jam impositum). *Ciliciæ* Bulgardagh : solo calcareo ad plumbifodinas Gulek-Megara, alt. 2274ᵐ. Ky. diar. cilic. an. 1853, atque Reis. cilic. Taur. p. 396.

16 > R. poteriifolia Schtt. et Ky. *Ciliciæ* Bulgardagh, per silvas, alt. 1024ᵐ. Ky. l. c.

TRIBUS VI. POMACEÆ DC. Prdr. II. 626. Griseb. — *Ordo Pomaceæ* Lindl. Ledeb. fl. ross. II. 87.

XVI. **Crataegus** Lindl. DC. l. c. — Crataegus et mespili spec. auct.

1 † C. oxyacantha L. (Mespilus oxyacantha Gærtn. M. apiifolia Medic. non Mich.) *Tchihat.* pl. As. Min. exsicc. an. 1853. N° 75, 473, 632; an. 1858. N° 16. — *Bithyniæ* Olympo. S. *Galatia* : declivitate austr. montis Elmadagh, alt. c. 1250ᵐ. T. *Ponto boreali, australi* et *Polemoniaco* : collibus maritimis supra Sam-sun; inter pagos Yaglusian et Tchavdak, alt. c. 1600ᵐ; inter Kizy et Bipsala, c. 1900ᵐ. T. *Lydia* : declivitate boreali m. Mesogl, ubi ad regionem superiorem adscendit. T. *Cappadocia* : inter pagum Yarpuz et oppidulum Gœksin, planis, aridis, excelsis, alt. c. 1250ᵐ. T. *Armenia* : inter Bardjuk et Kemler c. 1809ᵐ, atque multis aliis Asiæ Minoris regionibus haud rara. T. — *Thraciæ* et *Macedoniæ* silvis fruticetisque, alt. 195-682ᵐ. G. *Græcia.* Fr. syn. O. clas. *Serbia.* Pan. *Tauria.* Prov. *Caucasicis. Sibiria uralensi.* Ledeb. l. c.

> Var. obtusata DC. (C. oxyacanthoides Thuill. C. oxyacantha β. dec.) *Armenia :* circa Erzerum. Calv.
>
> Var. laciniata Wallr. (C. oxyacantha DC. β. tr. C. monogyna auct. plur. Mespilus intermedia Poir.; *Cappadocia :* reg. mont. m. Argæi. Bal. — *Serbia.* Pan.

2 † C. azarolus L. (Pyrus azarolus Scop.) Provinciis *Caucasicis,* versus fines *turcicas.* — Prov. *Caucasicis australioribus.* Ledeb. l. c.

3 C. azarella Griseb. Pr. *Byzantium.* R. Ins. *Tassos.* — *Macedonia.* G. — *Græcia :* montibus Helikon et Parnasso, alt. 1138-1300,
m. Fr. l. c.

1 † C. aronia Bosc. (C azarolus β et Mespilus aronia Willd.)
Cappadocia : reg. mont. m. Argæi. Bal. *Ciliciæ* Bulgardagh :
valle Bulgarmaaden. Bal. — *Syria :* pr. Saida. Cat. herb. Syr.
N° 17.

5 ♭ C. tanacetifolia Pers. (C. orientalis Pall. C. odoratissima
Hornem. Mespilus orientalis Habl. Mesp. tanacetifolia Poir.)
Cappadocia : reg. mont. m. Argæi. Bal. *Armenia rossica :* dis-
tricto Ahaltzik. Bge. l. c.

6 ♭ C. orientalis Bosc. non Pall. (Mespilus orientalis Poir.) *Tchihat.* pl. As. Min. exsicc. an. 1853. N° 70 bis. — *Ponto :* littore
inter pagos Fatsa et Unia. T. *Cappadocia orientali (Cataonia) :*
inter Ketehe-megara et Gurum, reg. lapid. arid., alt. c. 1500ᵐ,
nec non inter Gurum et Nandjulik. T. Littore orient. *Maris
Nigri ;* silvis Colchidis communis. D'Urv. Enum.

7 C. Oliveriana Bosc. (spec. non satis nota). *Tchihat.* pl. As. Min.
exsicc. an. 1849. N° 4. — *Troade :* valle fl. Eltchi-tchai. T. —
Provincia *Caspica* Talutch. Ledeb. fl. ross. II. 90.

XVII. Cotoneaster Medik. DC. Prdr. II. 632.

1 C. uniflora Bge. (Mespilus cotoneaster Willd. herb. Uva ursi
Pall.) *Armenia rossica :* m. Ararat (forma frutescente), alt. 2273-
2598ᵐ. W. *Sibiria altaica.* Ledeb. l. c.

2 † C. vulgaris Lindl. (Mespilus cotoneaster L.) *Bithyniæ* Olympo. G. *Armenia ·* circa Erzerum. Calv. — Prov. *Caucasicis.* F.
Sibiria. Tauria. Ledeb. l. c. *Serbia.* Pan.

3 C. nummularia Fisch. et Mey. non Lindl. (C. tomentosa C. A.
Mey. Mesp. cotoneaster var. MB.) *Bal.* pl. d'Or. an. 1855. —
Ciliciæ Bulgardagh : summitatibus, alt. c. 2600ᵐ. Ky. diar. cilic.
an. 1853; pr. Pylas. Bal. *Cappadocia :* reg. alp. m. Argæi. Bal.
Armenia : m. Ararat. — Prov. *Caucasicis.* Ledeb. l. c.

4 C. multiflora Bge. Montibus inter *Armeniam rossicam* et *Grusiam* altis, alt. 488-1493ᵐ. W. — *Sibiria altaica.* Ledeb. l. c.

5 C. pyracantha Spach. Griseb. (Cratægus pyracantha Pers. DC.
Prdr. II. 626. Ledeb. fl. ross. II. 88. Mespilus pyracantha L.
Mesp. pauciflora Poir. Oxyacantha pyracantha Medik.) Bal. pl.
d'Or. an. 1855. sine N°. — Circa *Byzantium* vulgaris. G. *Bithynia* : frequens silvis ad fontem Borghaz; sparse castaneis inferioribus Olympi, alt. c. 483ᵐ. G. *Ciliciæ* Bulgardagh : hortis
pagi Gulek, alt. c. 1400ᵐ. Bal. *Armenia bor.* : pr. pagum Kœprubachi, inter Baibut et Erzerum. H. — Prov. *Caucasicis. Tauria.*
Ledeb. l. c.

6 ≥ C. peduncularis Boiss. Pr. *Byzantium.* R. *Bithyniæ* Olympo. B.

XVIII. **Amelanchier** Medik. DC. l. c.

1 † A. vulgaris Mœnch. (Mespilus amelanchier L. Pyrus ame-
lanchier Willd. Cratægus rotundifolia Lmk. Sorbus amelanchier
Crantz. Aronia rotundifolia Pers.) Herb. græc. norm. N° 707. —
Ciliciæ Bulgardagh : ad margines cedretorum alpinas, alt.
2000ᵐ. Ky. diar. cilic. an. 1853. — Prov. *Caucasicis.* Ledeb. l. c.
Tauria. Stev. *Thracia bor.* G. *Græcia* : m. Parnasso, alt. 1461ᵐ.
Heldr.

2 ≥ A. Pisidica Boiss. et Heldr. (A. parviflora pl. Anat. Heldr.
exsicc. an. 1846, non Boiss. in Diagn.) *Pisidia.* B.

3 ≥ A. parviflora Boiss. Diagn. — *Bal.* pl. d'Or. an 1854. N° 396;
an. 1857. N° 1170. — *Lydia* : reg. alp. m. Mesogis et Sipyli. B.
Caria : m. Cadmo supra Deuizly et Colossam. B. *Ciliciæ* Bulgardagh, alt. c. 1200ᵐ. B.

4 A. integrifolia Boiss. et Hohenack. *Cappadocia* : reg. alp. m.
Argæi. Bal. — *Kurdistano* : ad rupes m. Gara. B.

XIX. **Mespilus** Lindl. DC. l. c. — Mespili spec. L. — Mespi-
lophoræ spec. Neck.

1 † M. Germanica L. — *Tchihat.* pl. As. Min. exsicc. an. 1853.
N° 427; an. 1858. N° 140, 456. — Agro *Byzantino.* G. *Bithyniæ*
Olympo. S. Littore orient. *Maris Nigri* : valde frequens nemo-
ribus Colchidis ad arcem Sukhum-kale. D'Urv. Enum. — M.

9

Athos. G. *Serbia*. Pan. M. *Pindo*. Fr. Syn. G. clam. *Tauria*. Prov.
Caucasicis, Ledeb. l. c.

> *Var.* silvestris DC. (M. silvestris Mill.) *Tchihat*. pl. As. Min. exsicc.
> an. 1858. N° 111. — *Ponto borrali* : collibus marit. silvat. supra
> Samsun; rupibus marit. circa Kerasun; maritimis inter Unia et
> Tchevehehombe (ad orient. Samsun,, arcas G. Pelitchau, in con-
> sortio cum Acere campestri, quercu pedunculata, cratægo orien-
> tali, carpino betula, corylio avellana, etc. T.

> XX. **Pyrus** Lindl. DC. Prdr. II. 623, — Pyrus Malus et Sorbus
> Tourn. — Pyrus et Sorbus L. — Pyrophorum et Approphu-
> rum Neck.

> Sect. I. Praopuoara. DC. l. c. — G. Pyrophorum Neck.

1 † P. communis L. non Gouan. — *Tchihat*. pl. As. Min. exsicc.
an. 1849. N° 413. — *Ponto* : maritim. inter Fatsa et Unia. T.
Mysia : valle fl. Madaratchai (Khodjatchaï), alt. c. 500ᵐ. T. —
Macedonia occid. quasi sponte occurrit, alt. 777-812ᵐ secus ri-
vulos. G. *Bessarabiæ* silvis hinc inde. Ta. *Serbia*. *Tauria*. Prov.
Caucasicis. Ledeb. fl. ross. II. 95.

2 † P. amygdaliformis Vill. (P. salicifolia Loisl. P. parviflora
et P. cuneifolia Guss. P. communis Gouan. P. eriopleura Rchbch.
P. elæagnifolia Pall. var. Spr.) *Tchihat*. pl. As. Min. exsicc. an.
1853. N° 62. — *Bithynia* : ad sinum Nicomedicum; valle fl.
Boli-su, alt. c. 1000ᵐ; jugo Aladagh (Olympo galatico veterum) :
planitie subalpina pr. pagum Kibros, alt. c. 1400ᵐ, atque valle
fl. Serketch-su, alt. c. 1400ᵐ. T. *Paphlagonia* : pr. pagum Kulelі-
koi, alt. 1508ᵐ. T. *Caria* : valle Demerjideressi ad basin bor.
jugi Latmi (veterum) sita, alt. c. 200ᵐ, nec non planitie pr.
oppidulum Davas, alt. 1100ᵐ. T. *Phygia* : planitie inter Kizilbis-
sar et Karayukbazar, alt. 900ᵐ. T. *Isauria* : pr. pagum
Bachikichla, alt. 1438ᵐ. T. *Lycaonia* : planitie inter Doghan-
bissar et Ilghyn sparse, alt. c. 1100ᵐ. T. — *Thracia* : silvis
mixtis. G. *Serbia*. Pan.

3 P. elæagnifolia Pall. MB. DC. (P. eleagrifolia Ledeb. fl. ross.
II. 93. P. salicifolia Habl. P. nivalis Pall. non L. P. orientalis

Horn. ex Tourn.) *Ionia* ; circa Smyrnam ad Cordilio. Martins. Prom. bot. Declivitate merid. jugi *Pontici* pr. pagum Choditchur, alt. c. 1500ᵐ. K. Reis. *Armenia* : pr. Toprakkalé (ad orient. Erzerum.), alt. c. 1960ᵐ. T. — Prov. *Caucasicis. Tauria.* Ledeb. l. c.

4 **P. salicifolia** L. non Loisl. nec Rabl. — *Bal. pl. d'Or. an.* 1856. N° 962. — *Tchihat. pl. As. Min. exsicc. an.* 1858. N= 569, 853. *Bithynia* : frequens, alt. 0,390ᵐ. G. *Lydia* : m. Mesogl. T. *Ponto bor. merid. et Polemoniaco* : Inter urbem Niksar et pagum Bachtchiflik gregarie, alt. 998-1500ᵐ; inter Sarybaba et Embrek sparsius; inter Zila et Miasak mixtas silvulas constituens, alt. 350ᵐ; inter Kizy et Ilipsala sparsim, alt. 1200ᵐ. T. *Armenia* : inter Sepigor et Erzindjan sparsim, alt. 2200-2500ᵐ; inter Bardjak. Kemlar et Sarykaya sparsim et quasi unicum vegetationis arborescentis specimen præbens, alt. c. 1800ᵐ; pr. Toprakkalé, alt. c. 1960ᵐ. T. *Cappadocia* : ad radices m. Argæi, arbor 5-6ᵐ altitudine. Bal. *Cilicia* Bulgardagh : rara arbor in declivitatibus solj meridionali obversis subalpinis; frequens ad radices boreales vallis Bulgarmaden. Ky. diar. cilic. an. 1853. — *Thracia, Macedonia* littorali et *Albania* superiore frequens, alt. 0-390ᵐ. G. *Græcia* : frequens. Fr. Syn. fl. class. Prov. *Caucasicis.* Ledeb. l. c. *Sibiria.* DC. l. c.

5 **P. parviflora** Desf. non Guss. Pr. *Byzantium.* R. — *Thracia.* G. *Græcia.* Nym. *Creta.* DC. l. c.

Sect. II. **Malus** DC. Prdr. II. 635.

6 † **P. Malus** L. — *Tchihat. pl. As. Min. exsicc. an.* 1849. N° 113; an. 1858. N° 649. — *Troade* : m. Agydagh. T. *Ponto* : pr. Samsun inter pagos Teke et Sarmytch sparsim, alt. 400-700ᵐ; maritim. inter Fatsa et Unia. T. — *Macedonia* : m. Athos et aliis montibus. G. *Græcia* : montibus elatioribus ut Parnone, Korace, etc., alt. 974ᵐ. Fr. l. c. *Bessarabia* silvis. Ta. *Serbia.* Pon. *Tauria.* Prov. *Caucasicis.* Ledeb. l. c.

Sect. III. **Aria.** DC. l. c.

7 † **P. Aria** Ehrh. (Cratægus Aria var. a L. Mespilus Aria Scop. Sorbus Aria Crantz, Aria nivea Host. Sorbus græca Lodd. Cra-

tægus græca « Spach.?) *Tchihat.* pl. As. Min. exsicc. an. 1849.
Nᵒ 893. — *Phrygia:* pr. Uchak. T. *Ciliciæ* Bulgardagh; devexis
septentrioni obversis infra castellum Gulek, alt. 1430ᵐ; nec non
ad D. Cydni origines, alt. 1050ᵐ. Kj. diar. cilic. an. 1853. *Antitauro:* valle ad declivitatem orient. m. Kartrandagh sito, alt. c.
1400ᵐ. T. *Armenia:* m. Ararat. — Prov. *Caucasicis. Sibiria. Tauria.* Ledeb. l. c. *Græciæ* montibus raro. Fr. l. c. M. *Athos.* G.
Serbia. Pan.

SECT. IV. TORMINARIA DC. l. c.

8 † P. torminalis Ehrh. (Cratægus torminalis L. Sorbus torminalis Crantz.) *Tchihat.* pl. As. Min. exsicc. an. 1849. Nᵒ 602;
an. 1858. Nᵒ 618. — Pr. *Byzantium.* G. *Ponto:* inter pagos Tekekol et Sarnytch sparsim collibus silvat., alt. 400-700ᵐ. T. *Ciliciæ* pluis. T. *Antitauro:* declivitate orient. m. Kartrandagh,
alt. c. 1100ᵐ, in consortio cum P. aria T. *Armenia.* pr.
Erzerum, alt. 1950ᵐ. T. — *Thracia et Macedonia:* arbor excelsa
in silva mixta m. Athos, alt. 390-975ᵐ, frequentius cum Quercu
pedunculata, alt. 975-1137ᵐ, frutescens demum rarissime in
reg. Laricionis, alt. 1137-1461ᵐ; quercuum fruticetis fruticosa
pr. Raskoi, alt. 195ᵐ. G. *Serbia.* Pan. *Tauria.* Prov. *Caucasicis.
Tauria.* Ledeb. l. c.

SECT. V. SORBUS DC. l. c.

9 † P. sorbus Gærtn. (P. domestica Sm. engl. bot. tab. 350. Sorbus domestica L. Mespilus domestica All.) Circa *Byzantium*
silvis. G. *Bithyniæ* Olympo. S. *Cappadocia:* 3 leucis ad merid.
urbis Kaisariæ. Bal. — *Hæmo et Atho.* G. *Serbia.* Pan. *Bessarabia:* vinetis pr. Akkerman. Ta. *Tauria.* Ledeb. l. c.

10 † P. aucuparia Gærtn. (Sorbus aucuparia L. Mespilus aucuparia All.) *Cappadocia:* reg. alp. m. Argæi, alt. 2250ᵐ. Bal. —
Prov. *Caucasicis. Sibiria. Tauria.* Ledeb. l. c. *Serbia.* Pan.

XXI. **Cydonia** Tourn. DC. Prdr. II. 638. — Pyri spec. L.

1 † C. vulgaris Pers. (Pyrus cydonia L. C. europæa Sav.) Agro
Byzantino et aliis *Thraciæ* regionibus. G. *Archipelago:* insulis

Tinos, Naxos, etc. Nouv. fl. Pelop. — *Atticæ* humidis planis. Pr.
l. c. *Bessarabiæ* vineis pr. Akkerman, Kichenef, Ismail etc. Ta.
Serbiæ. Pan. *Tauria*, Prov. *Caucasicis*. Ledeb. l. c.

ORDO IV. MYRTACEÆ Endl. gen. DC. III. 207.

I. **Myrtus** L. — Myrti spec. Roth.

1 † **M. commune** L. Pr. *Byzantium*. G. *Bithynia* : Ins. Halki. O.;
vulgare maritimis, nec non pr. pagum Elitioglu, alt. c. 200ᵐ.
Omnibus littoralibus regionum meridionalium et præcipue *Ciliciis* divulgatus atque sæpo formam arborescentem præbens.
T. *Archipelago*. Prdr. fl. gr. I. 336. — *Græciæ* humidis sicciisve
vulgaris, alt. c. 260ᵐ. Fr. Syn. fl. class. Reg. littorali *Macedoniæ*
et *Albaniæ*. G.

II. **Punica** L. Griseb. — Ordinis Granatearum gen. Punica. DC.
Prdr. III. 3. Ledeb. fl. ross. II. 101.

1 **P. granatum** L. (P. silvestris Tourn.) Pr. *Byzantium*. G. *Archipelago*. Prdr. fl. gr. I. 337. Littore orientali *Ponti Euxini* : provincia Awhasia. *Armenia rossica*. — Prov. *Caucasicis*. *Tauria*, vix
spontanea. Ledeb. l. c. *Græcia*, vix spontanea. Fr. l. c. — *Thracia*
et *Macedonia austr.* frequens atque sponte. G.

ORDO V. LYTHRARIEÆ Endl. gen.

TRIBUS SALICARIEÆ DC. Prdr. III. 75.

I. **Lythrum** Juss. DC. Prdr. III. 80. — Salicaria Tourn. —
Lythri spec. L.

Sect. I. Hyssopifolia DC. l. c. — G. Hyssopifolia C. Bauh. —
Pythagorea Rafin. non Lour.

§ 1.

1 † **L. thymifolia** DC. (Salicaria thymifolia Lnk.) Circa *Byzantium*. R. — *Græcia*. Fr. l. c. *Creta*. Paludosis subsalsis marit.
Ægypti et *Mauritaniæ* DC. l. c.

2 † **L. hyssopifolia** L. Spec. non ej. herb. (Salicaria hyssopifolia
Lnk.) Ad *Byzantium*. B. herb. — *Attica*. Fr. l. c. Ins. *Zante*. B.
herb. *Serbia*. Pan. *Tauria*. Prov. *Caucasicis*. *Sibiria*. Ledeb. l. c.

§ 2.

3 † **L. flexuosum** Lag. (L. hyssopifolia L. herb. D'Urv. L. num-
mulariæfolia Pers. non Loisl. L. Græfferi Ten. DC. Prdr. l. c.)
Herb. græc. norm. (sub nomine L. Græfferi Ten.) N° 302. *Archipelago* : ins. Melos. Nouv. fl. Pelop. *Pamphylia* : pr. Alaya,
humidis. B. herb. — Maritimis *Atticæ* ad Phalerum. Heldr.
Syria. *Algeria*. B. herb.

Sect. II. Salicaria DC. l. c.

4 † **L. salicaria** L. (Salicaria spicata Lnk. Sal. vulgaris Mœnch.)
Tchihat. pl. As. Min. exsicc. an. 1853. N° 118. — *Ponti* maritim.
umbr. T. *Bithyniæ* Olympo. S. — *Græciæ* rara. Fr. l. c. *Serbia*.
Pan. *Tauria*. Prov. *Caucasicis*. *Sibiria*. Ledeb. l. c.

Var. tomentosum DC. (L. tomentosum Mill.) *Tchihat*. pl. As. Min.
exsicc. an. 1853. N° 958. — *Lycaonia* : inter urbes Karaman et

Ermenek. B. *Cilicia* Bulgardagh : rupibus Bosanla-su, pr. Bulgarmaden. Bal.; nec non inter pagos Gulek et Namrun, reg. silvat.,
alt. c. 1300ᵐ. T.

5 † **L. virgatum** L. (Salicaria virgata Mœnch. Lythrum austriacum Jacq.) Agro *Byzantino*. G. — *Thracia* : pr. Carlova. G. *Serbia.
Pan. Sibiria.* Ledeb. l. c.

0 **L. cinereum** Grisb. Pr. *Byzantium.* R. *Bithynia* : pr. Brussa.
G. *Ponto* : pr. Trapezunt. H. — *Græcia* frequens. Fr. l. c.

    II. **Peplis** L. DC. Prdr. III. 76. — Portula Dill. — Glaucoides
    Mich. — Chabræa Adans non DC. — Glaux. Vaill.

1 **P. biflora** Salzm. Ad *Byzantium.* B. herb. — *Africa* : humidis circa Tanger. DC. l. c.

2 † **P. alternifolia** MB. (P. Wolgensis. Fisch.) *Bithynia* : reg.
alp. Olympi inter Polytrichos. B. herb. *Phrygia* : pr. Ushak,
alt. 1100ᵐ. Bal. — *Rossia australi* : mixta cum Ammonia Borys-
thenica. B. herb. *Sibiria Altaica.* Ledeb. l. c.

ORDO VI. ŒNOTHEREÆ Endl. gen. — Ono-
graríæ Juss. excl. Haloargeis. DC. Prdr. III. 35.

    TRIBUS I. JUSSIEVEÆ Endl. — Trib. Jussieæ DC. l. c.

    I. **Jussiæa** L. DC. l. c. — Jussiena Pers.

1 **J. diffusa** Forsk. (spec. vix nota) *Cilicia* : paludosis maritimis
circa urbem Skanderun (Alexandretta). Martins, Promen. bot.
— *Delta* : ad ripam fl. Nili, marginibus agrorum. DC. l. c.

    II. **Isnardia** DC. l. c. — Isnardia et Ludwigia L. Juss. Lmk.
    Ell. Spr. non Roxb. — Dantia Du Pet.-Th.

    Sect. Dantia DC. — G. Isnardia L.

2 † **J. palustris** L. — *Bal.* pl. d'Or. an. 1851. Nº 356. — *Lydia* :
in. Tuislo, paludosis. Bal. — *Græcia.* Prdr. fl. gr. Prov. *Caucasicis.* Ledeb. fl. ross. II. 113.

TRIBUS II. EPILOBIEÆ Endl. gen. — Trib. III. Onagreæ DC.
Prdr. III. 40.

III. **Epilobium** L. Ser. in DC. Prdr. III. 40. — Chamænerion
Tourn.

SECT. I. CHAMÆNERION Tausch. — G. Chamænerion Tourn.

1 † **E. spicatum** Lmk. (E. angustifolium α L. E. Gessneri VIII.)
Tchihat. pl. As. Min. exsicc. an. 1840. N° 618; an. 1853. N° 474;
an. 1858. N° 248. — Circa *Byzantium.* T. *Bithynia :* umbrosis
Olympi. Fl. gr. *Ponto australi :* Inter pagos Jusufoglu et Almus,
reg. mont. silvat., alt. c. 1400ᵐ. T. *Antitauro :* Inter pagos
Tchatatoglu et Yailadji, alt. c. 1200ᵐ. T. *Armenia turcica :* in.
Kusschoi, ad SSE Gumuchhane sito, alt. 1500-2200ᵐ. T.; et
russica : montibus Ararat et Alages. Rge. — Prov. *Caucasicis.
Sibiria. Tauria.* Ledeb. l. c. *Serbia.* Pan. *China.* Steud. l. c. *America.* DC. l. c.

2 † **E. rosmarinifolium** Hænke non Pursh. (E. angustissimum
Curt. bot. mag. tab. 76. E. angustifolium Lmk. E. angustifolium
γ L. E. Dodonæi Vill. Ledeb. fl. ross. II. 106. Chamænerion angustifolium Mœnch.) *Tchihat.* pl. As. Min. exsicc. an. 1853.
N° 454. *Bithyniæ* Olympo. B. herb. *Ponto meridionali :* inter
urbem Niksar et pagum Almus, alt. c. 700ᵐ. T. — Declivitate
occidentali m. Athos. G. Subalpinis et alp. totius *Caucasi*, alt.
971-3024ᵐ. Ledeb. l. c.

SECT. II. LYSIMACHION Tausch.

3 † **E. alpinum** L. (E. anagallidifolium Lmk.) *Bithynia :* cacumine Olympi. Prdr. fl. gr. — *Græcia.* Nym. *Sibiria.* Ledeb. l. c.

4 † **E. trigonum** Schrank. Ledeb. fl. ross. II. 111. — *Tchihat.*
pl. As. Min. exsicc. an. 1858. N° 311. — *Ponto australi :* Inter
tractum Hassanly et pagum Agatchbachi, reg. mont. silvat., alt.
1100-1400ᵐ. T.

5 † **E. origanifolium** Lmk. (alsinifolium Vill. E. alpinum var.
majus Wahlb.) Circa *Byzantium.* R. *Bithyniæ* Olympo. G. *Arme-*

nia rossica : m. Alagœs. Bge. — Prov. *Caucasicis.* Ins. *Twalehka.* Ledeb. l. c.

6 › E. Smyrnæum Boiss. et Bal. Pr. *Smyrnam.* B.

7 › E. mentholdes Boiss. et Heldr. *Cilicia :* ad aquas calidas pr. Tchifle-khan ad radices Bulgardagh. B.

8 † E. roseum DC. non Sm. — *Bal.* pl. d'Or. an. 1855. N° 750. — *Cappadocia :* reg. alp. m. Argæi, alt. c. 2250ᵐ. Bal. — *Tauria.* Stev. *Serbia.* Pan. *Sibiria. Davuria.* Ledeb. l. c.

9 † E. montanum L. (E. lanceolatum Seb. et Mauri Prdr. fl. rom. tab. I. fig. 2. Chamænerion montorum Scep.) Agro *Byzantino.* *Bithyniæ* Olympo. Prdr. fl. gr. I. 254. *Ciliciæ* Bulgardagh, supra Bulgarmaden. Bal. — Prov. *Caucasicis. Tauria.* Ledeb. l. c. *Serbia.* Pan.

10 † E. hirsutum L. (E. amplexicaule Lmk. E. grandiflorum All.) *Tchihat.* pl. As. Min. exsicc. an. 1849. N° 152, 711; an. 1853. N° 399, 136. an. 1858. N° 211). — Agro *Byzantino. Bithynia :* umbrosis Olympi. Prdr. fl. gr. I. 254. *Ponto merid. :* inter pagos Kasikoi et Yusufoglu, reg. arid. lapid. T. *Galatia :* planitie ad meridiem pagi Baulos, alt. c. 1000ᵐ. T. *Cilicia boreali :* declivitate orient. jugi Aladagh, inter pagum Kizildagh et O. Korkuaun, alt. c. 1650ᵐ. T. *Armenia :* inter pagos Mamabatun et Yenikol (ad occasum urbis Erzrum), alt. 1500-2000ᵐ. T. — *Macedonia.* G. *Serbia.* Pan. *Græcia* frequens. Tr. l. c. *Tauria :* Prov. *Caucasicis.* Ledeb. l. c.

11 † E. palustre L. non Willd. Agro *Byzantino.* R. *Bithynia :* umbrosis humilis Olympi. Prdr. fl. gr. I. 254. — Prov. *Caucasicis. Sibiria.* Ledeb. l. c. *Serbia.* Pan.

12 † E. parviflorum Schreb. (E. palustre Willd. E. molle Lmk. E. hirsutum β L.) Agro *Byzantino.* — *Albania.* G. *Serbia.* Pan. *Græcia.* Nym. *Tauria.* Prov. *Caucasicis.* Ledeb. l. c.

13 † E. tetragonum L. Circa *Byzantium.* Prdr. fl. gr. I. 255. *Bithyniæ* Olympo. S. *Ciliciæ* Bulgardagh : ad pagum Gulek, pr. pylas. Bal. — Prov. *Caucasicis. Tauria. Sibiria.* Ledeb. l. c. *Serbia.* Pan.

Var. obscurum Pers. DC. l. c. (E. obscurum Schmidt fl. bohem. — Rchbch. icon. bot. tab. 199.) *Tchihat.* pl. As. Min. exsicc.

an. 1853. N° 396. — Circa *Byzantium*. R. *Cilicia boreali*, declivitate orientali jugi Madagh inter Hadjiman et Farach, alt. c. 1300ᵐ, T.

14 † **E. virgatum** Fries. Ledeb. fl. ross. 110. *Armenia rossica*. — Prov. *Caucasicis*. *Russia media*. Ledeb. l. c.

Species nondum descripta.

15 **E. Steveni** Boiss. herb. — *Tchihat*. pl. As. Min. exsicc. an. 1858. N° 850. — *Armenia* : inter Mamahatun et Sarykaya, alt. 1900ᵐ. T.

TRIBUS III. CIRCÆACEÆ. Endl. gen. — Circææ, DC.

IV. **Œnothera** L. — Ser. in DC. Prdr. III. 45.

Sect. Onagra DC. l. c. — Onagra spec. Tourn.

1 † **Œ. biennis** L. (Onagra biennis Mœnch. On. europæa et O. vulgaris Spach.) Circa *Byzantium*. R. Littore orientali *Ponti Euxini* : inter Poti et Redut-kale. Uge. l. c. — Prov. *Caucasicis. Sibiria uralensi*. Ledeb. l. c.

V. **Circæa** Tourn. DC. l. c.

1 † **C. Lutetiana** L. Pr. *Byzantium* ad pagum Belgrad. *Bithynia* : umbrosis Olympi. Prdr. fl. gr. I. 5. — Castanetis penins. Hadjion-Oros, alt. 0-130ᵐ. G. *Serbia*. Pan. *Tauria*, hinc inde. Prov. *Caucasicis. Sibiria*. Ledeb. l. c. *Græcia* rarius. Prdr. fl. gr.

2 † **C. alpina** L. — *Tchihat*. pl. As. Min. exsicc. an. 1853. N° 188. — *Ponto* : inter Seleyallassi et Ketchedere, reg. mont. silval., alt. c. 900ᵐ. T. — Prov. *Caucasicis. Sibiria*. Ledeb. l. c. *Serbia*. Pan. *Tauria?* Stev.

TRIBUS IV. HYDROCARYES Link. DC. l. c. Ledeb. l. c.

VI. **Trapa** L. — Tribuloides. Tourn.

1 † **T. natans** L. Circa *Byzantium*. R. — *Tauria* non occurrit, sed in fl. Borysth. frequens. Stev. *Serbia*. Pan. Prov. *Caucasicis*. Ledeb. l. c.

ORDO VII. HALORAGEÆ R. Br.

TRIBUS I. CALLITRICHINEÆ DC. Prdr. III. 70. Grisb. — Ordo
Callitrichineæ Link. Ledeb. fl. ross. II. 110.

I. **Callitriche** L. DC. l. c. — Stellaria Dill. non L.

1 † **C. verna.** L. DC. l. c. (C. aquatica Sm. Grisch. C. vernalis
et autumnalis Kutzing. Rchbrb. Ledeb. l. c. C. caespitosa
Schult.) Circa *Byzantium.* R. *Bithyniæ* rivulis. G. — *Macedonia :* stagnis pr. Saloniki. G. Prov. *Caucasicis, Tauria. Sibiria.*
Ledeb. l. c.

2 † **C. autumnalis** L. non Kutzing. (C. aquatica var. Sm. fl.
brit.) Circa *Byzantium.* R. — *Sibiria.* Ledeb. l. c. *America bor.*
DC. l. c.

TRIBUS II. HIPPURIDEÆ DC. l. c. 71. — Ordo Hippurideæ Link.
Ledeb. fl. ross. II. 149.

II. **Hippuris** L. DC. l. c. — Limnopeuce Vaill. — Pinastella.
Dill.

1 † **H. vulgaris** L. (Limnopeuce vulgaris Scop.) *Lycia* ad Gule-
hissar. Forb. *Antitauro :* marginibus fl. Zamanta. Bal. — Prov.
Caucasicis. Sibiria. America arctica. Ledeb. l. c.

ORDO VIII. LINEÆ Endl. gen. DC. Prdr. I. 423.

I. **Linum** L.

1 † **L. Gallicum** L. non Guldenst. (L. strictum Pall.) Pr. *Byzantium* et pr. *Smyrnam.* B. herb. *Archipelago.* — *Græcia.* Nym.
Rumelia. Creta. B. herb. Prov. *Caucasicis.* Ledeb. l. c.

2 † **L. viscosum** L. non Habl. — *Tchihat.* pl. As. Min. exsicc. an.
1853. N° 211. — *Pisidia :* inter pagos Gelendus et Yakamber,
alt. c. 1400ᵐ. T.

3 † **L. hirsutum** L. non Sibth. et Sm. (L. viscosum Habl.) *Tchihat.* pl. As. Min. exsicc. an. 1849, Nᵒˢ 234, 781 ; an. 1853. Nᵒ 369 ; an. 1858. Nᵒ 628 ter. — *Ponto :* Inter Samsun et Tchekol reg. mont. silvat., alt. 100-700ᵐ. T. *Bithynia :* pr. Brussam. G. *Galatia :* m. Kuredagh, valle herbosa, alt. c. 1200ᵐ. T. *Mysia :* Inter Biledjik et Soghut, alt. c. 1000ᵐ. T. *Cappadocia* (Antitauro) inter pagum Karsantyoglu et montem Tchaltyngibl reg. excels. mont. silvat. T. *Armenia rossica.* — Prov. *Caucasicis. Tauria.* Ledeb. fl. ross. I. 423. *Serbia.* Pan. *Thracia :* pr. Philippopolin et in *Hæmo.* G. *Græcia.* DC. l. c.

> *Var.* menophyllum Boiss. *Pisidia :* rupestribus lacuum Egerdir et Buldur. B. herb.

4 › **L. Olympicum** Boiss. — *Tchihat.* pl. As. Min. exsicc. an. 1849, Nᵒ 81. — *Bithynia :* herbosis reg. super. Olympi B. *Galatia :* Inter pagos Alizy et Meutiche, alt. c. 1200ᵐ. T.

5 **L. Sibthorpianum** Marg. et Reuter (L. hirsutum Sibth. et Sm. Fl. gr. tab. 302.) B et. pl. d'Or. an. 1855. Nᵒ 721. — *Bithynia :* herbidis Olympi. Prdr. fl. gr. I. 215. *Cilicia campestri :* planitie circa Mershram. Bal. — *Cypro. Græcia :* agro Elienal. Prdr. fl. gr. Ins. *Zacyntho.* Marg. et Reut.

6 † **L. decoloratum** Griseb. (L. sibthorpiano Marg. et Reut. forse nimis affine.) *Bithyaiæ* Olympo. — *Macedonia.* G.

7 † **L. nervosum** W. et K. (L. Narbonense Pall. non L.) *Tchihat.* pl. As. Min. exsicc. an. 1858. Nᵒ 628 bis. — *Ponto :* Inter Samsun et Teke, reg. mont. silvat., alt. 100-700ᵐ. T. *Armenia :* circa Erzerum, alt. 1950ᵐ. T. ; atque pr. Ispir. H. — *Serbia.* Pan. *Tauria. Caucaso.* Ledeb. l. c. *Hungaria. Ukrania.* DC. l. c.

8 › **L. Tmoleum** Boiss. *Lydia :* reg. silvat. subalp. m. Tmoli, supra Philadelphiam. B.

9 † **L. usitatissimum** L. (L. arvense Neck.) Campis circa *Byzantium.* Prdr. fl. gr. I. 214. — Prov. *Caucas.* Omni *Sibiria.* Ledeb. l. c.

10 **L. marginatum** Poir. (L. Narbonense MB. non Pall. nec L. L. angustifolium Willd.) *Armenia rossica.* — Prov. *Caucasica.* Ledeb. l. c.

11 ⟩ **L. virgultorum** Boiss. et Heldr. *Pamphylia :* herbidis inter
frutices faucis supra Tchimbukkhan. B.

12 † **L. angustifolium** Huds. non Willd. nec Moris. (L. Pyrenaicum Pourr. L. tenuifolium Willd., *Tchihat.* pl. As. Min. exsicc.
an. 1858. N° 100. — *Ponto :* collibus marit. silvat. supra Samsun. T. *Pamphylia :* planitie pr. urbem Adalia ad fl. Catarractum,
pascuis siccis. B. herb. *Archipelago.* Nym. — *Creta. Algeria. Teneriffa.* B. herb.

13 † **L. Austriacum** L. non MB. (L. angustifolium Moris. Boiss.)
Tchihat. pl. As. Min. exsicc. an. 1857. N° 82. — *Caria :* planitie
circa oppidulum Davas, alt. 1100ᵐ. T.

14 ⟩ **L. annotinum** C. Koch. Linn. xv. 713. *Armenia rossica :* trans
Araxin. K.

15 † **L. squammulosum** Rudolff. (L. austriacum MB. L. angustifolium Willd. L. alpinum Pall. non L.) *Armenia :* m. Tekdagh,
atque planitie collibusque circa Erzerum. T. *Cappadocia :* m.
Alidagh pr. Kaisariam. T. — *Tauria. Prov. Caucasicis.* Ledeb.
l. c. *Græcia.* Nym. *Rossia* ad fl. Tanain. DC. l. c.

16 † **L. tenuifolium** L. non Willd. nec Schousb. — *Tchihat.* pl.
As. Min. exsicc. an. 1853. N° 89. 91, 218, 223, 556. — *Caria :*
planitie circa oppidulum Davas, alt. c. 1100ᵐ. T. *Pisidia :* inter
pagos Gelendus et Yakamber. T. *Cilicia :* declivitate austr. jugi
Bulgardagh, inter pagos Gulek et Namrun, reg. mont. plerumque silvat., alt. 1300ᵐ. T. *Armenia :* circa Erzerum. T. — *Rumelia :* Scardi et Orbell promontoriis, gregarie m. Nigde regione
Oxycedri, alt. 800-975ᵐ. G. *Serbia.* Pan. *Græcia :* Atticæ m.
Kythærone, alt. 1300ᵐ. Herb. græc. norm. N° 546 (var. foliis
parum latioribus.)

> ⟩ Var. floribus majoribus. *Cilicia* Bulgardagh : alp. m. Kisiltepe,
> alt. 2761ᵐ. Ky. diar. cilic. an. 1853.

17 ⟩ **L. Cilicicum** Fenzl. Ined. Perenne, multiceps, glabrum,
turionibus solum basi sparse puberulis ; caulibus teretibus
erectis, apice in cymas elongatas remotifloras solutis, foliis
anguste linearibus attenuatis, margine obsoleto aculeato-scabris,

*pedicellis infimis 14-6 lin., supremis 3-1½ lin. longis; calycis follo-
lis margine glanduloso-ciliatis ex ovata basi longissime attenuato-
subulatis, nec repentine cuspidatis 5-3¼ lin. longis attenuata parte
inferiorem dilatatam duplo ac sesquiduplo longitudine exsuperante; petalis albis vel dilutissime roseis.* Reliqua omnino L.
tenuifolii L. — Probabilissime vix L. tenuifolii varietas macrocalyx. Per triennium nunc culta stirpes vetustiores omni anno
magis magisque In L. tenuifolium vergunt. Species in posterum
forsan delenda.

Ciliciæ Tauro; unde semina retulit cl. Ky. an. 1853.

18 † **L. campanulatum** L. non Pall. MB. (L. glandulosum Mœnch.
β campanulatum DC. Prdr. I. 425. — *Tchihat.* pl. As. Min. exsicc. an. 1853. Nᵒ 296, 549, 550. — Circa *Byzantium*. R. *Lycaonia*; m. Karadagh. T. *Galatia orientali:* inter Mandjulik et
Gurum, loc. lapid., alt. c. 1500ᵐ. T.

19 † **L. flavum** L. Ledeb. l. c. non Babl. (L. glandulosum Mœnch.
var. γ tauricum et δ flavum DC. l. c. L. tauricum Willd. L.
monopetalum Steph. L. arboreum Pall.) *Tchihat.* pl. As. Min.
exsicc. an. 1858. Nᵒ 540, 581. — *Ponto:* inter Feriuge et Niksar,
alt. 500ᵐ. T. *Bithyniæ* Olympo. S. *Armenia:* circa Erzerum. T.,
circa Ispir. 11. — *Prov. Caucas. Tauria.* Ledeb. l. c. *Serbia.* Pan.

> β *Var.* Pamphylicum Boiss. (L. Pamphylicum Boiss.) *Tchihat.* pl.
> As. Min. exsicc. an. 1849. Nᵒ 116, 270, 734. — *Bal.* pl. d'Or.
> an. 1856. Nᵒ 950. — *Pamphylia, R. Lycaonia:* inter Koniam et
> pagum Joannar planitiebus aridis excelsis. T. *Galatia:* m. Ka-
> radja, alt. 1300ᵐ., atque inter pagos Gaman et Isa-Khodjali, alt. c.
> 1000ᵐ, T. *Phrygia.* Bal.
>
> *Var.* Orientalis Boiss. et Held. (*Tchihat.* pl. As. Min. exsicc.
> an. 1858. Nᵒ 797.) *Armenia orientali:* circa Diarbekir et Karput.
> — *Syria* pr. Aleppum, nec non ad Hierosolymam. B.

20 > **L. Carlense** Boiss. *Caria.* B.

21 † **L. strictum** L. non Pall. (L. sessiliflorum Lmk.) *Archipelago.*
— *Græcia. Creta.* Nym. *Syria:* pr. Saida. Cat. herb. Syr. Nᵒ 58.
Africa bor. DC. l. c.

> † *Var.* spicatum DC. (L. spicatum Pers. Lmk.) Pr. *Byzantium.* B.

herb. *Archipelago*. Prdr. fl. gr. I. 116. — *Græcia*. Ins. *Zacintho*, *Hispania*. B. herb.

22 † **L. nodiflorum** L. — Sibth. fl. gr. tab. 307 ex Prdr. (L. luteolum MB. L. pusillum Pall. ex MB.) *Tchihat.* pl. As. Min. exsicc. an. 1853. N° 109, 372; an. 1858. N° 691. — *Bal.* pl. d'Or. an. 1854. N° 349. — *Ponto*: inter Tchelu et Suniza (ad SSE. urbis Samsun), alt. 400-800ᵐ. T. *Caria*: inter Mula et Ballakhan, reg. mont. lapid., alt. c. 850ᵐ. T. *Ionia*: ad Smyrnam. Bal. *Archipelago*. Prdr. fl. gr. *Lycaonia*: m. Kuradagh. T. *Cataonia merid.*: inter m. Tchaltyngibi et pagum Karsantyoglu, alt. c. 1500ᵐ. T. — Reg. calida *Chalcidicis*, alt. 0-130ᵐ. G. *Græcia*. Nym. *Tauria*. Prov. *Caucasicis*. Ledeb. l. c. *Syria*: collibus ad radicem Libani exsurgentibus ad orient. urbis Saida. Cat. herb. syr. fasc. 2. N° 57.

23 ⟩ **L. aretioides** Boiss. — *Bal.* pl. d'Or. an. 1854. N° 350. — *Lydia*: m. Tmolo, supra Bozdagh. B. *Caria*: reg. alp. summa, cacumine m. Cadmi. B.

> *Var.* Anatolicum Boiss. (L. Anatolicum Boiss.' *Tchihat.* pl. As. Min. exsicc. an. 1853. N° 81, 93, 349. — *Bal.* pl. d'Or. an. 1856. N° 949. — Circa *Byzantium*. B. *Caria*, *Lydia* et *Phrygia* collibus argillosis. B.; planitie pr. oppidulum Davas, alt. c. 1100. T.; pr. Uchak, alt. c. 900ᵐ. Bal. *Bithynia*: pr. Brussam. B. *Lycaonia*: m. Karadagh. T. *Cilicia* Bulgardagh: m. Kizil-tepe, alt. c. 1600ᵐ. Ky. diar. cilic. an. 1850. *Cappadocia*: m. Karamasdagh, pr. Kaïsaria. Bal. *Cataonia merid.*: inter m. Tchaltyngibi et pagum Karsantyoglu, reg. valde mont., alt. c. 1100ᵐ. T.

24 † **L. catharticum** L. Agro *Byzantino*, G. — *Bithynix* Olympo. S. *Cilicix* Bulgardagh: reg. mont. ad pagum Gulek. Bal. — M. *Athos*. G., alt. 1462ᵐ. G. *Sibiria*. Pan.

Species nondum descripta.

25 ⟩ **L. empetrifolium** Schtt. et Ky. *Cilicix* Bulgardagh: arenosis dioriticis montium Kizil-tepe, alt. 2500ᵐ. Ky. diar. cilic. an. 1853, atque Reis. Cilic. Tuur. p. 396.

II. Radiola Dill.

1 † **R. linoides** Gmel. (Linum radiola L. R. millegrana Sm.)
Circa *Byzantium*. R. *Bithynia* : herbosis uliginosis Olympi. G.

ORDO IX. GERANIACEÆ Endl. gen.

1. Erodium l'Her. DC. Prdr. I. 644.

1 † **E. supracanum** l'Her. Lindl. *Bithynia* : cacumine Olympi. G.
— *Hispania*, DC. l. c.

2 › **E. leucanthemum** Boiss. (E. chrysanthum l'Herit.? E. botrys
Pers. Geranium botrys. Cav. An furse cum E. absinthioide Sibth.
et Sm. conjungendum?) *Caria* : summis m. Cadmi supra
Gheyra. B.

3 › **E. absinthioides** Willd. non Fl. gr. — *Tchihat.* pl. As. Min.
exsice. an. 1853. N° 313, 505. Bal. — *Antitauro* : inter Hadjin
et Gurksyn, loc. subplanis, herb. silvat., alt. c. 1200ᵐ. T. *Armeniæ* Olympo. J. S. *Cilicia bor.* : inter Bosanta-khan et pagum
Kizildagh, alt. c. 1500ᵐ. T.

4 › **E. cinereum** Boiss. et Heldr. *Pisidia* : inter Egerdir et Karaman. B. *Lycaonia* : inter Ghelindus et Karagatch. B.

5 › **E. Sibthorpianum** Boiss. (E. petrarum Sibth et Sm. non
Willd.) *Tchihat.* pl. As. Min. exsice. an. 1858. N° 854. — *Bithy-
nia* : cacumine Olympi. Prdr. fl. gr. II. 31. *Armenia* : circa
Erzerum, alt. 1950ᵐ, nec non m. Tekdagh, alt. 2000-2250ᵐ. T.

6 † **E. Jacquinianum** Fisch. et Mey. (E. hirtum Gay non Willd.
E. hirtum Boiss. Voy. Esp. E. pilosum Thuill. E. cicutarium
var. pilosum DC. l. c.) *Pamphylia* : arenosis marit. pr. Side
(hodie Eski-Adalia) D. herb. — *Sardinia. Gallia bor. Hispania.*
B. herb.

7 † **E. laciniatum** Cav. Fl. gr. tab. 635. (Geranium laciniatum
l'Her.) Herb. græc. norm. N° 126. — Circa *Byzantium*. R. Ad

Propontidem. — *Macedonia.* G. *Serbia.* Pan. *Creta.* DC. l. c. *Græcia :* marit. Atticæ ad Phalerum. Heldr. *Sahara algeriensi,* alt. 750ᵐ. Coss. Bull. soc. bot. iv. 395.

8 ✝ **E. cicenium** Willd. non Forsk. (Geranium cicenium. L.) *Tchihat. pl. As. Min. exsicc. an. 1859. Nᵒˢ 108, 123. — Mysia :* valle fl. Madaratchaï. T. *Cilicia boreali :* reg. super. vallis fl. Kamichly. Bal. — *Rumelia,* G. *Bessarabiæ* depressis. Ta. *Serbia.* Pan. *Græcia.* Nym. *Tauria.* Prov. *Caucas.* Ledeb. *Algeria :* pr. Djelfa, alt. 1120ᵐ. Coss. l. c.

9 ✝ **E. cicutarium** l'Hér. (Geranium cicutarium L.) *Tchihat. pl. As. Min. exsicc. an. 1849. Nᵒ 455 ; an. 1853. Nᵒˢ 393, 530, 531. — Ponto meridionali :* inter pagos Yusufoglu et Alinus, m. silvat., alt. c. 1400ᵐ. T. *Cilicia bor. :* declivitate orient. jugi Aladagh inter Hadjiman et Farach. T. *Lyciæ* cultis marit. Forb. *Archipelago.* — *Græcia.* Pndr. fl. gr. 1. 35. *Thracia :* pr. Philippopolin ; pr. Enos, in graminosis collis Tchataltepe, alt. 0-390ᵐ. G. *Bessarabiæ* cultis. Ta. *Tauria.* Prov. *Caucas. Sibiria.* Ledeb. *Algeria :* pr. Djelfa, alt. 1120ᵐ. Coss. l. c.

10 ✝ **E. Romanum** Willd. (G. romanum L. Ad *Bosphorum :* prato summoj collis Bulgurlu pr. Scutari copiose, alt. 215ᵐ. G. *Archipelago :* Ins. Melos. Nouv. fl. Pelop. — *Græcia.* Nym. Ad. fl. *Terek* et in *Samachelia?* Ledeb. *Hispania, Italia.* DC. l. c.

11 ✝ **E. moschatum** Willd. Geranium moschatum L.) Ins. *Prinkipo* ubi frequens cæspitose crescit graminosis ericeti, alt. 0-98ᵐ. G. — *Attica :* frequens ad vias. Fr. Syn. fl. clas. Deserto ad fl. *Manytch.* Ledeb. *Numidia.* Ad Caput *Bon. Spei. Peru.* DC. l. c.

12 ✝ **E. gruinum** Willd. (Geranium gruinum L.) Ad *Byzantium.* G. *Pamphylia :* ad fl. Cataractum, pr. Adalia. B. herb. *Lyria :* ins. Castel-rosso. Forb. *Cilicia :* planitie circa Mersinam. Bal. Ins. *Rhodos.* B. herb. — *Creta.* DC. *Græcia. Persia. Arabia.* B. herb. *Hungaria.* DC. l. c.

13 ✝ **E. Chium** Willd. — Fl. gr. tab. 657. (Geranium chium L.) Herb. græc. norm. Nᵒ 125. — *Archipelago.* DC. l. c. — *Creta.* Nym. *Attica.* Heldr. Circa *Neapolin.* DC. l. c.

14 ✝ **E. serotinum** Stev. (E. Ruthenicum MB. E. multicaule Link.) *Tauro.* B. herb. — *Rossia austr.* Ledeb.

15 ⅟ **E. malacoides** Willd. (Geranium malacoides L. E. trilobatum Jord. ex Griseb.) *Tchihat.* pl. As. Min. exsicc. an. 1858. N° 90. — *Ponto* : collibus marit. silvat. supra Samsun. T. *Lycia* : ruderibus urbis Xanthi. Forb. *Archipelago.* — *Græcia. Cypro.* Prdr. fl. gr. 1. 37. *Africa bor.* Ins. *Canariis.* DC. l. c.

16 ⅟ **E. guttatum** Willd. (Geranium guttatum Desf. Atl. II. 113 tab. 269.) *Armenia rossica.* — *Iberia.* Ledeb. *Algeria* : pr. Djelfa, alt. 1120ᵐ. Coss. l. c. *Hispania.* Nym.

17 **E. oxyrhynchum** MB. *Armenia rossica.* — Prov. *Caucas.* Ledeb. Fl. ross. I. 176.

18 ⅟ **E. maritimum** Sm. l'Her. (Geranium maritimum L.) Pr. *Byzantium,* in littore. G. *Archipelago.* — *Græcia.* Nym.

19 ⅷ **E. pelargoniflorum** Boiss. et Heldr. *Isauria* : rupestribus umbrosis et speluncis, in via inter Karaman et Ermenek ad descensum m. Ghellpel pr. Ermenek, alt. c. 971ᵐ. B.

20 ⅷ **E. Cadmeum** Jaub. et Sp. *Caria* : m. Cadmo. J. S.

21 ⅷ **E. Cedrorum** Schtt. et Ky. In Œstr. bot. Wochenb. IV. Jahrg. N° 25. p. 201. (E. Kotschyanum Boiss. In sched. Ky. pl. cilic.) *Bal.* pl. d'Or. an. 1855. N° 725. — E. perenne; foliis infimis (rhizomatis) longe petiolatis, lamina, ambitu ovato-lanceolatis, densiuscule pilis longioribus et brevioribus permixtis, viscidepuberulis, bi-tripinnatipartitis, partionibus alterne minoribus; majoribus ambitu ovatis; bi-pinnatipartitis, incisis, lobulos ovatos, l. triangulari-ovatos l. lanceolatos, dentiformes, minutos, angustos, obtusos l. acutiusculos proferentibus; minoribus (majoribus triplo minoribus) pinnatifidis, pari modo lobulatis; caulibus suberectis l. et decumbentibus pilis brevibus et longulis viscide-puberulis; foliis caulinis radicalibus conformibus, supremis subsessilibus; pedunculis longis pubescentia dimorpha obtectis; pilis nempe brevissimis reversis non visciferis latere superiore et longulis visciferis ubique provenientibus; umbella 5 flora; pedicellis sesquipollicaribus pubescentia pedunculi; sepalis navicularibus, obtuse-subulate cuspidulatis triquinque-vittatis, in vittis extus viscide puberulis, margine cillolatis, intus excepta basi circum discum pilosula glabris; petalis roseo-lilacinis, sepalis vix multo longioribus, duobus brevio-

ribus rotundioribus intensius ex purpureo, basin versus coloratis, intensius coloratis nervis percursis, basi cuneata pilis
brevibus tenuissimis crassioribusque nonnullis utrinque (autice
magis) obsitis, reliquis tribus oblongo-obovatis ad unguem
parce ciliolatis.

Ciliciæ Bulgardagh : cacuminibus alpium Meldesis et Kizil-
tepe, alt. 2598-3250ᵐ. Ky. diar. cilic. an. 1853; pr. pagum
Gulek. Bal.

II. **Geranium** l'Her. DC. Prdr. t. 639. — Geranii spec. L.

Sect. I. Columbina Grisb. Spic. II. rum. bith.

1 † **G. Robertianum** L. — *Tchihat.* pl. As. Min. exsicc. an. 1858.
Nᵒ 5 bis. — Saturiginosis ins. *Prinkipos* consociatum cum G.
disserto. G. *Ponto :* collibus marit. silvat. supra Samsun. T.
Bithyniæ Olympo. S. *Archipelago.* Prdr. fl. gr. I. 12. *Armenia :*
circa Erzerum. T. — *Thracia bor.* pr. Karlova. G. *Serbia.* Pan.
Græcia. Prdr. fl. gr. *Tauria. Prov. Caucas. Sibiria.* Ledeb. *Algeria :* pr. Djelfa, alt. 1120ᵐ. Coss. l. c.

2 † **G. lucidum** L. — *Tchihat.* pl. As. Min. exsicc. an. 1849.
Nᵒ 522. — *Galatia :* pr. Angoram. T. Montibus inter *Armeniam
ross.* et *Grusiam* sitis, alt. 488-1493ᵐ. W. — Prov. *Caucas. Sibiria ural. Tauria.* Ledeb. l. c. *Græcia.* Nym. *Serbia.* Pan. *Algeria :* pr. Djelfa, alt. 1120ᵐ. Coss. l. c.

3 † **G. molle** L. non Eichw. — *Tchihat.* pl. As. Min. exsicc. an.
1853. Nᵒ 462; an. 1858. Nᵒ 50. — *Bithynia :* ad vias pr. Scutari;
pratis marit. ins. Prinkipos; pr. Ilintek ad annum Nicomedicum frequens. G. *Ponto bor. et austr. :* collibus marit. supra
Samsun; inter urbem Niksar et pagum æstivale Selexailassi,
reg. mont. silvat., alt. c. 900ᵐ. T. — *Archipelago.* — *Græcia.*
Nym. *Tauria.* Prov. *Caucas.* Ledeb. l. c.

4 † **G. rotundifolium** L. (G. viscosum Gilib.) Circa *Byzantium.*
R. *Archipelago.* Prdr. fl. gr. I. 41. *Cilicia :* reg. calida ad jugum
Bulukly pr. Mersinam. Bal. *Armenia ross.* Ledeb. Prov. *Caucas.
Sibiria.* Ledeb. *Græcia.* Prdr. fl. gr. *Serbia.* Pan. *Macedonia.* C.

5 † **G. columbinum** L. *Bithyniæ* Olympo. S. — *Thracia.* G. *Gra-*

cia, Nym. *Serbia.* Pan. *Tauria.* Prov. *Caucas, Sibiria.* Ledeb. fl. ross. I. 472.

6 † G. dissectum L. — *Tchihat.* pl. As. Min. exsice. an. 1858. N° 5. — *Ponto* : collibus marit. silvat. supra Samsun. T. — *Tauria.* Prov. *Caucas.* Ledeb. l. c.

> β *Var.* Byzantinum Griseb. *Bithynia* : scaturiginosis ins. Prinkipo sociale, et arenosis marit. pr. Hirick, sparse. G.

7 † G. divaricatum Ehrh. non Loisl. *Armenia ross.* — Prov. *Caucas. Sibiria. Tauria.* Ledeb. l. c. *Serbia,* Pau.

8 † G. Pyrenaicum L. (G. umbrosum W. et K. G. Minæ Tineo.) *Tchihat.* pl. As. Min. exsicc. an. 1853. N° 388, 391. — *Bithyniæ,* Olympo. S. *Cappadocia* : reg. subalp. m. Argæi. Bal. *Ciliciæ,* Bulgardagh : ad pagum Gulek, alt. c. 1300ᵐ. T. *Antitauro* : inter pagum alpinum Hadjimanyailassi et Farach, alt. c. 1350ᵐ. T. *Armenia* : pr. Erzerum. Calv. — Prov. *Caucas. Tauria.* Ledeb. *Græcia.* Nym. *Serbia.* Pan.

9 G. cristatum Stev. (G. albanum MB. Ledeb. l. c. G. villosum Ten. sec. Chaub. et Bory, non sec. DC. Prdr. nec Steud. nom. bot.) *Archipelago* : Cyeladum ins. Sapienza, Nouv. fl. Pelop. — Subalp. *Caucasi orient,* atque prov. caspicis Talusch et Lenkhoran. Ledeb. l. c.

      Sect. II. BATRACHIOIDES Griseb. l. c.

10 G. subcaulescens l'Her. (G. asphodeloides Sibth. fl. gr. tab. 661. G. argenteum Flor. Pelop. N° 1077 non. L.) *Bal.* pl. d'Or. an. 1856. N° 1036. — Herb. græc. norm. N° 247. — *Caria* : m. Cadmo ad Gheyra. B. herb. *Lycaonia* : saxosis m. Karadagh, ibid. *Cappadocia* : m. Argæi planitie excelsa Tekir-yalla dicta, alt. c. 2117ᵐ. Bal. *Armenia,* pr. Ispir, H. — *Græcia* : m. Parnasso ad nives deliquescentes, alt. 1959-2283ᵐ. Heldr. *Serbia.* Pan.

      Sect. III. BATRACHIUM Koch. Syn. Griseb. l. c.

11 † G. tuberosum L. non Holas. voy. Esp. (G. radicatum MB. excl. syn. Moris. G. linearilobum DC. Prdr. I. 640 sec. cl.

Ledeb. fl. ross. I. 460.) *Tchihat.* pl. As. Min. exsicc. an. 1853. Nº 113. — Herb. græc. norm. Nº 646. — *Mysia :* inter Hamamlu et Belidjik. alt. c. 500ᵐ. T. *Caria :* inter Mula et Bulakhan, reg. mont. lapid., alt. c. 850ᵐ. T. *Lycia :* circa rudera Termessi majoris; nec non pratis subalp., alt. 974-1624ᵐ. Forb. *Cilicia :* planitie circa Mersina et Tarsus. T. — Prov. *Caucas. Tauria.* Ledeb. l. c. *Græcia :* inter segetes. Fr. l. c. nec non incultis atque campis reg. infer. m. Parnassi, alt. 975ᵐ, Heldr.

12 G. **Ibericum** Cav. — Bot. mag. tab. 1386. — Sweet. ger. tab. 81. (G. grandiflorum Guldenst. ex MB.) *Tchihat.* pl. As. Min. exsicc. an. 1858. Nº 304. — *Ponto :* inter pagos Agatchbachi et Sarybaba, alt. c. 2300ᵐ. T. *Armenia ross. :* prov. Nahitchevan. Bge. pl. Ablch. — Prov. *Caucas.* Ledeb. l. c.

13 G. **platypetalum** Fisch. et Mey. Ledeb. fl. ross. I. 462. (G. Ibericum β MB.) *Armenia rossica :* districto Ahaltzyk. Bge. l. c. — *Caucaso Iberico* alpino rarius; prov. Elisabethpol et Talusch, alt. 584-1364ᵐ. Ledeb. l. c.

14 ⟩ G. **macrostylum** Boiss. — *Bal.* pl. d'Or. an. 1854. Nº 293. — *Ionia :* pr. Smyrnam inter segetes. Bal. *Lydia et Caria :* ad umbram juniperorum reg. alp. Mesogis, Tmoli et Cadmi. B.

15 ⟩ G. **glaberrimum** Boiss. et Heldr. *Isauria.* B.

16 G. **macrorrhizon** L. (Sm. Prdr. fl. gr. Nº 1600.) Herb. græc. norm. Nº 246. — *Bithyniæ* Olympo. S. — *Thracia, Macedonia* et *Serbia :* m. Peristeri, alt. 1496-1680ᵐ, gregarie saxis graniticis cum Picea fruticosa consocialum; m. Rhodope reg. subalp. G. *Græcia :* m. Parnasso reg. super., alt. 1300-1625ᵐ. Heldr.

17 ⟩ G. **lasiopus** Boiss. et Heldr. *Lycaonia :* fissuris rupium inter Ghelindost et Karaagatch. B.

18 † G. **silvaticum** L. Agro *Byzantino.* G. *Armenia :* pr. Erzerum. Calv. — Prov. *Caucas. Sibiria.* Ledeb. l. c. *Macedonia :* Rhodopis borcalis reg. subalp. pr. Carlova. G.

19 G. **pallostemon** Ledeb. fl. ross. I. 465, 785. *Armenia ross. :* districto Ahaltsik. Bge. l. c. — Prov. *Caucas.* Ledeb. l. c.

20 G. collinum Steph. in Willd.

> † a. glandulosum Ledeb. l. c. (G. collinum DC. Prdr. I. 61?. MB.
> Cinsb.? Tchihat. pl. As. Min. exsicc. an. 1853. Nº 568. — Ad
> Byzantium. G. Cappadocia orient.: inter Mandjulik et Karabadjeli,
> reg. subplan. humidiuscula, alt. c. 1700ᵐ. T. — Prov. Caucas.
> Sibiria altaica. Ledeb. l. c. Tauria. Stev.
>
> † β. eglandulosum Ledeb. l. c. (G. collinum Bess. G. Londesii
> Fisch. et Link. G. longipes DC. l. c.) Armenia: ad radices m.
> Tekdagh supra Erzerum. H. — Rossia media. Prov. Caucasicis.
> Sibiria altaica. Deserto Soongaro-Kirghisico Ledeb. l. c.

21 G. asphodeloides Willd. non Sibth. et Sm. (G. orientale Mill.)
Tchihat. pl. As. Min. exsicc. an. 1853. Nº 668 B.; an. 1858.
Nº 71, 120. — Vulgatum omni Bithynia a Byzantio ad Brussam,
alt. 0-300ᵐ, statione sua G. palustre L. omnino repraesentat,
species vicaria. G. Ponto: collibus marit. supra Samsun. T.
Cilicia bor.: inter Bosanta-khan (declivitate bor. Bulgardagh.) et
jugum Kizildagh, alt. c. 1300ᵐ. T. — Prov. Caucas. occident.:
versus fines turcicas. Ledeb. l. c. Tauria. Stev.

22 † G. nemorosum Ten. non G. pyrenaicum γ nemorosum DC.
l. c. (G. pratense Sibth. et Sm. non L.) Armenia: pr. Erzerum.
Calv. — Graecia. Nym. Neapoli. Sicilia. Ten.

23 † G. nodosum L. non Koch. Rchbch. — Tchihat. pl. As. Min.
exsicc. an. 1853. Nº 155. — Ponto: inter Scleyatlassi et Ketchedere, reg. mont. silvat., alt. c. 1100ᵐ. T. — Silvis montanis
Macedoniae austr., alt. 147-300ᵐ. G. Graecia. Nym.

24 † G. sanguineum L. (G. grandiflorum Gileb.) Tchihat. pl. As.
Min. exsicc. an. 1858. Nº 722. — Agro Byzantino. G. Ponto austr.:
declivitate merid. jugi Paryadres veterum reg. alp., alt. 1500-
2000ᵐ. T. Armenia: m. Ararat, alt. 1300-1525ᵐ. W. — Haemo.
G. Serbia. Pan. Tauria. Prov. Caucas. Ledeb. l. c. Graecia. Nym.

25 † G. palustre L. — Tchihat. pl. As. Min. exsicc. an. 1853.
Nº 504, 507. — Ponto: inter urbem Niksar et Seleyatlassi, reg.
mont. silvat., alt. c. 900ᵐ. T. Cappadocia orient.: inter Mandjulik
et Karabadjeli, alt. 1700ᵐ. T. — Iberia. Sibiria. Ledeb. l. c. Serbia. Pan.

III. **Pelargonium** L'Her.

1) P. Endlicherianum Fnzl. in Pugill. atque in Russeg. Reis.
I, 004. — *Tchihat*. pl. As. Min. exsicc. an. 1853. Nº 012, 627. —
Bal. pl. d'Or. an. 1855. Nº 720. — *Cilicix* Bulgardagh : in. ruderibus veteris castelli coronato, supra pagum Gulek. B. *Antitauro :* inter pagos Belenkol et Teke, reg. mont. silvot.; atque
inter Hadjin et Gœksyn, reg. aridu lapidosa, alt. c. 1400ᵐ. T.
Cappadocia : reg. subalp. in, Argæl, valde rarum. Bal.

ORDO X. OXALIDEÆ Endl. gen.

1. **Oxalis** L. DC. Prdr. I. 690. — *Oxys*. Toarn.

§ 1. *Corniculatæ*. DC. l. c.

1 † O. corniculata L. (P. pusilla Salisb. O. villosa MB. DC. l. c.)
Agro *Byzantino*. Prdr. fl. gr. I. 813. *Bithynix* Olympo. S. *Cilicix:*
reg. calida ad pagum Bulukly pr. Mersinam, Bal. *Archipelago :*
ins. Tinos. — *Græcia*. Nouv. II. Pelop. *Tauria*. Stev. Prov. *Caucas.
Sibiria ural*. Ledeb. O. ross. I. 483.

§ 2. *Pteropodæ*. DC. l. c.

2 † O. acetosella L. *Agro Byzantino*. G. — *Serbia*. Pan. Prov.
Caucas. Sibiria. Ledeb. l. c.

ORDO XI. ZYGOPHYLLEÆ R. Br. DC. Prdr.
I. 703. Griseb. — Zygophyllaceæ Fisch. Ledeb.
fl. ross. I. 483.

TRIBUS I. TRIBULEÆ Endl. Ledeb. l. c. — § 1. Zygophyllæ
veræ oppositifoliæ DC. l. c.

1. **Tribulus** Toarn. DC. l. c.

1 † T. terrestris L. (T. bicornatus Fisch. et Mey.) *Bal*. pl. d'Or.
an. 1854. Nº 359. — *Tchihat*. pl. As. Min. exsicc. an. 1858.

Nᵒ 222. — Ad *Dardanellas*. G. *Ionia* : arenosis pr. Smyrnam. Bal.
Archipelago : ins. Seyra, Melos, etc. Nouv. fl. Pelop. *Armenia tur-
cica* : inter pagos Kalaratch atque Alnualu (ad orientem urbis
Erzindjan), alt. 1500-2000ᵐ, T., et *rossica* : planitie fl. Araxis,
alt. 1008-1136ᵐ, W. — *Bessarabia* . arenosis siccis pr. Akkerman.
Ta. *Macedonia*. G. *Serbia*. Pan. *Græcia*. Fr. l. c. *Tauria*. Prov.
Caucas, *Sibiria*. Ledeb. l. c.

TRIBUS II. ZYGOPHYLLEÆ Fisch. Ledeb. l. c. — Zygophylleæ
veræ Endl. — § I. Zygophylleæ veræ oppositifoliæ DC. l. c.

II **Zygophyllum** L. DC. l. c. — Fabago. Tourn.

1 † **Z. fabago** L. Lmk. III. tab. 315. fig. 1. Fabago alata Mœnch.)
Hal. pl. d'Or. an. 1856. Nᵒ 1037.) Cappadocia : collibus ad septentr. paludum Kaisariæ sitis, alt. 1150ᵐ. Bal. *Armenia ross* : ad
radicem m. Ararat. — *Tauria*. Prov. *Caucas*. *Sibiria*. Ledeb. fl.
ross. I. 454. *Syria. Mauritania*. DC. l. c.

2 > **Z. atriplicoides** Fisch. et Mey. *Armenia rossica.* Ledeb. l. c.

3 + **Z. album** L. (Z. proliferum Forsk.) *Cilicia* : ad ostia fl. Cydni.
Bal. — *Ægypto. Barbaria*. Ins. *Canar*. DC. l. c.

ORDO XII. RUTACEÆ Juss. gen. excl. Sect. I.
DC. Prdr. I. 709. Grisch. spic. fl. rum. bith. I.
128. — Diosmeæ R. Br. Ledeb. fl. ross. I. 494.
— Fraxinellæ, Diosmeæ et Xanthoxyleæ Nees
et Mart.

TRIBUS DIOSMEÆ DC. l. c.

I. **Dictamnus** L. — Fraxinella. Tourn.

1 † **D. albus** L. — *Tchihat. pl. As. Min. exsicc. an. 1858. Nᵒ 637,
646. — Bithynia* Olympo. S. *Ionia* : montibus pr. Smyrnam. T.
Ponto : collibus graminosis circa Trapezunt copiosissime. D'Urv.
Enum. ; rarius collibus silvaticis inter Samsun et Tekekos, alt.

100-700ᵐ. T. — *Albania superiori*. G. Umbrosis *Hæmi*. Prdr. fl.
gr. I. 27. *Serbia*. Pan. *Græcia :* Laconia. Prdr. l. c.; reg. silvat.
infer. in. Œta, alt. 813ᵐ. Fr. Syn. fl. clas.

II. **Ruta** Tourn. DC. l. c. ex parte.

§ 1. *Decompositæ*. DC., l. c.

1 † R. **montana** Clus. (R. legitima All.) Circa *Byzantium*. R. —
Prov. *Transcaucasicis occid. : versus fines turcicas*, Ledeb. l. c.
Græcia raro. Fr. l. c. *Africa boreali*. DC. l. c.

2 ⊹ R. **graveolens** L. non Flor. Pelop. (R. hortensis Mill.) *Agro
Byzantino :* pr. Buyukdere. G. *Bithyniæ* Olympo. S. *Archipelago
frequens*. Prdr. fl. gr. I. 272. — *Macedonia*. G. *Græcia*. Fr. l. c.
Tauria. Sibiria ural. Ledeb. fl. ross. I. 190.

3 ⊹ R. **chalepensis** Vill. — Sims. bot. mag. tab. 2311 (R. gra-
veolens α L. spec. R. chalepensis β L. mant. R. angustifolia.
Pers. DC. Prdr. I. 710.) *Tchihat*. pl. As. Min. exsicc. an. 1853.
N° 259. — *Cilicia trachæa .* circa inclytum antrum Corici. T.
Archipelago. — *Græcia*. Nym. *Algeria :* pr. Djelfa, alt. 1120ᵐ.
Coss. l. c.

4 ⊹ R. **bracteosa** DC. (R. chalepensis tenuifolia D'Urv.) *Archipelago :* ins. Melos. D'Urv. Enum. — *Ins. Zante*. Nym. *Sicilia ·
circa* Panormum. DC. l. c.

5 ⊹ R. **divaricata** Ten. non Salzm. nec Sievers. in Pall. *Lycia :
copiose pratis circa Myram*. Forb. — *Apricis lapid. Græciæ,
Italiæ aust*. DC. l. c.

§ 2. *Integrifoliæ* DC. l. c. ex parte.

6 R. **glabra** DC. *Mesopotamia :* inter Mossul et Bagdad. DC. l. c.

III. **Haplophyllum** Adr. de Juss. Ledeb. l. c. Griseb. —
Rutæ sp. DC.

1 H. **Buxbaumii** Adr. de Juss. (H. spathulata Rchbch. Ruta Buxbaumii Poir. DC. l. c. R. spathulata Fl. gr. R. linifolia Forsk.

— Prdr. fl. gr.) *Bal.* pl. d'Or. an. 1854. N° 357, an. 1855. N° 695. — *Trautv.* DC. l. c. Ad *Dardanellas*. G. Ins. *Rhodos*. Olivier. *Cilicia* : reg. calida ad pagum Tchauchlu pr. Mersinam. *Bal.* — *Creta. Cypro.* Prdr. fl. gr. *Græcia.* Nym. *Rumelia. Syria.* DC. l. c.

   † *Var. suaveolens* Grisb. (*Ruta suaveolens* var. *congesta* DC. Hapl. suaveolens Ledeb. l. c.) *Bithynia* : inter saxa cœmeterii urbis Bolu. G. Olympo. DC. l. c. — *Tauria. Rossia austr.* Ledeb. l. c.

2 H. silvaticum Boiss. — *Tchihat.* pl. As. Min. exsicc. an. 1853. N° 209. — *Lycaonia* : planitie inter Doghanhissar et Ilghin, alt. c. 1400ᵐ, T. — *Syria* : silvaticis reg. alp. m. Cassil, declivitate austro-orientali. B.

3 » H. Mesopotamicum Boiss. *Mesopotamia* : inter Diarbekir et Mardin. B.

4 » H. myrtifolium Boiss. — *Tchihat.* pl. As. Min. exsicc. an. 1849. N° 241, 314. — *Tauro.* B. *Lycaonia* : pr. pagum Kulukessa, planitie lapid. arida, alt. 1300ᵐ; nec non pr. lacum Balukgœl, locis salsis hyeme inundatis, alt. c. 931ᵐ. T.

5 » H. Reuteri Boiss. *Caria.* B.

6 » H. pumilum Boiss. — *Bal.* pl. d'Or. an. 1855. N° 696. — *Lydia* : collibus circa orbem Laodicea veterum atque circa m. Mesogis pr. Bayada. B. *Cilicię* Bulgardagh : pr. Pylas. Bal.

7 » H. sulfureum Boiss. — *Tchihat.* pl. As. Min. exsicc. an. 1849. N° 314. — *Bal.* pl. d'Or. an. 1857. N° 1153. — *Caria* : in consortio cum H. Reuteri. B. *Phrygia* : ad pagum Yapalar pr. Uchak, collibus incultis. Bal. *Lycaonia* : pr. lacum Baluk-gœl, locis salsis, alt. 931ᵐ. T.

8 » H. vulcanicum Boiss. et Heldr. *Lycaonia* : arenosis vulcanicis m. Karadagh, reg. infer. ad ruinas veterum Larandæ (pr. Karaman.) B. Iisdem locis, alt. c. 1500ᵐ, hanc stirpem legi mense Julio, an. 1853. T[1].

9 » H. Tchihatchewi Boiss. *Cataonia bor.* T. *Antitauro* : m. Arslandagh. Bal.

   1. Vide nostram Tab. VII.

10 R. fruticulosum Juss. (Ruta fruticulosa Labill. Ic.; Prdr. I.
711. R. villosa Sieh. non MB.) *Tchihat.* pl. As. Min. exsicc. an.
1853. N° 262.) Littore merid. *Cilicia :* inter urbem Tarsus et
pagum Temuk. T. — *Syria :* ad Daunascum. Labill.

11 » R. Cappadocicum Spach. *Cappadocia :* ad Euphratem. J. S.

12 » R. Armenum Jaub. et Sp. — *Tchihat.* pl. As. Min. exsicc. an.
1853. N° 361. B.; an. 1858. N° 450, 712. — *Ponto bor. et austr. :*
inter pagos Tchelu et Suniza (ad SSE. Samsun), reg. mont.
silvat., alt. 400-800ᵐ; inter pagos Sarybaba et Embrek (ad NNO.
Gumuchhane), alt. 1500-1800ᵐ. T. *Antitauro :* inter m. Tchal-
tyaglbi et Turkmenorum castrum æstivale Hadjiman-yaila, reg.
excels. lapid. plerumque silvat., alt. c. 1800ᵐ. T.

IV. **Peganum** L. DC. Prdr. I. 712.

1 † P. harmala L. Sibth. fl. gr. tab. 456. (Harmala multifida
Mœnch.) *Tchihat.* pl. As. Min. exsicc. an. 1849. N° 118. an.
1858. N° 672. — Herb. græc. norm. N° 482. — *Ponto :* inter
Tchelu et Suniza reg. mont. silvat., alt. 400-700ᵐ. T. *Ionia :* pr.
Smyrnam. T. *Cilicia bor. :* collibus pr. Kanlchll-khan, ad radicem m. Karanfil situm. Bal. *Armenia turcica :* circa Erzerum. T.,
atque circa Ispir. H. ; et *rossica :* circa Erivan, alt. 1071ᵐ. W.
Archipelago : ins. Cycladum. Nouv. fl. Pelop. — *Macedonia :* sociale viget in convalle Axii fluminis, alt. 0-175ᵐ. G. *Bessarabiæ*
argillosis. Ta. *Græcia :* frequens ad vias et margines agrorum,
planitiebus. Fr. l. c. Heldr. *Serbia merid.* Pan. *Tauria.* Prov.
Caucas. Sibiria. Ledeb. l. c. *Sahara algeriensi,* alt. 750-1120ᵐ.
Coss. Bull. soc. bot. n. 393, 183.

ORDO XIII. TEREBINTHACEÆ Juss. DC. Prdr.
II. 61. Griseb. — Anacardiaceæ Lindl. Ledeb.
fl. ross. I. 508.

TRIBUS I. ANACARDIEÆ seu Cassuvieæ DC. l. c.

I. **Pistacia** L. DC. l. c. — Terebinthus Juss.

§ 1. *Terebinthus* DC. l. c.

1 † **P. terebinthus** L. non Habl. nec MB. Regione fruticum sempervirentium *Bithyniæ* et *Thraciæ*: fruticosa pr. Mudania; arborea inter sepulcra Byzantina. G. *Archipelago*: nemoribus frequens. D'Urv. Enum.; ins. Naxos, Chios, Santorino. — *Græcia*.
Fr. l. c. *Macedonia*: penins. Hajion-oros, alt. 0-390ᵐ. *Albania
meridionali*. G. *Algeria*: pr. Djelfa, alt. 1120ᵐ. Coss. l. c.

2 ⟩ **P. Palæstina** Boiss. — *Tchihat.* pl. d'Or. an. 1855. N° 701.
— *Tchihat.* pl. As. Min. exsicc. an. 1858. N° 537. — *Ponto*: inter
pagos Fringe et Suniza (ad SSE. urbis Samsun, fruticeta mixta
componet, alt. c. 500ᵐ. T. *Ciliciæ* Bulgardagh: reg. mont. pr.
pagum Gulek, alt. c. 1300ᵐ. Bal. — *Judæa* et *Gallilæa*. B.

3 **P. Atlantica** L. Arenosis *Byzantii*. DC. l. c.; ibid. silva Belgradensi. R. *Archipelago*, Nym. — *Sahara Algeriensi*, alt. 750-1120ᵐ.
Coss. l. c.

4 **P. mutica** Fisch. et Mey. *Oriente* omni a reg. transcaucasicis,
Asiam Minorem et Syriam usque frequens. B. — *Tauria*. Prov.
Caucas. Ledeb. fl. ross. I. 508.

§ 2. *Lentiscus* DC. l. c.

5 **P. lentiscus** L. (Terebinthus lentiscus Mœnch.) Pr. *Byzantium*,
Bithynia, reg. sempervirente rarius: pr. Mudania, Gemlik, etc.
G. *Lycia*: littoralibus. Forb. *Archipelago* vulgaris. D'Urv. — *Thes-
salia. Albania*. G. *Græcia*. Nym. *Algeria*: pr. Djelfa, alt. 1120ᵐ.
Coss. l. c.

> Var. Chia Duham. *P. chia Desf.) Ins. Chum. Ex hac elicitur resina
> Mastic dicta. DC. l. c.

TRIBUS II. SUMACHINEÆ DC. l. c.

II. Rhus L.

Sect. 1. Cotinus DC. l. c.

1 † R. cotinus L. — Bal. pl. d'Or. an. 1855. N° 763. — Pisidia : inter pagos Aglassan et Tchukurkoi, alt. c. 1200ᵐ. T. Lycia : declivitatibus montium mari obversis, alt. 490-975ᵐ. Forb. Cilicia campestri : angustia Guzeldere ad NO. Mersinæ. Bal. Armenia rossica, Ledeb. fl. ross. 1, 500. — Albania super. : raro in quercetis vastis districti Ducajine. Thracia bor. atque per omnem Bulgariam vulgaris. G. Bessarabiæ silvis. Ta. Serbia. Pan. Græcia frequens. Fr. l. c. Tauria. Prov. Caucas. Ledeb. l. c.

Sect. II. Sumac DC. l. c. — G. Rhus et Toxicodendron Tourn.

2 † R. coriaria L. Bithynia, G. Plurimis Asiæ Minoris regionibus hinc inde. T. — Græcia. Fr. l. c. Tauria. Prov. Caucas. Ledeb. l. c.

ORDO XIV. EUPHORBIACEÆ Endl. gen.

TRIBUS I. EUPHORBIEÆ Bartl. Ledeb. fl. ross. III. 557.

I. Euphorbia L.

Sect. 1. Exstipulatæ helioscopiæ Nym. Syll. fl. Eur.

§ 1. Fruticosæ.

1 † E. dendroides L. Fl. gr. tab. 170. (Tithymalus arboreus Link. O. fr. Esula dendroides Haw.) Lycia : campis collibusque marit. Forb. Archipelago : Cycladum insulis. Nouv. fl. Pelop. — Græcia : pr. Delphos, ad radices Parnassi. Herb. græc. norm. N° 641.

2 E. rhytidosperma Boiss. et Bal. Cilicia littorali : fauce Guzeldere supra pagum Sedichig, haud procul a Mersina. B.

3 † E. spinosa L. non Sibth. et Sm. Griseb. (E. pungens et Tithymalus diffusus Lmk. Galarrhoeus spinosus Haw.) *Archipelago :*
collibus apricis ins. Astypalæa, Leros, Samos, etc. D'Urv.
Enum. *Armenia :* valle l. Teboruk, alt. 478-875ᵐ. K. *Græcia :*
vulgaris marit. siccis. Fr. Syn. O. clas.

4 E. acanthothamnos Heldr. et Sart. Boiss. (E. spinosa Sibth. et
Sm. fl. gr. tab. 463. — Bory et Chaub. fl. Mor. — Griseb. spic. fl.
rum. bith.) *Bithynia.* — Ins. *Leucadia* et *Corcyra. Græcia. Hæmo.
Macedonia.* B.

§ 2. *Perennes.*

5 † E. palustris L. (Tithymalus palustris Lmk.) *Archipelago.* —
Græcia. Prdr. fl. gr. I. 331. *Serbia.* Pan. *Sibiria.* Ledeb. fl. ross.
III. 568.

6 † E. Gerardiana Jacq. (E. parallas Pall. E. glaucescens Willd.)
Ins. *Lemnos.* Prdr. gr. I. 331. Montibus inter *Armeniam ross.* et
Grusiam sitis, alt. 488-1493. W. *Mesopotamia.* — *Thracia. Mace-
donia. Serbia.* G. *Tauria.* Prov, *Caucas. Sibiria.* Ledeb. l. c.

> Var. involucellis oblongo lanceolatis Hohenack. (E. Hohenackeri
> Steud. nom. bot.) *Armenia turcica :* pr. Erzerom. Calv., et rossica
> m. Alagæs, alt. 1300ᵐ. — *Tauria.* K. Prov. *Caucas.* Ledeb. l. c.

7 † E. coralloides L. (E. dasycarpa MB. E. lanuginosa Lmk.).
Tauro *Pontico,* alt. c. 712ᵐ. K. — *Serbia.* Pan. *Neapoli. Sicilia.
Gallia centr.* Nym.

8 > E. altissima Boiss. *Caria et Lydia :* ad rivulos circa Deulzly et
Laodiceam, B. planitie circa rudera veteris Sardes (hodie Sert).
Bal.

9 > E. pubescens Desf. (E. verrucosa L.? non Lmk. E. pilosa
Sibth. et Sm. Brot. Bert. L. ex parte.) *Cariæ littore. Archipelago :*
marit. humidis ins. Seriphi. Prdr. fl. gr. I. 330.

10 † E. orientalis L. (E. ceratocarpa Ten. sec. C. Koch non sec.
Steudel in Nom. bot.) Agro *Byzantino.* Prdr. fl. gr. I. 330. *Bithyniæ* Olympo. S. *Armenia turcica :* valle Tchabana districto Ispir,
alt. c. 1625ᵐ. K.; et *rossica :* pr. Nabitcheran. Ledeb. l. c. —
Neapoli. Sicilia. Nym.

11 E. aspera MB. (E. muricata MB. — Cl. Steud. E. asperam cum
E. dulce L. conjungit non amentientibus nec Ledeb. nec C.
Koch.) *Ponto :* pr. Trapezunt. D'Urv. *Auvarin.* Ledeb. l. c.
Armenia. K. — Prov. *Caucas.* Ledeb. l. c.

12 † E. dulcis L. non Sibth. et Sm. nec Bert. (E. purpurata
Thuill. Tithymalus pilosus Scop. Th. dulcis Mœnch., *Ponto :*
silvis circa Trapezunt. D'Urv. Enum. *Armenia :* prov. Erivan,
alt. c. 1460ᵐ. K.

13 † E. angulata Jacq. *Ponto :* alpibus districti Hemchin, alt. c.
2300ᵐ. K. — *Rossia mer. et austr.* Ledeb. l. c.

14 > E. Schottiana Boiss. (E. densa Schott. et Ky. in sched. pl.
Taur. Cilic. an. 1853, non Schrenk.) *Ciliciæ* Bulgardagh : summa
valle Metdesis, alt. c. 3250ᵐ. Ky.

15 † E. apios L. — Sm. Prdr. fl. gr. Nᵒ 1104, non C. Koch.
(Galarrhœus apios Haw.) Herb. grac. norm. Nᵒ 243. — *Ponto :*
circa Trapezunt ad sepes. D'Urv. Enum. *Cilicia. bor. :* ad pagum
Aladagh. Bal. — *Creta.* Sieb. *Macedonia :* m. Athos sparse, alt.
1700-2086ᵐ. G. *Græciæ* subalpinis, alt. 194-1300ᵐ. Fr. Syn. fl.
class. Prdr. fl. gr. Heldr. *Neapoli.* Nym.

16 E. condylocarpa MB. (E. apios. C. Kochin Lin. xix.) *Bithynia :*
circa Brussam. K. Prov. *Caucas.* Ledeb. l. c.

17 > E. eardiophylla Boiss. et Heldr. *Lycia :* fruticetis regionis
infer. m. Solyma, supra Kartchikshir. B.

.

§ 3. *Annuæ.*

18 > E. eriophora Boiss. — *Bal.* pl. d'Or. an. 1857. Nᵒ 1259. —
Caria interiori : agris inter segetes. B. *Phrygia :* segetibus inter
urbem Uchak et pagum Bulgus-kevi. Bal.

19 E. Szowitzii Fisch. et Mey. — *Tchihat.* pl. As. Min. exsicc.
an. 1849. Nᵒ 58 bis. — *Cappadocia :* planitie urbis Kaisariæ. T.
Armenia : circa Erzerum. H. — Prov. *Caucas.* Ledeb. O. ross. III.
560.

20 E. micrantha Steph. in Willd. (E. oblongata C. Koch in
Linn. xix. — Sec. Steud. nom. bot. cum C. platyphyllus

L. conjungenda sed non sec. Ledeb. nec Griseb.) *Tchihat.* pl.
As. Min. exsicc. an. 1849. N° 135, 153, 156. — *Bithynia* : sparse
umbrosis ad sinum Mudaniensem pr. Kapaklu; frequens imis
silvis Olympi pr. Brussam, alt. 0-400ᵐ. G. *Caria* : pr. Doloman,
pratis collibusque humidiusculis, alt. c. 60ᵐ. T. *Lydia* : declivitate bor. m. Mesogis. T. *Ponto* : pr. Trapezunt. II. *Galatiæ*
planitiebus. T. *Cappadocia* : m. Utelikapudagh, alt. c. 1690ᵐ
locis subplanis. T.; nec non jugi Aladagh m. Mesmenev. Bal.
Pisidia : ad radicem m. Budrun, pr. pagum Aglasan. T. —
Thraciæ fruticetis silvisque. T. *Hæmo.* G. *Tauria.* Prov. *Caucas.*
Ledeb. l. c.

Var. dichotoma C. Koch. *Bithynia* : circa Brussam. — *Grusia.* E.

21 † E. platyphyllos L. non Friv. (E. fœtida Schult. E. subci-
liata Pers. Tithymalus platyphyllos Scop.) *Tchihat.* pl. As. Min.
exsicc. an. 1853. N° 3. — *Pisidiæ* umbrosis montosis. T. *Archipelago* : ins. Naxos. Nouv. fl. Pelop. — *Serbia.* Pan. Lus. *Zante.*
Corfu. Græcia. Nym. Prov. Caspica *Lenkhoran. Tauria.* Ledeb.
l. c.

Var. lanuginosa Friv. Frequens ad sepes circa *Byzantium.* —
Hæmo. G.

22 › E. Cybirensis Bois. — *Bal.* pl. d'Or. an. 1855. N° 762. —
Curia : planitie Cybirensi, B. *Pamphylia* : pr. Kurmalu. B. *Ciliciæ campestri* : reg. calida ad pagum Tchauclili pr. Meralnam.
Bal. — *Syria* : ad radices Antilibani pr. Racheya. B.; nec non
ad pontem Nahr Barghul, pr. Saidam. Cat. herb. Syr. N° 38.

23 † E. helioscopia L. (E. cuneifolia Guss. E. bialata Link.)
Tchihat. pl. As. Min. exsicc. an. 1858. N° 58. — *Ponto* : collibus
marit. supra Samsun. T. *Bithyniæ* atque *Thraciæ* ruderatis et
arvis vulgata ; frequentissima in ipsa urbe Constantinopoli;
littore asiatico a Bosphoro procedit ad collem Bulgurlu, alt.
0-1300ᵐ. G. *Archipelago* : ins. Cycladum. Nouv. fl. Pelop. *Lycia* :
pr. Arsam. Forb. — *Græcia* vulgaris. Fr. l. c. *Tauria.* Prov.
Caucas. Sibiria. Ledeb. l. c. *Sahara algeriensi,* alt. 730ᵐ. Coss. l. c.

24 E. arguta Soland. In Russ. Alep. — Sm. fl. gr. I. 329, —

Sibth. et Sm. fl. gr. tab. 468. — *Archipelago* : ins. Cos. — *Græcia*. Nym. *Cypro*. Prdr. fl. gr.

25 › **E. lasiocarpa** C. Koch. *Armenia*, K.

    Sect. II. Exstipulatæ eatl.e. Nym. l. c.

26 **E. macroceras** Fisch. et Mey. Ledeb. fl. ross. III. 572. *Armenia* : supra pagum Kurpru-bachi inter Baibut et Trapezunt silum. H. — Prov. *Caucas*. Ledeb. l. c.

       › *Var*. genuina C. Koch. Tauri *Pontici* declivitate bor., alt. c. 812ᵐ. — *Græcia*. K.

27 **E. Kotschyana** Fenzl. in Pugil. et in Russeg. Reis. 1. 906. Saxosis *Pisidiæ*, *Isauriæ* et *Lycaoniæ*, T. *Ciliciæ* Bulgardagh, copiose omni montium terra, alt. 1787-2271ᵐ. Ky. diar. cilic. an. 1853. — *Syria* : pr. Suedia, ad ostia fl. Orontis. P. l. c.

       › *Var*. Boiss. ined. in pl. Bal. an. 1857, *Phrygia* : reg. alp. m. Murad-dagh, alt. c. 2000ᵐ, Bal.
       › *Var*. thyrsoidea Boiss. in herb. *Caramania*: B. l. c.

28 **E. erubescens** Boiss. *Cilicia campestri* : angustia Guzel-dere, 3 leucis ad septentr. Mersinæ, Bal.

29 † **E. amygdaloides** L. non Dubois, (E. silvatica Gmel. Pall. an L.? Esula amygdaloides Haw. Tithymalus silvaticus Lmk. fl. fr.) *Tchihat*. pl. As. Min. exsicc. an. 1849, Nᵒ 491; an. 1858, Nᵒ 400 bis. — *Troade* : inter pagos Xurlu et Tchauchlar, alt. c. 1000ᵐ. T. Silvis montium *Bithyniæ* : frequens inter frutices jugi Balabandere m. Samanly pr. Nicæa, alt. 488ᵐ; sparsim castanetis Olympi. G. *Ponto* : sparsim collibus silvat. maril. circa Kerasun. T. — *Macedonia*. G. *Serbia*. Pan. *Tauria*. Prov. *Caucas*. *Sibiria* ural. *Turcomannia*. Ledeb. l. c.

30 › **E. oblongifolia** C. Koch. (E. amygdaloides L. var. oblongifolia C. Koch. in Linn. XIX.) *Bithynia* : circa Brussam. K.

31 † **E. biglandulosa** Desf. in Ann. sc. nat. XII. 111. *Archipelago* : ins. Cos. D'Urv. Enum. — *Græcia*. *Neapoli*. *Sicilia*. Nym.

32 † E. rigida MB. non Steud. (E. myrsinites β maritima Pall.)
Littore *Propontidis* pr. Mudania et ad Hellespontum. G. *Ponto :*
pr. Tokat. B. *Lycia :* pratis subalp. alt. 971-1620ᵐ. Forb. *Cilicia*
bor.: ad pagum Aladagh. Bal. — *Tauria merid.* Ledeb. l. c.

33 † E. myrsinites L. — Fl. gr. tab. 471. non MB. nec Wulf.
nec MB. (Tithymalus myrsinites Link. Galarrhoeus myrsinites
Haw.) *Tchihat.* pl. As. Min. exsicc. an. 1819. Nº 165. — Herb.
græc. norm. Nº 130. — *Bithyniæ* altioribus : raro pratis apricis
pr. Kapaklu ad sinum Mudanicasem et montanis Samarli, alt.
0-390ᵐ. G. *Phrygia :* planitie excelsa pr. oppidulum Kassaba,
alt. 1200ᵐ. T. *Armenia ross.:* planitie fl. Araxis, alt. 908-1136ᵐ.
W. — Elatioribus *Thraeæ et Macedoniæ ;* sparsim littore arenoso pr. Makri; rarissime rupibus pr. Panaia m. Athos, alt.
1462ᵐ, frequentius reg. ipsa alp., alt. 1705-2001ᵐ, ubi in cacumine m. optime viget. Hæmo. G. *Serbia.* Pan. *Græcia :* montibus
Parnasso. G.; Hymetto, alt. 813-971ᵐ. Fr. l. c.; Parnetho. Heldr.

34 † E. lucida W. et K. — *Tchihat.* pl. As. Min. exsicc. an. 1858.
Nº 397. — *Ponto :* collibus maril. circa Kerasun. T.

35 › E. anacampseros Boiss. — *Tchihat*[1]. pl. As. Min. exsicc.
an. 1856. Nº 2. — *Bal.* pl. d'Or. an. 1856. Nº 1064. — *Caria ·*
reg. alp. Cadmi occident. supra Gheyra, nec non parte ejus
orient. supra Colossam. B. *Phrygia :* m. Elmadagh, pr. urbem
Uchak. Bal. *Lydia :* m. Tmolo, circa Bozdagh, B.; nec non declivitate boreali m. Mesozis. T. *Cappadocia :* planitie orbis Kaisariæ, alt. c. 1200ᵐ T. *Ciliciæ :* pr. angustias pylarum. Bal.

36 › E. Cilicica Boiss. *Ciliciæ* Bulgardagh : ad pagum Gulek.
Cappadocia : collibus incultis, circa Kaisariam. B.

37 E. glaberrima C. Koch. *Armenia ross. :* districto Bambak. K.

38 E. latifolia C. et Mey. Ledeb. l. c. *Armenia ross.:* tractu Dorat-
chitchak, alt. 1625ᵐ. K. — Prov. *Caucas. Sibiria altaica.* Ledeb.
l. c.

39 E. Marschalliana Boiss. Ledeb. l. c. (E. myrsinites MB.) *Arme-*
nia. B. — Prov. *Caucas. Tauria.* Ledeb. l. c.

1. Vide nostram Tab. VIII.

40 E. denticulata Link. *Armenia ross.*: prov. Erivan. — *Tauria.* K.

41 › E. macroclada Boiss. *Caria* : collibus argillosis ad orient. urbis Denizly. B.

42 † E. Nicæensis All. (E. myrsinites Wulf. E. oleæfolia Gouan.) *Tchihat.* pl. As. Min. exsicc. an. 1849. N⁰ˢ 72, 119, 548. — *Lycaoniæ* planitiebus aridis, alt. c. 1000ᵐ. T. *Galatia* : inter pagos Alisy et Mentiche, alt. c. 1200ᵐ. T. *Cappadocia* : reg. alp. super. m. Argæi, alt. 3000-3800ᵐ. T. — *Græciæ* montibus, pr. nives. Prdr. O. gr. I. 333. *Serbia.* Pan. *Tauria.* Prov. *Caucas.* Ledeb. l. c.

43 E. cheiradenia Boiss. et Hchenack. (E. schizolenia Boiss. et Hehenack. in Ky. pl. Pers. bor. an. 1846. N⁰ 182.) *Armenia* : circa Diarbekir. — *Persia bor.* : m. Elbrus pr. Pasgala. B.

44 † E. esula L. non MB. (E. amygdaloides Dubois. E. pinniolia Bart. Esula angustifolia et Dalechampii Haw.) *Armenia* : pr. Erzrum. H. — *Sibiria.* Ledeb. l. c. *Serbia.* Pan. *Græcia.* Nym.

45 † E. virgata W. et K. (E. esula MB. E. Neapolitana Ten. sec. Schrank.) *Tchihat.* pl. As. Min. exsicc. an. 1858. N⁰ 272. — *Armenia bor.* : inter pagos Sepigor et Kurase, alt. 1500-1800ᵐ. T. — Prov. *Caucas.* *Sibiria.* Ledeb. l. c.

> † *Var.* genuina C. Kuch. *Armenia* : tractu Perlakrek, alt. c. 1949ᵐ, nec non valle Tchakdöis, alt. c. 1625ᵐ. K. — *Caucasia* : haud procul a Derbent. *Somato.* K.
>
> › *Var.* longifolia C. Koch. *Armenia rossica* : ad basin orient. m. Alagæs, alt. c. 1137ᵐ, nec non pr. urbem Erivan. K.

46 E. retusa Forsk. non Cav. (E. cornuta Pers. E. serrata Willd. σκληρας Diosc.) *Bithyniæ* Olympo. S. — *Græcia* : frequens in vineis et collibus. Fr. Syn. H. clas. *Ægypto.* Forsk.

47 † E. paralias L. non Pall. (Galarrhœus paralias Haw. Tithymalus paralias Mœnch. Tit. maritimus Link. H. fr.) Littore Ponti Euxini. K. *Bithynia* : circa Brussam. K. *Archipelago* : insulis Cycladum. Nouv. O. Pelop. — *Græcia* : littoralibus vulgaris. Fr. l. c.

48 › E. rotundata Hochst. Flora an. 1845. T. 1. (Deest in Walp.

Repert.) Tota nuda, foliis inferioribus breviter spatulatis et mucronatis, follis superioribus suborbiculatis; umbella quinqueradiata, radiis bifidis, phyllis involucri umbellæ primariæ rotundato-cordatis longitudine radiorum; involucellis reniformibus mucronatis, appendicibus glanduliferis crenatis ferruginels. — Species eximia, habitu E. paralias referens, sed foliorum forma et præsertim glandulis carinatis ab hac ultima diversissima.

Armenia : pr. Erzerum. Hochst. l. c.

49 ⟩ **E. Syspirensis** C. Hochst. *Armenia :* pr. Ispir, alt. c. 1700ᵐ. K.

50 **E. Græca** Boiss. et Sprun. — *Bal.* pl. d'Or. an. 1854. N° 347. — Herb. græc. norm. N° 343. — Lapidosis montosis *Asiæ Minoris et Græciæ : Lydia :* m. Mesogis : *Ionia :* pr. Smyrnam. — *Argolidis* m. Arachnæon. B. *Atticæ* m. Hymetto. B., nec non cistetis m. Pentelici. Heldr.

51 ⟩ **E. valerianæfolia** Lmk. (E. valerianæ Pers.) Arenosis marit. Ins. *Cos.* D'Urv. Enum.

52 † **E. segetalis** L. non Lmk. (E. longebracteata β DC. E. taurica Bess. Esula segetalis Haw. Tithymalus segetalis Lmk. E. agraria MB. Ledeb. l. c.) Circa *Byzantium.* R. *Armenia ross. :* planitie fl. Araxis, alt. 908-1136ᵐ. W. — *Creta :* arvis et vineis. Prdr. fl. gr. l. 328. *Tauria.* Prov. *Caucas.* Ledeb.

53 ⟩ **E. pinifolia** Forsk. non Bast. (E. segetalis Lmk.) Circa *Byzantium.* R.

54 † **E. Aleppica** L. (Galarrhœus aleppicus Haw.) *Bal.* pl. d'Or. an. 1854. N° 348. — *Tchihat.* pl. As. Min. exslcc. an. 1849. N° 600 bis. — Circa *Byzantium.* S. *Bithynia et Ionia :* inter Brussam et Smyrnam. Prdr. fl. gr. *Lycaonia :* pr. Konia et Karaman. T. *Caria :* pr. Denizly. T. *Archipelago :* ins. Tinos et Naxos. Nouv. fl. Pelop. *Cilicia :* Bulgardagh ad pagum Gulek supra pylas. Bal. — *Macedonia. Græcia. Syria.* B.

    β *Var.* genuina C. Koch. Pr. Brussam. K.

55 ⟩ **E. coriacea** C. Koch. *Armenia ross. :* prov. Erivan, alt. c. 950ᵐ. K.

56 † **E. falcata** L. (E. acuminata et mucronata Lmk. E. parvula
Del. E. obscura Loisl.) *Tchihat.* pl. As. Min. exsicc. an. 1849.
N° 208. — *Bithyniæ* campis. G. *Lycaonia* : inter pagos Inevi et
Kulukoi. T. *Archipelago.* Prdr. fl. gr. I. 325. *Cilicia campestri* :
inter vallem Kechbukar supra urbem Tarsus sitam et pagum
Namrun, reg. mont. silvat. T. — Prov. *Caucas. Tauria.* Ledeb.
l. c. *Græcia.* Prdr. fl. gr. *Serbia.* Pan. *Algeria* : pr. Djelfa, alt.
1120ᵐ. Coss. l. c.

> var. falciformis Grisb. *Bithynia :* pr. Bolu. G.
var. genuina C. Koch. *Ponto :* pr. Trapezunt. *Armenia turcica :* reg.
alp. pr. Melasgerd, alt. 877ᵐ., et rossica : prov. Erivan. K. —
Græcia. Tauria. K.

57 > **E. Galilæa** Boiss. — *Bal.* pl. d'Or. an. 1855. N° 781. — *Cilicia :* reg. calida ad pagum Tchauchli, pr. Mersinam. Bal. — *Galilæa :* planitie Esdraelon. B.

58 † **E. exigua** L. (E. diffusa Jacq. E. rubra et retusa Cav. E. tricuspidata Lapeyr. Esula exigua Haw.) *Tchihat.* pl. As. Min.
exsicc. an. 1858. N° 82. — *Ponto :* collibus marit. supra Samsun. T. Arvis *Byzantinis.* G. *Bithyniæ* Olympo. S. *Pamphylia :*
pr. Adalia. T. *Lycia :* inter Phæneka et Armutly. Forb. *Cilicia :*
planitie circa Tarsum et Mersinam. T. — *Græcia.* Prdr. fl. gr.
I. 326. *Macedonia austr. :* arvis. G. *Tauria.* Prov. *Caucas. Sibiria
uralensi.* Ledeb. l. c.

59 > **E. parvula** C. Koch. non Delile. *Armenia rossica.* K.

60 † **E. peplus** L. (E. oleracea Pers. E. peploides Gouan. Esula
peplus et Es. minima Haw.) *Tchihat.* pl. As. Min. exsicc.
an. 1858. N° 80 bis. — *Ponto :* pr. Trapezunt. K., nec non collibus marit. supra Samsun. T. *Archipelago.* Prdr. fl. gr. I. 325.
Lycia : vulgaris herbosis et rupestribus. Forb. — *Serbia.* Pan.
Sibiria. Ledeb. l. c. *Ægypto.* Steud. Nom. bot.

61 > **E. pycnophylla** C. Koch. in Linn. XIX. *Bithynia :* pr.
Brussa. K.

62 > **E. arvalis** Boiss. et Heldr. — *Bal.* pl. d'Or. an. 1857.
N° 1258. — *Pisidia :* arvis inter Isbarta et Egerdir. B. *Phrygia :*

ad pagum Bulgas-kevi inter segetes, alt. 950ᵐ. Bal. *Cappadocia :* planitie urbis Kaisariæ. B.

63 > **E. aulacosperma** Boiss. *Cilicia bor.* reg. mont. ad pagum Aladagh. Bal. — *Palestina :* cultis pr. Hierosolymam. B.

64 † **E. peploides** Gærtn. non Gouan. *Bithynia :* sparse campis arenosis pr. Hirsch juxta littus sinus Nicomedici, et solitarie inter saxa summul collis Ins. Prinkipo, alt. 0-163ᵐ. G. Ins. *Zacintho.* Nym.

65 > **E. Pestalozzæ** Boiss. *Caramania.* B.

66 'E. pumila Sibth. et Sm. fl. gr. tab. 400. non Pall. — *Tchihat.* pl. As. Min. exsicc. an. 1849. Nᵒˢ 250 bis, 252 bis. — *Bal.* pl. d'Or. an. 1851. Nᵒ 316. — *Bithynia :* Olympo, inter saxa nive nuper aperta. Prdr. fl. gr. I. 321. *Pisidia :* rupestribus reg. super. m. Davrosdagh. T. *Lydia :* m. Tmolo. T. *Caria :* m. Cadmo. T. *Ciliciæ* Bulgardagh : reg. alp. supra Bulgarmaden. Bal. *Cappadocia :* reg. alp. m. Arzavi. Bal. *Creta.* Prdr. fl. gr. *Græcia :* reg. media m. Parnassi, alt. 1161-1625ᵐ. Herb. græc. norm. Nᵒ 612.

67 > **E. erythrodon** Boiss. et Heldr. *Lycia :* fruticetis reg. infer. m. Solyma infra Kartchibazar. B.

68 **E. calaendulifolia** Del. Fl. d'Egypte, p. 89. tab. 30. E. caule erecto, piloso, basi ramoso; foliis lanceolatis, acutis, duplicato-serrulatis, basi integris; umbella 3-5 fida, involucellis rotundatis, cordatis, petalis integris; semine lævi, globoso. — *Cilicia campestri :* reg. calida pr. Mersinam, arvis. Bal. — *Ægypto :* arvis circa Kahiram, rarr. Del. l. c.

        Sect. III. Stipulatæ. Nym. l. c.

69 † **E. peplis** L. (E. dichotoma Forsk. Tithymalus auriculatus Lmk. Tit. peplis Scop. σίκυς Diosc.) *Tchihat.* pl. As. Min. exsicc. an. 1858. Nᵒ 138. — *Bithynia* pr. Brussa. X. *Archipelago* marit. frequens. Prdr. fl. gr. — *Græcia* marit. Fr. l. c. *Tauria.* Prov. *Caucas. Sibiria uralensi.* Ledeb. l. c. *Syria :* pr. Saida. Cat. herb. Syr. fasc. I. Nᵒ 37.

70 † E. chamæsyce L. — Fl. gr. tab. 461. (E. canescens L. Pall.
MB. Anisophyllum chamæsyce Haw. Tithymalus chamæsyce
Mœnch.) Herb. græc. norm. N° 454. var. pilosa. — Ad *Helles-
pontum*. G. circa *Byzantium*. R. *Archipelago* : arenosis ins.
Samos. D'Urv. Enum.; Tinos, Naxos, Melos, etc. Nouv. fl.
Pelop. Glareosis Tauri *Ciliciæ*. T. *Armenia ross.*. prov. Erivan.
Ledeb. l. c. — *Græcia*. Fr. l. c. — Heldr. *Tauria. Sibiria*. Ledeb.
l. c. *Persia, Americæ* Nueva Espagna. B. herb. *Sahara algeriensi*,
alt. 750ᵐ. Coss. l. c.

71 † E. Belgradica Forsk. (E. dalmatica Vis.) Agro *Byzantino* :
rarius silvis ad pagum Belgrad. Forsk.

Species nondum descriptæ.

72 » E. densa Schtt. et Ky. *Ciliciæ* Bulgardagh, ad radices summi
Metdesis, alt. 3420ᵐ. Ky. Reis. cilic. Taur. p. 396.

73 » E. tinctoria Boiss. et Huet. *Bal. pl. d'Or. an.* 1856. N° 1065.
— *Armenia*. circa Erzerum. H. *Cappadocia* : m. Alidagh, alt. c.
1300ᵐ. Bal.

74 » E. thyrsoidea Boiss. *Karamania*. B.

75 » E. rigidæ affinis. — *Tchihat.* pl. As. Min. exsicc. an. 1849.
N° 165 bis. — *Galatia* : collibus gypsaceis ad meridiem pagi
Kepen sitis, alt. c. 950ᵐ. T.

TRIBUS II. ACALYPHEÆ Bartl. Endl. gen. Ledeb. fl. ross. III.
580.

II. **Mercurialis L.**

1 † M. perennis L. (M. cynocrambe Scop.) Agro *Byzantino*.
Prdr. fl. gr. *Bithyniæ* Olympo. S. — *Serbia*. Pan. *Græcia* : m.
Parnasso, alt. 975ᵐ. Fr. l. c. *Tauria*. Prov. *Caucas. Sibiria ura-
lensi*. Ledeb. l. c.

2 † M. annua L. (M. ambigua L. fil. M. ciliata Presl.) *Bithynia*
gregarie ericetis pr. Kartal et ins. Prinkipo, alt. 0-65ᵐ. G.;
Olympo. S. *Archipelago* : ins. Sapienza. Nouv. fl. Pelop. —

Macedonia, G. *Serbia*. Pan. *Tauria* : ad. fl. *Terek*. Ledeb. l. c.
Græcia : depressis humidis. Fr. l. c. *Algeria*, alt. 1120ᵐ. Coss.
l. c.

TRIBUS III. CROTONEÆ Blum. Endl. gen. Ledeb. l. c.

III. **Crozophora** Neck.

1 † **C. tinctoria** Adr. Juss. (Croton tinctorium L. — Fl. gr. tab.
850. Ricinoides tinctoria Mœnch. Tournesol Adans.) *Bal.* pl.
d'Or. an. 1851. Nº 297. — Herb. græc. norm. Nº 442. — Ad
Hellespontum, arenis. G. *Bithynia* ; pr. Brussa, K. *Ionia* : ad Smyrnam. Bal. Ins. *Lemnos*, Prdr. fl. gr. II. 249. *Armenia* : pr. Arta-
nudch. R. — *Thracia* : ad Hermum. G. *Creta*, Prdr. fl. gr. *Atticæ*
campis. Heldr. *Tauria*. Prov. *Caucas*. Ledeb. l. c. *Africa bor.*
Steud. nom. bot.

2 † **C. verbascifolia** Adr. Juss. Croton verbascifolium Willd.
Crot. villosum Sibth et Sm. fl. gr. tab. 950.) *Bal.* pl. d'Or.
an. 1851. Nº 296. — Herb. græc. norm. Nº 116. — *Ionia* : planitie circa oppidulum Kassaba, 12 leucis ad orient. Smyrnæ
altum. Bal. — *Cycladum* insulis. Nouv. fl. Pelop. *Mesopotamia.*
Ky. — *Græcia*. Prdr. fl. gr. — Heldr. Regno *Tunetano* et *Sahara
algeriensi*. Coss. Bull. soc. bot. IV. 495.

IV. **Ricinus** Tourn.

1 † **R. communis** L. (R. vulgaris Mill.) *Lyria* : copiose planitie
circa Myram. Forb. — Spontanea *Græcia, Sicilia* et *Iberia merid.*
Alph. DC. Geogr. bot. T. II. 739.

TRIBUS IV. PHYLLANTHEÆ Endl. gen. Ledeb. l. c.

V. **Andrachne** L.

1 † **A. telephioides** L. — Fl. græc. tab. 953. — *Tchihat.* pl. As.
Min. exsicc. an. 1849. Nº 623. — *Bal.* pl. d'Or. an. 1854. Nº 298.
Herb. græc. norm. cent. 7 sine Nº. — Littore *Propontidis* et
Maris Ægæi : pr. Eski Herakli, atque pr. Makri. G. *Bithynia* :

Olympo. G., atque pr. Brussa. K. *Ionia*: ad Smyrnam collibus calcareis. Bal. *Lycia* : collibus marit. pr. Antiphellus. Forb. Petrosis *Archipelagi*. Prdr. fl. gr. II. 250. *Cappadocia* : declivitate orient. m. Argæi, alt. 2128ᵐ. T. *Cilicia* : reg. calida ad pagum Sedichik, pr. Mersinam. Bal. *Armenia* : pr. Erzerum. T.; nec non valle Tchoruk. K. — Prov. *Caucas. Sibiria uralensi. Tauria.* Ledeb. l. c. *Græcia* : agris oliveti Athenarum, ad collem Musæi. Heldr.

TRIBUS V. BUXEÆ Bartl. Endl. gen. Ledeb. l. c.

VI. **Buxus** L.

1 † **B. sempervirens** L. *Bithyniæ* silvis ; umbrosis inter Nicomediam et Bolu. G. Omni *Tauro Pontico*, alt. usque ad 812ᵐ. K.; jugo Paryadres veterum inter Kumbetkhan et Kobardjakos, alt. 795ᵐ., atque inter Kabardjakos et Yavchankhan, alt. 367ᵐ. T. *Armenia* : inter pagos Kerekli et Kœsse (ad SSE. urbis Gumuchhane), alt. c. 1800ᵐ. T. *Phrygia* : m. Babadagh, supra Denisly. Bal. — Silvis *Macedoniæ* et *Albaniæ*: frequens fruticetis supra Vodena, alt. 215-123ᵐ. G. *Græcia* rara. Fr. Syn. fl. class. Prov. *Caucas. Sibiria uralensi. Turcomannia.* Ledeb. l. c.

ORDO XV. RHAMNEÆ Endl. gen.

1. **Paliurus** Tourn. DC. Prdr. II. 11. — Aspidocarpus Neck.

1 † **P. aculeatus** Link. (P. australis Gærtn. P. vulgaris Don. Rhamnus paliurus L. Zisiphus paliurus Willd.) *Tchihat.* pl. As. Min. exsicc. an. 1859. Nᵒ 6; an. 1853. Nᵒ 405. — *Bithyniæ* Olympo. S. *Ponto borrali et australi*: pr. Trapezunt. H.; inter pagos Suniza et Feringe (ad SSE. urbis Samsun), alt. 150-500ᵐ; valle Yenicher (pr. Amasia), alt. c. 750ᵐ.; marit. circa urbem Kerasun; inter oppidulum Zila et Missak; nec non circa Tokat; inter pagos Sarybaba et Emhrek (ad NNO. urbis Gumuchhane), alt. 1600-1800ᵐ. T. *Pisidia* : inter Imut et Istavros. T. *Paphla-*

gonia : montibus vallem Gœkagatcb circumdantibus. T. *Galatia* :
inter Angoram et Kilidjikol montibus, alt. c. 1000ᵐ. T. *Lycia* :
pratis vallibusque marit., alt. 0-100ᵐ. Forb.— *Macedonia* : m.
Athos. D'Urv. Enum. *Tauria*. Prov. *Caucas.* Ledeb. fl. ross. I.
500. *Græcia* : frequens, attamen Eubœa ultra alt. 250-295ᵐ
haud procedit. Fr. Syn. fl. ellas.

II. **RHAMNUS** Lmk. DC. Prdr. I. 13. — Rhamni. spec. L.

Sect. I. ALATERNUS DC. l. c. — G. Marcorella Neck.

1 † R. alaternus L. *Ponto* : pr. Trapezunt. K. R. *Ciliciæ* Bulgar-
dagh declivitate merid. T., nec non reg. calida circa Mersinam.
Bal. — *Creta. Græcia*, usque ad alt. 650ᵐ. Fr. l. c. *Algeria* : pr.
Djelfa, alt. 1120ᵐ, Coss. l. c.

Sect. II. CERVISPINA DC. l. c.

2 † R. infectorius L. (forse cum R. tinctorio W. et K. conjungendus.) Ins. *Paros*, Prdr. fl. gr. 1. 157. *Galatia* ? m. Kuredagh,
valle profunda herbosa, alt. c. 1200ᵐ. T. ¹ — *Græcia*. Fr. l. c.
Serbia. Pan.

3 › R. petiolaris Boiss. Culta propter fructus tinctoriales plurimis *Asiæ Minoris* regionibus (ubi vicarium nostri R. infectorii
fructum sub nomine Graine d'Avignon notum præbentis fungit)
ex. gr. *Lycaonia* : pr. Konia, præcipue ad pagum Zileh, alt. 1187ᵐ.
T. *Galatia* : pr. Angora, alt. c. 1087ᵐ. T. *Cappadocia* : circa Kaisariam, ubi m. Alidagh alt. 1100ᵐ ascendit. T. *Ciliciæ* Bulgardagh ;
ad pagum Gulek, alt. c. 1300ᵐ. T.

4 † R. oleoides L. non Lmk. *Archipelago* : ins. Melos et Cimoli
copiose. D'Urv. Enum. Declivitate merid. *Ciliciæ* Bulgardagh.
T. — *Græciæ, Siciliæ, Mauritaniæque* asperis. DC. l. c.

5 › R. Heldreichii Boiss. *Pamphylia* : muris amphitheatri veteris urbis Perge. R.

6 › R. Kurdica Boiss. — *Tchihat.* pl. As. Min. exsicc. an. 1840.

1. Vide nostram Tab. IX.

N° 768. — *Galatia* : m. Elmadagh, alt. 1214™ depressis. T. — *Kurdistano* : rupibus partis superioris montis Gara. H.

7) R. amygdalinus Desf. (R. oleoides L. var. Spr.) *Archipelago.* — *Atlante.* DC. l. c.

8 R. Graecus Boiss. et Reut. (R. saxatilis Sm. non L. R. oleoides Sart. et Heldr. non L.)

> *Var.* pubescens Boiss. — *Bal.* pl. d'Or. an. 1856. N° 945. — *Cilicia* : Pylis, nec non reg. calida pr. pagum Bulukly ad NO Mersinæ situm. Bal.

9) R. punctatus Boiss. (R. pubescens DC. herb. et Prdr. ex parte non Poir.) *Ciliciæ* montibus. H.

10 R. Pallasii Fisch et Mey. Ledeb. fl. ross. 1. 503. (R. lycioides Pall. non L. R. erythroxylon Pall. var. angustifolius DC. l. c.) *Tchihat.* pl. As. Min. exsicc. an. 1858. N° 400. — *Ponto australi* : inter Ardessi et Gumuchhane, alt. 1000-1300™. T. *Armenia ross.* : reg. infer. m. Ararat. Bge. pl. Ablch. — *Prov. Caucas.* Ledeb. l. c.

11 R. Sibthorpianus Schult. (R. pubescens fl. gr. tab. 239 non Poir.) Heldr. pl. exsicc. an. 1818. N° 2127. *Ej.* Herb. graec. norm. N° 574. — *Isauria.* m. Gheidagh. H. — *Graecia.* m. Parnasso rupibus excelsis reg. abietina, alt. 1300™. Heldr. *Libano.* H.

Sect. III. RHAMNUS.

12) R. coralfolia Boiss. et Hohen. *Bithyniæ* Olympo. B. *Ciliciæ* Bulgardagh : valle Karli-boghaz praeruptis rupestribus adpressa, alt. 1850™. Ky. diar. cilic. an. 1853, atque in Reis. Cilic. Teur.

Sect. IV. ECHAMNUS.

13) R. Libanotica Boiss. *Pamphylia* : saxosis m. Gheidagh, supra Alaya. B. *Ciliciæ* Bulgardagh : reg. mont. ad septentr. pylarum. Bal. — *Libano* : supra Eden. B.

Sect. V. FRANGULA.

14 † R. Frangula L. (Frangula alnus Mill. Fr. vulgaris Rchbch.)
Agro *Byzantino.* G. *Bithyniæ* Olympo atque pr. Brussa. S. Littore
orient. *Ponti Euxini:* frequentissima pr. Sukhum-kale. D'Urv.
Enum. — *Thracia:* Rhodopis promontoriis viniferis pr. Kar-
lova. G. *Bessarabiæ* vallibus. Ta. *Tauria.* Stev. Prov. *Caucas.*
Sibiria. Ledeb. l. c.

ORDO XVI. JUGLANDEÆ Endl. gen.

1. Juglans L.

1 J. regia L. *Ponto:* inter Tchelu et Suniza, alt. 300-400^m; inter
Nikear et Bachtchifllik, alt. 1200-1800^m subspontanea. T. *Armenia:* inter Avzapert et Uzunlazar copiosissime et verosimiliter
spontanea, alt. c. 1800^m. T. — Prov. *Caucas.* ubique. Ledeb. fl.
ross. 1. 507.

ORDO XVII. ILICINEÆ Endl. gen.

1. Ilex L.

1 † J. aquifolium L. — *Tchihat.* pl. As. Min. exsicc. an. 1853.
N° 431, 435. — Agro *Byzantino:* silvis pr. Belgrad. G. *Bithynia:*
inter Nicomediam et-Bolu. G. *Ponto:* marit. et vallibus inter
Fatsa et Unia, in consortio cum Carpino orient., Cratægo orient.,
Alno glutin., Palinuro aculeato, Quercu pedunc., etc. T.; nec
non regionibus montosis alt. usque ad 1137^m. K.; toto littore
orient. *Maris Nigri,* prov. littoralibus rossicis. Ledeb. fl. ross.
III. 35. Montibus inter *Armenium rossicam et Grusiam* silis, alt.
488-1500^m. W. — Prov. *Caucas.* Ledeb. l. c. *Græcia* pr. Delphi,
alt. c. 583^m. Fr. Syn. fl, class. *Serbia.* Pan.

ORDO XVIII. CELASTRINEÆ Endl. gen.

1. Evonymus Tourn.

1 † E. latifolius Mill. Scop. non MB. (E. europæus var. latifolius
L. E. vulgaris β Link.; *Tchihat.* pl. As. Min. exsicc. an. 1853.
Nos 448, 517, 515; an. 1858. N° 398. — *Bithyniæ* silvis Olympi.
Prdr. fl. gr *Ponto australi* : Inter pagos Yusufoglu et Almus,
mont. silvat., alt. 1400ᵐ; Inter Seleyahassi et Ketchedere, alt.
c. 1300ᵐ. T. *Cappadocia* : m. Alidagh pr. Kaisariam. Bal. *Ciliciæ* Bulgardagh : pr. pylas. Bal. *Armenia bor.* : inter pagos Kerekli et Kæssedagh (ad SSE. urbis Gumuchhane), alt. 1500-
2000ᵐ. T. — *Convallibus Henni* ; raro penius. *Hajion-orus*, alt.
650ᵐ. G. *Græcia* rarius. Fr. l. c. *Serbia*. Pan. *Tauria*. Prov.
Caucas. Ledeb. l. c.

2 † E. verrucosus Scop. (E. europæus var. leprosus L. fil.)
Tchihat. pl. As. Min. exsicc. an. 1853. N° 150 bis ; an. 1858.
N° 755. — *Bal.* pl. d'Or. an. 1856, sine N°. — *Ponto austr.* inter
pagum Almus et urbem Niksar, mont. silvat., alt. c. 700ᵐ. T.;
inter pagos Yaghsian et Tchavdak, alt. 1526-1630ᵐ. T. *Ciliciæ*
Bulgardagh : reg. mont. pr. pylas. *Cappadocia* : m. Alidagh rarus.
Bal. — Prov. *Caucas. Sibiria uralensi.* Ledeb. l. c. *Serbia*. Pan.

ORDO XIX. STAPHYLEACEÆ Endl. gen.

1. Staphylea L.

1 † S. pinnata L. — *Tchihat.* pl. As. Min. exsicc. an. 1853. N° 466;
an. 1858. Nos 452, 492. — *Bithynia* : ad sepes inter Brussam et
Smyrnam. Prdr. fl. gr. 1. 208. *Ponto bor. et austr.*: Inter urbem
Kerasun et pagum Yolagassi, collibus marit.; inter pagos Yusufoglu et Almus, mont. silvat., alt. c. 1400ᵐ; declivitate bor. jugi
Paryadres veterum. Inter pagos Kumbetkhan et Kobardjakos, alt.
738-1700ᵐ. T. — *Bessarabia* silvis pr. fl. Dniester, et circa Orgey

et Kichenef. Ta. *Serbia*. Pan. Prov. *Cauras*. Ledeb. fl. ross. 1. 406.

2 B. Colchica Stev. Ann. sc. nat. Ser. III. T. XII. p. 375. — Walpers Ann. bot. T. II. p. 269. — Foliis ternatis, foliolis serratis, luxa luxi subtus puberulis; floribus racumosis; stigmatibus subulato-filiformibus; capsula lobis apice divergentibus. — · Littore orient. *Ponti Eucrini*, inter Redut-kale et Poti. Bge. l. c. — Prov. *Imereliæ*, ad torrentem Zchenizquali. Stev. l. c.

ORDO XX. AMPELIDEÆ Endl. gen.

I. Vitis L.

1 † **V. vinifera** L. Spontanea Ad *Hellespontum*. Ins. *Tassos*. G. *Bithynia* : m. Bolidagh, alt. c. 990m. T. *Pamphylia* : uliginosis marit. olim a palude Capraa nunc dessiccata occupatis. T. *Cilicia* littoralibus (spontanea), nec non declivitate austr. Bulgardagh, ad jugum Namrun, alt. c. 1400m (culta). T. *Pisidia* : pr. Tchukurkoi, alt. 1000m. T. *Ponto* : marit. silvat. inter Fatsa et Tcherchehembe; nec non declivitate bor. jugi Paryadres veterum, inter pagos Kumbetkhan et Kabardjakos, alt. c. 700m. T. *Caria* : declivitate bor. m. Lydæ, pr. Yenikol, alt. 559m, atque pr. Mula, alt. 1138m. T. *Galatia* : pr. Babaultekesal, alt. 754m; pr. Tchauchkoi, alt. 1250m (culta); pr. pagum Alizy, alt. 1330m (culta). T. *Mysia* : pr. Edjebly, alt. 1048m (culta). T. *Phrygia* : pr. Kassaba, alt. 1200m. T. *Paphlagonia* : valle Gœkagatch, alt. 1059m. T. *Isauria* : inter Saryoglu et Hadjeli, alt. c. 1000m. T. *Lycaonia* : pr. Ilghyn, alt. 1390m. *Cappadocia* : ad locos sequentes pr. Kaisariam sitos (culta); Erkelet, alt. 1178m; Everek, Develykarahissar, alt. c. 1400m; Malagob, alt. c. 1800m; Ortakol, alt. 1302m; Bereketly-maden, alt. 1408m; Fertek, alt. 1318m; Bagagly, alt. 1138m; Darsama, alt. 1225m. T. *Antitauro* (culta) : pr. pagum Kizildagh declivitate austro-orientali jugi Aladagh, alt. 1601m; pr. Karsanti-Oglu, alt. 1461; pr. Yerlbakan, alt. 1204; pr. Peke, alt. c. 1910m; inter Peke et Hadjin, alt. c. 1300m. T. — *Armenia rossica*. Ledeb. B. ross. I. 458. Spontanea silvis fruticetisque præcipue quercus *Thraciæ* et *Macedoniæ*, alt.

0-485ᵐ. *Chersoneso* . pr. Aïnadjik Uana omnium silvarum. *Albania australi:* ad Zizyphum et quercus pr. Vodena, fruticetis planiliei Tettavo pr. Kalkandele. G. *Bessarobia* : subspontanea pr. fl. Danubium et Dniester, nec non tractu Kichenef. Ta. *Serbia.* Pan. *Græciæ* humiliusculis ubique spontanea ; culta in declivitate merid. m. Parnes, alt. 974ᵐ, atque in. Parnasso, alt. 1238ᵐ. Pr. Syn. ll. class. *Tauria* (an spontanea ?). Prov. *Caucas.* Ledeb. l. c.

II. Classes L.

l C. Orientalls Lmk. *Cilicia* . marginibus umbrosis faucis Guzeldere, pr. Mersinam. Bal.

ORDO XXI. ACERINEÆ Endl. gen.

1. **Acer** Mœnch. DC. Prdr. 1. 593.

§ 1. *Floribus racemosis.*

1 † A. Tataricum L. (A. cordifolium Mœnch.) *Tchihat.* pl. As. Min. exsicc. an. 1858. Nᵒ 861. — *Armenia australi :* inter Avzaperi et Uzunbazar, alt. 1685-2126ᵐ. T. *Lagistano.* B. herb. — Prov. *Caucas. Rossia australi.* Ledeb. B. ross. I. 454. *Serbia.* Pan. *Albania bor. et Hæmo.* G.

2 † A. pseudo-platanus L. (A. montanum Lmk. non Ait.) *Tchihat.* pl. As. Min. exsicc. an. 1858. Nᵒ 460. — Circa *Byzantium.* R. *Ponto australi :* declivitate bor. jugi Paryadres veterum, inter pagos Kumbethan et Kabardjakos, alt. 730-1030ᵐ, sparsa vel silvulas componens. — Prov. *Caucas.* Ledeb. l. c.

3 † A. campestre L. — *Tchihat.* pl. As. Min. exsicc. an. 1853. Nᵒˢ 424, 442; an. 1858. Nᵒˢ 792, 686. — Agro *Byzantino.* G. *Bithynia :* sparse reg. castanea Olympi. G. *Ponto bor. et australi :* inari. inter Unia et Tcherchehembe, secus fl. Pelitchai ; inter pagos Yusufoglu et Almus, alt. 1350ᵐ ; inter pagos Emberek et Sarybaba (ad NNO. Gumuchhane), alt. 1300-1500ᵐ. T. — *Macedonia :*

frequens fruticetis Chersonesi cum quercu consociatum : rarissime fruticetis sempervirentibus penitus. *Hajion-oros*, alt. 0-390ᵐ. G. *Bessarabia* silvis haud rarum. Ta. *Tauria*. Prov. *Caucas*. Ledeb. l. c.

§ 2. *Floribus corymbosis fasciculatisve.*

4) A. Tauricola Boiss. et Bal. — *Bal.* pl. d'Or. an. 1856. N° 982. — *Cilicia :* m. castelli ruderati supra pagum Gulek ; nec non inter Bosanta-tchai et Karniclili-tchai, via a Tarsus ad Kaisariam ducente. Bal.

5 A. obtusifolium Sibth. et Sm. fl. gr. tab. 361. (A. cretica Tourn. A. creticum Spach. γ.) *Tchihat.* pl. As. Min. exsicc. an. 1849. N° 1. — *Bithynia :* m. Bolidagh, alt. 1263ᵐ, forma frutescente ; declivitate merid. jugi Ablasdagh, alt. 1473ᵐ. T. *Paphlagonia :* ad occasum pagi Sabandjilar, valle Gœkagatch, alt. c. 600ᵐ. T. *Troas.* T. *Cilicia bor.:* pr. Bostanessu, alt. 533ᵐ. T. — *Creta :* montibus spaciothicis. DC. l. c.

6 † A. Creticum L. non Spach. *Archipelago.* — *Creta,* DC. l. c. *Peloponeso :* usque ad alt. 975ᵐ. Pr. Syn. fl. clas.

7 † A. Monspessulanum L. (A. trifolia Duham. A Ibericum MB. DC. l. c. sec. cl. Ledeb. l. c.) *Tchihat.* pl. As. Min. exsicc. an. 1853. N° 240. — *Cilicia* pylis. Bal. *Antitauro :* inter Feke et Hadjin, reg. mont. silvat. mixtum cum quercu calliprinos, carpino orient. abie cilicica et cedro Libani, alt. c. 1200ᵐ. T. *Armenia :* valle Tchoruk, inter pagos Pertakrek, Sbir et Karmenik. K. R. (sub nom. A. Iberici). — *Macedonia austral.:* fruticosum rarissime in reg. sempervirente penitus. *Hajion-oros*, alt. 0-390ᵐ ; frequens in quercetis m. Chalomonda Chalcidicis, alt. 520-682ᵐ ; copiose inter quercus fruticosas, pr. Vodena, alt. 260-423ᵐ ; arbor excelsa in silva mixta m. Athos sparse, hinc gregarie, alt. 390-975ᵐ. G. *Serbia.* Pan. Prov. *Caucas.* Ledeb. l. c.

8 † A. platanoides L. *Cilicia* Bulgardagh subalp., alt. 1700ᵐ. T. *Armenia ross.* — Prov. *Caucas. Tauria.* Ledeb. l. c. *Serbia.* Pan.

ORDO XXII. TILIACEÆ Endl. gen.

Tilia L. DC. Prdr. I. 511.

§ 1. *Squamæ petaloideæ nullæ. — T. Europææ. L.*

1 † **T. parvifolia** Ehrh. Ledeb. l. c. (T. europæa γ L. T. microphylla Vent. DC. l. c. T. intermedia DC. l. c. T. mollis Spach.) *Bithyniæ* Olympo. S. — Prov. *Caucas. Sibiria.* Ledeb. l. c.

2 † **T. platyphylla** Scop. (T. europæa L. β, δ, ε.) Agro *Byzantino.* Prdr. fl. gr. — Prov. *Caucas.* Ledeb.

3 † **T. rubra** DC. (T. europæa Guldenst. T. platyphylla C. A. Mey.) *Armenia rossica.* — Prov. *Caucas. Tauria.* Ledeb. l. c. (Sec. cl. Stev. planta armena a taurica omnino diversa.) *Græcia.* l. c.

§ 2. *Squamæ petaloideæ staminibus oppositæ.*

1 † **T. argentea** DC. (T. alba W. et K. T. rotundifolia Vent. T. tomentosa Mœnch.) Agro *Byzantino* : pr. Buyukdere ad Bosphorum. G. — *Macedoniæ occidentalis* jugis a Scardo exterioribus constituit silvas propria angustaque regione a termino superiori quercuum frutescentium ad quercus arboreas usque extensas. alt. 1200-1500ᵐ. G. *Serbia* (forma minus argentea tamen pube stellata). G. *Rossia austr.* Ledeb. l. c. *Hungaria.* W. et K. pl. rar.

ORDO XXIII. MALVACEÆ Endl. gen. DC. Prdr. I. 429.

TRIBUS I. MALOPEÆ Meisn. Ledeb. l. c.

I. **Malope L.**

1 † **M. malacoides** L. *Bithynia* : pr. Brussam. G. Ins. *Scio* : pratis. DC. l. c. *Lycia* : circa rudera Termessi majoris, nec non pratis subalp., alt. 974-1624ᵐ. Forb. — Frequentissima fertilibus planitiebus *Beotiæ.* Fr. Syn. fl. class. *Creta.* Prdr. fl. gr. Prov.

Caucas. occid., versus *fines turcicas*. Ledeb. l. c. *Mauritania :* pratis. DC. l. c.

TRIBUS II. MALVEÆ Meisn. Ledeb. l. c.

II. **Lavatera** L.

SECT. OLBIA. DC. l. c. — G. Olbia Medik.

1 † **L. Olbia** L. non Poir. nec Steph. (L. thuringiaca All. Olbia hastata Mœnch.) *Archipelago.* — *Creta.* Nym. Sepibus circa Olbiam. DC. l. c. *Syria :* m. Libano, alt. c. 1000m. Martins. Prom. bot.

2 **L. unguiculata** Desf. (L. bryoniæfolia Mill.) Herb. grœc. norm. N° 144. — Ins. *Samos.* DC. l. c. *Macedonia.* Ins. *Zacynthe.* Nym. *Grœcia :* olivetis Peloponnesi ex adversus insulæ Paros. Heldr.

3 † **L. Thuringiaca** D. non All. (L. olbia Steph. Olbia thuringiaca Medik.) *Agro Byzantino.* Prdr. fl. gr. *Bithyniæ* Olympo. S. — *Rumelia.* G. *Bessarabia :* pratis. Ta. *Serbia.* Pan. *Tauria.* Prov. *Caucas. Sibiria.* Ledeb. l. c.

4 **L. biennis** MB. non Guss. *Armenia :* circa pagum Kœprubachi, inter Baibut et Trapezunt. H. — *Caucasi orient.* campestribus versus Mare Caspicum. Ledeb. l. c.

5 † **L. punctata** All. (L. biennis Guss. Olbia deflexa Mœnch.) *Bal. pl. d'Or. an.* 1854. N° 362. *Ionia :* ad Smyrnam, nec non pr. Ayasuluk, ad rudera veteris Ephesi. Bal. *Archipelago :* copiosissime Ins. Cos, Samos, Lesbos, etc. D'Urv. Enum. *Grœcia.* Nym.

III. **Althæa** Cav.

SECT. I. ALTHÆANTHUS DC. l. c. — G. Althæa. L.

1 † **A. officinalis** L. — *Tchihat.* pl. As. Min. exsicc. an. 1860. N° 177. — *Bal.* pl. d'Or. an. 1854. N° 364. — *Bithyniæ* Olympo. S. *Ionia :* ad Smyrnam pratis paludosis. Bal. *Galatia :* valle fl. Sangarii parvi (Kutchuk Sakkaria), inter pagos Tchakmak et Tatar, alt. c. 900m. T. — *Macedoniæ et Thessaliæ* paludibus. G. *Bessarabia.* humidis sec. fl. Dniester et Danubium. Ta. *Serbia.*

Pan. *Græcia :* humidis inundatis. Fr. Syn. elas. *Tauria.* Prov.
Caucas, Sibiria, Ledeb. l. c.

2 † **A. cannabina** L. — *Tchihat.* pl. As. Min. exsicc. an. 1853.
N° 665. — *Bithynia.* G. *Pisidia.* T. — *Bulgaria :* incultis. Ta.
Serbia. Pan. *Græcia* rara. Fr. l. c. *Tauria.* Prov. *Caucas.* Ledeb.
l. c.

3 » **A. Kotschyi** Boiss. — Ky. coll. Taur. Cilic. N° 68 sub nom.
A. cannabinæ. — Reg. infer. Tauri *Ciliciï.* B.

4 † **A. hirsuta** L. non Sieb. (A. hispida Mœnch. Malva setigera
Spenn.) *Bal.* pl. d'Or. an. 1854. N° 385. — *Tchihat.* pl. As. Min.
exsicc. an. 1858. N° 625. 673. — *Ionia :* pr. Smyrnam. Bal.
Ponto bor. et austr., inter pagos Tebelu et Suniza (ad SSE. Samsun), reg. mont. silvat., alt. 400-800^m; declivitate merid. jugi
Paryadres veterum inter pagos Lisalja et Kumbetkhon, vallibus
alpinis, humidiusculis, alt. 1000-2700^m. T. *Cilicia :* reg. calida,
planitie circa Mersinam et Tarsum. T. — Prov. *Caucas. Tauria.*
Ledeb. l. c. *Græcia.* Nym. *Serbia.* Pan.

5 » **A. Armeniaca** Ten. Ind. sem. hort. Neap. l.-37. p. 1. —
Walp. Repert. I. 291. — *Bal.* pl. d'Or. an. 1856. N° 977. — Caulibus herbaceis erectis simplicibus; foliis inferioribus palmatis,
laciniis obovato-oblongis sinuato-dentatis, superioribus tripar-
tilis, laciniis cuneiformibus, intermedia duplo longiore; floribus
axillaribus subfasciculatis; pedunculis petiolo brevioribus;
corollis (carneis; calycibus duplo brevioribus.

Cappadocia : ad pagum Talasa pr. Kaisariam, alt. c. 1300^m.
Bal. *Armenia.* Ten. l. c.

Sect. II. ALCEA DC. l. c. — G. Alcea L.

6 **A. striata** DC. — *Tchihat.* pl. As. Min. exsicc. an. 1853. N° 564.
— *Cappadocia :* inter pagum Tekmaleh et urbem Sivas, planitie
subherbosis, alt. c. 1500^m. T.

7 † **A. pallida** W. et K. (A. ficifolia Bory et Chaub. Alcea pallida
Bess.) Ad *Byzantium.* B. herb. — *Macedonia.* G. *Græcia. Creta.*
Nym. *Hungaria.* DC. l. c. *Tauria.* Prov. *Caucas.* Ledeb. l. c.

» Var. flava. — *Tchihat.* pl. As. Min. exsicc. an. 1858. N° 343. —

Ponto australi inter Sarybaba et Emlеck. (ad NNO. Gumuchhane', alt. 1300-1600ᵐ. T.

8 **A. Hohenackeri** Boiss. et Huet. — *Hohen.* pl. exsicc. an. 1836, sub nom. A. rosea non Cav. — *Armenia :* incultis supra Ilidja, pr. Erzerum. H. — Ad *Lenkoran :* pr. mare Caspicum. Hohen.

9 > **A. apterocarpa** Fenzl. in delectu semin. Hort. bot. univ. Vindob. collect. an. 1858. — Biennis; caule stellato-tomentoso, nec basi longe hirsuto; carpellis alte reniformibus 1 ½ - 2 lin. lg. ac media facie 1 ½ lin. lt., ibique glaberrimis, dorso ¼ lin. lato oblique rugosis anastomosibus parcissimis, nonnisi in sulco longitudinali subtilissime stellato-pubescentibus, reliqua parte glabris, margine exalatis v. hoc ad latitudinem ½ lin. extenuato horizontali, imo deflexo, nec erecto-patulo; seminibus parcissime lepidato-punctulatis, extremitate radiculari brevissime barbellatis. — Reliqua omnino A. pallidæ W. et K.

Obs. Proxima affinis A. pallida differt caule immixta pube stellata longa inferne hirsutissimo, carpellis dorso profunde sulcatis, marginibus in alam erecto-patulam extenuatis, ac seminibus dense lepidato-punctulatis, versus extremitatem radicularem dorso, simul adpresse setulosis. — *Cilicia* Bulgardagh : pr. Gulek, alt. 1300ᵐ. Ky. Reis. Cilic. Taur. p. 395.

10 > **A. Calverti** Boiss. *Armenia :* circa Erzerum. B.

11 † **A. rosea** Cav. (A. uonantha Link. Alcea rosea L.) *Tchihat.* pl. As. Min. exsicc. an. 1849. N° 709; an. 1858. N° 911. — Circa *Byzantium.* T. *Ponto :* inter Tokat et Yumurtakol, alt. 500ᵐ., nec non circa oppidulum Zita, alt. 600ᵐ. T. *Antitauro :* inter Hatchin et Yuketche, alt. c. 1300ᵐ. T. *Armenia :* jugo Bingoldagh (monte Mille-Lacuum), alt. c. 3000ᵐ. T. *Græcia :* rupestribus m. Lycabetti pr. Athenas. Herb. græc. norm. N° 610. *Bulgaria.* D'Urv. Enum.

12 > **A. remotiflora** Boiss. et Heldr. — *Tchihat.* pl. As. Min. exsicc. an. 1858. N° 367, 368. — *Pamphylia :* campis mari finitimis, versus fl. Catarrhactum. B. *Armenia bor.* inter pagum Kerekli et urbem Gumuchhane, alt. 1200-1500ᵐ. T.

13 † **A. ficifolia** Cav. non Bory et Chaub. (Alcea ficifolia L. Alcea

rosea Falk.) Agro *Byzantino* inter Belgrad et Buyukdere. G.
Ponto : collibus circa Trapezunt. D'Urv. Enum. — Prov. *Caucas.
Rossia austr.* Ledeb. l. c. Græcia, Prdr. fl. gr. *Dalmatia.* Nym.

IV. **Malva** L. DC. Prdr. I. 430.

Sect. MALVASTRUM DC. l. c.

§ 1. *Cymbalariæ* DC. l. c.

1 † **M. Sherardiana** L. (M. cymbalarifolia Desv. sec. Spr. non sec.
Ledeb. fl. ross. Malvella Scherardiana Jaub. et Spach.) *Tchihat.*
pl. As. Min. exsicc. an. 1853. N° 27. — *Bal.* pl. d'Or. an. 1855.
N° 724. — Agro *Byzantino.* Prdr. fl. gr. I. 45. *Bithynia.* G.
Lycaonia : planitie arida inter Koniam et Hadimsarat, alt. c.
1200ᵐ. *Cilicia* : ad pagum Tchauchli, pr. Mersinam. Bal. *Arme-
nia* : pr. Erzerum. T. — *Macedonia.* G. *Græcia.* Nym. Prov.
Caucas. Ledeb. fl. ross. 1. 433.

§ 2. *Bismalvæ.* DC. l. c.

2 † **M. Tournefortiana** L. (M. maritima Lmk.) Circa *Byzantium.*
R. Ad *Hellespontum.* G. — *Rumelia.* G. *Græcia.* Nym. *Galloprovinciæ* et *Hispaniæ* marit. DC. l. c.

3 † **M. althæoides** Cav. *Lycia* : pr. Arsa. Forb. — *Hispania.* DC.
l. c.

§ 3. *Fasciculatæ* DC. l. c.

4 † **M. Mauritiana** L. (M. obtusa Mœnch.) *Armenia* : pr. Erzerum. Calv. — Prov. *Caucas.* Ledeb. l. c. *Africa bor. China.* Steud.
nom. bot. *Lusitania, Hispania, Italia.* DC. l. c.

5 † **M. silvestris** L. (M. vulgaris Ten. fl. nap. sec. DC. non sec.
Ledeb. M. polymorpa β. M. hirsuta et erecta Guss.) *Tchihat.* pl.
As. Min. exsicc. an. 1858. N° 134. — Agro *Byzantino.* G. *Bithy-
niæ Olympo.* S. *Archipelago* ubique vulgaris. Prdr. fl. gr. 1. 45.
Ponto : collibus marit. supra Samsun. T. *Armenia ross.* Ledeb.
l. c. Prov. *Caucas. Sibiria. Tauria.* Ledeb. l. c. *Serbia.* Pan.
Græcia. Fr. l. c. *Sahara Algeriensi* : alt. 395-1120ᵐ. Coss. Bull.
soc. bot. T. IV. p. 395. 485.

6 † **M. vulgaris** Ten. Ledeb. fl. ross. I. 435 non Fries. Circa
Byzantium. R. — *Caucaso*. Ledeb. l. c.

7 † **M. rotundifolia** L. M. vulgaris Fries. M. neglecta Wallr.)
Circa Byzantium. R. *Bithyniæ* Olympo. S. *Armenia bor.* : pr. Bai-
but. H. — *Thraciæ* arvis pr. Enos, ad ostium fl. Maritzæ. G.
Græcia : ruderatis, siccis, incultis. Fr. l. c. *Serbia*. Pan. *Tauria*.
Prov. *Caucas. Sibiria uralensi*. Ledeb. l. c.

8 † **M. columnæ** Ten. — *Tchihat.* pl. As. Min. exsicc. an. 1849,
sine N°. — *Ponto* : marit. nemorosis. T.

Species non satis nota.

9 > **M. nodosa** Wahlb. Isis XXI. 991. Ad *Bosphorum*. G.

TRIBUS III. HIBISCEÆ Meisn. Ledeb. l. c.

V. **Hibiscus** L.

Sect. I. Ketmia DC. l. c. — G. Ketmia Medik.

1 † **H. Syriacus** L. (Ketmia Syriaca Scop.) *Armenia rossica*. —
Prov. *caspica* Lenkhoran. Ledeb. *Syria. Carniolia*. DC. l. c.

2 † **H. trionum** L. non Guldenst. Pall. MB. (Ketmia trionum
Scop. Trionum diffusum Mœnch. Trion. annuum Medik.) Bal.
pl. d'Or. an. 1855. N° 702. — *Archipelago*. Nym. Ad pylas *Ciliciæ*. B. — *Græcia*. Nym. *Serbia*. Pan. *Italia. Carniolia*. DC. l. c.

Sect. II. Trionum DC. l. c. — G. Trionum Medik.

3 † **H. ternatus** Cav. Ledeb. l. c. (H. trionum L. β. DC. l. c. H.
vesicarius Bess.) *Armenia ross.* Ledeb. l. c. Prov. *Caucas. Tauria. Rossia australi*. Ledeb. l. c. Ad Caput *Bon. Sp.* DC. l. c.

4 **H. vesicarius** Cav. (H. africanus Mill. sec. DC. non sec. Steud.
Nom. bot.) *Archipelago*. Nym. — *Africa*. DC. l. c.

VI. **Gossypium** L.

1 **G. herbaceum** L. *Armenia rossica*. K. (An vere spontaneum ?)

TRIBUS IV. SIDEÆ. Meisn. Ledeb. l. c.

VII. **Abutilon** Gærtn. — Sida DC. Prdr. I. 459.

1 † A. Avicenæ Gærtn. Ledeb. Griseb. (Sida Avicenæ L. DC. l. c. Abutilon pubescens Mœnch. Abutilon Theophrasti Medik.) *Ponto : circa Trapezunt.* H. — Prov. Caucas. Ledeb. l. c. *Macedonia.* G. *Serbia. Pan. Sibiria. Gallia austr. Helvetia. India.* DC. l. c.

ORDO XXIV. CUCURBITACEÆ Endl. geo.

TRIBUS CUCURBITEÆ DC. Prdr. III. 299.

I. **Bryonia** L. DC. l. c. — Solena Lour. — Cucumis spec. auct. — Cucumeroides Gærtn.

1 † B. alba L. non Desf. *Circa Byzantium. R. Bithyniæ Olympo. S. Armenia rossica.* — Prov. Caucas. Tauria. Ledeb. fl. ross. III. 140. *Serbia.* Pan. *Græcia rara.* Fr. Syn. fl. class.

2 † B. dioica L. (B. alba α Desf.; β. MB. B. aspera Steveni Fisch.) *Ad sepes Ins. Astypalææ.* D'Urv. Enum. *Cilicia campestri : reg. calida pr. Mersinam atque pr. Tarsum.* T. — Prov. Caucas. Ledeb. l. c. *Græcia.* Fr. l. c.

3 B. Cretica L. *Tchihat. pl. As. Min. exsicc. an. 1849. N° 710.* — *Archipelago : frequens ruderalis ins. Melos.* D'Urv. Enum. *Cappadocia bor. : Inter pagos Karakol et Tenus, secus rivulos, alt. c. 1600ᵐ.* T. *Græcia.* Fr. l. c. *Creta.* DC. l. c.

II. **Ecbalium** Rich. Ledeb. Griseb. — Momordica L. DC. l. c.

1 † E. elaterium Rich. Ledeb. Griseb. (E. agreste Rchlich. E. purgans Schrad. Momordica elaterium L. DC. Momord. aspera Lmk.) *Circa Byzantium. R. Bithyniæ : Olympo. S., atque ad fontem Borghas. G. Lycia : pratis vallibusque montanis, alt. 0-490ᵐ.* Forb. *Archipelago vulgaris. Prdr. fl. gr. II. 238. — Macedonia.* G. *Græcia.* Fr. l. c. *Tauria. Prov. Caucas.* Ledeb. l. c.

ORDO XXV. MESEMBRYANTHEMEÆ Endl. gen.

1. Mesembryanthemum L.

1 † **M. nodiflorum** L. Arenosis. *Archipelagi* Ins. Nelos, Leros, etc., haud rarum. D'Urv. Enum. — *Ægypto* Steud. Nom. bot. *Græcia.* Prdr. fl. gr. *Algeria.* Coss.

ORDO XXVI. PHYTOLACEÆ Endl. gen.

1. Phytolacca Tourn.

1 † **P. decandra** L. (P. vulgaris Mill.) *Tchihat.* pl. As. Min. exsicc. an. 1858, N° 420. — *Armeniæ bor.* valle Fortuna, alt. 650-1300^m. K. *Ponto maritimo* : insula adversus Kerasum sita (Kerasunada. T. Littore *Maris Ægri* : agro *Byzantino.* G. Littore orientali *Maris Nigri* inter Poti et Redutkale. Bge. — *Tauria.* Ledeb. fl. ross. III. 689. Vallibus excelsis *Caucasi,* alt. 075-1625^m. K. *Græciæ* umbrosis haud rara. Fr. syn. fl. class. *Serbia.* Pan. *America bor.* Steud. Nomen. bot.

2 **P. pruinosa** Fenzl. in advers. botan. hort. Vind. an. 1855. p. 6. — *Bal.* pl. d'Or. an. 1855. N° 700. — *Dioica,* perennis, erecta eximie *glauco-pruinosa* ; foliis ellipticis ac lanceolatis carnosulis ; racemis erectis v subnutantibus multifloris, pedicellis flore sublongioribus, fl. *masculis* 16-11 andris olivaceis demum purpureis, germine effeto, *femineis* 0-5 gyris, staminibus breviasimis 16-21 ; bacca atro-violacea, parum succulenta, profunde sulcata. Habitus Ph. decandræ. — *Cilicia campestri* : marginibus angustiæ Guzeldere pr. Mersinam sitæ ; circa Tarsum, ruderalis. Bal. ; jugo Bulgardagh : regione cedrorum. Ky. diar. cilic. an. 1853. — *Cypro.* F.

ORDO XXVII. PORTULACEÆ Juss.

I. Portulaca Tourn.

1 † **P. oleracea** L. *Bithyniæ* Olympo. S. Cultis et ruderatis *Archipelagi* vulgaris. Prdr. fl. gr. — *Tauria.* Prov. *Caucas.* Ledeb. fl. ross. II. 140. *Serbia.* Pan. *Græciæ* humidis frequens. Fr. l. c. *Java. America.* Steud. Nomen. bot.

II. Montia Michel.

1 **M. fontana** L. humidis Bal. — *Græcia.* Nym.

> *Var.* minor (M. minor Gmel.. *Bal.* pl. d'Or. an. 1856. N° 377. Ad *Smyrnam*, humidis. Bal. — *Græcia.* Nym.

III. Glinus L.

1 † **G. lotoides** L. non Burm. (G. dictamnoides Lmk.) *Bal.* pl. d'Or. an. 1854. N° 345. — Ad fossas et locis inundatis inter *Smyrnam* et *Brussam.* Prdr. fl. græc., nec non ad *Magnesiam*, fossarum desiccatarum marginibus. Bal. *Archipelago.* — *Græcia.* Nym. *Macedonia.* G. Prov. *Caucas.* Ledeb. fl. ross. II. 153. *India orient.* Steud. Nomen bot.

ORDO XXVIII. CARYOPHYLLEÆ Endl. gen. DC. Prdr. I. 351. inclusis Paronybiis. — Ordo Sileneæ Ledeb. fl. ross. I. 273; et ordo Alsineæ Bartl. Ledeb. fl. ross. I. 337, inclusis Paronychiis.

TRIBUS I. DRYPIDEÆ Fenzl.

I. Acanthophyllum C. A. Mey. Ledeb. fl. ross. I. 331

§ I.

1) **A. versicolor** Fisch. et Mey. *Armenia rossica :* lapidosis aridissimis desertiaque salsis prov. Nahitschevan. Ledeb. l. c.

2) A. mite Fisch. et Mey. Ann. sc. nat. Ser. IV. T. 1. p. 30. — *Tchihat.* pl. As. Min. exsicc. an. 1849. N° 700. — Caulibus glabris foliis teretribus filiformibus carnosis glabris subincurvis mucrone innocuo terminatis pseudo-verticellatis; florum capitulis pedunculatis in paniculas amplas dispositis, calyce hirsutissimo. — *Antitauro occid.:* inter Tchataloglu et Yailadji, alt. c. 1200ᵐ. T.

§ 2.

3) A. Tournefortii Fenzl. (A. mucronatum Fenzl. nec Mey. in Annal. d. Wiener. Mus. I. p. 37.) *Armenia:* inter Erzerum et Tokat. Ledeb. l. c.

TRIBUS II. SILENEÆ Grisb. Spic. Fl. rum. et bith.

II. Cucubalus Gærtn.

1 † C. baccifera L. (C. horizontalis Mœnch. Lychnanthus scandens Gmel. fl. bad. Lychnus baccifera Scop.) Circa *Byzantium.* R. — *Serbia.* Pan. Prov. *Caucas. Sibiria uralensi.* Ledeb. l. c.

III. Lychnis DC. Prdr. I. 385. ex parte. — Lychnis et Agrostemma L.

Sect. 1. Eulychnis DC. l. c.

1 † L. Flos-Jovis L. (Coronaria flos Jovis Braun.) Agro *Byzantino.* Prdr. fl. gr. I. 314.

2 † L. coeli-rosa Desr. (Agrostemma coeli-rosa L.) *Bithyniæ* Olympo. B. — *Græcia* nondum observata sec. Prdr. fl. gr. *Barbaria.* DC. l. c.

Sect. II. Agrostemma DC. ex parte. Ledeb.

3 † L. flos-cuculi L. (Coronaria flos-cuculi Braun. Melandrium flos-cuculi Rchb.) Circa *Byzantium.* R. — *Serbia.* Pan. *Græcia.* Prdr. fl. gr. *Caucaso orient. Sibiria.* Ledeb. l. c.

4 † L. coronaria Link. (Coronaria tomentosa Braun. Agrostemma coronaria L.) *Bithyniæ* Olympo. — *Hæmo,* m. Athos. Prdr. fl. gr. *Serbia.* Pan. *Taurin.* Prov. *Caucas.* Ledeb. l. c.

IV. **Agrostemma** Braun. Boiss. — Lychnidis sp. DC. Ledeb.

1 † **A. githago** L. (Lychnis githago et Lych. segetum Link. Githago segetum Desf. Githago nicæensis β Willd.) Tchihat. pl. As. Min. exsicc. an. 1853. N° 230, 299; an. 1858. N° 371 bis, 574. — *Ponto :* inter pagos Suniza et Feringe (ad SSE. urbis Samsun), alt. 400-600ᵐ. T. *Archipelago,* Prdr. fl. gr. *Cilicia* planitie, circa Tarsus et Mersina. T. *Armenia :* inter pagos Kerekli et Kirasse (ad SSE. Gumuchhane), alt. 1800-2000ᵐ. T. — *Serbia* et *Macedonia.* G. *Tauria.* Stev. *Caucaso. Græcia. Sibiria. Algeria.* DC. l. c.

2 › **A. gracile** Boiss. — *Bal.* pl. d'Or. an. 1854. N° 106. — *Ionia* montibus, pr. Smyrnam. *Lydia .* m. Sipylo supra Magnesiam. B.

V. **Melandrium** Rœl. ex parte. Ledeb. Griseb. — Lychnidis sp. DC.

3 † **M. silvestre** Rœl. (Lychnis dioica DC. Lych. dioica β L. Lych. diurna Sibth.) *Tchihat.* pl. As. Min. exsicc. an. 1853. N° 578. — Montibus inter *Armeniam et Grusiam* sitis, alt. 187-1493ᵐ. W. — *Serbia.* Pan. Omni *Sibiria.* Ledeb. fl. ross. l. 327.

4 † **M. pratense** Rœl. (Lychnis pratensis Spr. L. vespertina Sibth.) Umbrosis circa *Byzantium.* G. — *Serbia.* Pan. *Tauria.* Prov. *Caucas. Sibiria, Daouria,* Ledeb. l. c.

5 › **M. eriocalycinum** Boiss. — *Tchihat.* pl. As. Min. exsicc. an. 1858. N° 128. — Circa *Byzantium,* circa *Therapia,* ad Bosphorum. B. *Ponto :* supra Samsun, collibus. T. — *Persia boreali.* B.

VI. **Behenum** L. Oth. in DC. Prdr. l. 367. — Saponaria sect. II. Silananthe Fenzl. in Endl. gen.

Sect. 1. BEHANANTHA Oth. l. c.

1 † **B. fimbriata** Sims. bot. mag. *Armenia :* m. Ararat. — Prov. *Caucas.* Ledeb. fl. ross. l. 304. *Creta. Sicilia.* Nym.

2 **B. lacera** Sims. (Cucubalus lacerus MB.) *Armenia rossica :*

planitie fl. Araxis, alt. 908-1136ᵐ. W. — Prov. *Caucas.* Ledeb.
l. c.

3 S. **Coulteriana** Otth. Circa *Byzantium.* — *Iberia.* DC. l. c.

4 † S. **Inflata** Sm. fl. brit. (Cucubalus behen L. β.) *Tchihat.* pl.,
As. Min. exsicc. an. 1858. N° 86. — Reg. alp. *Bithyniæ* Olympi.
Clem. Sert. orient. *Ponto :* circa Samsun, collibus. T. *Armenia
rossica :* silva betulæ albæ, m. Ararat Minoris. Bge. l. c.—Prov.
Caucas, Tauria, Sibiria. Ledeb. l. c. *Serbia.* Pan. *Sahara alge-
riensi.* Coss. Bull. soc. bot. IV. 395.

> Var. Athoa. Griseb. Circa *Byzantium.* R. *Bithynia :* circa Olympum.—
> Macedoniæ silvis pratas. Hadjion-oros. G.
>
> » Var. armena C. Koch. *Armenia.* C. Koch. Ledeb. fl. ross. I. 778.
>
> » Var. macrophylla Boiss. *Cilicia* Bulgardagh : ad pagum Gulek. Bal.

5 » S. **ampullata** Boiss. *Cappadocia orient.* B.

6 † S. **behen** L. *Bal.* pl. d'Or. an. 1854. N° 90. — *Ionia* pr.
Smyrnam collibus incultis. T. *Caria.* Prdr. fl. gr. I. 294. *Cilicia
campestri :* angustiis Guzel-dere, pr. Mersinam. Bal. *Archipelago.*
— *Creta, Græcia.* Nym. *Syria :* pr. Saida. Cat. herb. syr. N° 5.
Italia. Nym.

7 » S. **pseudo-behen** Boiss.— *Heldr.* pl. exsicc. N° 1727. ej. *Herb.
græc. norm.* N° 741. — Circa *Byzantium.* R. *Asia Minore.* B. —
Saxosis reg. infer. m. *Parnassi,* pr. Delphos. Heldr.

8 » S. **Cappadocica** Boiss. et Heldr. (S. spergulifolia var. ma-
crorrhiza. Boiss. pl. Heldr. Anatol. exsicc. an. 1846.) *Tchihat.*
pl. As. Min. exsicc. an. 1849. N° 760. — *Bal.* pl. d'Or. an. 1856.
N° 1041. — *Lycaonia :* vineis pr. Konia. B. *Galatia :* m. Pacha-
dagh, plerumque herbosis, alt. c. 1200ᵐ. T. *Cappadocia :* m.
Karamasdagh, pr. Kaisariam. T. Bal.

9 » S. **Pestalozzæ** Boiss. *Lycia :* pr. Elmalu. B. *Armenia :* incultis
pr. Erzerum. H.

10 † S. **rubella** L. (S. inaperta DC. non L.) Ins. *Rhodos.* — *Cypro*
Prdr. fl. gr. I. 197. *Græcia.* Nym. *Algeria* pr. Djelfa, alt. 1120ᵐ.
Coss. l. c.

11 † S. **spergulifolia** MB. (S. polyphylla MB. Cucubalus frutti-
cosus Pall. Cuc. spergulifolius Willd.) *Bal.* pl. d'Or. an. 1856.

N° 1046. — *Bithynia* : pr. Bolu. G. *Phrygia* : m. Ahmadagh ad septent. urbis Ushak. *Cappadocia* : reg. subalp. m. Argæl, alt. c. 2000ᵐ. Bal. *Armenia* : circa Erzerum. Calv. — Vulgaris regionibus *Caucasicis, Persia bor., Syria bor.* et *Kurdistani* montibus. B. *Transylvania.* Nym.

12 » S. **brachycarpa** Boiss. et Bal. *Cappadocia* : parte super. vallis Kannichly, alt. 1400ᵐ. B.

13 » S. **Olympica** Boiss. — *Bal.* pl. d'Or. an. 1855. N° 799. — *Tchihat.* pl. As. Min. exsicc. an. 1858. N° 900. — *Bithyniæ* Olympo : herbidis præruptis. B. *Ciliciæ* Bulgardagh : reg. alp. supra Bulgarmaden. Bal. *Armenia* : m. Tekdagh supra Erzerum. H.; nec non Dingœldagh (monte Mille Lacuum), alt. 2800-3500ᵐ. T.

14 » S. **prolnosa** Boiss. — *Tchihat.* pl. As. Min. exsicc. an. 1853. N° 307. D. — *Caria* : collibus pr. Gheyra. *Pisidia* : collibus pr. Buldur. D. *Ponto merid.* : inter pagum Almus et urbem Niksar, alt. c. 700ᵐ. T. *Cappadocia* : m. Karamasdagh, ad orientem Kaisariæ. T.

15 S. **bupleurum** Forsk. (S. graminifolia DC.?) *Bithynia* : ad fontem Borghas. G.

16 » S. **Montbretiana** Boiss. *Cappadocia orient.* B.

17 » S. **melanophylla** Boiss. — *Tchihat.* pl. As. Min. exsicc. an. 1858. N° 408. — *Cappadocia orient.* B. *Armenia* : circa Erzerum. Calv. *Ponto austr.* : inter Ardessi et Gumuchhane, alt. 1100-1300ᵐ. T.

18 » S. **capitellata** Boiss. *Armenia* : circa Erzerum. Calv. *Cappadocia* : reg. alp. m. Argæl. Bal.

19 » S. **stentoria** Fenzl. in Pugil. et in Russeg. Reis. I. 919. (S. rhynchocarpa Boiss.?) *Bal.* pl. d'Or. an. 1855. N° 803. — *Ky.* pl. exsic. Cilic. an. 1853. — *Bithyniæ* Olympo, *Cariæ* et *Lydiæ* montibus Tmolo et Cadmo. B. *Ciliciæ* Bulgardagh : pr. devexa orienti soli opposita m. Kiziltepe, alt. 2273ᵐ. Ky. diar. cilic. an. 1853.

20 S. **odontopetala** Fenzl. in Pugil. et in Russeg. Reis. I. 920. S. physocalyx Ledeb.) *Bal.* pl. d'Or. an. 1855. N° 802. — *Cili-*

cia Bulgardagh ; alpe Mandentepessi, alt. 1949-2274ᵐ, F. nec
non ad castellum ruderatum supra pagum Gulek. Bal. — Prov.
Caucas. occident. Ledeb. l. c.

> *Var. montana* Fenzl. Fissuris rupestribus castelli Gulek frequens,
> alt. 1614ᵐ. Ky. diar. cilic. an 1853.
>
> *Var. alpina*, lutea procerior et nanus Ky. Ibid. Rupestribus austro
> oppositis Korban et Uchtepe, alt. 2924ᵐ, Ky. ibid.

Sect. II. OTITES Otth. in DC. Prdr. 1. 369.

21 † S. gigantea L. Sibth. (*Visnago gigantea* Mœnch.) Rupibus
Ins. *Samos.* D'Urv. Enum, *Creta et Zacyntho.* Nyrn. *Græcia, Africa.*
DC. l. c.

22 † S. viscosa Pers. (*Cucubalus viscosus* L. *Lychnis viscosa*
Scop. *Visnago viscosa* Mœnch.) *Cappadocia :* planitie oppiduli
Develi-karahissar, alt. 1200ᵐ. Bal. *Armenia :* pr. Tortum. H., nec
hon circa Erzerum. Bal. — *Tauria.* Prov. *Caucas. Sibiria.* Ledeb.
l. c.

23 > S. involuta Porsk. Arenosis ad *Hellespontum.* DC. l. c.

24 S. staticifolia Sm. (*Cucubalus staticifolius* Poir.) *Cariæ* arenosis marit. Prdr. fl. gr. *Ciliciæ* Bulgardagh : m. Kiziltepe frequens, alt. 2599ᵐ. Ky. diar. cil. an. 1853. — *Græcia.* Prdr. fl. gr.

25 > S. viscariæfolia Boiss. *Armenia :* circa Erzerum. Calv.

Sect. IV. CONOIMORPHA Otth. in DC. Prdr. 1. 371.

26 † S. conica L. (S. conoidea Huds. et S. conoidea L. sec Spr.
Cucubalus conicus Lmk.) *Tchihat.* pl. As. Min. exsicc. an. 1858.
Nᵒ 152. — Circa *Byzantium.* R. *Cariæ et Cypri* arvis. Prdr. fl. gr.
Ponto : circa Samsun, collibus. T. *Armenia rossica :* planitie fl.
Araxis. W. — *Tauria.* Prov. *Caucas.* Ledeb. fl. ross. 1. 314.
Serbia, Pan. *Algeria :* pr. Djelfa. Coss. l. c.

27 > S. Sartorii Boiss. et Heldr. Arenosis marit. ins. *Tinos* et
Myconi. B.

28 > S. Lydia Boiss. — *Tchihat.* pl. As. Min. exsicc. an. 1849,
an. 407. — *Bal.* pl. d'Or. an. 1854. Nᵒ 84. — Parte superiori

omnium montium *Lydiæ*, B. *Mysiæ* valle fl. Madaratchaï (Khodjatchaï), alt. c. 400ᵐ. T. *Phrygia* : ad pagum Giaureren, 2 leucis
ad orientem urbis l'chak, alt c. 900ᵐ. Bal.

29 S. conoidea L. non Huds. (Cucubalus conoideus Lmk.) *Tchihat*, pl. As. Min. exsicc. an. 1853. N° 147. — *Phrygia* : ad pagum
Bulgaskevi pr. L'chak. *Pylis Ciliciis*, Bal. *Pisidia* : inter pagos
Kurna et Aglasun, alt. c. 1200ᵐ. T. — *Cypri arvis*. Pdr. fl. gr.
1. 296. Prov. caspica *Lnkhoran*. Ledeb. l. c.

30 » S. coniflora Nees. *Mesopotamia*. DC. l. c.

31 » S. cylindriflora Otth. (S. subconica Priv.) Arenosis marit.,
pr. pagum Makri, ad littus *Ægæum*. G.

32 » S. acarophora Griseb. spic. fl. rum. bith. I. 178. *Mesopotamia*. G.

33 S. juvenalis Del. — *Bal.* pl. d'Or. an. 1857. N° 1311. — *Phrygia* : pr. L'chak, copiosissime in cœmeteriis turcicis, alt. c. 910ᵐ.
Bal. — *Ægypto*. Del. fl. d'Égypte.

34 » S. macrodonta Boiss. (S. grammatocalyx Fenzl.) *Bal.* pl.
d'Or. an. 1855. N° 809. — Cultis planitiei *Cariensis* ad meridiem
m. Cadmi sitæ. B. Reg. mont. *Ciliciæ* Bulgardagh, pr. pylas, inter
segetes. Bal.

36 » S. Pamphylica Boiss. et Heldr. (S. macrodonta in pl. Hddr.
Anat. exsicc. non in Boiss. Diagn.) *Pamphylia* : campis aridis,
pr. Adaliam. B.

Sect. IV. Stachymorpha Otth. in DC. Prdr. 1. 371.

§ 1. *Calycibus cylindricis.*

36 † S. Lusitanica L. (S. anglica et S. gallica Willd. S. sardica
Moris.) *Archipelago*. — *Græcia. Macedoniæ* m. Athos. Prdr. fl. gr.
1. 290.

37 † S. Gallica L. non Willd. (Cucubalus silvestris *a* Lmk.)
Tchihat. pl. As. Min. exsicc. an. 1858. N° 101 et 72. — Pr.
Byzantium. T. *Bithynia* : frequens littore lapidoso pr. Kapaklu
ad sinum Mudaniensem, et Ins. Halki. G. Abundat agris Ins.
Melos. D'Urv. Enum. *Ponto* : circa Samsun, collibus. T. — Fre-

quentissima *Græciæ* collibus marit. Fr. l. c. Prov. *Caucas.* Ledeb. l. c.

38 † S. Cretica L. Korb. Sibth. et Sm. (S. parviflora Mœnch. S. annulata Thore.) *Thraciæ* littore : arenosis ad Mare Ægeum pr. Makri, sparse. *Bithynia :* ad Propontidem pr. Boryhas, G. nec non in Olympo. S. *Cariæ* arvis Prdr. fl. gr. I. 296. Arvis ins. *Melos* frequens. D'Urv. Enum. — *Cypro.* Prdr. fl. gr. I. 296. *Creta. Græcia.* Nym. Prov. *Caucas.* Ledeb. l. c.

39 † S. cerastoides L. spec. 596 non Georgi. (S. rigidula L. Amœn. 4. p. 313. non Sibth. et Sm. fl. gr. tab. 430. S. Clusii Schott. S. gallica. L. var. Koch.) *Asia Minore.* Sibth. et Sm. Fl. gr.

40 † S. quinquevulnera L. (Cucubalus variegatus Link. S. gallica β quinquevulnera Koch. — Cl. Ledeb. in fl. ross. S. quinq. L. cum L. gallica L. conjungit.) Agro *Carицui.* Prdr. fl. gr. I. 296. *Armenia :* circa Erzerum. Calv. — Prov. *Caucas.* Ledeb. fl. ross. I. 314.

41 > S. Sciotica Otth. (S. Chia Spr.) Ins. Chio. DC. l. c.

42 S. Sibthorpiana Rchbch. (S. dichotoma Sibth. et Sm. non DC.) *Bithynia :* cistetis pr. Mudaniam sparsim, alt. 0-100ᵐ, et eodem districto circa Olympum. G. *Pisidia* pr. Buldur. *Ciliciæ* reg. calida, pr. Mersinam, Bal. — *Thracia. Bulgaria. Macedonia. Mesopotamia.* G. *Attica.* Fr. Syn. fl. class.

> D Var. purpurascens. — Tchchat. pl. As. Min. exsicc. an. 1859. N° 431. — *Ponto :* arenosis littoralibus circa Kerasun. T.

43 † S. nocturna L. non Pall. Vineis agri *Byzantini.* G. *Bithyniæ* Olympo. S. — *Græcia.* Nym. *Syria :* pr. Saldam. cat. herb. syr. fasc. I. N° 6.

44 > S. Heldreichii Boiss.

> α. *Pamphylia :* saxosis pr. apricis Alaya. B.
> β. *Pamphylia :* colle Kurmalu, haud procul ab urbe Adalia. B.

45 > S. setacea Otth. (S. nocturna L. sec. Spr.?) Ins. *Melos.* DC. l. c.

§ 2. *Calycibus clavatis.*

46 S. villosa Forsk. non Boiss. Voy. Esp. (S. canopica Del. sec. Tausch.) Ad *Byzantium.* G. — *Ægypto.* DC. l. c.

47 S. Oliveriana Otth. *Mesopotamia :* circa Mossul. — *Syria :* circa Alep. DC. l. c.

48 ⟩ S. dianthifolia J. Gay. mss. non Otth. (Forma humilior foliis brevioribus et angustioribus J. Gay. mss.) Bal. pl. d'Or. an. 1855. N° 604. — Reg. alp. *Ciliciæ* Bulgardagh : supra Bulgarmaden. Bal.

49 † S. vespertina Retz. — Fl. gr. tab. 309. (S. sericea All. S. distachya Brot. S. canescens Ten. tab. 38.) Bal. pl. d'Or. an. 1854. N° 97. — *Herb.* gr. norm. N° 581. (var. canescens.) Pr. *Byzantium.* R. *Bithyniæ* littore : sparsim arenosis marit. ad sinum Nicomedicum pr. Illrœk. G. *Archipelago :* Ins. Tinos, Tenedos, etc. Nouv. G. Pelop. *Ionia :* arenosis marit., pr. Smyrnam. *Ciliciæ* marit. pr. Mersinam. Bal. — *Græciæ* collibus marit. siccis. Fr. l. c. Ins. *Zacyntho.* Prdr. fl. gr. I. 291. *Africa* bor. DC. l. c.

50 S. colorata Schousb. non Fisch. nec Friv. nec Poir. Ins. *Chio.* — *Marocco.* DC. l. c.

51 † S. olliata Pourr. non Willd. (S. Pourretii Poir. S. arvatica Lag.) *Archipelago.* — *Creta. Hispania. Gallia.* Nym.

52 † S. Dilleniana Schott. — *Tchihat.* pl. As. Min. exsicc. an. 1853. N° 43. — *Caria :* decliv. merid. jugi Lidæ, inter pagos Sarnychli et Yerkissen, alt. c. 950ᵐ. T. *Gallia.* Steud. nom. bot.

53 ⟩ S. Thirkeana C. Koch in Linn. XIX, p. 56. *Armenia :* incultis, pr. Erzerum. H.

Sect. V. ROTIFRAGA Otth. in DC. Prdr. I. 375.

54 † S. inaperta L. non DC. (Lychnis inaperta Scop. S. polyphylla DC. fl. fr.) Olympo *Bithyniæ.* S. — *Græcia.* Nym.

55 ⟩ S. arguta Fenzl. in Pugill. et in Russeg. Reis. I. p. 916. (S. incurvifolia Kar. et Kir.) Subalp. et alp. *Tauri occid.,* supra

pagum Gulek, alt. 1137-2273ᵐ. F. *Armenia* : supra Erzerum. H.

56 S. grisea Boiss. *Lydia* : pr. Elmalu. — Ad rupes calcareas *Libani* supra Eden. B.

57 † S. sedoides Jacq. Ikst. — Fl. gr. tab. 425. (S. ramosissima Sm. Prdr. fl. gr. N° 1001.) Herb. græc. norm. N° 187. (*Var.* petalis rubris.) — Ins. *Astypalæa* : copiose ad latera vulcani Camenl, pr. Theram. D'Urv. Enum. — *Creta*. Steud. l. c. Pr. *Athenas*, ad Pyræum (var). Heldr.

58 S. fruticulosa Sieb. non Willd. herb. (S. saxifraga. L. var. Rchbch. Saponaria Smithii Ser. ap. DC. Saponaria cæspitosa Sibth. et Sm. ex Fenzl.) *Ciliciæ* Dulgardagh : densos cæspites in rupestribus schistosis inter Dulgarmaden et Dulgar-Megara componit, alt. 1919ᵐ. Ky. diar. cilic. an. 1853. — *Creta, Ins. Eubœa.* Nym.

59 > S. capillipes Boiss. et Heldr. *Isauria* : fauce speluncarum supra Ermenek. H.

60 > S. oreades Boiss. et Heldr. *Pamphylia* : fissuris m. Gheidagh supra Alaya. *Pisidia* : m. Stavros. H.

61 > S. tunicoides Boiss. *Caria* : rupibus ad Marmoritza. B.

62 > S. Urvillii Schott. Ins. *Cos.* DC. l. c.

Sect. VI. Siphonomorpha Oth. in DC. Prdr. l. 377.

§ 1.

63 S. longipetala Vent. — Fl. gr. tab. 410. (S. macropetala Spr.) Herb. græc. norm. N° 186. — *Cilicia campestri* : ad pagum Duluklu, pr. Mersinam. Bal. — *Syria* : pr. Alepo. DC. l. c. *Atticæ* campis. Heldr.

64 > S. macroclada Boiss. — Bal. pl. d'Or. an. 1855. N° 798. — *Lydia* : parte infer. m. Tmoli, supra Philadelphiam. B. *Phrygia* : per urbem Uchak, alt. c. 900ᵐ. Bal.

65 > S. lasiopetala Fenzl. In Pugill. et in Russeg. Reis. I. 910. *Phrygia* : pr. Uchak. Bal. Reg. mont. *Ciliciæ* Bulgardagh : pr. pagum Gulek, alt. 1137ᵐ. F.

66 > S. pungens Boiss. *Armenia* : ad radices m. Tekdagh, H., nec non planitie circa Erzerum. Calv.

67 † S. nutans L. (S. Pelidna Rchnb. S. latifolia Hornem. S. infracta W. et K. S. Lychnis nutans Scop.) *Tchihat*. pl. As. Min. exsicc. an. 1853. Nᵒˢ 21 et 32. — Agro *Byzantino*. G. *Bithyniæ* Olympo. S. *Lydia* : m. Tmolo, alt. c. 300ᵐ. Inter pagos Ovadjik et Kizil-Kalessi. T. *Archipelago*. Nym. — *Serbia*. Pan. *Tauria*. Prov. *Caucas. Sibiria*. Ledeb. l. c.

68 S. saxatilis MB. (S. nutans β glabra DC. S. tenuis Willd ? sec. Spr.) *Tchihat*. pl. As. Min. exsicc. an. 1852. Nᵒ 506. B.; an 1858. Nᵒ 322. — *Ponto merid.* : inter urbem Niksar et pagum alpinum Seleyatlami, reg. silvat., alt. c. 900ᵐ., nec non inter pagos Sarybaba et Embrek (ad NNO urbis Gumuchhane), alt. 1600-1800ᵐ. T. *Armenia* : circa Erzerum. H. — Prov. *Caucas*. Ledeb. l. c.

§ 2.

69 ⍁ S. Armena Boiss. — *Bal*. pl. d'Or. an. 1856. Nᵒ 1017. — *Armenia* : circa Erzerum. D. *Cappadocia* : m. Alidagh pr. Kaïsaria, alt. c. 1500ᵐ. Bal.

70 S. repens Patrin. *Armenia* : m. Ararat, Alagas, Aladagh, etc., alt. 1010-2023ᵐ. W. — Prov. *Caucas. Sibiria*. Ledeb. l. c.

71 † S. noctiflora L. *Coriæ* agris. Prdr. II. gr. I. 206. *Ciliciæ* Bulgardagh : ad pagum Gulekboghaz. Bal. *Armenia* : neglectis ad radices m. Tekdagh, H., nec non planitie circa Erzerum. Calv. — *Serbia*. Pan. *Tauria*. Stev. *Caucaso. Sibiria*. Ledeb. l. c. *America bor*. Steud. l. c.

72 † S. vallesia L. (S. vallesia β *Caucasica* Bunge.) *Armenia* : m. Ararat. — *Caucasi orientalis* alpibus Tufandagh inter fragmina schisti, alt. 2730ᵐ. Ledeb. fl. ross. I. 321. *Græcia*. Nym.

73 ⍁ S. supina MB. *Ciliciæ* Bulgardagh : glareosis calcareis schistosisve summi Metdesis, Tchahanbuyu et Kiziltepe, alt. 2399-2024ᵐ. Ky. diar. cilic. an. 1853. — *Rossia meridionali. Caucaso. Sibiria*. Ledeb. l. c.

Var. latifolia Hohenack. *Armenia* : m. Ararat. — *Tauria*. Ledeb. l. c.

74 ⍁ S. brevicaulis Boiss. *Armenia* : m. Akdagh. D.

75 S. chlorifolia Sm. — *Bal*. pl. d'Or. an. 1854. Nᵒ 88. — *Cili-*

ciæ Bulgardagh : devexis schistosis orienti soli obversis m.
Kiziltepe, alt. 2500ᵐ. Ky. dia. cilic. an. 1853. *Lydia* : reg.
media m. Sipyli, supra Magnesiam. Bal. *Armenia*. DC. l. c. —
Prov. *Caucas*. Ledeb. l. c.

76 † **S. squamigera** Boiss. (S. echinata Jaub. et Sp. non Otth.
nec Guss.) *Bal. pl. d'Or. an. 1851. N° 100.* — *Lydia* : reg. media
m. Sipyli supra Magnesiam. Bal. *Caria* : pr. Gheyra. (Aphrodi-
sias veterum.). — *Calabria*. B.

77 > **S. papillosa** Boiss. — *Bal. pl. d'Or. an 1855. N° 807.* — *Cariæ* arenosis. B. *Cilicia campestri* : pr. Mersinam. Bal.

78 **S. swertiæfolia** Boiss. — *Tchihat. pl. As. Min. exsicc. an. 1853.
N° 128.* B. — *Pisidia occident.* : inter pagos Tchukurkoi et Ahyrkoi, pr. lacum Egerdir, reg. planiuscula, alt. c. 900ᵐ. T. *Cilicia
campestri* : ad pagum Gulek, pr. pylas. Bal. *Cappadocia orient.*
— *Persia* : m. Demavend. B.

79 † **S. italica** Pers. Sibth. fl. gr. tab. 420. (S. sicula Presl. sec.
Spr. Cucubalus italicus L.) *Bal. pl. d'Or. an. 1851. N° 93.* —
Herb. græc. norm. N° 185. — Circa *Byzantium*. R. Collibus
incultis circa *Smyrnam. Phrygia* : pr. Uchak. *Ciliciæ* Bulgardagh :
ad pagum Gulek. Bal. *Armenia* : circa Erzerum. Calv. *Ponti
Euxini* littore Colchidis. Montibus *Archipelagi*, ins. Cos. D'Urv.
Emm. — *Macedonia*. G. *Canensi* collibus siccis. Ledeb. l. c.
Algeria : pr. Djelfa, alt. 1120ᵐ. Coss. l. c.

80 > **S. Fenzlii** Boiss. et Bal. (S. Sieberi Fenzl. ex parte.) *Ciliciæ*
Bulgardagh : reg. alp. supra Bulgarmaden. B.

81 **S. Sieberi** Fenzl. ex parte in Pugill. et in Russeg. Reise. 1. 912.
Reg. mont. et subalp. *Ciliciæ* Bulgardagh : infra fodinas pr.
Gulek, alt. 1300-1625ᵐ. — *Creta* : pr. Sfia. F.

82 > **S. Lycia** Boiss. *Lycia* : m. Akdagh. B.

83 † **S. nemoralis** Wald. et Kit. (S. italica L. var. Jan.) *Armenia
rossica.* — *Caucaso*, prov. caspica Talusch. Ledeb. l. c. *Serbia.*
Pan. *Græcia*. Nym.

Var. platypetala Grisb. (S. nemoralis Friv. herb. rum.) *Bithynia* :
fruticetis ad sinum Mudaniensem, pr. Kapaklu. — Reg. subalp.
Thraciæ jugi Rhodopes, pr. Carlova. G. *Serbia*. Pan.

84 † S. longiflora Ehrh. *Armenia* : neglectis pr. Erzerum. H. — *Tauria.* Ledeb. l. c. *Serbia.* Pan.

85 † S. bupleuroides L. non Schang. — *Tchihat.* pl. As. Min. exsicc. an. 1858. N° 897. — *Armenia* : incultis pr. Erzerum, H., nec non inter Erzerum et origines fl. Araxis, alt. c. 2000ᵐ. T. — Prov. *Caucas.* Karabagh. Ledeb. l. c. *Hispania.* Nym.

Var. solenocalyx Boiss. et Huet. — *Armenia* : circa Erzerum. B.

86 > S. Caramanica Boiss. et Heldr. (S. bupleuroides pl. Heldr. anat. exsicc. an. 1816 non L.) *Tchihat.* pl. As. Min. exsicc. an. 1858. N° 897. — *Pisidia* : vineis pr. Bunarbachi, inter Caramon et Ermenek. B. *Armenia* : in. Binguldagh (monte Mille-Lacuum), alt. 2800-3500ᵐ. T.

87 > S. Cæsarea Boiss. et Bal. — *Bal.* pl. d'Or. an. 1850. N° 1048. *Cappadocia* : cacumine m. Alidagh, alt. 1700ᵐ supra urbem Kaisaria. B.

88 > S. Argæa Fisch. et Mey. An. sc. nat. A basi lignosa multicipiti cæspitosa hispido-viscidula; foliis subulato-linearibus acuminatis, caulinis latioribus; caulibus unifloris vel rarissime bifloris paucifoliatis, pedunculo quam calyx multo breviore aut illi subæquali; calyce longe cylindraceo-clavato (plus quam pollicari) purpureo-striato et reticulato viscido-puberulo, dentibus ovatis acutis. Corolla videtur purpurea. — *Tchihat.* pl. As. Min. exsicc. an. 1849. Nᵒˢ 556, 567, 574, 613 et 615. — *Bal.* pl. d'Or. an. 1856. N° 1042. — *Cappadocia* : in. Argæo. T. — Bal.

Sect. VII. Atocion Otth. in DC. Prdr. 1. 383.

89 S. atocion Juss. in Jacq. hort. Vind. (S. orchidea L. fil.) *Bal.* pl. d'Or. an. 1855. N° 808. — *Cilicia campestri* : pr. Mersinam, parietibus angustiæ Guzeldere. Bal. — *Syria* : pr. Saidam. Cat. herb. syr. fasc. 1. N° 8.

90 > S. atocioides Boiss. *Caria.* B.

91 > S. polygonoides Pers. (Cucubalus polygonoides Willd.) Ins. *Naxos.* DC. l. c.

92 † S. armeria L. non Pall. nec MB. (Cucubalus fasciculatus Lmk. Lychnis armeria Scop.) Circa *Byzantium.* R. *Lycaonia* T.

— *Macedoniæ* m. Athos. Prdr. fl. gr. I. 298. *Serbia*. Pan. *Rossia media et austr.* Ledeb. fl. ross. I. 324.

93 > S. Balansæ Boiss. *Cappadocia* ; jugi Aladagh m. Masmenev, reg. alp. *Antitauro* ; m. Arslandagh. B.

94 † S. compacta Fisch. in Horn. hort. hafn. MB. (S. armeria MB. Sibth. et Sm. S. bella Clarke.) *Tchihat.* pl. As. Min. exsicc. an. 1853. N° 133 ; an. 1858. N° 434. — *Pisidia* : montibus inter pagos Aglassan et Tchukurkol, alt. c. 1200ᵐ. T. *Lydia* : Tmolo occident. ad pagum Bozdagh. Dal. *Ponto* collibus marit. circa Kerasun. T. *Cappadocia* ; m. Alidagh pr. Kaïsariam. T. *Armenia* : supra pagum Korprulach, pr. Erzerum. H. — *Thracia. Maedonia.* G. *Tauria.* Prov. *Cauc.* Ledeb. l. c.

95 S. Kotschyi Boiss. *Pamphyliæ* Tauro. — *Syria*: pr. Aintab. B.

96 > S. exsudans Boiss. et Heldr. *Lycia* : arenosis marit. portus Tchinova. B.

97 > S. Cariensis Boiss. *Caria* : collibus montosis inter Yenidje et Gheyra. B.

98 > S. rhynchocarpa Boiss. *Cariæ* atque *Lydiæ* m. Tmolo et Cadmo. *Bithyniæ* Olympo. D.

99 > S. falcata Sibth. et Sm. Fl. gr. tab. 436. Circa *Byzantium.* R. Cacumine *Bithyniæ* Olympi, ubi viget in præruptis et lapidosis. G.

100 > S. Ispirensis Boiss. et Huet. *Armenia* : circa Ispir. B.

101 > S. Masmenæa Boiss. *Cappadocia* : reg. alp. jugi Aladagh, m. Masmenev. D.

102 > S. echinus Boiss. et Heldr. (S. subulata Boiss. in pl. Heldr. annt. non Boiss. Diagn.) *Pisidia* : aridis m. Budrum ad meridiem orbis Islarta situ, alt. 1300-1624ᵐ. D.

103 > S. subulata Boiss. (S. nardifolia Boiss. et Huet in pl. arm.) *Tchihat.* pl. As. Min. exsicc. an. 1858. N° 470. — *Armenia* : ad castellum Balbul. B., nec non pr. Erzerum. Calv. Montibus ad Euphratem. D. *Ponto :* Jugo Paryadres veterum, vallibus alp. nudis humiliusculis, alt. 1900-2600ᵐ. T.

104 > S. pharnacefolia Fenzl. in Pugill. atque in Russeg. Reis. I.

917. Rupibus alpium summarum *Tauri occident.*, ad Madentepessi et Alatepessi, alt. 2277-2509. F.

105 ⟩ S. delicatula Boiss. — *Bal.* pl. d'Or. an. 1855. N° 805. — *Cilicia campestri* : pr. Mersinam in angustiis Guzeldere. Bal.

106 S. commelinæfolia Boiss. *Armenia.* — *Persia* : m. Zerdku. B.

107 ⟩ S. Laxica Boiss. *Armenia* : ad pagum Tachkrpru pr. Erzerum. II. Alpibus *Lazistani*. B.

Species non satis notæ.

108 ⟩ S. mollissima Sibth. Ad *Byzantium.* O. *Bithynia* : inter Brussam et Smyrnam. Pdr. fl. gr.

109 S. spinescens Sibth. et Sm. fl. gr. tab. 431. — Herb. græc. norm. N° 285. — *Asia Minore.* Prdr. fl. gr. — Rupibus m. Lycabetti, pr. Athenas, Heldr. *Thracia* : ad Pontum. G.

110 ⟩ S. juncea Sibth. et Sm. fl. gr. tab. 421, non Roth. *Asia Minore.* Prdr. fl. gr. I. 295.

111 ⟩ S. racemosa Otth. (S. divaricata Sibth. et Sm. non Clem. S. Iberica sec. Spr.) *Bal.* pl. d'Or. an. 1854. N° 99. — *Agro Cariensi.* Prdr. fl. gr. Ad *Smyrnam*, collibus incultis. Bal.

112 ⟩ S. arenosa C. Koch. *Armenia rossica* : arenosis pr. fl. Araxin frequens, Ledeb. fl. ross. I. 778.

113 ⟩ S. lasiantha C. Koch. *Armenia occid.* Ledeb. l. c.

Species nondum descriptæ.

114 ⟩ S. Pompelopolitana J. Gay. — *Bal.* pl. d'Or. an. 1855. N° 910. — Arenosis marit. *Ciliciæ campestris*, inter rudera Pompelopolis. Bal.

115 ⟩ S. lepta J. Gay. — *Bal.* pl. d'Or. an. 1855. N° 800. — Arenosis marit. *Ciliciæ*, pr. Mersinam, Bal.

116 ⟩ S. forma retracta J. Gay. — *Bal.* pl. d'Or. an. 1855. N° 801. — Ibid.

117 ⟩ S. leptæ affinis J. Gay. Reg. calida *Ciliciæ campestris*, ad pagum Bulukly, pr. Mersinam. B.

118 » S. psororphora J. Gay. Reg. super. *Cappadociæ* vallis Kamichly, alt. c. 1450ᵐ. Bal.

119 » S. rimarum J. Gay. Reg. alp. *Ciliciæ* Bulgardagh, rupium
fissuris supra Bulgarmaden. Bal.

120 » S. vesiculifera J. Gay. — *Bal.* pl. d'Or. an. 1855. Nᵒ 800. —
Reg. mont. Bulgardagh, pr. pylas. Bal.

121 » S. Tmolea J. Gay. Rupestribus humidis septentrioni
obversis *Lydiæ* m. Tmoli, supra pagum Bozdagh, alt. c. 2113ᵐ.
Bal.

122 » S. pumila J. Gay. (Saponaria pulvinaris Boiss. sec. cl. Ky.
in diar. cilic. an. 1853.) *Ciliciæ* Bulgardagh : supra plumbi fodinas Gulek Megara, jugis Ketaibele et Karakopu cæspites hemi-
sphæricas format, alt. 2500. Ky. l. c.

123 » S. splendens Boiss. — *Bal.* pl. d'Or. an. 1857. Nᵒ 1312. —
Phrygia : pr. Uchak, alt. c. 910ᵐ. Bal.

124 » S. depauperata Boiss. — *Bal.* pl. d'Or. an. 1857. Nᵒ 1310.
— *Phrygia :* pr. Uchak, alt. c. 910ᵐ. Bal.

125 » S. fasciculata Boiss. — *Bal.* pl. d'Or. an. 1857. Nᵒ 1309.
— *Phrygia :* reg. montana m. Almadagh, ad septr. urbis Uchak.
Bal.

126 » S. bracteata Boiss. *Armenia.* Calv.

127 » S. bupleuroides L. affinis. — *Tchihat.* pl. As. Min. exsicc.
an. 1849. Nᵒ 147. — *Mysia :* pr. pagum Derekoi, alt. c. 70ᵐ,
herbosis. T.

128 » S. Argæa F. et M. affinis. — *Tchihat.* pl. As. Min. exsicc.
an. 1849. Nᵒ 586. — *Argæi* reg. superiori. T.

VII. **Vaccaria** Medik. Ledeb. Griseb. — Saponariæ Sect. I.
DC. Prdr. 1. 365.

1 † V. vulgaris Host. (V. parviflora Mœnch. V. pyramidata Medik.
— Fl. Wett. Saponaria vaccaria L. DC. Gypsophila vaccaria Sibth.
et Sm. fl. gr. tab. 380. Lychnis vaccaria Scop.) *Tchihat.* pl. As.
Min. exsicc. an. 1853. Nᵒ 094. — Ins. *Holki* ; inter segetes circa

Scutari. G. Inter segetes *Archipelagi* vulgaris. Prdr. fl. gr. I.
279. *Cappadocia :* pratis inter Kaïsariam et pagum Enderlik,
alt. 0-1250ᵐ, nec-non inter vallem Bosanta-su et pagum Kizildagh, excelsis alival. T. *Armenia :* pr. Erzerum. H. — *Rumelia.*
G. *Bessarubiæ* campis rara. Ta. *Serbia.* Pan. *Tauria. Caucaso. Sibiria.* Ledeb. fl. ross. I. 302. *Græcia.* Prdr. fl. gr. l. c.

2 › V. grandiflora Jaub. et Spach. — *Bal.* pl. d'Or. an. 1850.
N° 730. — *Tchihat.* pl. As. Min. exsicc. an. 1849. N° 1051, et
an. 1857. N° 1307. — *Caria.* J. S. *Armenia.* Calv. *Cappadocia:*
planitie urbis Kaïsariæ, alt. c. 1300ᵐ. T. *Phrygia :* pr. Uchak,
alt. 910ᵐ, inter segetes. Bal. *Mesopotamia.* J. S.

3 › V. inclusa Ledeb. (Saponaria inclusa C. Koch in Linn. xv.
711.) *Armenia rossica :* planitie fl. Araxis, alt. 908-1136. W.; pr.
monasterium Etschmiasdin inter segetes. Ledeb. I. 770.

VIII. **Saponaria** L. ex parte. DC. Prdr. I. 365 excl. Sect. 1.

Sect. 1. Boötia DC. l. c. — G. Boötia Neck.

1 † S. officinalis L. Circa *Byzantium.* R. *Armenia :* circa Erzerum. Calv. Frequens ins. *Andros.* — *Eubœa;* rara *Græciæ* conti-
nento. *Serbia.* Fr. Syn. fl. class. *Tauria.* Prov. *Caucas. Sibiria*
ural. Ledeb. fl. ross. I. 301.

2 › S. chlorœfolia Kunze (Silene perfoliata Oth. DC. Prdr. Cu-
cubalus perfoliatus Poir.) *Tchihat.* pl. As. Min. exsicc. an. 1853.
N° 118. — *Bal.* pl. d'Or. an. 1857. N° 1306. — Declivitate bor.
Lydiæ m. Mesogis. *Caria :* inter Mula et Bullakhan, mont. lapid.,
alt. c. 850ᵐ. T. *Phrygia :* m. Almadagh, ad sept. urbis Uchak.
Bal.

3 › S. Pamphylica Boiss. et Heldr. — *Tchihat.* pl. As. Min. exsicc.
an. 1853. N° 277, 284. B. — Saxosis Tauri *Pamphyliæ* in via
inter Mulam et Adaliam, alt. 1209ᵐ, B. *Cilicia boreali :* ad radicem
m. Akdagh, pr. pagum Kizildagh. *Lycaonia :* inter Radinsaral et
Alibeikol, alt. 1200ᵐ. T.

4 › S. Kotschyi Boiss. — *Bal.* pl. d'Or. an. 1855. N° 020. — Reg.
mont. *Ciliciæ* Bulgardagh, in pylis. Bal.

5) S. glutinosa MB. (Silene armeria Pall.) *Phrygia* : ad pagum Yaclamichlar pr. Uchak. Bal. *Cilicia campestri* : silvis ad occasum pylarum sitis. Bal. Prov. *transcaucasicis, versus fines turcicas.* — *Tauria.* Ledeb. l. c. *Serbia.* Pan. *Algeria* : pr. Djelfa, alt. 1120ᵐ. Coss. Bull. soc. bot. iv. 485.

6) S. stocloides Boiss. — *Bal.* pl. d'Or. an. 1856. Nᵒ 1050. — *Tchihat.* pl. As. Min. exsicc. an. 1858. Nᵒ 660.—*Cappadocia* : collibus supra pagum Talassa, ad SE. urbis Kaisariæ, alt. c. 1300ᵐ. Bal. *Ponto austr.,* inter urbem Niksar et pagum Rachtchiflik, reg. mont. silvat., alt. 1500-2000ᵐ. T.

>   *Var.* Calverti Boiss. 'S. Calverti Boiss. in Hunt pl. Arm.) *Armenia* :
>   supra pagum Missire inter Balbat et Erzerum situm. B.

7) S. holopetala Ledeb. Prov. *transcaucasicis occident.* versus *fines turcicus.* Ledeb. l. c.

>   Sect. II. Proteinia Ser. in DC. Prdr. I. 366.

8 S. porrigens L. (Silene porrigens Gouan.) Arenis marit. *Ciliciæ campestris* : planitiebus circa Mersinam, Bal.

9) S. tridentata Boiss. *Cappadocia* : m. Akdagh. B.

10 † S. orientalis L. (Lychnis orientalis Scop.) *Bal.* pl. d'Or. an. 1856. Nᵒ 1049 ; an. 1857. Nᵒ 1305, — *Tchihat.* pl. As. Min. exsicc. an. 1849. Nᵒ 93. — *Bithynia* : pr. Bolu. G. *Phrygia* : pr. Uchak, inter segetes. *Cappadocia* : jugi Aladagh m. Masmener, reg. alp. infer. nec non collibus supra pagum Talassa ad SE. Kaisariæ, alt. c. 1300ᵐ. Bal. *Galatia* : pr. Angoram. T. *Armenia* : demissis pr. Erzerum. II. — Prov. *Caspica* Talusch. Ledeb. l. c. *Carniolia.* DC. l. c. *Pyræneis orient.* Nyn.

11) S. picta Boiss. ined. — *Tchihat.* pl. As. Min. exsicc. an. 1858. Nᵒ 415. — Annua caule glabro a collo dichotome ramoso tenui nodis incrassatis, follis minutis glabris oblongo-spatulatis in petiolum longe attenuatis ramxis linearibus minimis, cymæ multifloræ effusæ ramis pedicellisque divaricatis capilloribus patulo fractis flore erecto vix longioribus, calyce obconico-turbinato pilis longis glandulosis hispido dentibus triangularibus

acutis, petalis fauce nudis calyce longioribus lineari-cuneatis
apice retusis albidis 3 nervis purpureis apice anastoma-
santibus pictis, capsula oblonga apice 4 valv. calyce sublongiori, seminibus reniformi-compressis seriatim exitule
tuberculatis.

Observ. Fere æquo jure Gypsophilæ et Saponariæ adnume-
randæ, huic tamen ob magnam cum. Sap. orientali affinitatem
adamanda. Ab ea differt foliis minoribus calycibus brevioribus
obconicis nec cylindricis, petalis pictis nec concoloribus retusis
nec bifidis.

Ponto meridionali : Inter pagos Embrek et Ardessi (ad NNO.
urbis Gumuchhane), alt. 1300-1700ᵐ. T.

12 S. viscosa C. et Mey. *Armenia rossica :* prov. Nahitchevan. —
Reg. Caspica *Tuluarh,* alt. 1300ᵐ. Ledeb. l. c.

13 ⟩ S. cerastoides Fisch. Ad *Pontum Euxinum.* — Prov. Caspica *Lenkhoran.* Ledeb. fl. ross. I. 302.

14 ⟩ S. Mesogitana Boiss. — *Tchihat.* pl. As. Min. exsicc. an.
1849. N° 780. — *Galatia :* m. Kuredagh, depressis, herbosis,
silvat., alt. c. 1900ᵐ. T. *Lydia :* pinguibus m. Mesogis, supra
Aldin. *Ioniæ* montibus, circa Smyrnam. *Lycia.* B.

15 ⟩ S. nodiflora Boiss. *Armenia austr.* (Kurdistano), pr. Malatla. B.

Sect. III. Bovartaci Ser. in DC. l. c. 366.

16 ⟩ S. prostrata Willd. *Galatia.* DC. l. c.

17 S. pulvinaris Boiss. (S. pumilio Boiss. non Fenzl.) *Caria :* m.
Cadmo. B. Reg. alp. *Ciliciæ* Bulgardagb, supra Dulgurmaden.
Bal. — *Libano.* B.

18 ⟩ S. ortegioides Boiss. et Bal. (Tunica ortegioides Fisch. et
Mey. An. sc. nat. 1851. in *Tchihat.* pl. As. Min. Tunica xillor-
rhiza Boiss. ibid. an. 1854 in *Tchihat.* pl. As. Min. Gypsophila
ortegioides Boiss. et Bal. in *Bal.* pl. d'Or. an. 1850.) *Tchihat.*[1]
pl. As. Min. exsicc. an. 1849. N° 601, 602 ; an. 1853. N° 250 bis.

1. Vide nostram Tab. XI.

— *Bal.* pl. d'Or. an. 1858. N° 1006.— *Cappadocia* : m. Alidagh.
T. Bal. *Ponto austr.* : Inter pagum Almus et urbem Niksar. T.

Species non descripta.

19 » B. **Cæsarea** Boiss. *Cappadocia* : cacumine m. Alidagh, pr.
Katsariam. Bal.

    IX. **Gypsophila** L. ex parte. DC. Prdr. I. 351.

    Sect. 1. Stauvitæ Ser. l. c.

1 » **G. reticulata** Hochst. Flora, an. 1845.— Walpers Repert. bot.
v. 77.— Perennis : foliis caulinis inferioribus lanceolatis, superioribus cordatis, basi breviter coalitis cauleque glabris,
utrinque reticulato-venosis, nervis venisque prominulis punc-
ticulatisque; paniculis valde diffusis, ramis minute glandu-
loso-puberulis; bracteolis membranaceis angustis acumina-
tisque; æqualis calycis glabris membranaceo-marginatis, medio
stria viridi percussis obtusis, interdum minute mucronulatis.
Affinis G. ruscifoliæ. Boiss.
    Armenia austr. : circa Diarbekir. Hochst. l. c.

2 » **G. eriocalyx** Boiss. — *Tchihat.* pl. As. Min. exsicc. an. 1849.
N° 175 bis et an. 1853. N° 563. — *Pamphylia* : placto aprico
maritimo 2 leucis ab urbe Adalia orientem versus distante. B.
Galatia orient. : inter pagum Tcknmtch et urbem Sivas, planis,
aridis, alt. c. 1400ᵐ. T.

3 » **G. nebulosa** Boiss. et Heldr. (G. paniculata var. obtusifolia
Boiss.) *Isauria* : vineis pr. Beycher. B.

4 † **G. struthium** L. *Armenia rossica* : m. Ararat. Bge. l. c. —
Rossia australi : pr. Odessam. Ledeb. l. c. *Hispania.* DC. l. c.

5 » **G. Anatolica** Boiss. et Heldr. (G. perfoliata var. Boiss.) *Bal.*
pl. d'Or. an. 1850. N° 1052. — *Lycaonia* : planitie arida circa
urbem Konia, ad pagum Suleiman Hadji. B. *Cappadocia* : ad Euphratem, B., nec non pr. Katsariam, collibus ad occidentem
hujus urbis sitis. Bal.

6 **G. Aucheri** Boiss. — *Tchihat.* pl. As. Min. exsicc. an. 1858.
N° 225. — *Cappadocia* : ad Euphratem. B. *Armenia* : inter pagus

Kalaratch et Almalu (ad orient. urbis Erzindjan), alt. 1500-2000ᵐ, locis nudis, lapidosis. T. — *Persia occidentali*. B.

7 G. viscosa Murr. — *Tchihat. pl. As. Min. exsicc. an. 1858. Nᵒ 940. — Cappadocia* : collibus ad occasum urbis Kaisariæ sitis, Bal. *Armenia rossica* : humidis pr. Etchmiasdin, W., atque m. Ararat. Bge. *Armenia turcica austr.* : inter pagos Litchka et L'umbazar, alt. 1900-2200ᵐ. T.

8 » G. curvifolia Fenzl. in Pugill. et in Russeg. Reis. I. 922. — *Bal. pl. d'Or. an. 1855. Nᵒ 600. — Ciliciæ* Bulgardagh : alpe Maaden-tepesi infra fodinas, regione arborum termini, alt. 1948-2273ᵐ. F. *Antitauro* : reg. alp. m. Arslandagh. Bal.

9 G. libanotica Boiss. — *Tchihat. pl. As. Min. exsicc. an. 1853. Nᵒ 750 bis. — Ciliciæ* Bulgardagh : m. Kiziltepe, alt. 2599. Ky. diar. cilic. an. 1853, nec non ad pagum Kiziklagh, alt. c. 1600ᵐ. T. *Cappadocia* : jugi Aladagh m. Massuenev, rupibus reg. montanæ. Bal. — *Libano*. B.

10 G. trichotoma Wender. (G. perfoliata DC. non L.) *Armenia rossica*. — *Caucaso. Tauria. Sibiria.* Ledeb. fl. ross. I. 297.

11 † G. perfoliata L. non DC. nec MB. (G. tomentosa β L.) *Armenia rossica* : humidis, pr. Etchmiasdin. W. — *Deserto Caspico.* circa Astrakhan. Ledeb. l. c. *Hispania, Dalmatia*. Nym.

12 † G. paniculata L. *Armenia rossica* : inter Ararat majorem et minorem. Bge. l. c. — *Prov. Caucas. Tauria. Sibiria.* Ledeb. l. c. *Sicilia.* DC. l. c.

> Var. floribus paulo majoribus. bracteis ciliatis. Bge. l. c. — Declivitate bor. m. *Ararat*, valle Arguri. Bge. l. c.

13 † G. tenuifolia MB. (Arenaria pulchra Willd.) *Armenia* : m. Ararat. — Subalp. et alp. totius *Caucasi*, alt. 1754-2730ᵐ. Ledeb. l. c.

14 » G. lepidioides Boiss. *Cappadocia* : ad Euphratem. B.

15 » G. Cappadocica Boiss. et Bal. *Antitauro* : reg. mont. super. m. Arslandagh. B.

16 » G. sphærocephala Fenzl. Ined. in sched. ad Ky. Coll. pl. Alepp. Kurdistan. Nᵒ 318. — *Bal. pl. d'Or. an. 1855.* — Suffru-

ticosa, glaberrima, caudice decumbente ramoso, innovatio-
nibus plerumque subverticillato-fasciculatis, turionibus erectis
v. adscendentibus, caulibus strictissimis 1-1½ pedalibus, circa v.
supra medium florigero-ramosis, ramis alternis strictis erecto-
patulis simplicissimis, simulque remotissimis, 3-1 pollicaribus;
foliis carnosis lineari-subulatis triquetris mucronatis, erectis
simulque plus minusve incurvis, tam caulinis quam turionum
1-3 *pollicaribus ac* ½*-1 lin. latis* superioribus adpressis 6-3 lin.
longis; floribus densissime capitato-glomeratis, glomerulis
globosis, cerasi aut pisi magnitudine, *longitudine axi cardinalis
ac ramorum infimorum remotissime spicatis, 4-2 alternis,* ramulorum superiorum solitariis terminalibus; bracteis *triangulari-
ovatis acutis carinatis adpressis, glomerulis duplo ac ultra
brevioribus, bracteolis calyci æquantibus oblonge lanceolatisque
naviculari-carinatis acutis;* calyce 1 ½ *lin. longo* albo-vires-
cente v. rubescente, punctulato, dentibus oblongis late albo-
marginatis *nervo excurrente distincte mucronatis,* petalis cuneato-
linearibus albis, calyce dimidio longioribus; staminibus longe
exsertis; capsula cum seminibus...

Obs. Proxima certe G. piluliferæ Boiss. et Held. quæ differt
habitu graciliore, foliis ad summum 1½ poll. longis ac tunc ½ lin.
latis, plerumque tamen minoribus, tum capitulis in caule ramisque solitariis, bracteis bracteolisque minutissimis, imprimis vero calycis 1 lin. ad summum longi dentibus obtusissimis, nervo mediano infra apicem deliquescente ibique dilatato.

Regione montana superiori *Cappadociæ* jugi Aladagh : in
monte Masmenev. Bal. — In saxosis montis Gara *Kurdistaniæ.*
Ky. l. c.

17 > G. pilulifera Boiss. et Heldr.— *Tchihat.*[1] pl. As. Min. exsicc.
an. 1849. N° 175 bis; an. 1853. N° 563. — *Ky.* diar. cilic. an.
1853. N° 357. sub nom. G. sphærocephalæ Fenzl. sed quæ est
genuina G. pilulifera Boiss. sec cl. Fenzl. in litt. —*Pamphylia :*
pineto aprico maritimo 2 leucis ab urbe Adalia orientem versus
distante. B. *Galatia orientali :* Inter pagum Tekmatch et urbem

1. Vide nostram Tab. X.

Sivas, loc. planis, aridis, alt. e. 1400ᵐ. T. *Cilicia :* ad origines
fl. Cydni. Ky. l. c.

18 > G. **Olympica** Boiss. *Bithynia :* reg. super. Olympi. B.

Sect. II. Dichoglottes Fisch. et Mey. Ledeb. fl. ross. 1. 288.

19 † G. **muralis** L. (G. serotina Hayn. G. agrestis Pers. Saponaria muralis Lmk.) Circa *Byzantium.* R. *Bithyniæ* Olympo. Prdr. fl. gr. 1. 280. *Armenia rossica.* Ledeb. l. c. — *Thessaliæ* littore, pr. Larissam. G. *Bessarabiæ* lapidosis et siccis. Ta. *Serbia.* Pan. *Tauria. Caucaso. Sibiria.* Ledeb. l. c.

20 G. **elegans** MB. (Arenaria pulchella Adami Hoffm.) *Tchihat.* pl. As. Min. exsicc. an. 1840. Nᵒ 711; an. 1858. Nᵒˢ 180 ter, 360 ter. — *Ponto :* inter pagum Espia (ad orient. urbis Kerasun) et tractum Hassanly, alt. 400-1000ᵐ. T. *Galatia orient.:* inter pagum Deliktach et urbem Sivas, planitiebus plerumque aridis, alt. c. 1500ᵐ. T. *Armenia turcica et rossica :* neglectis pr. Erzerum, atque inter pagos Mamahatun et Yenikol (ad Orient. Erzerum), alt. 1700-2000ᵐ. T.; prov. Erivan, alt. 1071ᵐ, nec non montibus inter *Armeniam rossicam et Grusiam* sitis, alt. 488-1495ᵐ. W.

21 > G. **frankenioides** Boiss. *Caria :* parte super. m. Cadmi, supra Colossam, pratis ad nives deliquescentes. B.

> Var. fasciculata Boiss. et Heldr. (G. atropurpurea B et H.)
Pisidia : depressis siccis m. Stavros, pr. Isbarta. B.

22 > G. **trichopoda** Boiss. *Cappadocia :* pr. Euphratem. B.

23 > G. **hispida** Boiss. *Cappadocia :* pr. Euphratem. B.

24 > G. **tubulosa** Boiss. (Dichoglottis tubulosa Jaub. et Sp.) *Bal.* pl. d'Or. an. 1854. Nᵒ 109; an. 1857. Nᵒ 1293. — *Lydia :* pr. Aidin. J. S., atque montibus Mesogis et Tmolo. B. *Phrygia :* pr. Kulah et Selendji, J. S.; valle Mæandri. B., nec non ad pagum Kalagœl, pr. Uchak. Bal. *Caria :* m. Cadmo. J. S.

Sect. III. Heterochroa Bge. in Ledeb. fl. ross. I. 291.

25 ⸗ G. serpylloides Boiss. et Heldr. *Isauria* : pascuis siccis m.
Gheldagh supra Alaya, alt. 1919-2271ᵐ. B.

Species nondum descripta.

26 ⸗ G. Anatolica affinis. — *Tchihat.* pl. As. Min. exsicc. an.
1840. Nᵒ 68. — *Galatia* : inter Alizy et Yuzgat, alt. c. 1350ᵐ. T.

X. **Jordania** Boiss. — Heterochroa. Jaub. et Sp.

1 ⸗ J. minuartioides Boiss. et Heldr. (Heterochroa minuartioides J. S.) *Bal.* pl. d'Or. an. 1857. Nᵒ 1304. — *Tchihat.* pl. As.
Min. exsicc. an. 1853. Nᵒˢ 172, 173. — *Phrygia* : petrosis pr. Selendi et Tauchanli J. S., nec non pr. Uchak, alt. c. 910ᵐ. Bal.
Pisidia : collibus aridis pr. Egerdir. T. *Lycia* : pr. Elmalu. B.

⸗ Var. compacta Boiss. Collibus aridis inter Beychir et Koniara. B.

2 ⸗ J. spergulifolia Boiss. (Heterochroa spergulifolia J. S.) *Bal.*
pl. d'Or. an. 1857. Nᵒ 1294. — *Phrygia* : pr. Selendi et Tauchanli cum specie praecedenti, nec non m. Almadagh ad septr.
urbis Uchak, alt. c. 1300ᵐ. Bal.

XI. **Tunica** Scop. Griseb. — Dianthi spec. L. DC. — Dianthi
Sect. III. Tunica Ledeb. fl. ross. I. 288.

Sect. 1. Gypsophiloides Griseb. Spic. fl. rum. bith.

1 † T. saxifraga Scop. (Dianthus saxifraga, L. DC. D. filiformis
Lmk. Cav. Gypsophila multicaulis Poir. G. saxifraga L. G.
scabra Schult. Imperata filiformis Moench. Gypsophila rigida
Sibth. et Sm. non L.) Agro *Byzantino*. G. *Bithyniæ* Olympo.
Prdr. O. gr. Aridis *Pontii* circa Trapezunt. D'Urv. *Armenia* : circa
Erzerum. Calv. — *Macedonia boreali*. G. *Serbia*. Pan. Prov.
Caucas. Ledeb. l. c. *Græcia.* Nym.

⸗ Var. — *Tchihat.* pl. As. Min. exsicc. an. 1858. Nᵒˢ 310, 703. —
Ponto : maritimis circa Keresun, nec non inter pagos Tekke et
Samyich, alt. 700-1100ᵐ. T.

2 ♀ **T. pachygona** Fisch. et Mey. Index IV. sem. hort. petrop. an. 1857. p. 50 (deest in Walp. Repert.) *Bal.* pl. d'Or. an. 1854. N° 108; an. 1857. N° 1308. — Annua, caule glanduloso-piloso tereti ramoso; foliis incani-subulatis glabris margine serrulato-scabris; floribus solitariis nudis paniculatis; calycis pentagoni glaberrimi dentibus ovatis subulato-acuminatis; petalis subli-nearibus acutiusculis; seminibus lævissimis alatis. — Proxima forsan Gypsophilæ compressæ sed differt caule tereti glandu-loso-piloso, calyclbus majoribus glaberrimis aliisque notis; a Tugim (Gypsophila) ochroleuca cui etiam affinis, dignoscitur ca-lycibus glaberrimis inter angulos non nervosis, petalis basi non maculatis, etc.

Lydia: m. *Tmolo* occident. ad pagum Bozdagh, collibus incul-tis. *Phrygia* : pr. Tchak, alt. 910ᵐ. *Cappadocia* : m. Masmeney (jugo Aladagh), nec non planitie urbis Kaisariæ. Bal.

3 ♀ **T. hispidula** Boiss. et Heldr. Declivitatibus calidioribus Tauri *Pamphyliæ*, inter Maria et Adalia. B.

4 ♀ **T. Pamphylica** Boiss. et Bal. *Pamphylia* : ad Adaliam. B.

5 ♁ **T. Sibthorpii** Boiss. (Gypsophila illyrica Fl. gr. tab. 386 non L. G. armeroides Ser. in DC. Prdr. G. glauca Stev.) *Troade*. Collibus insulæ *Amorgos*. — *Græcia* : ad radices Taygeti ; ad m. Delphi Euboeæ: pr. Bœotiæ urbem Lebadea. B. *Neapoli. Sicilia.* Nym.

6 **T. brachypetala** Jaub. et Spach. *Caria* : pr. Gheyra. (Aphrodi-sias veterum.) *Cappadocia.* — *Persia australi.* J. S.

7 ♁ **T. compressa** Fisch. et Mey. Index sem. hort. petrop. (Gyp-sophila compressa Desf. fl. atl. I. p. 343, tab. 97. Silene angusti-folia Poir?) Annua, apice glanduloso-pubescens; caule com-presso ramoso; foliis lineari-lanceolatis; floribus solitariis nudis paniculatis; calycis pubescentis subangulati dentibus ovatis acutis; petalis oblongis acutiusculis, integerrimis; se-minibus...

Frequens summis montibus insulæ *Scopoli.* D'Urv. — *Serbia.* Pan. *Græcia.* Nym. *Barbaria.* Steud.

Sect. II. Kohlrauschia Griseb. — Dianthi Sect. II. Kohlrauschia
Ledeb. fl. ross. I. 286.

8 **T. prolifera** Scop. Griseb. (Dianthus prolifer L. DC. Ledeb. D.
diminutus β L. Caryophyllus aridus Mœnch. Kohlrauschia prolifera Fícin.) Ad *Bosphorum* et ad *Hellespontum*. G. Vulgaris Insulis et provinciis *Græciæ*. Petr. fl. gr. I. 285 —*Thracia. Macedonia*. G. *Serbia*. Pan. *Tauria*. D'Urv. Prov. *Caucas*. Ledeb. l. c.

9 **T. stricta** Fisch. et Mey. non Boiss. (Gypsophila stricta Bge. G.
alpina Habl. Dianthus rectícaulis Ledeb. l. c.) Bal. pl. d'Or. an.
1854. Nº 105. — Circa *Byzantium*. R. Silvis *Bithyniæ* Olympi. G.
Lydia : Tmolo occident. ad pagum Bozdagh. *Cappadocia* : reg.
subalp. m. Argæi. Bal. *Armenia* : circa Erzerum. H. — *Caucaso.
Sibiria*. Ledeb. l. c.

10 › **T. Olympica** Boiss. T. stricta Boiss. pl. Anat. exsicc. 1842.)
Lydia : umbrosis Tmoli ad pagum Bozdagh. B. *Bithynia* : silvis
abietinis Olympi B. *Ciliciæ* Bulgardagh, reg. montana ad septentr. pylarum. Bal.

11 † **T. velutina** Fisch. et Mey. (Dianthus velutinus Guss. Kohlrauschia velutina Rchbch. Littore *Propontidis* : in consortio
Silenes gallicæ frequens; lapidosis, marit. ins. Halki juxta rupes
calcareas. G. — *Græcia*. Nym.

Var. contracta Clem. sert. or. Cultis collinis pr. *Byzantium*. Clem.

XII. **Dianthus** L. DC. Prdr. I. 353. ex parte.

Sect. I. Armeriastrum Ser. in DC. l. c.

1 † **D. armeria** L. D. hirtus Link. non Vill. Caryophyllus armeria
Mœnch.) Circa *Byzantium*. R. *Armenia rossica*. — *Iberia*. Prov.
caspica *Talusch. Tauria*. Ledeb. fl. ross. I. 275. *Serbia*. Pan.
Græcia. Nym.

2 **D. tenuiflorus** Griseb. (D. pubescens D'Urv.? non Sm. An. forse
cum D. glutinoso Boiss. conjungendus?) Collibus pr. Sariyeri
ad *Bosphorum*. Collibus apricis ins. *Tenedus*. — *Macedonia*. G.

3 › **D. Masmenaeus** Boiss. *Cilicia* : jugi Aladagh. m. Masmener,
reg. alp. boreali. *Cappadocia* : reg. alp. m. Argæi. Bal.

1 D. glutinosus Bois. et Heldr. (D. pubescens D'Urv. non Sm.)
Heldr. pl. exsicc. e Græcia. N° 2916. — Collibus *Byzantii* et
Smyrnæ. Ins. *Tenedos.* D. — Olivetis *Argolidis* m. Doritza, ad-
versus ins. Poros. Heldr.

3 D. pubescens Sm. Prdr. fl. gr. 1. 186. Sibth. fl. gr. tab. 397.
(D. virescens Vis.) *Herb. græc. norm.* N° 121.

Var. fasciculatus Griseb. Pr. Byzantium. G. Ins. Tenedos. IX; l. c.
— Macedonia auctr. G. Græcia. Nym. Serbia. Pan.

6 > D. calocephalus Boiss. — *Tchihat.* pl. As. Min. exsicc. an.
1853. N° 126. — *Lydia :* rupibus declivitatis septentrionalis ru.
Tmoli, inter Bozlaghi et Sardes. B. *Pisidia :* inter pagos Tchakur-
koi et Ahyrkoi rupestribus, alt. c. 1000^m. T. *Cappadocia :* in.
Alidagh. *Cilicia campestri :* pr. Mersinem. Bal.

7 † D. Balbasii Ser. (D. capitatus Poll. D. collinus. Balb. D.
liburnicus β Koch. D. vulturius Guss. et Ten.) *Armenia rossica :*
circa Erivan, alt. 1071^m. W.

8 D. pinifolius Sibth. et Sm. (D. brevifolius Friv. D. capitatus
var. minor. Friv.) Agro *Byzantino.* Ins. *Lemnos.* Prdr. fl. gr. 1.
284. — *Macedonia,* G.

9 > D. Lydius Boiss. — *Tchihat.* pl. As. Min. exsicc. an. 1849.
N° 53 et 751. — *Bal.* pl. d'Or. ann. 1854. N° 102; an. 1857.
N° 1295. — *Lydia :* montibus Tmolo et Sypilo. B. *Phrygia :*
vineis pr. Uchak, alt. c. 910^m. Bal. *Mysia :* pr. pagum Derekoi,
alt. c. 70^m, locis herbosis. T. *Galatia :* inter pagos Alizy et Men-
liche, alt. c. 1500^m. T.

10 D. capitatus DC. non Pall. nec Poir. (D. atrorubens MB. Bess.
non All. D. carthusianorum Pall. MB.) Circa *Byzantium.* B.
Bithynia pr. Brussam. G. *Armenia rossica.*—*Tauria, Caucaso.* Ledeb. fl. ross. 1. 176. *Serbia.* Pan.

11 † D. carthusianorum L. non Pall. (D. atrorubens β Rchbch.
D. clavatus ς Spr. Caryophyllus carthusianorum Mœnch. Tunica
carthusianorum Scop.) *Tchihat.* pl. As. Min. exsicc. an. 1858.
N° 339, 681. — Agro *Byzantino. Bithyniæ* Olympo. Prdr. fl. gr.
1. 281. *Ponto :* inter pagos Tekke et Sarnytch reg. mont. silvat.
(ad SSE. urbis Samsun), alt. 700-1000^m; inter pagos Agatchha-

chi et Sarybaba (ad NNO. urbis Gumuchhane), reg. nuda,
aspera, alt. 2200ᵐ. T. *Armenia* : m. Tekdagh pr. Erzerum. H.
— *Serbia*. Pan. *Tauria*. Prov. *Caucasica*. Ledeb. l. c.

> † *Var. atrorubens* Poir. DC. D. atrorubens Alf. Jacq. non Rchheb.
> nec MB. D. diutinus Rchlcb. ; *Tchihat.* pl. As. Min. exsicc.
> an. 1853 N° 502. B. — *Ponto merid.* inter urbem Niksar et pagum
> alpinum Seleyallassi, locis montosis, herbosis, pinguibus, silvis
> adumbratis, alt. c. 900ᵐ. T. *Armenia rossica* : m. Ararat. Bge.
> — *Tauria* : pr. Sebastopolin. D'Urv. *Podolia*. Ledeb.

12 > D. **hymenolepis** Boiss. *Mesopotamia*, B.

13 > D. **arboreus** L. (D. juniperinus Sm.?) Ins. *Naxos, Paros,
Creta*. Nym. *Græcia* (D. juniperinus). DC. l. c.

14 > D. **fruticosus** L. — Fl. gr. tab. 407. (D. arboreus β Sm.)
Ins. *Naxos, Paros, Nour.* Fl. Pelop., *Scripho, Creta*. Prdr. fl. gr.
I. 280.

15 > D. **Cous** Boiss. Rupibus ins. Cos. B.

16 > D. **mutabilis** Boiss. An. sc. nat. l. c. — *Tchihat.* pl. As. Min.
exsicc. an. 1853. Nᵒˢ 389, 392. — Perennis, radice longa verticali, caudiculis suffrutescentibus denudatis, abbreviatis prostratis ramos steriles brevissimos foliosos cæspitosos caulesque
floriferos tenues ascendentes simplices, vel apice parce ramosos
edentibus, foliis intense viridibus brevissimis rigidis lanceolatis
acutis trinerviis ad nervos et margines plus minus scabridis ramorum sterilium confertis subrosulatis caulium floriferorum
angustioribus strictis internodio multo brevioribus, floribus ad
caulium vel ramulorum apicem 2-3 aggregatis brevissime pedunculatis foliis summis a basi lanceolatis lineari-setaceis squa-
mas sæpe æquantibus bracteatis, squamis calycinis quaternis
pallide rufescentibus e basi oblonga obsolete nervosa in caudas
lineari-setaceas tubum calycis subæquantes productis, calycis
tubo cylindrico abbreviato parte superiori rubello nervoso dentibus lanceolatis ciliatulis, petalorum laminis parvis anguste
oblongo-spathulatis acute denticulatis glabris primum lutescenti-
virentibus dein purpureis.

Folia semipollicaria ramealia basi sæpe-lineam lata. Caules

floriferi 4-5 pollicares 1-3 fasciculos florum ferentes. Calyces
6-7 lineas longi. Species pulchra affinis D. visciduło Bory et
Chaub. a quo caulibus glabris, squamis calycinis non inflatis
tenuius longiusque aristatis, petalis minutis versicoloribus
eximie differt.

Antitauro : inter Hadjiun.-Yailassi et Farach. T.

17 > D. erinaceus Boiss. — *Bul.* pl. d'Or. an. 1854. N° 104.—
Lydia : parte superiori m. Sypili supra Magnesiam. B.

18 > D. axilliflorus Feml. in Pugill. et in Russeg. Reis. 1. 924.
Caramaniæ apricis p. Kasanly. B.

19 > D. asperulus Boiss. et Huet. Non procul ab *Erzerum* in via
ad Persiam. B.

20 > D. cibrarius Clem. Sert. orient. tab. 11.

D. caulibus basi ramoso-cæspitosis, adscendentibus, quadran-
gulis plerumque lævibus ; foliis inferioribus congestis, linearibus, rigidis, pungentibus, multinerviis; caulinis late linearibus,
internodiis multo brevioribus ; vaginis dimidiam longitudinem
foliorum subæquantibus; cyma fasciculata 4-10-flora, bracteis
obovatis ex apice rotundato mucronato-setaceis, scariosis, nervosis, superne validioribus, plus minusve sanguineo-purpuras-
centibus exaratis, dimidium calycem tegentibus, mucrone
auctis illam subæquantibus; calycibus glabris, profunde 5-den-
tatis, dentibus lanceolato-linearibus, acutis, conspicue nervosis,
ciliato-puberulis tuboque superne atro-sanguineis ; petalorum
lamina cuneata, antice dentata, purpurea, basi pallidiori, intus
pilosiuscula unguibus triplo breviore.

Copiose occurrit in convalle quadam alpina *Olympi bith.*
latere S. E. Floret Augusto mense.

Obs. Fasciculatorum sectionis plurimis speciebus in herb. cl.
Webbii et Mus. Paris. a nobis perpensis Dianth. noster affinis :
sed nulli exacte convenit.

Foliis abbreviatis, rigidis, pungentibus, stolonum approximatis fortiterque nervosis præcipue distinguendum est. Pulcherrima stirps ! Clem. l. c.

SECT. II. CARYOPHYLLUM Ser. l. c.

§ 1.

21 D. campestris MB. non Willd. herb. (D. bicolor Adami Hoffm. D. saxatilis Pall. D. pyrenaicus Bess.) Tchihat. pl. As. Min. exsicc. an. 1853. N° 351, 353. B. *Cappadocia*: inter urbis Elbostan et Gurun locis excelsis, plerumque aridis, lapidosis, alt. c. 1500m. T. — *Tauria*. Prov. *Caucasicis*. Ledeb. fl. ross. I. 277.

› Var. petalis profundius incisis subfimbriatis. Bge. *Armeniæ*: m. Ararat. Bge. l. c.

22 › D. corymbosus Sibth. et Sm. non Poir. *Asia Minore*. Prdr. fl. gr. I. 285.

23 † D. hirtus Vill. MB. non Lmk. nec DC. (D. longiflorus Lmk. D. scaber Chaix.) *Armenia rossica*: circa Erivan. alt. 1071m. W. — *Gallia merid*. Sym.

24 D. striatellus Fenzl. in Pugill. et in Russeg. Reis. I. 923. — *Bal*. pl. d'Or. an. 1853. N° 617. — Regione inferiore *Ciliciæ* Bulgardagh: circa pagum Gulek. F. *Cappadocia*: reg. alp. infer. jug. Aladagh, m. Masmener. Bal. — *Syria*: pr. Suedia, ad ostia Orontis. F.

25 › D. zonatus Fenzl. in Pugill. et in Russeg. Reis. I. 923. — *Bal*. pl. d'Or. an. 1854. N° 101. — *Lydia*: Tmolo occident. ad pagum Bozdagh. *Phrygia*: pr. Uchak, alt. c. 900m. Bal. *Ciliciæ* Bulgardagh: ad arcem ruderatam supra pagum Gulek. F.

26 › D. actinopetalus Fenzl. l. c. — *Bal*. pl. d'Or. an. 1853. N° 614. — *Ciliciæ* Bulgardagh; frequens rupestribus castelli ruderati supra pagum Gulek, alt. 1625m. Ky. diar. cilic. an. 1853.

27 › D. hypochlorus Boiss. et Heldr. — *Tchihat*. pl. As. Min. exsicc. an. 1849. N° 556 bis. — Tauro *Isaurico*: pascuis siccis inter valles Turtchalar et Ermenek, alt. 975m; nec non reg. alp. m. Anemas, alt. 2274m. B. T.

28 › D. oculatus Boiss. — *Tchihat*.[1] pl. As. Min. exsicc. an. 1853.

1. Vide nostram Tab. XIII.

Nᵒ 595. B. — Perennis, totus glaucescens ad folia caulesque
scaber sub lente papillosus, radice verticali tenui fasciculum
foliorum unicum caulesque floriferos plures erectos elatos
flexuosos nodoso-incrassatos superne dichotome ramosos edenti,
foliis elongatis gramineis subtus plurinerviis longe apice setaceo-
acuminatis flexuosis, fasciculi sterilis angustioribus rigidioribus caulinis pro longitudine latioribus internodia inferiora
subæquantibus vagina basilari folii latitudine sublongiori, floribus magnis ad ramulorum apicem subsolitariis, squamis
calycinis octonis stramineis adpressis oblongis breviter et tenuiter acuminatis membranaceo-marginatis calyce triplo brevioribus, calycis longe cylindrici glaucescenti-virentis tenuiter
striati dentibus lanceolatis elongatis basi purpurascentibus
extremitate pallidis margine puberulis, petalorum lamina
oblongo-cuneata acute denticulata extus lutescenti intus purpurea aureola centrali papillosa oculo semicirculari purpureo-
nigro picto. — Collum basi dilatata foliorum vetustiorum squa-
mosum. Caules pedales sesquipedalesque superne dichotome
ramosi, folia inferiora bipollicaria, calyces fere pollicares. Col-
locanda juxta D. viridescentem Vis. a quo differt scabritie, foliis
elongatis angustatis, calyce ejusque squamis non longe setaceo-
acuminatis, floribus majoribus, corolla ad faucem eximie nigro-
oculata. — *Cilicia trachæa bor.*, nec non *Cataonia:* inter Hadjin
et Gorksyn. T.

29 D. Liboschitzianus Ser. (D. petræus MB. non W. et K. D.
bracteatus Willd.) *Armenia rossica:* circa Erivan, alt. 1071ᵐ,
nec non m. Ararat, alt. 3248-3691ᵐ. W. — *Iberia.* DC. l. c.

30 ♀ D. lactiflorus Fenzl. Ined. In sched. ad Ky. Coll. pl. II.
Cilic. an. 1833. Nᵒˢ 178 et 218.

Suffruticuloso-cæspitans, *trunco intricato-ramoso*, ramis vetustis brunneis, *digitalibus palmaribusve prostratis* penna corvina
vix crassioribus, gemmulis posthume erumpentibus tuberculatis tam ex his quam ex ramis annotinis caules florigeros
copiosos emittens; ramulis annotinis pallidis adscendentibus
erectisve, caulium emortuorum residuis ac *foliorum consumtorum vaginis emarcidorumque laminis diversimode concurratis*

confractisque dense restitis, aliis apice in turionem sterilem comæ-
formem productis, aliis in caulem florigerum adjecto simul
turione solitario *jam authesis periodo elongato* polyphyllo, exeo
ad speciem continuante, excrescentibus; caulibus ipsis palmaribus, spithamæis ac sæpe ultra pedalibus, strictis simplo, tam
unifloris quam superne solum semel vel bis bifurcatis 2-5 floris,
ramulis peduncularibus tunc potissimum 1-2 pollicaribus, *sub-
parallele stricte erectis*, nec patentibus, teretibus vel subquadran-
gulis, lævibus vel (in eodem cæspite) minutissime hirtis; foliis
turionum omnium longissimis *rectis comam contractam vel patu-
lam formantibus* 1-3 *pollicaribus demumque* ⅔, 1½ *lin. latis*, attenuatis, *planis gramineis* (nec carnosulis nec rigidis) viridibus,
enarcidis rubicundis flaccideque recurvatis tortisve, subtus grosse
tri interjectis nervis tenuioribus 5-7 *nerviis*, margine dense ser-
rulato-ciliatis, cæterum glabris, vaginis adstrictis *ochreæformi-
bus* 2-5 *lin. longis*; caulinis ½-1 angustioribus, infimis 2-8 lin.,
mediis ½-2 poll. longis, paris summi chartaceis adpressis lineari-
lanceolatis acuminatis vel breve cuspidatis solo dorso 2-7-ner-
viis; exanthii *straminei* squamis 4, passim 6, rarissime 2,
calyce adstrictis chartaceo-scariosis, *exterioribus ellipticis, interioribus his sublongioribus ac parum latioribus calyceque plus triente,*
subdimidio, rarissime dimidio brevioribus, ovali-ellipticis vel
obovato-ellipticis, margine late scarioso saturatius tincto subtiliter
undulato-plicatis vel erosis, solo dorso subtiliter striatis, omnibus
acuminatis vel plus minusve cuspidato-mucronatis, *cuspide ½-1*
lin. longo decolori adpresso; calyce subcylindrico oblongo, 7-10
lin. *longo ac medio* 1½-2 *lin. lato*, tota longitudine multistriato,
præter sulcos tenuissimos virescentes stramineo vel purpureo-
variegato, *apice triente ac ultra quinquefido*, dentibus lineari-
oblongis acutatis 5-9-nerviis, margine angusto membranaceo
glabris vel minute ciliato-puberulis; petalis calyce triente vel
dimidio exsertis, lacteis, lamina imberbi *spathulata vel obovato-
ovali*, 3-4½ *lin. longa ac* 2½-3 *lin. infra apicem retusum lata*, minute parceque eroso-crenulata vel subintegerrima, basi in
unguem cuneata; seminibus maturis *ferrugineis elliptico-lanceolatis* 1¼-1½ *lin. longis ac* ½-1 *latis*, lævibus alis nuclei diametro
parum angustioribus.

Ciliciæ Bulgardagh in graminosis declivibus secos viam quæ ad argenti-fodinas ducit, inter Bulgarmaden et Bulgarmagara, alt. 2112ᵐ. Ky.

Observ. 1. Species e consortio D. ʟᴇᴘᴛᴏᴘᴇᴛᴀʟɪ Willd., D. ᴘᴀʟʟᴇɴᴛɪs Sibth. et Sm. et Lɪʙᴀɴᴏᴛɪᴄᴀ Scr. illis foliorum indole ac petalis, huic foliis longe vaginantibus, calyce alte quinquefido, exanthii squamis dimidiam calycis longitudinem plerumque exsuperantibus ac habitu adstrictis affinis. — D. ʟᴇᴘᴛᴏᴘᴇᴛᴀʟᴜs differt caudice multicipite compacto, foliis convoluto-setaceis. breve vaginantibus, exanthii squamis interioribus calyce 3-5 plo brevioribus, explanatis, subrotundo-obovatis, calycis (10-14 lin. long. 1½-2 lin. lat.) dentibus tubo 4-5 plo brevioribus, petalorum lamina oblongo-lineari vel subspathulato-lineari duplo angustiore (5-8 lin. long. 1½-2¼ lin. lat.), apice dente medio ut plurimum productiore acutata vel eo deficiente sensim rotundata lladeoxque notis a sequente. — D. ᴘᴀʟʟᴇɴs potissimum a nostro recedit (et quidem formæ ramosæ) ramis patulis, imo patentibus, foliis breve vaginantibus, exanthii squamis interdis margine plicato-undulato multo latioribus rotundatis, ac dum cuspidatæ sint, cuspide viridi-herbaceo patulo longiore ac seminibus ovalibus badiis. — D. Lɪʙᴀɴᴏᴛɪᴄᴀ differt caudiculis tenellis cæspitem rarum formantibus, foliis subsetaceo-convolutis, exanthii squamis longe setaceo-cuspidatis, cuspide non raro tubum æquante imo exsuperante ac petalorum lamina suborbiculari. Pridem nostram speciem D. ʟᴇᴘᴛᴏᴘᴇᴛᴀʟᴏ proximam dixi, nunc, re melius examinata, D. Lɪʙᴀɴᴏᴛɪᴄᴀᴇ affiniorem credo.

Observ. 2. Numne D. ʟᴇᴘᴛᴏᴘᴇᴛᴀʟᴜs Willd. ac ᴘᴀʟʟᴇɴs Sibth. et Sm. ex speciminibus mei ceteroquin multis mihi bene noti, specie revera differant necne, dijudicent alii. Quod vero mihi certissimum, hoc est : D. ᴘᴏᴍᴇʀɪᴅɪᴀɴᴜs MB. idem esse ac D. ʟᴇᴘᴛᴏᴘᴇᴛᴀʟᴜs Willd. ac Sirnaii in Bot. Mag. tab. 1739; D. ᴘᴏᴍᴇʀɪᴅɪᴀɴᴜs Salisb. vero (in Parad. Lond. T. I. tab. 67. ruditer quo ad petala delineatum) ac Frivaldskyi in coll. pl. Rumel. synonymum esse cum D. ᴘᴀʟʟᴇɴᴛᴇ Sibth. et Sm. ac Cᴀᴢᴢᴇʀᴀ (Sert. orient. p. 18). — D. ʙɪᴄᴏʟᴏʀ MB. (Rchbch. Ic. x. I. 25) et D'Uʀᴠɪʟʟᴇɪ, simul, ac coll. pl. Odessanarum Lang. et Szowitz, pl. tauricarum Parrey. et caucasicarum Hohenackeri, nec non cum D. ʟᴇᴘᴛᴏᴘᴇ-

TALO Griseb. Spic., Pancicii Enum. pl. Serbiæ, (in Schrift. d. zool. bot. Verein in Wien, 1856), pl. Rumel. Friedrichsthali ex Atho monte et Coll. Aucher. N° 1231, prope Ghiken Gezil-Ouza lect., nec non Kotschy coll. It. Mesopot. Kurdist. N° 99. — Icon. D. PALLENS in Sibth. Fl. gr. tab. 399 formam exhibet prolixam, latifoliam, ramosam simul ac pubescentem, Ic. Salisbur. formam prolixam macrantham glabram, Ic. Rehbch. formam macram glabram parviflorum squamis patulis, Ic. D. CINNABARINUS Sibth. Fl. gr. tab. 400, huc pariter referenda, formam inter utrasque præcedentes mediam latifoliam strictam, petalis subtus luride purpureis, ad quam simul spectant specimina cognomina coll. Boiss. et Heldr. pr. Brussa, in Karamania ac Lycaonia lecta. — D. PALLENS d'Urv. nonnisi fide speciminum in loco natali lectorum a cl. Griseb. huc pariter relatus, si characteres ab auctore in diagnosi sua et observatione datos rite perpendes, D. DIFFUSAM Sibth. et Sm. Indubitanter refert, de quo infra. — Quid D. PONTEDERANUS L. ac Sm. sit, difficile est dictu! Confugiendum in re tam ardua erit ad herbarium Linnæanum. Fortasse duæ sub-ea species latent. Stirpem ejus byzantinam ad D. PALLENS formam pertinere mihi probabillimum, altera in Palæstina a Hasselquistio lecta fortasse diversa.

Observ. 3. D. ANATOLICUS, KOTSCHYANUS et MICRANTHUS Boiss., inter Dianthos albifloras Intergripetalos pariter militantes, comparatis nunc speciminibus amicissimi auctoris cum copia aliorum a cl. Ky. in Tauro Cilicico lectorum nullatenus species inter se differunt, meræque formas, vix imo varietates, elatiores, intermedias ac parvulas sistant, quales D. SYLVESTRIS Wulf. D. PLUMARIUS L. aliasque species, ne dicam D. SEGUIERI Vill. et D. CARTHUSIANORUM L. apud nos pro varia anni temperie, statione ac ætate offerunt. Sic D. ANATOLICUS formam proceram foliis majoribus, calycibus longioribus, exanthii squamis sæpe 8 acutioribus insignitam exhibet, dum D. MICRANTHUS parvulam, magis compactam ac tenellam, D. KOTSCHYANUS intermediam, omnes characteres his adscriptos in uno eodemque cæspite sæpe consociatos offerentem sistunt. Omnes itaque tres D. ANATOLICI nomine commode in posterum erunt salutandæ.

Observ. 4. DIANTHO DIFFUSO Sibth. et Sm. exanthii squamis tam

binis quam 4 in eadem stirpe ludente ac non solum in ins. Cypro,
sed et aliis in locis tam Græciæ quam Dalmatiæ occurrenti,
subjungenda veniunt synonyma sequentia : D. *pallens* D'Urv.
(nec aliorum), D. *virescens* Vis. ac Coll. Heldr, nec non D.
strociduaris Bolss. (tanquam forma humilior parviflora.) I

31 ⁊ D. **multicaulis** Bolss. et Huet. non Pall. — *Tchihat.* pl. As.
Min. exsicc. an. 1858. Nᵒˢ 888, 907, 922. — *Armenia* m. Tekdagh
supra Erzerum, alt. 1948-2598ᵐ. B. nec non inter Erzerum et
origines fl. Araxis, alt. c. 2000ᵐ; m. Bengœklagh, alt. 2800-
3500. T.

32 ⁊ D. **cinnamomeus** Sibth. et Sm. (D. *racemosus* Vis. D. *cilia-*
tus Guss. D. *bicolor* MB. D. *emarginatus* Ser.) Ericetis agri
Byzantini. Prdr. fl. gr. *Bithynia* : pr. Bolu. G. *Cappadocia* m.
Alidagh. pr. Kaisariam. Bal. Ins. *Astypalæa* DC. l. c. — *Græcia.*
Cypro. Prdr. fl. gr. *Tauria.* Stev. ·

33 † D. **leptopetalus** Willd. (D. *pomeridianus* MB. non L. D.
bicolor Hornem. excl. syn. MB. D. *cretaceus* Adam. Link. D.
pubescens Fisch. non Sm. nec D'Urv.) Circa *Byzantium.* R. Ins.
Astypalæa copiosissime. D'Urv. — *Hæmo* et *Macedonia austr.* G.
Serbia. Pan. *Sibiria uralensi* et *Rossia merid.* Ledeb. l. c.

34 † D. **divaricatus** D'Urv. (D. *tripunctatus* Sibth. et Sm. Prdr.
ex D'Urv. Enum. non Sibth. et Sm. fl. gr. tab. 398 ex Prdr. I.
p. 288. DC. Prdr. I. 363.) Ins. *Samos,* DC. l. c. — *Neapoli.* Nym.

35 † D. **bicolor** Sibth. et Sm. D. *saxatilis* Pall. non Pers. D. *lan-*
ceolatus Stev.)

    Var. *breviflorus* Boiss. — *Tchihat.* pl. As. Min. exsicc. an. 1858.
    Nᵒ 373. — *Armenia* : inter Gumuchhane et Kerekli, alt. c. 1500ᵐ. T.

36 † D. **pallens** Sibth. et Sm. non MB. (D. *leptophyllus* Willd.
Grisch. d'Urv. D. *pomeridianus* Friv. herb. rum. ex Grisch.) Agro
Byzantino. Clein. Sert. orient. Pr. *Smyrnam.* DC. l. c.

37 ⁊ D. **Hamaraeus** Clarke. *Troade* : m. Gargara. Prdr. fl. gr. I.
287. — *Palæstina.* Clarke.

38 ⁊ D. **rigidus** MB. (D. *intermedius* Willd. Herb.) *Tchihat.* pl. As.
Min. exsicc. an. 1858. Nᵒ 214. — *Armenia* : inter pagos Mama-

halun et Yenikoi (ad occident. Erzerum), alt. 1900-2000ᵐ. T.— *Tauria*. DC. l. c. Ad fl. Wolgam pr. Saraloff et Sarepta. Ledeb. fl. ross. l. 280.

39 › **D. elegans** D'Urv. (D. crinitus Sm.? sec. D'Urv.) Ins. Cos ubique frequens. D'Urv. Enum.

40 **D. multipunctatus** Ser. (D. lineolatus Del.) Per totam *Anatoliam meridionalem* et præcipue *Syriam* et *Palæstinam* vulgatissimus. B. Ad vias ins. *Cos.* DC. l. c.

41 › **D. canescens** C. Koch. *Armenia rossica* : planitie fl. Araxis, alt. 008-1130ᵐ. W. nec non deserto petroso pr. monasterium Etchmiasdin frequens. Ledeb. l. c.

42 **D. Cyri** Fisch. et Mey. — *Tchihat.* pl. As. Min. exsicc. an. 1853. Nᵒ 511. — *Galatia orient.*, inter urbem Gurum et pagum Mandjulik, lapidosis, alt. c. 1500ᵐ. T. — *Caucasia* : ad fl. Cyrum, desertis districti Elisabethpol. Ledeb. l. c.

43 › **D. brevicaulis** Fenzl. in Pugill. et in Russeg. Reis. 1. 928. — *Bal.* pl. d'Or. an. 1855. — *Cilicia* Bulgardagh : cacumine Alpis Maaden-tepessi, alt. 2599ᵐ, nec non latere austro et aquiloni opposito Alpis Kizil-tepessi frequens, alt. 2273-2923ᵐ. Ky. in diar. cilic. an. 1853.

44 **D. leucophaeus** Sibth., et Sm. Pr. *Byzantium*. R. Cacumine Olympi *Bithyniæ*. DC. l. c. — *Creta*, Nym.

> β Var. macropetalos, Clem. sect. Orient. Caulibus cæspitosis repentibus; ramis unifloris ascendentibus; foliis 3-multinerviis abbreviatis, rigidis subpungentibus, inferioribus subimbricatis, margine scabriusculis, caulinis glabris, vagina brevi; bracteis quatuor interioribus ovalis, exterioribus angustioribus, calyce striati apice constricti tertiam partem æquantibus, petalorum lamina irregulariter dentosa, extus viride-purpurascente.
> Olympi *Bithyniæ* declivitatibus alpinis. Clem. l. c.

45 › **D. Webbianus** Parol. in Vis. Illustr. di alc., piant. etc. p. 20. tab. III. fig. 2 et in DC. Prdr. *Troadis* in. Ida. Vis. l. c.

§ 2.

46 **D. plumarius** D. non Gunn. et plur. auct. (D. montanus Neuf. Mey. D. blandus Rchbch. Tunica plumosa Scop. Caryophyllus plu-

marium Moroeb.) Rupibus præruptis ins. Cos densos constituit cæspites. D'Urv.— Omni *Sibiria, Caucaso orient.*, et *America bor.* Ledeb. fl. ross. I. 285.

47 † D. Hungaricus Pers. Griseb. (D. serotinus W.et K. DC. l. c. D. arenarius Towns non L. D. plumarius β Wahlenb. Koch.) Pascuis alp. *Bithyniæ* Olympi. Clem. sert. orient. — *Rumelia* jugo Rhodope. G.

48 D. ombriatus MB. non Link. nec Brot. (D. orientalis Sims. D. contortus Sm. in Reis. Cycl.) Bal. pl. d'Or. an. 1855. N° 019. — *Tchihat.* pl. As. Min. exsice. an. 1810. N° 751. — *Lycaonia :* pr. Kotchhisaar, alt. c. 850ᵐ. T. *Ciliciæ* Bulgardagh ; rupestribus m. Kochan et Kizil-tepessi, alt. 2274-2399ᵐ. Ky. diar. cilic. an. 1853. *Armenia turcica.* Calv. — Prov. *Caucas.* Ledeb. l. c.

> D *Var. brachylepis* Boiss. Herb. Tchihat. pl. As. Min. exsice. an. 1858. N° 106, 131. — *Armenia :* inter Gumuchhane et Kerokli, alt. 1300ᵐ; inter pagos Macubatun et Yenikoi, alt. 1700-1900ᵐ. T.

> D *Var. brachyodontus* Boiss. et Huet. (D. dumulosus B. et H. in pl. arm.) *Armenia :* pr. Tortum B. Reg. subalp. Anistauri m. Arslandagh. Bal.

49 » D. floribundus Boiss. Ined. — *Tchihat.* pl. As. Min. exsice. an. 1858. N° 866. Perennis multicaulis glaber colle surculos steriles caulesque floriferos erectos edenti, foliis rigidis anguste linearibus strictis subtus elevatim trinerviis acutis scabriusculis internodio longe subbrevioribus vagina folii latitudine duplo longior floribus ad ramulorum apicem 2-3 forniculatis breviter pedunculatis vel sessilibus paniculam strictam formantibus, squamis calycinis seruis pallidis adpressiusculis læriusculis oblongis in mucronem attenuatis calyce 2½ plo brevioribus calycis cylindrici dentibus striatis acutis lanceolatis membranaceo-marginatis, petalorum lacinia purpurea glabra parva ovato-cuneata ad medium usque 7-9 dentata.

Affinis D. stramineo et fimbriato ab utroque inflorescentia paniculata diversus. Prior iterum differt vaginis elongatis petalorum lamina minuta flavida, posterior calyce elongato. Frus-

tulum ejusdem speciei jam inter plantas cl. Calverti sub N° 371
a cl. a Tchihat. acceperam.

Armenia inter origines fl. Araxis, huc Eritchai dicti, ad pedem septentrionalem jugi Mille Lacuum (Bingœl-dagh) alt. c. 2000ᵐ. T.

50 > **D. quadrilobus** Boiss. Ined. — *Tchihat.* pl. As. Min. exsicc. an. 1856. N° 936. — Biennis, caulibus e colle numerosis erectis dichotomis corymbose multifloris, foliis linearibus strictis apice longe attenuatis internodio longioribus sub anthesi fere emarcidis, margine scabridis, pedicellis flore subbrevioribus, squamis calycinis binis adpressis stramineis ovatis breviter mucronatis calyce plus dimidio brevioribus, calycis tubo oblongo-cylindrico dentibus oblongis striatulis acutiusculis, petalorum lamina brevi cuneata barbata extus vironti intus rosea quadriloba locis apice denticulatis.

Armenia merid. : inter pagos Auzapert et Czunlazar, alt. 1800-2000ᵐ. T.

Planta pedalis, folia omnia caulina 1½-2 pollices longa basi ½ lin. lata. Calyx 6 lin. tantum longus. Ab D. floribundo radice non perenni calyce subbreviore petalisque 4 nec multilobis distinctus.

51 **D. aristatus** Boiss. Ined. — *Tchihat.* pl. As. Min. exsicc. an. 1858. N° 951. — Perennis totus minutissime sub lente velutino-papillaris, viridis, rhizomate suffrutescenti multicauli caulibus stricte et subdichotomie ramosis ramulis unifloris, foliis anguste linearibus strictis apice longe attenuato acutiusculo stramineo nervis tribus parum prominulis vaginis brevissimis nodisque stramineis, squamis calycinis 6-8 adpressis stramineis, oblongis in mucronem longum setaceum attenuatis, petalorum lamina extus virenti intus purpurea ovato-rotunda ultra tertiam partem 12-14 fimbriato dentata supra breviter barbata. — Caules numerosissimi semipedales vel paulo longiores, folia 8-9 lin. longa, calyx angustus 8-9 lin. longus. Indumento, caulibus ramosis, foliis bracteisque longe aristato-attenuatis a D. fimbriato distinctissimus.

Armenia : in consortio cum D. quadrilobo. T.

52) **D. stramineus** Boiss. et Heldr. Fissuris rupium Tauri *Isauriæ*, inter Karaman et Ermenek, descensu ad vallem Gœksu, alt. 045ᵐ, B.

53 **D. crinitus** Sm. Transact. of. Linn. Soc. v. II. 300 et Fl. gr. tab. 401. (D. ibericus Stev. in herb. Zeyheri.) *Bal.* pl. d'Or. an. 1856. Nº 1055. — *Tchihat.* pl. As. Min. exsicc. an. 1853. Nº 288; an. 1858. Nº 401. — *Lycaonia* : planitie arida inter pagos Alibeikoi et Suleimanhadji, gregatim, alt. c. 1100ᵐ. T. *Cappadocia* : planitie urbis Kaisariæ, alt. c. 1107ᵐ. Bal. *Armenia turcica et rossica* : inter Gumuchhane et Ardesci, alt. c. 1000-1300ᵐ. T.; m. Ararat. Bge. l. c. — *Cypro.* Prdr. fl. gr. Prov. *Caucas.* Ledeb. l. c.

> *Var. Armenia :* circa Erzerum. Calv.

54) **D. anatolicus** Boiss. — *Bal.* pl. d'Or. an. 1854. Nº 103. — *Lydia* : dumosis m. Sypili supra Magnesiam. B. *Ciliciæ* Bulgardagh : inter Hyperica ad plumbi fodinas Gulek-Megara, alt. 2189ᵐ. Ky. diar. cilic. an. 1853.

55) **D. Kotschyanus** Boiss. et Heldr. (Sec. cl. Fenzl. in litt. est var. D. Anatolici.) *Bal.* pl. d'Or. an. 1855. Nº 618; an. 1856. Nº 1054. — *Lycaonia* : m. Karadagh supra Karaman, nec non inter Konia et Beycher. B. *Ciliciæ* Bulgardagh : rupestribus castelli ruderati supra pagum Gulek frequens, alt. 1624ᵐ. Ky. diar. cilic. an. 1853. *Cappadocia* : m. Alidagh, pr. Kaisariam. Bal.

56) **D. micranthus** Boiss. et Heldr. (var. D. Anatolici sec. cl. Fenzl. in litt.) Herbidis *Tauri Isaurici* : montibus supra Turchalan, alt. 1299ᵐ, nec non parte occid. m. Gheldagh, alt. 1930ᵐ. B.

57) **D. parviflorus** Boiss. *Armenia.* B.

Species dubiæ vel nondum descriptæ.

58) **D. Ponticus** Wahl. (dubius.) Ad *Bosphorum*, collibus pr. Saryeri. G.

59) **D. Calverti** Boiss. mss. *Armenia turcica.* Calv.

XIII. **Velezia** L. DC. Prdr. I. 367.

1 † **V. rigida** L. — Fl. gr. tab. 396. — Herb. græc. norm. N° 694.
— Pr. *Byzantium.* R. *Bithynia :* pr. Boha. G. *Cilicia campestri :* ad
pagum Bulukly, pr. Mersinam. Bal. — *Macedonia. Bulgaria.* G.
Græciæ Parnasso. Heldr. *Creta et Cypro.* Prdr. fl. gr. *Algeria :* pr.
Djelfa, alt. 1120ᵐ. Coss. Bul. l. c. *Tauria.* Prov. *Caucas.* Ledeb.
ross. I. 274.

2 **V. quadridentata** Sibth. fl. gr. tab. 391 (V. clavata D'Urv.) *Bal.*
pl. d'Or. an. 1854. N° 118. — Herb. græc. norm. N° 693. — Ad
Smyrnam. T. Ins. *Astypalæa*, arvis marit. D'Urv. — *Græcia :* m.
Parnasso, reg. infer. cum V. rigida consociata, alt. 650ᵐ. Heldr.

3 › **V. hispida** Boiss. et Bal. — *Bal.* pl. d'Or. an. 1854. N° 117 ;
an. 1857. N° 1305. — *Lydia :* Tmolo occident. ad pagum alpinum Bozdagh. B. *Phrygia .* pr. Uchak, alt. c. 910ᵐ. Bal.

TRIBUS III. ALSINEÆ Griseb. Spic. fl. rum. bith. — Ordinum
Caryophyllearum atque Paronychiearum pars. DC. — Ordinis
Alsinearum spec. Ledeb. fl. ross. I. 337.

XIV. **Buffonia** L. DC. Prdr. I. 389.

1 **B. procumbens** L. non Thunb. (Alsine procumbens Crantz.)
Tchihat. pl. As. Min. exsicc. an. 1858. N° 645. — Agro *Byzantino :* Trifolii camplis pr. S. Stephano, ad Bosphorum. G. *Archipelago.* Nym. *Ponto :* inter pagos Tche et Sarnytch, alt. 700-1000
reg. silvat. mont. T. — *Macedoniæ* graminosis, pr. Karas, alt.
650ᵐ ; penins Hajion-oros. G. *Serbia.* Pan. Prov. *Caucas. Sibiria.*
Ledeb. l. c.

2 › **B. modesta** Boiss. et Huet. *Armenia :* ad torrentes m. Tekdagh,
supra Erzerum. !!

XV. **Buffonia** Sauv. DC. Prdr. I. 384.

1 **B. Oliveriana** Ser. (B. macrocarpa J. Gay?) Herb. græc. norm.
N° 209. — Heldr. pl. As. Min. exsicc. an. 1852. N° 1682. — Reg.

mont. *Ciliciæ* Bulgardagh, pr. pylas. Bal. — *Græcia* : saxosis
reg. infer. m. Parnassi, alt. 975ᵐ. Heldr. *Persia.* DC. l. c.

? » B. calyculata Boiss. et Bal. reg. mont. super. *Ciliciæ* Bulgardagh, supra Bulgarmaden. B.

XVI. **Queria** Lœfl. Ledeb. l. c. — Ordinis Paronychiarum gen.
Queria DC. Prdr. III. 379.

1 † Q. Hispanica L. (Alsine hispanica Fenzl.) *Tchihat.* pl. As. Min.
exsicc. an. 1833. Nᵒ 200. — *Bal.* pl. d'Or. an. 1857. Nᵒ 1151. —
Heldr. pl. exsicc. an. 1845. Nᵒ 581 ; ejusdem Herb. græc.
norm. Nᵒ 376. — *Phrygia* : arvis otiosis pr. Uchak, alt. 910ᵐ.
Bal. *Lycaonia* : planitie pr. Dokuskhan, alt. c. 1400ᵐ. T. *Cilicia*
bor. pr. oppidulum Berekelly, alt. c. 1450ᵐ, nec non jugo Bulgardagh ad pagum Gulekboghaz, pr. pylas. Bal. *Armenia turcica* :
valle fl. Tchoruk circa Ispir, H. atque *rossica*. — *Tauria.* Prov.
Caucas. Ledeb. fl. ross. I. 341. *Serbia.* Pan. *Græcia* : saxosis reg.
super Attière m. Parnethos, alt. 280-1000ᵐ. Heldr. *Algeria* : pr.
Djelfa, alt. 1120ᵐ. Coss. Bull. soc. bot. IV. 486.

XVII. **Lepyrodiclis** Fenzl. Ledeb. fl. ross. I. 339.

1 L. holostoides Fenzl. (Goufferia holostoides C. A. Mey.) *Cilicia*
Bulgardagh. F. *Cappadocia* : planitie circa oppidulum Develi-
Karahissar, alt. 1200ᵐ. Bal. *Armenia turcica*, H. et *rossica*. Ledeb.
l. c. — Prov. Caucas. Ledeb. l. c.

XVIII. **Alsinae** Wahlb. Fenzl. — Arenariæ, Spergulæ, etc.
spec. DC.

Sect. 1. Sabulina Fenzl. in Endl. gen. Ledeb. l. c.

1 A. tenuifolia Crantz.[1] Ins. II. 987. Fenzl. in Ledeb. fl. ross. I.
342. Willk. l. c. et descrip. pl. l. p. 105.

Var. *grandiflora* Fenzl. l. c. Floribus 10-andris supremis, quandoque,
at raro, 8-9 andris, petalis nunc late ovatis, subovatis, ovalibus.

1. Species ab amiciss. clariss. Fenzl. elaborata. Opus ineditum.

ellipticis vel calycem æquantibus, rarius eum subsuperantibus, frequentius solum subæquantibus, capsula perfecte matura ovoideo-
oblonga, calyce potissimum plus minusve exserto.

† 1. herba nunc tota, nunc solum pedicellis et calyce, nunc passim solum calycis basi plus minusve dense vel parce glanduloso-pubescens. (A. Meyogyana Boiss. !) *Lydia* · declivibus
arenosis reg. alp. m. Meyogis supra Aidin. B. — Gallia pr.
Franceville; ! omni reg. Mediterranea, ! *Tauris*, ! *Asia tota occi-*
dent., ! *Persia*, ! Tribus ultimis reg. frequentissima.

† 2. Herba omnino glabra, antheris pallide flavis, roseis ac pur-
pureo-violaceis charactere in plerisque alsineis variabili occur-
rens. Utræque formæ insensibiliter in correspondentes varietates frequenter transeunt. — Iisdem regionibus cum priore.

Var. β. vulgaris. Floribus longe plurimis 10-andris supremis amplissimo 8-9 andris; petalis calyce ¾ vel subdimidio brevioribus; capsula ovoideo-oblonga perfecte matura calyce potissimum plus minusve exserta.

† 1. herba nunc tota, nunc pedicellis et calyce solum, nunc calycis
basi aut pedicellis passim glanduloso-pubescens. (A. hybrida
Jord. pugill. p. 33. ! A. tenuifolia Griseb. Spic. fl. rum. bith. A.
tenuifolia γ hybrida. Ic. et descr. I. p. 106, Arenaria hybrida
Vill.) — Hab. cum præcedentibus forma !, est hac longe frequentior iisdem in locis *Europæ meridionalis*, rarior tamen
. *Asia.*

† 2. Herba omnino glabra (Arenaria tenuifolia L. et auct. plur.
ab his frequentissime cum formis robustioribus var. ζ glabris
simul sumpta. Als. tenuifolia α genuina Willk. Ic. et descr. I.
p. 106, tab. 69. A.) *Omni fere Europæ media et austr.*, nec non
Asia bor. media.

Var. γ. subtilis: floribus omnibus v. longe plurimis 7-9-andris, infimis
sæpe 10-andris, supremis frequentius 5-8-andris, petalis tunc sæpe
solum 4-0 omnium calyce ¾ - sub dimidio brevioribus; capsula
ovoideo-oblonga perfecte matura calycem ut plurimum parum superante.

D 1. Herba superne tota passim vel nonnisi calyce glanduloso-
pubescens. (A. subtilis Fenzl. in sched. ad Ky. Coll. pers.
austr. N° 501, specimina rara 4-5 flora. A. Lydia Boiss. nec
non ejus var. β Kotschyana quæ ad specimina proceriora spectat.) Bal. pl. d'Or. an. 1853. N° 811; an. 1856. N° 115. —

Tchihat. pl. As. Min. exsicc. an. 1849. N™ 363 et 759, sub no-
mine A. tenuifoliæ Fenzl. a cl. Fisch. et Mey. determinata. —
Circa Byzantium. Bithynia : collibus siccis ad sinum Nicomedicum,
pr. Kartal. G. Ionia . montibus supra Burnabat pr. Smyrnam, !
Bal. Caria ; m. Cadmo supra Denisly. Lycia · m. Solyma !! Ga-
latia : m. Parladagh locis plerumque lapidosis, alt. c. 1100ᵐ.
T. Phrygia : pr. pagum Araberen, alt. c. 1000ᵐ, locis planis. T.
Cilicia : Bulgardagh valle Karli-boghas loc. rupestr., alt. 1645ᵐ.
Ky. diar. cilic. an. 1853 ; nec non reg. calida ad pagum Bulukly,
pr. Mersinam. Bal.

D 2. Herba tota glaberrima Fenzl. (in sched. ad Ky. coll. pl. Pers.
bor. N° 272. ! specimina nana ; ej. diar. cilic. an. 1853. N° 15
cum præcedente; formæ nanæ et prolixæ. A. Lydia B. promiscue cum anteriori.) Omni Asia Minore, Syria et Persia. —
Utraque formæ cardinales mirifice ludentes tam magnitudine
omnium partium, quam ramositate, petalorum et capsularum
longitudine, ac staminum numero; hinc in var. α et β, hinc in
var. ! modo insensibili transeunt. Specimina nana ½ - 2 pollicaria a proceris digitalibus ac spithameis ramosissimis diffusis
aspectu longe magis ab invicem distant quam formæ analogæ
varietatum α et β ac β et ς.

Var. !. tenella Fenzl. in Ledeb. fl. ross. l. c. (A. viscosa Griseb. l. c.)
Floribus omnibus vel longe plurimis 5-andris, supremis sæpe
3-andris; petalis ovalibus oblongisve calyce potissimum ⅓ brevioribus; capsula ovoideo-oblonga calyce ut plurimum breviore vel eum
æquante.

† 1. Herba dense glanduloso-pubescens. (A. viscosa Schreb. et
viscidula Thuill. a tenuifolia et a viscosa Willk. ic. et descr. I.
107. tab. 69 D. A. subtilis. Bal. pl. d'Or. an. 1855. N° 115 ! partim huc partim ad var. γ. forma I. spectat. — Phrygia : pr.
urbem Uchak. Bal. Bithynia : pr. Kartal. G. Cilicia Bulgardagh,
supra Bulgarmaden. Bal. — Thracia. Rumelia. G. Serbia. Pan.
Græcia. Nym. Caucaso. Ledeb. fl. ross. l. c.

1. Herba omnino glabra (A. tenuifolia var. eglandulosa Karel. et
Kir. Coll. pl. desert. Soongoro-Kirghisici. N° 131. !) — Siberia
occid. Syria. — Kamdemque cultura forma I. sæpius innatam
vidi. !

Var. ı. confertiflora. Fenzl. in Ledeb. l. c. Cymis multifloris plus minusve dense laxeve fasciculato-contractis; floribus 5-ı andris, supre-

mis saepe 4-2 petalis, imo apetalis; petalis calyce ¦-¦ brevioribus,
quandoque subrotundo-ovatis; capsula cylindrico-conica, perfecte
matura calyce nunc subbreviore, nunc ipsum aequante, rarius subsu-
perante.

† 1. Herba nunc tota, nunc nonnisi superne vel calycibus solum
glanduloso-pubescens. (A. tenuifolia δ. confertiflora Willk. Ic.
et descr. I. 107. tab. 69. C. forma floribus dense fasciculatis. A.
conferta Jord. pugill. p. 35. forma parce glanduloso-pubescens. 1)

† 2. Herba omnino glabra (A. tenuifolia var. maritima Boiss.
Diag. VIII. 96. ! A. mucronata Heldr. coll. n. 1.556, 1 195, 1 promiscue cum forma 1.) — Hab. utraque tota reg. et ins. Medi-
terraneis, nec non Rossicis. Insensibiliter in formas humiles gra-
cilesque var. ζ transit.

Var. ζ. stenocarpa. Cymis laxis effusisve pauci multiflori; floribus
omnibus 5-3-2-andris, infimis, quandoque, sat raro, 7-9-andris,
supremis saepissime 4-2, imo apetalis; petalis calyce ¦-¦ brevioribus, capsula cylindrico-conica, perfecte matura calycem potissimum superans v. aequans, passim solum subaequans. (A. tenuifolia
2. brachypetala Fenzl. in Ledeb. l. c.

† 1. Herba plus minusve sparsim vel solum partim ad calycis
basin glandulosa puberula. (A. laxa Jord. pugill. 34. ! A. mucronata Griseb. non Lmk.;

† 2. Herba glaberrima (A. tenuifolia β laxa Willk. Ic. et descr. I.
106. tab. 69. fig. B. Transitus in var. β. vulgarem forma. 2.)
— Omni Europa medio-meridiore, Mediterranea, Taurico, Aua ria et
transcaucasica, Caspica, Asia Minore, Syria.

Hujus formae specimina robustiora petalis majusculis et floribus infimis quandoque 7-9-andris imo 10-andris insignita.
Frequentissime a botanicis omnis aevi cum simillimis varietatibus
β (Arenaria tenuifolia L.) confunduntur. Et revera omne dis-
crimen in capsula, ovatae subcylindrico-angusta, illae ovato-
oblonga haeret. Characteres reliqui omnes a cl. Jord. Boiss.
aliisque a pedicellorum directione petiti, foliorum mucrone
recto, incurvo v. recurvo, ramificatione cymae ulteriori v. par-
ciore, patentiore v. strictiore, calycis foliolis acutis et longe
acuminatis, distincte vel obsolete nervosis, seminum magnitudine, etc., pro varia aetate, coeli temperie, solo aridiore v. pin-
guiore, nec non incremento stirpis singulae indefinite, imo
frequentissime in floribus ejusdem individui variant.

Observ. Alsine tenuifolia speciem admodum polymorpham
constituit, inutili sane negotio a botanicis omnis ævi in complures futiles divulsa cujus characteres essentiales dedi in Ledeb.
fl. ross. I. 342. Characteres essentiales varietatum constantiarum
limitibus quodammodo firmis ægerrime circumscribendarum,
cum earum synonymis recentiorum cardinalibus in præcedentibus paginis exponere conatus sum. F.

2 ⅃ **A. brachycarpa** Boiss. et Bal. *Cappadocia :* collibus ad ripam
dextram fl. Kamichly-tchai, pr. oppidulum Bereketly, alt.
1300. B.

Sect. II. MINUARTIA Fenzl. in Ledeb. l. c.

3 † **A. montana** Fenzl. (Minuartia campestris DC. Prdr. excl. syn.
Læfl.' *Tchihat.* pl. As. Min. exsicc. an. 1849. N° 368. — *Galatia :*
inter pagos Elbek et Yandjik, alt. c. 1000ᵐ, loc. plan. T. *Cilicia
bor. :* pago Aladagh. Bal. — *Macedonia.* G. *Rossia austr.* Ledeb.
l. c. *Algeria :* pr. Djelfa, alt. 1120ᵐ. Cosa. l. c.

4 ⅃ **A. brevis** Boiss. *Caria :* arenosis m. Cadmi B. *Cappadocia :*
m. Alidagh. Bal. — *Persia :* pr. Teheran et ad Dalmku. *Arabia
petram.* B.

5 ⅃ **A. intermedia** Boiss. — *Bal.* pl. d'Or. an. 1855. N° 686. —
Pylis *Ciliciis.* B.

6 **A. glomerata** Fenzl. Ledeb. fl. ross. I. 345. (Arenaria glomerata
MB. Ar. agglomerata Poir. Ar. fasciculata Poll. MB.) *Tchihat.* pl.
As. Min. exsicc. an. 1853. N° 658. — Circa *Byzantium.* G. *Bithy-
nia :* pr. Bolu. G. *Cilicia bor. :* Inter fl. Bosanta et pagum Kizil-
dagh. T. — *Rumelia :* jugo Scardo pr. Kalkandele. G. *Serbia.
Tauria.* Ledeb. l. c.

7 **A. Meyeri** Boiss. (Arenaria globulosa var. C. A. Mey.) — *Bal.*
pl. d'Or. an. 1850. N° 1061. — *Cappadocia :* m. Alidagh, alt. c.
1300ᵐ. Bal. *Armenia :* arvis circa Erzerum. H. — Prov. *Caspica*
Swant, pr. Talusch. B.

8 ⅃ **A. leucocephala** Boiss. *Caria :* arenosis reg. alp. super. m.
Cadmi supra Colossam. B.

9 † **A. setacea** Mert. et Koch. (Arenaria setacea Thuill. Ar. lari-

cifolia L. ex parte. Ar. frutescens Kit. ap. Schult.) *Iliciæ* Bal-
gardagh : reg. alp. pr. Gulekmaden. Bal. — M. *Athos.* G. *Græcia.*
Nym. *Serbia.* Pan. *Tauria* : summo m. Tchatyrdagh. *Caucaso.*
Ledeb. l. c.

10 ⟩ A. Cappadocica Boiss. — *Bal.* pl. d'Or. an. 1850. N° 416. —
Lydia : rupibus cacuminis m. Tmoli occidentalis. Bal.

11 ⟩ A. scleranthoides Boiss. et Noc. Subalp. *Anatoliæ occidentalis.* B.

12 A. Anatolica Boiss. (B. setacea var. athoa Griseb.) Montibus
totius *Anatoliæ occidentalis. Bithynia* : pr. Bolu et Olympo ; •
Troade : m. Gargaro (Ida veterum) ; *Caria* : m. Cadmo supra
Denizly ; m. Sipylo supra Magnesiam, atque m. Tmolo supra
Philadelphiam. — Probabiliter m. *Athos.* B. *Rossia austr,* Ledeb.
l. c.

13 † A. corymbulosa Boiss. et Bal. — *Bal.* pl. d'Or. an. 1850.
N° 1058. — *Cappadocia :* m. Alidagh. B.

14 † A. Jacquini Koch. (A. fasciculata Wahlb. A. Smithii Fenzl.
A. irregularis Vis. A. mucronata Lmk. non Griseb. Arenaria
fasciculata Gouan. Ar. fastigiata Sm. Sabulina fastigiata Rchbch.
Stellaria rubra Scop.) *Bal.* pl. d'Or. an. 1855. N° 599, sub nomine
Als. irregularis Vis). — Herb. græc. norm. 609 (sub nomine
Arenariæ fasciculatæ Gouan.) — *Cilicia campestri :* declivitatibus
schistosis angustiæ Guzeldere ad NO. Mersinæ. Bal. — *Græcia :*
reg. infer. m. Parnassi, alt. 975ᵐ. Heldr.

15 ⟩ A. Tchihatchewi Boiss. Ann. sc. nat. Ser. IV. T. II. p. 243.
— *Tchihat.* pl. As. Min. exsicc. an. 1853. N° 625, 648. B. — A.
perennis cæspitosa caudiculis denudatis tenuibus prostratis
caules numerosos pumilos ascendentes dense foliosos breviter
pubescenti-scabros edentibus, foliis tenuiter setaceis strictis
oblique mucronatis basi membranaceo-dilatata connectis rarius
glabris sæpius breviter puberulis axillis omnibus fasciculos
foliorum juniorum edentibus; floribus 2-3 in fasciculos axillares
brevissime pedunculatos dispositis racemos breves interruptos
formantibus, pedicellis florum brevissimis puberulis, calyce
glabro vel hirtulo post anthesin clauso oblongo-cylindrico basi

subtruncato, sepalis lanceolatis æqualibus valde acuminatis fascia viridi inferne nervo albo bipartita marginibus albo-scariosis paulo angustiori percursis, petalis oblongis calyce 2½ plo brevioribus, staminibus 10 petalorum longitudine, capsula calyce breviori ad basin trivalvi seminibus reniformi subcompressis emarginatis eximie muriculato-tuberculatis. Caules 2-3 pollicares, folia caulina 3-4 lineas longa stricta tenuissima basi subtrinervia, flores magnitudinis eorum A. Jacquini quæ radice annua aliisque notis discedit. A. setacea ab ea differt inflorescentia laxe corymbosa, petalis calyce longioribus. — *Cataonia meridionali.* T.

16 A. grandiflora Fenzl. *Prov. transcaucasicis occident.*, versus fines turcicas. Ledeb. fl. ross. I. 346.

17 A. decipiens Fenzl. in Pugill. et in Russeg. Reis. I. 933. — *Bal.* pl. d'Or. an. 1855. N° 597. — *Tchihat.* pl. As. Min. exsicc. an. 1853. N° 664. B. — *Cappadocia :* pr. pagum Kizildagh, declivitate m. Akdagh, alt. c. 1850^m. T. *Cilicia campestri :* angustia Gueldere, pr. Mersinam; reg. infer. Bulgardagh, pr. pylas. Bal. — *Syria.* F.

    Sect. III. TRYPHANE Fenzl. in Ledeb. l. c.

18 A. hirsuta Fenzl. (A. recurva C. A. Mey. Arenaria recurva All. var. DC. Ar. hirsuta et Ar. striata MB.) *Bal.* pl. d'Or. an. 1853. N° 111. et an. 1858. N° 492. — *Tchihat.* pl. As. Min. exsicc. an. 1858. — *Bithyniæ* Olympo. Clem. sert. orient. Cacumine *Ioniæ* montis Yamanlardagh ad septentr. sinus Smyrnensis. Bal. *Ponto :* Inter pagos Kumbethlun et Kobardjacos, declivitate bor. m. Paryadres veterum, alt. 700-1800^m. T. *Armenia turcica :* pr. pagum Messire inter Erzerum et Baibut, et circa Erzerum, H. atque *rossica :* m. Ararat, jugis altissimis.— *Caucasi subalp. et alp.,* alt. 2434-2924^m. *Tauriæ* summo m. Tchadyrdagh. Ledeb. fl. ross. I. 347.

19) A. umbellulifera Boiss. et Bal. Reg. alp. *Ciliciæ* Bulgardagh, supra Bulgarmaden. B.

20 A. falcata Griseb. (An forse cum A. hirsuta var. glabra Fenzl.

conjungenda?) Herb. græc. norm. N° 507. — Circa *Byzantium*. R. Cacumine Olympi *Bithyniæ*. — Reg. alp. *Rumeliæ* Jugi Rhodopes pr. Carlova. G. *Græcia* : m. Veluchi (Tymphrestes veterum) pascuis alp., alt. 1625ᵐ. Heldr.

21 † A. recurva Wahlb. non C. A. Mey. (Arenaria recurva All. Sabulina recurva Rchbch.) *Tchihat.* pl. As. Min. exsicc. an. 1840. N° 580. — *Cappadocia* : m. Argæo , alt. 3005ᵐ., locis saxosis. T. *Armenia* : m. *Ararat*, alt. 3248-4222. W.

22 › A. erythrosepala Boiss. — *Bal.* pl. d'Or. an. 1850. N° 1060. — *Tchihat.* pl. As. Min. exsicc. an. 1858. N° 340, 355, 880. — *Lydia* : reg. sup. m. Tmoli supra pagum Bozdagh. *Bithyniæ* Olympo. B. Reg. alp. *Ciliciæ* Bulgardagh, supra Bulgarmaden. *Cappadocia* : reg. sup. m. Arpei, alt. c. 3000ᵐ. Bal. *Ponto austr.* : inter pagos Agatchbachi et Sarybaba (ad NNO. Gumuchbane), locis desertis, nudis, alt. c. 2200ᵐ. *Armenia* : m. Bingœldagh (monte Mille Lacuum), alt. 2800-3500ᵐ. T.

23 † A. verna Bartl. Wahlb. (Arenaria verna L. Sabulina verna Rchbch.) Circa *Byzantium*. R.— *Macedonia*. G. *Serbia*. Pan. *Græcia*. Nym. *Sibiria orient*. *America arctica*. Ledeb. l. c.

24 › A. pulvinaris Boiss. — *Bal.* pl. d'Or. an. 1854. N° 113. — Lydia : cacumine m. Tmoli, supra Bozdagh. B.

SECT. IV. ACUTIFLORÆ Fenzl. in Ledeb. l. c.

25 † A. Villarsii Mert. et Koch. (Arenaria Villarsii Balb.)

Var. stricta Boiss. et Huldr. *Isauria* : saxosis m. Gheidagh. B.

26 A. juniperina Fenzl. (Arenaria juniperina L. non Vill. Ar. nodosa Bory et Chaub. Ar. acicularis Fenzl. mss. Als. nodosa Vill.) *Bal.* pl. d'Or. an. 1854. N° 116, et an. 1856. N° 1056 bis. — *Tchihat.* pl. As. Min. exsicc. an. 1853. N° 310. — *Bithynia* : declivitate orient. reg. alp. Olympi. Clem. Sert. orient. *Lydia* : cacumine m. Sipyli. Bal. *Galatia* : pr. Angora. Vis. *Cappadocia* : reg. alp. m. Argæi. Reg. alp. *Ciliciæ* Bulgardagh, supra Bulgarmaden, Bal. nec non planitiebus excelsis plerumque lapidosis et aridis inter pagos Kuden et Karatach, alt. c. 1500ᵐ. T. *Armenia* :

m. Tekdagh supra Erzerum. H. — *Græcia* : jugo Taygete (varietas). Vis. *Imeretia austro-occident,, versus fines turcicas.*
Ledeb. fl. ross. I. 351.

> l'ar. nitida Fenzl. *Ciliciæ* Bulgardagh : copiose achilleous sep-
tentrioni obversis pr. Bulgarmegara, alt. 2171^m. Ky. diar. cilic.
an. 1853.

> l'ar. grandiflora Boiss. et Huet. *Armenia* : m. Tekdagh, alt.
2273-2600^m. B.

27 > A. glandulosa Boiss. et Huet. *Armenia* : m. Techdagh supra
Gene. B.

Sect. V. LANCEOLATÆ Fenzl. in Ledeb. l. c.

28 > A. dianthifolia Boiss. *Lycia* : m. Akdagh. B. *Antitauro* : reg.
alp. m. Arslandagh. Bal.

29 > A. Peataloaam Boiss. *Caria* : cacumine m. Cadini supra
Colossam. *Lycia* : m. Bereketdag. B.

30 A. saxifraga Boiss. (Arenaria saxifraga Friv.] *Bal.* pl. d'Or.
an. 1851. N° 112. — *Lydia* : fissuris m. Tmoll, supra Bozdagh.
— *Rumelia.* B.

Sect. VI. SPECTABILES Fenzl. in Ledeb. l. c.

31 A. imbricata C. et Mey. (Arenaria imbricata MB, non Banks.
nec Lag. nec Rafin.) *Armenia* : circa pagum Kobo inter Erzerum et Ispir situm. H. — Rupestribus excelsarum *Caucasi*
alpium frequens, alt. 2144-3178^m. Ledeb. l. c.

32 A. pinifolia Fenzl. (Arenaria pinifolia et laricifolia MB. Ar.
uniflora L. sec. Spr.) *Armenia* : ad pagum Tachkoepru pr. Erzerum situm. H. Reg. alp. *Ciliciæ* Bulgardagh, supra Bulgarmaden. Bal. — *Caucasi* alpibus, alt. 2534-3110^m. *Tauria* : summo
m. Tchadyrdagh. Ledeb. l. c.

33 > A. alsoides Boiss. — *Bal.* pl. d'Or. an. 1856. N° 1059. —
Tchihat. pl. As. Min. exsicc. an. 1858. N° 618, 021. — *Cappadocia* : reg. alp. m. Argel, alt. c. 2200. Bal. *Armenia* : m. Bingoeldagh, alt. 2800-3500^m. T. *Ponto* : inter pagos Lisdja et Kum-

belkham, jugo Paryadres veterum, vallibus alpinis, alt. 1900-2658™. T.

Sect. VII. Spergulla Fenzl. in Ledeb. l. c.

34 A. picta Fenzl. [Arenaria picta Prdr. fl. gr. Aren. filiformis Labill.) *Asia Minore.* — *Cypro. Syria.* B.

XIX. **Arenaria** L. excl. sp. DC. Prdr. I. 400. excl. sp.

Subg. I. EREMOGYNE Fenzl. in Ledeb. fl. ross. t. 361.

Divisio I. GLOBULIFLORÆ Fenzl. l. c.

1 A. dianthoides Sm. — *Tchihat.* pl. As. Min. exsicc. an. 1858. N° 848 bis. — *Armenia turcica et rossica :* m. Tekdagh, supra Erzerum; II. jugo Bingœldagh, alt. 2800-3500™. T.; pr. Erivan. — Reg. caspica *Talusch.* Ledeb. l. c.

2 » A. armeniaca Boiss. *Armenia.* B.

3 » A. scariosa Boiss. Ined. — *Tchihat.* pl. As. Min. exsicc. an. 1858. N° 250. — Caudice crassa lignosa turiones abbreviatos dense foliosos caulesque floriferos edente, foliis strictis setaceo-subtriquetris scabridis basi membranaceo-dilatatis apice oblique mucronatis caulinis internodia subæquantibus, Inflorescentia cymoso-corymbosa stricta glandulosa 6-13 flora bracteis lanceolatis omnino scariosis pedicellis calyce subbrevioribus sepalis lanceolatis præter basin carinatam subvirentem omnino scariosis albis, petalis oblongo-lanceolatis calyce subbrevioribus.

Caules semipedales, folia caulina ¼-1 pollic. longa tenuissima. Calyces 4 lin. longi. Ab affini A. armeniaca differt floribus pedunculatis majoribus; ab A. polycnemifolia bracteis sepalisque omnino scariosis his duplo longioribus.

Armenia : inter urbem Gumoehhane et pagum Kerekli, alt. 1400-1500™. T.

Divisio II. Ramiflore Fenzl. l. c.

Sect. 1. Laxiflora Fenzl. l. c.

4 **A. graminea** C. A. Mey. *Armenia* : m. Ararat. Bge. l. c. — Prov. caspica *Talusch*. Ledeb. l. c.

5 › **A. caricifolia** Boiss. Ined. — *Tchihat.* pl. As. Min. exsicc. an. 1858. N° 943. — A. glabra caulibus et caudice lignoso pluribus crassis teretibus densifoliosis elatis ad nodos incrassatis superne paniculatis multifloris. foliis rigidis longissimis linearibus planis apice longe setaceo-attenuatis multinerviis margine aculeolis ascendentibus scabris,, bracteis lanceolatis omnine scariosis superioribus brevissimis, pedicellis capillaribus calyce subduplo longioribus, sepalis oblongis obtusiusculis obsolete carinatis anguste albo marginatis, petalis albis spathulato-linearibus calyce 2 ½ plo longioribus. disci staminiferi lobis triangulari-ovatis integris, capsula ovata calyce duplo longiori.

Affinis et graminem C. A. Mey. differt foliis longissimis 8-10 pollicaribus inferne lineam latis, panicula conferta, sepalis brevioribus capsula plus duplo nec tertia parte tantum brevioribus. — *Armenia meridionali* : inter pagos Avzapert et Uzunbazar, alt. 1800-2000ᵐ. T.

6 † **A. graminifolia** Schrad. MB. non Arduin. (A. filifolia MB. non Forsk. A. ucranica Spr. A. stenophylla β Ledeb.) *Armenia rossica* : pr. Erivan, alt. 1071ᵐ. W. — Prov. *Caucas. Sibiria, Davuria.* Ledeb. l. c.

Sect. 2. Caespitosa. Fenzl. l. c.

7 **A. polycnemifolia** Boiss. *Armenia.* — *Persia*, m. Demavend. B.

8 › **A. cucubaloides** Sm. *Armenia* : inter Erzerum et Ispir. H.

   › α glabra Ledeb. (A. cucubaloides Willd. herb.) *Armenia rossica.* Ledeb. l. c.

   › β. viscida Fenzl. (Eremog. cucubaloides Fenzl.) Ibid. Ledeb. l. c.

9 **A. gypsophiloides** L. (A. dianthoides Hort. paris. aliorumque.) — *Armenia turcica* : circa *Erzerum*, Calv. et *rossica.* — Prov. caspica *Talusch.*, alt. 1304-1560ᵐ. Ledeb.

   › forma petalis brevioribus. (*Tchihat.* pl. As. Min. exsicc. an. 1858. N° 946.) *Armenia* : m. Bingoeldagh. T.

10 ⟩ **A. verticellata** Willd. (Acanthophyllum verticillatum C.
A. Mey.) *Armenia* : inter Erzerum et Tokat. DC.

11 **A. lychnidea** MB. *Armenia* : m. Ararat. — *Caucasi* : reg. alp.,
alt. 2730^m. Ledeb. l. c.

12 ⟩ **A. drypidea** Boiss. — *Tchihat.* pl. As. Min. exsicc. an. 1819.
N° 591. — *Cappadocia* : monte Alidagh haud procul ab urbe
Kaisariæ sito. T. Ad *Euphratem*. B.

     SUBG. II. EUTHALIA Fenzl. l. c.

13 † **A. serpyllifolia** L. non Prdr. fl. gr. (A. viscida Lois. Hall.
fil. Alsine serpyllifolia Crantz.) *Tchihat.* pl. As. Min. exsicc.
an. 1858. N= 170 et 888 ter. — *Ponto* : circa Samsun, collibus
T. *Cilicia* : ad pylas, reg. mont., alt. 1233^m. Ky. diar. cilic.
an. 1853. *Armenia turcica* : paludosis circa pagum Orfu, H.
atque m. Bingoldagh, alt. 2200-3500^m. T., nec non *rossica*. —
Prov. *Caucas. Sibiria. Tauria.* Ledeb. l. c. *Serbia.* Pan.

     Var. glandulosa Koch. Circa **Byzantium**, Clem. sert. orient. — *Ser-*
     bia. Pan.

14 **A. tremula** Boiss. — *Bal.* pl. d'Or. an. 1853. N° 610. — *Cilicia*
· *campestris* reg. calida : declivitatibus schistosis angustiæ Guzel-
dere, 4 leucis ad NO. Mersinæ. Bal. — Silvaticis *Syria* jugi
Casaii. B.

15 ⟩ **A. macrosepala** Boiss. — *Bal.* pl. d'Or. an 1857. N° 1296.
Arenosis pinguibus *Caria* m. Cadmi supra Colossam. B. *Phrygia* :
pr. Uchak. Bal.

16 ⟩ **A. saponarioides** Boiss. et Bal. *Phrygia* : pr. Uchak. B.

17 **A. rotundifolia** MB. — *Bal.* pl. d'Or. an 1855. N° 612. — Reg.
alp. *Bithyniæ* Olympi. Clem. sert. orient. Reg..alp. *Cilicia* Bulgardagh, pr. metallifodinas Gulekmaaden. Bal. Cacumine m.
Athos, Th. saaliæ Olympo. G. Alpibus *Caucas.* ad scaturigines, alt.
2534^m. Ledeb.

18 **A. Neelgerensis** Wight et Walker-Arnott. Prdr. fl. penins.
Ind orient. v. 1. p. 43; ej. Ic. pl. or. III. part. 3. N° et tab. 949;
ej. Spicil. t. XV (icon reproducta ac picta mediocriter). — Sta-

minibus elongatis, ramosissimis, procumbentibus uno latere
pilis alternantibus munito, foliis distantibus, obovatis, mucronatis, glabris, maculis minimis albis punctatis, 1-nerviis;
marginibus incrassatis, nervosis, usque petiolum ciliatis; floribus axillaribus vel terminalibus in panicula sub-dichotoma
dispositis; pedicellis intorsum viscidulo-pubescentibus, lon-
giusculis gracilibus; sepalis oblongis, acutis nervo dorsali piloso
munitis, margine membranaceo; petalis calyce longioribus;
stylis plerumque 3 (interdum 2 vel 4); capsulis ovatis, quasi
longitudine calycis.

> Var. α. glaberrima : herba tota cum pedicellis et calycibus glaber-
> rima. Fenzl. in sched. ad Ky. coll. it. cilic. an. 1853. N° 204 et
> 260 α (promiscue cum var. γ)
>
> Var. β. ciliata : caudiculis cum pedicellis calycibusque subglandu-
> loso-puberulis, foliorum petiolis ciliatis.
>
> Var. γ. glanduloso-pubescens : herba tota dense glanduloso-pubes-
> cens.
>
> Var. α. et γ promiscue, prior tamen ut videtur altera longe rarior,
> in glareosis dioriticis Ciliciæ Bulgardagh m. Kizil-tepe, alt.
> 1600ᵐ, Ky. nec non reg. alp. supra Bulgarmaden. Bal. pl. d'Or.
> an. 1855. N° 601. — Var. β. montibus Neelgirrensibus Indiæ
> orientalis. Wight. Catal. N° 144 et 148. F.

Obs. Species proxima A. rotundifoliæ MB. et biflorae L. haud
bene a cl. Wight descripta. Var. α et β, vix nisi foliis omnino
glabris v. ciliatis determinanda; in genere prolixiores ac flacc-
idiores sistunt formas, foliis remotioribus, parumper longioribus ac basi magis attenuatis insignitas, dein var. γ formas
ostendit magis condensatas, foliis in caudiculis sterilibus præsertim confertioribus ludentes. F. in litt.

19 > A. **Kotschyana** Fenzl. in Pugill. et Russeg. Reis. I. 930. —
Ciliciæ Bulgardagh : frequens rupestribus umbrosis castelli
ruderati supra pagum Gulek alti, et usque in alpes fissuris
rupestribus muscosis divulgata, alt. c. 1629-2274ᵐ Ky. diar.
cilic. an. 1853.

> β Var. alpina Bal. Reg. alp. Bulgardagh, supra Bulgarmaden. Bal.

20 A. Persica Boiss. — *Tchihat.* pl. As. Min. exsicc. an. 1849.
N° 60. — *Galatia :* inter pagos Alizy et Mentiche, alt. c. 1200ᵐ.
— *Persia* m. Demavend et Dalnuku. B.

21 > A. Ledebouriana Fenzl. in Pugill. et in Russeg. Reis. 1. 931.
— *Ann.* pl. d'Or. un. 1856. N° 1057. — *Tchihat.* pl. As. Min.
exsicc. an. 1853. N° 318 B. — *Cappadocia .* m. Alidagh, alt. c.
1450ᵐ. *Cilicia :* Inter pagum Kizildagh et fl. Bosanta, T. nec
non jugi Bulgardagh alp. Maaden-tepessi. F. *Ponto :* circa Trapezunt. H. *Mesopotamia.* F.

22 > A. trichotoma Boiss. *Cappadocia* ad Euphratem. B.

23 > A. glutinosa Boiss. Ann. sc. nat. Ser. IV. T. II. p. 243. —
Tchihat '. pl. As. Min. exsicc. an. 1853. N° 310. — Perennis
cæspitosa, radice fibrosissima, foliis secus surculos steriles
abbreviatos et partem inferiorem caullum densissime confertis
setaceo-subtriquetris rigidis strictis oblique mucronatis subace-
rosis margine scabridis infimis abbreviatis sæpe subtetrastiche
imbricatis, axillis fasciculos densos foliorum juniorum edentibus, caulibus floriferis supra basin dense foliosata ad apicem
usque glutinosissimis remote foliosis ad nodos incrassatis superne ter quaterve dichotome trichotomeque ramosis, folis caulinis latioribus abbreviatis internodio 3-4plo brevioribus,
ramulis pedicellisque filiformi-capillaribus eis flore paulo longioribus, bracteis minimis membranaceis triangularibus acuminatis, calyce subgloboso, sepalis coriaceis ovatis acuminatis
concavis carina crassa viridi obtusa percursis margine membranaceis nitidis, petalis albis oblongis obtusis calyce duplo longioribus, capsula oblonga apice sexdentata calyce paulo longiori.

Planta dense cæspitosa. Caulis inferna parte dense folifera
vix pollicaris foliis tenuissimis 3-4 linea longis dein laxe et
remote foliosi semipedales divisione priori dichotomi dein tri-
chotomi vel dichotomi cum flore in dichotomia. Calyces 1 |
lineam vix longi. Affinis A. Ledebourianæ F. a qua differt caulibus multo procerioribus glutinosis nec glabris, inflorescentia
multo magis composita, floribus fere dimidio minoribus, sepa-

1. Vide nostram Tab. XIV.

lis abbreviatis, nec oblongo-lanceolatis. A. acerosa B. et Heldr.
foliis crassioribus abbreviatis, inflorescentia contracta, calyce
glanduloso, etc., longius differt. — *Cilicia trachæa.* T.

24) **A. acerosa** Boiss. et Heldr. *Lycaonia :* collibus aridis cali-
dissimis ad occidentem planitiei Konie inter hanc urbem et
Beycher sitis. D. *Lycia :* reg. alp. m. Ananas, nec non In m.
Bereketdagh. B. *Cappadocia :* m. Karamasdagh, atque inter
Hadjin et Goksin vallibus, alt. c. 1200^m. T.

25) **A. sabulina** Griseb. apud Fenzl in Russeg. Reis. I. 933.
Mesopotamiæ sabulosis. F. l. c.

26 **A. oxypetala** Sibth. et Sm.

> *Var.* strictiuscula Boiss. (A. rhodia Boiss.) Ins. Rhodos. *Græcia.*
> *Creta.* B.

27 † **A. sphærocarpa** Ten. *Cappadocia :* valle O. Kanichly. Bal.
— *Neap. Sicil.* Ten.

28) **A. Pamphylica** Boiss. et Heldr. *Pamphylia :* ad lapides et
muros amphitheatri veteris urbis Perge. *Lycia :* pr. Castello-
romo insula. B.

29 **A. pubescens** D'Urv. Ledeb. fl. ross. I. 349. non Redovski. —
Heldr. pl. exsicc. an. 1848. Nᵒ 21135. Ejusd. Herb. græc. norm.
Nᵒ 9. — Reg. mont. Ciliciæ Bulgardagh, pr. pylas. Bal. Summis
montibus Ins. Cos. DC. l. c. — *Græcia :* reg. media m. Parnassi,
alt. 1625^m. Heldr.

>) *Var.* glabrescens Sipylea Boiss. (A. Sipylea Boiss.; Bal. pl. d'Or.
> an. 1853. Nᵒ 608. — *Lydia :* fissuris rupium verticalium m.
> Sipyli supra Magnesiam. B.

30) **A. Tmolea** Boiss. *Lydia :* fissuris rupium m. Tmoli, cacuminibus supra Philadelphiam. B.

Species nondum descripta.

31) **A. brevis** Boiss. *Phrygia :* m. Bulgardagh, pr. Uchak. Bal.

XX. **Holosteum** L. excl. spec. DC. Prdr. I. 393, excl. spec. Ledeb. fl. ross. I. 373.

1 † H. umbellatum L. (H. glutinosum Fisch. et Mey.) *Bal.* pl. d'Or. an. 1854. N° 120. — Agro *Byzantino.* Prdr. fl. gr. I. 77. Arenosis montanis ad *Smyrnam.* Bal. — *Rumelia.* G. *Bessarabiæ* vineis. Ta. *Serbia.* Pan. *Græcia.* Prdr. l. c. *Tauria.* Ad mare Caspium. Ledeb. l. c.

2 H. uniflorum Stev. *Armenia rossica.* — Prov. *Caucas.* Ledeb. l. c.

3 H. Sibthorpii Boiss. (Arenaria umbellata Sibth. et Sm. fl. gr. tab. 430.) *Bal.* pl. d'Or. an. 1854. N° 121; an. 1857. N° 1295. — *Ionia :* pr. *Smyrnam* ad pagum Kukuladja, declivitatibus saxosis montium. Bal. *Galatia :* inter Beybazar et Ayach. T. *Phrygia :* m. Almadagh ad septentr. urbis Uchak. Bal.

4 » H. dichotomum C. Koch. *Armenia rossica :* humidis pr. Etchmiasdin. W.

5 » H. tenerrimum Boiss. — *Tchihat.*' pl. As. Min. exsicc. an 1849. N° 428.— *Lydia et Caria:* ad umbram juniperorum, montium Mesogis, Tmoli et Cadmi. B. *Mysia :* m. Ayakkayassi, alt. 658ᵐ, locis valde rupestribus et nudis. T.

Species nondum descripta.

6 H. imberbe J. Gay. *Armenia :* circa Ispir, H. atque circa Erzerum. Calv.

Var. brachypetalum J. Gay. *Phrygia :* pr. Uchak. B.

XXI. **Mollugo** Ser. in DC. Prdr. I. 391.

1 † M. cerviana Ser. (Pharnaceum cerviana et glabrum L.) Arenosis ins. *Scyros* haud rarum. D'Urv.

1. Vide nostram Tab. XV.

XXII. **Stellaria** L. excl. spec. DC. Prdr. I. 390. excl. spec. — Lepigoni spec. Fries.

SUBG. EUSTELLARIA Fenzl. in Ledeb. fl. ross. I. 377.

DIVISIO. I. PETIOLARES Fenzl. l. c.

1 † **S. media** Sm. (Alsine media L. Lepigonum medium Fries. Cl. Ledeb. atque DC. S. mediam cum S. latifolia Pers. conjungunt, non annuentibus nec Griseb. nec Steud.) *Bithynia :* Olympo et circa Brussam. Prdr. fl. gr. *Armenia :* circa Erzerum. Calv.— Reg. subalp. *Scardi.* G. *Serbia.* Pan. *Tauria.* Prov. *Caucas. Sibiria.* Ledeb. l. c.

    † *Var.* marginata Ledeb. l. c. (Arenaria media. L. DC. Prdr. I. 401. Spergularia media Presl. Griseb. fl. rum. bith. I. 113. Arenaria marginata DC. ic. rar. tab. 48. Alsine marginata Rchbch.) *Tchihat.* pl. As. Min. exsicc. an. 1849, N° 406. — *Mysia :* valle fl. Madaratchaï. T. — *Thracia.* G. *Peloponnesi* marit. Prdr. fl. gr. I. 304.

2 † **S. latifolia** Pers. (S. nemorum L. Ledeb. l. c. et S. cordata L. Cl. DC. S. nemorum L. a S. latifolia Pers. distingult.) *Bithynia :* umbrosis scaturiginosis pr. Mudania, juxta Propontidem, gregarie. G.

3 › **S. Cilicica** Boiss. et Bal. — *Bal.* pl. d'Or. an. 1855. N° 609. — Reg. calida littorali *Ciliciæ campestris :* in herbidis faucis Guzeldere. B.

    DIVISIO II. HOLOSTEÆ Fenzl. l. c.

4 ÷ **S. holostea** L. (Cerastium holosteum Crantz.) Agro *Byzantino.* Prdr. fl. gr. I. 302. *Bithynia :* frequens et gregarie umbrosis jugi Balabandere pr. Nicæa, alt. 487-650™. G. *Armenia :* pr. Erzerum Calv. — Silvis *Hæmi.* Prdr. fl. gr. l. c. Prov. *Caucas. Sibiria.* Ledeb. l. c.

5 **S. Laxmanni** Fisch. (S. glauca Wither var. virens Ledeb. fl. ross. S. graminea L. var. parviflora Drej. Griseb.) *Armenia turcica.* Calv.—Reg. subalp. *Scardi.* G. Prov. *Caucas. Sibiria.* Ledeb. l. c.

6 › **S. stricta** C. Koch. *Armenia.* Ledeb. fl. ross. I. 390.

XXIII. **Moenchia** Ehrh. Griseb. fl. rum. bith. I. 204.— Cerastii et Saginæ spec. L. DC.

1 † **M. mantica** Bartl. Griseb. (Stellaria glauca var. tenuifolia Friv. Pentaple mantica et Malachium manticum Rchbch. Cerastium manticum L. DC. Prdr. I. 417.) *Bal.* pl. d'Or. an. 1857. N° 1208. — *Tchihat.* pl. As. Min. exsicc. an. 1849. N= 518, 527; an. 1858. N° 117, 160.— *Phrygia :* pr. Uchak. Bal. *Bithynia :* vulgaris provincia Nicæensi et Brussensi ubi omnes colles graminosos regionis calidæ vere exornat, e. g. Arganthonio, Olympi convalle Gœkdere; ins. Prinkipo. G. Agro *Trojano :* valle fl. Rhodos. T. *Ponto.* circa Samsun, collibus. T.— Frequens campis pr. Ruskoi; rupestribus *Macedoniæ* penins. Hajlon-oros, et pratis ad fl. Urbnitza. *Serbia* centrali. G. *Græcia.* Nym.

2 † **M. octandra** J. Gay. Rchbch. (Mal. octandrum Gren. Sagina erecta L. DC. Prdr. I. 389. Sag. octandra Salzm.) *Bal.* pl. d'Or. an. 1854. N° 54. — *Ionia :* campis humidis ad Smyrnam. Bal.

3 › **M. cærulea** Boiss. Diagn. VIII. 101. (Cerastium cæruleum Boiss. Diagn. I. 83. Malachium cæruleum Jaub. et Sp.) *Bal.* pl. d'Or. an. 1854. N° 119; an. 1857. N° 299. — Reg. super. *Lydiæ et Ioniæ* montium frequens : Tmolo, Sipylo. Mesogis, etc. B.; collibus lapid. ad marginem bor. sinus Smyrnensis. Bal. *Phrygio :* ad pagum Kaiagœi, 3 leucis ad SO. urbis Uchak. Bal.

XXIV. **Cerastium** L. excl. spec. DC. I. 414. excl. spec. Gren. Monogr. de Cerast.

SUBG. I. DICHODON Bartl. Ledeb. fl. ross. I. 396.

1 † **C. trigynum** Vill. (Stellaria cerastoides L. St. elegans Ser. sec. Ledeb. St. multicaulis Ser.) *Bal.* pl. d'Or. an. 1855. N° 603. — *Tchihat.* pl. As. Min. exsicc. an. 1858. N= 507, 921 bis. — Circa *Byzantium.* fl. *Bithyniæ* Olympo. Prdr. fl. gr. I. 302. *Armenia :* circa Baibut, H. atque m. Ringœldagh, alt. 2800-3000^{m}. T. *Ciliciæ* Bulgardagh : pratis humidis reg. alp. Bal. *Ponto aus-*

trali : declivitate merid. Jugi Paryadres veterum, inter pagos Liadja et Kumbetkhan, alt. 1900-2700ᵐ. T.

> ꝟ Var. glandulosum Fenzl. (Stellaria cerastoides β δ et γ Bge. C. Gebleri Bens.) *Cilicia* Bolgardagh, humidis inter Karllhoghas et Kizilkopraal, alt. 2398ᵐ. Ky. diar, cilic. no. 1853. — *Sibiria altaica* subalp. et alp., ad nives deliquescentes. Ledeb. l. c.

2 † C. anomalum W. et K. (Stellaria subulosa Fisch. in DC. Prdr. 1. 397.) *Bal.* pl. d'Or. an. 1854. Nº 111 ; an. 1857. Nº 1300, — *Ionia* : ad Smyrnam, pratis paludosis. Bal. *Armenia* : humid. infra pagum Ortus pr. Erzerum. H. — *Thracia*. G. Prov. *Caucas. Tauria.* Ledeb. l. c.

SUBG. II. STREPHODON Ser. in DC. Ledeb. l. c.

Divisio I. LEIOPETALA Ledeb. l. c.

3 C. pilosum Ledeb. non Sibth. et Sm. (C. Ledebourianum Ser. C. parviflorum Stev. non Bge.) *Armenia rossica* : planitie fl. Araxis, alt. 908-1136ᵐ. W. — *Sibiria.* Ledeb. l. c.

4 ꝟ C. macranthum Boiss. *Cariæ* montibus. B.

5 ꝟ C. Argæum Boiss. et Bal. *Cappadocia* : reg. alp. sup. m. Argæi, alt. 3050ᵐ. B.

Divisio II. CILIATOPETALA Ledeb. l. c.

6 C. Kasbeck C. et Mey. *Armenia rossica* : m. Ararat, alt. 3804-4198ᵐ. — *Caucaso* : cacumine m. Kasbeck, alt. 3313-3410ᵐ. Ledeb. l. c.

7 ꝟ C. Armeniacum Gren. in Monog. et in Ledeb. l. c. *Armenia* : lapidosis circa pagum Haho, inter Erzerum et Ispir sitam. H.

8 † C. nemorale MB. (C. holosteum Fisch. ex DC. Prdr. C. holostea Horn. C. caucasicum Flsch. in DC. C. davuricum β holosteum Ser. in DC. Prdr. C. elongatum MB.) Tchihat. pl. As. Min. exsicc. an. 1858. Nº 671. — *Ponto* : inter Tchelu et Suniza. T. — Provinc. *Caucasicis.* Ledeb. fl. ross. I. 401.

9 C. Davuricum Flsch. (C. connatum et Stellaria cordata S. G.

Gmel.) *Armenia rossica :* m. Daratschitschak. — Prov. *Caucas.* Omni *Sibiria. Davuria;* ad mare *Caspium,* pr. Astrakhan. Ledeb. l. c.

10 ⸗ **C. chlorœfolii** Fisch. et Mey. Index IV, semin. h. Petrop.

Caule glaberrimo, glauco, foliis late ovatis, pedunculis reflexis, petalis margine glabris, staminibus pilosis F. M. l. c. Herba eximie glaucescens; folia margine levissima, non ciliato-scabra, petala calyce sesquilongiora, profunde bifida; filamenta basi pilosissima; capsula calyce duplo longior; semina ferruginea, tuberculis brevibus obtusiusculis tecta. Gren. Monog. de Cerast. p. 13.

Natolia. F. et M. l. c.

Var. connatum Boiss. (C. connatum Boiss. et Huet. in pl. Arm. exsicc. non S. G. Gmel.) *Armenia :* supra urbem Ispir. H.

11 ⸗ **C. Tournefortii** Gren. l. c. *Armenia.* Ledeb. l. c.

12 † **C. perfoliatum** L. — *Bal.* pl. d'Or. an. 1857. N° 1301. — Pratis marit. circa *Byzantium,* primo vere. G. *Phrygia :* vinetis pr. Uchak, alt. 950ᵐ. Bal. — *Bessarabia* vinetis pr. Akkerman. Ta. *Rossia merid.;* pr. Odessam. Prov. *Caucas.* Ledeb. l. c. *Græcia. Barbaria.* Steud. l. c. *Hispania.* Nym.

SUBG. III. SCHIZODON Frenzl. in Endl. gen. Ledeb. l. c.

13 **C. dichotomum** L. — *Bal.* pl. d'Or. an. 1858. N° 1302. — *Phrygia :* pr. Uchak, alt. 910ᵐ. *Cappadocia :* m. Karamasdagh. *Cilicia* Bulgardagh, ad septentr. pylarum. Bal. *Armenia turcica* atque *rossica :* inter Erzerum et Baibut H.; prov. Erivan, alt. 1071ᵐ. W. pr. monasterium Etchmiasdin, ad radicem m. Ararat. Ledeb. l. c. — *Hispania.* Nym.

14 † **C. ramosissimum** Boiss. Voy. Esp. v. II. 105, tab. 31. fig. A. (C. Rivi Desmoul.) C. annuum viscosum caule ramosissimo dichotomo, foliis lanceolatis obtusis, pedicellis post anthesin sæpe deflexis, sepalis acutiusculis, petalis sæpius abortivis calyce duplo brevioribus, capsula tubulosa attenuata subincurva calyce duplo longiore. Planta annua tota dense glanduloso-vis-

cosa. Caulis jam a basi ramosissima dichotomus 3-4 pollicaris.
Folia omnia lanceolato-linearia sessilia obtusa, floralia minora,
nunquam scariosa. Panicula laxe dichotoma. Pedicelli floriferi
calyce breviores post anthesin elongati sæpius reflexi. Sepala
acutiuscula glandulosa dorso nervosa margine subscariosa viridia. Petala calyce duplo breviora breviter bifida ; sæpissime
omnia deficiunt aut unum alterumve solum supersunt. Stamina
10. Capsula calyce duplo longior, tubulosa subincurva parte superiore attenuata breviter dentata. Dentes obtusi parte superiore
attenuati. Semina exinie tuberculosa.

Phrygia : reg. subalp. m. Almadagh, ad septentr. urbis Uchak.
Bal. — *Hispania merid.* alt. 2275-2600ᵐ. B. l. c.

SUBG. IV. ORTHODON Ser. in DC. l. c. Ledeb. l. c.

Divisio I. FUGACIA Ledeb. l. c.

Sect. 1. CHLOROPETALA Ledeb. l. c.

15 C. longifolium Willd. non Juss. nec Ten. (C. blephorophyllum
A. Mey.) *Armenia.* DC. Prdr. I. 417. — *Prov. Caucas.* Ledeb. l. c.

16 † C. roderale MB. (C. rectum Friv.) *Armenia rossica* : ad m.
Alagæs. — *Prov. Caucas. Rossia merid.* ad Tanain. Ledeb. fl.
ross. I. 403. *Thraciæ* Haenw. G.

17 † C. Illyricum Arduin (C. heterophyllum Viv. C. androsaceum
Ser. in DC. Prdr. sec. Fenzl. C. illyricum β Bory et Chaub. 0.
pelop. N° 726. C. pilosum Fl. gr. tab. 454 non Horn. nec Ledeb.)
Tchihat. pl. As. Min. exsicc. an. 1849. N° 465. — *Bal.* pl. d'Or.
an. 1854. N° 107. — Herb. græc. norm. N° 134. (C. illyricum
β micropetalum.) Campo *Byzantino.* G. *Mysia* : m. Akkayassi,
alt. 568ᵐ, rupestr. T. — *Thracia* : campis pr. Ruskol, alt. 163-
325ᵐ. *Macedonia. Peloponneso* : montibus. Prdr. fl. gr. I. 316.
Collibus aridis *Atticæ*, præsertim montium Hymetti et Pentelici.
Heldr. *Cypri* montibus. Prdr. fl. gr. l. c. *Corsica. Dalmatia.* Nym.

18 C. brachypetalum Pers. (C. barbulatum Wahlbg. C. canescens
Horn. C. viscosum Poll.) *Ciliciæ bor.* silvis pagum Aladagh cir-
cumdantibus. Bal. — *Prov. Caucas. Tauria. Sibiria.* Ledeb. l. c.
Serbia. Pan.

19 † C. viscosum L. Friv. non Poll. nec Huds. nec MB. nec Curt.
C. vulgatum MB. non L.) Collibus circa *Byzantium*. Clem. sert.
orient. *Bithynia*. — *Rumelia. G. Tauria. Caucaso. Sibiria.* Ledeb. l. c.

20 † C. obscurum Chaub. fl. d'Agens non St. Amans (S. semidecandrum Sibth. et Sm. C. Grenieri = Schultz.) *Cycladum insulis.*
Nouv. fl. Pelop. — *Græcia* Prdr. fl. gr. 1. 315. *Thracia. Macedonia.* Nym.

SUBVAR. ?. LINEARIFOLIA Ledeb. l. c.

21 † C. semidecandrum L. non auctor. amer. nec Sibth. et Sm.
C. obtusifolium β et C. vulgare γ Link. C. viscosum et pentan-
drum MB.) Circa *Byzantium*. R. — *Macedonia. G. Tauria.* Prov.
Caucas. Ledeb. l. c. *Græcia.* Nym.

22 › C. fragillimum Bois. — *Bal.* pl. d'Or. an. 1857. N° 1304.
—Ad umbram Juniperorum reg. alp. *Cariæ* et *Lydiæ* montium :
Caduni, Mesogis, Tmoli, etc. B. *Phrygia* : pr. Utchak. *Ciliciæ
borealis* silvis pagum Aladagh circumdantibus frequens. Bal.

23 › C. Tmoleum Bois. *Lydia* : rupestribus humidis ad septentr.
m, Tmoli, supra Bozdagh. B.

DIVISIO II. PERENNIA Ledeb. l. c.

SUBVAR. I. CÆSPITOSOPERENNIA Ledeb. l. c.

24 C. frigidum MB. (C. purpurascens. Adam. Ledeb. C. macrospermum Stev. *Tchihat.* pl. As. Min. exsicc. an. 1858. N° 312,
481, 498.— *Armenia turcica et rossica :* m. Tekdagh pr. Erzerum,
II.; provincia *Erivan.* Ledeb, *Ponto austr. :* declivitatibus bor.
et austr. jugi Paryadres veterum, inter pagos Lindja et Kumbetkhan, alt. 1000-2000ᵐ, reg. nuda; atque inter Kumbetkhan
et Kobardjakos reg. silvatica, alt. 700-1800ᵐ; inter tractum Has-
snnly et pagum Agstchbachi (ad NNO. urbis Gumuchbane), reg.
silvat., alt. 1200-1900ᵐ. T.

25 † C. vulgatum L. Friv. (C. viscosum MB. non L. C. rotundifolium Sternb. C. triviale Link.) *Tchihat.* pl. As. Min. exsicc. an.

1858. N° 17. — Agro *Byzantino*. G. *Ponto* : circa Samsun, collibus T. *Lycia* : circa rudera Xanthi. Forb. — Pratis marit. *Rumeliæ* Scardi ; m. Kobelitza, all. 909-1417ᵐ. G. Vulgare *Bessarabiæ* pascuis circa Akkerman, Ismail, Odessam. Ta. *Tauria*. Prov. *Caucas. Sibiria*. Ledeb. l. c.

26 † **C. alpinum** L. (C. lanuginosum γ Willd. Cerastculus alpinus Hall.) *Armenia*. IX. Prdr. I. 117. — Prov. *Caucas*. Ledeb. fl. ross. I. 403.

> † *Var*. lanata (C. lanatum Lmk.) *Ciliciæ* Bulgardagh : valle Karliboghas rupestribus, all. 1623. Ky. diar. cilic. nn. 1853. Sinus *Sarpsararia* insula Chusian, inter segetes. Bal. — *Rossia arctica*. Ledeb. l. c.

27 † **C. latifolium** L.

> β *Var*. Petala basi parcissime ciliata Bge. *Armenia* : m. Ararat. Bge. l. c.

28 β **C. gnaphalodes** Fenzl. in Russeg. Reis. I. 929. Diagnosis emendata et locupletata[1]. (Fenzl. in Sched. ad Ky. Coll. l. pl. Tauri sine numero; ejusdem fl. Cilic. an. 1853. N° 181 c, 215 a, 339. l — *Bal*. pl. d'Or. an. 1853. N° 607. l — Aucher pl. Or. N° 615 in Herb. Delessert. l)

Perenne, intricatissime cæspitans caudiculis tenue filiformibus nitidis, *haud fragilibus*, turiones copiosissimos *dense floccoso-lanatos* cauliculosque florigeros digitales palmaresve erectos 1-3 floros alentibus ; cauliculis simplicissimis, in foliorum axillis *haud fasciculiferis*, vel nonnisi infima basi unum alterumve ramificum fascicularem hyeme deperientem nutrientibus, *floccoso-lanatis* rarius mire villosulis; foliis turionum ac fasciculorum patentibus *oborato-oblongis sive spathulatis*, in genere 3-8 lin. turionum prolixiorum solummodo 8 lin. longis, *infra apicem* 1-½ lin. *latis. Junioribus lana nivea floccosa sepultis*, emarcidis demum margine excepto vel omnino calvis; caulinis erectis vel patulis, *linearibus vel lineari-lanceolatis obtusis* vel subacutis, in genere 4-6 *rarissime* 9 lin. longis ad ½-2 lin. *latis* bracteis cymæ stricte erectis navicularibus, *semi vel omnino splendidissime scariosis obtusis*, dorso lanatis, 3-4 lin. supremis vel

[1]. Opus ined. cl. Fenzlii, mihi ab amic. auct. benevole communicatum.

specimimum pollicarium 2 lin. longis; pedicellis omni ætate
stricte erectis vel patulis, longitudine summe variis, floris alaris
in fructu ut plurimarum 5-12 lin. longis, calycis floccose lanati
foliolis lanceolatis 3½-5 *lin. longis, auctis obtusiore, superiore
triente omnino* marginibus deorsum usque ad basin argentato-
scariosis; corollæ petalis calyce ½-⅓ longioribus, *late cuneatis*,
apice ⅓-⅕ emarginatis, *lobis sepala latitudine æquantibus vel subdimidio superantibus* ungue glaberrimis; capsula calycem demum parum exsuperante recta, dentibus margine haud revo-
lutis; seminibus læte umbrinis, testa membranacea adstricta,
facile tamen secedente, grosse obtuseque undique tuberculata.

Cappadocia : m. Argæo. Bal. *Cilicia* Bulgardagh : declivibus
aquiloni obversis frequens cæspites formans, alt. 2899-2920ᵐ.
Ky. diar. Cilic. an. 1853 ! Ibid. supra Bulgarmaden. Bal. | *Arme-
nia :* montibus supra Erzerum. Aucher. |

Observ. Species inter. C. alpinum lanigerum Clementi, C.
tomentosum et grandiflorum ambigens, characteribus Urniis,
licet sat distincta, ægerrime circumscribenda. A. C. alpino var.
lanata cui indumento, habitu, crescendi modo, caudiculis tenue
filiformibus haud fragilibus, nec non altitudine cauliculorum
1-3 florum simillima, præ ceteris differt foliis caulinis linearibus, sepalis longioribus latius argentato-scariosis, petalis
longe magis cuneatis quam obcordato-ovalis ac capsula recta ;
a C. lanigero Clem. recedit tenuitate caudiculorum ac cauliculorum haud fragilium, bracteis, calyce ac petalis angustioribus;
iisdemque characteribus ac cauliculis sua longitudine haud
fasciculigeris ac seminum testa facile secedente a C. tomentoso
et C. grandifloro, quo ultimo in specierum enumeratione, non
obstante affinitate cum C. alpino proxime consocianda.

29 † **C. arvense** L. (D. repens L. ex DC. fl. fr. C. Scarani Ten.)
Circa *Byzantium.* R. — *Tauria.* Prov. Caucas. Ledeb. l. c.

> β *Var.* — Tchihat. pl. As. Min. exsicc. an. 1858. Nᵒ 911. — *Arme-
> nia :* m. Bingœldagh, alt. 2800-3500ᵐ. C.

30 † **C. grandiflorum** W. et K. (C. argenteum MB. C. incanum
Hoffm. C. samnianum Ten. C. tenuifolium Vis.) *Tchihat.* pl. As.
Min. exsicc. an. 1853. Nᵒ 221. — Herb. græc. norm. Nᵒ 711. —

Pisidia: Inter pagos Gelendus et Yakamber, alt. c. 1400ᵐ. T.
Reg. super. *Lydiæ* m. Sipyli. B. *Phrygia:* m. Bulgardagh, alt.
c. 1300ᵐ. Bal. *Armenia rossica:* m. Ararat, Alagœz, Aladagh, etc.
alt. 1910-2023ᵐ. W. — Prov. *Caucas.* Ledeb. l. c. *Græcia;* m.
Veluchi (Tymphraste veterum) pascuis alp., alt. 1948ᵐ. Heldr.
(β hirsutum Fenzl, Griseb.)

> β *Var.* glabratum Boiss. — *Bal.* pl. d'Or. an. 1854. Nᵒ 110. *Bithy-*
> *nia:* subalp. Olympi. Clem. Serl. orient. *Armenia:* supra pagum
> Messire, inter Baibut et Erzerum situm. H.

31 † C. campanulatum Viv. (C. ligusticum Viv. C. præcox Ten.
fl. nap.) *Tchihat.* pl. As. Min. exsicc. au. 1858. Nᵒ 71. — *Ponto:*
collibus maritimis silvat., supra Samsun. T.

Species non satis notæ.

32 C. procumbens Forsk. Circa *Byzantium.* R. Ad *Hellespontum.* G.

33 » C. umbellatum C. Koch. *Armenia rossica:* planitie fl. Araxis,
alt. 948-1130ᵐ. W.

> XXV. **Malachium** Fries. Griseb. l. c. — *Cerastii* spec. L.
> DC. Ledeb. Fenzl.

1 † M. aquaticum Friv. Griseb. (Cerastium aquaticum L. Ledeb.
fl. ross. I. 416. Prdr. fl. gr.) Pr. *Byzantium.* R. *Bithynia:* umbrosis Olympi. — *Macedonia:* m. Athos; ad. rivulorum ripas
Cretæ. Prdr. fl. gr. 1. 317.

> *Var.* Chaub et Bory. *Cycladum* ins. Sapienza. Nesv. β. Pelop.

> TRIBUS IV. PARONYCHIEÆ Griseb. — Ordo Paronychieæ DC.
> Prdr. III. 365. ex parte. Caryophyllearum subordo l. Endl. gen.
> — Ordinum Paronychiearum et Scleranthearum spec. Ledeb.

> XXVI. **Spergula** L. DC. Prdr. I. 394. Griseb. Ledeb. fl. ross.
> II. 169.

1 † S. arvensis L. *Byzantii* et *Cariæ* arvis. Prdr. fl. gr. — *Rossia* are.
med. et austr. Sibir. ural. et alt. Ledeb. l. c. *Græcia.* Prdr. fl. gr.

XXVII. **Spergularia** Pers. Grisb. Ledeb. fl. ross. II. 163. —
Alsines spec. L. — Arenariæ spec. DC.

1 † S. segetalis Grisb. Fenzl. (Arenaria segetalis Lmk. DC.
Prdr. I. 400. Spergula segetalis Vill. Alsine segetalis L.) Agro
Byzantino. Prdr. fl. gr.

2 † S. rubra Presl. (Arenaria rubra L. var. campestris DC. Alsine
rubra Crantz. Als. marina Rchbch.) Agro *Byzantino*. Prdr. fl.
— *Rumelia*. S. *Serbia*. Pan. Prov. *Caucas. Sibiria*. Ledeb. l. c.
Græciæ campestribus; ins. *Zacyntho* et *Cypro*. Prdr. fl. gr.

XXVIII. **Læfflingia** L. DC. Prdr. III. 381.

1 † L. Hispanica L. (L. prostrata Mœnch.) *Ciliciæ* campestris
arenosis marit. pr. Mersinam. Bal.—*Sahara Algeriensi*, alt. 750ᵐ.
Coss. l. c. *Hispania, Gallia*. DC. l. c.

XXIX. **Polycarpon** Lœfl. DC. Prdr. III. 376. Grisb. l. c.
Ledeb. l. c. — Trichlis Hall. — Anthyllidis spec. Adans.

1 † P. Gmelini Grisb. (P. tetraphyllum L. P. tetraph. caspicum
C. A. Mey. Alsine polycarpon Crantz. Mollugo tetraphylla L.
Paronychia striata DC. in Lmk. Encycl. Læfflingia caspica Gmel.
fl.) Circa *Byzantium*. R. Littore *Propontidis* et maris *Ægæi*. G.
Archipelago : agris ins. *Melos*; cratero vulcani Novæ Cameni
pr. Theram. D'Urv. — Prov. *Caucas*. Ledeb. l. c. *Græcia*. Nym.
Insulis *Canar*. DC. l. c.

XXX. **Telephium** Tourn. Griseb. — Ordinis Paronychiearum
gen. DC. Prdr. III. 366. Ledeb. fl. ross. II. 161.

1 † T. Imperati L. (T. alternifolium Mœnch. T. repens Lmk. fl.
fr.) *Armeniæ* aridis, pr. Erzerum II. — Prov. *Caucas*. Ledeb. fl.
ross. *Sahara algeriensi*. Coss. Bull. soc. bot. IV. 396 et 481.

2 T. orientale Boiss. — *Bal*. pl. d'Or. an. 1854. Nᵒ 355, et
an. 1855. Nᵒ 704. — *Tchihat*[1]. pl. As. Min. exsicc. an. 1853.

1. Vide nostram. Tab. XVI.

N° 237, et an. 1858. N° 792.— *Ionia* : collibus pr. Smyrnam. *Lydiæ* m. Sipylo. *Carin. Pamphylia.* B. *Ponto* : inter pagos Tehelu et Suolza (ad SSE. urbis Samsun), alt. c. 500ᵐ. T. Collibus lapidosis ad occasum *Cappadociæ* urbis Kaisariæ sitis. Bal. *Cilicia trachea* : inter l'sanbardj et Seleske, rupium fissuris, T. nec non in reg. montana Bulgardagh pr. pylas. Bal. *Armenia.*: circa Erzerum. Calv.— In monte *Libano*, ad cedros; in montibus *Persiæ australis.* B. *Creta.* Nym.

XXXI. **Paronychia** Juss. Grisb. — Ordinis Paronychiearum gen. DC. Prdr. III. 370. Ledeb. fl. ross. II. 161. — Illecebri spec. L.

1 † P. echinata Lmk. DC. fl. fr. (Illecebrum echinatum Desf. Poir.] Ins. *Melos*, circa theatrum vetus. D'Urv.

2 † P. serpyllifolia DC. (Illecebrum serpyllifolium Vill.)

Var. bithynica Grisb. Circa *Byzantium*. R. *Bithyniæ* collibus, pr. Mudania. G.

3 P. chlorina Boiss. — *Bal.* pl. d'Or. an. 1854. N° 374.— *Tchihat.* pl. As. Min. exsicc. an. 1858. N° 200. Circa *Byzantium.* R. Reg. alpina Olympi *Bithyniæ. Lydia* : m. Tmolo occident. et Sypilo supra Magnesiam. B. *Armenia* : inter pagos Mamahatun et Yenikol, alt. 1900-2000ᵐ, T. — *Macedoniæ* jugo Scardl. B.

4 † P. nivea DC. non C. A. Mey. (P. capitata Lmk. P. rigida Mœnch, P. maritima auct. Illecebrum niveum Pers. Illecb. cephalotes MB. Illeceb. capitatum L. non Fl. gr. tab. 217.) *Tchihat.* pl. As. Min. exsicc. an. 1853. N° 148 et 149. — Herb. græc. norm. N° 250. *Pisidia* : inter pagos Kurna et Aglassan, loc. depressis, alt. c. 1200ᵐ. T. — *Græcia.* Heldr. *Tauria.* Stev. *Sahara algeriensi* : alt. 750-1120ᵐ. Coss. l. c.

Var. pubescens Fenzl. *Ciliciæ* Bulgardagh : valle Karliboghas et m. Kizil-tepessi vulgaris, alt. 1019-1599ᵐ. Ky. diar. cilic. an. 1853. — Prov. Cauc. Ledeb. fl. ross. II. 163.

5 ≫ P. kurdica Boiss. (P. nivea Steud. in Ky. pl. exsicc. non DC.) *Tchihat.* pl. As. Min. exsicc. an. 1858. N° 535. — *Ponto*

austr. : inter urbem Niksar et pagum Bachtchiflik reg. mont. silvat., alt. 1300-2000ᵐ. T. — Cacumine montium *Kurditanis*. B.

6) P. **macrosepala** Boiss. (*Illecebrum capitatum* Fl. gr. tab. 247. non L.) *Herb. græc. norm.* N° 561. — Ins. *Rhodos*, Prdr. fl. gr. I. 185. — Collibus saxosis *Atticæ* pr. Ampelakipos, in consortio P. capitatæ Link. sed præcocior. Heldr.

7 † P. **Kochiana** Boiss. (P. capitata Koch. Syn. fl. germ. non Link. P. capitata Link. β. glabrata, lusus 7. Ledeb. l. c.) *Tchihat.* pl. As. Min. exsicc. an. 1849. N° 756. — *Lydia* : m. Cadmo. B. *Galatia* : m. l'achadagh, locis plerumque lapidosis, alt. c. 1200ᵐ. T. — *Tauria.* prov. *Caucas.* Ledeb. l. c. *Illyria. Apennino Neapolitano.* B.

8 † P. **argentea** Link. (P. glomerata Mœnch. P. hispanica Link. P. italica et P. narbonensis Poir. Illecebrum paronychia L.) *Tchihat.* pl. As. Min. exsicc. an. 1853. N° 681. — Circa *Byzantium.* R. Olympo *Bithyniæ.* Clem. sert. orient. *Cilicia trachea* et *campestri :* inter vallem Bosanta-su et pagum Kizildagh, mont. excels. silvat., alt. 1300ᵐ. T.; arenosis marit. pr. Mersinam. Bal. *Archipelago* collibus siccis ins. Melos. D'Urv. ins. Naxos. — *Græcia.* Nouv. fl. Pelop. Ins. *Melita.* D'Urv.

9) P. **hispida** Steud. *Armenia :* pr. pagum Halio, inter Erzerum et Ispir. H. *Cappadocia :* circa pagum Enebil, alt. c. 1400ᵐ. Bal.

XXXII. **Herniaria** Tourn. Griseb. — Ordinis Paronychiearum. gen. DC. Prdr. III. 367. Ledeb. fl. ross. II. 159.

1 † H. **cinerea** DC. (H. annua Lag. H. vulgaris Spr. var.) Herb. græc. norm. N° 538. — *Cilicia campestri :* arenosis marit. pr. Mersinam. Bal. — *Atticæ* aridis. Heldr. Ins. *Melita.* DC. l. c. *Sahara Algeriensi,* alt. 750-1120ᵐ. Coss. l. c.

2 † H. **glabra** L. (H. vulgaris Spr.) *Tchihat.* pl. As. Min. exsicc. an. 1858. N° 395. — *Archipelago* frequens. Prdr. fl. gr. I. 167. Olympo *Bithyniæ.* S. *Armenia :* circa Erzerum, Calv. nec n u inter pagos Kerekli et Kœsse (ad SSE. urbis Gumuchhane), alt.

1500-1900m. T. — *Thracia bor.* G. *Serbia.* Pan. Prov. *Caucas. Tauria. Sibiria.* Ledeb. l. c. *Græcia.* Nym.

3 † H. hirsuta L. (H. vulgaris var. Spr.) *Tchihat.* pl. As. Min. exsicc. an. 1853. N° 130. — *Bithyniæ* Olympo Clem. sert. orient. *Pisidia* : inter Tchukurkoi et Ahyrkoi, monicsis silvat. T. *Cappadocia* : reg. alp. m. Arqœl. Bal. *Archipelago* frequens. Prdr. fl. gr. I. 167. — *Hæmo.* G. *Serbia.* Pan. Prov. *Caucas. Sibiria.* Ledeb. l. c. *Tauria.* Stev. *Græcia.* Nym.

4 † H. scabrida Boiss. Voy. Esp. — *Tchihat.* pl. As. Min. exsicc. an. 1853. N° 201. B. — *Lycaonia* : inter Ladik et Konia, planis aridis, alt. c. 1000m. T. — *Hispania.* B.

5 † H. incana Lmk. non MB. (H. alpina Lois. H. lenticulata L.) Circa *Byzantium.* R. — *Tauria.* Prov. *Caucas.* Ledeb. fl. ross. II. 161.

6 † H. macrocarpa Sibth. Fl. gr. tab. 252. (H. incana MB. Koch. H. millegrana Pall. H. Besseri Fisch.) *Bal.* pl. d'Or. an. 1854. N° 375. — Herb. græc. norm. N° 351. — Olympo *Bithyniæ.* Inter *Smyrnam* et *Brussam.* DC. l. c. *Lydia* : m. Sipylo, supra Magnesiam. Bal. — *Serbia.* Pan. *Græcia* : saxosis m. Parnassi, alt. 974m. Heldr.

> XXXIII. **Corrigiola** L. Griseb. — Ordinis Paronychiearum gen. DC. Prdr. III. 366. Ledeb. fl. ross. II. 159. — Polygalifolia Vaill. Adans.

1 † C. littoralis L. non Thunb. nec Sibth. et Sm. Agro *Byzantino.* — *Rumelia.* G. Littore maris *Caspii.* Ledeb. l. c.

2 † C. telephiifolia Pourr. (C. littoralis L. var. Spr. C. imbricata β Lapeyr. C. littoralis Sibth. et Sm.) Circa *Byzantium.* Nym.

> TRIBUS V. SCLERANTHEÆ Griseb. — Paronychiearum spec. DC. Prdr. III. 376. — Scleranthearum spec. Ledeb. fl. ross. II. 156.

> XXXIV. **Scleranthus** L. Griseb.

1 † S. perennis L. (S. fastigiatus β Hochst.) *Bithynia* : colle Bulgurlu, pr. Scutari. — Omni *Rumelia* : a reg. calida ad montium

fastigia, alt. 1624-1902ᵐ. G. *Serbia*. Pan. *Sibiria uralensi*. Ledeb.
l. c.

2 † S. marginatus Guss. (S. neglectus Rochel.) Collibus siccioribus pr. *Byzantium* copiosissime. Clem. sert. orient. — *Serbia*.
Pan.

3 † S. annuus L. — (Engl. Bot. tab. 35). Knavel annuum Scop.)
Tchihat. pl. As. Min. exsicc. an. 1849. Nᵒ 213. — Agro *Byzantino*.
Clem. l. c. *Bithynia :* pr. Bolu, G., atque in Olympo. Prdr. fl.
gr. *Lycaonia :* inter pagos Inevi et Kulukol, alt. c. 1000ᵐ. T.
Ciliciæ Bulgardagh : valle Tachoglu, ad radices alpis Harpalik,
alt. 2274ᵐ. Ky. diar. cilic. an. 1853. — *Bessarabia*. Ta. *Serbia*.
Pan. *Attica*. Clem. l. c.

> Var. cymosus Ledeb. Armenia rossica. — Prov. Caucas. Tauria. Sibi-
> ria. Ledeb. l. c.

4 † S. uncinatus Schkubr. *Armenia :* circa Ispir, H., atque pr.
Erzerum. Calv. Reg. subalp. *Cappadociæ* m. Argæl. Cacumine
montis supra *Ciliciæ bor*. pagum Aladagh exsurgentis. Bal. —
Transylvania. Nym.

> Var. — Tchihat. pl. As. Min. exsicc. an. 1858, Nᵒ 801. — Ponto :
> inter Samsun et Tekekoi, alt. 700-1000ᵐ. T.

XXXV. **Thurya** Boiss. et Bal.

1 T. capitata Boiss. et Bal. (T. cæspitosa Boiss. in Bal. pl. d'Or.)
Reg. subalp. *Ciliciæ* jugi Aladagh, m. Masmener. Bal.

ORDO XXIX. TAMARISCINEÆ Endl. gen.

1. **Tamarix** L. excl. spec. DC. Prdr. III. 93.

> Sect. I. OLIGADENIA Ehrenb. Ledeb. fl. ross. II. 132.

1 † T. tetrandra Pall. Indx. taur. (T. gallica Aub. Bess. T. lau-
ricus Pall. nov. act. acad. petrop. X.)

> Var. rosea Griseb. Littore maris Ægæi : sparsim pr. Enos ; forma
> frutescente, pr. Makri. — Maced onia penins. Hajlon-oros. G.

2 † **T. parviflora** (genuina) DC. Circa *Byzantium*. Bge. monogr.
Bithynia. G. Circa *Smyrnam*. *Phrygia* : pr. Uchak. Bal. — *Macedonia*. *Græcia*. Bgd. l. c.

> Var. brachystachia, orthandra, pauci-ovulata J. Gay. — *Bal*. pl.
d'Or. an 1854. N° 131.— Paludibus salsis marit., pr. Smyrnæ.
Bal.

3 > **Forma**, Inter T. genuinam parvifloram et T. Hampeanam
quasi intermedia J. Gay. mss. — *Bal*. pl. d'Or. an. 1854.
N° 135. — Paludibus salsis marit., pr. *Smyrnam*. Bal.

4 **T. Hampeana** Boiss. et Heldr. *Bal*. pl. d'Or. an. 1854. N° 130 ;
an. 1855, N° 833. — *Cilicia campestri* : parietibus fauels Guzel-
dere, ad occident. Mersinæ. *Ionia* : via a *Smyrna* ad Vurlam
ducente. Bal. — Marit. *Atticæ* ad Phalerum, et *Argolidis* ad
Astros. B.

> Var. macrostachia J. Gay. mss. — *Bal*. pl. d'Or. an. 1854. N° 131.
— Paludosis salsis 3 leucis ad orientem Smyrnæ sitis, pr. arcem
turcicam in littoro maris constructam. Bal.

5 > **Forma** ab nonnis, racemis compositis insignis J. Gay. mss.
— *Bal*. pl. d'Or. an. 1851. N° 133. — Marginibus fossæ ad septentr. sinus Smyrnensis sitæ, pr. Scala Papæ. Bal.

6 > **T. Smyrnensis** Bge. monogr. p. 53. — *Bal*. pl. d'Or. an. 1851.
N° 132. — Arenosis humidis *Smyrnæ*. Bge. l. c. *Phrygia* : pr.
Uchak. Bal. *Cilicia* Bulgardagh : arenosis alvei fl. Sarl, infra
pagum Anacha, alt. 812ᵐ. Ky. diar. cille. an. 1853.

Sect. II. Decaobynia Ehrenb. Ledeb. l. c.

7 **T. Africana** Boiss. et Heldr. non Poir. (an. Vis. ?)

> Var. Marmoriaæ Bge. l. c. *Caria* pr. Marmorium. Bge.

8 **T. cupressiformis** Ledeb. *Armenia rossica* : humidis pr.
Elchmiasdin. W. — *Sibiria altaica*. Ledeb. l. c.

9 † **T. Gallica** L. non Bess. (T. gal. subtilis, narbonensis, nilo-
tica, mannifera, et heterophylla Ehrenb. Tamariscus gallicus
All. Tamariscus pentandrus Lmk.) *Lycia* : Olympo lycio. Forh.

Ad *Bosphorum* et *Hellespontum*. G. *Caria*. Inter Mula et Eskicher,
alt. c. 1000ᵐ. T. *Paphlagonia* : montibus vallem Gœkagatchi
circumdantibus, alt. c. 750ᵐ. T. *Cilicia trachea* : ad fl. Calycad-
num, alt. c. 550ᵐ. T. — *Macedonia*. G. *Græcia*. Prdr. fl. gr. *Sibiria*. Ledeb. l. c. *Sahara algeriensi* : alt. 750ᵐ. Cosn. Bull. soc.
bot. IV. 390.

    α vulgaris Ledeb. (T. Pallasii C. A. Mey.) *Tchihat.* pl. As. M.o.
      exsicc. an. 1858. N° 577. — *Ponto* : inter pagos Sunisa et Feriago
      (ad SSE. urbis Samsun), alt. 400-500ᵐ; inter Kulgihisar et
      Agdja ripis fl. Germeilitchai, alt. 600ᵐ. T. *Armenia :* secus Euphra-
      tem inter pagos Kalaratch et Almalu (ad orient. urbis Erziadjan),
      alt. 1100ᵐ. T. — Prov. *Caucas.* Ledeb. fl. ross. II. 135.

      γ Willd. (T. africana Poir.) Ad ripas fluviorum copiosa circa Trape-
      zunt. D'Urv. — Frequens *Græcia* paludosa. Pr. syn. fl. eln.

10 T. **paniculata** Siev. (T. gallica β pycnostachys Ledeb. l. c. T.
Pallasii DC. Bge. Desv.) *Bal.* pl. d'Or. an. 1855. N° 834. — *Cili-
cia campestri :* parietibus faucis Guzel-dere, pr. Mersinam, Bal.
— *Syria :* sepibus hortorum circa Saïda. Cat. herb. syr. N° 64.
Prov. *Caucas.* Ledeb. fl. ross. II. 135.

    II. **Myricaria** Desv. DC. Prdr. III. 97. — Tamaricis mona-
      delphæ auct.

1 † **M. Germanica** Desv. (M. herbacea sec. Boiss. Tamaria germanica L. T. decandrus Lmk. T. squamosa β Desv.) *Bal.* pl.
d'Or. an. 1856. N° 975. — *Tchihat.* pl. As. Min exsicc. an. 1858.
Nᵒˢ 155, 185 bis, 819. — *Cilicia boreali :* secus fl. Kamichly pr.
Berekelly, alt. 1390ᵐ. Bal. *Ponto :* circa Trapezunt, D'Urv., rupibus marit. circa Kerasun; inter pagos Agatdilachi et Sarybaba
(ad NNO. urbis Gumucldhane) reg. mont. aspera, alt. c. 2200ᵐ.
T. *Armenia austr.:* inter pagos Litchka et Bardajak, alt. c. 2000ᵐ.
T. — Prov. *Caucas. Tauria.* Ledeb. l. c.

2 > **M. Armena** Boiss. et Huet. *Armenia :* valle Kassuklu (inter
Erzerum et Baïbut), atque circa Erzerum. B.

ORDO XXX. PHILADELPHIEÆ. Don. DC. Prdr. III. 205.

1. Philadelphus L.

1 **P. coronaria** L. *Armenia rossica* ; districto Ahaltzyh. Rge. pl. Abich. — *Iberia. Imeretia.* Ledeb. fl. ross. II. 139.

ORDO XXXI. HYPERICINEÆ Endl. gen.

SUBORDO HYPERICINEÆ VERÆ.

TRIB. HYPERICEÆ.

1. Hypericum L. DC. Prdr. l. 543.

Sect. I. Ascyreia Choix.

1 **H. Olympicum** L. — Fl. gr. tab. 772. (H. adenophyllum Ledeb. Olympia glauca Spr.) Olympo *Bithyniæ*. Prdr. fl. gr. Ins. Troadæ ; ad Hellespontum. — *Thessalia et Serbia*, G. Grisb. ; m. Parnasso, reg. infer., alt. 650-1136^m. Heldr. Reg. transcaucasica versus fines turcicus. Ledeb. fl. ross. I. 445. China. DC. l. c.

2 » **H. recognitum** Fisch. et Mey. Ac. sc. nat. Ser. IV. T. 1. p. 30. — Tchihat. pl. As. Min. exsicc. an. 1849. N° 476. — Basi suffruticosum; caulibus simplicibus ascendentibus dense foliosis lanuentosis; foliis sessilibus ovalibus obtusissimis tomentosis; racemo brevissimo paucifloro sessili; calyce eglanduloso, phyllis orbiculato-ovalibus obtusissimis pubescenti-velutinis; petalis apice laciniatis parum glandulosis; stylis quinque Troade : inter pagos Nurla et Tchandilar, reg. lapidosa plerumque parum alta. T.

3 **H. ascyron** L. non Mill. nec Forsk. (H. sibiricum Lnk. H. salicaria Rchbch. Roscyna Gmelini Spach.) Olympo *Bithyniæ*. S. — *Sibiria*. DC. l. c.

4 **H. calycinum** L. (H. ascyron Forsk. Erimanthe calycinum

Spach.) Reg. infer. Olympi *Bithyniæ*, alt. 0-812 unde cis Bosphorum procedit In silvulas freto propinquas, pr. Byzantium et
Belgrad, ubique castanetis Olympi; copiose jugo Balabondere
pr. Nicæam; *mari arborum* (Agatch-deuizy) ad Pontum Euxinum; silvis ad fontem Borghas. G. — Reg. *transcaucas.* Ledeb.

Sect. II. Peurobania Chois.

5 † H. tetrapterum Fries. (H. quadrialatum Wahlbg. H. qua-
drangulare Sm. MB.) *Tchihat.* pl. As. Min. exsicc. an. 1853.
N° 685. — Agro *Byzantino.* Prdr. fl. gr. *Phrygia :* m. Almadagh,
ad septentr. urbis Uchak. Bal. — *Caucaso, Rossia media et australi.* Ledeb. l. c. In *Tauriæ* pratis rarius. Stev. *Serbia.* Pan.

6 H. procumbens Mich. (Brathydium grandiflorum Spach.)
Troadis littore merid., inter Ahmetlu et Nurlu, alt. 150°. T. —
Armenia bor. Steud. l. c.

7 > H. Lydium Boiss. (H. lythrifolium Boiss. in pl. Ky.) *Bal.* pl.
d'Or. an 1853. N° 674; an. 1854. N° 91; an. 1856. N° 948. —
Reg. mont. *Ciliciæ* Bulgardagh : pr. pagum Gulek. *Ionia :* ad
Smyrnam collibus incultis. Bal. *Cappadocia :* m. Alidagh pr.
Kaisaria, alt. 1300°. Bal. *Lydia* et *Caria :* montibus Tmolo atque
Cadmo. B.

8 † H. crispum L. — Fl. gr. tab. 776. (H. triquetrifolium Turr.
τρίπους Hippocr. ασπυρον Diosc. Hypericum quod alii Chamæ-
pityn, alii Corion appellant. Plin. Ασκυρον, σπαρτίον Græc.
hodiern.) *Bal.* pl. d'Or. an. 1854. N° 89. — Herb. græc. norm.
N° 140. — Circa *Byzantium.* R. *Ionia :* ad Smyrnam atque ad
Magnesiam. T. Cunctis Insulis *Archipelagi* frequens. D'Urv.
Armenia : circa Erzerum. Calv. — *Græcia.* D'Urv. Heldr.

9 H. nanum Poir. Præruptis ad radices Tauri *Ciliciæ.* — *Libano.*
J. S.

10 † H. humifusum L. (H. Liottardi β Vill.) *Bithyniæ* Olympo.
S. — Arenosis *Caucasi.* DC. l. c. *Tauria.* Ledeb. l. c.

11 † H. perforatum L. (H. officinarum Crantz. H. vulgare Lmk.
fl. fr. H. Songoricum β. Ledeb. Ασκυρον Diosc. βαλσαμον Græc.
hodiern.) Agro *Byzantino.* G. *Archipelago.* ins. Tassos, G. atque

aliis insulis frequens. Prdr. fl. gr. Olympi Bithyniæ. S. Ponto : circa Trapezunt. D'Urv. Ciliciæ Bulgardagh, ad pagum Gulek. Bal. Armenia : m. Ararat, Ledeb. — Macedonia, G. Copiose Bessarabiæ merid. pratis. Ta. Serbia. Pan. Tauria, Prov. Cuucas. Ledeb. Græcia, Fr. Syn. fl. clas.

12 † H. origanifolium Willd. non D'Urv. ('Αγήρατον Diosc. Ageratum Min.) Tchihat. pl. As. Min. exsicc. an. 1853. N° 326 bis. — Pr. Byzantium, IV. l. c. Bithynia : montosis pr. Bolu, G. atque in Olympo, Prdr. fl. gr. Cappadocia merid. : excels. mont. silvat. T. Armenia. T. — Græciæ elatioribus. Fr. Syn. fl. clas.

13 H. Rhodopeum Friv. (H. origanifolium D'Urv. H. campylopus Steud. Campylopus cerastoides Spach.) Bithynia vulgaris, inde per Thraciam usque ad penins. Hadjion-oros, reg. calida ac mont. extensa : e. g. frequens campis apricis Olympi, alt. 65-650ᵐ; inter fruticeta ad sinum Mudanicnsem; pr. Kapaklu; crespitose summo colle Bulgurlu pr. Skutari, alt. 247ᵐ; priecciis ins. Priokipo, etc. G. Phrygia : pr. pagum Tauchanly. T.

14 » H. pulverulentum Fenzl. in Pugill. et in Russeg. Reis. I. 910. — Bal. pl. d'Or. an. 1855. N° 672, et an. 1856. N° 956. — — Tchihat. pl. As. Min. exsic. an. 1858. N° 518. — Reg. mont. Ciliciæ Bulgardagh, supra pagum Gulek. Cappadocia : m. Alidagh pr. Kaisaria, alt. c. 1300ᵐ. Bal. Ponto : inter pagos Lisdja et Kurubetkan, jugo Paryadres veterum vallibus alpinis, alt. 1900-2650ᵐ. T.

15 » H. trachyphyllum Griseb. Bithynia : pr. Muduriu. G.

16 » H. crenulatum Boiss. — Bal. pl. d'Or. an. 1856. N° 671. — Reg. alp. Ciliciæ Bulgardagh, ad septentr. pylarum. Bal.

Var. major Boiss. — Bal. pl. d'Or. an. 1855. — Cappadocia : jugo Aladagh : reg. alp. m. Kasmenev. Bal.

17 » H. leprosum Boiss. Caria : rupestribus siccis m. Cadmi supra Denizly. B.

18 » H. papillare Boiss. et Heldr. Asia Minore. B.

19 » H. sulfureum Boiss. et Heldr. Lycaonia : reg. alp. m. Ane-masis. B.

20 H. satureiæfolium Jaub. et Spach. Circa *Byzantium*. R. *Bithynia*: reg. subalp. Olympi. — *Libano*. J. S.

21 › H. microcalycinum Boiss. et Heldr. *Lycaonia*: campis aridis pr. Kuralu, haud procul a lacu Beycher. B. *Armenia*: ad radices m. Tekdagh, supra Erzerum. H.

22 H. lanuginosum Lmk. — *Tchihat*. pl. As. Min. exsicc. an. 1853. N° 336. — *Cilicia campestri*: inter urbem Tarsum et pagum Namrun, mont. silvat. T. Ins. *Samos*. D'Urv. — *Græcia*. DC. l. c. *Macedoniæ* m. Athos. G. Reg. infer. *Libani*. Cat. herb. Syr. fasc. 2. N° 59.

23 › H. gracile Boiss. — *Bal*. pl. d'Or. an. 1855. N° 609. — Herb. græc. norm. N° 252. — *Ciliciæ* Bulgardagh: ad pylas. Ky. diar. cil. an. 1853; reg. calida ad pagum Bulukly, pr. Mersinam. Bal.

24 H. atomarium Boiss. *Lydia*: dumosis m. Sipyli, supra Magnesiam. B. *Phrygia*: humidis et umbrosis pr. Uchak, alt. 910ᵐ. Bal. — *Citrato* pr. *Poros* juxta rivulos. Heldr.

25 › H. venustum Fenzl. in Pugill. et in Russeg. Reis. I. 909. Montanis ac subalp. *Ciliciæ* Bulgardagh: pr. Gulek infra plumbi fodinas. F. *Antitauro*: reg. mont. super. m. Arslandagh. Bal.

26 † H. pulchrum L. (H. elegantissimum Crantz.) Olympo *Bithyniæ*. S. — *Rossiæ* prov. baltica. *Lithuania*. Ledeb. fl. ross. I. 451. *Græcia*. Nym.

27 † H. montanum L. (H. confertum Manch.) *Bithyniæ* Olympo. S. — *Serbia*. Pan. *Peloponneso*. Nym.

28 † H. perfoliatum L. Sm. (H. Montbretii, euphorbiæfolium, et myrtifolium Spach. H. dentatum Lois. H. ciliatum Lmk. H. adenocarpum Montbret. Ἀνδρόσαιμον Diosc. ... Græc. hodiern.) *Bal*. pl. d'Or. an. 1853. N° 93. — *Tchihat*. pl. As. Min. exsicc. an. 1858. N° 783. — *Bithynia*: Olympo. J. S.; atque fruticetis apricioribus reg. calidæ vulgare; rarius ins. Halki; ad *Bosphori* littora; colle Bulgurlu, etc. G. *Ponto*: inter Tekkekoi et Sarnytch (ad SSE. urbis Samsun), reg. mont. silvat., alt. 700-1000ᵐ. T. *Ionia*: inter Bergama (Pergamum veterum) et Adramytte, J. S.; ad Smyrnam, collibus incultis. Bal.

Insulis *Cycladum*. Nouv. fl. Pelop. — *Græciæ* elatioribus, alt.
321-812ᵐ. Fr. l. c. *Thracia* et *Macedonia* : G. Prov. *Caucas.*
Ledeb. l. c.

29 » H. Tournefortii Jaub. et Spach. *Cappadocia.* J. S.

30 » H. Jaubertii Spach. — *Bal.* pl. d'Or. an. 1857. Nᵒ 1160. —
Phrygia : pr. Tauchanla, J. S. atque reg. mont. super m. Almadagh, ad septentr. urbis Uchak. Bal.

31 » H. ptarmicæfolium. Spach (H. orientale L. et auct. ex
parte) *Ponto* : circa Trapezunt. H. *Cappadocia.* J. S. *Armenia* :
circa Erzrum. Calv.

32 » H. adenotrichum Jaub. et Spach. (H. orientale Sm.) *Tchihat.*
pl. As. Min. exsicc. an. 1853. Nᵒˢ 6, 8. — *Bal.* pl. d'Or. an. 1856.
Nᵒ 975; an. 1857. Nᵒ 1161 sub. nom. H. myriotrichi Boiss. —
Circa *Byzantium*, R. *Bithynia* : reg. subalp. Olympi. *Phrygia* :
pr. Selendi, J. S. atque pr. urbem Uchak, alt. 800ᵐ. Bal. *Lydia* :
decliv. bor. m. Mesogis. T. *Cappadocia* : reg. subalp. m. Argæi,
alt. c. 1700ᵐ. Bal.

> Var. myriotrichum Boiss. et Bal. (H. myriotrichum Boiss. in Bal.
pl. d'Or. an 1857. Nᵒ 1164) *Phrygia* : pr. pagum Kaïagnel. B.

33 » H. decussatum Kaze in Delect. sem. hort. Lips. I. 818. —
Walp. An. bot. II. 184. — *Tchihat.* pl. As. Min. exsicc. an. 1858.
Nᵒ 691. — H. multicaule caulibus simplicibus ascendentibus;
foliis decussatis oblongis obtusis, basi attenuatis pellucido-
punctatis, margine dense et minute glandulosis; pedunculis
cymosis, cymis 8-10 flor.; sepalis ellipticis obovatisve obtusis,
margine glandulosis, tenuiter 5-7 nervosis, petalis triplo brevioribus; stylis ovario duplo longioribus. — Habitu fere H. ade-
notrichi. J. S. — *Ponto* : inter urbem Samsun et pagum Teke,
reg. mont. silvat., alt. 700-1500ᵐ. T.

34 » H. rupestre Jaub. et Spach.

Var. { rotundifolium } Ad radices *Ciliciæ* Tauri, rupestr. abruptis
{ ovatifolium } J. S.

35 H. repens L. *Bithynia* : pascuis Olympi. Clem. l. c. *Phrygia.*
J. S. *Cappadocia* : m. Karamas, pr. Kaisariam. Bal. *Cilicia* Bul-

gardagh : reg. alp. supra Bulgarmaden. Bal. *Armenia :* circa
Erzerum. Calv. — *Iberia. Tauria. Sibiria altaica. Persiæ* prov.
Ghilan. J. S.

36 » H. avicolariæfolium Jaub. et Sp. — *Tchihat.* pl. As. Min.
exsicc. an. 1853. N° 228. — *Ionia :* pr. Smyrnam. *Caria :* pr.
Gheyra et Karadjasan, nec non m. Cadmo. J. S. *Pisidia :* inter
pagos Gelendus et Yakamler, alt. c. 1300ᵐ, T.

37 » H. cymbiferum Boiss. et Bal. *Phrygia :* collibus ad septentr.
urbis Ushak. B.

38 » H. Aucheri Jaub. et Spach. *Troadis* m. Ida (hodie Kasdagh),
atque pr. Adramyte. J. S.

39 » H. Armenum Jaub. et Spach. — *Tchihat.* pl. As. Min. exsicc.
an. 1853. N° 603 bis. — *Lycaonia :* planitie pr. Dokushlan, alt.
1400ᵐ. T. *Armenia :* pr. Erzerum, J. S. atque m. Ararat. Bge.
l. c.

40 » H. Thasium Griseb. Ad *Hellespontum.* Ins. *Tasos :* frequens
inter frutices pr. Panaia, alt. 0-65ᵐ, locis apricioribus, ubi consociatum viget cum H. perfoliato et perforato. G.

41 » H. Pestalozzæ B. *Pamphylia :* pr. Adalia. B.

42 » H. scabrellum Boiss. *Tauro :* ad fontes Cydni, alt. 1025ᵐ. B.

43 † H. hyssopifolium Vill. — *Tchihat.* pl. As. Min. exsicc. an.
1849. N° 36. — *Galatia :* inter urbem Yuzgat et pagum Alizy,
alt. 1400ᵐ. T. *Armenia rossica :* monte Ararat. Bge. — Prov.
Cauens. Sibiria. Tauria. Ledeb. l. c.

44 » H. aviculum Vis. Illustr. di alcun. piant. p. 17. *Troadis :* ad
sinum Adramytti, circa veterum Antandros. Vis.

45 » H. cuneatum Poir. (H. tenellum Boiss. in pl. Kotschyanis.)
Bal. pl. d'Or. an. 1853. N° 668. — *Cilicia campestri :* Ussuris
rupium faucis Guzeldere, pr. Mersinam. Bal.

46 » H. Kotschyanum Boiss. (H. hyssopifolium var. hirtellum
Jaub. et Sp.) *Tauro.* B.

47 H. Thymphresteum Boiss. *Armenia :* ad radices m. Tekdagh,
supra Erzerum. H. — *Græcia :* m. Vilucho (Thymphreste veterum.) B.

48 **H. scabrum** L. (Drosanthe scabra Spach.) *Tchihat.* pl. As. Min.
exsicc. an. 1849. Nᵒˢ 731, 745 ; an. 1853. Nᵒˢ 581, 603, 619 ; an.
1858. Nᵒˢ 494, 772. — *Bal.* pl. d'Or. an. 1855. Nᵒ 670. — *Galatia :*
vallibus montis Kuredagh, alt. c. 1200ᵐ. *Cappadocia :* m. Alidagh
pr. Kaisariam. T. *Antitauro :* inter Tchatalughu et Yailadji, alt.
1200ᵐ, nec non inter Belenkoi et Feke, atque inter Ketchemegara et Gurum, lapidosis aridis, alt. c. 1400ᵐ. T. Reg. mont,
super. *Ciliciæ* Dulgardagh : circa plumbi fodinas Gukkenaden.
Bal. *Armenia :* ad radices m. Tekdagh, supra Erzerum. H. *Ponto
austr.,* inter Chablianekarahissar et Lisdja, alt. c. 1700ᵐ, nec non
inter Tchardak et Kulelhissar, alt. 1000-1500. T. — Prov. *Caucas.
Sibiria.* Ledeb. l. c. *Arabia.* DC. l. c.

> β Var. læve Boiss. *Armenia :* vineis pr. urbem Karput. *Mesopota-
> mia :* inter Diarbekir et Severek. B.

49) **H. thymopsis** Boiss. (Thymopsis aspera Jaub. et Sp.) *Bal.*
pl. d'Or. an. 1856. Nᵒ 955. — *Cappadocia :* ad Euphratem. B.
Antitauro : reg. sup. mont. m. Arslandagh. Bal.

50 **H. empetrifolium** Willd. non Fl. gr. (H. coris Fl. gr. tab. 777
et Fl. pelop. Nᵒ 1309.) *Tchihat.* pl. As. Min. exsicc. an. 1855.
Nᵒ 55. — *Bal.* pl. d'Or. an. 1854. Nᵒ 92. — Herb. græc. norm.
Nᵒ 253. — Olympo *Bithyniæ.* Prdr. fl. gr. *Caria :* declivitate bor.
jugi Latmi. T. *Ionia :* ad Smyrnam, collibus incultis. T. Collibus
ins. *Cos* nemora efficit. D'Urv. — *Creta.* Nym. Reg. sempervir.
Atticæ frequens. Heldr.

51 ‡ **H. Coris** L. non Wall. nec Fl. gr. et Fl. pelop. (H. multicaule et verticillatum Link.) Olympo *Bithyniæ.* S. — Frequens
Graciæ montosis : Hymetto, Parnethe, Malevo, etc., alt. 250-
812ᵐ. Fr. Syn. fl. class.

52) **H. helianthemoides** Boiss. (Drosanthe helianthemoides
Spach. H. confertum Chois. H. quadrangulum L. var. confertum DC.) *Bal.* pl. d'Or. an. 1857. Nᵒ 1150 sub nom. H. conferti.
— *Tchihat.* pl. As. Min. exsicc. an. 1853. Nᵒ 125. — *Phrygia :*
reg. subalp. m. Almadagh, ad septentr. urbis Uchak. Bal. *Caria :*
inter Yerkissen et Mula, collibus, alt. c. 1200ᵐ. T. *Cappadocia :*

jugo Aladagh, reg. alp. m. Masmener. Bal. *Armenia* : ad radices
m. Tekdagh, supra Erzerum. H.

53 > H. velutinum Boiss. — *Bal.* pl. d'Or. an. 1855. N° 667. —
Ciliciæ Bulgardagh : rupestribus aquiloni obversis pr. Bulgar-
megara, alt. 2680ᵐ. Ky. diar. cilic. an. 1853.

54 > H. neurocalycinum Boiss. et Heldr. (An cum H. satureiæ-
folia J. S. conjungendum?) *Lycaonia* : montibus humilioribus
inter lacum Beycher et planitiem Koniæ. D.

55 > H. Sebasteum Boiss. et Noe. *Galatia* : subalp., pr. urbem
Sivas. B.

56 > H. thymbraefolium Boiss. et Noe. *Armenia* : subalp., pr. Ker-
put. B.

Species nondum descripta.

57 > H. polyphyllum Boiss. — *Bal.* pl. d'Or. an. 1855. N° 673.
Cilicia littorali : pr. Mersinam. Bal.

II. **Androsaemum** All. DC. Prdr. I. 543.

1 † A. officinale All. (Hypericum androsæmum, L.) *Tchihat.* pl.
As. Min. exsicc. an. 1858. N° 636.—Circa *Byzantium*. R. *Bithyniæ*
Olympo. S. *Ponto* : inter Samsun et Tekekoi reg. mont. silvat.,
alt. 700-1500ᵐ. T. — Prov. *Caucas.* Ledeb. *Græcia.* Nym.

2 A. xylosteifolium Spach. (Hypericum hircinum Sieb. herb.
Cret. sec. Presl.- non L.) *Cappadocia.* — *Colchidi.* J. S. *Græcia.*
Creta. Nym.

III. **Adenotrias** Jaub. et Sp.

1 A. Phrygica Jaub. et Sp. *Troade* : pr. Adramytte. — *Syria.* ad
radices m. Cassii, rupibus secus Orontem. J. S.

2 > A. Kotschyi Jaub. et Sp. *Tauro.* J. S.

ORDO XXXII. DROSERACEÆ Endl. gen.

1. **Parnassia** Tourn. DC. Prdr. I. 320.

1 † P. palustris L. — *Tchihat. pl. As. Min. exsicc. an.* 1853.
N° 671. — *Bithynia :* uliginosis Olympi. Prdr. fl. gr. I. 210. *Cappadocia :* inter Mundjelik et Karahadjeli, subplanis, humidiusculis, alt. c. 1500ᵐ. T. *Cilicia* Bulgardagh : valle Gusgula ad radices m. Kochan loco fontibus madente, alt. 2500ᵐ. Ky. diar. cilic. au. 1853. *Armenia :* circa Erzerum. Calv. — *Caucaso,* omni *Sibiria, America arctica.* Ledeb. fl. russ. I. 263. *Serbia.* Pan.

> β *Var. nudicaulis* Clem. sert. orient. *Bithynia :* pratis alpinis humidioribus Olympi. Clem. l. c.

ORDO XXXIII. MELIACEÆ Endl. gen.

1. **Melia** L.

1 M. azedarach L. — *Tchihat. pl. As. Min. exsicc. an.* 1849.
N° 140. — *Pamphylia :* planitie maritima sinus Alayensis ubi in consortio cum platano orient. et vitico vinifera viget. (An vere spontanea ?) T. — *Græcia. Syria. India orient.* DC.

ORDO XXXIV. REAUMURIACEÆ Endl. gen.

1. **Reaumuria** Hasselq. DC. Prdr. III. 456.

1 † R. hypericoides Willd. (Hypericum alternifolium Labill.)
Tchihat. pl. As. Min. exsicc. an. 1853, N° 618. — *Antitauro :* inter Belenkoi et Feke, excels. mont. silvat.; inter Ketchernegara et Gurum, arid. lapid., alt. c. 1500ᵐ. T. — *Syria.* Labill.

2 β R. orientalis Boiss. *Cappadocia :* circa oppidulum Berekelly, alt. 1350ᵐ. Bal.

ORDO XXXV. CISTINEÆ Endl. gen.

I. **Cistus** L. excl. spec. DC. Prdr. I. 263.

Sect. I. ERYTHROCISTUS DC. l. c.

1 C. parviflorus Lnk. non Fl. gr. (C. complicatus Lnk. C. incanus Fl. gr. tab. 491. C. creticus Sibth. et Sm. non L.) *Bal. pl. d'Or.* an. 1854. N° 81. — *Herb. graec. norm.* N° 273. — *Ionia :* Ins. Yasaga pr. Vurla in sinu Smyrnensi sita. Bal. Ins. *Samos* Prdr. fl. gr. I. 363. Reg. calida *Ciliciae campestris* ad pagum Sedichlg, 2 leucis ad NO. Mersinae sitm. Bal. — *Creta.* Nym. *Cypro.* Prdr. fl. gr. l. c. Reg. sempervir. *Atticae,* Heldr. et *Peloponnesi.* Prdr. l. c.

2 † C. villosus Lnk. (C. incanus γ, C. creticus β, C. crispus ε, C. pilosus L.) *Bal. pl. d'Or.* an. 1854. N° 80. — *Tchihat. pl. As. Min. exsicc.* an. 1858. N° 589 bis. — Vulgaris reg. calida *Bithyniae;* ubi frequens cum C. salvifolio consociatus. G. Vulgatissimus *Archipelago.* Prdr. fl. gr. I. 362. *Ionia :* ad Smyrnam, collibus. T. *Ponto :* inter pagos Suniza et Feringe, ad SSE. urbis Samsun, alt. 600ᵐ. T. *Ciliciae campestris* reg. calida, planitie circa Tarsum et Mersinam. T. — Vulgaris reg. calida *Thraciae,* usque penins. Hajion-oros. G. *Graecia :* frequens usque altitudinem 375ᵐ. Fr. Syn. II. class. *Algeria :* pr. Djelfa. Coss. l. c.

3 † C. Creticus L. excl. var. β. (κίστος Hippocr. κίσθος, κίσσος Diosc. Ledon. Plin., Greec. hodiern.) *Tchihat. pl. As. Min. exsicc.* an. 1849. N° 171. — Circa *Byzantium.* G. *Troadis* littore merid. inter Ahmetlu et Nurlu, alt. 150ᵐ. T. Copiose ins. *Melos.* D'Urv. — *Macedonia.* G. *Creta. Graecia.* Fr. l. c. *Tauria.* Ledeb. — Sec. cl. Stev. (Bull. Soc. Nat. Mosc. an. 1856. N° II, p. 309.) specimina byzantina et taurica a creticis et cypriis differunt, et speciem distinctam constituunt quam ille sub nomine *Cisti Taurici* proponit.

4 † C. crispus L. (C. vulgaris Spach sec. Steud.) *Bal. pl. d'Or.* an. 1854. N° 89. — Agro *Byzantino.* G. Pr. *Smyrnam.* Bal. — *Macedoniae* penins. Hajion-oros. G.

Sect. II. Ledonia DC. ex parte. — G. Ledonia Spach.

5 † C. salvifolius L. non Pall. (Ledonia peduncularis Spach.)
Tchihat. pl. As. Min. exsicc. an. 1819. Nᵒ 401 et 402. — Vulgaris
reg. calida *Bithyniæ* : e. c. ins. Prinkipum; pr. Mudania; cas-
tanetis Olympi, etc. G. *Phrygia* : pr. Kassaba, alt. c. 1200ᵐ. T.
Mysia : valle fl. Madaratchai, alt. c. 400ᵐ. T. *Cycladum* ins.
Sapienza. Nouv. fl. Pelop. — *Græcia.* Fr. l. c. *Thracia* : reg.
calida vulgaris usque penins. Hajion-oros. G. Prov. *Caucas.*
Imeretia, pr. Kutais. Ledeb. fl. ross. l. 238.

Sect. III. Ladanea DC. l. c. — G. Ladanum Spach.

6 † C. laurifolius L. (Ladanum laurifolium Spach.) *Tchihat.*
pl. As. Min. exsicc. an. 1853. Nᵒ 170. — *Bal.* pl. d'Or. an. 1857.
Nᵒ 1130. — *Bithynia* : castanetis Olympi, alt. 130-390ᵐ rarius
cum C. salvifolio consociatus. G. *Phrygia* : inter Karayukbazar
et lacum Sandagœl, alt. c. 1300ᵐ; T. nec non pr. urbem Uchak,
alt. c. 1000ᵐ. Bal. *Pisidia* : inter Yakamber et Doganhissar,
montibus et planitiebus excelsis, ubi cum Quercu cerris et fruticibus Q. cocciferæ, Juniperi rufescentis et Berberis vulgaris
consociatus, alt. c. 1600ᵐ. T.

7 C. Cyprius Link. (Ladanum cyprinum Spach. C. stenophyllus
Link, C. laurifolius β cyprius Pers. C. ladaniferus Bot. mag.
tab. 112.) *Tchihat.* pl. As. Min. exsicc. an. 1819. Nᵒ 14. — *Phry-*
gia : inter Indjikler et Demurdji, alt. 850ᵐ, montosis plerumque aridis. T. — *Cypro.* D. C. l. c.

8 † C. ladaniferus L. non Gouan nec Bot. mag. (Ladanum officinale Spach.) Olympo. *Bithyniæ.* S. — *Hisp. Lusit. Gall. merid.*
Nym.

Sect. IV. Stephanocarpus. — G. Stephanocarpus Spach. Griseb.

9 † C. Monspeliensis L. DC. (Steph. monspeliensis Spach.
Griseb. C. florentinus Lmk.) Circa *Byzantium.* R. Collibus siccis.
Archipelagi, Prdr. fl. gr. — *Macedonia austr.* G. *Græcia.* Fr. l. c.

II. **Helianthemum** Tourn. DC. Prdr. I. 266, excl. Sect. VII. — Cisti spec. L. —

SECT. I. TUBERARIA DC. l. c. — G. Tuberaria Spach.

1 † H. guttatum Mill. (H. serratum Friv. Cistus guttatus L. C. immaculatus DC. C. punctatus Willd. Tuberaria annua Spach.) *Tchihat.* pl. As. Min. exsicc. an. 1849. Nos 404, 410, et an. 1853, No 18. — *Lycia* : inter Gagæ et Olympum lycium. Forb. Montosis apricis circa *Byzantii* suburbium Pera haud rarus. *Bithynia* : frequens cistetis ins. Halki, fruticetis ins. Tassos. G. Valde communis ins. *Melos.* D'Urv. *Mysia* : valle H. Maderatchaï (Khodjatchaï), alt. c. 400m. T. — *Græcia.* Nym.

SECT. II. BRACHYPETALUM DC. l. c.

2 † H. Niloticum Pers. (H. ægyptiacum Friv. Cistus Niloticus et C. lædifolius L.) *Tchihat.* pl. As. Min. exsicc. an. 1849. No 788. — *Galatia* · m. Kuredagh. T. *Armenia rossica.* — Prov. caspica *Tulusch.* Ledeb. O. ross. I. 239. *Hæmo.* G. *Græcia.* Nym. *Algeria* : pr. Djelfa, alt. 1120m. Coss. l. c.

3 † H. salicifolium Pers. (H. denticulatum Pers. Cistus ægyptiacus Pall. MB non L. C. salicifolius L.) *Tchihat.* pl. As. Min. exsicc. an. 1849. No 788 bis. — Herb. græc. norm. No 137. — Circa *Byzantium.* R. *Galatia* : m. Kuredagh. T. *Cappadocia* : reg. super. vallis fl. Kamichly, alt. c. 1350m. Bal. — Submontosis *Atticæ* pr. Heracleon. Heldr. *Tauria* Stev. *Algeria* : pr. Djelfa, alt. 1120m. Coss. l. c.

4 † H. ægyptiacum Mill. non Friv. (H. inflatum Mœnch. Cistus ægyptiacus L.) *Bal.* pl. d'Or. an. 1854. No 88. — Ad *Smyrnam* vallibus incultis. Bal. — *Hisp. Lusit. Ital.* Nym.

SECT. III. ERIOCARPUM DC. l. c.

5 H. Lippii Pers. (Cistus Lippii L.) *Cilicia* : arenosis marit. pr. Mersinam. Bal. — *Ægypto.* DC. *Syria. Arabia.* Steud. l. c.

Sect. IV. Pseudocistus DC. l. c.

6 † H. œlandicum Wahlbg. — *Tchihat. pl. As. Min. exsicc. an. 1853. N° 215.* — *Antitauro.* T.

> Var. alpestre Benth. (H. œlandicum var. α et β Koch. Cistus alpestris Sm.) Olympo *Bithyniæ.* — *Armeniæ* jugo Scardo : apertum pratis alp. m. Kobelitza, alt. 1417-2474ᵐ. G. — *Tauria. Caucaso,* Ledeb. l. c.

7 ‡ H. italicum Pers. (Cl. Steud. l. c. H. italicum cum H. glauco et cano conjungit, sed cl. DC. has tres species distinctas habet.)

> Var. candidissimum. — *Tchihat. pl. As. Min. exsicc. an. 1849. N° 339.* — *Galatia* : collibus gypsaceis ad meridiem pagi Kojen, alt. c. 950ᵐ. T.
>
> Var. alpestre (H. alpestre γ Dun.) Circa *Byzantium.* B.

8 † H. canum Dun. (Cistus canus L.) *Tchihat. pl. As. Min. exsicc. an. 1858. N° 812.* — *Ponto merid.* : Inter pagum Tchavdak et oppidulum Kulethissar, locis mont. altitat., alt. 1500ᵐ. T.

Sect. V. Euhelianthemum DC. l. c.

9 ‡ H. lavandulæfolium DC. (Cistus lavandulæfolius Link. — Prdr. fl. gr. C. syriacus Jacq. — Fl. pelop.) Herb. græc. norm. N° 461.—*Cilicia* · ad pagum Tchauchli, pr. Mersinam. Bal. Circa *Byzantium.* Nym. — Fruticetis sempervir. *Atticæ* m. Pentelik. Heldr. *Syriæ* siccis. DC. l. c. *Algeria* : pr. Djelfa, alt. 1120ᵐ. Coss. l. c.

10 ‡ H. vulgare Pers. (H. variabile Spach. Cistus bellanthemum, nummularius, appeninus, racemosus, et polifolius L. C. grandiflorus Scop. C. hyssopifolius Ten.) *Tchihat. pl. As. Min. exsicc. an. 1849. N° 49; an. 1853. N° 433, 575.* — Circa *Byzantium.* Prdr. fl. gr. I. 367. Reg. media *Bithyniæ* montium : Olympo, etc. G. *Galatia* : Inter pagos Alizy et Mentiche, alt. c. 1300ᵐ. T. *Cappadocia* : Inter Mandjulik et Karahadjeli, subplanis, humidiusculis, alt. c. 1600ᵐ. *Ponto merid.* inter Kasikoi et Yusufoglu lapidosis, alt. c. 1300ᵐ. T. *Armenia* : pr. Erzerum. Calv. *Cycla-*

dum insulis. — *Græcia.* Nouv. fl. pelop. Reg. media montium
Macedoniæ : sparsim pratis m. Kobelitza, alt. 900-1117ᵐ et cas-
tanetis m. Athos, alt. 390-975. G. *Serbia.* Pan. *Tauria. Caucaso.*
Ledeb. l. c.

> ß Var. — Tchihat. pl. As. Min. exsicc. an. 1858. N° 598. — *Posto :*
> inter Samsun et Tekkekoi reg. mont. silvat. alt. 700-1400ᵐ, T.

11 **H. Græcum** Boiss. et Heldr. *Cappadocia :* collibus ad meridiem pagi Enehil, alt. c. 1400ᵐ. Bal. — Fruticetis *Græciæ* montium, alt. c. 1300ᵐ. D.

12 † **H. hirtum** Pers. (H. hispidum et Lagascæ Dun. H. majora-
næfolium DC.) *Archipelago.* — *Græcia.* Nym. *Algeria :* pr. Djelfa,
alt. 1120ᵐ. Coss. Bull. soc. bot. IV. 181.

> Var. Chaub. et Bory (Cistus ellipticus Desf. — Prdr. fl. gr.) Cycla-
> dum ins. Sapientæ. Nouv. fl. Pelop.

13 † **H. pilosum** Pers. non Mill. (Cistus pilosus L.) Olympo
Bithyniæ. Clem. l. c. — *Græcia.* Nym. *Algeria :* pr. Djelfa, alt.
1120ᵐ. Coss. l. c.

> III. **Fumana** Spach. — Cisti spec. L. — Helianthemi Sect.
> Fumana DC. Prdr. 1. 271. Ledeb. fl. ross. 1. 140. Grisb.

1 **F. Arabica** Spach. (Helianthemum arabicum Pers. DC. Ledeb.
Cistus arabicus L. — Fl. gr. tab. 503.) *Tchihat.* pl. As. Min.
exsicc. an. 1853. N° 380, 371. — *Bal.* pl. d'Or. an. 1851.
N° 90. — Herb. græc. norm. N° 136. — Circa *Byzantium.* R.
Littore *Bithyniæ :* solitarie cistetis ins. Halki et pr. Mudania. G.
Ionia : ad Smyrnam, collibus incultis. Reg. calida *Ciliciæ cam-
pestris,* ad pagum Bulukly. Bal. *Lycia :* inter Myram et Phenike.
Forb. *Cappadocia :* inter Karaantyoglu et m. Tchallyngibi, alt.
1500ᵐ. T. Apricis ins. *Melus* valde frequens. D'Ur. — *Tauria
merid.* Ledeb. l. c. Collibus siccis *Atticæ.* Heldr. *Algeria :* pr.
Djelfa, alt. 1120ᵐ. Coss. l. c.

2 † **F. glutinosa** Spach. (Helianthemum glutinosum et thymifo-
lium Pers. Cistus glutinosus et thymifolius L.). Herb. græc. norm.

N° 536. — *Archipelago* frequens. Prdr. fl. gr. 1. 369. *Ciliciæ campestris* reg. calida, ad pagum Bulukly, pr. Mersinam. Bal.— Collibus saxosis *Atticæ*. Heldr. *Algeria* : pr. Djelfa. Coss. l. c.

3 › F. grandiflora Jaub. et Spach. *Armenia* , circa Malatia. J. S.

4 † F. Spachii Gren. et Godr. *Ciliciæ campestris* reg. calida , ad pagum Bulukly, pr. Mersinam. Bal. — *Gallia merid.* J. S.

5 F. procumbens Spach. — *Tchihat.* pl. As. Min. exsicc. an. 1853, N°° 371 et 380. — B. *Antitauro*. T.

ORDO XXXVI. FRANKENIACEÆ Endl. gen.

I. Frankenia L. DC. Prdr. 1. 349.

1 † F. laevis L. non Hahl. Maritimis insulæ *Astypalea*. D'Urv. — *Cypro*. Prdr. fl. gr. 1. 242.

2 † F. pulverulenta L. — Fl. gr. tab. 311. (F. laevis Hahl. F. canescens β Presl. Ἐμπετρον Diosc. Empetros Plin. Calcifraga Apulej.) Herb. graec. norm. N° 436. — Circa *Byzantium*. R. *Cappadocia* : pratis salsis ad occasum urbis Kaisariæ. Bal. *Archipelago*. Prdr. fl. gr. — *Græcia* ; salsis marit. non arenariis. Fr. syn. fl. class. Heldr. *Tauria*. Prov. *Caucas, Sibiria altaica*. Ledeb. fl. ross. 1. 267, *Sahara algeriensi* : alt. 750-1120^m. Coss. l. c.

3 † F. hispida DC. (F. hirsuta L. — Fl. gr. tab. 343. MB. & *trya lelatis* Diosc.) *Tchihat*. pl. As. Min. exsicc. an. 1819. N°° 211 et 749. — *Bal.* pl. d'Or. an. 1854. N° 368; an. 1850. N° 974. — Herb. graec. norm. N° 435. — *Archipelago* : ins. Tinos, Melos, etc. Nouv. Fl. Pelop. *Ionia* , salsis pr. Smyrnam. T. *Cappadocia* : pratis salsis ad NO. urbis Kaisariæ, alt. 1100^m. Bal. *Lycaonia* : inter Inevi et Kulukai, alt. 0-950^m, nec non valle ad NO. urbis Kotchhissar, alt. c. 900^m. T. — *Græcia* , salsis marit. Fr. l. c. Heldr. *Tauria*. Prov. *Caucas, Sibiria altaica*. Ledeb. l. c.

ORDO XXXVII. VIOLARIEÆ Endl. gen.

TRIBUS VIOLEÆ DC. Prdr. I. 289.

I. **Viola** Tourn. DC. Prdr. I. 291. — Violæ spec. L.

SECT. I. Nominium Ging. in DC. l. c.

1 † **V. hirta** L. *Bithyniæ* Olympo. S. *Armenia* : circa Erzerum. Calv. — *Thraciæ* et *Macedoniæ* montibus Hæmo atque Athos. G. *Serbia*. Pan. Prov. *Caucas*. *Sibiria*. Ledeb. fl. ross. I. 248.

2 † **V. odorata** L. Agro *Byzantino*. G. *Bithyniæ* Olympo. S. Silvis *Thraciæ*, *Macedoniæ* et *Serbiæ*; convallibus Hæmi, m. Athos; quercetis ad Danubium etc. G. *Bessarabiæ* pratis. Ta. *Græcia* haud frequens. Fr. Syn. fl. class, *Tauria*. Prov. *Caucas*. *Sibiria*. Ledeb. l. c.

3 † **V. silvestris** Lmk. (V. canina L. V. cordata Willd. non Wahlb. V. Riviniana Rchbch.) *Tchihat*. pl. As. Min. exsicc. an. 1849. N° 498; an. 1853. N° 384; an. 1858. N° 20. 33, 607, 602. — *Bithynia* : frequens omnibus silvis umbrosis inter Byzantium et Olympum, alt. 0-975^m. G. *Troade* : inter pagos Nurlu et Tchauchlar, alt. c. 1000^m. T. *Phrygia* : reg. alp. m. Muraddagh. Bal. *Ponto* : circa Samsun, collibus, nec non inter Samsun et Teke, alt. 700-1800^m. T. *Cappadocia* : inter pagum Karsantyoglu et m. Tchaltyngibi, excels. mont. silvat., alt. c. 1500^m. T. *Cilicia campestri* : ad pagum Kochlik, 6 leucis ad NO. Meesinæ. Bal. *Archipelago*. Nym. — *Macedoniæ* m. Athos, silva Laricionis, alt. 1191^m. G. *Græcia*, Prdr. fl. gr. *Tauria*. Prov. *Caucas*. Ledeb. l. c. *Persia*, *Japonia*, Ins. *Canar*, *America bor*. DC. l. c.

SECT. II. MELANIUM DC. Prdr. I. 301. — Violæ tricolores veter. auct.

4 † **V. Cenisia** L. non Schang. in Pall. (V. Valderia β All. V. alpina Loisl.?) Circa *Byzantium*. R. *Bithyniæ* Olympo. Prdr. fl. gr. I. 147. — *Rumeliæ* jugo Scardi. G.

5 ♀ **V. crassifolia** Fenzl. in Pugill. et in Russeg. Reis. I. 928.

Ciliciæ Bulgardagh, alt. 3085-3249ᵐ. Ky. diar. cilic. an. 1853 ; alpe Maaden tepessi. F.

6 V. poetica Boiss. (V. alpina var. parviflora Sprun. pl. exsicc.) *Tchihat.* pl. As. Min. exsicc. an. 1849. Nᵒ 463. — *Mysia* : m Akkayassi, alt. 658ᵐ. T. — *Græcia* : m. Parnasso, alt. 1049ᵐ. B.

7 † V. calcarata L. non Fl. gr. (V. alpina Ten. non Jacq. V. gracilis Biv. V. heterophylla Bert. Mnemion calcaratum Spach.) Circa *Byzantium*. R. Cacumine *Bithyniæ* Olympi. Prdr. fl. gr. I. 147. — *Macedoniæ* montibus : frequens silva Laricionis, in. Athos, alt. 1137-1402ᵐ ; sparsim fagetis m. Nigde, alt. 975-1450ᵐ ; raro herbosis alp. m. Peristeri, alt. 1689-2114. G.

8 † V. gracilis Sibth. fl. gr. tab. 222. non Biron. (V. calcarata var. æinenais DC.) *Tchihat.* pl. As. Min. exsicc. an. 1853. Nᵒ 496. — Herb. græc. norm. Nᵒ 609. — *Bithynia* : cacumine Olympi. Prdr. fl. gr. I. 147. — *Ponto* : Inter Ketchedere et Fatsa, mon- , tosis, silvaticis plerumque humidiusculis, alt. c. 500ᵐ. T. *Lycia* : m. Crago. Forb. — *Græcia* : m. Parnasso reg. super. ad nives deliquescentes, alt. 1694-1950ᵐ. Heldr.

9 † V. grandiflora L. non Schang. nec Griseb. nec Host. — *Tchihat.* pl. As. Min. exsicc. an. 1858. Nᵒ 612 bis. — Circa *Byzantium*. R. *Ponto* : inter pagos Tchelu et Suniza (ad SSE. urbis Samsun), alt. c. 500ᵐ. T. *Armenia* : m. Tekdagh supra Erzerum. H. — Reg. alp. *Macedoniæ*. G. *Græcia*, Nym. *Tauria* : cacumine montium. Ledeb. l. c.

10 > V. Clementiana Boiss. (V. grandiflora Griseb. V. calcarata Fl. gr.) *Bithynia* : cacumine Olympi. B.

11 > V. dichroa Boiss. et Huet. — *Tchihat.* pl. As. Min. exsicc. an. 1858. Nᵒˢ 824, 822. — *Armenia* : m. Gœkdagh, B. nec non jugo Bingœldagh (mons Mille Lacuum), alt. 2800-3200ᵐ. T. *Ponto* : inter urbem Samsun et pagum Tekke, reg. silvat. mont., 700-1800ᵐ. T.

12 † V. tricolor L. non Balb. (V. lutea Bess. non Sm. V. parvula Tineo. V. Demetria Prolongo ap. Boiss. Mnemion tricolor Spach.) *Tchihat.* pl. As. Min. exsicc. an. 1849. Nᵒ 495; an. 1852. Nᵒ 487. — *Bal.* pl. d'Or. an. 1857. Nᵒ 1157. — Circa *Byzantium*. R. *Phrygia* : m. Aimadagh, ad septentr. urbis Uchak, silvis Lari-

cionia. Bal. *Ponto* : umbrosis silvat. humidiusculis, inter Seleyatlassi et Ketchedere, alt. 1030ᵐ. T. *Archipelago*. Prdr. fl. gr.
Armenia rossica. — Arvis *Imeretiæ* et *Sibiriæ*. Ledeb. l. c.

> Var. (V. tenella Poir.) Circa *Byzantium*. R. — *Serbia*. Pan.
> Var. (V. segetalis Jord.) *Phrygia* : m. Bulgardagh, pr. Uchak. Bal.
> † Var. saxatilis (V. saxatilis Schmidt, V. tricolor β flore lutescente
> Bens.) *Tchihat*. pl. As. Min. exsicc. an. 1858. Nº 731. — *Ponto*
> merid. : inter pagos Yaghsian et Tchavdak, alt. c. 1600ᵐ. T.

13 ⟩ **V. Olympica** Boiss. (V. tricolor L. var. Olympica Griseb.) Ad
Bosphorum. G. *Bithynia* : reg. abietina super. et planitie infer.
Olympi ubi violæ silvestris vicaria ascendit ad alt. 812-1115ᵐ.
B. *Troade* : inter pagos Nurlu et Tchauchlar. T.

14 † **V. arvensis** DC. non Murr. (V. tricoloris var. sec. DC. et
Griseb.) Circa *Byzantium*. R. — *Algeria* : pr. Djelfa, alt. 1120ᵐ.
Coss. l. c.

15 ⟩ **V. calycina** Boiss. et Heldr. *Bithynia* : reg. m. Davrasdagh,
alt. 1787ᵐ. Bal.

16 ⟩ **V. Heldreichiana** Boiss. *Lycia* : lapidosis inter frutices pr.
pagos Karabahir, ad radices m. Climacis. B. *Phrygia* : reg. montana m. Bulgasdagh, pr. Uchak. Bal.

17 **V. occulta** Lehm. (V. appendiculata DC. var.) *Bal* pl. d'Or. an.
1857. Nº 1156. — *Phrygia* : pr. Uchak, alt. 910ᵐ. Bal. *Cappadocia* : reg. super. vallis Kamichlytchai, alt. c. 1350ᵐ. Bal. *Armenia turcica* : circa Erzerum, Calv. atque *rossica*. — Prov.
Caucas. Sibiria. Ledeb. fl. ross. I. 257.

18 ⟩ **V. Armena** Boiss. et Huet. *Cilicia boreali* : pinctis supra
pagum Aladagh. Bal. *Armenia* : circa Erzerum. B.

ORDO XXXVIII. POLYGALEÆ Endl. gen.

1 **P. supina** Schreb. — *Tchihat*. pl. As. Min. exsicc. an. 1858.
Nºˢ 25, 179, 600. — Collibus pr. *Byzantium*, ad Buyukdere. G.

Ponto : collibus marit. supra Samsun, nec non inter Samsun et Tekekoi. T. — *Armenia :* circa Erzerum. T. — *Tauria.* Ledeb. fl. ross. I. 270.

2 > P. telephioides Boiss. et Bal. *Cappadocia :* jugo Aladagh, reg. alp. infer. m. Mamenev. B.

3 P. venulosa Sibth. Fl. gr. tab. 669 (P. adscendens Clarke. DC. l. c. πολύγαλον Diosc. Polygala Plin.) Herb. græc. norm. N° 372. — *Archipelago.* Prdr. fl. gr. *Lycia ·* pr. Arsam. Forb. — *Græcia :* montosis usque 975ᵐ. Fr. Syn. fl. class. Heldr.

4 ⁴⁄ P. major Jacq. (P. rosea Desf. P. vulgaris Poir. var.) *Tchihat.* pl. As. Min. exsicc. an. 1849. N° 38 ; an. 1853. N⁰ˢ 92, 182, 219. 224, 331. — *Circa Byzantium.* R. *Galatia :* inter urbem Yuzgal et pagum Alizy, alt. c. 1400ᵐ. *Caria :* planitie pr. Davas, alt. c. 1100ᵐ. *Pisidia :* inter pagos Getendus et Yakamber. T. *Lycaonia :* pr. Dokuskhan, alt. c. 1400ᵐ. T. *Cappadocia merid. :* inter vallem, fl. Rosanta-su et pagum Kizildagh, excelsis, silvaticis. T. *Ponto :* collibus herbosis circa Trapezunt. D'Urv..

5 > P. Anatolica Boiss. et Heldr. (P. major B. et H. pl. exsicc. non Jacq.) *Bal.* pl. d'Or. an. 1855. N° 723 ; an. 1857. N° 1152. — *Tchihat.* pl. As. Min. exsicc. an. 1858. N⁰ˢ 638, 761. — *Phrygia :* pr. Ushak, alt. c. 950ᵐ. Bal. *Lydia :* ad radices m. Tmoli pr. Alacher. *Pisidia :* circa Buldur et Egerdir. *Cappadocia :* pr. Euphratem. B. Reg. mont. *Ciliciæ* Bulgardagh, pr. pylas. Bal. *Ponto :* inter Samsun et Tekekoi, reg. silvat. mont., alt. 700-1500ᵐ, atque inter Yaghsian et Tchavdak, alt. 1600ᵐ. T. — *Syria :* m. Cassio. B.

> *Var. grandiflora* Boiss. Ined. Spica abbreviata floribus majoribus. — *Tchihat.* pl. As. Min. exsicc. an. 1858. N° 307. — *Ponto :* maritimis circa Kerason. T.

> *Var. floribunda* Boiss. (P. floribunda Boiss. in Huet. pl. Arm. exsicc.) Incultis circa *Erzerum.* B.

6 † P. vulgaris L. (P. Monspeliaca · All. P. oxyptera Rchbch.) *Tchihat.* pl. As. Min. exsicc. an. 1858. N° 181. — *Agro Byzantino :* silvis pr. Belgrad. Prdr. fl. gr. II. 51. Umbrosis ins. *Melos.* D'Urv. *Armenia :* circa Erzerum. T. — *Macedonia :* alt. 1889-

2112ᵐ. G. *Bessarabia*. Ta. *Serbia*. Pan. *Græcia*. Prdr. fl. gr.

7 P. prolaeta Boiss. *Caria. Pisidia. Pamphylia.* B. *Ciliciæ* Bulgardagh, pr. pylas, atque reg. calida pr. Mersinam. Hal. *Cappadocia :* m. Karamasdagh, pr. Kaisariam. T. — *Thessalia.* B. *Græcia.* Nym.

   ꝛ *Var.* Boiss. Ined. *Phrygia :* pr. Uchak. Bal.

8 † P. amara L. — *Tchihat.* pl. As. Min. exsicc. an. 1858. Nᵒ 76. — *Bithynia :* colle Bulgurlu pr. Byzantium, D'Urv. atque in Olympo. S. *Ponto :* circa Samsun, collibus. T. — Cacumine *Serbiæ australis* montium Kapounik, alt. 1852ᵐ. G. *Græcia* hucusque non observata. Fr. Syn. Fl. class. *Tauria. Sibiria.* Ledeb. fl. ross. I. 273.

9 † P. hybrida DC. (P. comosa Schkuhr. Ledeb. Griseb. P. alpestris Rchbch. sec. Spr. non sec. Ledeb. fl. ross. I. 773.) *Armenia rossica :* circa Erivan, alt. 1071ᵐ. W. — *Tauria.* Omni *Sibiria.* Prov. *Caucas.* Ledeb. l. c. *Thraciæ et Macedoniæ* montibus. G.

10 † P. monspeliaca L. — Fl. gr. tab. 670 (P. vulgaris var. Poir. P. straminea Presl. P. glaucacea Sibth.) Herb. græc. norm. Nᵒ 565. — Olympo *Bithyniæ*, S. *Lycia :* pr. Arsam. Forb. *Ciliciæ campestris* reg. calida ad pagum Bulukly, pr. Mersinam. Bal. — Ins. *Zacynthus.* Nym. Reg. media *Atticæ.* m. Pateras, alt. 650ᵐ. Heldr.

11 P. papilionacea Boiss. *Armenia :* collibus pr. m. Tekdagh supra Erzerum. Calv.

12 ꝛ P. ramulosa. Boiss. *Phrygia :* ad pagum Bulgarkoi, alt. c. 950ᵐ, pratis humidis et paludosis. B.

ORDO XXXIX. RESEDACEÆ Endl. gen. Mull.
Monogr. de la fam. des Réséd.

I. **Reseda L.**

Sect. 1. Luteola DC. — Ereseda Spach. —

1 † R. alba Mull. l. c. p. 100. Tab. VI. fig. 85. Elatior, parce ramosa v. simplex, subglabra v. parce papilloso-asperula ; foliis

multijago-pinnatipartitis, laciniis lineari-lanceolatis v. lanceolatis v. lanceolato-spathulatis v. ovato-oblongis; floribus penta-
(rarius. hexa-) meris. circ. 11-andris, majoribus, albis, densiuscule racemosis; sepalis persistentibus lanceolatis petalis duplo
brevioribus, petalorum superiorum laminae appendiculatæ circ.
1/3 trilobæ lobis subæquilongis, intermedio ovato-oblongo,
lateralibus latioribus breviter subbilobis; filamentis persistentibus glabris; capsulis erectis subelongatis ellipsoideo-cylindri-
cis breviter 4-dentatis ore paulo contractis; seminibus medio-
cribus globoso-reniformibus demum rugoso-subechinulatis;
radicula hylo approximata. (Vide descript. et diagnosin locupletiorem l. c. p. 102.)

    † Var. *interiores* Mull. l. c. Minus stricta, caules et folia læte viren-
tia in sicco sæpe olivacea, opaca; folia æqualiter v. abrupto pin-
natipartita, laciniæ semper lineari-lanceolatæ sensim apicem
versus attenuatæ, acutæ, 8-10-plo longiores quam latæ, terminalis cæteris sæpe subduplo longior, margine crebre papilloso-
asperulæ, racemi elongati, densiusculi suboblusi. Capsula
oblongo-ellipsoideæ cardio paulo latiores, juniores siccando
subolivacei.

      † *subvar. vulgaris* (R. fruticulosa et subfruticulosa L. R. alba
Lmk. R. undata Willd. R. fruticulosa a Guss. Ten.) *Archipelago.* Mull. l. c.

    † Var. *maritima* Mull. l. c. (R. undata Lmk. R. alba L. herb. R.
alba ß undata R. DC. R. fruticulosa Hook. R. fruticulosa b. glabrescens Guss. R. Hookeri Guss. R. alba et undata Rchbch.) Folia
abrupte pinnatisecta magis quam in var. a et ß succulenta et sub-
carnosula, laciniæ semper plus minusve lanceolato-spathulatæ,
semperque obtusæ, etc.— *Ionia* pr. Smyrnam. *Archipelagi insulis.*
— *Zante.* Mull. l. c.

2 † **R. bipinnata** Willd. Mull. l. c. Tab. VI. fig. 67. (R. undata
L. sp. excl. fol. et syn. Barr. et herb. R. alba Ruiz in herb.
Reg. Berol.) *Tchihat.* pl. As. Min. exsicc. an. 1810. N° 51. —
Galatia: inter pagos Alizy et Mentecbe, alt. c. 1200^m. T. *Cariæ*
littore. Prdr. fl. gr. 1. 322. — *Græcia*: frequentissima plani-
tiebus, ad vias, in ruderatis. Fr. Syn. fl. class. Cypro. Prdr. l. c.

Hispania : pr. Aranjuez et in Sierra Estepone atque Malacitana.
Mull. l. c.

Sect. II. RESEDASTRUM Duby. — O. Reseda Spach.

3) R. Balansae Mull. l. c. p. 119. — *Bal.* pl. d'Or. an. 1855.
N° 768; an. 1856. N° 751. — Elata, vage et patenter ramosissima, parce foliosa, glaberrima ; foliis omnibus ternato-incisis
laciniis lineari-lanceolatis, floribus penta-v. hexameris, circ.
10-andris, albis, laxe elongato-racemosis, sepalis persistentibus
subspathulatis petala superantibus, petalorum superiorum profunde circ. 13-partitorum laciniis lineari-subulatis intermedia
cæteris breviore ovato-oblonga, filamentis mox deciduis lineari
subulatis, capsulis demum pendulis subglobosis breviter 3 dentatis ore latiuscule apertis glabris, seminibus maximis scrobi-
culato-rugosis, radicula elongata a hylo distante. (Vide diagnosin locupletiorem l. c.)

Cilicia *campestri :* Gauce Guzeldere 3 leucis ad NO. Mersinae
sita. Bal.

4) R. Armena Boiss. Mull. l. c. Tab. VI. fig. 92. *Armenia.* B.

5 † R. phyteuma L. Mull. l. c. Tab. VII. fig. 98. — *Tchihat.* pl.
As. Min. exsicc. an. 1853. N° 273. — *Bithyniæ* Olympo. S.
Lycaonia : planitie inter Koniam et Hadinsaral, alt. c. 1000ᵐ.
T. *Cilicia :* pr. Mersinam. Bal.— *Macedoniæ* penins. Hadjion-oros.
G. *Serbia.* Pan. *Bosnia.* Mull. l. c. *Græcia :* haud rara faucibus
montium. Fr. l. c. *Algeria :* circa Oran. Munby. Fl. alg. nec non
pr. Djelfa ; alt. 1120ᵐ. Cass. Bull. soc. bot. IV. 484. Prov. *Caucas.*
Kachetia. Ledeb. fl. ross. l. 236.

6 † R. Jacquini Rchbch. Mull. l. c. Tab. VII. fig. 100. (R. mediterranea Jacq. R. alba S¹ Amans. R. littoralis J. Gay ex Prost. in
herb. Boiss. Gren. et Godr.) *Tchihat.* pl. As. Min. exsicc. an.
1849. N° 322.— *Archipelagi* ins. inter segetes. Prdr. fl. gr. I. 324.
Pamphylia : pr. Adalia. T. — *Thracia.* Nym. *Bessarabia.* Ledeb.
l. c. *Africa boreali.* Steud.

7 R. Aucheri Boiss. Mull. l. c. Tab. VII. fig. 103. (R. atripli-

cifolia J. Gay. mss. fide Balansœ). *Mesopotamia* pr. Mossul. — *Persia austr.* Mull. l. c.

> Var. *rotundifolia* Moll. (R. rotundifolia Ky. pl. exsicc. Mossul. N° 453. v. 651? ; *Mesopotamia* : circa Mossul. Ky.

8 » R. tomentosa Boiss. Mull. l. c. Tab. VII. Fig. 105. *Cappadocia* : ad Euphratem. B.

9 R: stenostachya Boiss. Mull. l. c. Tab. VIII. Fig. 108. (R. pruinosa Boiss. Dene Fl. Sinaic. ? non Del. R. macrocarpa G. Ehrenb. mss. in herb. Reg. Berol.) *Asia Minore.* B. — *Arabia* : inter Tor et Sinai. Mull. l. c.

10 R. truncata Fisch. et Mey. Ledeb. fl. ross. I. 236 et 772. Griseb. Walpers. Mull. l. c. *Asia Minore* F. et M. l. c. — *Macedonia.* G. *Tauria, Iberia.* Ledeb. l. c. — Sœ. et. Stev. planta taurica non eadem est ac planta anatolica.

11 † R. lutea L. Mull. l. c. (R. undata Gat. Habl. Georgi. R. mediterranea Lindl. Sieb.)

> Var. *orientalis* Mull. l. c. — *Tchihat.* pl. As. Min. exsicc. an. 1858. N° 700, 703. — Glauca rigida fere omnino glabra ramosissima (subulata) rami sæpe subflexiosi : folia ternato-laciss, laciniis fere lineari-spathulatæ, rigidulæ margine planæ. — *Archipelagi ins.* Milo. Mull. *Ponto* inter Tekekoi et Samsth, alt. 700-1000™. T. *Cilicia* : Bulgardagh Ky. *Armenia turcica* : circa Erzerum, H. nec non inter Mamahatun et Yenikoi, alt. c. 2000™. T., atque rarius : prov. Nahitchevan. — *Persia, Syria,* circa Damascum. B. herb.
>
> Var. *Besseriana* Mull. (lutea var. flore minore Bess. R. inflata Ehrenb. R. orthostyla C. Koch. Linn. XV. Ledeb. fl. ross. I. 771. R. lutea β mucronata Griseb. ?) *Tchihat.* pl. As. Min. exsicc. an. 1849. N° 703. — *Antitauro* : inter pagos Tchatatoglu et Yaladji, alt. c. 1800™, vallibus plerumque herbosis. T. Frequentissima pr. fl. Cyrum ad *Armeniæ rossicæ* oppidulum Gori. K. — *Kurdistano, Syria, Bosnia, Tauria.* Mull. l. c.
>
> > † *streptocarpa* Mull. l. c. (R. truncata G. Ehrenb. mss. in herb. Reg. Berol.) *Tchihat.* pl. As. Min. exsicc. an. 1853. N° 278. Bal. pl. d'Or. an. 1855. N° 415. *Ionia* : pr. Smyrnam. Bal. *Bithynia* : pr. Muduriu. G. *Lycaonia* : planitie arida pr. pagum Soverek, alt. 1043, atque inter Hadieueral et Alibetkol, alt.

c. 1100ᵐ. T.; nec non arenosis ad lacum Beychor. Boiss.
herb. — *Syria* : circa Bairut. Ehrenb. l. c.

ß. *pulchella* Mull. l. c. Ky. pl. exsicc. an. 1836. N° 368. (R. gracilis Rchbch. non Ten. R. lutea var. gracilis Hausm. R.
tenuifolia Wallr.) *Tauro.* Ky.

12 **R. globulosa** Fisch. et Mey. Mull. l. c. tab. IX, fig. 120. Ledeb.
fl. ross. I, 236. C. Koch. in Linn. *Armenia rossica bor.* K. —
Prov. *Caucaso-caspicis.* Ledeb. l. c.

Sect. III. LUTEOLA DC. — G. Arkopoda Raßn.

13 **R. luteola** L. Mull. l. c. tab. IX. fig. 121.

Var. pseudovirens Mull. (R. pseudovirens Friv. R. luteola Grisb.)
Circa *Byzantium*. R. — *Thracia, Macedonia.* G. *Bulgaria.* Nym.
Serbia, Pan.

ORDO XL. DATISCEÆ Endl. gen.

1. **Datisca** L.

1 'R. cannabina L. — *Bal.* pl. d'Or. an. 1855. N° 699. — *Bithyniæ*
Olympo. S. *Lydia :* m. Sipylo. Prdr. fl. gr. *Cilicia campestri :*
parietibus humidis umbrosisque faucis Guzeldere pr. Mersinam.
Bal. — *Creta.* Steud. Prov. *Caucas.* ubi in provincia caspica
Talusch usque ad alt. 5847ᵐ (?) adscendit. Ledeb. fl. ross. I.
238.

ORDO XLI. CAPPARIDEÆ Endl. gen.

1. **Capparis** L. DC. Prdr. I. 245.

1 † C. spinosa L. non Gmel. (C. aculeata L. Hort. Cliff. κάππαρις
Theophr. Diosc. Capparis Plin. κάππαρι Græc. hodiern.) Tchihat.
pl. As. Min. exsicc. an. 1853. N° 232. — Ins. *Tenedos.* G. *Ionia :*
agris pr. Smyrnam. Bal. *Cilicia trachæa et campestri :* inter Selevke et Perchembe, reg. littorali ; vulgaris campis herbidisque

circa urbem Tarsus. T. — *Græcia. Creta. B. Ins. Zacyntho et Cephalonia. Nym. Macedonia austr. pr. Saloniki. G.*

> Var. *canescens* Coss. (C. *spinosa* Fl. gr. tab. 486. C. *sicula* Duham.) Bal. pl. d'Or. an. 1855. N° 295. — Heldr. pl. exsicc. an. 1848. N° 435. Ejusd. herb. græc. norm. N° 285. — *Jonia :* cæmeteriis urbis Magnesiæ. Bal. *Græcia :* campis et lucis sterilibus circa Athenas, copiose post messem. Heldr.
>
> ♭ Var. Boiss. ined. Pr. Smyrnam. B. herb.

2 C. ægyptia Lmk. (C. *spinosa* L. var. Tausch.)

> ♭ Var. *orientalis* Boiss. herb. — Tchihat. pl. As. Min. exsicc. an. 1858. N° 129. — *Armenia :* pr. Erzerum, Calv. atque ad castellum urbis Ispir. H. *Ponto :* vulgaris planitiebus et collibus inter Niksak et Amasia, alt. c. 640ᵐ; inter Tokat et Gumurtakoi, alt. 500ᵐ, inter Gumurtakoi et Zila, alt. 500ᵐ, etc. T.

3 C. herbacea Willd. *Armenia rossica :* ad fl. Cyrum et circa m. Ararat. — Littore orient. *Maris Caspici, Tauria. Caucasia.* Ledeb. fl. ross. I. 235.

4 † C. rupestris Sibth. et Sm. (C. *Fontanesii* DC. sec. Spr.) *Archipelago :* frequens rupibus Insulæ Scyros, D'Urv. atque Anti-Paros. Nouv. fl. du Pélop. — *Græcia :* circa Athenas copiosissime. D'Urv.

> **II. Cleome L.** DC. Prdr. I. 234. excl. spec.

1 † C. ornithopodioides L. — Fl. gr. tab. 650 non Forsk. nec MB. (E. *Dilleniana* DC.) Arvis circa *Byzantium,* suburbio Pera. *Bithynia et Ionia :* via inter *Smyrnam* et *Olympum.* Prdr. fl. gr. II. 33. *Cilicia :* marginibus viæ a Tarso ad Kaisariam ducentis. Bal. *Armenia :* pr. Erzerum, Calv. atque circa Ispir. H. — *Tauria* rarissima. Stev.

ORDO XLII. CRUCIFERÆ Endl. gen.

SUBORDO I. PLEURORHIZEÆ DC. Prdr. I. 132.

TRIBUS I. ARABIDEÆ DC. l. c.

I. Matthiola R. Br. non L.

Sect. I. Pachynotum DC. l. c.

1 † M. sinuata R. Br. (Cheiranthus sinuatus L.) Ad *Byzantium*. B. Herb. *Archipelago*. — *Græcia. Creta*. Nym.

2 M. acaulis DC. (Cheiranthus acaulis Balb.) *Caramania*. — *Ægypti maritimis*. B. Herb.

3 > M. montana Boiss. An. Chru. Sert. orient. p. 9. *Olympo Bithyniæ. Pisidia* : m. Davrosdagh, alt. 1624ᵐ. B. Herb.

Sect. II. Leperia DC. l. c.

4 M. odoratissima R. Br. (M. incana taurica DC. Hesperis odoratissima Poir.) *Armenia* : m. Ararat, Abgars, Aladagh, etc., alt. 2013ᵐ. W. — *Caucaso orient. Tauria*. Ledeb.

5 † M. varia DC. (Cheir. varius Fl. gr. Cheir. valesiacus β J. Gay.) *Agro Byzantino*, R. — *Græcia*. Nym.

6 † M. tristis R. Br. (Cheir. tristis, fruticulosus et Hesperis provincialis L. Hesperis angustifolia Lmk.) *Tchihat*. pl. As. Min. exsicc. an. 1849. Nᵒ 253. — *Galatia* : pr. pagum Kepen, nec non inter Tchallyk et Hamsa-badji. alt. 860ᵐ. T. — *Græcia*. Nym. *Sahara algeriens* : alt. 750–1120ᵐ. Com. DuD. soc. bot. IV. 394 et 181.

7 M. Fischeri Bernh. (Chorispora stricta DC. Raphanis strictus MB.) Campis salsis *Armeniæ rossicæ*. — Littore orient. *Maris Caspii*. Ledeb. fl. ross. 1. 110.

Sect. III. Pinaria DC. l. c.

8 † M. coronopifolia DC. (Cheiranthus coronopifolius. Fl. gr. tab. 637.) Herb. græc. norm. Nᵒ 61. — *Agro Byzantino*. G. —

Græciæ montibus, pr. Athenas. Prdr. fl. gr. II. 25. Heldr. *Sicilia.* Nym.

9 **M. oxyceras** DC. (Cheiranthus syriacus Willd. herb.) *Bal. pl. d'Or. an. 1855. N° 416. — Lydia :* m. Mesogis. *Lyciæ* alpestribus. B. *Cappadocia :* pr. Bereketly, alt. c. 1400ᵐ. *Ciliciæ* arenosis marit. Bal. — *Persia. Ægypto.* B. Herb.

10 **M. longipetala** DC. (Cheiranth. longipetalus Vent.) *Prov. Cauens.* versus *fines turcicas.* Ledeb. l. c. — Circa *Bagdad.* DC. l. c.

11 › **M. angulosa** Boiss. An. *Mesopotamia* ad Mossul. B.

Sect. IV. ACINOTUS DC. l. c.

12 † **M. tricuspidata** R. Br. (Cheiranthus tricuspidatus L. Cheir. villosus et maritimus Forsk.) Littore *thracico* maris *Ægæi.* G. Ins. *Melos* et *Cimoli.* D'Urv. — *Græciæ* marit. arenosis frequens. Prdr. fl. gr.

13 **M. pumilio** DC. (Cheiranthus pumilio Fl. gr. Hesperis lacera Sibth. in Banks. Herb.) Ins. *Rhodus.* DC. l. c. atque scopulo *Calogero* dicto. Prdr. fl. gr. II. 26.

14 **M. bicornis** DC. (Cheiranthus bicornis Prdr. fl. gr. Notoceras Sibthorpii Spr.) Herb. græc. norm. N° 365.

    β *Var. forcipifera* Boiss. *Bithynia* pr. Nicomediam. B. Herb. Ins. *Rhodus.* B. Ag. *Creta.* D. Herb.

II. **Andrzejowskia** Rchbch. Griseb. spic. fl. rum. bith. I. 254. — Notoceratis spec. DC. Prdr. I. 140.

1 **A. cardamine** Rchbch. (Notoceras cardaminifolium DC. excl. syn. Sibth. Lepidium cornutum D'Urv. non Sibth.) *Tchihat. pl. As. Min. exsicc. an. 1858. N° 136.* — Agro *Byzantino :* inter angustias pr. Buyukdere. Ad. sepes littoris *Bithyniæ,* species rarissima. G. *Pamphylia :* inter frutices paludosa littoris fl. Melas pr. Klan Menavgat. D. Herb. *Ponto :* collibus marit. supra Samsun. T.

III. **Cheiranthus** R. Br. DC. Prdr. 1. 135.

1 † C. Cheiri L. Ins. *Milos* et *Syra.* — *Græcia* rupibus pr. Nau-
plia. Fr. Syn. β. class. *Tauria* littore merid. Stev.

2 ⁾ C. pulchellus Willd. *Cappadocia.* DC. l. c.

3 ⁾ C. taraxacifolius Steph. in Willd. excl. syn. Pall. et Link.
Ad *Mare Nigrum.* Ledeb.

4 ⁾ C. Jacomelli Clem. Sert. orient. Tab. IV. fig. 2.

Radix perennis, longissima, descendens. Rami, ortu hypogeo,
plures, radiciformes, repentes, parte exserta foliorum petiolis
arefactis duris vestiti; deinde confertim adsurgentes erecti,
simplices, sublignosi, angulosa-striati, pilis bipartitis adpressis
haud crebris ad flores usque scabridi. Folia inferiora fascicu-
lato-congesta, vix carnosula, angustissime et obverse lanceolato-linearia, vel linearia anguste spathulata in petiolum longum
basi dilatatum carnosulum attenuata, obtusiuscula, pilis bipartitis arcte adpressis scabriuscula; superiora sensim rariora
lineari-conformia subtrinervato-carinata. Flores......? Pedunculi fructus solitarii, m. 0,01 remoti, sparsi ebracteati, erecto-
patentes, m. 0,006 ad m. 0.008 longi. Torus conspicuus, cica-
trice exteriori luteola. Siliqua matura m. 0,07 ad m. 0,08 longa
exacte complanata m. 0,003 circiter lata, utrinque sensim angus-
tata, pilis ut caules et folia adpressis subscabrida; valvis nervo
prominente diremtis, inferne in dissepimenti conjunctione
parce callosis. Stylus persistens m. 0,005, 0,006 longit. æquans,
inferne more siliquæ pilosulus plus minusve purpurascens,
superne lutescens; stigmatis lobi parvi erecto vel complanato-
patentes. Semina breviter alata! Cotyledones-accumbentes!

Obs. A. Ch. Cheiri toto cœlo distinctus; nulli ex speciminibus
orientalibus in herb. Mus. Paris. et Wenzi a me collatis similis.
Clem. l. c. — *Bithynia :* pratis saxosis planitiei alpinæ Olympi,
latere NE. Clem. l. c.

IV. **Nasturtium** R. Br. non Hall. nec Mœnch.

Sect. 1. CARDAMINE DC. Prdr. 1. 137.

1 † N. officinale R. Br. (N. siifolium β. et N. microphyllum

Rchbch. Cardamine Nasturtium et Sisymbrium Nasturtium L.
Cardamine fontana Link. καρδαμον τραχυ Diosc. Sisymbrium. Plin.
σμσαριβαρον Graec. hodiern.) Tchihat. pl. As. Min. exsicc. an. 1849,
N°s 214, 222; an. 1853. N° 686; an. 1858. N° 31. — Agro Byzantino : pr. Buyukdere. G. Bithyniæ Olympo. S. Ponto : collibus
marit. supra Samsun. T. Lycaonia : pr. lacum Bulukgœl, salsis,
alt. c. 931. T. Armenia rossica. Ledeb. fl. ross. I. 112. — Serbia.
Pan. Bosnia. Persia. DC. Græcia : pr. rivulos montium frequens.
Fr. l. c. Tauria : ad Symphcropolin nec alibi. Stev. Prov. Caucas,
atque omni Sibiria. Ledeb. l. c. Algeria pr. Djelfa, alt. 1120ᵐ.
Coss. l. c.

Sect. II. Brachylobum DC. l. c.

2 † N. silvestre R. Br. (N. rivulare Rchbch. N. erythrospermum
Boiss. et Huet. in pl. Arm. exsicc. Sisymbrium silvestre L. Sis.
vulgare Pers. Sisymbrella silvestris Spach.; Tchihat. pl. As. Min.
exsicc. an. 1853. N° 802 bis. — Olympo Bithyniæ. S. Cappadocia
merid. inter vallem Bosanta-su et pagum Kizildagh, montosis,
excels. silvat., alt. c. 1150ᵐ. T. Ponto : ruderatis circa Trapezunt. D'Urv. Armenia : circa pagum Kurprubachi, pr. Baibut
situm. H. — Thracia. Macedonia. Serbia. G. Omni Sibiria. Ledeb.
l. c.

3 † N. brachycarpum C. A. Mey. Armenia rossica. — Sibiria altaica. Rossia austr. Ledeb. l. c.

4 » N. ellipticum Boiss. Galatia ad Beyhazar. B. An. Cappadocia :
collibus lapid. secus fl. Kamichly exsurgentibus, pr. oppidulum
Berekctly. Bal.

5 » N. aureum Boiss. et Heldr. Pamphylia : pratis ad orientem
fl. Catarracli, non procul ab urbe Adalia. B.

6 » N. Noeanum Boiss. Armenia : alpibus ad Bckirmaaden. B.

V. Nasturicum Scop. Griseb. charac. emend. — Nasturtii spec. DC.
Ledeb. — Nasturtii Subg. Roripa. Maout. et Decs.

Sect. Nasturtiola Griseb.

1 † R. nasturtioides Spach. (R. palustris Bess. Nasturtium

palustre et N. terrestre R. Br. Sisym. amphibium « L. spec. et β. fl. Suev.) *Armenia rossica.* — *Caucaso. Sibiria. America arctica.* Ledeb. l. c. *Serbia.* Pan.

2 † B. pyrenaica Spach. (Sisymbrium pyrenaicum. L. Myagrum pyrenaicum Lmk. Nasturtium pyrenaicum R. Br.) Circa *Byzantium.* R. Olympo *Bithyniæ.* B. — *Rumeliæ* m. Orbelo. G. *Serbia.* Pan.

    VI. **Barbarea** R. Br. DC. Prdr. I. 110. Griseb. Ledeb. fl. ross. I. 115.

1 † B. arcuata Rchbch. (B. vulgaris R. Br. Erysimum barbarea β L. fl. Suev.) Circa *Byzantium.* R. *Cappadocia :* marginibus fl. Kamichly, pr. oppidulum Bereketly. Bal. *Lycia :* montibus supra Phaselis. Forb. *Armenia rossica .* m. Ararat et Alagœz, alt. 1300-1525m. W. — Prov. *Caucas. Sibiria.* Ledeb. l. c. *Tauria.* Stev. *Serbia.* Pan.

    Var. taurica (B. taurica DC. B. arcuata Andrz. Erysimum arcuatum Presl.) *Ciliciæ* Bulgardagh : marginib. rivulorum ad pagum Giulek, pr. pylas. Bal. — *Caucaso et Tauria,* DC. l. c.

2 † B. Augustana Boiss. (B. praecox Gaud. Fl. Helv. non R. Br.) *Bal.* pl. d'Or. an. 1854. N° 75. — *Lydia :* hortis derelictis in Tmoli occidentalis. B.

3 † B. plantaginea DC. (Sisymbrium Barbareæ L.) *Tchihat.* pl. As. Min. exsicc. an. 1849, N° 724; an. 1858. N° 603. — *Pamphylia :* m. Solyma ad occasum urbis Adaliæ. B. Herb. *Ponto :* inter pagos Tekke et Sarnytch (ad SSE. urbis Samsun) reg. mont. silvat., alt. 700-1000m. T. *Cappadocia :* inter Mandjulik et Karahadjeli secus rivulos, alt. c. 1600m. T. *Armenia turcica et rossica :* circa Tortum, H. atque humidis pr. Etchmiadzin. W. *Mesopotamia.* — *Persia.* B. An. *Tauria.* Stev.

4 » B. integrifolia DC. *Cappadocia.* DC. l. c. *Armeniæ* alpibus. *Mesopotamia.* B. An.

5 » B. brachycarpa Boiss. — *Bal.* pl. d'Or. an. 1855. N° 1256. Circa *Byzantium.* R. *Bithynia :* muscosis madidis reg. alp.

Olympi, ad originem vallis Kirkbunar, in consortio Arenariæ
rotundifoliæ. *Phrygia :* alp. et subalp. m. Muraklagh et Alumdagh. Bal. *Armenia :* pascuis pr. pagum Setchank. H.

6 ♭ **B. minor** C. Koch. (B. Cilicica Schtl. et Ky In sched. Ky. pl.
cilic. exsicc.) *Phrygia :* m. Almadagb ad septentr. urbis Tchnk.
Bal. *Armenia :* pascuis pr. pagum Setchank haud procul ab
Erzerum altum. H. *Cilicia :* reg. mont. Bulgardagh ad septentr.
pylarum. Bal.

VII. **Turritis** Dill. DC. Prdr. I. 141.

1 † **T. hirsuta** L. (T. Rayi Presl. Arabis nemorensis et A. hirsuta
glastifolia Rehbch. Ar. hirsuta Scop. Ar. sagittata DC. var. Gerardiana.) *Tchihat.* pl. As. Min. exsicc. an. 1858. N° 79, 698. —
Agro *Byzantino, Bithyniæ* Olympo. Prdr. fl. gr. II. 29. *Ponto :*
collibus marit. supra Samsun, nec non inter pagos Samytch et
Tchelu, alt. 900-1008ᵐ. T. *Armenia russica* ad m. Ararat. Hge.
l. c. — *Macedonia, Bosnia.* G. *Græcia.* Prdr. l. c. *Caucaso, Tauria.
Sibiria,* Ledeb. fl. ross. I. 118.

2 † **T. glabra** L. *Armenia russica.* — Onm! *Sibiria, Iberia. Imeretia. Rossia bor.* Ledeb. l. c. *Hæmi* silvis umbrosis. Prdr. II. gr.
II. 29. *Tauria.* Stev. *Græcia.* Nym.

VIII. **Arabis** L. DC. Prdr. I. 142.

Sᴇᴄᴛ. I. Aʟᴏᴍᴀᴛᴜᴍ DC. l. c.

1 † **A. verna** R. Br. (A. violacea Mœnch. Hesperis verna Link.
Turritis purpurea Link. fl. fr.) *Bal.* pl. d'Or. an. 1854. N° 71.
— Reg. calida *Bithyniæ,* alt. 0-163ᵐ : solitarie cistetis. pr. Mudaniam. G. Circa *Byzantium.* R. Rupestribus umbrosis circa *Smyrnam.* Bal. *Lycia :* vulgaris rupestribus et herbosis. Forb. Ins.
Cycladum. — *Græcia.* Nouv. Fl. Pélop. *Serbia,* Pan.

2 **A. viscosa** DC. Olympo *Bithyniæ.* B. Herb. — *Persia bor.* DC.
l. c.

3 † **A. alpina** L. non Georgi (A. incana Mœnch. Arabidium alpestre Spach. Turritis verna Link. Desf.)

Var. crispata Willd. *Bithynia :* Olympi convalle Goelulere frequens in saxosis. G. Tauro. B. herb. — *Macedonia*, m. Albos, alt. 1131–1162ᵐ copiose. G. *Sibiria*. Ledeb. 0. ross. I. 117.

4 › **A. Cilicica** Boiss. et Bal. (*Arabis pelligera* Fenzl. mss. in sched. Ky. pl. Taur. Cilic. It. an. 1836. herb. Vindob. et Ky. Reise. Cilic. Taur. p. 201. Forma foliis crasse incano-tomentosis grosseque sinuato-nec runcinato-dentatis. Fenzl. in litt.) *Cilicia*: reg. calida umbrosis faucis Sedlichig 3 leucis ad NO. Mersinæ, B. jugo Bulgardagh : glareosis faucium supra pagum Gulek, alt. 1025ᵐ. Ky. l. c.

5 † **A. albida** Stev. (*A. caucasica* Willd. *A. alpina* β *grandiflora* Poll.) *Tchihat.* pl. As. Min. exsicc. an. 1849. Nº 477. — Olympo *Bithyniæ*. B. Herb. *Troade*: inter Xurlu et Tchauchlar, alt. c. 1000ᵐ. T. *Armenia turcica*: circa Erzerum, Calv. et rossica, m. Ararat, Alagœs, Aladagh et Giaurdagh, alt. 1940-2923ᵐ. W. — *Caucaso, Tauria*. Ledeb. l. c. *Persia*: pr. Ispahan. B. Herb. *Neapoli. Sicilia.* Nym.

> *Var. procera* Boiss. *Lydia*: umbrosis m. Messogis, supra Aidin. B. herb.

6 › **A. ionocalyx** Boiss. et Heldr. *Caria, Lycia*: pinetis m. Solymæ. B. *Ciliciæ* Bulgardagh, ad pagum Gulek, pr. pylas. Bal.

7 › **A. Billardieri** DC. *Lycia*: fissuris rupium pr. Bekirmaden, alt. 2600ᵐ. *Ciliciæ* Bulgardagh ; summis vallis Uchtepe, alt. 3000ᵐ Ky. diar. Cilic. an. 1853. *Armenia*: m. Tekdagh supra Erzerum. H. — *Syria*: Libano et Antilibano. B. herb. ; m. Casalo, pr. Suedia. Ky. Coll. II. an. 1836. Nº 27. et Fenzl. in litt.; pr. Damascum m. Gebel-Ger. Labill. *Persia austr.* m. Salsel-Buschon. Ky. coll. pl. Pers. austr. Nº 945, siliquis glabriusculis et pubescentibus. Fenzl. in litt.

> *Observ.* Cl. Fenzl. in litt. huc refert : A. thyrsoideum Coll. Ky. pl. Persiæ bor. Nº 194ᵃ, propter semina marginata, nec Sibth. cui sem. haud marginata.

8 **A. brevifolia** DC. — *Tchihat.* pl. As. Min. exsicc. an. 1858. Nº 565, 721. — *Ponto*: jugo Paryadres veterum inter pagos Lisdja et Kumbetkhan, vallibus alp. nudis humidiusculis, alt.

1900-2050; inter urbem Niksar et pagum Bachtchiflik, reg.
mont. silvat., alt. 1500-1900. T. — *Syria.* DC. Prdr. I. 143.

Observ. « A. brevifolia nil videtur nisi A. Billardieri forma
minus villosa non tomentosa ideoque magis virescens. Cum
Boissiero has omnes A. albidæ Stev. varietates habere mallem. »
Fenzl. in litt.

9 A. thyrsoidea Sibth. et Sm. (A. albida Stev. var. et A. alpina
var. Olympica Clem. sert. orient.) Circa *Byzantium.* R. *Bithyniæ*
montibus gregarie : jugo Balabandere m. Samanli, alt. 812.
G.; in Olympo. B. *Cappadocia :* jugo Aladagh, reg. alp. m. Masmenev. Bal. — *Caucasi* m. Elboruz. B. Herb.

10 † A. auriculata Lmk. *Galatia :* pr. Beybazar. B. An. *Armenia :*
ad moletrinas Kachapunar pr. Erzerum sitas. H. — *Georgia
caucasica.* B. Herb. *Tauria.* Ledeb. l. c. *Serbia.* Pan.

11 A. Montbretiana Boiss. An. *Cappadocia :* m. Akdagh.— *Syria.*
B. An.

12 > A. scapigera Boiss. An. *Armenia :* pr. Bayazid. B. An.

13 A. nuda Belang. ex Boiss. An. *Armenia :* circa Erzerum. H. —
Syria : ad Euphratem. B. An.

14 > A. Cadmea Boiss. *Caria :* pinguibus arenosis m. Cadmi
orientalis, supra Colossas, alt. 1625-1999. B.

15 † A. sagittata DC. (A. hirsuta Scop. var. rosea Boiss. et glastifolia Rchbch.) Olympo *Bithyniæ. Caria.* B. Herb. *Ciliciæ* Bulgardagh : pr. pagum Gulek. Bal. — *Caucaso. Sibiria.* B. Herb.
Serbia. Pan.

16 > A. androsacea Fenzl. in Pugill. et in Russeg. Reis. 1. 938.
Ciliciæ Bulgardagh : alpinis parce graminosis jugi Ketchbell pr.
plumbi fodinas Gulek, alt. 2500. Ky. diar. cilic. an. 1853.

17 A. purpurea Sibth. et Sm. (Aubrietia purpurea DC. Farsetia
deltoidea et Vesicaria deltoidea R. Br. Alyssum deltoideum
L.) Circa *Byzantium.* R. *Bithynia :* cacuminue Olympi. Prdr.
fl. gr. *Ciliciæ* Bulgardagh : regione montana supra Bulgarmaden, nec non rupibus castelli ruderati supra pagum Gulek.
Bal.

18 > A. Boissieri Griseb. (A. drabæformis Boiss. non Griseb.

Draba hirta Prdr. fl. gr. sec. cl. Clem. in sert. orient. A. drabæformis Boiss. ab A. Boissieri Griseb. distinguenda est.) Circa
Byzantium. R. *Bithynia* : cacumine Olympi. Prdr. fl. gr. II. 2.

19) A. cordata Boiss. *Armenia* : circa pagum Ilaho, montibus
inter Erzerum et lapis altum. B.

20) A. cremocarpa Boiss. et Bal. *Cilicia campestri* : reg. mont.
supra pylas. B.

     Sect. II. Lomaspora DC. l. c.

21 † A. turrita L. *Lydia* : m. Sipylo supra Magnesiam. B. Herb.
Cilicia campestri : silvis Abietis Ciliciæ ad occasum pylarum
·sitis. Bal. — *Macedoniæ* penins. Hassan-oros. G. *Græcia.* Nym.
Taurin. Stev. *Serbia.* Pan.

22 A. bryoides Boiss. (A. drabæformis Griseb. ?) Olympo *Bithyniæ* ?
— Olympo *Thessaliæ.* B. An. — *Macedonia* : cacumine m. Athos. G.

     IX. **Cardamine** DC. Prdr. 1. 148. — Cardamines spec. L.
     R. Br.

1 C. tenera Gmel. jun (C. parviflora L. C. hirsuta β Lnk.) Circa
Byzantium. R. *Bithyniæ* Olympo. — Prov. caspicis *Talusch* et
Lenkhoran. Ledeb. fl. ross. I. 125.

2) C. Olympica Boiss. (C. tenera Boiss. pl. Auch. non Gmel.)
Bithynia : pratis humidis reg. tertiæ Olympi. B. *Antitauro* : reg.
alp. m. Avelandagh. Bal.

3 † C. asarifolia L. Olympo *Bithyniæ.* S.

4) C. Huetii Boiss. et Reut. *Armenia* : inter Balbut et Erzerum
supra Tschkopru. H.

5 C. uliginosa L. — *Tchihat.* pl. As. Min. exsicc. an. 1858, N⁰ 327,
933 bis. — *Ponto austr.* : inter pagos Agatchbachi et Sarybaba,
reg. aspera, alt. c. 2200^m. T. *Armenia* : inter Gumuchhane
et Baibut, H. atque Jugo Dingceldagh, alt. 2800-3000^m. T. —
Prov. *Caucas. Tauria. Sibiria. Ucrania.* Ledeb. l. c.

6 † C. pratensis L. Agro *Byzantino* : frequens pratis convallis
Khlathane. G. — *Serbia.* Pan. *Sibiria orient.* B. Herb.

7 C. petiolaris DC. (C. thalictroides All. ex Koch., *Tchihat. pl. As. Min. exsicc. an. 1819. N° 481. — Troade :* inter pagos Kelbl et Tchauchlar. T. — *Caucaso boreali :* pr. Mosdok. Ledeb. l. c.

8 > C. Huetii Boiss. *Armenia :* circa Erzerum. H.

9 † C. hirsuta L. (C. flexuosa With. C. impatiens Schk. non L. C. præcox Pall.) *Tchihat. pl. As. Min. exsicc. an. 1858. N° 774. — Agro Byzantino, Bithynia :* gregarie ad vias pr. Scutari, alt. 0-195ᵐ. G. *Ponto :* pr. Tokat, nec non inter Tchavdak et Kulcihissar, alt. c. 1500ᵐ. T. *Pamphylia :* pr. Adalia. B. Herb. *Lyciæ* cultis. Forb. — *Græcia. Syria.* B. Herb. *Tauria.* Prov. *Caucas. Sibiria.* Ledeb. fl. ross. I. 127. *Serbia.* Pan.

10 † C. petraea L. *Bithyniæ* Olympo. S.

11 > C. oxycarpa Boiss. An. (C. lucorum Boiss. in Huet pl. Arm. exsicc.) *Tchihat. pl. As. Min. exsicc. an. 1858. N° 313. — Ponto austr.:* inter tractum Hassanly et pagum Agatchbachi, alt. 1200-1800ᵐ. T. *Armenia :* circa Erzerum. H. — *Persia :* alpibus Larisiani. B. An.

X. **Pteroneurum** DC. l. c.

1 † P. carnosum DC. (Cardamine carnosa W. K.) *Tauro. — Thessaliæ* Olympo. B. Herb. *Serbia.* Pan. *Croatia.* Nym.

XI. **Dentaria** Tourn. DC. Prdr. I. 154.

1 † D. quinquefolia MB. (D. caucasica Willd. D. pinnata Pall.) *Ponto :* circa Tokat, silvis montanis. B. Herb. *Armenia :* pr. Erzerum. Calv.—*Tauria.* Fruticetis humidis Georgiæ *Caucasicæ.* B. Herb.

2 † D. bulbifera L. (Cardamine bulbifera R. Br. Cardam. canescens Ten.) *Tchihat. pl. As. Min. exsicc. an. 1849. N° 490. — Bithyniæ* Olympo. S. *Troadis* vallibus. T. — *Hæmi* silvis umbrosis. G. *Bessarabiæ* pratis. Ta. *Serbia.* Pan. *Caucaso.* Ledeb. fl. ross. I. 130:

TRIBUS II. ALYSSINEÆ DC. Prdr. I. 156.

XII. **Ricotia** L. DC. l. c.

1 R. sinuata Boiss. et Heldr. *Lycia* : faucibus m. Climax pr.
Kurmalu. *Pamphylia* : promontorio urbis Alayæ, saxis inter
frutices. B.

2 R. tenuifolia Sibth. et Sm. *Cilicia.* Prdr. fl. gr. II. 17.

XIII. **Tchihatchewia** Boiss. ined.

Calix tetraphyllus clausus foliolis lineari-spathulatis obtusis
binis basi saccatis. Petala basi unguiculata unguiculo plano sensim dilatato apice in laminam minutam ovato-rotundam obtu-
sam abeunti. Glandula hypogyna parvula prominula utrinque ad
basin filamentorum minorum. Filamenta omnia edentula complanata angusta. Ovarium sessile oblongo-compressum stigmate
sessili magno capitato-depresso. Silicula pendula indehiscens
compresso obovata late membranaceo-marginata unilocularis
disperma loculo elliptico lineari. Semina ex funiculis liberis
brevibus incrassatis pendula ovato-compressa immarginata.
Cotyledones planae radiculae crassiusculae accumbentes. —
Herba biennis? Orientalis, hispidissima habitu Farsetiæ fructu
Isatidis. Genus curiosissimum Pleurorrhizearum, a Farsetia et
Lunaria silicula exceptata indehiscenti disperma distinctum.

1 > T. Isatidea Boiss. Ined. — *Tchihat.* pl. As. Min. exsicc. an.
1858. N° 221.— Radix crassa cylindrica verticalis. Caulis crassus
striatus foliosus pilis albis strigosis longis patulis dense obsitus;
folia iisdem pilis utrinque ad nervum medium et margine
copiosioribus crinita oblonge linearia acutiuscula in petiolum
attenuata remotiuscule dentata. Flores in racemos breves inferne foliolis lineari-oblongis integris obsitos superne ebrac-
teatos dispositi, magnitudinis eorum Raphani Raphanistri. Axis
racemi pedicellique brevis pilis brevibus 2-3 furcatis obsita.
Petala et sæpe sepala purpurea glabra. Silicula pedicello pen-
dulo 2 lin. longo suffulta, pube furcata sub lente puberula basi
breviter attenuata apice rotundata stigmate punctiformi tunc

minutissimo 9 lin. longa 6 lin. lata. Loculus 2 lin. latus basi et
apice seminis evanidus. Ala viridis circularis integra 2 lin.
circiter lata. Semina 2 lin. longa.

Observ. Hujus plantæ infausto casu duo tantum suppetunt
exemplaria quorum caulis paulo supra collum a pecoribus
depasta ramulos floriferos adventitios postea edidit, notulas
igitur de specie nec descriptionem completam dare possum. B.

Armenia : montibus ad septentr. Euphrates vallem circumdantibus, inter pagos Kalafatch et Almalu (ad Orient. urbis
Erzindjan), alt. 1700-2000ᵐ. T.

XIV. **Farsetia** Turr. Grisb. DC. Prdr. L. 157. — Alyssi subg.
Farsetia Maout et Denn. l. c. — Alyssi spec. L.

Sect. I. Farsetiana DC. l. c.

1 F. **Ægyptiaca** Turr. (Cheiranthus Farsetia L.) Inter *Smyrnam*
et *Magnesiam.* Prdr. fl. gr. II. 27. — *Ægypto.* Forsk.

Sect. II. Cyclocarpa DC. l. c.

2 F. **suffruticosa** DC. (Lunaria suffruticosa Vent. — Cl. Stev.
Brachypum asperum Ledeb. cum F. suffruticosa conjungit,
quam sententiam sequendam esse existimamus.) *Armenia rossica.* Ledeb. fl. ross. I. 133. (sub nom. Brach. asp.) — *Persia.*
DC. l. c.

Sect. III. Fibigia DC. — G. Fibigia Medik.

3 F. **lunarioides** R. Br. (Lunaria græca et Alyssum lunarioides
Willd. Lun. Tournefortii Sibth.) *Archipelago :* ins. Sikinos,
Philocandro et Anafo. DC. l. c.

4 F. **eriocarpa** DC. — *Bal.* pl. d'Or. an. 1856. N° 997. — *Cappadocia :* m. Alidagh pr. Kaisariam, alt. c. 1400ᵐ. B. — *Cypro.* DC.
l. c.

5 F. **clypeata** R. Br. (Alyssum clypeatum L. Lasen Diosc.) Prdr.
fl. gr. N° 1517. — *Bal.* pl. d'Or. an. 1851. N° 73. — Herb. græc.
norm. N° 345. — Circa *Byzantium.* R. Circa *Smyrnam.* T. *Caria.*

Pisidia. Heldr. *Lycia* : pr. Œnandra. Forb. *Bithynia* : pr. Djenida. G. *Lydia* : m. Sipylo supra Magnesiam. Bal. *Ciliciæ* Bulgardagh : ad pagum Gulek. Bal. — *Græcia.* Fr. l. c. Heldr. *Tauria merid. Prov. Caucas.* Ledeb. l. c. *Persia* : pr. Ispahan. B. An.

6 F. macrocarpa Boiss. An. *Cappadocia* : m. Akdagh. B. *Ciliciæ* Bulgardagh : reg. alp. supra Bulgarmaden. *Antitauro* : m. Arslandagh. Bal.

XV. **Meniocus** Desv. DC. Prdr. I. 465. — Alyssi subg. Meniocus Maout et Dene l. c.

1 M. linifolius Desv. (Alyssum Illyricum et linifolium Willd.) *Bal.* pl. d'Or. an. 1856. N° 990; an. 1857. N° 1251. — *Phrygia* : pr. Uchak, alt. 940m, vinels. Bal. *Cappadocia* : planitie urbis Kaisariæ, alt. 1107m. Bal. *Armenia* : arvis circa Erzerum. H. — Prov. *Caspicis. Rossia* austr. Ledeb. l. c. *Algeria* : pr. Djelfa, alt. 1120m. Coss. l. c.

2 » M. hirsutus Boiss. et Huet. — *Bal.* pl. d'Or. an. 1857. N° 1252. — *Armenia* : arvis circa Erzerum, neglectis cum M. linifolia associata. B. *Phrygia* : pr. Uchak, alt. c. 940m. Bal.

3 » M. stylaris Boiss. — *Bal.* pl. d'Or. an. 1856. N° 991. — *Cappadocia* : ad radices m. Karamasdagh, inter segetes. Bal. *Ponto austr.* inter pagos Yaghslan et Tchavdak, alt. c. 1600m. T.

XVI. **Berteroa** DC. — Alyssi subg. Berteroa Maout et Dene.

1 † B. incana DC. (Alyssum incanum L.) Circa *Byzantium.* R. — *Macedonia.* G. *Tauria. Prov. Caucas. Sibiria.* Ledeb. fl. ross. I. 135.

2 † B. obliqua DC. (Alyssum obliquum Sibth. et Sm. fl. gr. tab. 623.) *Tchihat.* pl. As. Min. exsicc. an. 1858. N° 237. — *Armenia* : inter urbem Erzindjan et pagum Kalaratch, alt. 1300-1500m. T.

3 B. orbiculata DC. (B. mutabilis DC. var. Spach. Alyssum orbiculare. D'Urv.) *Ponto* : pr. Trapezunt. B. An. *Archipelago græco.* Nym. — Arenosis *Macedoniæ* ad Xerxis canalem. DC. Prdr. I. 158.

4 » B. ascendens C. Koch. *Armenia.* B. An.

XVII. **Aubrietia** Adans. DC. Prdr. I. 158. — Alyssi subg. Aubrietia Meisn. et Dene. l. c.

1 † A. deltoidea DC. (Sec. cl. Clem. in sert. orient. p. 11, species ab illo in eodem loco Olympi lata ubi cl. Griseb. eam observavit, cum diagnosi docti flore rum. byth. auctoris haud quadrat.) *Bal.* pl. d'Or. an. 1854. N° 72. — *Lycia* : reg. alp., alt. 1948-3213ᵐ. Forb. *Bithynia* : frequens saxis graniticis pr. Brussa et in convalle Gœkdere Olympi, alt. 195ᵐ. Agro *Trojano* : ad fontem Scamandri. G. *Ciliciæ* Bulgardagh : frequens alpinis Gusguta dictis ad loca rupestria subhumida. Ky. diar. cilic. an. 1854. *Lydia* : reg. superiori m. Sipyli supra Magnesiam. Bal. — *Græcia. Persia.* B. An. *Creta. Sicilia.* Nym.

   β Var. siliquis hispidis Boiss. *Bithynia* Olympo. B. An.

2 › A. integrifolia Fisch. et Mey. in An. sc. nat. Ser. IV. T. I. p. 30. — *Tchihat.* pl. As. Min. exsicc. an. 1849. N° 782. — Cæspitosa tota pilis ramosis et simplicibus hispida; foliis oblongis in petiolum attenuatis obtusiusculis; racemis laxis 4-8 floris, pedicellis calycem longitudine subæquantibus siliqua plana elliptica longioribus. stylo latitudinem siliquæ paulo superante. Flores majusculi. — *Galatia* : m. Elmadagh, alt. 1234ᵐ. T.

3 › A. Pinardi Boiss. Carip. B. *Phrygia* : m. Bulgardagh, pr. urbem Ilchah. Bal.

XVIII. **Vaccaria** Lmk. DC. Prdr. I. 152. — Alyssi subg. Vaccaria Meisn. et Dene. l. c. — Alyssi spec. L.

1 † V. utriculata Lmk. (Alyssum utriculatum L.)

   Var. denticulata, Bithynia : frequens pascuis inter fruticeta semper virentia pr. Kapaklu ad sinum Mudaniensem. O. — *Macedonia* m. Athon. B. An.

2 V. Cretica Poir. (Alyssum creticum L.) *Bithynia* Olympo. S. — *Creta.* Nym.

3 **V. paniculata** Desv. 'Alyssum paniculatum Dess. *Archipelago* .
ins. Tinos. Nouv. fl. Pelop. — *Creta*. Steud. l. c.

4 ⟩ **V. glabrescens** Boiss. et Bal. — *Bal*. pl. d'Or. an. 1855.
N° 437. — *Cappadocia* : jugo Aladagh, reg. mont. super. in.
Mazmenev. B.

  XIX. Aurinia Desv. char. □ el. Griseb. emend. — Alyssi
  subg. Aurinia Maout. et Dcne. l. c. — Alyssi Sectio Adyseton.
  DC. pro parte.

  Sect. Commutaticum Griseb.

1 † **A. orientalis** Griseb. (Alyssum orientale L. DC. Prdr. 1.
160. — Fl. gr. tab. 625. Clypeola tomentosa L.) Bal. pl. d'Or.
an. 1851. N° 62. — Herb. gœc. nonn. N° [illegible]. [illegible] — Ad
ostia Bosphori pr. Fanar. Prdr. fl. gr. [illegible] ad pagum Kukuludja pr. Smyrnam, fissuris rupium. Bal. *Archipelago* : [illegible]
rupibus ins. Cos. D'Urv. — *Rumelia*. G. *Creta*. Nym. *Græcia* :
rupibus circa Athenas ad acropolim; m. Lycabetto, etc. Held.
(forma racemis laxifloris.)

  XX. Alyssum DC. Prdr. 1. 162. excl. spec. — Alyssi spec. L.
  Lmk.

  Sect. 1. Adyseton DC. l. c. [illegible]. — G. Adyseton Scmd.

1 † A. argentum [illegible] — [illegible]
[illegible]
[illegible]
[illegible]
meridiem urbis [illegible] — [illegible] in. Aladagh pr.
Kaisariam. Bal. [illegible] pr. pagum Gulek. Ky. diar.
Cilic. an. 1853. [illegible] inter jugos Kerek[?] et Krzas
[illegible] alt. 1200[?]. T. — *Herb*. Taurin.
Ledeb. fl. ross. 1. 142. [illegible] G. Serbia. Pan. *Græcia* : m.
Parnasso. *Persia* : m. [illegible] Boiss. fl. herb.

  [illegible]
  [illegible]

2) **A. trochocarpum** Fenzl. Ined. A. suffruticulosum, caudiculis distorte tortuoseque ramosis, decumbentibus, caulienlis remote foliosis adscendentibus, plerumque serpentinis digitalibus, palmaribus ac spithama longioribus, supra medium vel apice corymbose vel paniculatim racemosis, cum reliquis partibus pube 7-13 radiata rariore densioreve constellatis; foliis turionum minoribus, ovali vel elliptico-spathulatis, caulinis majoribus oblongis basi attenuatis, summis lanceolatis ac linearibus obtusis acutisve planis, 14-3 lin. lg. ac 3-½ lin. latis viridi-subcanescentibus; racemis multifloris, demum elongatis, pedicellis fructiferis stricte patentibus, inferioribus 4-1½ lin. longis; calycis foliolis flavis sublineari-oblongis obtusiusculis 1 ½-1 lin. lg.; petalis aureis, demum decoloribus obovato-spathulatis, retusiusculis, anguste unguiculatis 2-1 ½ lin. lg. ac 0-½ lin. latis, extus plerumque parce constellatis; staminum breviorum squamula omnino libera, lineari-lanceolata, *filamento sublongiore, longiorum filamento utrinque adnata quadrante eo breviore, libero apice 2-4 dentato lacera*; siliculis orbicularibus **vel subovato-**orbicularibus, 2-1 ½ lin. longis, dense nec tamen crasse stellato-lepidotis; stylo 1-½ lin. longo; loculis 1-2 spermis; seminibus (nondum perfecte maturis) ovalibus, immarginatis.

Observ. Speciminum minorum digitalium habitus omnino A. Aureum varietatum γ, δ et ε; majorum spithamalium vero magis A. Aurei formarum diffusarum. Ab omnibus A. Aurei varietatibus differt floribus fere duplo majoribus, staminibus longioribus utrinque, nec uno latum margine alatis, siliculisque majoribus orbicularibus. Specimina A. Aurei var. ε minuspori altitudine paria; quibus æque siliculæ orbiculares, folia insuper habent latiora, flores nostro duplo minores ac longe distortiores ac siliculas, quarum maxime ad racemorum basin collocatæ molem adæquant minimarum terminalium A. **trochocarpi**. Iisdem characteribus nec non seminibus immarginatis faciliter ab A. Aureo est discriminandum. Nihilominus suspecta ac anceps mihi videtur species, inter utrasque dictas media.

Ciliciæ Bulgardagh : m. Kizil-tepe et valle Gusguta. **Ky.** | Collec. it. cilic. an. 1853. Sub N° 124a. simul venditata.

3 † A. alpestre L. Lustrata largissima speciminum authenticorum
Alyssi alpestris, nebrodensis, serpyllifolii, **tortuosi**, obtusifolii ac
odorati (mess), institutaque analysi accuratissima (simul ac jucundissima, ut fateor) florum plus quam 150, mihi persuasum
nunc habeo, cl. Boissierum rem acu tetigisse inquens (in opere
suo splendidissimo de plantis hispanicis ac in Annal. sc. nat.
2. Ser. XVII. 151.) « has omnes nil esse nisi unius ejusdem speciei varietates » ac flaccidum profecto opus aggredi illum, qui
arctioribus eam limitibus coercere periclitaretur. Proinde neminem non fugiet necessitas, novam dare auctamque hujus speciei
polymorphae diagnosin. Hanc infra proponens, sequentia pauca
praemittam: in distinguendis varietatibus, vel si mavis subspeciebus (quibus in commodum botanicorum nomina trivialia
jamdudum nota servavi) silicularum formam ac magnitudinem,
quum reliquis characteribus saltem constantiora deprehenderim, prae ceteris consului; siliculas utique seligens perfecte
maturas simul ac majores, in inferiore ac media racemorum
parte potissimum occurrentes. Numerus infra datas, quibus singulae discriminentur varietates, eo intelligas; has enim formarum longe sistere factores extremos, quin aliqui in siliculis
singulae plures occurrant, nisi rarissime, recurrant; dein quod in
diversarum formarum, quas singulae offert varietas, siliculis,
tum magnis quam parvis, semper aliqua inter limites sibi propria satis constans observatur ut ratio inter earum longitudinem ac latitudinem. Maxima autem apud omnes se habenda ad
siliquarum longitudo, quum haec in siliculis unius ejusdemque
stirpis legitima modo inter ¼ lin., nec raro inter ⅓ lin.
diversimode fluctuat. Idem pariter valet de appendicularum
ratione, quibus stamina gaudent, forma varia, quum non minus
in unaquaque stirpe, quin imo in floribus ejusdem racemi, ne
dicam in ipso flosculo, alium vides ac alium.

Diagn. A. suffruticulosum, e collo sursuro incrassato caudiculos lignescentes plures copiosius ramos tortuosos intricatosque
simplicesque ramosos, breviusve repullulantes agens; caulibus
florigeris foliosis, adscendentibus erectisve, pilosiusculis atque

spithamæis, simplicissimis, rarius fasciculigeris vel parce ramulosis, apice nunc corymboso vel subinde subpaniculatim-racemosis, nunc, quod rarissimum, *in racemum simplicem parum tunc
elongatum corymbiformem* excurrentibus ; foliis nunc *omnibus
subhomomorphis* subrotundo-, obovato-, elliptico-, ovali-, oblongo-,
vel lanceolato-spathulatis, nunc *subheteromorphis* inferioribus
tunc latis, superioribus lanceolatis linearibusve, planis vel sub-
complicatis, *1-12 lin. longis ac 1-2½ lin. latis,* pube stellata varia
7-32-radiata, rariore densioreve viridi-canescentibus vel densissime argentatis ; petalis aureis, flavis, rarius ochroleucis, sub-
orbiculari-, obovato-, vel oblongo-spathulatis, apice *rotundatis
vel retusiusculis* ⅔-1¼ lin. longis ac ¼-1 lin. latis; staminum
breviorum squamula *omnino libera, lineari vel lanceolata,* longiorum *nonnisi binæ, nec utroque margine adnata alæformi,* alula
filamento nunc triente vel dimidio breviore, nunc subæquilonga
aut æquilonga, libero apice imacum illa mox integerrima, mox
bidentata vel erose lacera ; siliculis pube stellata subcanescen-
tibus vel eximie canis, nunc *exacte vel nonnisi basi magis angus-
tata ellipticis, nunc exacte ovalibus vel subcuneato-ovalibus,* nunc
distinctissime obovatis vel obovato-subrotundis, imo ast rarissime
orbicularibus apice modo acutis, modo obtusis, 1-2⅔ lin. lg. ac
1-1⅘ lin. latis, stylo ⅟₇-¼ lin. longo coronatis, loculis biovulatis,
1-2 spermis ; seminibus ovalibus oblongisve *haud marginatis* vel
hinc passim angustissime *membranaceo-marginatis, nec proprie
alatis.*

β Var. *a minutiflorum* . siliculis orbicularibus vel subovato-sive
  elliptico-orbicularibus, 1 ⅔ lin. lg. ac 1 ¼ lin. latis, seminibus immarginatis: petalis ⅔ lin. lg. ac ⅓ lin. latis. Cauliculi confertiflore
  corymbose-racemosi, 1 ½-4 pollicares. Folia obovata vel elliptico-
  spathulata subhomomorpha, 1 ½-3 lin. ac 1-2 lin. lata. Insensibiliter in sequentem transit. (A. minutiflorum Boiss. ! Alulæ filamentorum longiorum conformatione sua neutiquam ab ea reliquarum
  varietatum discrepant, nec imo solum haud his sunt adnatæ, nec
  minimum breviorum solo apice liberæ, ut ait cl. auctor.) Bal. pl.
  d'Or. an. 1854. N° 85 ! — Tchih. pl. As. Min. exsicc. an. 1849.
  N° 32, 85, 137; an. 1853. N° 85, 237; an. 1858. N° 383. — *Jonia*
  collibus aridis vallis Mæandri ad occidentem urbis Guzelhissar.

atque prope Tralles veterum. B. *Lydia* : regione super. montis Sipyli.
Bal. *Caria* : planitie pr. oppidulum Davas, alt. c. 1100ᵐ. *Pisidia* : Satu-
ria rupium ad littus meridionale lacus Buldur. T. *Galatia* : inter pagos
Karlangitch et Kelichler (ad SE. urbis Angora), alt. c. 980ᵐ, nec
non inter pagos Aliry et Mentiche, alt. c. 1300ᵐ. T. *Lycaonia* : pr.
pagum Kulukesca, locis lapidosis, alt. c. 1000ᵐ. T. *Cappadocia* : planitie circum urbem Kaïsaria. T. *Armenia* : inter pagos Kusso et
Sepigor (ad SSE. urbis Gumuchhane sitos), alt. 1800ᵐ. T.

Var. β. obtusifolium : siliculis nunc suborbiculari-obovalis, apice rotundato vel subtruncato saepe retusiusculis, nunc suborbiculari-ellip-
ticis basi apiceque aequabiliter rotundatis vel saltem obtusis, 1 ½-3
lin. lg. ac 1 ½-2 lin. latis; seminibus immarginatis vel ejusdem stirpis
simul submarginatis; petalis ½ - 1 ½ lin. saepe longis ac ¼ lin.
latis. — Cauliculi 1-10-pollicares, domum saepissime laxiusculo
corymboso, rarissimo subpaniculatim - racemosi. Folia saepe subheteromorpha, majora 3-9 lin. lg. ar ½ - 2 ½ lin. lata. Specimina
minora ac intermedia aegre saepissime ab illis var. α et γ dignoscenda. (Syn. formae siliculis longe plurimis suborbiculari-obovalis
vel late obovatis rotundatis retusiave spectantia sunt : A. obtusifolium Stev. in DC. Syst. II. 305, ej. Prdr. I. 161. — Stev. Verzeichn. Taur. Pfl. p. 62. — Deless. Ic. sel. II, t. 35; ic. optima
sturnbloum alulla solum incongrue depictis; forma procera, foliis
eximie rotundatis, a cl. Ledebour aliisque inique ad A. argenteum
relata. — A. minutiflorum Heldr. Herb. norm. N° 766 ! ; forma foliis
subheteromorphis angustioribus ac siliculis distinctius subrotun-
dato-retusis. — Syn. formae siliculis plurimis suborbicularibus sunt :
Odontarrhena obovata C. A. Mey. in Ledeb. fl. alt. III. p. 61 ! —
Ledeb. fl. ross. I. 142; ejus Ic. pl. ross. t. 277; ic. bona formae
intermediae. Semina ejusdem stirpis haud raro submarginata et
emarginata vides. — A. alpestre, formam variam et A. sp. nov. Boiss.
An. sc. nat. II. Ser. xvii. p. 451. N° 288 et 292. ;

Lydia : m. Mesogis supra Tralles, B. nec non monte Sipylo, (Aucher
coll. N° 253, nisi ad aliam varietatem spectat; specim. mihi ignota).
Caria, Pinara -[sub. nom. A. serpylhfolii , *Armenia* : pr. Bayazid
Auch. (Coll. N° 1093, A. una cum var. ?) — *Syria* : m. Libano.
Auch. (Coll. N° 2712, Boiss. l. c.) *Persia* : pr. Ispahan (Auch.
Coll. N° 4104 B ! secundum specimen inchoato quidem aucheri lec-
tum, specimen omnino congruum cum subsequis Kotschyanis : pr.
Teheran ad portam Gasbin lectam. Ky. (Coll. pl. Pers. bor. N° 41
formae foliis subheteromorphis obovatis ac ovalibus argentato-canis,

floribus pallidis,; ibidem in collinis pr. pagum Herbont. Ky. (Coll.
pl. Pers. bor. N° 91 forma pallidiflora prolixiores, foliis subheteromorphis majoribus oblongis ac lanceolatis.) Balkano monte. Priv.
Græciæ . isthmo Corinthio inter Lutraki et Kalamaki. Herb. gr.
norm. (Guicciardi!); Ins. Euboea (Zuccarini!). Tauria merid. Stev.!
Brunner! Parreyss.! Sarepta. Becker! (nom. A. tortuosi,; Deserto
Caspico Claus. Reg. Caucasica Stev.! (mixta quondam cum spec.
var. δ nom. A. serpyllifolii commun.). Soongaria chinensi ad lacum
Saisang Nor. e Mus. petrop.! (nom. Odont. tortuosæ commun.) Reg.
altaica. C. A. Mey.! Ledeb.! Dauuria. Fisch.!

Var. γ tortuosum : siliculis nunc exacte ovalibus v. basi nonnihil angustatis subobovato-ovalibus, apice saepe retusiusculis, nunc exacte
ellipticis v. subobovato-ellipticis obtusiusculis, $1\frac{1}{2}$ - 2 lin. lg. ac
$\frac{3}{4}$ - $1\frac{1}{4}$ lin. lt.; seminibus modo submarginatis, modo frequentius
immarginatis; petalis $\frac{3}{4}$ - $1\frac{1}{4}$ lin. lg. ac $\frac{1}{2}$ lin. latis. — Caudiculi
plerumque diffusi graciles, cauliculis demum effusius corymboso-imo
subpaniculatim-racemosis. Folia frequentius oblongo-spathulata ac
cuneato-lanceolata sive linearia, quam latiora obovata vel ovalia,
$1\frac{1}{2}$ - 11 lin. lg. ac $\frac{1}{2}$ - 2 lin. lata. Siliculæ forma eximie variæ cum
illis var. α in genere omnium minimæ. — Specimina siliculis majo-
ribus ellipticis praedita insensibili modo in ea var. δ; minora latifolia in var. β; angustifolia humilia in var. α; pusilla racemo sub-
simplici in var. ζ transeunt. (Syn. formas siliculis apice obtusis v.
retusiusculis spectantia sunt : A. tortuosum W. et K. in Winterl.
Ind. T. 5; ejus pl. Hung. 1. 94. t. 91. — DC. Syst. II. 306. Prdr. I.
p. 161. — Rchbch. pl. crit. 1. t. 90, f. 192 et 193; ejus fc. fl. germ.
II. f. 4276; utrorumque iconum staminum alulis incongrue depictis;
formæ prolixiores. A. savronicum Andrz. in Rchb. enum. p. 81. fide
specim. Bess.!. A. alpestre Stev. Verzeichn. taur. Pfl. p. 62, formam sequentem simul amplectens. A. alpestre β. M. et Koch. D. Fl.
IV. 550; ej. Syn. ed. 2. 1. 61 var. majus. A. alpestre β tortuosum
Sturm. D. Fl. fr. 66, cum silicularum ic. fig. d.; fig. f. et II. formam subsequens spectantibus. A. serpyllifolium MB. Fl. taur. c. II
et III. N° 1266. — Grisb. Spicil. 1. 276. — Odontarrhena alpestris
Ledeb. fl. ross. 1. p. 142. O. tortuosa C. A. Mey. in Ledeb. fl., tab.
III. 64. — Turcz. fl. baic. Dahur. 1. 116 var. β. — Syn. formas
siliculis plurimis basi apiceque productioribus, ellipticis obtusius-
culis vel acutiusculis amplectentia sunt : Odontarrhena tortuosa, a
Turcz. fl. baic. Dahur. 1. 116).

Circa Byzantium. R. Galatia : m. Elmadagh, alt. 1234. T. (Pl. As.

Mus. ornicc. an. 1849. N° 764.) Armenia ross. Ledeb. fl. ross. I. 734.
— Turkomannia Lehm. (Coll. N° 191) Sibiria austr. : ad fl. Irtych
Kar. et Kiril. (Coll. N° 3, 75 et 76 !), reg. altaica et dahurica C. A.
Mey. ! Ledeb. ! Turz. ! Tauria omn. Reg. casp. cauc. ! Russia !
Serbia ! Moldavia ! Banato ! Transylvania ! arenosis Hungariæ mediæ
ac australis comitatum Comorensici ! et Pesthloensis !.

† *Var. δ. serpyllifolium* : siliculis nunc exacte ellipticis vel basi sub-
productioribus apice, obtusiusculis vel acutis, nunc rarius oblongis
ovalibusque obtusis, $\frac{1}{2}$-1 $\frac{1}{2}$ lin. lg. ac $\frac{3}{4}$-1 $\frac{1}{2}$ lin. latis; seminibus
immarginatis vel submarginatis; petalis 1 $\frac{1}{2}$ lin. lg. ac $\frac{3}{4}$ lin.
latis. — Caudiculi ac cauliculi in genere reliquis firmiores magisque
lignescentes, corymbis stirpium proceriorum subinde subpaniculato-
racemosis. Folia frequentius subheteromorpha quam homomorpha,
4-12 lin. lg. ac $\frac{1}{2}$-3 lin. lata. Transitus ad var. γ haud infrequens,
multo frequentius tamen in var. ε. (A. serpyllifolium Desf. fl., ill.
II. 70; forma siliculis basi productioribus. — DC. Syst. II. 306.;
Prdr. I. 161.— Boiss. An. sc. nat. III. Ser. XVII. 131. N° 291; forma
longistyla siliculis acutis. — A. alpestre MB. fl. taur. c. II. 102;
forma longistyla siliculis utrinque ovatis racemo simpliciusculo, in
var. ζ transiens. — A. alpestre β incanum Boiss. Voy. Esp. p. 43
excl. syn. Sibth. fl. gr.; ad A. argenteum Vit. spect. — A. tortuosum
β orientale DC. Prdr. I. c.— Odontarrhena surculosa Schu. et Ky. in
sched. Coll. Ky. it. cilic. N° 10; partim ad var. sequentes simul
spect.).

Cilicia Bulgardagh : in arenosis vallis Gusguta, alt. 1950-1600".
Ky. *Kurdistania* : in monto Gara. Ky. (Coll. N° 337. ! forma eximia
rara, siliculis tam acutis quam obtusis, foliis magis lanceolatis.';
Armenia.—Caucaso, Iberia, Stev. ! MB. ! C. A. Mey. ! Koch. *Persia* : pr.
Ispahan, Auch. ! Coll. N° 165 et 4094 !): altioribus m. Sabu-Bes-
ricam pr. Schiras, Ky. ! Coll. pl. Pers. austr. N° 376 !]. *Atlante* : pr.
Tlemcen, Desf. *Lusitania et Hispania* austr. et merid. : in arenosis
siccis montium, alt. 315-1950". B.

† *Var. ε. nebrodense* : siliculis nunc exacte ovalibus ellipticisve obtusis,
nunc subobovato-ellipticis sive late cuneatis, omnibus vel saltem
plurimis apice plus minusve distincte coarctato retusiusculis vel
subtruncato-retusis, 1 $\frac{1}{2}$-2 $\frac{1}{4}$ lin. lg. ac $\frac{3}{4}$-1 $\frac{1}{4}$ lin. latis; seminibus frequentius submarginatis quam immarginatis; petalis 1-1 $\frac{1}{4}$ lin.
lg. ac $\frac{3}{4}$ lin. latis. — Habitu præcedentis, rigidior tamen, magis
distortus ac humilior, racemis frequentius densi-quam laxifloris.
Folia summe varia ac sæpe heteromorpha, 2-8 lin. lg. ac $\frac{1}{2}$-2 lin.

lata. Specimina pumila $\frac{1}{2} - 1\frac{1}{2}$ pollicaria, vix nisi racemo basi sub-
composito a var. β; majora a var. δ vix nisi silicularum apice
coarctato retuso dignoscenda. (A. nebrodense Tin. pug. 1. 11. —
DC. Syst. II. 307; Prdr. I. 161. — Bertol. Fl. Ital. VI. 491. — Guss.
Syn. II. 404. formæ racemis compositis. — De. et Spreng. Grundz.
d. Bot. t. 7. f. 5; ic. optima! — Rchbch. ic. fl. germ. II. t. 4279;
ic. mediocris, silicula ac staminum aluffis incongrue depictis. — A.
alpestre Mor. Fl. sard. I. 192; partim ad sequent. non auct. gallicorum quod ad specimina racemo composito stirpcula. A. serpyllifolium Presl. Ann. sc. nat. 4. Sér. XVII, 154. N° 289, 290 Cabin-
tarchena. surculosa Schott. et Ky. in sched. Coll. Ky. Kurdic.
N° 10 mixta cum var. β et ζ).

Pisidia ad lacum Buldur. Heldr. (Coll. nom. A. alpestris var. sibirica). Cilicia Bulgardagh: jugo Kotulbelo, alt. 2400 K. (Coll. et
cilic. an. 1853. N° 55!); ibidem in valle Gusgus, alt. 2000 Ky.
(Coll. it. cilic. pub. N° 191); ibidem ad Gulek-bogaz. Bal. (Coll.
it. 1855. N° 426, nom. A. serpyllifolii var. longistyli B.; Tauri.
m. Aktagh Auch. (Collect. N° 196!) — Syria Auch. (Coll. N° 168!)
circa Zebdaine, pr. Damascum saxis jugi inter Bludan et Halbun, alt.
1950 Ky. (Coll. it. syr. an. 1855. N° 147, nom. A. alpestris var.!).
Persia: montibus pr. Ispahan. Buhse! (forma longistyla). Boiss. Stev.!
Shiraz oratum!. Herb. Jacq. ! Algeria. Reband. !. Hispania: m. Cor-
ros de Aranjuez. Beaurgon, coll. an. 1835. N° 2093. ! Gallia austr. !
m. Cerdaigne Michau Prost ! aliique. Sardinia et Sicilia montibus
Madoniis et Nebrodensibus. Moris. Guss. Ducker. ! Heckel. ! Huet.
de Pavillon. ! Parlatore.)

† Var. ζ minutulum: racemo terminali brevi simplicissimo vel nonnisi
florum fasciculato minuto basi aucto, ultra 4—5 lin. in fructu vix elongaturo; siliculis ovalibus vel ellipticis obtusis acutiusvo $1\frac{1}{4} - 1\frac{1}{2}$
lin. lg. ac $\frac{3}{4} - 1$ lin. latis; petalis $1\frac{1}{2}$ lin. lg. ac $\frac{1}{2}$ lin. latis. —
Cauliculi 1—3 pollicares. Folia plerumque subhomomorpha, pleraque
mox suborbiculari, mox obtuse vel acutiuscule ovato-vel ovali-spa-
thulata $\frac{3}{4} - 3$ lin. lg. ac $\frac{3}{4} - 2$ lin. lata. — Omnium minima, statione in
alpibus montibusque elatiore ac inter rupium confragmina nexiore
o var. δ et a prodiens. (V. alpestro L. Mant. I. 92. — DC. Syst. II.
307; Prdr. I. ibid. — Bertol. Fl. Ital. VI. 491. — Moris Fl. Sard. I.
142., quoad formas pumilas racemo simplici. — Gren. et God. Fl.
Fr. 1. 117. — All. Fl. Pedem. tab. 18. fig. 3; icon rudis formæ folia
suborbiculari-spathulatis. — Gérard. Fl. gallopr. t. 17. f. 1; ic. nitida
formæ fol. late ovato-spathulatis. — Rchbch. ic. fl. germ. fig. 4278;

[illegible] opimæ, staminum appendiculis tamen incongrue depictis. —
Sturm. D. Fl. 66; ic. mediocris formæ. folia ovalibus. — A.
alpestre α Gaud. fl. Helv. IV. 213. — M. et Koch. D. Fl. IV. 340. —
A. alpestro β minutulum Thomas Coll. pl. l A. minutulum Schleich.
coll. pl. l A. tortuosum var. pumilum Clem. sert. orient. p. 13. (?)
A. nebrodense Guss. Syn. II. 162. quoad formas pumilas, racemo
simplici. Odontarrhena muralosa Schott. et Ky. in coll. it. stlit.
an. 1852. No. 10. [illegible] cum var. δ et ε).

[illegible] Olympi Clem. Cilicia Bulgardagh.
[illegible] et cuprensem ibidem occupans, regio-
[illegible] ac cretaceis Hispaniæ australioris; Pyre-
neorum Galliæ meridionalis; Pedemontii, Helvetiæ centralis ac austro-
orientalis, inter 1512–2354ᵐ; montibus elatioribus Corsicæ, Sardiniæ
ac Siciliæ cum varietate præcedente.

Observ. Species hæc polymorpha a proximo A. argenteo ejusque varietatibus ac formis imprimis differt seminibus immarginatis vel hinc solum submarginatis, quæ in hac toto ambitu
cincta vides ala distincta ½ lin. subinde ac ultra lata, simulque
transversim obscure striato-tessellata; porro statura humiliore,
caudiculis tenuioribus prostratis, nec ut in hac fruticuli ad
instar assurgentibus, ramulosque copiose steriles elongatos fas-
ciculiferos agentibus. V.

4) **A. constellatum** Boiss. An. sc. nat. Ser. IV. T. 11. p. 213. —
Tchihat. pl. As. Min. exsicc. an. 1853. No. 682. B. — Perenne,
totum indumento stellato squamoso in partibus junioribus
dense cano v. in vetustioribus sparso canescens, pallide virens,
caulibus basi suffrutescentibus ascendentibus vel procumbentibus, dein rectis, corymbose ramosis, sparse foliosis, foliis
oblongo-spathulatis acutiusculis in petiolum longe attenuatis,
rameis minoribus subsessilibus, racemis florum densis umbel-
liformibus, ad ramorum apicem 3–5 breviter pedunculatis corymbosis, floribus intense aureis, filamentis majoribus ultra
medium alatis, alæ parte libera filamento breviori apice bidentata, filamentis minoribus basi squama lanceolata eis duplo
breviore auctis, racemis fructiferis non elongatis summumbellatis
densis strictis, pedicellis tenuibus fructu sublongioribus, siliculis ellipticis basi et præsertim apice attenuatis acutiusculis,
squamulis stellatis sparsis conspersis, stylo recto eis dimidio

breviori terminatis, loculis uniovulatis, seminibus apteris. —
Caulis 6-9 pollicaris, folia caulina cum petiolo fere pollicaria
2 lin. lata. Affine A. serpyllifolio Desf. quod differt indumento
omnium partium densissime cano, foliis confertis minoribus
abbreviatis sæpe recurvis, floribus pallidioribus, siliculis densissime canis, apice minus acutis imo sæpe obtusis.

Ciliciæ Tauro pr. pagum Kizildagh, alt. c. 1800ᵐ. T.; Jugo
Bulgardagh: declivia collium latera circa pagum Gulek longe
lateque vere exornans. Ky. in sched.

Observ. cl. Fenzl in litt. « Ad A. constellatum Boiss. referenda:
1. Odontarrhena paniculata Fenzl. in sched. ad coll. Ky. pl.
Taur. an. 1838. N° 11, et II. cilic. an. 1853. N° 381. 2 Alyssum
elatum Boiss. soluminodo quoad specimina Kotschyana sub
N° 11 ab eo huc relata. 3 Alyssum alpestre Boiss. Diagn. Ser.
II. X. V. p. 36, quoad specimina Kotschyana Odontarrhenæ
paniculatæ nomine vendidata.

« Descriptione cl. Boiss. l. c. probante solum specimina minora ac simpliciora eo præsto fuisse sequentia addere non
nocebit. Herba perennis ac basi plus minusve suffruticulosa,
vix tamen ut videtur longæva, modo simpliciuscula 6-10 pollicaris, modo prolixior ramosissima 1½-2½ pedalis, imoque Kot-
schyo mihi testante) altior caulis primo in casu profert nonnisi
apice vel solum supra medium corymbose ramulosus, race-
mulis confertis densifloris, altero in casu jam a basi totaque longitudine virgato-ramosos ac ramosissimos racemis tunc laxioribus magisque productis. Folia turionum ramorumque majora
sæpe tunc pollice longiora ac superiore triente 3 lin. lata, ramulorum axillarium minorum fascicularium 5 lin. long. ac 2-
2½ lin. sunt lata. Staminum appendiculæ membranaceæ, con-
generum in morem tam longitudine quam latitudine dentium-
que conformatione ac numero variant. Siliculæ basi apiceque
æquabiliter angustatæ ellipticæ pro varia stirpis altitudine ac
vigore inter 1½-1¾ lin. longitudine ac facile ultra variant, easque
modo dense, modo sparsim; modo nonnisi supra medium pube
parcissima conspersas in eadem sæpe stirpe vides specimina
minora exactissime cum specininibus A. callichroi Boiss.
examinatis congruunt; majora cum descriptione A. Masmenæi

Boiss. optime quadrant, utrique solum graminum ac sillicularum glabritie, ultima insuper seminibus angustissime marginatis, ut fertur, diversis. Monendum in hac re tamen erit, ne in
discriminandis speciebus Alyssi hujus sectionis, botanici nimis
confidant seminibus exhalatis ac margine solum angusto do-
natis. Marginis membranacei latitudinem enim in seminibus ab
eadem stirpe largitis magnopere variare centies vidi, nec minus
expertus sum eam potissimum pendere a majore vel minore
embryonis perfecti mole, eum quidem in modum, quod (pari
seminum latitudine) eorum marginem eo angustiorem videas
quo magis seminis latera turgeant. Pressione insuper artificiali
in parandis herbariis quam sæpissime seminum nondum per-
fecto maturorum margines extenuantur, et hoc in statu ab in-
cautis quæ non sunt marginata habentur. Multo eo tamen
magis variant sillicularum magnitudo ac stylorum longitudo,
pari plerumque passu stirpis totius incrementum vel decre-
mentum sequuturæ, quam maxime autem habitus totius stirpis,
habita relatione numeri axium secundi vel tertii ordinis quibus
corymbus componitur ac corymbuli. His omnibus demum
supervenit incuria auctorum bene multorum sillicculas nuncu-
pare ovatas illas quæ exactissime sunt obovatæ ! quo alii atque
alii novam ex eadem stirpe fingere speciem seducuntur. » F.

5) A. oxycarpum Boiss. et Bal., — Bal. pl. d'Or. an. 1853.
N° 127. — *Cappadocia :* jugo Aladagh : reg. alp. infer. in. Mar-
meucv. B.

6) A. callichroum Boiss. — Bal. pl. d'Or. an. 1853. N° 432. —
Ibid. reg. mont. super. B. (An A. constellati var.?)

7) A. Masmenarum Boiss. Ibid. (An A. constellati var.?)

8 † A. murale W. et K. (A. argenteum Vitm. var. murale Griseb.
Adyseton murale Sweet.) *Armenia turcica,* circa Erzerum. Calv.,
atque *rossica,* pr. Nahitchevan, Bge. — *Macedonia. Albania.* G.
Serbia. Pan.

9) A. tetrastemon Boiss. An. *Cilicia.* B.

Var. *Cappadocica* Boiss. An. *Cappadocia :* m. Aladagh. B. An. *Cilicia*
Bulgarlagh : -upra Bulgarmaden. Bal.

10 » A. cephalotes Boiss. *Caria*: pinguibus arenosis m. Cadmi. B.

11 » A. lepidotum Boiss. — *Tchihat.*[1] pl. As. Min. exsicc. an. 1849. N° 683. — *Caria*: reg. alp. summa m. Cadmi. B. *Galatia*: inter Mandjulik et Deliktach. T.

12 † A. Atlanticum Desf. (A. montanum var. Synch. Adyseton atlanticum J. Bou.)

D. *Var.* calycibus hispidis lanatis Boiss. An. *Caria*. pr. Mula. B. An.

13 » A. ochroleucum Boiss. et Huet. *Armenia*: circa Tortum. B.

14 † A. montanum L. *Herb.* græc. norm. N° 501. — *Tchihat.* pl. As. Min. exsicc. an. 1858. N° 678. — Circa *Byzantium*. T. *Phrygia*: m. Almadagh pr. Uchak. Bal. *Ponto*: inter pagos Tchelu et Sarnytch (ad SSE. urbis Samsun), alt. 900-1005^m. T. *Armenia*: circa Erzerum T. — *Macedonia. G. Serbia. Pan. Græcia.* m. Kytheron pr. cacumen, alt. 1462^m. Heldr. *Tauria. Caucaso.* Ledeb.

D. *Var.* filamentis omnibus alatis edentatis. Boiss. *Armena*. — *Persia*: prov. Adjerbedjan. B. An.

15 » A. Muradicum Boiss. et Bal. *Phrygia*: regione alpina montis Muraddagh. B.

16 † A. Wulfenianum Bernh.[2] Etiamsi cum Hausmannio, floræ tirolensis auctore meritissimo, lubenter crederem, A. Wulfenianum nil ipse nisi A. montani varietatem alpinam, eamque eodem se habere modo ad reliquas hujus polymorphæ speciei varietates, quemadmodum A. alpestris var. ζ minutulum ad proximas se habet varietates γ, δ et ε. supra propositas, consultius tamen in re tam ambigua mihi videtur, eam interea servare eaque solum subjungere alias, tanquam varietates, quæ nonnisi characteribus lævissimis ac inconstantibus, quales deprehensis, ab invicem recedunt. Data igitur occasione, ampliorem hujus speciei dare diagnosin liceat.

A. suffruticulosum, caudiculis repullulantibus *plerumque valde elongatis, flaccidissimis prostratis* subherbaceis, vetustissimis solum lignescentibus, cauliculis assurgentibus, simplicissimis pollicaribus palmaribusve foliosis; *foliis carnosulis,* nunc omnibus

1. Vide nostram tab. XX.
2. Species ab amic. clariss. Fenzl. elaborata. — Opus ineditum.

vel longe plurimis suborbiculari-ovalis sive obovatis, longioribus In petiolum subrepentine attenuatis, brevioribus subsessil-
libus, nunc obovato-, ovali-, oblongeve spathulatis, nunc oblongo-lanceolatis sive oblanceolatis, Imo sublinearibus, ejusdem
stirpis sæpe variis, longitudine inter 2-8 lin., latitudine inter
1,*,-4 lin. fluctuantibus, pube stellata, 7-30-radiata nunc adspersis viridibus, nunc copiosa canescentibus, nunc congesta
argentatis; racemo simplicissimo sub *plena anthesi densæ co-
rymbiformi, rhachi triente vel dimidio, rarissime duplo demum
elongatura*; petalis aureis vel flavis, longitudine inter 3,*, et
2,*, *lin*. fluctuantibus, lamina a 3,*,-1 *lin. lata, plerumque transversim latiore quam longa.* latissime obovata vel rarius suborbiculari, modo emarginata, modo valde .retusa, modo solum
subtruncato-vel rotundato - retusiuscula, margine subinde
obsoletissimo crenulata, ejusdem stirpis sæpe varia, ungve
retusal inferiore angustato, superiore late alato, apice subco-
arctato; staminibus longioribus *hinc vel medio simul obsoletius
distinctiusce ac plerumque inæqualiter alatis,* alula nunc angusta,
superne in filamentum seusim vel oblique vel abruptius deliquescente, nunc In denticulum horizontalem v. erectum, nunc
in lobulum 2-3 dentatum desinente, in qualibet stirpe inoque
in singulis floribus alia ac alia, staminum breviorum appen-
dicula *longiore breviorere tractu filamento supra basin adnata*
lineari vel oblonga; siliculis remote denseve constellatis,
In eadem stirpe vel simillimis forma ac magnitudine sæpe
variis, nunc suborbicularibus, nunc frequentius ovalibus ellipticisve, nunc ovalis vel subobovatis, apice plerumque rotundato
v. subtruncato-retusis Integrisve, 3-,*,-2 *lin*. lg. ac 3-1,*, *lin. latis*,
stylo 1-,*,-,*, lin. longo coronatis; seminibus ovalibus 1*,,* lin.
lg. ac 1,*,-,*, *lin. latis*, submarginatis vel marginatis fuscis vel
testaceis (nondum perfecte maturis In sicco nigricantibus.) —
Formæ constantiores ac insigniores ex Indumenti stellati penu-
ria vel copia aptius quam e foliorum ac silicularum forma ac
magnitudine non solum in stirpibus ejusdem regionis ac loci
natalis, sed etiam in singulis cauliculis ac uno eodemque sæpe
racemo variis, in varietates cardinales sic disponendæ:

β Var. a vinescens: pube foliorum ac silicularum sparsa, pilis haud vel omnibus parum radiorum aurarum apicibus semel invicem contingentibus. — Variat.

† 1. foliis majoribus suborbicularibus, late ovatis, ovalibus ellipticisve in petiolum sublongestive angustatis; siliculis omnibus vel plerisque apice rotundato-retusiusculis. Forma sic dicta normalis, grandiflora. (A. Wulfenianum var. latifolia M. et Koch, D. Fl. IV. 581; ej. Syn. I. 60. — Bertol. Fl. Ital. VI. 190. — Rchbch. Ic. fl. germ. f. 4273; ic. opt. staminibus solum incongrue depictis. A. alpestro Wulf. in Jacq. Coll. IV. 287. t. 6. f. 1; ic. opt.; ej. Fl. aorica 594 cum descript. opt.)

† 2. foliis plerisque obovatis-oblongo-oblanceolatove spathulatis, imo sublinearibus; siliculis sæpe ovalibus ellipticisve apice modo obtusis, modo subtruncato-retusiusculis. Flores sæpe meliori. (A. Wulfenianum Bernh.! in Willd. enum. suppl. 141. — DC. Syst. II. 310; ej. Prdr. I. 161. — Bertol. l. c. in obs. evil. A. Rochelii Rchbch. Iconogr. t. 3. f. 12, fol. lanc. linearibus, silic. eandem perfecte maturis ac etiam, incongrue depictis. A. cuneifolium Gren. et Godr. Fl. Fr. I. 116.)

† 3. pumila, foliis maximis vix 3 lin. longis, forma inter illam form. 1 et 2 ambigentibus (A. alpestro Sturm. D. Fl. I. 68; ic. bona.) Alpibus calcareis ac micachistosis Corinthiæ et Carniliæ. Glorkner.! Ovir. 1; m. Kren.! et Wochinensibus!, solo reperiri sabuloso et lapidoso laxiorum defluentiam; alpium Tirolensium australigrum. Pras ! Vetta di Feltre!; Palemantia m. Cenbelo.

Var. β. viridi-canum: pube foliorum ac siliculorum copiosa, pilis radiis suis semel invicem contingentibus, nec tamen arrinedme imbricalis. — Variat.

† 1. foliis majoribus late obovato-vel ovali-spathulatis in petiolum cuneato-angustatis; siliculis plerumque retusiusculis. (A. cuneifolium Ten. Fl. Neap. 1. Prdr. p. 37; IV. Syll. p. 91; V. p. 87. tab. 164. f. 2; ic. rudis. 1 — DC. Syst. II. p. 310; Prdr. I. 161. A. Wulfenianum Griseb. Rum. 1. 276.)

† 2. foliis longe plurimis obovato-oblongis, utro oblanceolatis vel obverse sublineari-lanceolatis; siliculis apice modo obtusis modo subtruncato-retusiusculis (A. flexicaule Jord. obs. frag. 1. p. 10. t. 1. f. 1. 1)

Locis similibus alpium ac montium celsiorum Delphinatus ac Galloprovinciæ, monte Genevre !, Ventoux !; Sigria, Bonha-

.....i !; alpibus *Prachalianis*, monte Amaro !; *Amarla* monte
Scardo et Olympo Thessaliæ.

β γ. *argyrophyllum*. (A. argyrophyllum Schlt. et Ky. In bot. Wochenbl. an. 1857. p. 199. ! A. erosulum Grea. et Pestal. in Clem. sert. orient. p. 48. procul dubio. A. Wulfenianum β suffruticosum Boiss. An. sc. nat. Ser. II. T. XVII. p. 152 ex loco natali, certo certius. — Griseb. Rum. I. 276. A. montanum Sibth. et Sm. Prdr. fl. gr. ex eodem loco natali.) Pube foliorum imbricatissima argentata. In siliculis tomento rariore, solum contigua. — *Bithyniæ* Olympo. Aueb. Coll. Nº 275. Clem. Sibth. Grisch. *Pamphyliæ* ad Adaliam ; pr. Berekeidagh Pestal. e Clem. *Ciliciæ* Bulgardagh : summis glareosis alpinis Meidanis et Koschan, alt. 2915–3145ᵐ. Ky. ! Coll. it. cilic. prima ac an. 1853. Nº 161 (209, 114ᵃ); supra Bulgarmaden, ibid. Bal. pl. d'Or. an. 1856, Nº 425 !

Observ. Differt A. Wulfenianum ab A. montani formis latifoliis ac angustifoliis nonnisi caudiculis multo magis elongatis, flaccidioribus, prostratis, cauliculis humilioribus, floribus altitudine cauliculorum pari paucioribus ac majoribus, racemi rhachi disseminationis periodo, quam quo plena sub anthesi pridem versabatur, vix unquam duplo magis elongata, denique siliculis in genere majoribus ac apice rarius adeo latis quam in A. montano. — Transitus inter var. α formam latifoliam ac parem var. β frequentes; longe frequentiores inter var. α formam angustifoliam et parem var. β, quæ ambæ haud raro ab A. montano ægerrime profecto sunt discriminandæ. Varietatis γ prima fronte indumento suo argenteo-cano ad speciem diversissimæ, vidi specimina plura indumento rariore vestita, ac ideo vix ac ne vix a quibusdam aliis densius vestitis formæ cardinalis var. α et β ulterius distinguenda. Silicularum magnitudo ac forma omnium varietatum ac formarum inconstans ac in cauliculis quidem stirpis ejusdemque racemo haud raro variæ, inconstantissimam vero censeas stylorum longitudinem tam absolutam, quam ad illam silicularum relativam, unde dissensus in hac specie apud auctores notissimus.

17 A. **umbellatum** Desv. (A. brachystachium MB. A. scabrum Velum.) *Tchihat.* pl. As. Min. exsicc. an. 1859. Nº 424. — *Bal.* pl. d'Or. an. 1857. Nº 1250. — *Bithynia* : frequens arenosis

marit. ad sinum Nicomedicum pr. Hirsek. G. *Ionia* : pr. Smyrnam. B. herb. *Phrygia* : m. Almadagh ad septr. urbis Uchak.
Bal. *Mysia* : valle fl. Maalaratchai, alt. c. 400ᵐ. T. — *Thracia*,
alt. 0-200ᵐ : sparsim campis pr. Ruskoi. G. *Taurin*. Ledeb.

> β Var. corymbulosum Boiss. (A. corymbulosum Boiss. in Bal. pl.
> d'Or.] Collibus ad meridiem Sagarae sitis. B

18 > **A. macropodium** Boiss. et Bal. *Cappadocia* : planitie urbis
Kaisariæ, alt. 1100ᵐ. B.

19 † **A. rostratum** Stev. (A. montanum β Spach. A. vernale Kit.
Adyseton rostratum Sweet.) *Bithyniæ* Olympo. G.— *Thracia* : pr.
Philippopolin. G. *Rossia* : pr. Odessam et ad mare Caspium. B.
An. *Bessarabia. Tauria.* DC. *Caucaso.* Ledeb. *Hungaria.* Nym.

20 **A. elatum** Boiss. (A. Corsicum MB. var. orientalis Boiss.)
Tchihat. pl. As. Min. exsicc. an. 1849. N° 327, et an. 1853. Nᵒˢ 174,
687. B. — *Caria* : reg. silvat. ad meridiem m. Cadmi. B. *Lycia* :
rupibus portus Tchevali. B. *Mysia* : pr. pagum Derekoi, alt.
c. 60ᵐ herbosis. T. *Cilicia bor.* : inter vallem Bossanti-su et pagum
Kizildagh , montosis silvat., alt. c. 1100ᵐ. T. — *Creta* : ad saxa
cacuminum m. Idæ, alt. 1940ᵐ, rarum. B.

21 † **A. Wierabickii** Heuffel (A. rostratum Griseb. Ledeb. an
Stev.? A. cornutum Steph. herb.) *Bithyniæ* Olympo. B. An. —
Pr. *Odessa. Banato.* D. herb.

22 > **A. Mesopotamicum** Fenzl. Ined. A. *suffruticulosum elatum ,
trunco humili a basi ramoso , ramis vetustioribus frequentius
erectis quam decumbentibus . hornotinos agentibus tam steriles
digitales quam florigeras ascendenti-erectos 1-1 pedales altio-
resque simplicissimos , remote foliosos , basi demum lignescentes , apice corymbose vel subpaniculatim racemosos cum
reliquis partibus pube 3-11 radiata constellatis : foliis inferioribus oblongis obtusis, superioribus lanceolatis ac lineari-lanceolatis acutiusculis, omnibus basim versus sensim attenuatis,
planis , erectis , 12-4 lin. lg. ac 2½-1 lin. latis, pallide cineratibus
sparsim constellatis : pedicellis 2-1½ lin. longis, stricte patulis ;
calycis foliolis flavis, oblongis obtusis 1½-1 lin. longis ; petalis
aureis suborbiculari-obovatis spathulatis ; $\frac{1}{4}-\frac{1}{2}$ lin. lg. ac $\frac{1}{16}-\frac{1}{2}$ lin.*

latis anguste unguiculatis, apice rotundatis vel obsoletissime retusa, extus subinde parce constellatis; staminum breviorum squamula omnino libera, filamento aequilonga vel subbreviore, lineari vel lineari-lanceolata apice acuta vel bidentata, longiorum filamentis utrinque adnatis alæformi bis triente vel quadrante breviore, apice libero 3-5-dentato-lacera; siliculis (ex ovario conputatis) ovalibus basi subattenuatis, maturis probabiliter 2¼-2 lin. lg. ad 1½ lin. latis, infra medium glabris, superne cum stylo 1½-1 lin. longo dense constellatis, margine integerrimis. Semini...

Obs. Species quam maxime mihi suspecta, A. Cassio ne crenulato B. simillima, ac me judice, a priore vix nisi duratione, quae in ea biennis, ab altera nonnisi silicularum margine integerrimo distincta. Nostra ex indumento quam in A. Cassio copiosiore, licet haud densa, cum habitu subhirsuto virescit; folia praeterea habet subminora, corymbos simpliciores nec adeo ramo diviso, flores quidpiam majores, calycis foliola magis lineari-oblonga quam subovalia (in A. Cassio vix 1-lin. longa) creberrimis constellata, nec fere glabra, ne siliculas certe magis ovales ac forte subobovato-oblongis quam subelliptico-obovatas. Sed haec omnia, duratione diversa excepta, ex analogia cum A. argenteo et alpestri parci certe æstimanda. — *Mesopotamia:* m. Karadjadagh, [illegible]um orientalium rupestribus. Ky. Coll. it. Alepp. Kurd. an. 1811. N° 154.!

23 A. **micranthum** C. A. Mey. *Armenia:* circa Erzerum. H. — *Thracia.* Nym. *Tauria.* Reg. *Caspica.* Ledeb. fl. ross. I. 140.

24 › A. **Smyrnaeum** C. A. Mey. — *Bal.* pl. d'Or. an. 1854. N° 61. — *Ionia:* pr. Smyrnam, collibus incultis. Bal.

25 † A. **micropetalum** Fisch. (A. parviflorum MB. An cum A. campestri conjungendum?) *Tchihat.* pl. As. Min. exsicc. an. 1849. N° 771. — Circa *Byzantium.* R. *Bithynia:* pr. Bolu. G. *Galatia:* m. Elmadagh, alt. 1231ᵐ. T. — *Tauria.* Prov. *Caucas.* Ledeb. l. c.

26 † A. **hirsutum** MB. (A draba Willd. — An. A. campestris varietas? vel etiam eadem ac A. campestris sicut existimant Ledeb. Stev. et C. Koch.?) Agro *Byzantino.* B. herb. *Pisidia:* rupestribus inter Buldur et Adaliam. B. herb. *Cappadocia:* reg.

super. vallis Kamychli. Bal. *Cilicia campestri* : pr. Mersinam.
Bal. *Armenia* · circa Erzerum. H. — Pr. *Odessana*. B. herb. *Græcia*. Nym. *Caucaso*. *Persia*. B. herb. *Sibiria orientali*. Ledeb. l. c.

27 † A. campestre L. non Bess. ('A. hirsutum var. diffusa MB. et
montanum Brot. Mœnchia campestris Roth.) Bal. pl. d'Or. an.
1854. N° 68; an. 1856. N° 993. — *Tchihat.* pl. As. Min. exsicc.
an. 1858. N° 70, 198. — Circa *Byzantium*. T. *Bithynia* : sparsim
inter saxa granitica convallis Gœkdere pr. Brussam, alt. 130ᵐ,
G. atque sinu Nicomedica ad Ismit. B. An. *Ionia* : pr. Smyrnam
collibus incultis. Bal. *Ponto* : ad Tokat. B. An. ; nec non supra
Samsun collibus marit. T. *Cappadocia* : planitie urbis Kaïsariæ,
alt. c. 1107ᵐ. Bal. *Armenia* : circa Erzerum. T. — Ad mare
Caspium. Prov. *Caucas*. Ledeb. l. c. *Tauria*. Stev. *Græcia*. Nym.
Algeria : pr. Djelfa. alt. 1120ᵐ. Coss. Bull. soc. bot. IV. 481.

28 A. marginatum Steud. (A. parviflorum Hochst.) *Asia Minore*.
— *Arabia Petræa. Persia*. B. herb.

29 † A. calycinum L. non Pall. (A. alyssoides Gouan., et cam-
pestre Bess. Clypeola alyssoides. L. Psilonema calycinum C. A.
Mey. Ledeh. fl. ross.) *Bithyniæ* Olympo. S. *Ponto* : pr. Tokat.
Armenia : ad Erzerum. An. — *Serbia*. Pan. *Caucaso*. Ledeb. l. c.

30 † A. minimum Willd. non L. nec Pall. — *Bal.* pl. d'Or.
an. 1857. N° 1218. — *Ponto* : pr. Tokat. B. An. *Phrygia* : pr.
 Uchak, alt. 910ᵐ. Bal. *Galatia* : pr. Angora. B. An. *Cappadocia* :
planitie urbis Kaïsariæ. T. — *Græcia*. B. herb. *Serbia*. Pan.
Tauria. Caucaso. Sibiria. Ledeb. l. c.

31 > A. Aucheri Boiss. — *Bal.* pl. d'Or. an. 1855. N° 61. — *Ionia* :
ad pagum Kukulidja pr. Smyrnam, declivitatibus lapidosis collium. Bal.

32 > A. modestum Boiss. et Bal. (A. minutum c. Koch. in
Thirke pl. exsicc. — Boiss. in Bal. pl. d'Or. an. 1856. N° 902
non Schlecht.) *Cappadocia* : planitie excelsa, declivitate orientali
m. Argæi sita, alt. c. 2117ᵐ. Bal.

33 A. fulvescens Sibth. et Sm. (A. gemonense L. Vesicaria
gemonensis Poir.) *Bal.* pl. d'Or. an. 1854, N° 66. — Circa *Smyrnam*. Ins. *Chios*. B. herb. — *Cypro. Peloponneso*. DC. l. c.

34 > **A. aizoides** Boiss. An. — *Tchihat.* pl. As. Min. exsicc. an.
1859. N° 305.— *Lycaonia:* pr. pagum Kulukessa subplanis, lapidosis, alt. c. 1000ᵐ. T. *Armenia.* B. An.

35 >·**A. cedrorum** Schtt. et Ky. In Œstr. bot. Wochenb. IV.
Jahrg. N° 21, p. 169.— Annuum? totum pilis radiatis sessilibus densiuscule tuberculoso-hirtellum; caulibus subsimplicibus l. basi tantum ramuligeris adscendentibus; follis spathulato-lanceolatis in petiolum longiusculum angustatis, acutiusculis; racemo conferto tandem (post fecundationem) elongato (1-2 pollicari); calyce pube radiata patenter-hirto, persistente; corolla minuta limbi expansi diametro ½-1 lineari; petalis runcatis e calyce ¼ excedentibus, basi in unguem longiusculum dorso radiato-puberulum angustatis, apice profunde-emarginatis, fere bifidis; filamentis majoribus (solitariis!) ad petali fissuram usque productis, apice recurvis, subulatis, squamula ligulari, lineari-lanceolata subbifida basi auctis, minoribus (geminatis) ultra medium dilatatis, lateraliter unidentatis; glandulis hypogynis ad basin filamenti solitarii (majoris) tenuibus, cylindrico-conoideis, obtusulis, erecto patentibus, minutis; siliculis (fere maturis) compressis, orbiculare-ovalibus, pedunculum subaequantibus, dense pilis longulis horizontaliter-patentibus, ima basi radiis brevissimis auctis obsessis, stylo 4 plo breviore terminalis.

Cilicia Tauro, inter cedros. Ky.

Sect. II. Axonostyla DC. l. c.

36 **A. dasycarpum** Steph. (A. calycinum Pall. herb. Psilonema dasycarpum C. A. Mey. Ledeb. fl. ross. I. 137. Vesicaria dasycarpa Poir.) *Bal.* pl. d'Or. an. 1856. N° 988. — *Galatia:* pr. Bey-bazar. T. *Cappadocia:* collibus supra pagum Talasan, pr. Kaisariam, alt. c. 1300ᵐ. Bal. *Ponto:* pr. Tokat. — *Persia,* pr. Schiraz et Ispahan. B. An. Littoribus orient. maris *Caspii,* atque deserto Soongoro-khirgizico. Ledeb. l. c.

37 **A. Szowitsianum** Fisch. et Mey. (A. strictum C. A. Mey. non Willd.) *Bal.* pl. d'Or. an. 1855. N° 428. — *Tchihat.* pl. As. Min. exsicc. an. 1858. N° 730. — *Cappadocia:* ad basin m. Karamas-

dagh, inter segetes. Bal. *Ciliciæ* Bulgardagh : reg. mont. ? Isauria ad NXO. pylarum. Bal. *Ponto merid.* inter pagos Yaglisian et Tichavdak, alt. c. 1800ᵐ. T. *Armenia* : pr. Erzerum, H. nec non m. Ararat. — Montibus prov. caspicæ *Talusch.* Ledeb. l. c.

38 A. **confertum** H. berol. *Cappadocia* : m. Akdagh. B. An.

Sect. III. ONOSMATEMON DC.

39 » A. **densiflorum** Desf. *Armenia.* DC. Prdr. I. 164.

40 » A. **strictum** Willd. (A. densiflorum Desf. sec. Spach. nec sec. DC. l. c.) *Armenia.* DC. l. c.

41 » A. **peltarioides** Boiss. — *Tchihat.* pl. As. Min. exsicc. an. 1858, No 282. — *Bal.* pl. d'Or. an. 1855. No 431. — *Phrygia :* inter Guinavchar et Tefne, alt. c. 080ᵐ. T. *Cappadocia :* jugi Aladagh m. Masmener. reg. mont. super. Bal. *Armenia bor.* inter pagum Sepigor et urbem Erzindjan, alt. 1500-2400ᵐ. T.

42 » A. **floribundum** Boiss. et Bal. — *Bal.* pl. d'Or. an. 1855. No 433, 434. — *Cappadocia :* jugi Aladagh m. Masmener. reg. montana super. *Antitauro :* m. Aralandagh. *Cilicia campestri :* reg. calida, fauce Guzeldere, pr. Mersinam. Bal.

43 » A. **cilicicum** Boiss. *Bal.* pl. d'Or. an. 1855. No 432. — *Cilicia campestri :* parietibus faucis Guzeldere. Bal.

44 » A. **contemptum** Schtt. et Ky. In. Œstr. bot. Wochenb. IV. Jahrg. No 22. p. 177. — Annuum? totum pilis radiatis sessilibus densiusculo appresse-hirtello-scabridum ; caulibus simplicibus l. et basi apleeque ramulosis, adscendentibus ; foliis spathulato-linearibus, acutiusculis ; racemis confertis, post fecundationem elongatis 1-1½-pollicaribus ; calyce pube radiata patenter molliterque puberulo, deciduo, corolla minuta, limbi expansi diametro ½-1 lineari ; petalis spathulato-cuneatis in unguem longulum angustissimum attenuatis, calycem superantibus, apice sinu latiusculo retusis l. emarginatis ; filamentis subæqualibus (longitudine), solitariis subulatis, ligulæ lineari bifidæ adnatis, geminatis edentulis, basin versus subdilatatis ; glandulis hypogynis (ad basin filamenti solitarii) minutissimis, subobsoletis ; siliculis (immaturis) compressis, breviter-ovalibus l. ovali-

ovalis, pedunculo longiore suffultis, pube radiata minutissima scabridis, stylo 6-8 plo longioribus.

Ciliciæ Tauro. Ky.

XXI. **Ptilotrichum** C. et Mey. Ledeb. fl. ross. 1. 143.

1 ⟩ **P. cyclocarpum** Boiss. An. (Koniga scardica Br. sec. Griseb.) *Bal.* pl. d'Or. an. 1855. N° 418. — *Ciliciæ* Bulgardagh, alt. 2782ᵐ. Ky. diar. cil. an. 1853. Reg. alp. *Antitauri* m. Aralandagh. Bal. *Armenia* inter Gumuchhane et Baibut. H. *Kurdistano.* B. An.

2 ⟩ **P. peltarioides** Boiss. An. *Armeniæ* Olympo. B. An. nec non supra moletrinam Kochbunar 4 leucis ab Erzerum sitam. H.

XXII. **Meniocus** R. Br. excl. spec. — Alyssi spec. L. DC.

1 † **M. maritimus** R. Br. Alyssum halimifolium L. non Willd. A. maritimum Link. DC. Prdr. I. 104. A. minimum et Clypeola maritima L.) Marit. *Archipelagi.* — *Græcia.* Prdr. fl. gr. H. H.

XXIII. **Clypeola** Gaertn. DC. Prdr. 1. 163.

Sect. L JONTHLASPI. DC. l. c.

1 † **C. Jonthlaspi** L. Circa *Byzantium.* R. *Phrygia :* vineis circa urbem Uchak, alt. 900ᵐ. Bal. *Ponto :* pr. Tokat. Ins. *Chios.* B. herb. — *Persia.* DC. l. c, *Macedonia :* m. Athos-G. Ins. *Zacyntho, Græcia.* Nym. *Tauria.* Stev. *Caucaso.* Ledeb. l. c.

Sect. II. BRACHYPETRIA. DC. l. c. — G. Bergeretia Desv.

2 **C. lasiocarpa** Pers. (C. lappacea Boiss. C. echinata DC. ex parte non Boiss. Bergeretia echinata Desv.) *Cappadocia, Mesopotamia, Persia.* J. S.

3 ⟩ **C. elegans** Boiss. et Huet. *Armenia :* ad pagos Zarben et Habo, inter Erzerum et Ispir sitos. B.

XXIV. **Peltaria** L. DC. l. c. — Clypeolæ subg. Peltaria Maxut. et Drce. l. c. — Bohatchia Crantz.

1 † P. alliacea L. (Clypeola alliacea Lnk.) Olympo *Bithyniæ*. S. — *Montenegro :* pascuis m. Satorman. G.

2 P. angustifolia DC. — *Bal.* pl. d'Or. an. 1855. N° 491. — *Tchi-hat.* pl. As. Min. exsicc. an. 1853. N° 353. — *Cilicia campestri bor.:* inter urbem Tarsus et pagum Namrum, mont. silvat., nec non in pylis. T. Bal. — *Syria.* DC.

3 » P. Ancheri Boiss. *Armenia :* pr. Ispir. H.

XXV. **Petrocallis.** R. Br. DC. Prdr. I. 168.

1 » P. Araratica Griseb. Ined. *Armenia :* m. Ararat et Alagœs, alt. 1300-1525ᵐ. W.

XXVI. **Draba** L. Griseb. Ledeb. DC. Prdr. I. 166. *ex parte.*

Sect. I. Aizopsis DC. l. c.

1 † D. aizoides L. non Sibth. et Sm. nec Pall. Circa *Byzantium.* R. *Bithyniæ* Olympo. S. *Lycia :* reg. alp.; alt. 1948-3948ᵐ. Forb. — *Albaniæ bor.* in. Bertisco. G. *Serbia.* Pan. *Græcia :* in. Par-namo. *Creta.* Nym.

» *Var.* siliculis elongatis Boiss. *Ponti* rupibus circa Tokat. B. An.
» *Var.* Boiss. *Cappadocia* orient. B. An.

2 » D. dicranoides Boiss. et Huet. *Armenia :* ad rupes supra Baibut. H.

3 † D. cuspidata MB. (D. aizoides Pall.) *Armenia :* montibus Ara-rat, Alagœs, Aladagh, Giaurdagh, etc., alt. 1910-2973ᵐ. W. — *Tauriæ* altioribus. Ledeb. l. c.

4 D. bruniæfolia Stev. *Armenia rossica :* m. Alagœs. Rge. pl. Ahich. — *Caucasi orientalis* alpe Schahdagh, alt. 2728-2923ᵐ. Ledeb. fl. ross. I. 145.

5 » D. globifera Ledeb. l. c. *Armenia :* m. Ararat. Ledeb. l. c.

6 † **D. Olympica** Sibth. (D. aizoides, Prdr. fl. gr.) Olympo *Bithyniæ*. — *Parnassi* rupibus excelsis ; *Cretæ* montibus. Prdr. fl. gr. *Corsica*. DC. l. c.

7 › **D. diversifolia** Boiss. — *Tchihat*. pl. As. Min. exsicc. an. 1858. Nº 516. — *Armenia* : cacumine m. Tekdagh pr. Ispir, alt. 2273-2599ᵐ, H. nec non circa Erzerum. Calv. *Ponto* : jugo Paryadres veterum vallibus alp. nudis humidiusculis, alt. 1900-2650ᵐ, inter pagos Lisalja et Kumbethkhan. T.

8 › **D. Natolica** Boiss. *Ponto* : pr. Tokat. B. An.

9 › **D. acaulis** Boiss. An. — *Bal*. pl. d'Or. an. 1855. Nº 436. — *Ciliciæ* Bulgardagh ; frigidis rupestribus fissuras pulvinaribus ad m. Kizil-tepe et Meldesis ornans, alt. 2599-3240ᵐ. Ky. diar. cilic. an. 1853 ; Ibid. rupibus supra Bulgarmaden. Bal.

10 › **D. Reuteri** Boiss. *Armenia* : summo m. Karakaban ad nives. B.

11 › **D. cognata** Schtt. In. Œstr. bot. Wochenb. IV. Jahrg. Nº 24. p. 191. D. caudiculis novellis glabris ; foliis linearibus, strioliusculis, setulis latitudinem folii respondentibus ciliatis (quam in D. heterocoma robustioribus, longioribus magisque patentibus) ; caule firmulo, glabro (2½ pollices circiter longo) ; racemo depauperato ; pedunculis glabris, patentibus ; calyce setulis nonnullis in sepalorum dorso obtecto ; petalis calyce duplo longioribus apice retusis ; staminibus longioribus petala antheris superantibus ; silicula pedunculis inferioribus breviore, superioribus subæquante, tumida, e valvis elliptico-lanceolata, e septo ovato-lanceolata, apicem versus nempe magis compressula, undique setulis brevissimis, tenuissimis, styli diametrum vix l. parum superantibus, erecto-patentibus l. patulis densiuscule obtecta exinde hirtella, stylo (3-lineari) valvæ latitudinem vix duplo, longitudinem dimidiam vero paullo superante armato.

Ciliciæ Tauro. Ky.

12 › **D. Cappadocica** Boiss. et Bal. *Cappadocia* : reg. alp. Argæi. B.

SECT. II. CHAMODRABA DC. l. c.

13 † **D. alpina** D. parviflora R. Br.) *Bithyniæ* Olympo. S. —

Laponia. Montibus Uralensibus et altaicis. America arctica et bor.
Ledeb. fl. ross. I. 147.

14 D. tridentata DC. (D. hispida MB.) *Armenia* : supra pagum
Kœprubachi inter Trapezuntum et Baibut situm. H. — *Caucasi*
alpinis. Ledeb. fl. ross. I. 148.

15 † D. hispida Willd. non MB. (Sisymbrium hispidum Vahl.)
Cappadocia. DC. l. c.

16 › D. elegans Boiss. An. *Tauro.* B.

17 › D. incompta Stev. *Armenia* : reg. alp. m. Ararat, alt. 3248-
1222ᵐ. W. — *Caucasi* alpe Tifendagh et Schahdagh, alt. 2627ᵐ.
Ledeb. l. c.

Sect. III. Leccodraba DC. l. c.

18 › D. Armena Boiss. An. *Armenia.* B. An.

19 D. siliquosa MB. *Armenia* : supra moletrinam. Kochbunar, 4
leucis ab Erzerum sita. H. — *Alpibus Caucasicis.* alt. 1557-3120ᵐ.
Ledeb. l. c.

Sect. IV. Drabella DC. l. c.

20 † D. lutea Gilib. fl. lith. non DC.

Var. brevipes DC. (D. pontica Desf.) *Ponto* : pr. Niksar. *Rossia* pr.
Astrakan. B. An.

21 † D. nemorosa L. non All. (D. lutea DC. l. c.) *Galatia* : pr.
Beybazar. B. *Armenia* : m. Techdagh circa Ispir. H. — *Tauria.*
Caucaso. Sibiria. Rossia media. Ledeb. l. c.

22 › D. Huetii Boiss. et Reut. *Armenia* : circa Erzerum ad moletrinam Kochhunar. H. *Galatia* : pr. Beybazar. B.

23 D. muralis L. non Steph. nec Thunb. (D. nemoralis Delarch.
D. nemorosa All. Ad aggeres pr. *Bosphorum* vulgatissima. Clem.
Sert. orient. p. 13. *Bithynia* : sparsim saxis graniticis convallis
Gœkdere Olympi, alt. 1953ᵐ. G. *Cappadocia merid.* : ad pagum Ala-
dagh, 7 leucis ad NO. urbis Tarsus situm. T. *Græcia.* Prdr. B. gr.
Tauria. Caucaso. Sibiria. Ledeb. l. c. *Serbia.* Pan.

24 D. **vesicaria** Desv. *Armenia* : pr. Bayazid. — *Libano.* B. An.

25 › D. **rosularia** Boiss. Au. *Armenia* : pr. Bayazid. B. An.

26 › D. **calycina** Boiss. et Bal. *Cappadocia* : reg. subalp. m. Argæi. B.

27 D. **Persica** Boiss.

     › *Var. Armenia* : pr. Erzerum. B. An.

28 › D. **velutina** Boiss. et Huet. *Armenia* : m. Tekdagh supra Erzerum. R.

     Sect. V. Erophila Griseb. Ledeb. l. c. — G. Erophila DC. l. c.

29 † D. **verna** L. (Erophila vulgaris DC.) Circa *Byzantium.* R. *Bithynia* ad Mudaniam. G. *Armenia turcica.* Calv. — *Serbia.* Pan. *Algeria* : pr. Djelfa , alt. 1120ᵐ. Coss. l. c. *Tauria. Caucaso. Sibiria.* Ledeb. l. c.

30 † D. **minutissima** DC. (Erophila minutissima DC. Ser. cl. Griseb. salt. varietatem Drabæ vel Erophilæ vernæ constituit.) Circa *Byzantium.* DC. l. c. Graminosis pr. Varnam ad Pontum. G.

31 † D. **macrocarpa** Boiss. et Heldr. (Erophila siliquosa Boiss. et Heldr. in plant. Anat. exsicc. an. 1846.) *Bal.* pl. d'Or. an. 1854. N° 71. — *Ionia* : rupibus marit. ad marginem meridionalem sinus Smyrnensis. Bal.

32 D. **praecox** Stev. (D. verna L. var. Spr. D. verna. MB. Erophila praecox DC. l. c.) Pr. *Byzantium. Archipelago* : ins. Milos. B. gr. *Armenia turcica.* Calv. — *Tauria. Caucaso. Sibiria.* Ledeb. — Sec. cl. Stev. *Tauria* nondum reperta.

     XXVII. **Cochlearia** Tourn. DC. Prdr. I. 171. excl. spec.

1 † C. **Armoracia** L. (C. rusticana Lmk.) Frequens ad mare Ægæum pr. Enos. — Ripis *Serbiæ.* G.

2 › C. **Aucheri** Boiss. An. — *Tchihat.* pl. As. Min. exsicc. an. 1858. N° 283. — *Armenia* : Olympo armeniaco. B. An. m. Tekdagh circa urbem Ispir; II. inter pagum Sepigor et urbem Erzindjan, reg. mont. nuda, alt. 2500. T.

3 › C. sempervirens Boiss. et Bal. — *Bal.* pl. d'Or. an. 1855.
N° 139. — *Cappadocia :* reg. alp. super. jugi Aladagh. m. Masmenev. B.

XXVIII. **Kernera** Medik. — Cochleariæ sect. Kernera DC. 1. c.

1 › K.? (Schivereckia?) Ibiridea Boiss. et Huet. *Armenia :* pr.
Zazarlarkhan, inter Erzerum et Daibut. B.

XXIX. **Coluteocarpus** Boiss.

1 C. reticulatus Boiss. (Vesicaria reticulata Lmk. V. orientalis
Tourn. Alyssum vesicaria L.) *Tchihat.* pl. As. Min. exsicc. an.
1858. N° 224. — *Armenia :* pr. Erzerum, Calv. nec non inter
pagos Kœsse et Seplgor (ad N. urbis Erzendjan), alt. 1500-
2000ᵐ. T. *Antitauro :* reg. mont. m. Aralandagh. Bal. — *Syria.*
Steud.

TRIBUS III. THLASPIDEÆ DC. Prdr. 1. 175.

XXX. **Thlaspi** Dill. DC. l. c. excl. sect. II.

Sect. I. Pachyphragma DC. l. c.

1 T. latifolium MB. (T. macrophyllum Hoffm. Lepia latifolia
Desv.) *Armenia turcica.* Calv. — *Iberiæ* silvis. Ledeb. fl. ross. 1.
162.

2 › T. rosulare Boiss. et Bal. *Cappadoria :* jugo Aladagh reg.
super. Masmenev. B.

Sect. II. Nomisma DC.

3 † T. arvense L. (T. balcalense DC. sec. Spr. atque Koch.) Circa
Byzantium. G. *Bythyniæ* Olympo. S. *Phrygia :* pr. urbem Uchak
inter segetes. Bal. *Armenia :* circa urbem Tortum, H. atque pr.
Erzerum. Calv. — Ad radices *Hæmi.* G. *Serbia.* Pan. *Tauria,*
Prov. *Caucas. Sibiria.* Ledeb. l. c.

4 › T. Huetii Boiss. et Reut. *Armenia :* circa urbem Tortum. H.

5 **T. collinum** MB. (T. arvense L. var. Spr.) *Armenia.* — *Iberia.*
DC. l. c.

6 > **T. Natolicum** Boiss. An. *Asiæ Minoris* silvis. — *Syria.* B. An.

7 > **T. inornatum** Schtt. In. œstr. bot. Wochenb. Jahrg. IV.
N° 18. p. 145. Annuum, a basi arrecto-ramulosum, glaberrimum glaucescens; foliis radicalibus longe-caniculato-petiolatis
lamina rotundato-ovali, sparse grosseque dentato-serratis; caulinis inferioribus duobus oblongo-ovatis, in petiolum latissi-
mum longulum contractis, superioribus ovato-lanceolatis, profunde, obtuse-auriculatis sessilibus; omnibus serrulatis, basi
apiceque subintegerrimis; racemo tandem subelongato; floribus minutis; calyce patulo; petalis elliptico-spathulatis in
unguem lamina breviorem angustatis, inæqualibus, superioribus (interioribus) ¿ brevioribus, calyce dimidio vel duplo
fere longioribus; siliculis sinu modico obcordato-obovatis, stylo
brevissimo ¿ sinus, alis apicem versus dilatatis rotundatis;
loculis sub 3-spermis; septo ovato-lanceolato, utrinque angustato; seminibus laevibus.

Cilicia Tauro. Ky.

Sect. III. **Pterotropis** DC. l. c.

8 † **T. alliaceum** L. non Habir. (T. arvense β Link.) *Armenia.*
B. An. — *Serbia.* Pan.

9 † **T. perfoliatum** L. (T. alpestre Huds. T. montanum β Link.
T. micranthum Boiss. et Blanche pl. Syr.) Circa *Byzantium.* R.
Armenia: circa Tortum. H.— *Macedonia.* G. *Serbia.* Pan. *Græcia.*
Kyn. *Tauria.* Prov. *Caucas. Sibiria.* Lebeb. l. c. *Algeria:* prope
Djella, alt. 112ᵐ. Coss. Bull. Soc. bot. IV. 484.

10 > **T. elegans** Boiss. An. — Bal. pl. d'Or. an. 1855. N° 438. —
Caria. B. An. *Cilicia campestri:* ad pagum Aladagh, 7 leucis ad
NO. Mersinæ. Bal.

11 > **T. illacinum** Boiss. et Huet. *Armenia:* inter Gumuchhane
et Zazalarhan. B. *Antitauro:* reg. mont. super. m. Dededagh. Bal.

12 † **T. montanum** L. — *Tchihat.* pl. As. Min. exsicc. an. 1849.
N° 470. — *Lycia:* vulgaris rupestrib. et herbosis. Forb. *Mysia:*

m. Akkayassidagh, alt. c. 685. T. — *Græcia. Nym. Serbia. Pan. Tauria. Prov. Caucas.* Ledeb. l. c.

Var. prærox Wulf. Bithyniæ Olympo, G.

13 > *T. ochroleucum* Boiss. et Heldr. (T. elegans pl. Heldr. Anat. non Boiss. Diagn.) *Pisidia :* ad nives, reg. super. m. Davrosdagh, alt. 1624-1919ᵐ. — *Macedonia.* B.

14 > *T. samolifolium* DC. (Alyssum samolifolium Desf.) *Cappadocia.* DC. l. c.

Species nondum descripta.

15 T. violascens Schtt. et Ky. *Ciliciæ* Bulgardagh ; locis graminosis, pr. Gulek. Ky. Reis. cilic. Tour. p. 391.

XXXI. **Carpoceras** Boiss.— Thlaspidis Sect. Carpoceras. DC. Prdr. Ledeb. fl. ross. non A. Rich.

1 > C. Cappadocicum Boiss. — *Bal.* pl. d'Or. an. 1856. N⁰ 1004. — *Antitauro :* ad basin m. Dededagh. Bal.

Species nondum descripta.

2 > C. Cilicicum Schtt. et Ky. in sched. Ad Gulek Maaden, alt. 2274. m. Ky. Reis. Cilic. Tour. p. 391.

XXXII. **Capsella** Vent. DC. Prdr. 1. 177.

1 † C. bursa pastoris Mch. (Thlaspi bursa pastoris L.) *Tchihat.* pl. As. Min. exsicc. an. 1858. N⁰ 139. — *Archipelago.* Prdr. fl. gr. Agro *Byzantino.* G. *Ponto :* collibus marit. supra Samsun. T. *Bithyniæ* Olympo. S. — *Tauria. Caucaso. Sibiria.* Ledeb. l. c. *Serbia. Pan. Græcia :* frequens planta ad vias. Fr. l. c. *Sahara algeriensi,* alt. 750ᵐ. Coss. l. c.

XXXIII. **Teesdalia** R. Br. DC. Prdr. 1. 178.

1 ‡ T. lepidium R. Br. (T. nudicaulis. R. Br. Lepidium nudicaule L.) *Bal.* pl. d'Or. an. 1854. N⁰ 70. — Agro *Byzantino.* G. *Bithy-*

niæ Olympo. S. Pr. *Smyrnam*, incultis. Bal. *Archipelago*. Nym. — *Rossia austr.* Ledeb. l. c.

XXXIV. **Iberis** L. DC. l. c.

Sect. **Iberidium** DC. l. c.

1 † I. **nana** All. (I. Aurosica Vill.) Olympo *Bithyniæ*. ad nives deliquescentes. G. Circa *Byzantium*. R. — *Gallo-provincia. Pedemontio.* DC. l. c.

2 ⟩ I. **Olympica** Boiss. non Salisb. — *Tchihat.* pl. As. Min. exsicc. an. 1853. N° 560 bis. — *Bithynia :* summis jugis Olympi. B. Declivitate orientali *Ciliciæ* jugi Aladagh. T.

3 I. **Taurica** DC. (I. ciliata Willd. non All. I. amara Pall. I. simplex DC.) *Bal.* pl. d'Or. an. 1855. N° 422. — *Tchihat.* pl. As. Min. exsicc. an. 1858. N° 774. — Circa *Byzantium*. R. *Ponto merid.* inter pagum Tchavdak et oppidulum Kulelhissar, alt. 1500ᵐ. T. *Cappadocia :* m. Alidagh, pr. Kaisariam. T. *Armenia turcica.* Calv. *Ciliciæ* Tauro, ad pagum Aladagh, atque pr. pylas. Bal. — *Tauria. Prov. Caucas.* Ledeb. l. c.

> ⟩ Var. *pubescens* Boiss. An. *Bithynia :* pr. Muduriu. G. *Caria :* pr. Mula. B. Aa.

4 ⟩ I. **Jordani** Boiss. (I. taurica Boiss. Heldr. pl. exsicc. non MB. I. attica Jord. — Sec. cl. Boiss. planta sub nomine I. atticæ educata non ex Attica sed ex Asia Minore oriunda.) *Tchihat.* pl. As. Min. exsicc. an. 1853. N° 386. B. — *Asiæ Minoris* montosis : Lydia, m. Sipylo, supra Magnesiam ; Caria : m. Cadmo : supra Gheyra ; Lycia : m. Solyma. B. Cilicia. T.

5 † I. **umbellata** L. Agro *Byzantino*. G. — *Creta. Hisp.* Ital. DC. l. c.

6 ⟩ I. **odorata** L. — *Bal.* pl. d'Or. an. 1855. N° 423. — Reg. calida *Ciliciæ campestris*, ad pagum Tchauchli. Bal. *Creta.* DC. l. c. *Græcia :* pr. Eleusin. B.

7 † I. **pinnata** L. Circa *Byzantium*. R. — *Hisp. Gall.* Ital. DC. l. c.

Var. *pilosa* Grisab. *Asia Minore*. — *Rumelia.* G.

8 † I. **Garrexiana** All. (I. arbuscula Spach. ex parte. I. semper-virens Lapeyr.) *Asia Minore*. B. An. — Saxosis *Pedemontii et Pyrenæorum*. DC. l. c.

9 » I. **brachystyla** Fenzl. In Pugill. atque in Russeg. Reis. I. 944. *Ciliciæ* Bulgardagh : declivibus siccioribus Alpis Maaden-tepessi circa fodinas, alt. 1625-1910 m. F.

10 » I. **glaucescens** Boiss. An. sc. nat. Ser. IV. T. 11. p. 243. — *Tchihat.* pl. As. Min. exsicc. an. 1853. Nᵒ 316 B. — Perennis glabra tota glaucescens. Rhizomate lignoso tortuoso ramoso ramos annotinos alios brevissimos steriles dense foliosos alios floriferos paulo longiores edente, foliis anguste elliptico-linearibus acutis basi longe attenuatis carnosulis margine sub lente scabridulis ramulorum sterilium confertis floriferorum sparsis, racemis terminalibus floriferis... fructiferis ovato-oblongis laxiusculis, pedicellis basi strictis dein curvatis siliculæ subæquilongis, siliculis ovatis basi apiceque obscure emarginatis lobis terminalibus brevibus obtusis sinu angustissimo fissuræformi sejunctis, stylo emarginatura subbreviori.

Planta 2-3 pollicaris quoad flores non satis nota omnino referens specimina minora I. saxatilis a qua differt siliculis paulo minoribus quarum lobi terminales subcontigui sunt fissura angusta vix perspicua sejuncti nec divergentes sinu. Habitus quoque Eunomiæ iberideæ sed semina pleurorrhizea.

Cilicia : pr. pagum Kizildagh, ad radices m. Akdagh declivitatem borealem jugi Bulgardagh constituentis, alt. c. 1800 m. T.

11 » I. **Cappadocica** Willd. *Cappadocia.* DC. l. c.

Species nondum descriptæ.

12 » I. **jucunda** Schtt. et Ky. *Ciliciæ* Bulgardagh : valle Karli-boghaz, alt. 1950 m. Ky. Reis. Cilic. Taur. p. 392.

13 » I. **commutata** Schtt. et Ky. *Cilicia* Bulgardagh, ibid. Ky. l. c.

XXXV. **Ibrevidella** Boiss. An. — Hutchinsiæ Sect. 1. DC. ex
parte. — Noccæa Steud. non Rchbch. nec Moench. nec Cav.

1 » I. sagittata Boiss. An. *Armenia turcica.* Calv.
2 » I. ovalifolia Boiss. An. *Armenia.* B.
3 » I. caespitosa Boiss. An. *Armenia.* B.

XXXVI. **Diastrophis** Fisch. et Mey. Ledeb. fl. ross. 1. 166.

1 » D. cristata Fisch. et Mey. *Armeniæ rossicæ montibus.* Ledeb.
l. c.

XXXVII. **Biscutella** L. DC. Prdr. 1. 181.

Sect. Thlaspidium DC.

1 † B. lyrata L. Ins. *Cycladum.* Noav. fl. Pelop. — *Hisp. Ital. Afr.
bor.* DC. l. c.
2 † B. ciliata DC. *Lycia :* circa rudera veteris Xanthi. Forb. —
Hisp. Ital. DC. l. c.
3 † B. columnæ Ten. fl. nap. tab. 162. fig. 1. (B. apula Sm.
Prdr. N° 1522. B. didyma L. var. B. microcarpa DC. sec. Spr.
B. apula var. Barrelieri Ten.) Herb. græc. norm. N° 108 sub
nom. B. apulæ. — *Archipelago :* aridis ins. Melos. — Ins. *Melita.*
D'Urv. *Attica :* collibus siccis et submontosis, alt. 486. Heldr.
4 † B. apula L. (D. didyma γ L. B. scabrida Salisb. B. eriocarpa
DC.) *Lycia :* vallibus circa Makri. Agro *Byzantino.* G. Ins. *Rhodos.*
— *Græcia.* DC. l. c.
5 B. leiocarpa DC. (B. apula Gærtn.) Agro *Byzantino.* G.

XXXVIII. **Moldarelchia** Boiss. An.

† B. Kotschyi Boiss. An. Fnzl. in Russeg. Reis. II. 045. Tab. 15.
(Zygopellis cardamissima Fnzl. mss. in Ky. coll. pl. Syr.) *Tchihat.*
pl. As. Min. exsicc. an. 1858. N° 918. — *Ciliciæ* Bulgardagh :
per alpes, usque ad alt. 2500-3500ᵐ. Ky. Reis. cille. Taur. p.

392. *Armenia austr.* : inter pagos Litchka et Uzunbazar, alt.
1500-2000^m. T. — *Syria.* Ky.

2 › **H. rotundifolia** Bolss. An. *Armeniæ* Olympo. B.

3 › **H. bupleurifolia** Boiss. An. *Cappadocia* : m. Akdagh. B.

XXXIX. **Physalidium** Fenzl. ined.

Calyx tetraphyllus, foliolis omnibus basi æqualibus, ovalibus, tenerrimis, sub anthesi patentissimis. Petala, eo duplo longiora, ovalia, in unguem calycem subæquantem tenuissimum constricta. Stamina 6 hypogyna, subæquilonga, edentula, tenuissime filiformia. Disci glandulæ placentares binæ papilliformes, valvares nullæ. Germen oblongum, compressiusculum, tumidulum, biloculare, septo angustissimo, loculis biovulatis ; ovulis campylotropis e medio placentarum marginalium pendulis, funiculis subhorizontaliter patentibus, cernuis, uno alterove tabescente; stylo germine sub anthesi dimidio breviore filiformi, stigmate punctiformi. Silicula (vix seminimatura) exacte elliptica, basi apiceque æqualiter acutata, dissepimento contrarie compressa (spectata rarenti rhachi a dorso, spectatis carpellis a latere compressa), subinflata (quantum innotuit e paucis siliculis e nimia pressione exsiccando feliciter evasis), exalata, indehiscens? Semina oblonga, funiculis liberis tenuissimis suspensa. Cotyledones... — Herba *Persiæ borealis* GRÆELLSLÆ SAXIFRAGÆFOLIÆ simillima, caudice crasse multicipiti, foliorum consumptorum basibus petiolaribus diutissime persistentibus dense squamato ; foliis longe petiolatis, SAXIFRAGÆ ROTUNDIFOLIÆ perquam similibus; corymbis densifloris, in fructu ulterius vix elongaturis, paniculatis; floribus longe pedicellatis niveis PELTARIÆ ALLIACEÆ æmulis ; siliculis ex apice pedicellorum incurvo-patentium erectis (maturis probabiliter 8-12 lin. longis).

P. STYLOSUM Fnzl. (Sobolewskia stylosa Boiss. et Hohenack. Diagn. VIII. 41.) *Persia* : declivibus septentrionalibus m. Elbrus, pr. Derbend. Ky.; ej. coll. pl. Pers. bor. N° 85. Floret Majo.

SOBOLEWSKIA STYLOSA Boiss. et Hohen. jam ovarii indole a congeneribus diversissima novi potius Lepidinarum v. Thlaspidearum generis typum constituere videtur, anceps tamen inter

utrosque tribus fluctuans, quum, fructus seminibusque defi-
cientibus ignoremus, nunc semina notorrhiza sint v. pleuro-
rhiza. Inter Lepidineas PHYSOLEPIDI ac HYMENOPHYSÆ generibus
(quod mihi probabillimum), inter Thlaspideas BROSSARDIÆ tunc
reliquis propius accederet. Dubitanter idcirco ut novum genus
proponere ac supradictis characteribus illustrare sum. —
BROSSARDIÆ species a nostra recedunt tam toto habitu, quam
foliis integerrimis in caule auriculato-sessilibus, calyce bisac-
cato, siliculis pendulis disciforme compressis ac seminibus reniformibus; PHYSOLEPIDU species tam foliis, quam siliculæ subo-
vatæ v. subreniformis inflatæ dissepimento latiusculo subovato;
HYMENOPHYSÆ species iisdem characteribus, nec non ovulis ac
seminibus e loculorum apice pendulis.— GRÆLLSIA licet aspectu
simillima, differt siliculæ valvulis dissepimento mox evanes-
cente parallele compressis ac seminibus biseriatim appensis
marginalibus. A SOBOLEWSKIÆ speciebus, excepta foliorum
forma quodammodo affini, longe abhorret.

TRIBUS IV. EUCLIDEÆ DC. Prdr. I. 184.

XL. **Euclidium** R. Br. DC. l. c.

1 † E. Syriacum R. Br. (Anastatica hierochontica Crantz. non L.
Anastatica Syriaca L.) Bal. pl. d'Or. an. 1857. N° 1254. — *Phrygia :* ad pagum Yachauichlar pr. Ucbak, ruderatis atque viarum
marginibus. *Cappadocia ;* ripis fl. Kamichly, pr. oppidulum
Berekelly. Bal. *Armenia* ruderatis, H.— *Tauria. Caucaso.* Ledeb.
fl. ross. 1. 167. *Moldaria. Syria.* DC. l. c.

XLI. **Ochthodium** DC. l. c.

1 O. Ægyptiacum DC. (Bunias ægyptiaca L.) *Bal.* pl. d'Or. an.
1855. N° 410.— *Cilicia campestri :* reg. calida pr. Mersinam, Bal.
atque reg. mont. Bulgardagh, deverxis orientalibus m. Kizil-tepe
nec non in jugo Ketscheli, alt. 2782^m. Ky. diar. cille. an. 1855.
— *Syria. Ægypto.* DC. l. c.

TRIBUS V. CAKILINEÆ DC. Prdr. I. 183.

XLII. **Cakile** Tourn. DC. l. c.

1 † C. maritima Scop. (Bunias cakile L.) *Tchihat.* pl. As. Min. *exsicc.* an. 1858. N° 362.— *Ponto* : pr. Trapezuntum, K. R. nec non littore arenoso circa Kerasun. T. — *Græcia.* Nym. *Rossia orientalis* prov. Orenburg. Ledeb. l. c.

XLIII. **Chorispora** DC. l. c.

1 C. tenella DC. (Chorisporum tenellum R. Br.) *Galatia :* pr. Bey-bazar. B. An. *Armenia turcica.* Calv. — *Rossia merid. :* ad ripas, fl. Wolgæ. *Taurin. Caucaso.* Ledeb. l. c.

SUBORDO II. NOTORHIZEÆ DC.

TRIBUS VI. SISYMBREÆ DC. Prdr. 1. 186.

XLIV. **Malcolmia** B. B. DC. l. c.

1 † M. africana R. Br. (Hesperis africana L. Hesp. diffusa Lmk.) *Pisidia :* ad littora lacus Buldur. B. An. *Cappadocia :* agris otiosis pr. oppidulum Bereketly. Bal. *Armenia rossica :* circa Erivan, alt. 1071°. W.— *Thracia.* Nym. Prov. *Caucas. Taurin.* Ledeb.— Cl. Stev. hanc speciem *Tauria* nunquam vidisse declarat. *Persia. Syria. Arabia petræa.* B. An.

2 † M. Chia DC. (Cheiranthus chius L. M. Meyeri Bois. Hesperis chia Lmk.) *Bal.* pl. d'Or. an. 1854. N° 76. — Ins. *Chio. Pamphylia :* pr. Adalia. B. An. Reg. calida *Ciliciæ campestris :* fauce Guzeldere, pr. Mersinam. Bal. — *Candia. Græcia. Palæstina.* B. Herb. *Dalmatia. Italia bor.* Nym.

3 † M. maritima R. Br. (Cheiranthus maritimus L. —Cl. Sm. in Prdr. fl. gr. II. 24. Ch. Chium L. pro syn. Cheir. maritimi L. habet.) Maritimis *Archipelagi.* — *Græcia.* Sm. l. c.

4 M. incrassata DC. (Cheiranthus flexuosus Sibth. et Sm. M. flexuosa Fl. gr. tab. 634.) Bal. pl. d'Or. an. 1854. N° 77. — Herb. gr. nom. N° 130. — Circa *Byzantium*. T. Arenosis marit. circa *Smyrnam*. Bal. Ins. *Scio* et *Tenedus*. DC. *Archipelago*. Prdr. fl. gr. — *Macedonia :* marit. penins. Hajion-oros. G. *Attica :* littore Phaleri. Heldr.

5 † M. parviflora DC. Prdr. l. c. (Hesperis parviflora DC. fl. gr.) Tchihat. pl. As. Min. exsicc. an. 1858. N° 130. — *Ponto :* supra Samsun, collibus marit. silvet. T.

XLV. **Hesperis** L. DC. Prdr. l. 648.

Sect. Deilosma DC. l. c. — G. Deilosma Andrz.

1 † H. matronalis L. (H. inodora L.) Tchihat. pl. As. Min. exsicc. an. 1858. N° 22. — Agro *Byzantino, Bithynia :* pr. Brussam. G. *Ponto :* collibus marit. supra Samsun. T. *Armenia turcica :* pago Tachkeupru pr. Erzerum, H. atque *rossica*. — *Iberia, Tauria. Sibiria*. Ledeb. fl. ross. I. 172. *Serbia*, Pau.

2 > H. unguicularis Boiss. *Armenia turcica*. B.

3 > H. bicuspidata Poir. (Cheiranthus bicuspidatus Willd.) *Armenia*. DC. l. c.

4 > H. glabra Boiss. et Noe. *Armenia :* pr. Van.

5 H. Steveniana DC. (H. matronalis L. sec. Spach. H. matronalis L. β Ledeb. fl. ross.) *Armenia rossica :* circa Erivan, alt. 1071m. W. — *Tauria. Græcia*. B. Herb. *Caucaso. Sibiria*. Ledeb. l. c.

6 > H. Armena Boiss. — Bal. pl. d'Or. an. 1856. N° 1002.—'*Lydia :* m. Mesogis, *Caria :* m. Cadmo orient. B. *Cappadocia :* m. Alidagh, pr. Kaisariam, alt. 1100m. Bal.

7 > H. Reuteriana Boiss. et Huet. *Armenia :* pr. urbem. Ispir. B.

8 > H. violacea Boiss. — Tchihat. pl. As. Min. exsicc. an. 1858. N° 580, 819. — *Caria :* reg. alp. m. Cadmi orientalis supra Colossam. *Lycia :* montibus. B. *Pisidia :* reg. super. m. Davros. B. Herb. *Armenia :* circa Baibut. H. *Ponto :* inter Sunlza et Ferenge (ad SSE. urbis Samsun), alt. 400-600m. T. *Cilicia* Bulgardagh : ad pagum Gulek. T.

9 † H. ramosissima Desf. non Bové. *Galatia.* — Arenosis maril.
agri *Algeriensis, Ægypto.* DC. l. c. *Sicilia.* Steud. l. c.

10 > H. rupestris Boiss. et Noe. *Armenia :. Isauria* rupium ad
Bekirmaaden. B.

11 H. Ancheri Boiss. An. *Lydia :* m. Sipylo. B.

12 > H. camptocarpa Boiss. An. *Cilicia campestri :* sillris pr. pylas.
Bal.

13 > H. breviscapa Boiss.. An. *Armeniæ* Olympo. B. An.

14 > H. Kotschyi Boiss. *Cilicia* Bulgardagh : præruptis m. Kizil-
tepe. B.

Species nondum descripta.

15 > H. paniculata Boiss. *Armenia turcica.* B.

XLVI. **Sisymbrium** All. DC. Prdr. l. 190.

Sect. I. Velarum DC. l. c.

1 † S. officinale Scop. (Eryngium officinale Klukia officinalis
Andrz.) *Tchihat.* pl. As. Min. exsicc. an. 1858. Nº 107. — Agro
Byzantino et *Hellesponto.* G. *Bithyniæ* Olympo. S. *Ponto :* circa
Samsun, collibus. T. — *Serbia.* Pan. *Tauria. Caucaso.* Ledeb. fl.
ross. 1. 176.

Sect. II. Irio DC. l. c.

2 † S. Irio L. *Armenia rossica.* — *Rossia media.* Prov. *Caucas.* Ledeb. l. c. *Algeria :* pr. Djelfa, alt. 1120ᵐ. Coss. l. c.

3 † S. Loeselii L. *Armenia rossica :* circa Erivan, alt. 1071ᵐ. W.
Mesopotamia. B. An. — *Tauria.* D'Urv. *Græcia.* Prdr. fl. gr. II.
21. *Serbia.* Pan. *Caucaso. Sibiria altaica.* Ledeb. l. c.

4 S. subhastatum Willd. (Brassica subhastata Willd.) *Archipelago.*
DC. l. c.

5 † S. Columnæ L. non Friv. (S. orientale L. Sm. Griseb.) *Bal.* pl.
d'Or. an. 1854. Nº 83. — Circa *Byzantium.* R. Circa *Smyrnam.* Bal.
— *Macedonia.* G. *Serbia.* Pan. *Tauria.* Stev. *Caucaso.* Ledeb. l. c.

6 † S. Pannonicum Jacq. All. (S. altissimum L.) *Bal.* pl. d'Or.

an. 1854. N° 84. — Circa *Byzantium*. R. *Pisidia* : campis et collibus apricis pr. Buldur. *Lydia* : valle Mæandri circa Aidin. B. herb. *Armenia turcica*, pr. Erzerum. H. et *rossica* : m. Ararat. Ledeb. fl. ross. I. 150. — *Georgia caucasica*. B. herb. *Serbia*. Pan. *Rossia media et austr.* Ledeb. l. c. *Persiæ* prov. Adjerbedjan. B. herb.

7 † S. Sophia L. (S. parviflorum Lnk. Pseudosophia Boiss. In fluct. pl. Arm.) Circa *Byzantium*. R. *Lycia* : pratis subalp. alt. 964-1621ᵐ. Forb. *Armenia* : circa Erzerum. B. — *Rumelia*. B. herb. *Serbia*. Pan. *Græcia*. Prdr. fl. gr. *Tauria* : circa Theodosiam frequentissimum. D'Urv. *Sibiria. Caucaso.* Ledeb. l. c.

    Sect. III. Kibcea DC. l. c.

8 † S. polyceratium L. *Asia Minore*. B. An. *Archipelago*. Prdr. fl. gr. II. 20. — *Thracia* : aggeribus ad ostium fl. Maritzæ pr. Enos. G. *Tauria.* Ledeb. l. c. *Græcia.* Fr. l. c. *Arabia petræa.* B. herb.

9 S. rigidum MB. (Erysimum cornutum et E. polyceratium Pall. Hesperis rigida Stev.) *Galatia* : pr. Angora. *Ponto* : pr. Tokat. B. *Armenia rossica* : ad fl. Araxin.— Ad mare Caspium. pr. Baku. *Tauria.* Ledeb. fl. ross. I. 183. *Palæstina. Persia. Arabia petræa.* B. herb.

10 S. rigidulum Dene. An. sc. nat. — Walp. Repert. T. I. p. 165. Glaberrimum : caule ramoso diffuso, foliis lyratis, lobo terminali majori, supremis pinnatifidis, lobis lineari-oblongis ; petalis calyce longioribus ; staminum filamentis ovario æqualibus, seliquis adultis puberulis firmis.

    Armenia : pr. urbem Karput. B. herb. — *Arabia* : montosis, Sinai. Dene. l. c.

    Sect. IV. Alliidopsis DC. l. c.

11 ÷ S. thalianum Gaud. (Arabis thaliana L.) Pr. *Byzantium*. R. *Bithyniæ* Olympo. *Pamphylia* : pr. ruinas veterum urbis Perge. *Cilicia.* — *Græcia.* B. herb. *Serbia.* Pan. *Tauria.* Prov. *Caucas.* *Sibiria.* Ledeb. l. c.

12 S. torulosum Desf. — *Bal. pl. d'Or. an. 1857. N° 1255.* — *Phry-*

gia : agris ollosis pr. urbem Uchak, alt. 910ᵐ. Bal. *Cilicia, Mesopotamia*. B. An. — *Cypro, Africa bor.* DC. l. c.

13 ‡ **S.** contortuplicatum DC. (Cheiranthus contortuplicatus
Steph. in Willd. Hesperis contortuplicata MB.) *Armenia rossica.*
— Ad fl. *Tanain. Tauria,* Prov. *Caucas.* Ledeb. l. c.

14 **S.** binerve C. A. Mey. (Malcolmia binervis. Boiss. pl. Auch.)
Galatia. — Albania. J. S.

15 **S.** Meyeri Ledeb. fl. ross. I. 184. (Sisymbrium contortuplicatum β rectisiliquum DC. l. c.) *Armenia rossica.* — Baku. Ledeb.

XLVII. **Alliaria** Adans. DC. Prdr. I. 196. Grisb. — Sisymbrii
Sect. Alliaria Ledeb. l. c. — Sisymbrii subg. Alliaria Muell.
et Dene. l. c.

1 ‡ **A.** officinalis Andrz. (Erysimum alliaria L. Hesperis alliaria
Link. Sisymbrium alliaria Scop. Ledeb.) Agro *Byzantino.* G.
Ciliciæ Bulgardagh : pr. pylas. Bal. *Lyria :* pratis subalp., alt. 474-
1624ᵐ. Forb. *Armenia turcica.* Calv. — *Macedonia, Serbia.* G.
Tauria. Prov. *Caucas.* Ledeb. l. c. *Persia.* DC. l. c.

XLVIII. **Erysimum** Gaertn. DC. Prdr. I. 196.

Sect. I. Styraxema DC. l. c.

1 > **E.** rupicola Schtt. et Ky. In œstr. bot. Wochenb. Jahrg. V.
Nᵒ 19. p. 145. Cæspitosum, pilis peltato-bicornibus densiuscule
obsitum ; caulibus brevibus, strictiusculis, densiusculis, 4-8
floris ; foliis omnibus lanceolato-linearibus, perangustis, integerrimis vel denticulo minutissimo uno alterove ornatis ; pedunculis florum erectis subtetragonis (angustis tribus prominulis), infimis calyce parum brevioribus ; sepalis prominulo-
costatis ; petalis saturate luteis, leviter-pallentibus ; siliquis
compresso-tetragonis (latiusculis), stylo siliquæ latitudinem
dimidio superante coronatis. — *Ciliciæ* Bulgardagh, ad Bulgar-
megara, alt. 2275-2923ᵐ. Ky. Reis. cilic. Taur. p. 392.

Sect. II. Cuspidaria DC. l. c.

2 ‡ **E.** cuspidatum DC. Pr. *Byzantium.* R. *Bithynia :* Olympo, B.
An. nec non ad sepes in montosis, pr. Brussam. G. *Phrygia :* pr.

Tchak. *Cappadocia* : marginibus rivulorum 2 leucis ad septentr. pagi Enchil, alt. 1000m. Bal. *Armenia turcica* : pr. Erzerum, H. atque *rossica*. Ledeb. l. c. — *Macedonia*. G. *Serbia*. Pan. *Moldavia*. *Tauria*. *Caucaso*. DC. l. c. *Podolia*. Ledeb. l. c.

3 † E. goniocaulon Boiss. (Syrenia goniocaulon Boiss. et Heldr.) *Caria*, *Pisidia* : rupestribus pr. Tchetitchi. — *Syria* : Antilibano pr. Zebdani et in m. Casio. B.

Var. Via a Mersina ad Alladaghd ducente, alt. c. 700m. Bal.

4 E. rupestre DC., non Bory Fl. Pelop. (Cheiranthus rupestris Sibth. et Sm.) *Bithynia* : cacumine Olympi. DC. l. c.

β Var. Calverti Boiss. et Huet. — Tchihat. pl. As. Min. russic. an. 1858, Nos 530, 637. — *Armenia* : valle Komuk inter Baibut et Erzerum sita, nec non m. Tchdagh pr. Ispir. B. *Ponto austr.* inter urbem Nekaor et pagum Bachtchiflik reg. silvat. mont., alt. 900-1500m; Jugo Paryadres veterum, vallibus alp. nudis humidiusculis; alt. 1900-2650m. T.

5 > E. Carium Boiss. *Caria* : pr. Mulam. B. An.

6 > E. laciniatum Boiss. Regione alpina *Lydiæ* atque *Cariæ*, ad umbram juniperorum : in Messogl, Cadino, Tmolo. B.

7 > E. uncinatifolium Boiss. et Huet. — *Armenia* : circa Erzerum. B.

Sect. III. Erysimastrum DC.

8 † E. leptostylum DC. (E. grandiflorum MB. excl. syn.) *Armenia rossica* : declivitate occid. m. Alagœs. Rge. pl. Abich. — *Rossia australi*. *Tauria*. Ledeb. fl. ross. I. 188.

9 † E. hieracifolium L. non Jacq. nec Pall. Summis montibus ins. Cos. D'Urv. — *Hæmo*, Sym. *Serbia*. Pan.

10 E. aureum MB. *Armenia rossica*. — Promontorio *Caucasico*. Ad fl. *Tanain*. Ledeb. l. c.

11 E. ibericum DC. (Cheiranthus ibericus Adam. Ch. armeniacus Curt.) *Armenia* : in. Ararat. — *Iberia*. Ledeb. fl. ross. I. 185.

12 † E. canescens Roth. Circa *Byzantium*. R. Ins. *Tinos*. Nouv.

fl. Pelop. *Armenia turcica :* pr. Erzerum, Calv. atque *rossica :*
deserto fl. Araxis frequentissimum. Ledeb. l. c. — *Thraciæ* jugo
Rhodope boreali : subalp. pr. Carlova. G. *Græcia.* Nym.

Var. Cilicicum Boiss. — Pylis *Ciliciis.* B.

13 † **E. crepidifolium** Rchbch. Agro *Byzantino* pr. Buyukdere.
Bithynia : frequens collibus reg. calidæ ad sinum *Propontidis*
pr. Mudania, alt. 0-98ᵐ. G. *Armenia :* m. Ararat, alt. 1300-1525ᵐ.
W. — *Serbia.* G. *Bessarabia :* locis siccis. Ta.

14 › **E. selphyllum** Boiss. An. — *Bal. pl. d'Or. an. 1854. Nᵒ 81.*
— *Tchihat. pl. As. Min. exsicc. an. 1869. Nᵒ 321.* — *Lydia :* reg.
super. m. Tmoli. Bal. *Lycaonia :* pr. Kulukessa, lapidosis, alt.
1030ᵐ. T. *Armenia.* B. An.

15 › **E. thyrsoideum** Boiss. An. — *Bal. pl. d'Or. an. 1855. Nᵒ 112.*
— *Armenia :* m. Muzurdagh et Tekdagh, fl. nec non pr. Erzerum. Calv. *Cappadocia :* reg. subalp. m. Karamos. Bal. *Ciliciæ*
Bulgardagh : devexis calcareis aquiloni oppositis m. Kizil-tepe,
alt. 2030ᵐ. Ky. diar. cilic. an. 1853.

16 **E. crassipes** C. A. Mey. — *Bal. pl. d'Or. an. 1857. Nᵒ 1257.* —
Tchihat. pl. As. Min. exsicc. an. 1858. Nᵒˢ 466, 810. — *Ponto :*
pr. castellum Bailout ; H. inter pagos Agutchbachi et Sarylala
(ad NNO. urbis Gumuchkane), alt. 2200ᵐ ; inter urbem Niksar
et pagum Rachtchiflik mont. silvat. alt. 900-1500ᵐ. T. *Phrygia :*
collibus ad septentr. urbis Uchak, alt. 910ᵐ. Bal. *Cilicia campestri :* arenosis marit. pr. Mersinam. Bal. — *Caucasi* prov. caspica
Talusch. Ledeb. l. c.

17 **E. Græcum** Boiss. et Heldr. — Herb. græc. norm. Nᵒ 452. —
Pr. *Byzantium.* B. — Circa *Athenas,* vere copiosissimum. B.
Heldr.

18 **E. repandum** L. Olympo *Bithyniæ.* S. *Cilicia campestri :* ad
pagum Alladagh. Bal. *Armenia rossica.* Ledeb. l. c. — *Macedonia.* G. *Serbia.* Pan. *Tauria. Mingrelia. Talusch.* Ledeb. l. c.

19 › **E. Smyrnæum** Boiss. — *Bal. pl. d'Or. an. 1854. Nᵒ 82.* —
Ionia : collibus lapidosis ad marginem merid. sinus Smyrnensis. Bal.

20 ⟩ E. purpureum Aucher. *Armenia.* B. An.

21 E. Andrzeioskianum Bess. (D. diffusum MB. et Ehrh. sec. Spr. Cheiranthus erysimoides et Ch. pallidus Pall.) *Armenia :* m. Ararat et Alagœs, nec non vulcanis circa lacum Goektchai, alt. 1300-1525^m. W. — *Tauria. Caucaso. Sibiria.* Ledeb. l. c.

22 † E. collinum Andrz. (Cheiranthus collinus MB.) *Armenia rossica :* circa Erivan, alt. 1071^m. W. — Pr. Kosakorum oppidulum *Galuga.* DC., l. c. Deserto *Caspico.* Ledeb. l. c.

23 † E. odoratum Ehrh.

> † *Var. Carniolicum* Doll. (E. pectinatum Bory.) Olympo *Bithynio.* Clement. — *Serbia. Grœcia* m. Taygete. G.

24 E. leptophyllum Andrz. (Cheiranthus leptophyllus MB.) *Armenia rossica.* — *Iberia.* Prov. *Talusch.* Ledeb. l. c.

> *Var. dentata* Hohenack. *Armenia rossica :* humidis, pr. Etchmiatzin. W. — *Iberia. Talusch.* Ledeb. l. c.

25 ⟩ E. gelidum Bge. in pl. Abich. — Humile, adscendens, subglabrum, foliis oblongis omnibus in petiolum attenuatis supra glabris subtus pilis paucissimis bipartitis adspersis, sepalis glabris pedicello plus duplo longioribus petalorum ungue brevioribus, petalorum lamina obovata, siliquis pube bi-(rarissime tri-) partita canescentibus, stylo latitudinem siliquæ superante, stigmate capitato. — Sub anthesi vix tripollicare. Folia caulina inferiora longe petiolata, lamina brevi obovata integerrima. Flores magni flavi. Pedicelli 2''' longi. Sepala 3, 5''' longa. Petala 7''' longa, ungue nempe 4''' et q. exc., lamina 2''' et q. exc. longis. Stylus linea parum longior : stigma emarginatum. *Armenia rossica :* reg. super. m. Alagœs. Bge.

26 ‡ E. lanceolatum R. Br. (E. cheirantholdes Crantz. E. hesperis Scop. Cheiranthus alpinus L.) *Armenia rossica.* — *Grusia.* Ledeb. l. c. *Serbia.* Pan.

> *Var. petiolatum* C. Koch. *Armenia rossica :* circa Erivan. W.

Species nondum descripta.

27 ⟩ E. Ketschyanum J. Gay. — *Bal.* pl. d'Or. an. 1858. N° 101. — Reg. alp. Tauri *Ciliciæ,* supra Bulgarmaden. Bal.

XLIX. **Conringia** Andrz. Griseb. — Erysimi Sect. Conringia. DC. Ledeb.

1 † **C. orientalis** Andrz. Griseb. (C. perfoliata Link. Erysimum perfoliatum Crantz. E. orientale R. Br. DC. Ledeb. Brassica orientalis Link. Cheiranthus orientalis Lagasc.) Tchihat. pl. As. Min. exsicc. an. 1858. N° 123. — Circa *Byzantium.* T. *Ponto* supra Samsun, collibus. T. *Phrygia:* ad pagum Bulgaskoi, pr. Uchak. Bal. *Armenia:* arvis circa Erzerum. H. — *Persia.* B. An. *Tauria. Transcaucasia.* Ledeb. l. c.

2 > **C. grandiflora** Boiss. et Heldr. — *Tchihat.* pl. As. Min. exsicc. an. 1849. N° 763. — *Lycia:* m. Climax et Solyma. *Pamphylia:* m. Gibelreis pr. Alaya. B. *Galatia:* m. Elmadagh, alt. 1234ᵐ. T.

3 † **C. austriaca** C. A. Mey. Griseb. (Erysimum austriacum Roth. Baumg. DC. Ledeb. E. perfoliatum Crantz.) *Armenia?* B. An. — *Thracia bor.* G. *Serbia.* Pan. *Caucasia.* Ledeb. l. c.

4 **C. clavata** Boiss. An. (Sisymbrium perfoliatum C. A. Mey.) Bal. pl. d'Or. an. 1857. N° 1346. — *Armenia:* arvis circa Erzerum. H. *Phrygia:* ad Bulgarkoi, pr. Uchak, alt. 900ᵐ, inter segetes. *Cappadocia:* planitie Kaisariæ, inter segetes. Bal. — *Caucaso.* Ledeb. l. c.

5 **C. persica** Boiss. *Armenia:* circa Erzerum. Calv.— *Persia:* pr. Schiraz. B.

> β Var. ramosa Boiss. (C. ramosa Boiss. et Buat in pl. Buat. Arm.) *Armenia* montosis circa pagum Mamire, inter Erzerum et Baibut. H.

6 **C. planisiliqua** Fisch. et Mey. (Erysimum planisiliquum Ledeb.) *Armenia turcica:* pr. Erzerum, Calv. et rossica.— *Iberia.* Ledeb. l. c.

TRIBUS VII. CAMELINEÆ DC. Prdr. I. 201.

L. **Syrenopsis** Jaub. et Spach. Griseb. spic. 1. 264.

1 **S. stylosa** Jaub. et Sp. Griseb. Circa *Byzantium.* R. Olympo *Bithynia.* J. S.

LI. Camelina Crantz. DC. l. c.

Sect. I. CHAMÆLINUM DC. lc.

1 > C. Armeniaca Desv. (Myagrum armeniacum Steud.; *Armenia.* DC. l. c.

2 ‡ C. sativa Crantz. (Myagrum sativum L.) *Armenia :* campis pr. Ispir. H. *Cilicia bor. :* ad pagum Aladagh. T.— *Serbia, Pan, Caucaso, Tauria, Sibiria.* Ledeb. l. c.

> Var. hirsuta Boiss. (C. sativa a DC. l. c. C. silvestris Wallr. C. microcarpa Andrz.) *Bal.* pl. d'Or. an. 1857. N° 1217.— *Phrygia :* pr. Urbuk, alt. 910ᵐ. inter segetes Bal. *Armenia :* prov. Kara. — Regione caspica Talusch. *Sibiria.* Ledeb. l. c.

3 C. hispida Boiss. An. *Armenia. Cilicia campestri :* pr. Mersinam. Bal. — *Persia.* B. An.

4 C. laxa C. A. Mey. *Armenia :* campis pr. Ispir. H. *Cappadocia :* planitie oppiduli Develikarahissar, alt. c. 1200ᵐ. Bal. — *Caucaso.* Ledeb. l. c.

5 > C. grandiflora Boiss. *Caria.* Boiss. *Cappadocia :* ad pagum Enehil. Bal.

Sect. II. PSEUDOLINUM DC.

6 ‡ C. Austriacum R. Br. (Myagrum austriacum Jacq. Nasturtium austriacum Crantz. Cochlearia austriaca Ledeb. fl. ross. I. 160.) *Armenia rossica :* humidis pr. Etchmiadin. W.— *Tauria, Caucaso, Rossia austr. :* ad fl. Tanain. Ledeb. l. c.

TRIBUS VIII. LEPIDINEÆ DC. Prdr. 1. 202.

LII. Æthionema DC. l. c.

1 E. oppositifolia DC. (Thlaspi oppositifolium Poir. Lepidium oppositifolium Labill.) *Bal.* pl. d'Or. an. 1855. N° 417.— *Cilicia* Bulgardagh : radices exegit in argilla fragminibus saxorum

tecta, alt. 2700-3249ᵐ. Ky. diar. cilic. an. 1851. — *Libano.* DC. l. c.

2 Æ. chloræfolia DC. (Iberis chloræfolia et Olympica Sibth. Lepidium chloræfolium. Spr.) *Bithynia:* cacumine Olympi. Prdr. Fl. gr. II. 10.

3 › Æ. iberidea Boiss. An. — *Tchihat.* pl. As. Min. exsicc. an. 1849 sine N°. — Circa *Byzantium.* T. Olympo *Bithyniæ.* B. Reg. alp. Tauri *Ciliciæ.* Bal. *Cappadocia:* m. Karamasdagh pr. Kaisaria. T.

4 Æ. cordata DC. (Thlaspi cordatum Desv.) *Caria:* m. Cadmo orientali. B. *Armenia.* — *Syria.* DC. l. c.

5 Æ. rotundifolia C. A. Mey. Summis *Ciliciæ* Bulgardagh, alt. c. 3512ᵐ. Ky. diar. cilic. an. 1853. — Alpinis *Caucasi* montis Elborus occid., alt. 2468ᵐ. Ledeb. fl. ross. 1. 200.

6 › Æ. Moricandiana Boiss. *Cariæ* montibus. B.

7 › Æ. subulata Boiss. et Heldr. *Isauria:* parte orient. m. Gheldagh, alt. 1949ᵐ. B.

8 › Æ. Montbretii Jaub. et Sp. *Tauro.* J. S.

Species nondum descripta.

9 › Æ. rubescens Schtt. et Ky. *Ciliciæ* Bulgardagh: summis alpis Meidesis, alt. 3832ᵐ. Ky. Reise cilic. Taur. p. 392.

 LIII. **Hutchinsia** R. Br. non Agardh. DC. Prdr. I. 177. excl. sect. Iberidella. — Lepidii subg. Hutchinsia Hook. et Dcne. l. c.

1 † H. petræa R. Br. (Lepidium petræum L. Teesdalia petræa Rchbch.) *Caria:* pr. Mula. B. An. — *Græciæ:* petrosis. Prdr. fl. gr. II. 5. *Tauria.* Ledeb. l. c. *Algeria:* pr. Djelfa, alt. 1120ᵐ. Cos. l. c.

 LIV. **Lepidium** R. Br. DC. Prdr. I. 203.

 Sect. I. Cardaria DC. — G. Cardiolepis. Wallr.

1 † L. draba L. (L. arvense Mill. Cochlearia draba L. Cardaria cochlearia Spach. ἄγριον Diosc. λεπίδιον μικρόν Græc. ho-

diern.) *Tchihat.* pl. As. Min. exsicc. an. 1858. N° 12. — *Agro Byzantino.* G. *Olympo Bithyniæ.* S. *Ponto :* supra Samsun, collibus. T. *Armenia :* pr. Erzerum. H. — *Rumelia.* G. *Serbia. Pan. Bessarabiæ* arenosis. Ta. *Græcia.* Fr. fl. class. *Tauria.* D'Urv. *Caucaso. Sibiria.* Ledeb. l. c. *Persia.* B. An.

　ꝛ *Var. crassifolium. Armenia rossica :* circa Erivan, alt. 1073ᵐ. W.
　ꝛ *Var. tenuifolium.* Ibid.

2 ꝛ **L. propinquum** Fisch. et Mey. — *Tchihat.* pl. As. Min. exsicc. an. 1849. N° 176. — *Galatia :* valle fl. Sangarii parvi (Kutchuk Sakaria) inter pagos Tchakmak et Tatar, alt. c. 900ᵐ. T. — *Armenia rossica :* declivitate boreali m. Ararat, valle Arguri. Bge. l. c. — Littore orient. *Maris Caspii.* Ledeb. fl. ross. II. 203.

　　Sect. II. Ellipsaria DC. l. c.

3 **L. Chalepense** L. (L. draba L. var. Spach. L. oxyotum DC.) *Armenia :* m. Ararat. — *Iberia.* Ledeb. l. c. *Syria.* DC. l. c.

　　Sect. III. Bradypterus DC. l. c.

4 ꝛ **L. cæspitosum** Desv. *Armenia :* pr. Erzerum, ad paludes. H.

　　Sect. IV. Cardamon DC. l. c.

5 ꝛ **L. sativum** L. (Nasturtium sativum Crantz. Thlaspi sativum Cav. Thlaspidium sativum Spach. κάρδαμον Diosc.) *Armenia rossica :* planitie fl. Araxis, alt. 908-1136ᵐ, W. nec non m. Ararat. Ledeb. l. c. — *Græcia* nunc haud adest. Fr. l. c. *Cypro. Persia.* DC. l. c.

　Var. obovatum Kit. *Armenia ross. :* pr. Etchmiadsin. Ledeb. l. c.

　　Sect. V. Lepia DC. l. c. — G. Lepia Desv.

6 † **L. campestre** R. Br. (Thlaspi campestre L.) *Tchihat.* pl. As. Min. exsicc. an. 1849. N° 240 ; an. 1858. N° 29. 119. — *Agro Byzantino.* G. *Ponto :* supra Samsun, collibus marit. silvat. T. *Lycaonia :* planitie prope pagum Atlan, alt. 979ᵐ. T. — *Macedonia.* G. *Serbia. Pan. Tauria. Caucaso.* Ledeb. l. c.

7 **L. cornutam** Sm. Griseb. non D'Urv. *Bithynia et Thracia* : gregarie ericetis m. Samanli supra Kapaklu, ad sinum Mudaniensem, alt. 0-390ᵐ. G. — *Græcia.* Steud. *Cypro.* Prdr. fl. gr. II. 6.

8 † **L. hirtum** Sm. Ins. *Chio. B. An.* — *Græcia.* Nym.

9 **L. spinosum** L. — *Bal.* pl. d'Or. an. 1854. N° 79. — *Circa Byzantium.* R. Pr, *Smyrna* : collibus incultis. Bal. — *Græcia.* Nym.

Sect. VI. Dileptica DC. l. c. — G. Dileptium Rép.

10 † **L. ruderale** L. non Burm. Circa *Byzantium.* Prdr. fl. gr. II, 7. Olympo *Bithyniæ.* S. *Armenia.* H. — *Bessarabia.* Ta. *Serbia.* Pan. *Tauria. Caucaso. Sibiria.* Ledeb. l. c.

11 **L. vesicarium** L. (L. angulosum D'Urv. nec. Spach.) *Armenia rossica* : planitie fl. Araxis, alt. 908-1136 ; montibus inter *Armeniam ross. et Grusiam* titia, alt. 488-1493ᵐ. W. — *Caucaso.* Ledeb. l. c. *Persia. Media.* DC. l. c.

12 † **L. perfoliatum** L. (Alyssum heterophyllum R. Br.) *Tchihat.* pl. As. Min. exsicc. an. 1849. N° 326. — *Bal.* pl. d'Or. an. 1854. N° 80. — *Bithynia* : pr. Bolu. G. *Ionia* : ad Burnabat, pr. Smyrnam, incultis. Bal. *Galatia* : pr. Beybazar, nec non inter Tchallyk et Hamza-Hadji, planis, plerumque aridis, alt. c. 890ᵐ. T. *Cilicia* : reg. super. vallis Kainlchly, atque ad pagum Tchupurlu, pr. Mersinam, marginibus viarum. Bal. *Armenia* : pr. Erzerum. H. — *Thracia* : pr. Philippopolin. G. *Bessarabia* : pr. Akkerman et Odessa. Ta. *Serbia.* Pan. *Tauria. Caucaso. Sibiria.* Ledeb. l. c. *Syria. Persia.* DC. l. c.

Sect. VII. Lepidastrum DC. l. c.

13 » **L. lyratum** L. *Armenia.* DC. l. c.

14 † **L. latifolium** L. (Cardaria latifolia Spach. κράμβη ἀγρία Diosc. Ledium Plin. ἀγρία λάπαθα Græc. hodiern.) *Bal.* pl. d'Or. an. 1856. N° 998. — *Cappadocia* : paludibus ad occidentem urbis Kaisariæ, alt. c. 1100ᵐ. Bal. *Cilicia campestri* : devexis fl. Bosanta-tchai ad SE. pylarum. Bal. *Armenia turcica* : Euphratis paludibus, H.

atque *rossica* : planitie fl. Araxis, alt. 908-1130ᵐ. W. — *Græcia*
Fr. l. c. *Tauria*. Prov. *Caucas. Sibiria*. Ledeb. l. c.

15 ⟩ **L. Persicum** Boiss. An. *Armenia :* circa Erzerum. II.

16 **L. affine** Ledeb. l. c. (**L. latifolium** var. Spach.) Circa *Byzantium*. R. — *Sibiria*. Ledeb. l. c.

17 ⟩ **L. pumilum** Boiss. et Bal. *Cappadocia :* salsis ad margines
paludum pr. Kaïsariam, alt. 1100ᵐ. B.

18 ⟩ **L. crenatifolium** Boiss. et Bal. *Cappadocia :* ad marginem
paludum salsarum circa Karahissar, alt. 1200ᵐ. B.

19 **L. crassifolium** W. K. (**L. verrucosum** DC. **Cardaria crassifolia** Spach.) *Tchihat.* pl. As. Min. exsicc. an. 1849. N° 96. — *Phrygia :* inter Yenihazar et Yenidje, salsis, alt. 960ᵐ. T. *Armenia :*
ad paludes Euphratis. II. — *Persia :* prov. Adjerbedjan. B. An.
Deserto Caspico. Tauria. Sibiria altaica. Ledeb. l. c.

    Var. *dentatum* Boiss. et Bal. *Cappadocia :* pratis salsis ad occiden-
tem Kaïsariam. *Armenia* pascuis salsis circa Van. B.

20 † **L. graminifolium** L. Sibth. fl. græc. (**L. Iberis** L. non Pall.)
Pr. *Byzantium :* Prdr. fl. gr. II. 7. — *Bulgaria :* pr. Inada. D'Urv.
Serbia. Pan. *Græcia*. Nyn. *Tauria*. Stev.

    LV. Æthionema R. Br. DC. Prdr. I. 208.

1 † **Æ. saxatile** DC. (**Thlaspi saxatile** L. non Prdr. Fl. gr. 1496.)
Agro *Trojano :* ad fontem Scamandri. G. Summis montibus Ins.
Cos. D'Urv. — *Hymetto*, pr. *Athenas* ; agro *Laconico* et *Argonico*.
Prdr. fl. gr. II. 7. *Serbia*. Pan.

2 ⟩ **Æ. Armenum** Boiss. An. *Tchihat.* pl. As. Min. exsicc. an. 1819
sine N°. — *Armeniæ* montibus. B. *Cappadocia :* m. Alidagh, pr.
Kaïsariam. T.

3 ⟩ **Æ. pulchellum** Boiss. et Huet. — *Tchihat.* pl. As. Min. exsicc.
an. 1858. Nⁿ 268, 661, 661. — *Ponto austr. :* inter urbem Niksar
et pagum Bachtchiflik, regione silvat. mont., alt. 1500-1900ᵐ ;
inter Samytch et Tehelu (ad SSE. urbis Samsun), reg. silvat.
mont., alt. 900-100ᵐ. T. *Armenia :* incultis pr. Erzerum, secus

viam ad Persiam ducentem , B. nec non inter pagum Scpigor
et urbem Erzindjan, alt. 1500-2000ᵐ. T.

4 > Æ. cardiophyllum Boiss. et Heldr. *Pisidia :* montibus supra
Buldur, rarum. B. *Cappadocia :* m. Alidagh. Bal.

    Var. *edentata* Boiss. et Thret. *Armenia :* pr. Torlum. B.

5 > Æ. thesiifolium Boiss. et Heldr. *Pisidia :* saxosis m. Oiklat-
schi, pr. Egidir. B.

6 Æ. Buxbaumii DC. (Æ. cappadocicum Spr. Thlaspi arabicum
MB.) *Tchihat.* pl. As. Min. exsicc. an. 1855. Nᵒ 134, 135 ;
an. 1858. Nᵒ 823. — *Phrygia :* vineis circa Uchak , alt. 600ᵐ. Bal.
Pisidia : inter pagos Aglassan et Tchukur, reg. mont. T. *Armenia :* valle Kassuklu inter Erzerum et Baibut alta, H. nec non
prov. Kars. Ledeb. fl. ross. 1. 209. *Ponto merid. :* inter Kasikol
et Yusufoglu, lapidosis, alt. c. 1509ᵐ nec non inter pagos
Yaglaian et Tchavdak, alt. c. 1800ᵐ. T. *Cilicia* Bulgardagh, pr.
pylas. Bal). *Cappadocia :* m. Alidagh. T. — *Thracia :* sparsim
campis pr. Ruskoi, alt. 2260ᵐ. G. *Caucaso.* Ledeb. 1. c. *Syria.*
B. An.

7 > Æ. schistosa Boiss. et Ky. (Iberis schistosa Ky. pl. Taur.)
Schistosis Tauri *Ciliciæ.* reg. subalp., ad septentr. pylarum.
Bal.; pr. Anacha. Ky. Reise cilic. Taur. p. 392.

8 > Æ. cordifolium DC. (Lepidium leocarpum DC. sec. cl. Boiss.
Diagn. Vol. II. 43.) *Bal.* pl. d'Or. an. 1855. Nᵒ 424. — *Cilicia :*
reg. alp. super. Bulgardagh, prope Gulek. Bal. — *Libano,* DC.
l. c.

9 Æ. Balansæ Boiss. *Tauro.* B.

10 Æ. polygaloides DC. (Crenularia orbiculata Boiss. sec. cl.
Boiss. sed non sec. J. Gay in Bull. Soc. bot. T. IV. 788.) Ins.
Chio. DC. — Prov. *Caucas.* australi-occidentalibus versus *fines
turcicas.* Ledeb. fl. ross. 1. 209.

11 > Æ. capitatum Boiss. et Bal. — *Bal.* pl. d'Or. an. 1855. Nᵒ 424.
Cilicia campestri : rupibus castelli ruderali supra pylas. *Antitauro :* reg. alp. m. Arslandagh. Bal.

12 Æ. stenopterum Boiss. An. *Cappadocia :* m. Akdagh. — *Persia.* B.

13 Æ. fimbriatum Boiss. — *Tchihat.* pl. As. Min. exsicc. an. 1849.
N° 779. — *Galatia :* m. Kuredagh depressis, herbosis, alt. c.
1100ᵐ. T. — *Persia ;* prov. Adjerbedjan. B.

14 Æ. speciosum Boiss. et Huet. (Æ. speciosum et ellipticum B.
et H. in pl. Arm. exsicc.) *Armenia :* pr. Erzerum, atque inter
Gumuchhane et Zazalarkhan. B. *Antitauro :* reg. subalp. m. Ar-
landagh. Boiss.

15 ⟩ Æ. lacerum Boiss. et Bal. *Ciliciæ* Bulgardagh : rupestribus
partis superioris pylarum. B.

16 ⟩ Æ. grandiflora Boiss. et Hohen.

> β *parviflora* (Æ. cordifolium Hort. botan. plures non DC.) *Tchihat.*
> pl. As. Min. exsicc. an. 1858. N° 974, 495. — *Ponto austr. :* inter
> urbem Chalkhane–Karahissar et pagum Liedja, alt. c. 1700ᵐ. *Arme-*
> *nia :* inter pagum Sepikor et urbem Erzindjan, alt. 1500-2000ᵐ.
> T. — *Persia,* m. Elbrus pr. Asadbas ; colitur frequenter. B.

TRIBUS IX. ISATIDEÆ DC. Prdr. I. 289.

LVI. **Isatis** L. DC. l. c.

Sect. I. Sameraria DC. l. c.

1 I. Armena L. non MB. (Sameraria armena Desv.) Pratis siccioribus *Armeniæ.* DC. l. c. — *Persia :* circa Ispahan. J. S. Prov.
caspica *Talusch.* Ledeb. Fl. ross. I. 210.

2 I. latisiliqua Stev. (I. armena MB. I. cappadocica Desv.) *Cap-*
padocia. DC. l. c. — *Iberia ;* subalpinis *Caucasi orientalis ;* provincia *Talusch.* Ledeb. Fl. ross. I. 210.

3 ⟩ I. velutina Boiss. et Huet. *Armenia boreali :* valle Kassuklu,
inter Erzerum et Baibut sita. B.

4 ✝ I. Lusitanica Brot. non L. nec S. G. Gmel. nec Mor. (I.
glauca Willd.) *Bal.* pl. d'Or. an. 1856. N° 996. — *Lycia :* collibus marit. pr. Antiphillos. Forb. *Cappadocia :* planitie inter. fl.
Zamanta-su et m. Dededagh sita, segetibus. Bal. *Armenia tur-*
cica. Calv. — *Lusitania.* DC.

Sect. II. GLASTUM DC. l. c.

5 I. costata C. A. Mey. Ledeb. fl. ross. I. 186. *Armenia rossica.* — Deserto scongoro-Kirghizico, *Sibiria.* Ledeb. l. c.

6 › I. Candolleana Boiss. An. *Ciliciæ* Bulgardagh : pr. Bulgarmaden, alt. 1774-2424ᵐ. Ky. Reis. cilic. Taur. p. 392.

7 › I. frigida Boiss. (I. suffrutescens Boiss. et Ky. *Bal.* pl. d'Or. an. 1855. N° 420. — *Ciliciæ* Bulgardagh : ad devexa summi cacuminis Metdesis, supra plumbi fodinas pagi Gulek, alt. 2723ᵐ. Bal., ad jugum Koschan, alt. 1934ᵐ, et Metdesis, alt. 3248ᵐ. Ky. l. c.

8 › I. vellerifera Boiss. et Noc. *Armenia merid.*, ad Bakernaaden. B.

9 › I. orientalis Willd. (I. lusitanica S. G. Gmel.) *Armenia rossica :* versus fines provinciarum Caucasicarum. Ledeb. l. c.

10 † I. canescens DC. (I. tinctoria L. var. canescens. I. lusitanica Mor. I. rostellata Bert.) *Bal.* pl. d'Or. an. 1856. N° 995. — *Bithynia* et *Thracia :* ad ostia Bosphori pr. Fanar; circa oppidulum Muduriu. G. *Cappadocia :* planitie urbis Kaisariæ, inter segetes, alt. c. 1107ᵐ. Bal. *Cilicia :* pr. pylas. Bal. Montibus inter *Armeniam rossicam* et *Grusiam* sitis, alt. 488-1403ᵐ. W. — *Iberia. Tauria.* Ledeb. l. c. *Græcia.* B. An.

11 › I. tomentella Boiss. et Bal. — *Bal.* pl. d'Or. an. 1854. N° 85. — *Lydia :* regione media m. Sipyli, supra Magnesiam. B.

12 I. iberica MB. (I. canescens var. iberica DC.) *Armenia rossica.* — *Iberia.* Ledeb. l. c.

13 I. Aleppica Scop. (I. ægyptiaca et lusitanica L.) *Asiæ Minoris* et *Græciæ* rupibus marit. DC. l. c. — *Syria :* pr. Saidam. Cat. herb. Syr. fasc. I. N° 3.

14 › I. Iconia Boiss. et Heldr. *Lycaonia :* agris pr. Koniam. B. *Cappadocia :* ad pagum Enehil pr. Kaisariam situm, inter segetes. Bal.

15 › I. callifera Boiss. et Bal. *Cilicia :* fauce fl. Guzeldere supra Sedichlg. pr. Mersinam. B.

10 > I. **brachycarpa** C. A. Mey. Ledeb. fl. ross. I. 210. — *Armenia ross.* : ad lacum Goktchai. Ledeb. l. c.

17 > I. **Aucheri** Boiss. An. *Intitauro* : reg. subalp. m. Arslandagh. Bal.

LVII. **Tetrapterygium** Fisch. et Mey. Ledeb. fl. ross. I. 110.

1 > T. **glastifolium** Fisch. et Mey. *Armenia rossica* : desertis argillosis salsis pr. Nahitchevan. Ledeb. l. c.

LVIII. **Neslia** Desv.

1 N. **paniculata** Desv. (Alyssum paniculatum Willd. Myagrum paniculatum L. Μύαγρα Diosc. Mingros Plin. Κunsaus Grave. hodiern.) Agris circa *Byzantium*. G. *Ponto* : pr. Tortum. H. *Cappadocia* : ad basin m. Karamas, pr. Kaisariam, inter segetes. Bal. — *Serbia. Tauria. Caucaso. Sibiria.* Ledeb. l. c. *Attica* : inter segetes. Fr. l. c. *Persiæ* prov. Adjerbedjan. B. An.

LIX. **Boreava** Jaub. et Sp.

1 > B. **Orientalis** Jaub. et Sp.— *Tchihat.* pl. As. Min. exsicc. an. 1858. N° 800. — *Bal.* pl. d'Or. an. 1856. N° 994; an. 1858. N° 1253. — *Phrygia* : pr. Tchanchlu, J. S. atque pr. Uchak inter segetes, alt. c. 1107ᵐ. Bal. *Cappadocia* : planitie urbis Kaisariæ, alt. c. 1107ᵐ. Bal. *Armenia merid.* ad Euphratem superiorem. J. S. *Ponto austr.* inter pagum Agilja et urbem Chabhane-Karahissar, alt. c. 1500ᵐ. T.

2 > B. **aptera** Boiss. et Heldr. *Pisidia* : pr. Buldur. B.

LX. **Schotewskia** [1] MB. Fl. taur. caucas. III. 421 ; Grat. pl. ross. II. t. 59; Endl. gen. N° 4911 cum syn. — Parlatoria Boiss. An. sc. nat. Ser. II. T. XVII., p. 71. partim. — Endl. gen. suppl. V. 38. — Walp. Repert. I. p. 174.

1 **Calyx** tetraphyllus, foliolis æqualibus. Corollæ petale 4, hypogyna, integra. Stamina 6, hypogyna, tetradynama, majora basi

<hr>

[1]. Genus a clar. amiciss. Fenzl. locupletatum atque emendatum. Opus ineditum.

latiora, lateralia distincte breviora, omnia exappendiculata.
Disci glandulæ 6, valvaribus binis, stamina breviora stipantibus,
majoribus placentariis solitariis minimis. Germen teretiusculum, biloculare, loculis 1-2- ovulatis, ovulis ex apice loculorum
pendulis, campylotropis, ovulum solum uno, rarius duobus per-
fectis, reliquis rudimentariis, mox omnino evanescentibus.
Stigma sessile capitatum. Silicula indehiscens teres, oblonga vel
clavata, basi farcita, medio chartacea, apice perquam serotine
ovoideo-tumente spongiosa, modo bilocularis disperma, septulo
verticali oblongo tenuissimo tunc persistente v. partim rupto,
modo, quod frequentissimum, unilocularis monosperma, septo
tunc v. omnino consumto v. valvulæ parieti hinc firmiter adpresso fatiscente. Semen loculum implens pendulum, teretiusculum. Embryonis exalbuminosi cotyledones sublineares pla-
niusculæ, radiculæ adscendenti incumbentes; radicula in
siliculis dispermis septo oblique, in monospermis placenta-
marginali exacte parallele adpressa.— Herbæ *Taurico-Caucasicæ*
nec non in *Asia Minore* et *Syria* indigenæ, erectæ, ramosæ,
ALLIARIÆ OFFICINALIS facie, foliis petiolatis cordato-reniformibus
ovatisque grosse dentatis, racemis elongatis, pedicellis fructiferis exhinc falcato-deflexis adscendentibus, clavatis, ad siliculæ
basin fortiter constrictis, floribus albis. — SOBOLEWSKIÆ genus
cum NESLIA et MYAGRO inter ISATIDEAS artificialiter magis quam
naturaliter collocatum, mediante GOLDBACHIA, cui ex fructu et
pedicellis falcato-reflexis quodammodo affine, transitum ad Ancmo-
neas molitur[1].

1 S. Lithophila MB. Fl. Taur. Cauc. III. 421; ej. Cent. II. t. 59.
— Ledeb. fl. ross. I. 213; Reless. ic. II. t. 80. (Parlatoria brachycarpa Boiss. in sched. coll. Ky. II. Cilic. N° 72. f. et 14*; ej.
Coll. pl. Taur. I. N° 35. — *Ky.* pl. d'Or. un. 1858. N° 111.
Ciliciæ Bulgardagh : valle scopulosa Karli-Boghaz, et juxta
plumbi-fodinas, alt. 2175ᵐ; supra pagum Gulek abundantis-
sima; Alliariæ officinalis ad instar herbæ ruderalis, ac florida
esse prima fronte simul simillima. Ky. | Declivitate occid. ejus-

<hr>

1. E genere expellenda S. STYLOSA Boiss. et Hohen. genus novum Pseu-
doalliariæ, supra propositum, sistit.

dem jugi circa oppidulum Bereketly, alt. 1400^m. Bal. — *Tauriæ*
et *Iberiæ* rupestribus. MB.; *Caucasi orientalis* subalp. circa Chi-
nalug. Stev. !

2 > S. clavata Fenzl. (Parlatoria clavata Boiss. nisi eadem cum
praecedente quod suspicor.) *Tchihat.* pl. As. Min. exsicc. an.
1858. N° 525 sub. nom. Parl. clavatæ a cl. Boiss. determinatum.
— *Armenia :* inter Erzerum et Balbut circa Khan Zazalar dictum. Huet coll. pl. Arm. a cl. Boiss. determ. *Ponto :* juxo
Paryadres veterum, vallibus alp. alt. 1900-2500^m, inter pagos
Lisdja et Kumbetkhan. T.

Observ. PARLATORIAM BRACHYCARPAM Boiss., quam in horto Vin-
dobonensi ab anno 1854 protinus colimus, *Sobolewskiæ* esse
generis certus sum; si quis autem a stirpe Biebersteiniana
diversam crederet, minus acriter forsan repugnarem. Sunt
enim quædam, quibus nostra, spectatis solum hujus iconibus
supra citatis, ab ea recedit; non magna tamen hæc certe eo
essent habenda, quod partim tribuenda sint foliorum formæ
quam maxime ludibundæ, partim stirpium delineatarum fructu
nondum perfectissimo, partim (quod frequentissime occurrit) incuriæ pictoris ac sculptoris, minime vero stirpis ipsius
indoli diversæ. Nuinne porro PARLAT. CLAVATA Boiss. a nostra revera differt necne, descriptione nitulrum ejus nitidissima cum
nostra ad unguem fere quadrante, firmiter decernere non audeo, quum collectionis Aucherianæ specimina a cl. Boiss. huc
relata mihi non prostent; nihilominus tamen eam *Sobolewskiæ*
generi simul esse subjungendam fortiter contenderem. Aliter
forsan res se haberet cum PARLAT. CAKILOIDE Boiss., aliter certe
cum PARLAT. ROSTRATA Boiss. et Hohenack. ac probabiliter simul
cum P. GRIFFITHIANA Boiss. — P. CAKILOIDES Boiss. e descriptione
cl. auctoris mihi solummodo nota imprimis differt : *silicula lan-*
ceolata, tetragona compressiuscula, valvularum nervo medio et pla-
centis prominentibus carinata apice attenuato acuta, quæ in Sobo-
LEWSKIis omnino teres ac apice clavato-incrassata. Dissepimento
eam carere ac unilocularem simulque dispermam esse contendit
auctor, silet vero de seminum situ, num parallele juxtaposita
sit in eodem loculo, num superposita ac isthmo aliquo ab
invicem sejuncta?. Dummodo constaret, semina P. CAKILOIDES esse

juxtaposita, tunc certe, non obstante ejus silicula apice attenuata, ad Soꝛolewskias esset referenda; quod si autem superposita sint ac isthmo transverso, P. rostratæ ad instar, ab invicem sejuncta, tunc certe a Soꝛolewskiæ genere longe abhorreret ac cum hac ultima et forsan P. Griffithiana simul *Cryptosporæ* generi esset adnumeranda. — P. rostratam *Cryptosporæ* esse generis nunc, examinatis fructibus maturis C. falcatæ Karel. et Kir., certissimus sum, nec multum porro dubitarem P. Griffithianam huc simul esse trahendam, quum ea ex descriptione auctoris Cryptosporæ falcatæ tam foliis, quam racemi, pedicellorum ac stigmatis indole simillima videatur. — Intelligitur saltem ex his fusius expositis *Parlatoriæ* genus ulterius, quod valde candideque doleo, non posse servandum, imo protinus in commodum scientiæ esse tollendum eo, quod duæ tresve ejus species (P. brachycarpa, clavata et forte camelaoides) *Sóbolewskiam*, totidemque reliquæ (P. rostrata, Griffithiana ac probabilius P. camelaoides) *Cryptosporam* spectent. F.

LXI. **Myagrum** Tourn. DC. l. c.

1 † **M. perfoliatum** L. — *Tchihat.* pl. As. Min. exsicc. an. 1858. Nᵒ 131. — Circa *Byzantium*. Prdr. fl. gr. II. 1. *Ponto* : collibus marit. silvat. supra Samsun. T. *Bithynia* : pr. Bolu. G. *Cappadocia* : planitie circa Kaisariam. T. *Armenia rossica* : planitie ad fl. Araxin. — *Caucaso, Tauria*, Ledeb. fl. ross. I. 214. *Serbia.* Pan. *Græcia.* Nym.

TRIBUS X. ANCHONIEÆ DC. Prdr. 1. 212.

LXII. **Goldbachia** DC. l. c.

1 **G. tetragona** Ledeb. l. c. *Armenia ross.* — Deserto *Caspico*. Ledeb.

2 **G. torulosa** DC. — *Bal.* pl. d'Or. an. 1850. Nᵒ 1005. — *Cappadocia* : ad pagum Enchil, inter segetes, alt. c. 400ᵐ. Bal. — Prov. caspica *Talusch*. Ledeb. l. c.

LXIII. **Anchonium** DC. l. c.

1 > **A. Tournefortii** Boiss. (Sterigma chionophyllum Schtt. et Ky.) *Tchihat.* pl. As. Min. exsicc. an. 1858. N° 513. — *Ponto austr.* declivitate merid. jugi Paryadres veterum, inter pagos Lisdja et Kumbetkhan, vallibus alpinis, nudis, humidiusculis, alt. 1900-2560m. T. *Cilicia* Bulgardagh : ad nives deliquescentes sat rara, et gaudium pastoris ob odorem suavem, alt. 2437m. Ky. diar. cilic. an. 1853. *Antitauro :* reg. alp. m. Arslandagh. Bal. *Armenia :* m. Tekdagh, pr. Ispir. H.

LXIV. **Sterigma** DC. l. c. — Sterigmostemon MB. fl. taur. suppl. p. 444

1 **S. tomentosum** DC. (Cheiranthus calycinus Lauk. Cheir. tomentosus Willd.) *Armenia ross. :* humidis pr. Etchmiasdin. W. — Deserto *caspico. Sibiria.* Ledeb. l. c.

2 **S. torulosum** DC. — *Tchihat.* pl. As. Min. exsicc. an. 1858. N° 203. — *Armenia turcica* et *rossica :* inter Ispir et Tortum, H. atque inter pagos Mamahatun et Yenikoi (ad Orient. Erzerum, alt. c. 2000m. T.; humidis, pr. Etchmiasdin. W.—*Iberia :* circa Tiflin. DC. l. c.

3 **S. elychrisifolia** DC. (Cheiranthus aureus Willd.) *Cappadocia* orient. B. An. *Armenia.* — *Persia.* DC. l. c.

4 > **S. brachypetalum** Boiss. An. — *Tchihat.* pl. As. Min. exsicc. an. 1849. N° 425 bis.— *Cappadocia :* planitie urbis Kaisariæ. T.

5 > **S. acanthocarpum** Fisch. et Mey. Ledeb. fl. ross. I. 216. *Armenia rossica :* prov. Nahitchevan. Ledeb.

LXV. **Cryptospora**[1] Karel. et Kir. in Bull. nat. Mosq. 1842. p. 101. Ledeb. fl. ross. I. 769. Endl. gen. suppl. III. 88. Walp. Repert. II. 762. — Parlatoriæ spec. Boiss. Diagn. vii. 22 et Ser. II. N° 1. 12.

Calyx tetraphyllus foliis æqualibus. Corollæ petala 4, calyce longiora, lamina obovato-cuneata retusa, in unguem angustum

1. Genus a cl. amic. Fenzl. emendatum atque locupletatum. Opus ineditum.

attenuata. Stamina 6, omnino libera, edentula, lateralia multo breviora. Disci glandulæ 4, valvaribus binis stamina breviora stipantibus, placentariis nullis. Germen teretiusculum biloculare, loculis pluriovulatis, ovulis campylotropis, e placentis tam ejusdem quam oppositi loculi inter se alternis pendulis. Stigma sessile minutum integrum. Siliqua indehiscens coriacea, 2-6 sperma, teretiuscula, falcata, in rostrum asperrimum faretum sensim attenuata, diss pimento incrassato flexuoso, anfractibus suis valvularum faciebus alternatim adnato, remote septata, ad isthmos cylindraceo-elongatos vix vel subangustato juvenca ibidem strangulata. Semina loculos spurios alternatim superpositos implentia pendula oblonga vel cylindrica, hinc valvularum pariete simplici tenuiore, illinc ex dissepimento adhærente incrassato inclusa. Embryonis exalbuminosi cotyledones lineares planæ, radiculæ adscendenti, dissepimento applicatæ, incumbentes. — Herbæ annuæ in arenosis *Soongariæ* ad fl. Lepsa, *Persia boreali* et *Afghanistano* crescentes, Malcolmiæ vel Alliariæ facie, erectæ, ramosæ, glabriusculæ vel pilis furcatis tectæ; foliis petiolatis, subsessilibus ac semifibus, integris v. sinuatodentatis; racemis demum elongatis remotifloris, basi quandoque foliatis, pedicellis incrassatis, brevibus, erectis vel patentibus; floribus albis.

1 C. falcata Kar. et Kir. Arenosis deserti *Soongoro-Kirghisici* ad fl. Lepsa. Ledeb. fl. ross. I. 769.

2 C. rostrata Fenzl. (Parlatoria rostrata Boiss.) *Persia boreali :* in. Elbrus. B.

3 C. Griffithiana Fenzl. (Parlat. Griffithiana Boiss.) *Afghanistano.* B.

Observ. Cryptospora, inter Anchonieas bene collocata, Sterigmati sane proxima, ab eo potissimum differt stigmate indiviso minuto, placentis inter valvulas extus rectiline nec flexuose decurrentibus ac floribus parvulis albis. Silliculis rostratis et stigmate Chorisporam inter genera siliquis lomentaceis insignita accedit. F.

SUBORDO. ORTHOPLOCEÆ DC. l. c.

TRIBUS XI. BRASSICEÆ DC. l. c.

LXVI. **Brassica** L. excl. spec.

Sect. I. Brassica DC. l. c.

1 † B. napus L. *Armenia rossica.* — *Sibiria.*? Ledeb. fl. ross. I. 217. *Tauria merid.* Stev.

2 B. Cretica Link. — Fl. gr. tab. 648. non Tineo nec Moris. (ἡ ἀγρία μάφανος Theopr. Μαυρολάχανον Græc. hodiern.) Herb. græc. norm. N° 413. — *Lycia :* rupibus marit. Forb. *Archipelago.* — Creta. DC. l. c. Faucibus m. Hymetti, ad rupes excelsiores, alt. 486ᵐ. Heldr.

Sect. II. Micropodium DC. l. c.

3 .> B. Persica Boiss. (B. elongata Boiss. An. non Ehrh.) Bal. pl. d'Or. an. 1856, N° 1003. — *Tchihat.* pl. As. Min. exsicc. an. 1849. N° 315, 339, 370. — *Phrygia :* planitie herbosa pr. pagum Arslieren, alt. 1000ᵐ. T. *Galatia :* collibus gypsaceis ad meridiem pagi Kepen, alt. 650ᵐ. T. *Lycaonia :* pr. lacum Bulak-geul, salsis, alt. 933ᵐ. T. *Cappadocia :* planitie urbis Kaisarieh, inter segetes, alt. 1200ᵐ. Bal. *Mesopotamia.* — *Persia :* ad Tcheran inter segetes. B.

LXVII. **Sinapis** Tourn. DC. Prdr. I. 217.

Sect. I. Melanosinapis DC. l. c. — G. Melanosinapis Spen.

1 † S. nigra L. non Pall. (S. torulosa β Pers. Brassica nigra Koch. Raphanus officinarum Crantz.) Agro *Byzantino.* G. — *Bessarabiæ* siccis. Ta. *Serbia.* Pan. *Græcia.* Nym. Ad fl. *Tigrin.* *Ægypto.* B. An.

2 S. geniculata Desf. — Bal. pl. d'Or. an. 1851. N° 78. — Pr. *Smyrnam,* arenosis marit. Bal. — *Africa boreali.* Desf.

Sect. II. Chaatomorpha DC. l. c.

3 S. arvensis L. (S. taurica Fisch. Sinapistrum arvense Spach.)
Tchihat. pl. As. Min. exsicc. an. 1858. N° 124. — Agro Byzan-
tino. G. Ponto: supra Samsun, collibus vulgatissimum. T.
Olympo Bithyniæ S. Armenia rossica: pr. Erivan. Ledeb. — Bes-
sarabiæ cultis. Ta. Serbia. Pan. Græcia. Nym. Tauria. Caucaso.
Sibiria. Ledeb. l. c. Algeria: pr. Djelfa, alt. 1120ᵐ. Coss. l. c.

β Var. orientalis Boiss. Armenia: pr. Ispir. B.

4 † S. orientalis L. (Brassica orientalis Boiss.) Armenia. Mesopotamia. B. An. — Serbia. Pan.

Sect. III. Leucosinapis DC. l. c.

5 † S. alba L. (Brassica alba Boiss. Bonannia officinalis Presl.
Leucosinapis alba Spach. σίναπι vel σίναπυ Theophr. Sinapis Plin.
σίναπι, νᾶπυ, σιναπόσπερμα Græc. hodiern.) Agro Byzantino. G. —
Bessarabiæ cerealibus. Ta. Serbia. Pan. Græciæ hortis frequens.
Fr. l. c. Tauria. Ledeb. fl. ross. 1. 218. Sec. cl. Stev. salt. a Pal-
lasio in Tauria observata, sed nunquam a nemine altero. Syria.
Mesopotamia. B. An.

LXVII. Moricandia DC. Prdr. 1. 221.

1 † M. arvensis DC. (Brassica arvensis L. Turritis arvensis R. Br.
Crantzia frutescens Lag.) Lyria: planitiebus excelsis circa Ste-
nez, alt. 975ᵐ, copiose cultis. Forb.

LXVIII. Diplotaxis DC. Prdr. 1. 221.

1 † D. tenuifolia DC. (Sisymbrium tenuifolium L.) Muris Byzantinis. — Macedonia. G. Serbia. Pan. Prov. transcaucas. versus
fines turcicas. Ledeb. l. c.

2 ‹ D. biloba C. Koch. Armenia rossica: planitie fl. Araxis, alt.
908-1136ᵐ. K.

LXIX. **Eruca** Tourn. DC. Prdr. I. 213. — Euzomum Link.

1 † E. sativa Link. (E. sativa α Sibth. et Sm. fl. gr. tab. 646. Brassica eruca L. E. rochella Spach.) *Agro Byzantino :* pr. Buyuk-dere. G. *Archipelago.* Prdr. fl. gr. *Armenia turcica :* pr. Ispir, H. atque *rossica :* pr. Eteluniasdin. — Prov. *Tahuach.* Ledeb. l. c. *Græcia :* frequens hortis agrisque. Fr. l. c. *Sahara algeriensi :* alt. 750-1120ᵐ. Coss. Bull. soc. bot. IV. 395, 481.

2 > E. Cappadocica Reut. in Bois. Diagn. — Heldr. pl. exsicc. an. 1845. N° 1289, sub nom. Er. sativæ. — *Tchihat.* pl. As. Min. exsicc. an. 1858. N° 808. — *Lycaonia :* planitie circa Koniam. Heldr. *Cappadocia :* pr. Enehil, alt. 1460ᵐ. Dal. *Armenia :* planitie circa Erzerum, atque hortis ipsius urbis, alt. c. 1950ᵐ. T.

LXX. **Erucastrum** Presl. Koch. Ledeb. fl. ross. I. 219. — Brassicæ spec. L. DC.

Sect. I. Microspora DC.

1 † E. elongatum Ledeb. l. c. (Brassica elongata Ehrh. DC. Prdr. I. 217.) *Armenia rossica.* — *Caucaso. Tauria.* Ledeb. l. c. *Serbia.* Pan. *Hungaria.* DC. l. c.

Sect. II. Eateasperma DC.

2 † E. obtusangulum Rchbcb. (Brassica erucastrum L. DC. l. c. *Bithyniæ* Olympo. S.

TRIBUS XII. ZILLEÆ DC. Prdr. I. 231.

LXXI. **Calepina** Adans. DC. l. c.

1 † C. Corvini Desv. Circa *Byzantium.* R. — *Macedonia.* G. *Serbia.* Pan. *Tauria.* Prov. *Caucas. Sibiria.* Ledeb. l. c. *Græcia.* Ins. *Zarytho :* Nym.

TRIBUS XIII. RAPHANEÆ DC. Prdr. I. 415.

LXXII. **Crambe** Tourn. DC. l. c.

1 † C. maritima L. Arenosis marit. secus *Pontum Euxinum.* DC. l. c. — Ad ostia fl. *Tanais. Tauria.* Ledeb. l. c.

2 C. orientalis L. non Jacq. (C. orientalis et pinnatifida MB.) *Armenia :* circa pagum Kablai, haud procul ab Erzerum situm. H. — *Iberia.* Ledeb. l. c. *Tauria.* Stev.

3 > C. quadricostata Boiss. An. — *Bal.* pl. d'Or. an. 1856. Nº 1001. — *Cappadocia :* planitie urbis Kaisariæ, alt. c. 1107ᵐ. . Bal.

LXXIII. **Rapistrum** Bœrh. DC. Prdr. I. 117.

1 † R. orientale DC. (Myagrum orientale L. Bunias raphanifolia Sm.) Ins. *Lemnos.* G. — *Creta. Græcia.* Nym. *Iberia.* Ledeb. fl. ross. I. 224.

> † *Var. rugosum* Griseb. (R. rugosum Berg. DC. All. Myagrum rugosum L. M. monospermum Friv. M. perenne Scop. non L.) Agro *Byzantino.* G. — *Tauria.* Prov. *Caucas.* Ledeb. l. c.

2 † R. perenne Berg. DC. (R. diffusum et Myagrum biarticulatum Crantz. M. perenne L.) Collibus aridis *Archipelagi* ins. *Astypalœæ.* D'Urv. — *Serbia.* Pan. *Podolia australi. Sibiria baikalensi.* Ledeb. l. c.

LXXIV. **Didesmus** Desv. DC. Prdr. I. 117.

1 D. Ægyptius Desv. (Myagrum ægyptium L. Bunias virgata Sibth. Cakile ægyptia Spr. An ad genus Rapistrum referenda species ut existimat cl. Cosson. Bull. soc. bot. IV. 57?) *Archipelago.* Nym. — *Cypro. Ægypto.* DC. l. c.

> *Var. oblongifolius* DC. Campis ins. *Astypalœæ.* D. l. c.

2 D. tenuifolius DC. Bunias Tournefortii Sibth. B. tenuifolius
Sm. Prdr. fl. gr.) *Archipelago.* — *Cypro.* DC. l. c.

LXXV. **Raphanus** L. ex parte. DC. Prdr. I. 218 ex parte.

1 R. sativus L. *Armenia :* m. Ararat. — *Caucasia :* prov. Kabarda. Ledeb. l. c. *China. Japonia.* DC. l. c.

LXXVI. **Raphanistrum** Tourn. — Raphani spec. L. — Raphani sect. Raphanistrum DC. l. c. — Raphani subg. Raphanistrum Maqul et Dene.

1 † R. rostratum Ledeb. (Raphanus rostratus. DC. l. c.) *Ponto :* marit. pr. Trapezunt. H.

2 † R. Odessanum Andrz. (Raphanistrum maritimum Sm. sec.
Stev.) Pr. *Trapezunt,* K. nec non ad littora orientalia *Maris Nigri.*
— Pr. *Odessam.* Ledeb. l. c.

3 † R. Landra Moretti. Circa *Byzantium.* Clem. sert. orient.

4 R. innocuum Medik. *Asia Minore.* G. Ad littora orientalia *Maris
Nigri* frequentissimum. Ledeb. l. c. *Serbia.* G.

SUBORDO IV. SPIROLOBEÆ DC. Prdr. I. 229.

TRIBUS XIV. BUNIADEÆ DC. l. c.

LXXVII. **Bunias** R. Br. DC. l. c.

1 † B. erucago L. (Myagrum erucago et M. clavatum Lmk.)
Tchihat. pl. As. Min. exsicc. an. 1858. N° 173. — *Ponto :* supra
Samsun, collibus. T. — Frequens *Graciæ* cultis et depressis. Fr.
l. c. Ins. *Zacyntho.* Nym.

2 † B. orientalis L. (Bunias perennis Mœnch. Myagrum taraxacifolium Lmk.) *Cappadocia :* ad Euphratem. B. An. *Armenia :*
circa Erzerum infra pagum Koblat, H. nec non pr. Kars. K. —
Serbia. Tauria. Caucaso. Sibiria. Ledeb. l. c.

TRIBUS XV. ERUCARIÆ DC. Prdr. I. 230.

LXXVIII. **Erucaria** Gærtn. DC. l. c.

1 ‡ E. Aleppica Gærtn. — Fl. gr. tab. 619. Sm. Prdr. fl. gr. N° 1583. (Bunias myagroides L. κίχλαμον Diosc. κίχλαμα, κίχλαμον Græc. hodiern.) Bal. pl. d'Or. an. 1855. N° 445. — Herb. gr. norm. N° 340. — *Archipelago, Asia Minore.* DC. l. c. — *Cypro. Græcia :* hortis agrisque frequentissimus. Fr. Heldr. *Syria :* pr. Saida. Catal. herb. syr. fasc. I. N° 4. *Ægypto.* DC. l. c.

SUBORDO V. DIPLECOLOBEÆ. Ledeb. Fl. ross. I. 226.

TRIBUS XVI. SENEBIEREÆ Meisner. Ledeb. l. c.

LXXIX. **Senebiera** Poir. DC. Prdr. I. 202. Ledeb. l. c. — Coronopi spec. Mœnch.

1 † S. coronopus Poir. (Cochlearia coronopus L.) *Lycia :* inter Phineka et Armoutlu. Forb. *Cilicia campestri :* reg. calida pr. Mersinam. Bal. *Græcia :* frequens littoralibus atque terris interioribus. Fr. l. c. *Serbia.* Pan. *Tauria.* Prov. Cauc., Ledeb. l. c. *Sahara algeriensi :* alt. 750ᵐ. Coss. l. c.

2 » S. Candolleana Boiss. An.

> Var. α silicula glaberrima (Isatis telocarpa DC. ?)
> Var. β silicula utrinque velutina.

Tauro. B. An.

3 » S. undulata Aucher. *Cappadocia* ad Euphratem. B. An.

4 » S. corymbosa Boiss. An. *Tauro.* — *Thessalia.* B. An.

5 » S. glauca Aucher. *Cappadocia :* ad Euphratem. B. *Armeniæ* neglectis, pr. Erzerum.

ORDO XLIII. PAPAVERACEÆ Endl. gen.

TRIBUS I. FUMARIEÆ Griseb. Papaveracearum Subordo II.
Fumariaceæ Endl. gen. — Ordo Fumariaceæ DC. Prdr. I. 127.
Ledeb. fl. ross. 197.

1. **Corydalis** DC. Prdr. I. 126. — Capnoides. Tourn.

§ 1. *Leonticoides.* DC. l. c.

1) C. oppositifolia DC. *Mesopotamia.* DC. l. c.

§ 2. *Capnites.* DC. l. c.

2 C. rutæfolia DC. (Cryptoceras rutifolium Schtl. et Ky. Fumaria
rutæfolia Sibth. et Sm. fl. gr.) Circa *Byzantium.* R. *Troadis*
summo monte. G. Montibus *Curiæ.* D. An. *Phrygia :* reg. alp.
m. Muraddagh, alt. c. 2600ᵐ. *Cilicia :* reg. alp. Bulgardagh, ad
septentr. pylarum. Bal. *Lycia :* reg. alp. Forb. *Armenia :* circa
Erzerum, supra Tachkœpru. H. — *Creta.* Nym. *Cypro.* DC. l. c.
Libano. Schtl.

3) C. nivalis Bois. et Huet. *Armenia :* pr. Gumuchlu ad nives,
alt. c. 1918-2272ᵐ. H.

4 † C. Marchaliana Pers. (Fumaria Marchaliana Pall.) *Bithynia :*
inter Sabandja et Gevl. B. An. — *Tauria. Rossia merid.* Prov.
Caucas. Ledeb. fl. ross. I. 99.

5 † C. bulbosa DC. non Pers. Olympo *Bithyniæ.* S. *Phrygia :* reg.
alp. m. Muraddagh, alt. c. 2500ᵐ. Bal. *Tauro.* B. Au. — *Thracia.
Macedoniæ* m. Athos, alt. 1621-1940ᵐ. G. *Græcia.* Nym. *Tauriæ.
Caucaso. Sibiria.* Ledeb. l. c.

6 † C. cava Schweig. Wahlbg. (C. bulbosa Pers. C. tuberosa DC.
Fumaria bulbosa α L.) *Bithyniæ* Olympo. S. Agro *Trojano* ad
Scamandrum. G. Circa *Byzantium.* R. — *Serbia.* Pan.

II. **Cryptoceras** Schtt. et Ky. in æstr. bot. Wochenbl.

1 > **C. pulchellum** Schtt. et Ky l. c. Petiolorum partitiones primariæ longe-, secundariæ breviter-petiolata; lacinia terminali elliptica, apice rotundata, basi longe-angustata et inde quasi spathulata; bracteæ obovatæ, obtusæ.

Alpibus *Ciliciæ* Bulgardagh, alt. 1950-2110ᵐ. Ky. Reise cilic. Taur. p. 391. — *Libano*. Schtt.

2 > **C. modestum** Schtt. l. c. Petiolorum partitiones primariæ longule-, secundariæ brevissime-petiolulatæ, lacinia terminali majuscula, rotundato-obovata, inferne breviter-angustata; bracteæ inferiores ovatæ, superiores rotundatæ; pedunculi calcare subbreviores; sepala minutissima exacte amorpha; petala exteriora apice sordide-maculata, macula non diffluente; lateralia purpureo-maculata; calcar uncinatum; purpureo-maculato-striolatum.

Ciliciæ Tauro et *Syriæ* in. Libano. Schtt.

3 > **C. purpurans** Schtt. l. c. Petiolorum partitiones primariæ longule-, secundariæ breviter-petiolulatæ, lacinia terminali parvula, rotundato-obovata, inferne brevissime-angustata; bracteæ inferiores obovatæ, supremæ obovato-rotundatæ; pedunculi calcare longiores; sepala minuta, crenulata; petala exteriora et interiora apice amœne-purpureo-maculata, macula diffluente tandem petala ex toto purpurante; calcar rectum, album.

Ciliciæ Tauro et *Syriæ* m. Libano. Schtt.

III. **Fumaria** Tourn. DC. Prdr. l. 129.

1 † **F. capreolata** L. (τέλεψεν Diosc. Κασμά Græc. hodiern.) Agro *Byzantino*. G. Arvis *Archipelagi*. Prdr. Fl. gr. II. 50. *Lycia* : vulgaris rupestribus et herbosis. Forb. — *Macedoniæ* penins. Hadjion-oros, alt. 650ᵐ. G. *Bessarabia* : hinc Inde. Ta. *Græciæ* rupestribus atque depressis frequens. Fr. l. c.

2 **F. macrocarpa** Parl. plant nov. (F. megalocarpa Boiss.) *Bal.* pl. d'Or. an. 1854. N° 128. — Herb. græc. norm. N° 348. — *Ionia* :

planitie fl. Hermi pr. *Smyrnam.* Bal. Ins. *Chio.* Nym. — *Atticæ*
arvis et locis cultis. Heldr.

3 † F. officinalis L. (F. officinarum Neck. F. pulchella Salzab.
καπνός Diosc. Altera capnos Plin. *καπνὸς* Graec. hodiern.) *Tchihat.*
pl. As. Min. exsicc. an. 1858. N° 133.— *Agro Trojano.* T. *Ponto :*
collibus marit. supra Samsun. T. *Olympo Bithyniæ.* S. Agris et
vineis *Archipelagi.* Prdr. Fl. gr. II. 50. *Armenia turcica.* Calv.
— *Thracia. Macedonia.* G. *Serbia.* Pan. *Græcia :* frequentissima
agris siccis, etiam m. Hymetto, ad alt. 950ᵐ adscendens. Fr.
l. c. *Tauria.* Prov. *Caucas.* M. *Ural.* Ledeb. fl. ross. I. 105.

4 † F. parviflora Link. non Sm. (F. spicata β L.) *Tchihat.* pl. As.
Min. exsicc. an. 1849. N° 28. — Cultis *Archipelagi* vulgaris.
Prdr. fl. gr. II. 50. Agro *Trojano.* G. *Galatia :* inter Kilichler et
Angora, alt. c. 1000ᵐ. T. *Cappadocia :* planitie urbis Kaisariæ.
T. — Cultis *Græciæ* vulgaris. Prdr. fl. gr. *Sahara algeriensi,* alt.
750–1120ᵐ. Coss. l. c.

> *Var.* forma foliorum laciniis subdilatioribus floribus roseis (F. micro-
> carpa Boiss. in Huet. pl. Arm.. *Armenia :* circa Erzerum. B. — Regio-
> nibus transcaucas. pr. Baku, et Sallian. Ledeb. l. c.

5 † F. Vaillantii Loisl. (Farsetia spicata Bess.) *Armenia turcica :*
circa Erzerum, T. atque *rossica.* — Prov. *Karabagh.* Ad *Astrakhan. Sibiria altaica.* Ledeb. l. c. *Macedonia.* G. *Serbia.* Pan.
Tauria. Stev.

6 F. Anatolica Boiss. Diagn. VIII. 14. (F. micrantha var. pedun-
culis recurvis Boiss. Diag. III. 80.; Bal. pl. d'Or. an. 1854. N° 129.
— Pr. *Smyrnam.* Bal. *Caria.* B. *Cilicia :* reg. calida ad pagum
Sailikly, pr. Mersinam. Bal. — *Syriæ* m. Carmelo. Super prope
Massiliam, verosimiliter e seminibus ex Oriente casu advectis. B.

7 F. Thuretii Boiss. — Herb. graec. norm. N° 319. — Ins. Prinkipum, pr. *Byzantiam.* — *Attica :* m. Corydalo, B. nec non cla-
telis m. Pentelici, pr. cœnobium. Heldr.

IV. **Hypecoum** Tourn.

1 † H. grandiflorum Benth. (H. glaucescens Bory et Chaub. non
Guss.) Herb. gr. norm. N° 355. — *Tchihat.* pl. As. Min. exsicc.

an. 1858. N° 619. — Circa *Byzantium*. R. *Ponto* inter Suniza et Periuge (ad SSE. urbis Samsun). alt. 400-600ᵐ. T. — *Attica*. Heldr. *Gallia merid. Hispania*. Nym.

2 † **H. procumbens** L. non G. Gmel. (H. arcuatum Mœnch. H. nodosum Lmk. *trisum* Diosc. Plin.) *Tchihat.* pl. As. Min exsicc. an. 1849. N° 207 et 408. — *Lycaonia :* inter pagos Inevi et Kulekoi, alt. c. 950ᵐ. T. *Bithynia :* pr. Mudurlu. G. *Archipelago*. Nym. *Armenia rossica*. Slev. — *Thracia :* ad radices Hæmi. G. *Græcia*. Nym. *Ægypto*. B. An.

   β *Var. grandiflorum* Benth. Agro *Byzantino*. G.

3 **H. imberbe** Sibth. et Sm. Circa *Byzantium*. B. Agro *Trojano*. G. — *Cypro*. Prdr. fl. gr. I. 107.

4 † **H. pendulum** L. non Pall. nec MB. nec C. A. Mey. *Armenia :* pr. Erzerum. T. Agris arenosis, ab Hispania ad mare *Caspium*. DC. Prdr. I. 124. *Sahara algeriensi*, alt. 750-1120ᵐ. Coss. l. c.

    TRIBUS II. PAPAVERACEÆ Griseb. — Ordo Papaveraceæ DC. l. c. Ledeb. ·

    V. **Rœmeria** Medik. DC. Prdr. I. 118. non Mœnch.

1 † **R. hibrida** DC. (R. violacea Mœnch. Chelidonium hybridum L. Ch. violaceum Lmk.) *Lycia :* planitiebus excelsis pr. Stenaz. Forb. Circa *Byzantium*. R. Ins. *Rhodos*. B. An. *Armenia :* circa Erzerum. T. Montibus inter *Armeniam rossicam et Grusiam* sitis, alt. 488-1493ᵐ. W. — Frequens *Attica et Eubœa*, inter segetes. Fr. l. c. *Macedonia*. G. Prov. *Caucas. Tauria*. Ledeb. fl. ross. I. 92. *Sahara algeriensi*, alt. 750-1120ᵐ. Coss. Bull. soc. bot. IV. 394 et 484.

2 **R. rhœadiflora** Boiss. — *Tchihat.* pl. As. Min. exsicc. an. 1849. N° 369. — *Phrygia :* pr. pagum Araberen, alt. c. 1000ᵐ, planit. T. — *Persia :* pr. Schiraz et Ispahan. B.

3 > **R. orientalis** Boiss. An. *Phrygia :* circa urbem Uchak, inter segetes. Bal.

VI. **Glaucium** Tourn. DC. l. c.

1 † G. luteum Scop. MB. (G. flavum Crantz. G. glaucum Mœnch.
Chelidonium glaucum L.) Circa *Byzantium*. R. *Archipelago :*
arenosis marit. copiose. Prdr. fl. gr. I. 39. *Lycia :* pratis
marit., alt. 0-190ᵐ. Forb. *Armenia :* circa Erzerum. T. *Ciliciæ*
Bulgardagh : ad pagum Gulek-boghaz. Bal. — *Græcia.* Nym.
Tauria. Iberia. Ledeb. l. c. *Syria.* B. An.

> Var. *flavum Boiss. Armenia :* circa Ispir. H.

2 † G. fulvum Sm. (G. luteum Scop. var. Spach. Chelidonium
corniculatum Don. var. Link. Chel. fulvum Poir.) *Cilicia boreali :*
circa Berekelly, alt. c. 1350ᵐ. Bal.

3 G. calycinum Boiss. An. — *Tchihat.* pl. As. Min. exsicc. an. 1853.
Nº 542. — *Cappadocia :* inter Ketche-Megara et Gurun, aridis
lapidosis, alt. c. 1500ᵐ. T. — *Persia :* ad Ispahan. B. An.

4 > G. Cappadocicum Boiss. An. *Cappadocia :* ad Euphratem.
B. An.

5 > G. grandiflorum Boiss. et Huet. *Armenia :* circa Erzerum. H.

6 † G. corniculatum Curt. (G. phœniceum Crantz. Chelidonium
corniculatum L. Papaver corniculatum Seslini ?) *Bithynia :* littore bor. sinus Nicomedæensis pr. Yalova. S. *Archipelago.* Nym.
Cilicia campestri : reg. calida pr. Mersinam. Bal. — *Græcia.* Nym.
Tauria. Stev. *Sahara algeriensi,* alt. 750 et 1120ᵐ. Coss. l. c.

> Var. *tricolor* (G. tricolor Bernh.) *Armenia oss. :* circa Erivan, alt.
> 107ᵐ. W. nec non ad m. Ararat. Ledeb. fl. ross. 1. 93.

7 G. rubrum Sibth. fl. gr. tab. 488. (G. corniculatum β floriferum
DC. Chelidonium rubrum Poir.) *Tchihat.* pl. As. Min. exsicc. an.
1849. Nᵒˢ 88, 89 ; an. 1853. Nº 112. — Herb. gr. norm. Nº 534. —
Bithynia australi. G. *Ionia :* inter Smyrnam et Brussam. Aus.
Rhodos. Prdr. Fl. gr. 1. 357. *Caria :* inter Mula et Bullaban,
montosis, lapidosis, alt. c. 850ᵐ. T. *Galatia :* inter pagos Alizy et
Mentiche, alt. c. 1200ᵐ. T. — *Serbia.* Pan. Campis *Atticæ.* Heldr.

VII. **Chelidonium** C. Bauh. DC. l. c. — Chelidonii spec. L.

1 † C. majus L. (C. laciniatum et hæmatodis Mill. χελιδόνιον μέγα Dios. Chelidonium Plin.) *Tchihat.* pl. As. Min. exsicc. an. 1858. N° 164. — Agro *Byzantino* et *Bithyniæ* Olympo. Prdr. fl. gr. 1. 357. *Ponto :* supra Samsun, collibus. T. *Armenia :* circa Erzerum. T. — *Bessarabiæ* vallibus. Ta. *Græcia* rarum. Pr. l. c. *Tauria. Caucaso. Sibiria.* Ledeb. l. c.

VIII. **Papaver** Tourn. DC. Prdr. 1. 147.

1 † P. hybridum L. (P. hispidum Link.) Circa *Byzantium.* R. — *Græcia :* inter segetes. Fr. l. c. *Tauria. Caucaso.* Ledeb. l. c. *Sahara algeriensi,* alt. 750 et 1120^m. Coss. l. c.

2 † P. argemone L. Olympo *Bithyniæ.* S. Circa *Smyrnam.* B. An. *Archipelago.* Nym. *Cilicia bor. :* pr. Bereketly, alt. c. 1330^m. Bal. — *Græciæ* agris. Fr. l. c. *Tauria.* Prov. *Caucas.* Ledeb. l. c.

3) P. stylatum Boiss. et Bal. *Cilicia campestri :* planitie circa Mersinam. Bal.

4 † P. dubium L. (P. parviflorum Link. non Ten. P. lævigatum MB.) Agro *Byzantino.* G. *Armenia.* — *Persia :* prov. Adjerbedjan, m. Elwend. B. An. *Bessarabiæ* vineis. Ta. *Serbia.* Pan. *Græcia.* Prdr. fl. gr. *Tauria.* Prov. *Caucas.* Ledeb. l. c.

) Var. — Tchihat. pl. As. Min. exsicc. an. 1859. N° 10. — *Ponto* collibus marit. supra Samsun, T.

5) P. gracile Aucher. *Caria.* B. An.

6 † P. rhœas L. non C. A. Mey. nec Pall. (P. arvense Salisb.) Circa *Byzantium.* R. Olympo *Bithyniæ.* S. — *Serbia.* Pan. Vulgatissimum *Græciæ* agris. Fr. l. c. *Tauria. Caucaso.* Ledeb. l. c. *Algeria :* pr. Djelfa, alt. 1120^m. Coss. l. c.

7) P. inornatum Schtt. et Ky. In Œstr. bot. Wochenb. IV. Jahrg. N° 20. p. 213. P. annuum ; caule erecto, ramoso, in pedunculos elongatos, dense et patentissime pilosos usque, horizontaliter setoso-piloso ; foliis pinnatipartitis, inferioribus pro-

fundius sectis et partitis, lobis oblongulis sæpe perangustis, irregulariter serrato-lobulatis, patentissimis, petiolum decussime piloso-strigosum versus magis distantibus, apicem (folii) versus contiguis vel confluentibus, utrinque strigoso-pilosis, dentibus vel lobulis omnibus longe aristato-setosis; mediis et supremis sessilibus, priorum partitionibus lanceolato-linearibus vel linearibus, remotis, parcius et minus profunde serrulatis, ultimorum subintegerrimis, omnium utrinque patenter et sæpe dense strigoso-pilosis, apicibus aristatis; calyce pilis setosis longioribus, e bulbis majusculis hemisphæricis, remotiusculis exortis, vestito; petalis kermesinis, macula nulla insignitis vel interioribus maculatis; filamentis subulatis, copiosis, patentibus ovarium duplo fere superantibus; antheris glandulosis, ovario breviter et exacte turbinato, glabro, glaucidulo, stigmatum pelta convexa, 9-11 radiata, flavo-virente, radiis omnibus exceptis apicibus rotundatis vel truncatis, recurvis, contiguis vel incumbentibus, brevibus, liberis, connatis; fructu turbinato, pelta lobis incumbentibus, e sinu levissimo paululum prominulis. — Differta P. Rhœade cui proximum, foliis profundius partitis, secus costam sæpe anguste-marginatis, lobulis longe aristatis, etc. Variat petalis saturate et dilute-kermesinis.

Cilicia Bulgardagh ad Gulek Gala, alt. 165ᵐ. Ky. Reis. Cilic. Taur. 391.

8 P. **Syriacum** Boiss. et Blanche (P. macrostomum Boiss. in Huet. pl. Arm. exsicc.) *Armenia* : circa Tortum. H. — *Syria* : circa Beybut. B.

9 P. **commutatum** Fisch. et Mey. (P. rhœas C. A. Mey.) *Archipelago* : ins. Zea. Ster. — Prov. *Caucas.* Ledeb. l. c. *Tauria*. Ster.

    Var. minima Ledeb. *Armenia ross.* : m. Ararat pr. monasterium Etchmiadin. Ledeb. l. c.

10 P. **arenarium** MB. (P. rhœas Pall. P. caucasicum L. Henning.) *Armenia rossica.* — Ad mare *Caspicum* pr. Baku. *Iberia*. Ledeb. l. c.

11 P. **floribundum** Desf. (P. vulgatum Sm.) *Armenia* : ad radices m. Tekdagh, supra Erzerum. H. — Prov. *transcauc.*, pr. *fines turcicas.* Ledeb. l. c.

12 **P. orientale** L. (P. grandiflorum Mœnch. P. spectabile Salisb.)
Armenia. — *Persiæ* prov. Ghilan. B. An. *Caucaso*. Ledeb. l. c.

> Var. *bracteatum* Ledeb. (P. bracteatum Lindl. DC. Prdr. C. A. Mey.)
> Tchihat. pl. As. Min. exsicc. an. 1858. N° 153. — *Armenia* : inter
> pagos Krieklii et Kœsse (ad SSE. urbis Gumuchhane), declivi-
> tate occid. m. Kieserdagh, alt. 1800–1000ᵐ, T. — *Caucasia* : m.
> Bechtau, Ledeb. fl. ross. I. 91.

13 **P. pilosum** Sibth. et Sm. fl. gr. tab. 492. Circa *Byzantium*. R.
Bithyniæ Olympo. Prdr. fl. gr. I. 360.

14 **P. setigerum** DC. Ins. *Stœchadibus*. DC. l. c.

15 › **P. apicatum** Boiss. et Bal. — *Bal.* pl. d'Or. an. 1855. N° 722.
— *Lydia* : collibus circa Bozdagh montis Tmoli occidentalis. B.
Cilicia campestri : planitie circa Mersinam. Bal.

16 › **P. strictum** Boiss. et Bal. *Phrygia* : reg. mont. m. Murad-
dagh. B.

17 **P. Persicum** Lindl. *Cappadocia* : m. Akdagh. B. An. *Ciliciæ*
Bulgardagh : fauce scopulosa alpina Karli-boghas dicta, inter
fragmina rupestria copiose. Ky. diar. cilic. an. 1853. — *Persia*.
Steud.

> › Var. — *Tchihat.* pl. As. Min. exsicc. an. 1858. N° 510. — Paulo
> sup. : inter urbem Chabbane-Karabissar et pagum Lisdja, alt. c.
> 1700ᵐ. T.

18 **P. Caucasicum** MB. (P. floribundum Desf.?) *Armenia* : ad radices m. Tekdagh, pr. Ispir. II. — *Persia* : pr. Djulsekan. B.
An. Prov. *Caucas*. Ledeb. l. c.

> › Var. *tenuifolium* Boiss. — *Cappadocia* : jugo Aladagh. reg. alp.
> m. Masmenav. Bal.

19 › **P. Armeniacum** Lmk. (Argemone armeniaca L.) *Armenia*.
DC. l. c.

Species nondum descripta.

20 › **P. polychætum** Schtt. et Ky. *Cilicia* : reg. alp. Bulgardagh :
supra Bulgar-madenbal, schistosis vallis Gusguta, alt. 2275–
2800ᵐ. Ky. l. c. *Cappadocia* : reg. alp. m. Argæi. Bal.

ORDO XLIV. NYMPHÆACEÆ Endl. gen.

TRIBUS NYMPHÆEÆ DC. Prdr. I. 114.

I. **Nymphæa** Neck. DC. l. c.

SECT. CASTALIA DC. l. c. — G. Castalia Salisb.

1 † **N. alba** L. non Patrin nec Presl. (νύμφαια Theophr. νύμφαια Diosc. Nymphæa Plin.) *Tchihat.* pl. As. Min. exsicc. au. 1858. N° 805. *Bithyniæ* lacubus. G. *Armenia austr.* : districto Gumek (ad SSO. jugi Bingoeldagh), pr. pagum Kale, in fl. Gunek-su, alt. 1040^m. T. — *Thessalia. Macedonia,* alt. 260^m. G. *Serbia.* Pan. *Caucaso* orient. Omni *Sibiria.* Ledeb. fl. ross. 1. 82.

II. **Nuphar** Sibth. et Sm. DC. l. c. — Nymphææ spec. L.

1 † **N. lutea** Sm. (Nymphæa lutea L. νούφαρ Theoph. νύμφαια ἄλλη Diosc. νούφαρο vel ἀπίφαρο Græc. hodiern.) Circa *Byzantium.* G. *Bithyniæ* Olymp. S. — *Thessalia.* G. *Caucas.* Omni *Sibiria.* Ins. *Sitcha.* Ledeb. l. c.

ORDO XLV. BERBERIDEÆ Endl. gen.

I. **Bongardia** C. A. Mey. Endl. Griseb. Ledeb. — Leontices spec. L. DC. Prdr. I. 109.

1 B. **chrysogonum** Griseb. (B. Rauwolfii C. A. Mey. Leontice chrysogonum Lnlk. DC. l. c. χρυσόγονον Diosc.) *Bithynia* : ad Hellespontum pr. Abydos. Prdr. fl. gr. 1. 234. — *Mesopotamia. Persia* : pr. Ispahan, B. An. *Græcia* : inter segetes. Prdr. l. c. Prov. caspica *Bahn.* Ledeb. l. c.

II. **Epimedium** L. DC. Prdr. I. 110.

1 † **E. alpinum** L. (E. alpinum var. DC. E. pubigerum Mor. Dene ex Boiss.) Agro *Byzantino* : silvis pr. Belgrad. Prdr. fl. gr. 1. 103. Olympo *Bithyniæ.* S. — *Serbia.* Pan. *Caucaso.* Ledeb. l. c.

III. **Leontice** L. excl. spec. DC. Prdr. I. 109. excl. sper.

1 † L. leontopetalum L. — Sm. Prdr. fl. gr. N° 807. (σκοῦνος
Theoph.) Herb. græc. norm. N° 357. — *Agro Trojano* : pr. Du-
narbachi. G. *Ionia* : pr. Smyrnam. Bal. *Cycladum* ins. Andros.
Nouv. fl. Pelop. — *Græciæ* agris vulgaris. Fr. l. c. *Persia. La-
zistano.* B. An. *Asia media.* Ledeb. l. c.

IV. **Berberis** L. DC. Prdr. I. 105.

1 † B. vulgaris L. (B. emarginata Friv. non Willd.) *Tchihat.* pl.
As. Min. exsicc. an. 1853. N° 142, et an. 1858. N° 465. — *Pisi-
dia* : valle pagi Aglassan, alt. c. 1280ᵐ, nec non inter pagos
Gelendus et Yakanlier, alt. c. 1400ᵐ. T. — *Rumelia.* G. *Bessa-
rabiæ* fruticetis. Ta. *Serbia.* Pan. *Græcia.* Prdr. fl. gr *Tauria.*
Prov. *Caucas.* Ledeb. ross. I. 70. *Persiæ* prov. Ghilan. B. An.

2 B. Cretica L. — Fl. gr. tab. 312. (B. vulgaris L. var. australis
Boiss. B. pauciflora Salisb. κράνια Theophr. Spina appendix
Plin. μαλάι vel ἀγραμπέλα Græc. hodiern.) Herb. gr. norm.
N° 107.—*Archipelago* : ins. Paros. Prdr. fl. gr. I. 242. *Bithynia* :
silvis montanis inter Bolu et Tussiya. G. — *Macedonia* : in.
Athos, socialis pr. Panaia, alt. 1462-1690ᵐ, nec ultra ascendit.
G. *Græcia* : silvis abietinis Atticæ in. Parnethis, alt. 970-1300ᵐ.
Heldr., nec non ins. *Eubœa.* Fr. et *Creta.* Prdr. l. c.

3 B. cratægina DC. (B. ilicifolia Booth.) *Tchihat.* pl. As. Min.
exsicc. an. 1849. N° 672, et an. 1858. N° 262. — *Ponto australi* :
inter pagos Euhrek et Ardassi (ad NNO. urbis Gumuchhane)
alt. 1800ᵐ; inter oppidulum Endris et pagum Kizy, alt. 1300ᵐ;
inter Hipsala et Yuumpelet, alt. 1000ᵐ. T. *Cappadocia* : in valle
fl. Tchekereksu inter Utchagatch et Isibu, alt. c. 950ᵐ. T.; m.
Karamas pr. Kaïsariam, T. *Cilicia* : jugo Aladagh, reg. alp. m.
Mosmenev. Bal.; summis jugi Bulgardagh, alt. 2598ᵐ. Ky. diar.
cilic. an. 1853. *Armenia* : inter urbem Erzindjan et pagum
Kataratch, alt. 1300-1800ᵐ; inter Erzindjan et Mikaryatlassi,
alt. 1300-1800ᵐ.; inter pagos Buuljak et Kemler, alt. 1300ᵐ.;
inter pagos Kerekli et Kassé (ad SSE. urbis Gumuchhane), alt.
1800ᵐ. T.; m. Ararat. Rge. pl. Abich.

ORDO XLVI. RANUNCULACEÆ Endl. gen.

TRIBUS I. CLEMATIDEÆ DC. Prdr. I. 2.

I. **Clematis** DC. l. c.

Sect. I. Flammula DC. l. c.

1 † C. recta L. (C. erecta et flammula All.) Circa *Byzantium*. R.
— *Hæma. Græcia.* G. *Serbia.* Pan.

2 † C. flammula L. non All. Circa *Byzantium.* R. — *Macedonia.
Albania. Græcia. Ins. Zacyntho, Corcyra.* Nym. *Algeria* : pr.
Djelfa, alt. 1120ᵐ. Cms. Bull. soc. bot. IV. 480.

3 C. orientalis L. (C. flava Mœnch.) *Tchihat.* pl. As. Min. exsicc.
an. 1858. Nᵒ 890 bis. — *Bithynia* : inter Brussam et Bazarkoi,
nec non pr. Yalova. marit. S. *Armenia* : pr. Erzerum, nec non
m. Bingœldagh. alt. 2800ᵐ. T. — Prov. *Caucas.* Ledeb. fl. ross.
1. 3.

4 † C. vitalba L. — *Tchihat.* pl. As. Min. exsicc. an. 1849. Nᵒ 10,
an. 1853. Nᵒ 415. — Pr. *Byzantium.* R. Olympo *Bithyniæ.* S.
Sepibus *Archipelagi* copiose. Prdr. fl. gr. I. 377. *Ponta* : collibus
marit. circa Kerasun. T. — *Bessarabiæ* fruticetis. Ta. *Serbia.*
Pan. *Græcia.* Prdr. l. c. *Tauria. Caucaso.* Ledeb. l. c.

Sect. II. Viticella DC. l. c. — G. Vilicella Mœnch.

5 † C. viticella L. — *Bal.* pl. d'Or. an. 1857. Nᵒ 1130. — *Tchihat.*
pl. As. Min. exsicc. an. 1853. Nᵒ 413; an. 1858. Nᵒ 417. —
Bithynia : ad lacuum Nicœensem. Prdr. fl. gr. Circa *Byzantium.*
R. *Phrygia* : pr. Uchak. Dal. *Ponta* : maritimis umbrosis circa
Kerasun. T. — *Macedonia* : in. Korthiat, pr. Saloniki. G. *Cau-
caso.* Ledeb. l. c.

Sect. III. Cheiropsis DC. l. c.

6 † C. cirrhosa L. (C. cœspitosa Scop. sec. DC. Atragene cirrhosa
Pers. Ἀτραγὸς Theophr. Κλαματίς Diosc. Sarmentaria Plin.

καλίγρασια Græc. hodiern.) *Tchihat.* pl. As. Min exsicc. an. 1849.
N° 134. — *Bithynia* . ad Nicomediam. G. Circa *Byzantium.* R.
Lycia : rupibus maril. sinus Macri. Forb. *Cilicia :* reg. calida ad
pagum Tchauchli, pr. Mersinam. Bal. *Archipelago :* ins. Melos.
Nym. — *Græcia :* frequens faucibus m. Hytnetti, alt. 324-650ᵐ.
Pr. l. c. ·

TRIBUS II. ANEMONEÆ DC. Prdr. I. 10.

II. **Pulsatilla** Tourn. Grisb. Ledeb. S. ross. I. 19. — Ane-
monea Sect. 1. DC. Prdr. I. 11. — Anemones Sect. II. Koch.
Syn. 7. Anemone α. Pulsatilla α. Campanaria Endl. gen. —
Anemones subg. Pulsatilla Maout. et Dcne. l. c.

1 † **P. vulgaris** Mill. (Anemone Pulsatilla L. DC. l. c.) Agro
Byzantino. Prdr. Q. gr. I. 311. *Bithyniæ* Olympo. S. *Armenia :*
m. Ararat, Alagœs, Aladagh, Giaurdagh, etc., alt. 1910-2292. W.
— *Bessarabiæ* umbrosis. Ta. *Serbia.* Pan. *Tauria. Sibiria.* Ledeb.
l. c.

2 † **P. pratensis** Stev.

α. floribus flavis (P. albana C. A. Mey. Anemone albana Stev. MB.
DC.) *Armenia :* circa Erzerum. T. — *Caucaso* orient. Ledeb. l. c.
β. floribus cœruleis (P. albana Ledeb. Fl. alt. Anemone campanella
Fisch. in herb. Zeiheri.) *Tchihat.* pl. As Min. exsicc. an. 1849.
N° 632. — *Cappadocia :* declivitate orient. m. Argœi, alt. c.
2198ᵐ. *Armeniæ :* Olympo. B. Aa. nec non pr. Erzerum, supra
pagum Meissansur. H. — Jugo altaico T. *Davuria.* Ledeb. l. c.

III. **Anemone** L. excl. spec. DC. excl. sp. Grisb. Ledeb. S.
ross. I. 13.

Sect. I. ANEMONANTHEA DC. l. c.

1 † **A. coronaria** L. (A. pavonina Lmk. A. hortensis L. var.)
Tchihat. pl. As. Min. exsicc. an. 1849. Nᵒˢ 137, 513, 517. — *Bal.*
pl. d'Or. an. 1854. N° 122. — *Bithynia et Thracia* reg. sempervir., alt. 0-200ᵐ. : formatione Poterii spinosi quæ in utroque
latere Bosphori campos vastissimos obtegit; ita, copiose hinc

inde ad viam publicam inter Scutari et Nicomediam, atque collibus quibus *aquarum dulcium* convallis a Byzantii suburbibus
disjungitur; deinde campis Bithyniæ ad sinum Nicomedicum
pr. Hirsek, et solitarie cistetis pr. Mudania. G. *Ionia* . ad Smyrnam, collibus incultis. Bal. *Pamphylia :* vallibus et pratis humidis inter Gudjek et Doloman. T. *Lycia :* pratis vallibusque.
Forb. *Troade :* vall. Ω. Rhodos, nec non ad fontem Scamandri,
alt. c. 600ᵐ. T. — Frequens *Græciæ* collibus siccis, usque ad alt.
487ᵐ. Fr. l. c.

2 † **A. hortensis** L. (*A.* pavonina DC. non Lmk. *A.* stellata Lmk.
A. versicolor Saliab.) *Tchihat.* pl. As. Min. exsicc. an. 1849.
N° 485. — *Bithynia et Thracia :* frequens solitarie in castanetis
Olympi Inferioribus, alt. 0-490ᵐ. Agro *Trojano.* G. *Cyclatum*
Ins. Nouv. Ω. Pelop. — *Græcia :* montosis, nec non planis
depressisque. Fr. l. c. Prov. *Caucas.* Ledeb. l. c.

     ≫ *Var. parvula DC. Armenia :* pascuis pr. Erzerum, ad Tschkopru. H.

3 † **A. Apennina** L. *Lycia :* reg. alp., alt. 1948-3248ᵐ. Forb.

     SECT. II. OMOLOCARPUS DC. l. c.

4 † **A. narcissiflora** L. (*A.* umbellata Lmk. *Cappadocia :* in
Karadagh. B. An. *Armenia :* in. Tekdagh supra Kearum, H.
nec non in. Ararat, Alagoz, Giaurdagh, etc., alt. 1040-2920ᵐ.
W. — *Serbia.* Pan. Omni *Sibiria,* Ledeb. l. c.

5 ≫ **A.** umbellata Willd. non Lmk. *Cappadociæ* montibus. DC.
l. c.

6 ≫ **A. blanda** Schtt. et Ky. in œstr. bot. Wochenbl. IV. Jahrg.
N° 16. p. 129. A. tuberosa; foliis ternis 3-vel sub-3-partitis,
partitionibus omnibus sessilibus, media ad medium fere tripar-
tita, basi linea recta vel subextrorsum curvi-cuneata, apice
inciso-laciniata; lacinulis terminali obovato-oblonga, lateralibus
lanceolatis acutiusculis; sepalis externe glaberrimis, punctis
superioribus irroratis, interne ad ⅓ a basi virescente-albidis;
carpellis glaberrimis; stylo brevissimo vix ullo, stigmate ovato-
linguiformi rotundato, etc. — Differt ab affini A. apennina L.

foliis subtus glabris, partitionibus sessilibus, laciniis lanceolatis, nervis venisque subtus subimmersis, sepalis externe glabris. — *Ciliciæ* Tauro. Ky.

IV. **Thalictrum** L.

SECT. ECYMALICTRUM DC. Prdr. I. 11.

1 † **T. fœtidum** L. (T. styloideum L. fil.) Olympo *Bithyniæ*. S. *Caucaso. Sibiria*. Ledeb. l. c.

2 **T. Sibiricum** Gaertn. (T. acuminatum et ruthenicum Spr.) *Bal. pl. d'Or. an.* 1856. N° 853. — *Cappadocia* : m. Alidagh pr. Kaisariam, alt. 1350ᵐ. *Armenia*. — *Sibiria*. DC. l. c.

3 † **T. majus** Jacq. DC. (T. ruthenicum Fisch. non Spr.) *Armenia rossica*. — *Sibiria*. Ledeb. l. c. *Macedoniæ* m. Athos. Nym. Per totam *Tauriam* montanam frequens. Stev.

4 † **T. angustifolium** L. Jacq. non Vill. *Bithyniæ* Olympo. Prdr. fl. gr. I. 378. — *Rumelia*. G.

5 † **T. flavum** L. (T. pratense L. fl. lapp. T. simplex DC. non L.) *Tchihat. pl. As. Min. exsicc. an.* 1853. N° 933. — Agro *Byzantino*. G. Olympo *Bithyniæ*. S. *Pisidia* : inter pagos Tchukur et Ahyrkoi, ad meridiem lacus Egerdir regione plana, alt. c. 870ᵐ. T. — *Græcia* : haud rarum humidis planitiebus Bæotiæ. Pr. l. c. *Serbia*. Pan. *Sibiria*. Ledeb. l. c.

6 ‡ **T. mucronatum** Ledeb. fl. ross. I. 8. (T. elatum Ledeb. fl. alt. atque C. Koch in Linn. XV. 248! non Jacq.) *Tchihat. pl. As. Min. exsicc. an.* 1858. N° 195. — *Armenia* : circa Erzerum, T. nec non inter Ispir et Koblat, H. atque inter pagos Marnahatun et Yenikol (ad occid. Erzerum), alt. 1500-2000ᵐ. T. — *Rossia austr. Caucaso. Sibiria*, Ledeb. l. c.

7 **T. orientale** Bois. An. (Isopyrum aquilegioides Bory et Chaub. ex Buiss.) *Bal. pl. d'Or. an.* 1855. — Reg. mont. *Ciliciæ* Tauri; montibus supra pagum Sedichig, Isauris rupium. Bal. — *Græcia*. Nym.

V. **Myosurus** Dill. DC. Prdr. 1. 25.

1 † M. minimus L. Agro *Byzantino*. G. — *Serbia*. Pan. Prov.
Caucas. Ledeb. fl. ross. 1. 120.

VI. **Ceratocephalus** Spr. DC. Prdr. 1. 26. non Rich.

1 † C. falcatus Pers. (C. spicata Mœnch. Ranunculus falcatus L.
non MB.) *Bal.* pl. d'Or. an. 1854. N° 123. — *Circa Byzantium*. R.
Ad *Smyrnam*, campis. Bal. *Armenia*, circa Erzerum. T. — *Persia*.
B. An. *Græcia*. Nym. Prov. *Caucas*. Ledeb. l. c. *Algeria* : pr.
Djelfa, alt. 1120ᵐ. Coss. Bull. soc. bot. IV. 43.

2 † C. orthoceras DC. (Ranunculus foliatus et testiculatus MB.)
Armenia turcica : pr. Erzerum ruderalis, T. atque rossica : pr.
Kalp. — *Tauria*. *Caucaso*. *Sibiria*. Ledeb. l. c. *Bulgaria*. Nym.

VII. **Adonis** Dill. DC. Prdr. 1. 13.

Sect. 1. Adonia DC. l. c. — G. Adoan C. Bauh.

1 † A. æstivalis L. non MB. *Tchihat.* pl. As. Min. exsicc. an. 1849.
N° 367 ; an. 1858. Nᵒˢ 37, 610. *Circa Byzantium*. R. *Bithyniæ*
Olympo. S. *Ponto* : supra Samsum, collibus marit., nec non
inter pagos Tehelu et Sarnytch (Ad SSE. Samsum) reg. silvat.
mont., alt. 900-1000ᵐ. T. *Phrygia* : pr. pagum Araberen, planis,
alt. c. 1000ᵐ. T. *Armenia* : circa Baibut, incultis. H. *Cappadocia* : planitie circa urbem Develikarahissar, alt. c. 1900ᵐ. Bal.
— *Macedonia* : circa Saloniki. G. *Serbia*. Pan. *Græcia*, Nym.
Tauria. Omnibus prov. *Caucas*. Ledeb. l. c. *Sahara algeriensi* :
pr. Laghuat, alt. 750ᵐ. et pr. Djelfa alt. 1120ᵐ. Coss. Bull. soc.
bot. IV. 304, 483.

   † *Var.* microcarpa (A. microcarpa γ DC.) *Tchihat.* pl. As. Min.
   exsicc. an. 1853. N° 181. — *Lycaonia* : inter Hadinmarat et Alitmi-
   koi, alt. c. 1100ᵐ. T. *Cilicia* : planitie circa Tarsum. T. *Armenia* :
   m. Tekdagh supra Erzerum. T.
   Var. eriocalyx Boiss. *Armenia* : circa Erzerum. H.

2 A. dentata Delil. (A. æstivalis L. var. Spr.) *Archipelago : arvis*
marit. ins. Melos. D'Urv. — Deserto *Taurico* pr. Sympheropolis.
Ledeb. l. c. *Ægypto*. Delil.

3 † A. flammea Jacq. (A. anomala Willf. A. parviflora Fisch.)
Armenia : m. Ararat et Allagœs, alt. 1300-1525ᵐ. W. — *Caucaso*.
Ledeb. l. c. *Serbia*. Pan. *Macedonia*. G.

1) A. fulgens Hochstell. Flora, an. 1845. — Walpers Reper. bot.
V. p. 1. — Caule angulato-striato subramoso glabro : foliis caulinis sessilibus septempartitis, laciniis bipinnatifidis, laciniulis
linearibus acutis ; floribus magnis longe pedunculatis, pedunculis striatis ; sepalis 3 subcoloratis quam petala pollicaria
obtusissima striata obscure coccinea brevioribus ; carpellis
longiusculo recteque rostratis. — *Armenia australi :* pr. Diarbekir. Hochst. l. c.

Sect. II. Consiligo DC. l. c.

5 † A. Wolgensis Stev. (A. vernalis L. var. Spr.) *Armenia*. B. An.
— *Podolia merid.* Ledeb. l. c.

6 A. Cyllenea Boiss. Heldr. et Orph. — *Tchihat.* pl. As. Min.
exsicc. an. 1858. Nᵒ 464. — *Ponto austr. :* declivitate merid. jugi
Paryadres veterum, inter Lisdja et Kumbethhan, alt. 1700-
1800ᵐ. T. — *Peloponneso :* silvis abietinis m. Kyllenes in faucibus pr. Flambnritza, alt. 13150ᵐ. B.

TRIBUS III. RANUNCULEÆ DC. Prdr. 1. 23.

VIII. Ranunculus C. Bauh. DC. l. c. Grisb. excl. R. ficario.
Ledeb. excl. R. ficario.

Sect. I. Batrachium DC. l. c.

† R. aquatilis L. — *Tchihat.* pl. As. Min. exsicc. an. 1849.
Nᵒ 403. — *Lycia :* paludibus. Forb. Olympo *Bithyniæ*. S. *Mysia :*
valle fl. Madavatchai (Khodjachai). *Armenia :* circa Erzerom. T.
Armenia rossica. — *Caucaso*. Ledeb. l. c. *Græcia*. Fr. l. c. *Tauria*.
Stev.

† Var. tripartitos Koch (R. Petiviori Koch. R. tripartitus Ndt. non

DC.) *Tchihat.* pl. As. Min. exsicc. an. 1858. N° 639. — Circa *Byzantium*. R. *Ponto*: inter Samsun et Tchekoi. alt. 100-1800m. T. — *Thraciæ boreali*: pr. Banja. G.

β Var. Clem. sert. orient. p. 7. Folia emersa vix 3-loba, lobis vix et irregulariter lobulatis; immersa sæpius trichotoma. Pr. *Byzantium*, aquis stagnantibus. Clem. l. c.

Sect. II. Ranunculastrum DC. l. c.

2 † **R. chærophyllus** L. Sm. (R. comatus ? Link.) Circa *Byzantium*. R. *Asiâ Minore*. B. An. *Achipelago*. DC. l. c. — *Græcia*. Nouv. fl. Pelop. *Africa*. DC. l. c.

3 † **R. flabellatus** Desf. — Fl. gr. tab. 820. (R. chærophyllus DC. et auct. plurim. non L. R. asiaticus Fl. pelop. N° 869 non L.) Herb. græc. norm. N° 168. — Agro *Byzantino*, alt. 0-130m: frequens ericetis ins. Prinkipum, ubi inter fruticetos humiliores crescit solitarie; m. Bulgurlu, pr. Scutari; pr. Buyukdere. G. — Collibus et submontosis *Atticæ* frequens. Heldr.

4 † **R. millefoliatus** Vahl. — Fl. gr. tab. 521. — Herb. gr. norm. N° 377. —*Lycia*: ripis fl. Arycandi. Forb. Circa *Byzantium*. R. Ins. *Cycladum*. Nouv. fl. pélop. — *Attica*: m. Parnethi et Corydalo, alt. 400-1131m. Heldr. *Serbia*. Pan. *Sicilia*. Regno *Tunetano*. DC. l. c.

5 **R. granulatus** Griseb. Boiss. Diagn. Ser. II. (R. gracilis Ledeb.) *Bal.* pl. d'Or. an. 1837. N° 150. — *Bithyniæ* reg. calida, alt. 0-340m: solitarie m. Bulgurlu, pr. Scutari; frequens graminosis convallis Gmekdere, pr. Brusam. G. *Phrygia*: pr. Uchak. Bal. — *Caucaso australi*. Ledeb. l. c.

6 **R. gracilis** DC. Spr. non Ledeb. nec Bory et Chaub. Ins. *Cos*. DC. l. c. — *Græcia*. Nym.

7 **R. myriophyllus** Russel. *Galatia*: pr. Angoram. B. An. —*Syria*. Russ.

8 **R. orientalis** L. — *Bal.* pl. d'Or. an. 1854. N° 125 et an. 1857. N° 1128. — Ins. Lesbos. DC. l. c. *Ionia*: pr. Smyrnam. B. An. *Phrygia*: pr. Uchak, alt. 910m. *Cappadocia*: ad pagum Enehil, pr.

Kaisariam, alt. 1506ᵐ. Bal. — *Græcia*. DC. *Iberia*. Ledeb. *Algeria* :
pr. Djelfa, alt. 1120ᵐ. Coss. l. c.

 ᵭ *Var.* heterophyllus Boiss. *Pamphylia* : pr. Adaliam. B. An.

9 **R. Sprunnerianus** Boiss. — *Bal.* pl. d'Or. an. 1854. Nᵒ 121. —
Herb. græc. norm. Nᵒ 169. — *Ionia* : ad Smyrnam. Bal. Ins. *Chios*.
— *Græcia* : Bœotia : pr. Oropo, B. atque Cauribus Hymetti et
Pentelici, alt. 486–650ᵐ. Heldr.

10 ⸱ **R. cuneatus** Boiss. *Ciliciæ* Bulgardagh, ad septentr. pylarum. B.

11 **R. cicutarius** Schlebtd. — *Bal.* pl. d'Or. an. 1855. Nᵒ 714.
— *Cilicia* : planitie circa Tarsum. Bal. — *Sibiria orient.* Ledeb.
l. c.

12 **R. oxyspermus** Willd. — *Bal.* pl. d'Or. an. 1857. Nᵒ 1129. —
Phrygia : cœmeteriis turcicis urbis Ushak, alt. c. 910ᵐ. Bal.
Armenia rossica. — *Tauria*. Prov. *Caucas.* Ledeb. l. c.

13 † **R. Illyricus** L. non Gouan. *Armenia turcica* : ad radices m.
Tekdagh supra Erzerum, in pascuis ; H. atque *rossica* : circa
Erivan, alt. 1071ᵐ. W. — Frequens *Tauriæ* pascuis. D'Urv. *Serbia*.
Pan. *Hæmo.* G. *Caucaso. Sibiria.* Ledeb. l. c.

14 ⸱ **R. eriocarpus** Boiss. An. *Cappadocia* : pr. Akdagh. B.

15 † **R. Monspeliacus** L. DC. non Georgi (R. illyricus Gouan. R.
psilostachys Griseb. var. Friedrichsthalli) circa *Byzantium*. R.
Ins. *Chios. Asia Minore.* B. An. — *Thracia. Albania boreali.* G.

16 **R. Reuterianus** Boiss. (R. psilostachys Griseb.) Tchihat. pl. As.
Min. exsicc. an. 1849. Nᵒ 500. — *Lydia* et *Caria* : reg. alp. m.
Mesogis supra Aidin, atque Cadmi, supra Gheyra, B. *Troade* :
inter Nurlu et Tchauchlar, alt. c. 1000ᵐ. T. — Reg. subalp.
Scardi, in fruticetis, alt. 1400ᵐ. G.

17 **R. Asiaticus** L. non Chaub. et Rory. *Caria. Cilicia.* Prdr. fl.
gr. I. 382. *Archipelago.* Nouv. fl. pélop. — Frequentissimus montibus siccis *Græciæ*, usque ad alt. 650ᵐ. Fr. l. c. *Cypro.* Prdr.
fl. gr.

 Var. sanguineus DC. (R. sanguineus β Mill.) *Caria. Cilicia.* —
 Syria. DC. l. c.

18 › R. heterorrhizus Boiss. et Bal. *Phrygia* : reg. alp. in. Muraddagh, alt. 2200ᵐ. B.

19 › R. Cadmicus Boiss. *Caria* : reg. super. ad nivem deliques-
centem m. Cadmi, supra Aphrodisiam et Colossam. B.

Sect. III. Thora. DC. l. c.

20 R. adulis Boiss. *Armenia* : circa Erzerum. Calv. — *Persia* :
parte occidentali m. Elbrus. B.

Sect. IV. Hecatonia DC. l. c. — G. Hecatonia Tourn.

21 † R. flammula L. Agro *Byzantino* : pratis circa Bosphorum. G.
— *Serbia*. Pan. Omni *Sibiria*. Ledeb. l. c.

22 † R. auricomus L. non Schlecht. (R. Thora Welg. non. L.)
Agro *Byzantino*. — Silvis *Hæmi*. G. *Bessarabiæ* pratis. Ta. *Serbia*.
Pan. *Græcia*. Nym. Omni *Sibiria*. Ledeb. l. c.

23 † R. sceleratus L. Paludosis *Byzantii* et *Smyrnæ*. Prdr. fl. gr.
I. 38. *Cappadocia* : planitie Kaisariæ. Bal. *Armenia rossica*. —
Mingrelia ubique. *Tauria. Caucaso. Dacuria. Sibiria*. Ledeb. fl.
ross. I. 45 et 733. *Bessarabiæ* humidis. Ta. *Serbia*. Pan. *Hæmo*.
Prdr. fl. gr. *Græcia*. Nym.

24 † R. polyrrhizos Steph. (R. nivalis Pall. sec Steud. sed non
sec DC. qui Pallasianam speciem non R. polyrrh. sed R. dissecto
MB. pro syn. tribuit.) *Armenia* : m. Tekdagh, supra Erzerum. H.
— *Rossia* merid. *Deserto transumlensi*. Ad radicem montium
altaicorum. Ledeb. fl. ross. I. 39.

25 R. demissus DC. (R. nivalis Lugasc. non L. R. demissus hispanicus Boiss.) *Bal.* pl. d'Or. an. 1855. N° 733. — *Cilicia* Bulgardagh : ad nives deliquescentia copiose ubique. Ky. diar.
cilic. an. 1853; reg. alp. supra Bulgarmaden. Bal. — *Libano*.
DC. l. c. *Hispania*. B. *Corsica*. Nym.

26 › R. brachylobus Boiss. *Armenia* : pascuis ad pagum Taschko-
pru, inter Baibut et Erzerum. H.

27 † R. montanus Willd. (R. nivalis Scop. non L. non Pall. nec
Ledeb. nec Lagasc.) *Bithyniæ* Olympo. G. — *Rossia* auser. Reg.
alp. totius *Caucasi*, alt. 2141-2924ᵐ. Ledeb. l. c.

28 † R. Villarsii DC. (R. montanus Willd. sec Steud. l. c. non
sec. DC. l. c. qui R. Villarsii a R. montano diversum esse existimat et hunc ultimum cum R. oreophilo MB. et R. breynino
Crantz. conjungit.) *Bithyniæ* Olympo. — Reg. alp. *Scardi* vulgaris, ubi alt. 2014ᵐ adscendit. G. *Serbia.* Pan. *Tauria. Caucaso.
Sibiria.* Ledeb. l. c.

29 R. acutilobus Ledeb. l. c. *Armenia rossico :* m. Alagœz. Bge.
pl. Abich. — *Caucaso :* alt. 480ᵐ. Ledeb. l. c.

30 ⟫ R. leiostemon Fenzl. in Pugill. atque in Russeg. Reis. l.
947. — *Ciliciæ* Bulgardagh : declivibus australibus Alpis Maaden-
lepessi, alt. 2274-2600ᵐ. F.

31 † R. acris L. Circa *Byzantium.* R. — *Serbia.* Pan. *Tauria.
Caucaso. Sibiria.* Ledeb. l. c. — Cl. Stev. Tauria vel Caucaso
hanc speciem unquam vidisse negat.

　　⟫ *Var. Armenia :* m. Ararat et Alagœz, alt. 1300-1518ᵐ. W.

32 ⟫ R. Calverti Boiss. *Armenia :* circa Erzerum. B.

33 ⟫ R. Casalus Boiss. An. — *Bal.* pl. d'Or. an. 1858. N° 735. —
Ciliciæ Bulgardagh : parte superiore montium supra pagum
Sedichlg, fissuris rupium. Bal. — *Syria.* B. An.

34 † R. Brutius Ten. Olympo *Bithyniæ.* B. An. *Phrygio :* pr.
Uchak. Bal. — Silvis *Scardi :* m. Ljubatrin, alt. 1300ᵐ. G. *Neapoli.* Ten.

35 R. Caucasicus MB. *Armenia rossica.* — *Tauria. Caucaso :* montibus Taluzch. Ledeb. l. c.

36 † R. lanuginosus L. (R. tuberosus Sieb. *βατράχιον τραχὺ* Diosc.)

　　Var. Bithyniæ Olympo. G. — *Bessarabia* pratis siccis. Ta. *Serbiæ.
Pan. Græcæ.* Prdr. fl. gr. Prov. *Caucas. Sibiria.* Ledeb. l. c.

37 † R. Constantinopolitanus D'Urv. Griseb. Ledeb. (R. lanuginosus δ Constantinopolitanus DC. l. c.) *Bithynia et Thracia* vulgaris locis umbrosis, alt. 0-390ᵐ : ad sepes agri byzantini ; ad
Olympum. G. — *Tauria. Caucaso occid.* Ledeb. l. c. *Pyrenæorum*
pratis. l. c.

38 † R. **velutinus** Ten. Ad *Ciliciæ* pagum Mersina. Bal. — *Græcia. Ins. Zacyntho. Italia. Dalmatia.* Nym.

39 › R. **anemonefolius** DC. *Cappadocia* : DC. l. c.

40 R. **napellifolius** DC. Agro *Byzantino. Cappadocia.* DC. l. c. *Armenia* : circa Erzerum. Calv. — *Græcia.* Steud. Prov. Som-chetia. Ledeb. l. c.

41 › R. **Huetii** Boiss. (R. dissectus var. velutina Boiss. An. sc. nat.) *Armenia* : circa Erzerum atque in m. Tekdagh. *Cappado-cia* : m. Akdagh. B.

> Var. glabrescens Boiss. *Armenia* : circa Erzerum, atque in m. Tek-dagh. B.

42 R. **dissectus** MB. (R. nivalis Pall. sec. DC.) *Armenia* : pascuis arenosis m. Tachkœpru, inter Erzerum et Balbul. H. — *Tauria* : m. Tchadyrdagh. Alpestribus *Caucasi orientalis.* Ledeb. l. c.

43 › R. **Camaulanus** Clem. in sert. orient. tab. I. (R. dissectus Auch. non MB. R. dissectus glabrescens Boiss. Caule unifloro erecto, subtortuoso, leviter striato piloso, basi fibris erectis ves-tito; foliis radicalibus pinnati sectis, segmentis cuneato-incisis, laciniis lanceolato-linearibus integerrimis dentatisve; caulinis duobus tribus sensim sessilibus lineari-incisis; sepalis laxius-culis patentibus pilosis, apicem versus nudis; toro piloso; pe-talis amplis lucteo-croceis, obovato-cuneatis, integerrimis ; carpellis nudis semiovato-rotundatis, stylis subcircinnato-unci-natis.

Bithynia : loco humente reg. alp. Olympi, ubi cum Stellaria cerastoide promiscue crescit. Clem. l. c.

44 › R. **Sibthorpii** Boiss. (R. dissectus MB. var. glabrescens Boiss. R. nivalis Sibth. non L. R. ponticus C. Koch. R. Aucheri Clem. in sched. non Boiss. An. sc. nat.) *Bithynia* : cacumine Olympi. Prdr. fl. gr. I. 382.

45 › R. **Cappadocicus** Willd. (R. chærophyllus γ Bir.) *Cappado-cia.* DC. l. c.

46 † R. **repens** L. (R. prostratus Poir. R. infestus Salisb.) Agro *Byzantino.* G. *Ponto* , collibus circa Trapezunt. D'Urv. *Armenia russica.* — *Caucaso. Tauria. Sibiria.* Ledeb. l. c. *Serbia.* Pau.

17 R. marginatus D'Urv. *Ponto* : collibus pr. Trapezunt. DC. l. c.
— *Græcia*. Steud. l. c.

18 R. grandiflorus L. Agro *Byzantino*. G. *Cappadocia*. DC. l. c.

19 † R. calthæfolius Jord. Observ. sur plus. pl. nouv., etc., 1847.
Sixième frag. p. 2. (R. ficaria var. calthæfolius Guss. Prdr. fl.
Sic. II. 45. Ficaria grandiflora Robert. Cat. de Toulon) Fleurs
grandes, solitaires au sommet des rameaux. Sépales 3-5 d'un
blanc jaunâtre et scarieux marquées de nervures ovales con-
caves. Pétales oblongues en coin à la base, d'un jaune luisant.
Écaille des pétales ovale, émarginée, recouvrant la fossette nec-
tarifère. Carpelles 20-30 souvent avortés, ovales-arrondis, ren-
flés, un peu comprimés, rétrécis et substipités à la base, cou-
verts de petits poils étalés, longs de 1 ½ millim. sur 3 millim.
de large. Réceptacle glabre, très-court. Feuilles larges, toutes
pétiolées, ovales-orbiculaires, cordées à la base, à lobes de
l'échancrure arrondis et très-rapprochés ou incombants dans les
feuilles inférieures, à crénelures arrondies souvent nulles ou
peu distinctes. Tiges peu rameuses, dressées, fistuleuses, sillon-
nées, glabres ainsi que toute la plante. Souche verticale,
presque nulle, émettant des stolons très-courts et non persis-
tants. Racine formée de tubercules oblongs ou en massue, plus
ou moins allongés, disposés en faisceau mêlé de fibres capil-
laires. Plante glabre de 2 à 3 décim. — *Phrygia* : m. Alemdagh
ad septentr. urbis Uchak. Bal. — Campis cultis circa Toulon,
Hyères, Nice, etc. Jord. l. c.

50 › R. argyreus Boiss. (R. oxyrhynchus Griseb. var. sec. cl.
Griseb.) *Lydia et Caria* : reg. alp. m. Mesogis atque Cadmi. B.
Phrygia : pr. Uchak. Bal.

51 › R. Armeniacus Boiss. et Huet. *Armenia* : pr. pagum Tachkœpru, inter Baibut et Erzerum. B.

52 † R. bulbosus L. (R. flabellatus Riv.) Pratis agri *Byzantini*
pr. Kiathane (aquæ dulces Europææ) — *Serbia. Macedonia*. G.
Colchyde : pratosis haud rarus. D'Urv. Ad mare *Caspium*. Ledeb.
l. c. *Græcia*. Nym.

53 › R. strigillosus Boiss. et Huet. *Armenia* : humidis m. Tekdagh supra Erzerum, alt. 1918-2272m. B.

Sect. V. Echinella DC. l. c.

54 † R. philonotis Retz. Ehrh. (R. parvulus L.) Tchihat. pl. As. Min. exsicc. an. 1858. N° 11. — Ad Bosphorum, et fruticetis ins. Halki. G. Ponto : circa Samsun, ubique gregatim collibus pratisque. T. Bithynia : arenosis marit. pr. Hirsek. G. Agro Cariensi. Prdr. II. gr. I. 382. — Serbia. Pan. Græcia. Prdr. l. c. Tauria. Ledeb. l. c.

55 R. trachycarpus Fisch. et Mey. (R. leiodiscus Boiss. et Huet.) Ponto : neglectis circa Trapezunt. H Armenia. B. — Tauria. Prov. Caucas. Ledeb. l. c.

56 † R. arvensis L. (R. echinatus Crantz. non Vent.) Tchihat. pl. As. Min. exsicc. an. 1853. N° 649; an. 1858. N° 654. — Agro Byzantino. T. Ponto : inter pagos Tekekoi et Tchelu (ad SSE. urbis Samsun), alt. 700-1000ᵐ. T. Cappadocia : declivitate orient. jugi Aladagh inter pagum Kizildagh et fl. Korkusun, excelsis silvat., alt. c. 1700ᵐ.; m. Karamas pr. Kaisariam. T. Armenia : pr. Erzerum. T. — Rumelia : pr. Philippopolin. G. Serbia. Pan. Tauria. Prov. Caucas. Ledeb. l. c.

57 R. rhynchocarpus Boiss. An. Griseb. Agro Byzantino. G.

58 † R. muricatus L. non Sibth. et Sm. nec Moench. Circa Byzantium. T. Cilicia : planitie circa Mersinam. T. Archipelago : paludosis ins. Melos. D'Urv. — Frequens Græciæ depressis humidis. Fr. l. c. Creta. Nym. Tauria. Prov. Caucas. Ledeb. l. c. Mascate. B. An. Sahara algeriensi : pr. Laghuat, alt. 750ᵐ. Coss. l. c.

59 R. Græcus Griseb. (R. muricatus Fl. gr. ex Griseb.) Agri Byzantini ins. Prinkipum, alt. 0-65ᵐ.: frequens fossis et graminosis urbis ins. Halki, ubi consociatus cum R. parvifloro viget; gregarie ad fontem ins. Prinkipo pr. oppidum. G. — Græcia. Nym.

60 R. Chius DC. (R. parviflorus Sibth. et Sm.) Herb. græc. norm. N° 487. — Ins. Chios. DC. l. c. — Attica. Heldr.

61 R. lomatocarpus Fisch. et Mey. (R. tuberculatus C. A. Mey.)

Cilicia : pr. Tarsus, paludibus. — *Syria* : ad ripas Jordani. B. An. Pratis ad mare *Caspium*. Ledeb. l. c.

62 > R. Lorentii Hochst. Flora an. 1845. — Walpers Repert. bot. V. 4. Caule striato polyantho foliis sparse pilosulis, foliis caulinis ternatis, inferioribus petiolatis, superioribus pinnatifidis, laciniis incisis, lacinulis sublinearibus acutis; foliis superioribus 3-5-partitis, laciniis linearibus integris; floribus parvis; pedunculis monanthis sulcatis longis oppositifoliis; sepalis reflexis; carpellis capitulum globosum efficientibus lineari-compressis, utrinque breviter muricellatis, margine latiusculo in acumen foliforme excurrente. — Species R. lomatocarpo F. et M. valde affinis.

   Armenia australi : pr. Diarbekir. Hochst. l. c.

63 † R. parviflorus L. non Sibth. et Sm. nec. Mor. (R. pauciflorus Spr. R. muricatus Mœnch.) Agro *Byzantino*, alt. 0-65ᵐ. *Bithynia* : ericetis collibusque siccis pr. Mudania. G. Ins. *Chio*. B. An. — *Græcia*. Nym. *Tauria merid*. Ledeb. l. c.

64 † R. incrassatus Guss. (R. Scherardianus Fisch. et Mey. R. parviflorus Mor. ex Vis.) *Bal*. pl. d'Or. an. 1854. N° 126; an. 1855. N° 736. — *Tchihat*. pl. As. Min. exsicc. an. 1858. N° 24. — *Cilicia campestri* : planitie circa Mersinam. *Ionia* : ad Smyrnam. Bal. *Ponto* : collibus marit. supra Samsun. T.

65 † R. trilobus Desf. (R. parviflorus var. Biv. R. Romani Ten.) Circa *Byzantium*. T. *Bithynia* : pr. Brussam. G. — *Macedonia*. G.

66 † R. ophioglossifolius Vill. — *Tchihat*. pl. As. Min. exsicc. an. 1858. N° 1. — *Lycia* : ad ripas fl. Arycandi. Forb. Aquis stagnantibus pr. *Byzantium*. Clem. sert. orient. *Ponto* : supra Samsun collibus incultis. T. — *Græcia*. *Tauria*. *Creta*. Nym. Prov. caspica *Lenkhoran*. Ledeb. l. c.

67 ⧾ R. laterifloras DC. (R. nodiflorus L. sec. Spr. R. Nendivichii Friv.) *Bal*. pl. d'Or. an. 1854. N° 127; an. 1857. N° 1127. Circa *Byzantium*. T. Circa *Smyrnam*. B. An. *Phrygia* : pr. Uchak, alt. 910ᵐ. Bal. — *Macedonia*. *Thracia*. B. *Tauria*, Stev. *Hispania*, *Sicilia*. *Neapoli*. Nym.

68 > R. inops Schtt. In centr. bot. Wochenb. VII. Jahrg. N° 23. p. 183. Folia radicalia patentissima, ubique pilis longis verti-

raliter exsertis densiusculo-hirsuta. Petiolus 2-2 ½ pollicaris
basi vagina glabra auctus. Lamina **ultra medium 3-partita**, vel
sub-5-partita, partitione terminali 3-loba, grosse-acute et parce
lobulata vel dentata, lateralibus bilobis, pariter lobulatis **vel**
dentatis, inferne approximatis vel contiguis, profunde cordatim
protensis, omnibus supra tenuiter sulcato-venosis. **Caules**
abbreviati, et foliis radicalibus ad pedunculum reducti **plerum-**
que prolati, raro bracteolis basi præditi, binis **suboppositis**,
linearibus, angustis. Pedunculus tandem elongatus, 5-6-pollica-
ris; inferne magis patulo-, superne appresse-hirsutulus. Calyx
patulo-hirsutus, sepalis mox refractis, sero cum petalis, vel
post petalorum lapsum deciduis. Petala lata obovato-cuneata,
apice rotundato, nectarii squama majuscula apice rotundata.
Ovaria rostro parum breviore semicircinnato coronata.

   Bithyniæ Olympo. Slut.

   IX. **Ficaria** Dill. DC. Prdr. I. 44. — *Ranuncali spec.* Grisb.
Ledb.

1 † **F. ranunculoides** Mœnch. (*F. communis* Dum. *F. verna*
Pers. *Ranunculus Ficaria* L. Grisb. Ledeb. καλλίτμ Theophr.)
Tchihat. pl. As. Min. exsicc. an. 1849. N° 520. — Agro *Byzan-*
tino. G. Ins. Tenedos. Nouv. fl. pélop. Mysia. T. *Bithyniæ* Olympo.
S. *Lycia*: vulgaris rupestribus et herbosis. Forb. *Armeniæ*: pr.
Erzerum. T. — *Bessarabia.* Ta. *Græcia.* Fr. l. c. *Tauria.* Stev.
Omnibus prov. *Caucas.* Ledeb. l. c.

   ß *Var.* calthifolius Grisb. Agro *Byzantino*, pr. Pera et Buyukdere. G.

   TRIBUS IV. **HELLEBOREÆ** DC. Prdr. I. 44.

   X. **Caltha** Pers. DC. l. c.

   Sect. POPULAGO DC. — G. Caltha L.

1 † . **C. palustris** L. *Armeniæ* montibus. B. As. — *Græcia.* Nym.
Serbia. Pan. *Tauria.* *Caucaso.* *Sibiria.* Ledeb. l. c.

? » **C. polypetala** Hochst. in Fl. XXVIII. 30. Wach. Repert. — *Tchihat.* pl. As. Min. exsicc. an. 1858. — Foliorum crenis longitudine latioribus subacutis; petalis 7-9 ellipticis. (An. tantum varietas *C. palustris?*) — *Armenia :* circa Erzerum. Hochst. l. c. *Ponto :* jugo Paryadres veterum ubi in vallibus alp. humidinsculis, alt. 2000ᵐ copiose viget. T.

XI. **Trollius** L. DC. Prdr. 1. 45.

1 **T. patulus** Salisb. non DC. (T. caucasicus Stev, T. europæus Schlechtd. non L.) *Armenia :* frequens m. Ararat supra monasterium Sancti Jacobi, alt. 1940ᵐ. W. — *Caucaso. Kamtschatka.* Ledeb. l. c.

> ♭ *Var.* subinvolucrata DC. *Armenia :* inter Balbul et Erzerum. ♭. *Cappadocia :* montibus altissimis DC. l. c.

XII. **Eranthis** Salisb. DC. Prdr. 1. 45.

1 » **E. cilicica** Schtt. et Ky. In œstr. bot. Wochenb. IV. Jahrg. № 14. p. 113. Foliis subquinquepartitis, partitionibus raro simplicibus, sæpe bi-tripartitis et laciniatis. Involucrum 25-40 divisum formantibus; petalis stipite brevissimo (tubo duplo triplove breviore), labio superiore truncato vel sinu latiusculo in tubum extenso, bifido-exciso, labio inferiore tubo paullo breviore emarginato vel laciniis ovato-triangularibus obtusiusculis bifido, instructis; pistillis (6-25, 8 ovulatis) lineari-lanceolatis in stylum æquantem attenuatis, stamina superantibus.

Cilicia Bulgardagh : pr. Gulek-Maaden, alt. c. 2373ᵐ. Ky. Reis. Cilic. Taur. p. 390.

XIII. **Helleborus** Adans. DC. Prdr. I. 46.

§ 1.

1 ♀ **H. niger** L. *Bithyniæ* Olympo. S. — *Macedoniæ* m. Athos. G. *Græcia :* reg. superioribus montium ubi ex. gr. Œta, Parnasso, Korace et Thym]presto in consortio cum H. officinali, ad alt.

813-875ᵐ viget. Fr. Syn. Fl. class. *Serbia*. Pan. *Iberia*. Ledeb.
Fl. ross. I. 51.

§ 2.

2 † H. orientalis Lmk. — Fl. gr. tab. 523. (H. officinalis Salisb.
H. Olympicus Lindl. ελλέβρις μέλας Theophr. Veratrum latinis
quod montem vertat. Plin. καύρη Græc. hodiern.) *Tchihat*. pl.
As. Min. exsicc. an. 1853. Nº 482. — Herb. gr. norm. Nº 647.—
Copiose pr. *Byzantium*, *Bithyniæ* Olympo. Prdr. O. gr. I. 386.
Ponto : inter Seleyaïlassi et Ketchedere, montosis silvat. humidiusculis, alt. c. 1250ᵐ. T. — *Macedonia* : in. Athos atque montibus pr. Saloniki. Prdr. I. c. *Græcia* : reg. abietina m. Parnassi,
alt. 2000ᵐ. Heldr. Prov. *Caucas*. Ledeb. I. c. *Gallia merid*. Nym.

3 † H. odorus W. et K. (H. graveolens Host.) Circa *Trapezunt*.
H. — *Serbia*, Pan.

4 † H. viridis L. non Guldenst. nec MB. (H. pallidus Host.
Helleboraster viridis Mœnch.) *Tchihat*. pl. As. Min. exsicc.
an. 1858. Nº 82. — *Ponto* : collibus marit. supra Samsun. T.
Montibus inter *Armeniam ross*. et *Grusiam* altis, ubi depressis
silvat. divulgatissimus, sed alt. 488ᵐ haud excedens. W. *Bulgaria*. Nym. *Serbia*. Pan.

XIV. **Isopyrum** L. DC. Prdr. I. 48.

1 > I. aquilegioides Bory. et Chaub. non L. *Tauro*. B, An.

XV. **Garidella** Tourn. DC. I. c.

1 † G. nigellastrum L. — *Bal*. pl. d'Or. an. 1857. Nº 1131. —
Phrygia : pr. Uchak, viarum marginibus, alt. 910ᵐ. Bal. —
Tauriæ et *Caucasi* collibus apricis. Ledeb. I. c. *Creta*. *Gallia*.
Hisp. Nym.

XVI. **Nigella** Tourn. DC. I. c.

Sect. 1. Nigellastrum DC. I. c. — G. Nigellastrum. Mœnch.

1 N. orientalis L. (Nigellastrum flavum Mœnch) *Tchihat*. pl. As.
Min. exsicc. an. 1858. Nº 767. *Ponto austr*. : inter pagos Agdja

el Kulelhissar, reg. nuda, alt. c. 800m. T. Cilicia Bulgardagh :
reg. mont., ad septentr. pylarum. Bal. Armenia : ad pagum
Meiumnsur pr. Erzerum situm. H. — Caucasi campis. Syria :
inter segetes circa Aleppum. DC. l. c.

2 > N. Bosana Boiss. Armenia merid. : circa Karput. B.

3 > N. oxypetala Boiss. An. Cappadocia orient. B. An.

    Sect. II. Nigellaria DC. l. c.

4 N. foeniculacea DC. Armenia rossica. — Caucasia. Tauria. Ledeb. l. c. Macedonia. G.

5 N. bicolor Boiss. et Heldr. — Tchihat. pl. As. Min. exsicc.
an. 1859. Nᵒ 225. — Lycaonia : campis pr. Kharkin, ad orient.
Konie. B. Galatia : inter pagos Œllæk et Yairdjik, alt. c. 1000m,
reg. plana. T. Armenia : circa Erzerum, alt. 1950m. T. Cappadocia : planitie circa oppidulum Develi-Karahissar, alt. 1200m.
Bal. — Tauria. B.

6 † N. arvensis L. — Tchihat. pl. As. Min. exsicc. an. 1858.
Nᵒ 777 bis. — Bithynia Olympo, S. Ponto austr. : inter oppidu-
lum Kulelhissar et pagum Agdja, alt. c. 1500m. T. — Pascuis
Odessæ. D'Urv. Serbia. Pan. Tauria. Prov. Caucas. Ledeb. l. c.

    Var. glaucescens Boiss. (N. glaucescens Gus. Bal. pl. d'Or.
    an. 1856. Nᵒ 561. — Tchihat. pl. As. Min. exsicc. an. 1858.
    Nᵒ 214. — Cappadocia : planitie urbis Kaïsariæ, alt. c. 1200m,
    atque inter Kaïsariam et Tersum, marginibus fl. Busanta-su. Bal.
    Armenia : inter urbem Gumuchhane et pagum Kerekli, alt. c.
    1800m. T. — Cypro. Prdr. fl. gr. l. 374. Algeria : pr. Djelfa, alt.
    1180m, Coss. l. c.

7 † N. divaricata Beaupré (N. arvensis var. acc. Ledeb. l. c.)
Mysia : collibus pr. pagum Demirdji, ditionis Brussianæ. Clem.
l. c. — Macedonia. G. .Egypto. DC. l. c.

8 N. stellaris Boiss. — Bal. pl. d'Or. au. 1856. Nᵒ 860. — Cilicia : planitie urbis Tarsus. Bal. — Syria : cultis m. Cassii, reg.
infer. inter Cassab et Suadich. B.

9 N. aristata Sibth. fl. gr. tab. 510. (Ἄγριος ἄγριος Diosc.) Herb.
graec. norm. Nᵒ 262. — Frequens ins. Tenedos et Astypalæa.

D'Urv. — *Macedonia austr.* G. *Græcia :* siccis pr. Athenas. Heldr. *Mesopotamia. Syria.* B. An.

10 † N. sativa L. DC. MB. (N. indica β Roxb.) *Archipelago* frequens. Prdr. O. gr. I. 373. *Armenia rossica.* Ledeb. l. c.— *Græcia.* Prdr. l. c. *Tauria. Iberia.* Ledeb. l. c.

> β *Var. hispidula* Boiss. An. — Bal. pl. d'Or. an. 1853. N° 797. — *Cilicia :* planitie circa Mersinam. Bal.

Sect. EMOPATOS DC. l. c.

11 † N. Damascena L. non MB. (N. cœrulea Lmk.) Pr. *Byzantium.* G. *Archipelago* haud rara. Prdr. O. gr. I. 378. — *Macedonia austr.* G. *Græcia.* Prdr. l. c. *Tauria.* Ledeb. l. c.

12 N. Taurica Stev. Bull. Soc. d. Nat. d. Mosc. 1856. N° II, p. 283. (N. damascena MB. N. armena Stev. Bull. Mosq. 1848. II, 274. — Walpers Repert. I. 49. N. verrucosa C. Koch. N. fœniculata Hohenack. in sched.) *Armenia rossica.* — *Tauria.* Stev. l. c.

13 › N. Cilicica Boiss. et Bal. *Cilicia* littorali : planitie Mersinæ. B.

14 › N. elata Boiss. *Lydia :* dumosis m. Mesogis inter Dervent et Alahchér, nec non ad basin m. Tmoli pr. Sardes veterum. B.

XVII. **Aquilegia** Tourn. L. DC. Prdr. I. 50.

1 › A. Olympica Boiss. *Armenia :* Olympo, B. An. atque pr. Erzerum. Calv.

XVIII. **Delphinium** Tourn. L. DC. Prdr. I. 51.

Sect. I. CONSOLIDA DC. l. c.

1 D. axilliflorum DC.— Bal. pl. d'Or. an. 1855. N° 729.— *Tchihat.* pl. As. Min. exsicc. an. 1853. N° 246. — *Cilicia :* inter pagum Usunburdj et urbem Selevke, lapidosis, plerumque silvat., alt. c. 1500ᵐ, T. nec non planitie circa Mersinam. Bal. — *Syria.* DC.

2 › D. rugulosum Boiss. An. *Armenia* ad lacum Urumia. B.

3 > D. Raveyi Boiss. — Bul. pl. d'Or. an. 1856. N° 856, an. 1857.
N° 1135. — *Caria* : cultis pr. Gheira (Aphrodisia veterum). B.
Phrygia : campis otiosis urbis Uchak, alt. 910ᵐ. *Cappadocia* : pla-
nitie urbis Karahissar, alt. c. 1200ᵐ. Bal.

4 † D. consolida L. non Fl. gr. nec Gouan. (D. segetum Lmk.)
Bithynia. G. *Armenia* : pr. Erzerum. T. — *Thracia, Macedonia.*
G. *Bessarabiæ* arenosis. Ta. *Serbia.* Pan. *Græcia.* Ins. *Zacyntho.*
Prdr. fl. gr. I. 370. *Tauria* : circa Theodosiam. Circa *Odessam.*
D'Urv. *Caucaso. Sibiria uralensi.* Ledeb. l. c.

5 > D. glandulosum Boiss. et Huet (D. ramosissimum Boiss. in
pl. Huet.) *Armenia* : ad pagum Melmansur, haud procul ab Erzerum altum. B.

6 > D. Hellesponticum Boiss. An. Circa *Byzantium.* R. Ad *Hellespontum.* B.

7 † D. Ajacis L. (D. consolida Fl. gr. tab. 504. ex Griseb.)
Tchihat. pl. As. Min. exsicc. an. 1849. N° 324; an. 1853. N° 177.
— *Galatia* : planitie uliginosa pr. Tchaltyk, alt. c. 850ᵐ. T.
Phrygia : planitie circa Kizilhissar, alt. 903ᵐ, nec non inter
Karayukbazar et lacum Saldagœl, alt. c. 1300ᵐ. T. *Armenia ros-
sica* : planitie fl. Araxis, alt. 908-1130ᵐ, atque circa Erivan, alt.
1071ᵐ. W. — Prov. *Caucas. Tauria. Sibiria.* Ledeb. l. c. *Rume-
lia.* G. *Græcia.* Nym. *Persiæ* prov. Adjerbedjan. B. An.

8 > D. Phrygium Boiss. An. *Phrygia* : pr. Uchak. cœmeteriis turcicis. *Cappadocia* : planitie Kara-Dair, inter Kaisariam et fl.
Zamanta-su. Bal.

9 D. tomentosum Auch. Boiss. — *Bal.* pl: d'Or. an. 1856, an.
1857. N°ˢ 855, 1132. — *Tchihat.* pl. As. Min. exsicc. an. 1853.
N° 629. — *Phrygia* : pr. Uchak, alt. c. 910ᵐ. *Cappadocia* : planitie
Karahissar inter segetes campisque, alt. c. 1476ᵐ, Bal. nec non
inter pagos Yarpuz et Yezgin, alt. c. 1244ᵐ. T.

> Var. cœrulea. — *Tchihat.* pl. As. Min. exsicc. an. 1858. N° 373.
> *Armenia* : pr. Gumuchhane. T.

10 † D. pubescens DC. non Henn. D. Ajacis L. var. Trevir. D.
consolida Gouan.) Circa *Byzantium.* T. — *Albania bor.* Nym.
Tauria. Stev. *Algeria* : pr. Djelfa, alt. 1120ᵐ. Coss. l. c.

11 D. tuberosum Boiss. — *Tchihat. pl. As. Min. exsicc.* an. 1849. N° 74. — *Cappadocia* : in. Alidagh pr. Kaisariam. T. — *Persia* in. Elvend. B. An.

12 ⟩ D. Bithynicum Griseb. *Bithynia* · pr. Bolu. G.

13 D. rigidum DC. — *Tchihat. pl. As. Min. exsicc.* an. 1849. N° 54. — *Galatia* : inter pagos Alizy et Mentiche, alt. c. 1200ᵐ. T. — *Syria.* DC. l. c.

14 D. anthoroideum Boiss. An. (D. aconiti DC. Herb. et varior. auctor. non L.) *Bal. pl. d'Or.* an. 1855. N° 730; an. 1856. N° 857. — *Tchihat. pl. As. Min. exsicc.* an. 1858. N° 945. — *Cilicia litturali* : ad rudera veterum Pompeiopolis pr. Tarsus. Bal. *Armenia* : circa Erzerum, Calv. nec non inter pagos Avzapert et Uzunbazar (districto Khigi, ad OSO. jugi Bingoeldagh., alt. 1600-2200ᵐ. T. — *Syria* : ad Euphratem. *Persia* : pr. Ispahan. B, Au.

15 ⟩ D. Cappadocicum Boiss. An. — *Tchihat. pl. As. Min. exsicc.* an. 1853. N° 520; an. 1858. N° 213. — *Lycaonia* : planitie inter Kalbassan et Karaman, alt. c. 1400ᵐ. T. *Cappadocia* ? B. *Armenia* : inter pagos Kalaratch et Alunalu (ad orient. urbis Erzindjan., alt. 1400-2000ᵐ. T.

SECT. II. DELPHINELLUM DC. l. c.

16 † D. cardiopetalum DC. (D. peregrinum Lmk.) *Archipelago* : frequens campis arenosis insulæ *Scyros.* D'Urv. — *Pyrenæis.* DC. l. c.

17 † D. junceum DC. — Fl. gr. tab. 506. (D. peregrinum L. herb. non Lmk. nec. Guss. nec Delil.) *Tchihat. pl. As. Min.* exsicc. an. 1853. N° 378. — Herb. græc. norm. N° 120. — *Lycia* : pr. Œnoanda. Forb. *Bithynia* : collibus pr. Brussam. Clem. l. c. Ins. *Samos.* D'Urv. *Cappadocia* : inter pagum Karsantyoglu et m. Tchaltyngibi, excelsis, montosis, silvat. T. — *Macedonia* : peninis. Hajlon-oros. D'Urv. *Græcia* · reg. infer. m. Parnassi, alt. 975ᵐ. Heldr. *Algeria* : pr. Djelfa, alt. 1120ᵐ. Coss. l. c.

18 D. nanum DC. (D. peregrinum Delil.) *Tchihat. pl. As. Min.* exsicc. an. 1849. N° 74. — *Galatia* : inter pagos Alizy et Men-

tiche, alt. c. 1200ᵐ. T. — *Ægypto* circa Alexandriam. DC. l. c.

19 † **D. halteratum** Sibth. et Sm. (D. junceum L. var. Triver. ? D. junceum Friv. non DC. nec Fl. gr. D. pubescens DC. var. ?) *Bithynia* : arvis pr. Bolu.— *Thracia* et *Macedonia* : ad Hæmum; penins. Hadjion-oros. G. *Græcia*. Nym. *Sicilia*. DC. l. c.

20 **D. tennissimum** Sibth. et Sm. Fl. gr. tab. 505. (D. divaricatum Fisch. et Mey. non Ledeb. Δελφίνιον ἄγριον Diosc.) Circa Byzantium. R. — *Macedonia*. Nym. *Græcia* : circa Athenas. DC. l. c.

21 **D. Aconiti** L. (Aconitum monogynum Forsk.) *Tchihat.* pl. As. Min. exsicc. an. 1853. N° 282.— Ad *Hellespontum*. DC. *Lycaonia* : inter pagos Hadinseral et Alibeikoi, alt. c. 1100ᵐ. T. *Cilicia campestri* : planitie circa Tarsum et Mersinam. T. *Armenia* : circa Erzerum. T. *Cappadocia* : planitie urbis Kaisariæ, alt. 1408ᵐ. Bal. — Prov. caspica *Talusch*. Ledeb. l. c. *Syria*. Steud. l. c.

22 † **D. divaricatum** Ledeb. — *Bal.* pl. d'Or. an. 1856. N° 854; an. 1857. N° 1131. — *Phrygia* : pr. Uchak, alt. c. 910ᵐ. *Cappadocia* : planitie Kaisariæ, alt. 1400ᵐ inter segetes et in arvis. Bal. — *Rossia merid.* : ad fl. Tanain. Prov. *Caucas.* Ledeb. l. c.

23 ♂ **D. cinereum** Boiss. *Phrygia* : agris sterilibus pr. Laodiceam. B.

24 **D. virgatum** Poir. — *Bal.* pl. d'Or. an. 1855. N° 728; an. 1856. N° 858. — *Tchihat.* pl. As. Min. exsicc. an. 1853. N° 308, 339, 367. — *Lycaonia* : in. Karadagh. T. *Cilicia* : inter Tarsum et Namrun montibus silvat. T. nec non pr. pylas. Bal. *Cappadocia* : inter pagum Karsantyoglu et in. Tchaltyngibi, montosis, alt. c. 1500ᵐ; planitie Kaisariæ, alt. c. 1400ᵐ. T. — *Syria* : pr. Beyrut. Cat. herb. Syr. fasc. 2. N° 52.

Sect. III. DELPHINASTRUM DC. l. c.

25 **D. grandiflorum** Forsk. (D. Forskolei Rchbch.) Ad *Hellespontum*. G.

26 **D. hybridum** Steph. in Willd. non L. nec Gouan. (D. hirsutum Pers. D. albiflorum DC.) *Armenia rossica* : planitie fl. Araxis, alt. 908-1136ᵐ. W. — *Tauria*. Stev. *Caucaso*. DC. l. c.

27 † D. velutinum Bert. (D. hybridum γ DC.) *Armenia*. DC. l. c. — *Italia*. Bert. *Dalmatia*. Nym.

) Var. DC. (D. orientale, etc. Tourn.) *Armenia*. DC. l. c.

28) D. formosum Boiss. et Reut. *Armenia* : circa Maaden-kban, inter Erzerum et Baibut. B.

29 † D. elatum L.

    β. laxos c. Ledeb. (D. speciosum MB. D. ciliatum Stev.) *Armenia ross.* : planitie B. Araxis. alt. 908-1136m. — *Prov. Caucas.* Ledeb. fl. ross. L 64.

    † γ. Ledeb. (D. cuneatum DC. D. hybridum L. herb.) *Cabria Tauru.* B. Au. — *Rossia austr. Sibiria.* Ledeb. l. c.

30 D. Kurdicum Boiss. et Hohenack. *Ciliciæ Bulgardagh* : ad pagum Gulek, pr. pylas, Bal. — *Kurdistano* : dumosis ad fontem m. Gara. B.

31) D. dasystachyon Boiss. et Bal. — *Bal.* pl. d'Or. an. 1856, N° 859. — *Cappadocia* : reg. super. m. Alldagh, pr. Kaisariam, alt. 1600m. B.

32 D. speciosum MB. *Armenia rossica.* — *Caucaso.* Ledeb. l. c.

    SECT. IV. STAPHISAGRIA DC. l. c.

33 † D. Requieni DC. (an forse var. D. picti Willd.?) Ins. *Stæchadum.* DC. l. c. — *Gallia merid.* (Iles d'Hyères). *Corsica.* Nym.

34 † D. staphysagria L. (σταφὶς ἀγρία Diosc. Pediculares phtirotenon Plin. ἀγρία σταφὶς Græc. hodiern.) *Archipelago* : ad muros Ins. *Leros* vulgare. D'Urv. — *Græcia* haud frequens. Fr. l. c. *Creta.* Nym.

Species nondum descripta.

35 D. Boissieri Buhse, in pl. pers. exsicc. *Armenia turcica.* Calv. — *Persia.* Buhse.

36) D. orientale J. Gay. — *Bal.* pl. d'Or. an. 1857. N° 1133. — *Tchihat.* pl. As. Min. exsicc. an. 1858. N° 547. — *Phrygia* : pr. Uchak inter segetes, alt. c. 910m. Bal. *Ponto* : inter pagum Feringe

et urbem Niksar, alt. 100–600ᵐ. T. *Armenia* : circa Erzerum, nec non circa Ispir. H. — *Algeria* : pr. Djelfa, alt. 1120ᵐ. Coss. Bull. soc. bot. IV. 181.

XIX. **Aconitum** Tourn. L. DC. Prdr. 1. 56 excl. spec.

Sect. I. ANTHORA DC. l. c.

1 † **A. anthora** L. *Armenia rossica* : prov. Nahitchevan, tractu Daralagœs. Bge. pl. Abich. — *Caucaso. Sibiria.* Ledeb. fl. ross. 1. 65.

Sect. II. LYCOCTONUM DC. l. c.

2 † **A. lycoctonum** L. *Armenia rossica* : prov. Erivan. Bge. l. c. — *Sibiria.* Ledeb. l. c.

3 † **A. orientale** Mill. *Armenia rossica* : prov. Nahitchevan tractu Daralagœs. Bge. l. c. — *Rossia austr.* Ledeb. l. c. *Caucaso.* Ledeb. l. c.

Sect. III. CAMMARUM DC. l. c.

4 † **A. variegatum** L. (A. variegatum et gibbosum DC. A. rhynchanthum Fisch.) *Armenia rossica.* — *Caucaso. Rossia media.* Ledeb. l. c.

5 † **A. paniculatum** Lmk. *Armenia rossica* : prov. Nahitchevan. Bge. l. c.

TRIBUS V. PÆONIACEÆ DC. Prdr. 1. 64.

XX. **Cimicifuga** L. Grisb. Ledeb. fl. ross. 1. 71. — *Actœa* Sect. Cimicifuga DC. pro parte.

1 † **C. fœtida** L. (Actœa cimicifuga L. DC. l. c.) Circa *Byzantium.* R. — *Rumelia* : Orbelo bor. ad rivulos pr. cœnobium Rilo. G. *Sibiria.* Ledeb. l. c.

XXI. **Pæonia** L. DC. l. c.

Sect. I. Moutan DC. l. c.

1 **P. moutan** Sim.

    † *Var. rosea* DC. (P. papaveracea Sims. P. bannatica Rochel.) *Tchihat.* pl. As. Min. exsicc. an. 1858. N° 461. — *Ponto australi* : jugo Paryadres veterum, vallibus alpinis, alt. 1900-2000ᵐ. T. — Banatu. Steud.

Sect. II. Præox DC. l. c.

2 † **P. corallina** L. non MB.

    ⅅ *Var. pubescens* Moris. *Asia Minore.* B. An.

3 † **P. officinalis** Retz. Willd. non Pall. — *Tchihat.* pl. As. Min. exsicc. an. 1849. N° 301, 331. — *Bithynia* Olympo. S. *Mysia :* inter pagos Bevanly et Kutchuley, alt. c. 1000ᵐ. T. *Armenia rossica.* Ledeb. l. c. — *Rumelia.* G. *Serbia.* Pan. *Græcia.* Fr. l. c. *Creta.* Nym.

4 **P. triternata** Pall. *Ciliciæ* Dulgardagh : ad pagum Gulek. Bal. — *Tauria. Dalmatia.* DC. l. c.

5 † **P. lobata** Desf. (P. officinalis Brot non Retz nec Pall. P. lusitanica Mill.) *Tchihat.* pl. As. Min. exsicc. an. 1849. N° 317. — Circa *Byzantium.* R. *Mysia :* pr. pagum Yenidjekoi, haud procul a lacu Simav, alt. 778ᵐ, subplanis, herbosis. T. *Isauria :* inter pagos Bachikichla et Saryoglu, alt. c. 1350ᵐ, umbrosis, silvat. T.

6 † **P. tenuifolia** L. *Armenia.* — *Tauria.* Ledeb. l. c. *Serbia,* Pan. *Hungaria.* Nym.

7 **P. decora** Anders. (P. byzantina Clus.) Ad *Byzantium.* DC. l. c. *Phrygia :* pr. Uchak. Bal. — *Rumelia.* G.

ORDO XLVII. CRASSULACÆE Endl. gen.

    I. **Procrassula** Griseb. — Crassulæ spec. L. DC. Ledeb.

† **P. Magnolii** Griseb. (Crassula verticellata L. C. Magnolii et C. rubens β DC. fl. fr. C. cæspitosa Cav. Sedum cæspitosum DC.

Prdr. Tillæa rubra Gouan. T. erecta Sauv.) Circa *Byzantium*. R.
Bithynia : sparsim granulosis m. Arganthonii pr. Gemlik, alt.
325ᵐ. G. — *Tauria.* Prov. *Caucas.* Ledeb. Fl. ross. I. 176.

    II. **Rhodiola** DC. Prdr. III. 401 pro parte. — Sedum et Rho-
diola L.

    Sect. I. Planifolia DC. l. c.

§ 1. *Perennia.*

1 † **S. telephium** L. (S. telephium album, S. telephium, S. purpureum et S. vulgare L.) Agro *Byzantino.* Prdr. fl. gr. I. 309.
Bithyniæ Olympo. S. — Prov. *Caucas. Sibiria.* Ledeb. l. c,

    Var. *Armenia rosea :* inter Ararat majorem et minorem. Bge. l. c.

2 † **S. hybridum** L. *Ponto :* circa Trapezunt frequens ad sepes.
D'Urv. — Prov. *Caucas. Sibiria :* Ledeb. l. c. *Norvegia.* Nym.

3 > **S. Laalcum** Boiss. et Huet. — *Tchihat.* pl. As. Min. exsicc. an.
1858. Nᵒ 215. — *Ponto australi :* inter pagos Saryhaba et Enibrek
(ad SNO. urbis Gumuchhane), alt. 1600–1800ᵐ. T. *Armenia :* pr.
Tortum. B.

4 **S. stoloniferum** Gmel. Jun. (S. ibericum Stev. S. spurium MB.
sec. Spr.) *Tchihat.* pl. As. Min. exsicc. an. 1858. Nᵒ 459. — *Ponto :*
pr. Trapezunt, nec non declivitate austr. veterum jugi Paryadres, inter pagos Kumbethan et Kobardjakos, reg. mont.
silvat., alt. 700–1800ᵐ. T. — Prov. *Caucas. :* alpe Tufaudagh,
alt. 2924ᵐ; Talusch, Ossetia, etc. Ledeb. fl. ross. II. 184.

5 > **S. Listoniæ** Vis. Illustr. di alcun. plant. etc. p. 21, tab. VI.
Galatia : circa Anguram. Vis. l. c.

6 **S. obtusifolium** C. A. Mey. Declivitate SO. m. Ararat. Bge. l. c.
— Prov. caspica *Talusch*, alt. 1950ᵐ. Ledeb. l. c.

§ 2. *Biennia vel annua.*

7 † **S. stellatum** L. non Habl. *Bithyniæ* Olympo. S. *Archipelago :*
rupibus ins. Melos ubique. D'Urv. — *Græcia :* montibus silvat.
Fr. l. c. *Creta.* Nym.

8 S. **sempervivum** Ledeb. l. c. (S. sempervivoides Fisch. *Hazreti tchitchek* Turcorum) *Bal.* pl. d'Or. an. 1856. N° 1040. — *Tchihat.* pl. As. Min. exsicc. an. 1819. N° 665; an. 1858. N° 220. — *Cappadocia* : jugo Aladagh, reg. alp. reg. Mannetev. Bal. *Cilicia* : jugo Bulgardah, alt. 2274". Ky. diar. cilic. an. 1853. *Antitauro* valle pr. Kurtsandagh alta, rupibus, alt. c. 1400". T., atque reg. subalp. m. Arslanlagh. Bal. *Armenia* : circa Erzerum, Calv. nec non inter Gumuchhane et Kerekli, alt. c. 1500". T. — *Prov. Caucas.* Ledeb. l. c.

9 † S. **cepæa** L. (S. tetraphyllum β Sibth. et Sm. ξανθία Diosc. Cepæa Min. Κρεμμύδι Græc. hodiern.) *Bal.* pl. d'Or. an. 1855, N° 738. — *Cilicia* : reg. mont. Bulgardagh, pr. pylas. Bal. — *Græciæ* montosis frequens. Fr. l. c. *Rumeliæ* m. Athos et Rhodope. G.

> *Var.* — *Tchihat.* pl. As. Min. exsicc. an. 1819, N° 291. — *Mysia* : inter pagos Devaaly et Kutchuhey, ad extremitatem orient. jugi Olympici sitæ, alt. c. 1000". T. *Marsdonis* passim. Hadjionaros : nixis pr. Karies. alt. 650". G.

10 † S. **galloides** Pourr. (An cum S. galloide All. et S. cepæa L. conjungendum?) *Bithyniæ* Olympo. Clem. l. c. — *Thracia* : pr. Carlova. G.

11 †. S. **Olympicum** Boiss. Griseb. spic. fl. rum. bith. II. 507. — *Tchihat.* pl. As. Min. exsicc. an. 1849. N° 584 [1]. — Herb. græc. norm. N° 581. Circa *Byzantium*. R. *Bithynia* : lapidosis juxta torrentes alpinos Olymp. B. *Cappadocia* : m. Argæo, rupestribus aridis, alt. 3005". T. *Cilicia* : Bulgardagh supra Bulgarmaden. Bal. — *Græcia* : reg. alp. Parnassi, alt. 2111". Heldr.

SECT. II. TERETIFOLIA DC. l. c.

§ I. *Perennia.*

12 † S. **amplexicaule** (S. tenuifolium Sibth. fl. gr. ex Sm. Prdr. S. rostratum Ten.) Herb. græc. norm. N° 181. — *Cappadocia* :

1. Vide nostram tab. XVIII.

jugo Aladagh, reg. alp. m. Masmenev. Bal. — *Creta.* DC. l. c.
Macedonia. G. *Attica* montibus, alt. 650-1137ᵐ. Heldr.

13 **S. gracile** C. A. Mey. Ledeb. fl. ross. II. 186. *Armenia rossica.*
— Prov. *Caucas.* Ledeb. l. c.

14 > **S. Lydium** Boiss. — *Bal.* pl. d'Or. an. 1854. N° 361. — *Lydia*
et *Caria* : humidis muscosis ad rivulos reg. alp. m. Tmoli, supra
Philadelphiam et Sardes ; Cadmo orientali et occid., supra Colossam et Gheyra. B.

15 > **S. Calverti** Boiss. *Armenia* : circa Erzerum. B.

16 † **S. altissimum** Poir. Circa *Byzantium.* T. *Archipelago :* dumosis vulgaris. Prdr. fl. gr. I. 311. — *Hæmo.* G. *Macedonia.*
Græcia. Nym. *Sahara algeriensi,* alt. 750-1120ᵐ. Coss. l. c.

17 † **S. acre** L. — *Tchihat.* pl. As. Min. exsicc. an. 1858. N° 283.
— Circa *Byzantium.* T. *Armenia bor.* : inter pagum Sepigor et
urbem Erzindjan, reg. meda, alt. ?500ᵐ. T. — Montibus *Serbiæ*
et *Albaniæ* bor. G. *Græcia* hucusque non detecta. Fr. l. c. *Creta.*
Tauria. Prov. *Caucas. Sibiria.* Ledeb. l. c.

18 † **S. reflexum** L. Circa *Byzantium.* Prdr. fl. gr. — *Macedonia :*
m. Athos. G. Prov. *Caucas. Sibiria uralensi.* Ledeb. l. c.

19 **S. tenellum** MB. (S. turgidum DC. sec. Spr.) *Tchihat.* pl. As.
Min. exsicc. an. 1858. N° 330, 902. — *Armenia :* supra urbem
Ispir, H. nec non in. Bingœldagh, alt. ?800-3400ᵐ. T. *Cilicia :*
reg. alp. Bulgardagh supra fodinas Bulgarmaden. Bal. *Ponto*
austr. : inter pagos Agatchbarhi et Sarybaba (ad NNO. urbis Gumuchhane), reg. deserta, mont. nuda, alt. ?200ᵐ. T. — *Tauria.*
Prov. *Caucas. Sibiria.* Ledeb. l. c.

20 † **S. hirsutum** All. (S. globiferum Pourr. S. hispidum Poir.
non Desf.) Agro *Byzantino.* G.

21 † **S. album** L. (S. teretifolium α Lmk.) *Tchihat.* pl. As. Min.
exsicc. an. 1853. N° 880. — *Archipelago :* rupibus frequens. —
Prdr. fl. gr. I. 311. *Bithyniæ* Olympo. S. *Cappadocia merid.* : inter
vallem Bosanta-su et pagum Kizildagh, montosis, excelsis, silvat.
T. — *Macedonia :* Orbeli reg. infer. G. *Græcia :* Parnasso. Prdr.
l. c. Prov. *Caucas. Tauria. Sibiria.* Ledeb. l. c.

22 † **S. Cluslanum** Guss. (S. album Fl. Pelop. N° 717 S. micran-

thum var. brevifolia Boiss. herb. S. album micranthum DC.?)
Herb. græc. norm. N° 182. — *Ciliciæ* : Bulgardagh : convallibus
alpinis Karli-boghaz, inter lapidum fragmina. Ky. diar. cilic.
an. 1853 ; reg. subalp. infra fodinas Bulgarmaden. Bal. *Cappadocia* : reg. alp. m. Argæi. Bal. — Montibus *Atticæ*, alt. 640-
1300ᵐ. Heldr.

§ 2 Annua vel biennia.

23 **S. Palæstinum** Boiss. — *Tchihat.* pl. As. Min. exsicc. an. 1849
N° 770. — *Cappadocia.* T. — *Syria* : siccis m. Carmeli, atque in
Libano supra cedros. B.

24 † **S. eriocarpum** Sibth. non Guss. (S. bithynicum Boiss.) *Bithynia* . reg. media Olympi. B. *Ponto* : inter pagos Yusuloglu et
Almus, alt. 1400ᵐ. T. *Græcia.* Prdr. fl. gr. *Sicilia.* Nym.

> **Var. modestum** Boiss. (S. modestum Boiss. in pl. cilic. Ky.)
> *Ciliciæ* Bulgardagh : fauribus pylarum. B.

25 > **S. Armenum** Boiss. et Huet. *Armenia* : supra pagum Kœpru-
hachi, inter Baibut et Erzerum. B.

26 † **S. Hispanicum** L. (S. aristatum Ten. Ledeb. in fl. ross. II.
185. S. hispanicum L. cum S. sexfido MB. conjungit.) *Tchihat.* pl.
As. Min. exsicc. an. 1858. N° 550, 822. — Circa *Byzantium.* T.
Ponto australi : inter pagos Tchavduk et Yagbsian, reg. silvat.
alt. 1635ᵐ, atque inter Chabham-karahissar et pagum Liadja,
reg. nuda, lapidosa, alt. c. 1700ᵐ. T. *Lycia* : pr. Arsam. Forb. —
Macedonia. Serbia. Græcia Parnasso. *Creta.* Prdr. fl. gr. I. 311.
Tauria. Per totum *Caucasum,* usque ad 2144ᵐ. Ledeb.

27 **S. orientale** Boiss. (S. hispanicum ? Buxbaumii Griseb. S.
eriocarpum Guss. S. hispanicum var. glandulosa Boiss. et Heldr.
pl. exsicc.) *Tchihat.* pl. As. Min. exsicc. an. 1849. N° 26. — Herb.
gr. norm. N° 153. — *Ionia* : montibus Smyrnæ. *Lydia* Tmolo. B.
Galatia : inter pagum Kilichler et urbem Angora, alt. c. 1000ᵐ.
T. — *Macedonia. Syria.* Montosis *Atticæ,* alt. 650-1300ᵐ. Heldr.

28 **S. sexfidum** MB. (non S. glaucum W. et K. sicut existimat cl.
Ledeb. in fl. ross.) *Tchihat.* pl. As. Min. exsicc. an. 1853. N° 7.
— *Lydia* : declivitate boreali m. Mesogis. T. *Cappadocia* : ad pa-

gum Talassi pr. Kaisariam, rupium fissuris. Bal. — *Caucaso*. DC. l. c.

29 † S. coeruleum Vahl. (S. azureum Desf. S. heptapetalum Poir.) *Tchihat. pl. As. Min. exsicc. an. 1853. N° 351. — Cilicia campestri* : declivitate merid. Bulgardagh inter Tarsum et Namrun, montosis, silvat. T.

30 † S. rubens L. (Crassula rubens L.) *Archipelago* : saxosis ins. Melos. D'Urv. — *Græcia*. Nym. *Tauria*. Stev. *Algeria*, alt. 1120ᵐ. Coss. l. c.

31 S. pallidum MB. Griseb. Ledeb. (S. rubens .var. decandrum DC. l. c. S. Urvillei DC. l. c. S. stellatum Habl. S. saxatile Pall.) *Tchihat. pl. As. Min. exsicc. an. 1853. N° 65 B.; an. 1858. Nᵒˢ 418* 616, 782. — *Bal. pl. d'Or. an. 1855. N° 703. — Bithynia* : pr. Brussam. G. *Caria* , declivit. bor. jugi Latmi. T. *Ponto* : collibus marit. circa Kerasun ; inter Tekekoi et Sarnytch (ad SSE. urbis Samsun) reg. mont. silvat., alt. 700-1000ᵐ; jugo Paryadres veterum, vallibus alpinis, herbosis, humidiusculis, alt. 1000-2330ᵐ. T. *Cilicia campestri* : ad pagum Buhukly, pr. Mersinam, atque in jugo Bulgardagh, pr. pylas. Bal. *Armenia rossica* : prov. Ahaltzyk. Bge. l. c. — *Tauria. Prov. Caucas*. Ledeb. l. c.

32 S. confertiflorum Boiss. — *Bal*. pl. d'Or. an. 1849. N° 336. — *Ionia* : montibus supra Burnabat, pr. Smyrnam. — *Græcia*. B.

33 † S. littoreum Guss. — *Bal*. pl. d'Or. an. 1854. N° 360. — *Ionia* : Ins. Yassya, in sinu Smyrnensi, prope Vurla. Bal.

34 › S. Carianum Jaub. et Sp. *Caria* : pr. Gheyra. J. S.

35 † S. Grisebachii Heldr. Boiss. (S. annuum L. var. racemiferum Griseb. S. saxatile Willd. S. divaricatum Lapeyr. non Ail.) Pr. *Byzantium. Bithynia*. — Rupestribus *Macedoniæ* et *Serbiæ*. B.

Species nondum descripta.

36 † P. semiglobosum Boiss. et Huet. *Armenia* : ad pagum Tschkœpru, pr. Erzerum.

III. **Sempervivum** L. DC. Prdr. III. 411. — Sed. spec. Hall.

Sect. JOVIBARBA DC. l. c.

1 † **S. tectorum** L. (Sedum tectorum Scop. Sed. majus Neck.)
Tchihat. pl. As. Min. exsicc. an. 1853. N° 543, 616. B. — Tectis
agri *Byzantini.* Prdr. fl. gr. I. 334. *Bithyniæ* Olympo. S. *Cappadocia orientali;* Inter pagos Gurum et Mandjulik, alt. c. 1500ᵐ.
nec non pr. rivulum Gœksu, alt. 1200ᵐ. T. — Prov. *Caucas.
Sibiria uralensi.* Ledeb. l. c. *Serbia.* Pan.

2 † **S. globiferum** L. (S. grandiflorum Haw. S. soboliferum. Bot.
mag.) *Tchihat.* pl. As. Min. exsicc. an. 1858. N° 940. — *Armenia:*
valle Kussuklu inter Erzerum et Baibut, H. nec non jugo Bingœldagh (Mons mille lacuum), alt. 2800ᵐ. T. — Prov. *Caucas.
Rossia media et australi.* Ledeb. l. c. *Cypri* rupibus. Prdr. fl.
gr. I. 334.

3 † **S. montanum** L. *Armenia rossica:* m. Ararat et Alagœz. Buc.
l. c. — *Caucasi orientalis* alpibus, alt. 2924ᵐ. Ledeb. l. c.

4) **S. Armenum** Boiss. et Huet. *Armenia :* valle Kussuklu (pr.
Baibut). B.

5) **S. Cappadocicum** Boiss. — *Bal.* pl. d'Or. an. 1856. N° 1041.
— *Cappadocia :* cacumine m. Alidagh, pr. Kaïsariam, alt.
1700ᵐ. Bal.

IV. **Umbilicus** DC. Prdr. III. 399. — Cotyledonis spec. auct.

Sect. I. ROSULARIA DC. l. c.

1 **U. Libanoticus** DC. (U. sempervivum DC. sec. C. A. Mey. Coty-
ledon libanoticus Labill.) *Tchihat.* pl. As. Min. exsicc. an. 1853.
N° 318, 653, 699. B. — *Cilicia bor. et occidentali :* pr. ostia fl.
Kurkussun, haud procul a pago Kizildagh, alt. c. 2500ᵐ; Inter
Bozanta-Khan ad declivitatem septr. jugi Bulgardagh situm et
pagum Kizildagh, alt. c. 1500ᵐ. T. — *Syria :* m. Libanon. DC.

> *Var. Pestalozzæ* Boiss. (U. Pestalozzæ Boiss. in Ky. pl.) *Bal.* pl.
d'Or. an. 1855. N° 702. — *Cilicia* Bulgardagh: ad pagum Gulek.
Ky. diar. cilic. an. 1853.

2 U. Samius DC. (Sedum libanoticum L. Cotyledon samium
D'Urv.) *Bal.* pl. d'Or. an. 1861. N° 362. — *Lydia :* ad Magnesiam,
rupium fissuris. Bal. Rupibus nudis altis ins. *Samos.* — *Palæstina.* DC. l. c.

3 » U. alsoon Fenzl. in Pugill. atque in Russeg. Reis. I. 950. —
Bal. pl. d'Or. an. 1855. N° 704. — *Cilicia* Bulgardagh : præru-
tis Alpis Maaden-tepessi, alt. 2600™. F. l. c.; supra Bulgarmaaden. Bal. *Antitaurus :* m. Arslandagh, reg. alp. Bal.

4 » U. chrysanthus Boiss. et Heldr. Tauro *Isaurico.* summitate
occid. m. Gheidagh, alt. 1950™. B. *Cilicia* Bulgardagh : scopu-
losis inter Bulgar-megara fodinas argentiferas et vallem Bulgarmaden. Ky. diar. cilic. an. 1853.

> » *Var.* pallida Boiss. *Cappadocia :* jugo Aladagh, reg. alp. m. Mas-
> mener. Bal.

5 » U. globulariæfolius Fenzl. in Pugill. atque in Russeg. Reis.
I. 951. *Cilicia campestri :* rupibus montium supra pagum Kechlik, 5 leucis ad NO. Meralnæ. Bal. — *Syria :* scopulis declivium
rupestrium pr. Suediam. F. l. c.

6 » U. pallidus Schtt. et Ky. In oestr. bot. Wochenb. VII.
Jahrg. N° 29. p. 229. Totus dense glanduloso-pilosus. Folia
rosularum carnosa, lingulato-linearia, antice planiuscula, pos-
tice convexa, apice ex triangulari breviter-subacuta; caulina
abbreviata, approximata subadpressa, quam interiora magis
acutata. Rami vel caules floriferi laterales, infra rosulas exorti.
Cyma laxiflora, floribus 10-16. Calycis sepala ima basi tantum
connata, lineari-lanceolata, acuta, ceterum erecta, pedicello
centrali breviora, lateralibus longiora. Corollæ pallide-flaves-
centis, calyce duplo longioris partitiones extra calycem patentes, acuminato-lanceolatæ, dorso costa glanduloso-puberulæ,
virente percursæ, ceterum glabræ. Filamenta subulata, sepalis
opposita fere ad apicem corollæ tubi, reliqua paulo altius
adnata. Squamulæ hypogynæ erectæ, rotundato-truncatæ, breves, latæ, luteæ.
Cilicia Tauro : ad fodinas Bulgar-megara, alt. 2270-2435™. Ky.

Sect. II. Mucizonia DC. l. c.

7 U. pubescens Ledeb. (Sedum pilosum MB. Cotyledon pilosum
(L. A. Mey.) *Armenia* : pr. Erzerum. T. — Prov. *Caucas*. Ledeb.
Fl. ross. II. 175.

Sect. III. Cotyle DC. — G. umbilicus J. et C. Bauhin.

8 † U. pendulinus DC. (Cotyledon umbilicus L. κοτυληδων Diosc.
vel σκυτληδων, κοτυληδων. Cotyledon acetabulum aut umbilicus
Veneris Plin. Τρυπητι, καμπανον Græc. hodiern.) *Bithynia* : Olympi
rupibus, atque ins. Prinkipo. G. *Archipelago* : rupibus maritique
frequens. Prdr. fl. gr. I. 308. — *Thracia. Macedonia* : copiose
rupibus inter Pandocratoras et Karaes. G. Frequentissimum
Græciæ rupestribus. Fr. l. c.

9 † U. erectus DC. (Cotyledon umbilicus × repens L. C. lutea
Huds. C. erecta DC.) *Bal. pl. d'Or. an. 1855. N° 705.* — *Tchihat.
pl. As. Min. exsicc. an. 1853. N° 24. B.* — *Phrygia* : inter pagum Gelendus et Yahamber, ad orientem lacus Egerdir alios,
planis, alexis, alt. c. 1400ᵐ. T. *Cilicia campestri* : rupibus ad
castellum ruderatum supra pagum Gulek et pylas altum. Bal.
— *Græcia*. Nym.

10 † U. parviflorus DC. (Cotyledon parviflora Sibth.) Elatis Ins.
Cos. D'Urv. — *Creta*. Prdr. fl. gr. I. 308. *Zante. Græcia. Dalmatia*. Nym.

11 † U. horizontalis DC. (Cotyledon horizontale Guss.) Declivitatibus glareosis pr. *Byzantium*. Clem. l. c. — *Græcia. Ins.
Zante*. Nym. *Serbia. Pan. Algeria* : pr. Djelfa, alt. 1120ᵐ. Cosson
l. c.

Sect. IV. Chiastophyllum Ledeb.

12 › U. oppositifolius Ledeb. Fl. ross. II. 176. Silvis montium
Achasiæ. Ledeb. l. c.

ORDO XLVIII. SAXIFRAGACEÆ DC. Prdr. IV. 1.

TRIBUS SAXIFRAGEÆ DC. l. c.

1. **Saxifraga** L. DC. l. c. 17.

Sect. I. Porphyrion Tausch. DC. l. c. — Antiphyllæ spec. Haw. — Calliphyllum Gaud. 8. helv.

1 8. **cartilaginea** Willd. (S. aizoon L. var. Srr.) *Armenia* : m. Ararat, Alagœu, Aladagh, Giaurdagh, etc., alt. 1940-2923ᵐ. W. — *Caucas.* Ledeb. l. c.

Sect. II. Aizoonia Tausch. DC. l. c. — Chondrosea Haw. — Cotyledon, Trigonophyllum et Parophyllum Gaud. 8. helv.

2 † 8. **media** Gouan. — Fl. gr. tab. 376. (S. cæsia L. S. ambigua DC.)

Var. *Sibthorpiana* Griseb. (S. Friderici Augusti Biasol. viagg. tab. 1.) Herb. græc. norm. N° 733. — *Bithynia* : cacumine Olympi. G. — *Thracia, Macedonia et Serbia* saxosis alpinis : frequens m. Athos, alt. 2060ᵐ; rarius m. Nigde, alt. 1300ᵐ; copiose reg. super. m. Ljubatria, alt. 2372-2567ᵐ; cacumine m. Kapaonik, alt. 1840ᵐ. O.

3 › 8. **corymbosa** Boiss. *Caria* : reg. super. m. Cadmi occidentalis, supra Gheyra, ad rupes humidas, alt. 1050ᵐ. B.

4 › 8. **Kotschyi** Boiss. — *Bal. pl. d'Or. an. 1855. N° 771.* — *Ciliciæ* Bulgardagh ; rupestribus præruptis horridis m. Kizil-tepe et Utch-tepe, alt. 2273-2924ᵐ. Ky. diar. cille. an. 1853.; ibid. supra Bulgarmaden. Bal.

Sect. III. Dactyloides Tausch. DC. l. c. — G. Saxifraga et Muscaria Haw. — G. Triplinervium Gaud. 8. helv.

5 † 8. **androsacea** L. *Bithynia* : cacumine Olympi. Prdr. fl. gr. 1. 276. — *Sibiria baikalensi, America bor.* Ledeb. l. c.

6 † 8. **muscoides** Wulf. non MB. *Armenia* : m. Ararat, alt. 3248-

4220. W. — *Caucasi* subalp. et alp., alt. 1346-3396ᵐ. *Sibiria*. Ledeb. l. c.

7 ♂ S. adenophora C. Koch. in Linn. XIX. 40. *Cappadocia* : reg. alp. m. Argæl. Bal.

8 † S. exarata Vill. (S. pubescens Lapeyr. DC. l. c. S. muscoides MB. S. orientalis Boiss. herb. non Jacq.) *Bithynia* : cacumine Olympi. G. *Armenia rossica* : m. Alagæz. Bge. l. c. — Saxosis alpinis *Scardi*. G. *Caucasi* alpinis et subalpinis. Ledeb. l. c.

9 † S. tridactylites L. Circa *Byzantium*. T. *Bithyniæ* Olympo. S. Lycia : vulgaris rupestribus atque herbosis. Forb. — *Græcia*. Nym. *Serbia*. Pan. *Tauria*. Stev. *Caucaso* orient., alt. 2700ᵐ. *Sibiria* orient. *Rossia arctica, media* et *australi*. Ledeb. l. c.

10 † S. sibirica L. non Wahlb. (S. grandiflora Stern. S. granulata β Stev. Lobaria sibirica Haw.) Circa *Byzantium*. R. *Bithyniæ* Olympo. B. *Armenia rossica* : m. Ararat et Alagæz. Bge. l. c. — Subalp. et alp. totius *Caucasi*, alt. 1754-2700ᵐ. *Sibiria*. Ledeb.

> *Var*. Boiss. *Bithyniæ* Olympo. B. *Lydia* et *Caria* : vulgaris ad rivulos et ad juniperorum umbram, reg. alp. m. Tmoll et Cadmi. *Armenia*. — *Caucaso, Persia bor*. B.

Sect. IV. MICROPETALUM Tausch. DC. l. c. — G. Cotyle Haw.

11 † S. hederacea L. — Sibth. O. gr. tab. 379. non DC. — *Bal*. pl. d'Or. an. 1854. Nᵒ 373; an. 1855. Nᵒ 772. — Herb. græc. norm. Nᵒ 277. — *Lyciæ* maritimis : rupibus atque cœmeteriis, pr. Makri. Forb. *Ionia* : pr. Smyrnam, rupibus umbrosis. Bal. *Pamphylia* : umbrosis in amphitheatro veteris Pergæ. B. herb. *Cilicia campestri* : fauce Guzeldere. Bal. Ins. *Chios*. Walp. Report. bot. V, 821. — *Creta, Iberia*. DC. l. c. *Græcia* : m. Hymetto et Parnasso. B. Heldr.

12 † S. rotundifolia L. non Bory et Chaub. *Armenia* : circa Ispir. H. — *Thraciæ* m. Rhodope. G. *Serbia*. Pan. Prov. *Caucas*. Ledeb. l. c.

> † *Var. repanda* Don. (S. repanda Willd.) *Bithyniæ* Olympo. — *Rumelia*. G.

Var. grandes Grisb. (S. geum Sibth. fl. gr. non L. S. Olympica
Boiss.) *Bithynia* Olympo. — Reg. alp. *Macedonia*, alt. 1960–2103ᵐ.
G. — *Grœcia*. Prdr. fl. gr. I. 296.

13 **S. chrysosplenifolia Boiss.** (S. rotundifolia Bory et Chaub.
ex parte.) *Archipelago* : ins. Naxos. Nouv. fl. Pelop. — *Creta*.
Grœcia. B.

14 **S. orientalis Jacq.** DC. (S. paradoxa Willd.) *Tchihat. pl. As.
Min. exsicc. an. 1853. N° 453.* — *Ponto* : inter Seleyallassi et
Ketchedere, reg. mont. silvat., alt. c. 1200ᵐ. T. *Armenia rossica.*
— Prov. *Caucas*. Ledeb. fl. ross. II. 223.

15 **S. cymbalaria L.** (Cl. Boiss. syn. hujus speciei sequente
modo instituit : Buxb. Ic. tab. 45, fig. 2. — Willd. exclusis syn.
non MB. nec DC. Prdr. quæ est S. sibirica, nec Sibth. fl. gr. et
Don. transac. Linn. quæ est S. Sibthorpii B.-S. hederacea MB. fl.
taur. et DC. Prdr. non L. S. orientalis Jacq. D'Urv. DC. Prdr.
Geum cappadocicum rotundifolium supinum flore aureo.
Tourn. Coroll.) *Tchihat. pl. As. Min. exsicc. an. 1858. Nᵒˢ 276,
314.* — *Bithynia* : montosis pr. Bolu ad margines rivulorum,
atque in Olympo. G. *Ponto boreali et australi :* circa Trapezunt
legit rupem fere nudam 05ᵐ amplius longam et 7ᵐ latam, ad
ripas fl. Pyxitis; D'Urv. inter tractum silvaticum Hassanly et
pagum Agatchbachi, alt. 1500–1900ᵐ. T. *Cappadocia :* Tauro
orient. B. *Armenia :* inter pagum Sepigor et urbem Erzindjan,
alt. 1900–2200ᵐ. T. — Reg. *Caucasicis. Persia* bor. B.

16 **S. scotophila Boiss.** (S. cymbalaria MB. Fl. Cauc. suppl. non
L. nec Sibth. S. granulata MB. Fl. Cauc. non L. Geum orientale
cymbalariæ folio molli et glabro, flore magno albo Tourn.)
Lydia : cavis obscuris sub saxis erraticis reg. montanæ superioris m. Tmoli supra Philadelphiam. B. — *Caucaso*. MB. l. c.

17 > **S. granigera C.** Koch. in Linn. XIX. *Asia Minore bor.* K. l. c.

18 > **S. Huetiana Boiss.** *Ponto .* m. Bostepe, pr. Trapezunt. B.

19 **S. Sibthorpii Boiss.** (S. cymbalaria Sibth. fl. gr. tab. 378 non
L. nec MB.) Heldr. pl. exsicc. an. 1844. N° 370. Ejusd. Herb.
gr. norm. N° 579. — *Ponto :* supra Trapezunt. H. — *Grœcia :*
montibus Delphi Euboeæ. Sibth. l. c.; m. Parnasso, alt. 1624–
2274ᵐ. Heldr.

20 ⁀ S. **sempervivum** C. Koch. in Linn. XIX. *Armenia.* K.

Sect. V. Hirculus Fzsch. DC. l. c. — G. Hirculus Haw. — G. Kingtonia Gray.

21 † S. **hirculus** L. *Armenia :* m. Ararat, alt. 3248-3897^m. W. — Alpinis totius *Caucasi*, alt. 2144-2200^m. Omni *Sibiria. Rossia. America arct.* Ledeb. fl. ross. II. 211.

Species nondum descripta.

22 ⁀ S. **macrantha** Buiss. *Cappadocia :* reg. alp. m. Argæi. Bal. *Phrygia :* reg. alp. m. Murad. Bal. *Armenia :* m. Tekdagh, supra Erzerum. K.

ORDO XLIX. RIBESCIACEÆ Endl. gen.
Griseb. — Grossularieæ DC. Ledeb.

I. **Ribes** L. DC. l. c. — Grossularia Tourn.

Sect. Ribesia DC. l. c.

1 † R. **petræum** Wulf. (R. caucasicum MB. R. triste Bge non Pall.) *Armenia rossica.* — Prov. *Caucas. Sibiriæ* montosis et subalp. Ledeb. l. c. 199.

2 † R. **rubrum** L. Circa *Byzantium.* R. — *Serbia.* G. Prov. *Caucas. Sibiria.* Ledeb. l. c.

II. **Chrysosplenium** L. Griseb. — Saxifragacearum gen. DC. Prdr. IV. 48. Ledeb. fl. ross. II. 225.

1 $\frac{1}{4}$ C. **alternifolium** L. (C. sibiricum β Steph. Saxifraga aurea β. Fl. dan.) Circa *Byzantium.* T. — Silvis *Hæmi.* G. *Serbia.* Pan. *Caucas. Sibiria, Rossia. America arct.* Ledeb. l. c.

ORDO L. UMBELLIFERÆ Endl. gen.

SUBORDO. I. ORTHOSPERMEÆ DC. Prdr. IV. 58.

TRIBUS I. SANICULEÆ Koch. DC. l. c.

I. Sanicula Tourn. DC. Prdr. IV. 84.

SECT. SANICLA DC. l. c.

1 † S. Europæa L.—*Tchihat.* pl. As. Min. exsicc. an. 1858. Nᵒˢ 42 et 159. — *Bithyniæ* Olympo. S. *Ponto :* collibus maril. supra Samsun. T. — Silvis montanis *Thraciæ, Macedoniæ* et *Serbiæ :* sparsim castanetis m. Athos et fagetis m. Cholomanda. G. *Tauria. Prov. Caucas.* Ledeb. fl. ross. II. 235.

II. Astrantia Tourn. DC. l. c. — Astrantiæ spec. L. Spr.

1 † A. minor L. *Bithyniæ.* Olympo. S.

2 A. helleborifolia Salisb. (A. maxima Pall. et heterophylla Willd.) *Armenia rossica :* variis locis. Bge. l. c.—*Prov. Caucas.* Ledeb. l. c.

III. Actinolema Fenzl.

1 A. eryngioides Fenzl. in Pugil. et in Russeg. Reis. T. I. 952.— *Bal.* pl. d'Or. an. 1857. Nᵒ 1210. — *Tchihat.* pl. As. Min. exsicc. an. 1853. Nᵒ 269.— *Lycaonia :* inter Koniam et pagum Hadinkoi, alt. c. 1200ᵐ, plerumque planis, sæpe aridis. T. *Phrygia :* pr. Uchak inter segetes, alt. 910ᵐ. Bal, *Armenia :* neglectis ad pagum Meimansur, haud procul ab Erzerum. H.— *Syria :* pr. Aleppum, F. l. c.

IV. Eryngium Tourn. L. DC. Prdr. IV. 87.

1 † E. campestre L. (E. vulgare Lmk.) Circa *Byzantium.* T. *Bithyniæ* Olympo. S. Vineis *Archipelagi* vulgare. — *Græcia.* Prdr.

fl. gr. I. 175. *Serbia*. Pan. *Tauria*. Prov. *Caucas. Sibir. ural.* Ledeb. l. c. *Algeria* : pr. Djelfa, alt. 1120ᵐ. Coss. l. c.

    † *var. dissectum* Boiss. An. (E. virens Link. E. campestre Sm. Prdr. N° 609.) Herb. græc. norm. N° 451. — Pr. *Byzantium*. B. Campis circa *Athenas* frequens. Heldr.

2 E. **Billardieri** Delar. *Armenia orientali* : campestribus montium ad limites Turciæ et Persiæ. DC. l. c. — Prov. *Talusch*. Ledeb. l. c.

3 † E. **dilatatum** Lmk. Agro *Byzantino*. G. — *Mauritania*. Steud. l. c.

4 › E. **Kotschyi** Boiss. *Ciliciæ* Bulgardagh : ad terminos cedreti, versus plumbi fodinas, alt. 2000ᵐ. B.

5 E. **Heldreichii** Boiss. *Pisidia* : in. Budrun, alt. 1625ᵐ. — *Syria* : Antilibani in. Gebulcheich, alt. 2274-2923ᵐ. B.

6 E. **glomeratum** Lmk. (E. parviflorum Prdr. fl. gr.) Bal. pl. d'Or. an. 1855. N° 580. — Frequens summis montibus ins. Cos. D'Urv. *Cilicia campestri* : ad pagum Kechlck, pr. Mersinam. Bal. — *Creta*. DC. l. c. *Syria* : pr. Saida. Catal. herb. Syr. N° 65.

7 › E. **thyrsoideum** Boiss. An. *Armenia rossica* : ad radices in. Ararat. D.

8 E. **Creticum** Lmk. (E. cyaneum fl. gr. tab. 258. E. multiflorum Sibth. et Sm. sec. D'Urv. Bal. pl. d'Or. an. 1854. N° 44. — Herb. græc. norm. N° 311. — Circa *Byzantium*. B. An. *Archipelago* : arvis ins. Samos atque aliarum insularum frequens. DC. l. c. *Ionia* : ad Smyrnam collibus aridis. Bal. *Cilicia campestri* : reg. calida ad pagum Dulukly, pr. Mersinam. Bal. — *Creta*. DC. l. c. Planitie maritima *Atticæ*, pr. Phalerum. Heldr.

9 † E. **maritimum** L. Circa *Byzantium*. B. An. *Archipelago* : arenosis marit. frequens. Prdr. fl. gr. I. 179. *Bithynia* et littore Propontidis atque maris Ægæi. G. *Ponto* : pr. Trapezunt. H. — Arenosis littoralibus *Bessarabiæ*. Ta. *Tauria*. Ledeb. l. c. *Græcia*. Nym. *Africa bor.* Steud. l. c.

10 E. **giganteum** MB. — *Tchihat*. pl. As. Min. exsicc. an. 1858. N° 482. — *Ponto* : declivit. austr. jugi Paryadres veterum, ad

pagum Kumbetkhan, reg. silvat., alt. c. 1830ᵐ. T. *Armenia:* m. Ararat. — Prov. *Caucas.* Ledeb. l. c.

11 ≥ E. thoræfolium Boiss. An. *Lyciæ* montibus. B.

12 E. Bithynicum Boiss. An. *Bithynia:* dumosis m. Argantlionii inter Geinlik et Brussam. *Mesopotamia.* B.

13 † E. dicbotomum Desf. (E. cœruleum MB.) Apricis *Asiæ Minoris.* DC. l. c. *Armenia rossica:* prov. Erivan. Bge. l. c. — Prov. *Caucas.* Ledeb. l. c. *Creta. Neapoli. Sicilia. Hispania.* Nym.

14 † E. tricuspidatum L. non Thunb. (E. Boveni et Zononi Lmk. sec. Spr.) Agro *Byzantino:* pr. pagum Sariyeri. G. Campo *Trojano.* Prdr. fl. gr. I. 174. — *Rumelia.* G. *Serbia.* Pan. *Græcia.* Prdr. l. c.

15 ≥ E. palmito Boiss. et Heldr. *Lycaonia:* aridis pinetorum umbrosorum, faucibus m. Anemas. B.

V. **Mokrnnackevia** Fisch. et Mey. Ledeb. fl. ross. II. 440.

1 M. bupleurifolia Fisch. et Mey. Ledeb. l. c. (*Valerianella exscapa* Stev. In Mem. soc. nat. Mosc. V. 254. DC. Prdr. IV. 625. Fedia exscapa Rœm. et Schult. Fedia acaulis. Stev. l. c. MB. fl. t. c. III. 35.) *Bal.* pl. d'Or. an. 1857. Nᵒ 1234. — *Phrygia:* marginibus viæ ab urbe Uchak ad pagum Bulgar-kevi ducentis. Bal. — *Caucasia:* pr. Elisabethpol et Helenendorf. Ledeb. l. c.

TRIBUS II. AMMINEÆ. Koch. DC. Prdr. IV. 90.

VI. **Apium** Hoffm. Koch. DC. l. c. — Apii spec. L. Spr.

Sect. EUAPIUM DC. l. c.

1 † A. graveolens L. (A. Celeri Gaertn. Seseli apium Roth. Seseli graveolens Scop. Ἑλειοσέλινον Theophr. Diosc. Heliloselinum Plin. Ἄππιον Græc. hodiern.) *Tchihat.* pl. As. Min. exslcc. an. 1858. Nᵒ 255. — Circa *Byzantium,* T. *Ponto austr.:* inter pagos Kouac et Kerekli, alt. 1700-1900ᵐ. T. — *Tauria.* Prov. *Cau-*

ros. Ledeb. l. c. Frequentissimum. *Græciæ* depressis marit. Pr. l. c.

VII. **Petroselinum** Hoffm. DC. Prdr. IV. 102. — Apii spec. L.

1 † **P. sativum** Hoffm. (Apium petroselinum L. A. vulgare Lmk. πετροσέλινον Diosc.) Agro *Byzantino*. G. *Archipelago*, DC. l. c. — *Græcia* : asperis declivis. *Macedonia* : m. Athos. Prdr. fl. gr. I. 205. *Bessarabia*. Ta. (an. vere sponte?).

VIII. **Trinia** Hoffm. DC. l. c. — Pimpinellæ spec. L. Spr. — Apinella Neck. — Spielmannia Gmel. non Medik.

1 † **T. dioica** Gaud. (T. vulgaris β et γ DC. fl. fr. Pimpinella dioica L. P. glauca Spr. [illegible] Diosc.) *Bithynia* : cacumine Olympi. — *Albania. Macedonia* : pratis alp. Scardi raro, alt. 2-2271m; cacumine m. Athos. G. *Græcia* : montibus elatioribus haud frequens. Pr. l. c.

2 > **T. scabra** Boiss. et Noe. *Galatia orientali* : montibus circa Sivas frequens. B. *Antitauro* : inter fl. Zamanta-su et m. Dede-dagh. Bal.

IX. **Helosciadium** Koch. DC. Prdr. IV. 104. — Sium Adans. — Sii spec. L.

Sect. Marchantia DC. l. c. — G. Mauchartia Neck.

1 † **H. nodiflorum** Koch. (Sium nodiflorum L.) Agro *Byzantino* : prato platanorum ad Bosphorum. G. — *Græciæ* agris frequens. Prdr. fl. gr. I. 194. *Rossia media*. Ledeb. l. c. *Algeria* : alt. 750-1120m. Coss. Bull. soc. bot. IV. 396, 488.

X. **Ptychotis** Koch. DC. l. c. — Bunium Lag. — Seseleos spec. auct. — Ammoides Adans.

Sect. Heteroptycha DC. l. c.

1 **P. puberula** DC. *Mesopotamia* : circa Bagdad. DC.
2 **P. barbata** DC. Ibid.

XI. **Microsciadium** Boiss. An.

1 **M. tenuifolium** Boiss. An. (Cuminum minutum D'Urv.) *Bal.*
pl. d'Or. an. 1854. N° 46. — *Lydia* : declivibus arenosis calcareis reg. montanæ ubi gregarie crescit. *Ionia* : m. Tartali, pr.
Smyrnam. Summis ins. *Cos*, nec non in Ins. *Chio*. B. An.

XII. **Critamus** Bess, Grisb. — Falcaria Riv. Host. DC.
Prdr. IV. 409. Ledeb. fl. ross. II. 215. — Sii spec. L. Drepa-
nophyllum Koch. — Critmi spec. Kurh.

1 † **C. falcaria** Griseb. (C. agrestis Bess. Falcaria Rivini Host.
DC. Ledeb. Bunium falcaria MB. Sium falcaria L.) *Bal.* pl. d'Or.
an. 1855. N° 572. — *Bithynia* : Olympo, S. atque inter Brussam
et Smyrnam. Prdr. fl. gr. 1. 194. Circa *Byzantium*, T. *Cilicia*
Bulgardagh : pr. Gulek-boghaz. Bal. *Armenia* : m. Ararat.
Ledeb. l. c. — Ins. Berezen ad *Borysthenem* copiosissime. D'Urv.
Serbia, Pan. *Græcia*. Prdr. l. c. *Tauria*. Prov. *Caucas. Sibiria
uralensi*. Ledeb. l. c.

XIII. **Sison** Lag. DC. l. c. — Sisons spec. L.

1 † **S. amomum** L. (Σισων Diosc.) Circa *Byzantium*. T. *Bithynia* :
umbrosis humidis pr. Brussam, atque ad Olympum. Prdr. fl.
gr. 1. 195.

XIV. **Ammi** Tourn. L. DC. l. c.

1 † **A. majus** L. — Fl. gr. tab. 273 non Walt. (Apium amni
Crantz.) Herb. græc. norm. N° 206. — Vineis arvisque *Archipelagi* ubique. Prdr. fl. gr. 1. 185. — Locis cultis, vineis et ad
vias *Atticæ*. Heldr. *Creta. Ægypto. Terra Nova*. DC. l. c.

2 † **A. visnaga** Lmk. (Daucus visnaga L. spec. Daucus gingidium L. herb. ex. Sm. Visnaga daucoides Gaertn. Αμμι Diosc.
ενθια Græc. hodiern.) Circa *Byzantium*. T. Ins. *Samos et Lemnos*
copiosissime. Prdr. fl. gr. 1. 186. *Bithynia* Olympo. S. *Ionia* :
sinu Smyrnensi valde frequens. D'Urv. *Cilicia* : planitie Mersinæ. T. — *Macedonia* : penins. Hajlon-oros. D'Urv. Frequentis-

sima *Græciæ* hortis et cultis humidis. Fr. l. c. Prov. *Caucas.* Ledeb. l. c. *Africa bor.* DC. l. c.

3 **A. anethifolium** Lmk. (Daucus meoides Pers.) Prov. *Caucas.* versus *fines turcicas.* Ledeb. l. c.

XV. **Carmen** Koch. DC. Prdr. IV. 114. — Carum, Sisonia et Bunii spec. L. Hoffm. — Carum et Sii spec. Spr.

Sect. I. Carvi DC. l. c. — G. Carum L. — G. Carum Adans.

1 † **C. carvi** L. (Bunium carvi MB. Apium carvi Crantz.) *Armenia :* m. Savalan. B. An. — Prov. *Caucas. Sibiria.* Ledeb. l. c. *Serbia.* Pan.

2 † **C. rigidulum** Koch. (Seseli pimpinelloides L. Willd. non Spr.) *Lydia :* ad fl. Limyrum. — *Græcia.* Prdr. fl. gr. I. 199.

3 † **C. divaricatum** Koch. (C. ferula-folium Boiss. Sium ferulæfolium Spr. Bunium ferulaceum Sibth. et Sm. B. creticum Mill. non D'Urv.) *Lydia.* — *Græciæ* insulis. *Creta. Tauria.* B., (sed a planta græca diversa sec. Stev. l. c.).

4 ⟩ **C. brachycarpum** Boiss. — *Bal.* pl. d'Or. an. 1857. N° 1239. — Aliis *Asiæ Minoris occidentalis; Lydiæ* m. Mesogis, pr. Dervend; *Cariæ* in. Cadmo, supra Gbeyra; B. *Phrygia :* circa urbem Uchak, alt. 910ᵐ. Bal.

Sect. II. Bulbocastanum Adans. non Lag. DC. l. c.

5 † **C. bulbocastanum** Koch. (Bunium bulbocastanum L.) *Armenia rossica.* — Prov. *Caucas. Sibiria uralensi.* Ledeb. l. c.

6 ⟩ **C. Haußii** Boiss. *Armenia :* pr. Ispir. B.

7 ⟩ **C. Noeanum** Boiss. Alpibus *Armeniæ merid. :* pr. Bakirmaaden. B.

8 ⟩ **C. Armenum** Boiss. An. *Armenia.* B.

Var. divergens Boiss. et Huet. *Armeniæ :* pr. Ispir. B.

9 ⟩ **C. microcarpum** Boiss. An. *Lydia :* reg. alp. m. Mesogis, supra Aidin. (Tralles veterum). B.

10 » C. daucoides Boiss. An. *Lydia* : dumosis collium ad basin meridionalem m. Tmoli, inter Terrassa et Bergir. B.

11 » C. leucocoleum Boiss. et Huet. *Armenia* : m. Tekdagh, supra Erzerum. B.

12 C. elegans Fenzl. in Pugil. et in Russeg. Reis. 1. 934. — *Cappadocia* : m. Karamas, pr. Kaisariam. Bal. — *Syria* : circa Aleppum. F. l. c.

13 » C. purpurascens Boiss. Ined. — *Tchihat. pl. As. Min. exsicc. an. 1858. N° 254.* — C. glabrum radice tuberosa ovata, caule erecto flexuoso dichotome ramoso, foliis bipinnatisectis segmentis oblongis in lacinias lineares rigidulas partitis, caulinorum laciniis valde abbreviatis, involucris involucellisque 7-9 phyllis, phyllis breviter linearibus anguste marginatis, umbellis 9-13 radiatis, petalis basi eleganter extus purpureo-suffusis oblongo-linearibus profunde bifidis cum lacinula inflexa, ovario elongato cylindrico, glabro, fructu.....

Pedale, habitus C. ELEGANTIS Fenzl. cujus petala habet sed quod differt involucris oligophyllis, petalis albis, ovario turbinato-obconico.

Armenia : declivitate occidentali m. Kosse-dagh, ad SE. urbis Gumuchhane, inter pagos Kerekli et Koesse, alt. 1895-2112ᵐ. T.

XVI. **Bunium** Grieb. Koch. ex parte DC. Prdr. IV. 115 ex parte. — Bulbocastanum Lag. non Adans. — Myrrhidis et Wallrothiæ spec. Spr. — Bunii spec. L.

1 B. paucifolium DC. *Armenia rossica bor.*— Prov. *Caucas.* Ledeb.

2 » B. Pestalozzæ Boiss. *Lycia* . montibus prope Elmalu. B.

3 » B. Cilicicum Fenzl. Ined. in sched. coll. Ky. pl. Taur. Cilic. an. 1836. N° 225 a. et Cilic. an. 1853. N° 29 a. (B. nivale Boiss. Voy. Esp. p. 240, diversemodo varians.) B. glaberrimum, glaucescens, tubere subgloboso 2-5 lin. crasso ; caule, subterranea parte valde tortuoso, digitali-pedali, erecto, a basi plus minusve crebre dichotome ramoso, imo ramosissimo, divaricato, tereti, striato, nec angulato; folio radicali plerumque solitario caulinisque infimioris 1-2 , longissime petiolatis, lamina cir-

cumscriptione ovata, ½-2 pollicari, subtri-eel (*minoribus*) *subbi-*
pinnatisectis 3-4 *jugis, segmentorum primariorum erecto-patulorum*
pars infimo longiuscule, reliquis duplo brevius petiolatu vel subses-
libus, impariterminali palmati-trisecto; segmentis secundariis 3-1
jugis, cum terminali in segmentula inæqualiter 3-2 partita vel
integerrima divisis, laciniulis alternis linearibus obtusis vel acutiusculis, muticis vel mucronulatis, *carnosulis, ad speciem inde
sæpe enervis, 5-3-1 lin. diversimodo sæpe longis ac* ⅘-½ *lin. latis*
plenis: foliis caulinis reliquis parce pinnati-vel mere palmati-
trisectis, superioribus vaginalibus aphyllis; umbellis subæqualiter 3-7-radiatis, modo exinvolucratis, modo foliolis 1-5 linearibus, 1-2 lin. plerumque longis involucratis, involucellorum
phyllis 3-7 angustissime lineari-subulatis vix marginatis, pedicellis fructiferos in eadem stirpe sæpe modo subexsuperantibus,
modo æquantibus, modo iis dimidio utraque brevioribus; radiis
majoribus demum (pro varia stirpis altitudine) 12-3 lin. longis,
teretibus strictis; umbellularum 5-15 florarum pedicellis inæqualibus, externis majoribus fructu modo dimidio longioribus,
modo eum æquantibus vel subæquantibus; calycis dentibus sub
anthesi gibberiforme tumididulis inque coronulam obsoletam
confluentibus, in fructu evanidis; petalis albis ⅘-½ lin. lg. profunde obcordatis eximie inflexis; *fructubus modo exacte oblongis,*
modo basi subcuneatis, modo sublinearibus, a latere compressis
⅘-½ *lin. longis, mericarpiis subbicarvis, jugis filiformibus albidis,*
valleculis latis atrofuscis, *inæqualiter confertissimeque* 2-5 *vittatis,*
vitticulis aliis subjugalibus, commissura 2-4 *vittata vitticulis cunc-*
tis quandoque in solitariam latissimam confluentibus; *stylopo-*
dio brevi mamillæformi bipartito, fructu dimidio angustiore, stylis
deflexis sub-imo duplo ultraque longioribus cornutis. — Distingui-
mus formas sequentes, magnitudine magis quam aliis characteribus firmioribus sejungendas, iisdem in locis sæpe conso-
ciatas, vix ac ne vix varietates salutandas :

    1. Caule spithameo ac pedali, ramis elongatis, ut plurimum patenti-
      erectis, foliis infimis subtripinnatisectis, laciniis majoribus 4-6
      lin. lg. ac ½-⅞ lin. latis; umbellæ radiis majoribus ½-1 poll. l.,
      umbellulis plerisque 9-15 floris. (B. nivale β major. Willk.
      Coll. t. pl. Hisp. Nᵒ 336 !)

2. Caule palmari ampliusculo vel divaricato tortuosoque ramoso; foliis infimis bipinnatisectis reliquisque partibus praecedente subbrevioribus, stylis stylopodiis sublongioribus. (B. nivale Boiss. Voy. Esp., p. 240., tab. 67. ex speciminibus auctoris, descriptione et icone cum Cilicicis omnino numero quadrantibus !)

3. Praecedens; stylis tamen stylopodio duplo ac ultra longioribus, fructibus passim basi subcuneatis. B. glaucocarpum Boiss. Diagn. X. p. 25 et Ky. Coll. II. Syriac. an. 1855. N° 563 !;

4. Caule pumilo digitali, nunc parce, nunc valde dichotome ramoso, foliis infimis sublbipinnatisectis, laciniis majoribus 2-3 - ½ lin. lg. ac ½ lin. latis, umbellulis plerisque 5-9 floris. — Transitus in duas praecedentes insensibilis.

Ciliciæ Bulgardagh : jugis alpinis Bulgar-Megara, alt. 2275-2437" frequens, formæ 1, 2 et 4. Ky. ! — *Syria* : cacuminibus Libani. B.; ibidem alp., Machura supra Bludan, alt. 2111" ad nives, forma 3. Ky. ! *Hispania* : montibus summis sierra Nevada, alt. 2437-3087", forma 1 et 2. B. ! Willk. !

Observ. Stirpem Cilicicam ab hispanica et libanotica di tinctam pridem putavi, nunc vero examinata speciminum tam florentium, quam perfecte fructiferorum copia melius edoctus, certus sum eam ne punctulo ab altera differre specie. B. glaucocarpum characteres omnes, quales Diagnosis cl. Boiss. expetit, excepta stylorum longitudine majore, nimis adeo inconstantes tam in speciminibus, eodem in loco lectis, quam in una eademque saepe stirpe deprehensis, quod amplius haesitarem de identitate specifica formarum, quas supra enumeravi.—Cl. viri Gren. et Godr. Fl. Fr. I. 730, B. nivale Boiss., cornigerum DC. et petraeum Ten. B. alpino W. et K. tanquam synonyma, ac fortasse non immerito, ut opinarem, subjungunt; licet non denegandum sit, quod foliorum infimorum lacinulae in stirpe Kitaibeliana (quam eo loco natali et ins. Brazza sinus fluminensis habeo) multo breviores a tenuiores sint quam stirpes hispanicae ac ciliciae; involucellorum foliola contra longiora, latiora simul ac eximie marginata fructusque majores esse in stirpe Tenoreana. Quid de his omnibus sentiendum peritiorum judicio committam; minime tamen obstreperem iis, qui cum laudatissimis auctoribus *Cari Buniique* genera denuo jungerent, cedat vero tunc

Bunium prisciore Camo, hoc a cl. Tauro jam in ejus systemate pl. ed. I. au. 1735, illo in generum pl. ed. I. au. 1737 primum proposito; cedat eo magis, quum Bunii genus Linnæanum, e Bulbocastano et aromatico exstructum, in specierum harum prima Camo speciem legitimam, in altera Ptychotidem copticam amplectat, ac recentiorum genus Bunium species comprehendat, quarum plurimæ ad alia atque alia spectant genera.

XVII. **Chamæsciadium** C. A. Mey. Ledeb. fl. ross. II. 15.

1 C. **flavescens** C. A. Mey. (Bunium acaule Hoffm. DC. Ammi acaule Spr. MB.) *Cappadocia.* DC. Prdr. IV. 98. — Herbosis et graminosis totius *Caucasi.* Ledeb. l. c.

XVIII. **Muretia** Boiss. An. — Bunii Sect. Chrysæum DC.

1 > M. **aurea** Boiss. An. *Lydia :* ad basin m. Mesogis, inter Laodiceam et Philadelphiam. B.

XIX. **Sympodium** C. Koch. in Linn. XVI. Ledeb. fl. ross. II. 252.

1 > S. **simplex** C. Koch. *Armenia rossica :* humidis pr. Etchmiasdin. W.

XX. **Pimpinella** L. ex parte. Koch. DC. Prdr. IV. 119. non Tourn. Gaertn. — Pimpinella et Tragium Spr. Hoffm. Lag.

Sect. I. Tragoselinum DC. l. c. — G. Pimpinella Spr.

1 P. **rotundifolia** MB. non Scop. (P. betonicæfolia Willd. Sison rotundifolium, Spr.) *Armenia :* m. Ararat. — Prov. *Caucas.* Ledeb. l. c.

2 † P. **magna** L. non Habl. Pratis totius *Orientis.* DC. l. c. *Armenia rossica bor.* — Prov. *Caucas.* Ledeb. l. c. *Serbia.* Pan.

3 > P. **rhodantha** Boiss. Ined. — *Tchihat.* pl. As. Min. exsicc. an. 1858. N° 255. — P. perennis, collo squamoso, caule erecto tenui glabro tenuiter striato folioso simplici vel parce ramoso,

foliis minute puberulis pinnatis foliolis ovatis acute et profunde dentatis, caulinorum superiorum in lacinias lineares partitis, involucris involucellisque nullis, umbellis 15-20 radiatis, stylis sub anthesi ovario longioribus, fructus.....

Species elegans affinis P. MAGNÆ quæ differt caule crasso ramosiori angulato-sulcato, foliolis quadruplo minoribus. P. SAXIFRAGA longius distat caule ramoso superne denudato, foliolis ejusdem ac nostra magnitudinis sed magis rotundatis obtusis. *Armenia* : declivitate occidentali montis Kosedagh, ad meridiem urbis Gumuchhane inter pagos Kerekli et Kœuse sitæ, alt. 1895-2142ᵐ. T.

4 † P. **saxifraga** L. non Lois. nec Scop. *Bithyniæ* Olympo. S. — *Tauria*. Prov. *Caucas. Sibiria*, Ledeb. l. c. *Græcia* : frequens collibus usque ad alt. 650ᵐ. Fr. *Serbia*. Pan.

5 › P. **Calverti** Bois. *Armenia* : circa Erzerum. B.

       SECT. II. TRAGIUM DC. l. c. — Bubonis spec. Lag.

6 P. **nodosa** D'Urv. Frequens saxosis ins. *Samos*. DC. l. c.

7 † P. **tragium** Vill. Link. (P. saxifraga, pratensis et canescens Lois. Tragium columnæ Spr.) Circa *Byzantium*. T. *Bithyniæ* Olympo. B. An. *Ciliciæ* Bulgardagh, alt. 2599ᵐ. Ky. diar. cilic. an. 1853. *Armenia* : circa Erzerum. T. — *Tauria*. Prov. *Caucas*. Ledeb. l. c. *Persiæ* in. Dalniku et Djulfekku. B. *Algeria* : pr. Djelfa, alt. 1120ᵐ. Cos. l. c.

8 P. **aurea** DC. (P. flava C. A. Mey.) *Armenia russica*. — Prov. Caspica *Talusch*. Ledeb. l. c.

9 P. **Kotschyana** Bois. — *Tchihat*. pl. As. Min. exsicc. an. 1849. N° 600. — *Cappadocia* : in. Alidagh pr. Kaisariam. T. Viridis montium *Kurdistani*. B. An.

10 › P. **anisetum** Bois. et Bal. *Antitauro* : planitie inter Zamanteau et m. Arslandagh. B.

11 › P. **Cappadocica** Bois. et Bal. — *Bal*. pl. d'Or. an. 1856. N° 1012.— *Cappadocia* : copiosissime in. Alidagh, alt. 1500ᵐ. B.

12 † P. **peregrina** L. non Lej..— *Bal*. pl. d'Or. an. 1854. N° 56.

— Circa *Byzantium*. B. An. *Ionia* : ad Smyrnam. Bal. *Archipelago* :
frequens ad sepes ins. Scyros. D'Urv. *Armenia*. B. An. — Prov.
Caucas. Tauria. Ledeb. *Macedonia, Græcia.* Nym.

Sect. III. Anisum DC. l. c. — Bubonis spec. Lag.

13 P. anisum L. non Georgi. (A. officinale Mœnch. Sison anisum
Spr.) Ins. *Chio.* DC. l. c. — *Græcia.* Fr. l. c. *Ægypto.* DC. l. c.
14 P. Creticum Poir. (P. tenuis Sieb.) *Bal.* pl. d'Or. an. 1855.
N° 792. — Herb. græc. norm. N° 270. — Ins. *Chio.* DC. l. c.
Ciliciæ campestris reg. calida, ad pagum Tchauchli pr. Meralnam.
Bal. — *Peloponeso.* DC. l. c. *Attica* : collibus pr. Athenas. Heldr.

XXI **Fœniculastrum** C. Koch.

1 » F. setifolia C. Koch in Linn. XVI. Ledeb. fl. ross. II. 268.
Armenia bor. K.

XXII. **Reutera** Boiss. An.

1 » R. flabellifolia Boiss. An. *Cappadocia* : ad Euphratem. B.

XXIII. **Berula** Koch. Griseb. Ledeb. l. c. — Sii Sect. II. DC.
Prdr. IV. 125.

1 B. angustifolia Koch. (Sium angustifolium L.) *Bithyniæ*
Olympo. S. *Arhasia.* — Prov. *Caucas.* Ledeb. fl. ross. II. 259.
— *Macedonia.* G. *Græcia.* Nym.

XXIV. **Bupleurum** Tourn. DC. Prdr. IV. 127.

1 † B. tenuissimum L. (B. junceum ┬ Schult. B. Pollichii Gmel.
B. Columnæ Guss.) Circa *Byzantium*. T. Marit. ins. *Samos.* Prdr.
fl. gr. — Prov. *Caucas.* Ledeb. l. c. *Græcia.* Nym. *Serbia.* Pan.
2 † B. glaucum Rohill. et Cast. (B. semicompositum L. var.
Desf.) *Bal.* pl. d'Or. an. 1854. N° 61. — Ad *Smyrnam* : pratis
salsis Bal. Scopulo S' Islad pr. ins. *Cimolo.* D'Urv. — Prov.
Caucas. Turcomannia boreali. Ledeb. l. c.

3 † **B. semicompositum** L. non Pall. (B. divaricatum β Link.)
Archipelago : ins. Melos. D'Urv. — *Græcia.* Nym. *Algeria* : pr.
Djelfa, alt. 1120ᵐ. Coss. l. c.

4 **B. gracile** DC. nec MB. B. Marschallianum C. A. Mey. B. semicompositum L. var. Spr., Herb. græc. norm. 410. — *Ionia* : littoralibus pr. Smyrnam. B. *Armenia rossica* : humidis pr. Etchmiasdin. W.— Prov. *Caucas.* Ledeb. l. c. *Macedonia. Persia bor.*
B. An. *Græcia* : planitie littorali Atticæ, salsis inter juncos. Heldr.

5 † **B. australe** Jord. in Pugil., p. 72. (B. Gerardi auct. gall. ex
parte non Jacq.) B. umbellarum radiis 4-8 inæqualibus erecto-
patulis, involucelli foliolis reteris subconformibus *flores superantibus*, petalis luteis extus fulvo-aurantiacis ovatis incurvatis,
stylis albidis brevibus, *erecto-patulis*, fructu *pedicello longiore
oblongo subquadrato* tenuiter angulato-costato, valleculis *evit-
tatis*, foliis anguste linearibus acuminatis tri-quinquenerviis
basi *haud caulem amplectentibus*, primordialibus basi attenuatis,
caule erecto subpaniculato, ramis erecto-patulis apice umbelli-
feris, radice annua.

Cilicia boreali : collibus inter Bosanta et O. Kamichly. Bal.
Armenia : circa Erzerum. Calv. — *Gallia australi* : Toulon, Marseille, etc. Jord. l. c.

6) **B. asperuloides** Heldr. [1] B. annuum, glaberrimum; caule
1-2 pedali ac altiore, erecto, tereti, subtiliter striato, *a basi
dichotomo ramosissimo effuso*, ramis tenue filiformibus virgatis
longissimis, subflexuosis *patule lucideque ramulosis*; foliis valde
remotis, caulinis *late lineari-lanceolatis linearibusque attenuatis*
angustissimis, 4-1 poll. lg. ac 3-3 ½ lin. latis, 0-3 nerviis, membranaceis, marcescentibus flaccidiforme recurvis confringentibus,
foliis rameis inferioribus triplo minoribus, superioribus
angustissime lineari-subulatis strictis 6-1 lin. longis ; umbellis
terminalibus 3-2-submultiradiatis, *radiis valde inæqualibus tenuissimis 12-2 lin. longis, lateralibus in ramulis 4-1, remote spicatis
vel racemoso dispositis simplicissimis*, cunctis 7-3 floris; involu-

1. Ab amicis. clariss. Fenzl. elaboratam, cujus manu-scriptum mihi
anno 1838 missum, jam impressum erat, quum cl. Boissier ejusdem speciei
diagnosin publico jure fecit, anno 1839. Diagn. ser. II. v. III. N° 9, p. 76.

cri 3-1 phylli foliolis setaceis 2-¾ lin. lg., involucellorum
5-3, lineari-subulatis 3-, ad speciem 1-nerviis, æqualibus,
4-1¼-¾ lin. lg., flores sub anthesi subsuperantibus; floribus
minutissimis subsessilibus vel breve pedicellatis; petalis flavis,
extus sæpe purpurascentibus, *marginibus minutissime denticu-*
latis dorsoque papilloso-granulatis; germine lævissimo cæsio-
pruinoso, obsolete jugato, valleculis trivittatis, fructu.....

> *Var.* a *strictum:* ramulis strictis, umbellularum lateralium longe
> plurimis floribusque sessilibus vel subsessilibus. (B. asperu-
> loides Heldr. Herb. græc. norm. N° 513 !) — *Græcia:* in vinetis
> prope pagum Rachova, regione inferiore montis Parnassi, alt.
> 81ᵐ. Heldr. !
>
> *Var.* β. *laxum:* ramis, ramulisque tenuioribus laxis; umbellis
> lateralibus ut plurimum distincte brevius longiusve peduncula-
> tis. (B. pauciradiatum Fenzl. mss. in Ky. Coll. pl. It. cilic. an.
> 1853. sub N° 78 ! cum B. Kœchelii promiscue venditatum.) —
> Regione inferiore *Ciliciæ* Bulgarlagh, pr. arcem Gulek, in con-
> sortio cum B. Kœchelii. Ky. !

Observ. Species elegantissima ob habitum varietatis a pecu-
liarem haud immerito ab amicissimo Heldrecchio B. asperuloides salutata; B. Gerardi var. Jacquiniana (B. Jacquinianum
Jord.) proxima, umbellis tamen terminalibus rarissime 3-, et
plurimum 2-vel subuniradiatis, umbellulis minoribus, longitudine ramorum remotissime spicatis vel racemiforme dispositis,
petalis margine denticulatis et germine obsolete costato diversa.
— B. Gerardi auct. gallicorum (B. australe Jord. Pug. pl. nov.
p. 72.) unacum altera varietate Jacquiniana mericarpiorum val-
leculas 3-4 vittatas, nec in mentem cl. Jordani, evittatas,
offert. F.

7 > B. setaceum Fenzl. Incd. B. annuum, glaberrimum; caule
1-2 pedali erecto, tereti, subtilissime striato, tenui, *a basi,*
diffuse ramosissimo, ramis virgatis tenuissimis remotissime ramu-
losis; foliis radicalibus.....; caulinis angustissime linearibus
convoluto-filiformibus, setaceo-attenuatis, 5-3 nerviis, 2-1-pollica-
ribus, ac ¾ *lin. latis,* incurvo-patulis; ramcis convoluto-setaceis 3-4 plo sensim minoribus; umbellis terminalibus 2-radia-

lis, radiis valde inæquilongis, altero 12-4 lin., altero 5-1½ lin.
longe, lateralibus sparsissimis longe pedunculatis, cum terminali
in ramulis haud raro uniradiatis; umbellulis minutis 7-3 floris;
involucri 2-, Involucelli 5-3 phylli foliolis setaceis rigidulis, ad
speciem 1-nerviis, 1½-¾ lin. longis, flores sub anthesi æquantibus vel subbrevioribus; floribus distincte pedicellatis minutissimis aureis, *petalis glabris, margine integerrimis*; germine
lævissimo distinctissime jugato, *jugis valleculisque constanter
1-vittatis*; fructu.....

Bithynia. Fl. Autumno. Noe !

Observ. Species nitida, B. ASPERULOIDI sane proxima, habitu
et simillima, distincta tamen foliis setaceo-convolutis, umbellulis lateralibus in ramulis paucissimis, longe pedunculatis,
petalis margine integerrimis, longe pedunculatis, petalis margine integerrimis et vittis tam vallecularum quam jugorum
solitariis. — B. CAPPADOCICUM Boiss., quodammodo affine foliis
latioribus, ramis ramulisque eximie flexuosis, ramulo supremo
umbellam terminalem pluriradiatam exsuperante fructuque
abunde a nostro differt. — Occurit B. CAPPADOCICUM quoque
in Mesopotamia, unde specimina retulit cl. Ky. an. 1841. —
B. KOCHELII Fenzl., huic proximum, præter alias differt fructu
prismatico grosse costato, in B. CAPPADOCICO duplo minore
ovoideo vel ellipsoideo-subgloboso, obsoletissime jugato, valleculis bi-, jugis subinde simul 1-vittatis. Fenzl.

8 ꞊ B. **Kochelii** Fenzl. in Pugil. atque in Russeg. Reis. I. 950.
— *Cappadocia* : m. Karamas, pr. Kaisariam. Bal. *Ciliciæ* Bulgardagh : frequens rupestribus inferioribus alpinis ad margines
cedretorum, alt. 1940ᵐ. Ky. diar. cilic. an. 1851.

9 ꞊ B. **Cappadocicum** Boiss. An. *Cappadocia* : ad Euphratem.
·B. An.

10 ꞊ B. **commutatum** Boiss. et Bal. — *Bal.* pl. d'Or. an. 1858.
Nᵒ 38 sub nomine B. gracilis. — *Lydia* : Tmolo occidentali
supra Berghi. *Phrygia* : collibus incultis, pr. Uchak. B.

11 B. **trichopodum** Boiss. et Sprun. An. (An forse cum B. junceo
L. nimis affine? D. Gerardi Fl. gr. tab. 622 non L.) Herb. græc.
norm. Nᵒ 220. — *Lydia* : parte super. m. Sipyli, supra Magne-

alam, forma pumila 4-5 pollicaris, umbellis umbellulisque
depauperatis. — Dumosis *Atticæ, Brotiæ* et *Peloponnesi. Syria :*
circa Aleppum. B. An.

12 ┼ **B. junceum** L. DC., non Poll. nec Schult. nec Genn. nec
Pall. (B. junceum *a* Spr. in Schult.) *Bithyniæ* : inter Brussam
et Smyrnam. Prdr. fl. gr. — *Thracia.* G. *Bulgariæ* nemoribus.
D'Urv. *Serbia.* Pan. *Rossia austr. Tauria.* Ledeb. l. c.

13 **B. glumaceum** Sibth. et Sm. Prdr. N° 618. non Spr. nec
Reut. et Margot. (B. flavum Forsk. B. gracile D'Urv.) *Bal.* pl.
d'Or. an. 1854. N° 35; an. 1853. N° 559. — Herb. gr. norm.
N° 417. — *Agro Byzantino.* G. *Ionia :* ad Smyrnam. Bal. Ins.
Chios. B. An. Ins. *Naxos et Santorino.* Nouv. fl. Pelop. *Cilicia
campestri :* reg. calida ad pagum Tchaudili, pr. Mersinam. Bal.
— *Cypro. Creta. Cephalonia. Græcia australi.* B. An. Heldr.

14 ƽ **B. sulphureum** Boiss. et Bal. — *Bal.* pl. d'Or. an. 1856.
N° 1013; an. 1857. N° 1231. — *Phrygia :* collibus aridis pr.
Uchak, alt. 910ᵐ. *Cappadocia :* pr. Kaisariam, alt. 1450ᵐ., nec
non jugi Alalagh m. Maunenov. B.

15 ┼ **B. odontites** L. non Vill. (B. divaricatum *a* Lmk. B. Fontanesii Guss.) *Bal.* pl. d'Or. an. 1855. N° 560. — Pr. *Byzantium.*
T. Pr. *Smyrnam.* DC. l. c. Reg. calida *Ciliciæ campestris*, ad
pagum Bulukly, pr. Mersinam. Bal. — *Macedonia.* G. *Syria :* pr.
Saïda. Cal. herb. Syr. N° 67.

16 ┼ **B. aristatum** Bart. (B. glumaceum Spr. B. odontites Vill.
Odontites luteola Spr. non Hoffm.) *Tch.Bat.* pl. As. Min. exsicc.
an. 1849. N° 798. — *Cappadocia :* pratis pr. Kaisariam. T. —
Prov. *transcaucas.,* pr. *fines turcicas.* Ledeb. l. c. *Albania bor.,*
alt. 3-260ᵐ. G.

17 **B. apiculatum** Friv. (B. odontites var. Kochianum Cesati. B.
glumaceum Reut et Margot. Fl. Zacynth., atque Bory. et Chaub.
Fl. Pelop. non Fl. gr.) Herb. græc. norm. N° 416. — *Troade.* —
Ins. *Zacyntho. Macedoniæ* m. Athos. B. An. *Græcia :* apricis reg.
infer. m. Parnassi, alt. 1300ᵐ. Heldr.

18 ┼ **B. protractum** Link. (B. subovatum Spr. B. rotundifolium
β Lois.) Circa *Byzantium.* R. Inter segetes Europæ australis, a

Lusitania ad Græciam et Ægyptum, a Mauritania ad Andega-
vium. DC. l. c.

19 † B. rotundifolium L. non Brot.—*Tchihat.* pl. As. Min. exsicc.
an. 1849. N° 197. — *Pr. Byzantium.* Prdr. fl. gr. 1. 178. *Mysia.*
T. Montibus inter *Armeniam ross. et Græciam sitis,* alt. 1800.-
1400°. W. — *Pror. Caucas. Tauria.* Ledeb. l. c. *Serbia.* Pan.

> *Var.* intermedium *Lois. Archipelago : copiose segetibus ins. Melos.—*
> Ins. *Melita,* D'Urv. *Græcia.* Prdr. l. c.

20 † B. aureum Fisch. et Hoffm. (B. longifolium Pall. non L.)
Tchihat. pl. As. Min. exsicc. an. 1850. N° 219. — *Armenia :*
Inter pagos Kalaratch et Almalu (ad orient. urbis Erzindjan.)
reg. nuda arida, alt. 1400-2000°. T. — *Rossia media. Sibiria.*
Ledeb. l. c.

21 B. croceum Fenzl. in Pugil. atque in Russeg. Reis. 1. 956. —
Bal pl. d'Or. an. 1857. N° 1232. — *Tchihat.* pl. As. Min. exsicc.
an. 1853. N° 91. — *Caria :* planitie elata ad meridiem m.
Cadmi sita. Bal. *Phrygia :* pr. Uchak, alt. 910°. Bal. *Cappadocia :* planitie urbis Kaisariæ. T. — *Syria :* pr. Aleppum. F. l. c.

22) B. Heldreichii Boiss. et Bal. *Pisidia. Cappadocia :* pr. Kaisariam. B.

23) B. eltriatum Hochst. Flora an. 1845. — Walp. Repert.
bot. V. 859. — Caule ramosissimo multangulari glabro; foliis
linearibus 3-5-nerviis acutissime acuminatis; umbellis terminalibus et oppositifoliis longiuscule pedunculatis triradiatis;
involucro triphyllo, phyllis lanceolatis longe acuminatis quinque nerviis, umbella brevioribus; umbellulis 10-vel plurifloris,
involucellis 5-phyllis, phyllis ovatis acutissimis citreis vel pallide floris venosis, quam pedicelli brevissimi duplo longioribus.
Armenia : pr. Erzerum. Hochst. l. c.

24) B. lophocarpum Boiss. et Bal. — *Bal.* pl. d'Or. an. 1855.
N° 561. — *Cilicia* Bulgardagh : reg. mont., circa pylas. B.

25 † B. ranunculoides L. non Fl.-gr. (B. angulosum L. var.)
Cilicia Bulgardagh : reg. alp. supra fodinas Bulgarmaden.
Bal. — *America arctica.* Ledeb. l. c.

26 † B. exaltatum MB. [1] — Speciei hujus summe naturalis, in
morem tamen B. *falcati* et *basixcinoides* nostri quam maxime
polymorphæ, diagnosin retractatam dare haud supervacaneum
ideo mihi videtur, quoniam absque negotio a botanicis omnis
ævi in complures alias, characteribus fallacibus ac inconstantibus superstructas, dirempta fuit. — *B. caudice humili lignescente*
pro varia stirpis ætate ac statione modo *pluricipiti*, modo
brevius longiusve *distorte ramoso*, humifuso vel adscendente ;
caulibus glaberrimis, modo digitalibus ac spithamæis tum simplicibus vel parce ramosis, modo 1-3 pedalibus tunc virgato-
ramosissimis, striatis, *basi foliorum conjunctorum cicatricibus
annulatis residuisque vaginis confractis, fissis, nec in fibrarum
comam solutis,* tunicatis, rectis vel ex decubitu mox adscendentibus ; foliis infimis turionumque confertissimis valde inæquilongis rectis recurvisque, potissimum *lanceolato-ac mere linearibus auctissimis,* 1-3 lin. lt. *paucioribus nonnisi vel nullis
oblongo-lanceolatis,* 2-3 ½ lin. lt. obtusis vel acutis, deorsum sensim attenuatis, *basi rursus dilatatis,* planis vel canaliculatis,
medio distincte *parallele vel curvi-3-5-7 nerviis,* nervulis brevioribus inferius sæpe immixtis, venulis remotissime oblique
anastomosantibus, exsucco-herbaceis vel subchartaceis, glaucescentibus, *margine extenuato, nec incrassato,* sæpissime decoloribus ; *caulinis sensim brevioribus, angustioribus simulque
adaucte subulato-attenuatis.* strictis, sæpe subfiliforme convolutis, supremis bracteolibus minutis ; umbellis in stirpe ramo-
siore copiosissimis, terminalibus *in gyrere* 4-7, rarissime 10-,
lateralibus *plerisque* 5-3-1-radiatis ; radiis tenuibus inæqualibus,
longioribus plerumque 4-14 lin. lg., umbellulis 13-5 floris, *involucri 1-3-, involucellorum 3-5 phyllorum foliis plerumque minutis squamularformibus lanceolatis vel subulatis,* æqualibus vel
inæqualibus, illorum longiore tunc 1-4 lin. lg. (rarissime ac
tunc nonnisi in una alterave umbella terminali semipollicari
ac longiore), horum ½-1½ lin. longis ; floribus parvis flavis vel
aureis, germine fructuque sæpe pruinosis glaberrimis ; fructu
perfecte maturo ac completo *exacte ellipsoideo-oblongo* 1 ½-2½

<hr>

1. Ab amiciss. clariss. Fenzl. elaboratum. Opus ineditum.

fin. lg., imperfecte maturo vel mericarpii alterius abortu prismatico ac tunc incurvo, castaneo, jugis filiformibus ochroleucis
subtiliter (juvenous eminentiores) costato, *vittis rectis undula-
tisque continuis vel in fructu juvenco interruptis submonilifor-
mibus, numero in fructibus non solum ejusdem stirpis, ejusdemque umbellæ sed etiam singulorum mericarpiorum frequentissime
ac fere typice variis,* vallecularum in genere 3-5, *rarius passim
6, una alterave quandoque 2-1-0,* commissuræ plerumque 2-4,
subjugalibus haud raro 1-2.

Var. α trinerve: caudice plerumque elongato-ramoso, ramis procumbentibus laxiusculis: foliorum infimorum plerisque 3-nerviis, umbellis terminalibus 7-4 radiatis, umbellulis plerumque 13-9-floris,
pedicellis demum involucello sub-vel dimidio longioribus; mericarpiorum valleculis diversimode 3-5 vittatis. (B. exaltatum Vis. Dalm.
III. 36. ! B. Sibthorpianum Sm. in Prdr. fl. gr. I. 179 ; ej. Fl. gr.
III. tab. 164 ! — Rchbch. Ic. pl. crt. IX. f. IV., DC. Prdr. IV. 133.
Boiss. Diagn. X. 39. in obs. ad B. Ketschyanum.) *Peloponneso:* Sibth.
fide specim. in herb. Spreng. ! ; alpinis Olympi *Thessaliæ.* Heldr.
Coll. an. 1859. N° 1155 ! ; *Dalmatiæ* montibus auxosis Biokovo, Pro-
logh et Orien. Vis. ! Welden. !
Var. β. quinquenerve: caudice plerumque conferti vel subfasciculato-
ramoso, ramis abbreviatis rigidis; foliis plerisque 5-7, paucioribus
3-nerviis; mericarpiorum valleculis diversimode 3-1, sæpe 5-, rarius
2-1-0-vittatis. Reliqua præcedentis — variat caule digitali simpliciusculo ac 1-3 pedali, tunc ramosissimo, (B. exaltatum MB. Cauc.
p. 166. spp. N° 30. — DC. Prdr. IV. 131. excl. stirpe biennl taurica
quæ probabiliter B. baldense M. et Koch. D. Fl. — Ledeb. fl. ross.
II. 266. — Turcz. fl. baical. 591 nec Koch Syn. B. exaltatum var.
linearifolium Boiss. in An. sc. nat. Ser. III. T. 150. B. baldense
MB. Taur. Cauc. I. 203; III. 196. — Ledeb. fl. alt. I. 350 nec Turcz,
Host. Kit. B. linearifolium DC. Prdr. IV. 131 ; forma exaltata longifolia, B. scorzoneræfolium Hort. plurim. nec Willd. nec Turcz, B.
pruinosum Crasti in litt. ac coll. Ky. pl. Tauri cilic. an. 1836.
N° 309 ! et II. an. 1853. N° 986 !). Tauro Cilicio septentrionali,
alt. 1675ᵐ. Ky. coll. cit. ! — Persia boreali, Szovits., Buhse ! ,
Aucher coll. N° 4596 et 4598, ! , Persia austr. Ky. coll. N° 573 et
786.! ; Assyria, Aucher. N° 1836 fide Boiss. Syria libanotica, Aucher.
N° 3641 fide Boiss. Turcomania. Lehm. ! Tauris. (? !; regione omni

Caucaso. *IR. C. A. Mey. Hohenack.* coll. 1836 et 1811. ! *Songoru,* Karel. et Kiril. coll. N° 1311. ! *Sibiria alt.* et *deser.* Ledeb. ! Mey. ! Fiell. ! Turcz. !

Var. γ. microlepis : caudice foliisque præcedentis; umbellis terminalibus utplurimum 5-3 radiatis, umbellulis plerisque 9-5 floris, pedicellis peracta anthesi involucello minutissimo parum, in fructu subduplo longioribus; mericarpiorum valleculis utplurimum 4-6 vittatis, una alterave 3-vittata. (B. *Schimperi* Boiss. Ann. sc. nat. Ser. III. T. I. 151., transitus ex pedicellis brevioribus in var. præcedentem manifestus. B. *irregulare* Boiss. et Ky. in sched. Coll. Ky. it. Syriæ. an. 1855. N° 331. ! transitus in var. sequentem ex pedicellis elongatis. !) *Syria* libanotica ; fruticetis supra Eden versus Danle, alt. 1786ᵐ. ! *Arabia petræa :* pr. Raphidim, Schimp. Coll. un. it. N° 290 !

Var. δ. macropetum : caudice, foliis, umbellisque præcedentis ; umbellulis plerisque 9-5 floris, pedicellis peracta anthesi involucello minutissimo 2-3 plo, in fructu 4-6 plo passim longioribus, in eadem umbellula longitudine summæ variis; mericarpiorum valleculis 3-4 vittatis. — Prima fronte pedicellis fructiferis prælongis quidem dignoscenda, charactere tamen in eadem stirpe ac alia atque alia inconstantissimo. (B. *Kotschyanum* Boiss. diagn. X. p. 19. B. *Sibthorpianum* Boiss. in. Ky. Coll. pl. Persiæ bor. N° 617 et 649 !). — *Persia :* ad radices montium Elbrus et Demavend, atque in rupestribus prope cataractas Ser-Abi-Schir. Ky. !

Observ. Species B. EXALTATO sane proxima est : B. SCORZONERÆFOLIUM Turcz. fl. bale. p. 880 non Willd. quod fide speciminis Pallasiani in herb. Jacq., ab ipso Ledeb. cum speciminibus herbarii Willdenowiani comparati, nil est nisi B. FALCATI var. ANGUSTIFOLIA. Differt species Turczaninovii a B. EXALTATO : caudice dense fasciculari, fere cæspitante, caulibus basi librarum coma e foliorum emortuorum vaginis orta vestitis, foliis carnosulis, umbellis 13-9-radiatis, involucellorum foliolis 6-7, lanceolatis cuspidatis vel setaceo-attenuatis, umbellulas sub anthesi ut plurimum distincte exsuperantibus, laxe patulis. — Hujus synonymon est : B. BALDENSE β MULTICAULE Ledeb. Fl. alt. 1. 350; B. EXALTATUM β MULTICAULE Ledeb. fl. ross. II. 266. (fide speciminum Ledeb. et Turczan. !). — Hab. in graminosis et subsalsis deserti editi ad fl. Tchuya reg. altaicæ, ac vulgatissima omni Dahuria, dum B. EXALTATUM siccissima, rupestria inopue alpina ibidem expetit. Num sola stationis diversæ progenies? quod suspicor. Fructus enim non differt a B. EXALTATI var. β nostræ nec forma, nec magnitudine, nec vittarum numero; vidi quoque cum aliis specimina parva, simplicia, digitalia ac palmaria foliis angustissime linearibus, umbellis ac umbellulis siccis ab illis stirpium B. EXALTATI pumilarum nullatenus diversis ac solum caule basi fibroso-comata distinctis.

Altera B. EXALTATO affinis species est ; B. BALDENSE M. et Koch. D. Fl. II. 425 (excl. omnibus synon.). Differt hoc a B. EXALTATO potissimum radice bienni vel axi primaria anno primo casu quodam sauciata, trienni, ramulosula nec lignescente, collo tunc 2-3 cipiti, altero in caulem florigerum elongaturo, altero simulac tertio debilioribus mere foliigeris cum illo subsequo hyeme peritura. Quo ad reliqua vix ac ne vix differt a B. EXALTATI formis tenerioribus ac laxioribus varietatum α et β. Hujus mericarpiorum valleculæ equidem sunt modo 3-4-, modo 5-6 vittatæ. Ejus synonyma sunt : B. EXALTATUM Koch Synop.; MB. fl. taur. cauc. et DC. Prdr. l. c. spectata solum stirpe taurica; Steven Verzeichn. p. 168.— B. CERNUUM Ten. Fl. Neap. (fide speciminum auct.!) ac Bertoloni Fl. Ital.— B. NEGLECTUM Cesati in Linn. XI. p. 311 (fide specim. Freyeri, cum authentico comparati, ac cum diagnosi auctoris ad unguem quadrantis spreta duratione inique ab illo perenni dicta!) — B. CRASSUM β Gren. et Godr. Fl. fr. (excl. syn. Vill, Rochel et Baumgarten). BUPL. enim CRASSUM Vill. Dauph. II. 375, certo certius formas luxuriantes B. RANUNCULOIDIS β CARICINI DC. et Kochii spectat, ut hoc ex eo jam patet, quod Villarsius « stirpem perennem folia superiora B. RANUNCULOIDIS (B. ANGULOSI Vill.) in morem basi latiora et involucellis phylla oblonga acuminata esse ait. » BUPL. DIVERSIFOLIUM Rochel pl. Ban. p. 68 tab. 26 fig. 57 (B. BALDENSE Baumg. fl. transylv.), pariter bienne vel sauciata axe primo in anno, 3-ienne, a B. BALDENSE M. et Koch differt : foliis caulinis 2-3 supremis imminuta longitudine accrescendo latioribus simulque ex ovata basi acuminatis 11-15-nerviis (quod contrarium in B. BALDENSI), nec non involucellorum foliolis producto lanceolato-subulatis, umbellulas sub anthesi exsuperantibus. BUPL. BALDENSE Turra, quod notissi-

mum B. ARISTATUM Bertl. spectat; illud Kitaibelli contra B.
JUNCEUM L. — B. BALDENSE Host. synops. est, ut ipse in Flora
sua Austriaca serius fatetur, B. RANUNCULOIDES var. CARICINA,
qua cum genuinum B. BALDENSE M. et Koch simul confudisse
probabile quidem, vix unquam tamen firmiter comprobandum erit. Frustra quoque de hac re consuleres herbarium
linnæanum, cui tamen, quod nobis aliisque res est notissima,
quam maxime diffidendum. — BUPL. OLYMPICUM Boiss. Ann. sc.
nat. Ser. III. T. I. 149 et Clementi sert. orient. p. 43, secundum specimina a cl. Clem. in loco laudato Olympo bithynico,
lecta ac caute a me examinata, nil esse mihi videtur, quam B.
BALDENSIS M. et Koch. forma nana, ad formam vulgatiorem
elatam eadem ratione sese habent, sicuti B. FALCATI speciminula
digitalia ramosa ad pedalia. Flores ejus, a cl. Boiss. rubellos
dictos, flavos simul vidi carina marginibusque purpurascentibus, quales in B. BALDENSI aliisque speciebus affinibus frequentissime occurrunt. Mericarpiorum valleculæ pariter sunt 3-4
vittatæ; nil ideo superest, quo a B. BALDENSI differet.

Numne parvo BUPL. ÆNEUM Boiss. Diagn. Ser. II. N° 2. p. 85,
non obstantibus characterum differentialium laudatorum quibusdam, ad B. BALDENSE M. et Koch. sit referendum necne,
firmiter contendere non audeo, cum specimina mihi non
præsto sint authentica; nimis saltem affine B. suo OLYMPICO
esse cl. auctor ipse fatetur.

BUPL. BOURGÆI Boiss. et Reut. (Diagn. II. Ser. N° 2. p. 84)
e data diagnosi saltem a B. EXALTATO vix ac ne vix distinctum
crederem. F.

27 † B. falcatum L. Circa *Byzantium*. T. *Armenia rossica* : m.
Ararat. Bge. *Serbia*. Pan. Prov. *Caucas. Tauria. Sibiria*. Ledeb.

28 › B. æneum Boiss. et Huet. — *Tchihat*. pl. As. Min. exsicc. an.
1858. N° 913. — *Armenia* : m. Tekdagh supra Erzerum et pr.
pagum Tachkœpru, B. nec non inter Erzerum et origines fl.
Araxis, huic Eritchat dicti, alt. c. 2000ᵐ. T.

29 † B. fruticosum L. Circa *Byzantium*. T. — *Græciæ* montibus. Fr.

30 › B. subuniflorum Boiss. et Heldr. *Pamphyliæ* Tauro : inter
Mulam et Adaliam, alt. c. 950ᵐ, saxosis inter frutices. B.

31 > D. pulchellum Boiss. et Heldr. *Pamphylia*. rupestribus pr. Kurmalu. B.

TRIB. III. PACHYPLEUREÆ Ledeb. Fl. alt. Endl. gen. p. 777.

XXV. Malabaila Hoffm. Endl. Koch. DC. Prdr. IV. 199. — Tordylii sper. L. —

1 † M. leptophylla Hoffm. (Tordylium peregrinum L.) *Carin. Prdr. Fl. gr.* I. 181. *Cilicia campestri :* planitie circa Mersinam. T. — *Græcia. Ins. Canaricis et Maderæ. Mauritania.* DC.

TRIB. IV. SESELINEÆ Koch. DC. Prdr. IV. 135.

XXVI. Œnanthe Lmk. DC. — (Œnanthe et Phellandrium L. —.

1 † Œ. fistulosa L. — Engl. bot. tab. 363. Agro *Byzantino :* pr. Buyukdere. G. — *Serbia.* Pan. Prov. *Caucas.* Ledeb. fl. ross. 1. 268.

2 † Œ. peucedanifolia Poll. Circa *Byzantium.* T. — *Serbia.* Pan. *Græcia.* Nym. *Algeria :* pr. Djelfa, alt. 1120^m. Coss. Bull. soc. bot. IV. 486.

3 † Œ. media Griseb. — *Bal.* pl. d'Or. an. 1854. N° 52. — *Tchihat.* pl. As. Min. exsicc. an. 1858. N° 108.— *Ionia :* ad Smyrnam, pratis paludosis. Bal. *Ponto :* collibus marit. silvat. supra Samsun. T. — *Macedonia. Serbia.* G.

4 † Œ. prolifera L. non Host. *Lycia :* paludibus pr. Myram. Prdr. fl. gr. I. 195. — *Græcia.* Steud. *Creta.* DC.

5 † Œ. pimpinelloides L. Agro *Byzantino :* circa Belgrad, ad Bosphorum. *Lycia :* paludibus cum O. prolifera L. associata. Prdr. fl. gr. I. 196. — *Tauria.* Ledeb. *Serbia.* Pan. *Græcia.* Nym. *Africa bor.* Steud.

6 Œ. angulosa Griseb. Circa *Byzantium.* R. Ins. *Tauos.* — *Macedonia :* penins. Hajion-oros. G.

XXVII. **Kundmannia** Scop. DC. Prdr. 1. 443.

1 † K. Sicula DC. (Sium siculum, S. græcum et Ligusticum balearicum L.) *Archipelago* : collibus ins. Samos, Melos etc.— Ins. Zante. DC. *Græcia.* Nym. *Macedonia.* DC.

XXVIII. **Foeniculum** Adans. DC. l. c. — Anethi sp. L. — Mei spc. Spr.

1 † F. vulgare Gærtn. (F. officinale All. Anethum fœniculum L.) Circa *Byzantium.* B. An. *Bithyniæ* Olympo. S. — Prov. *Caucas.* Ledeb. fl. ross. II. 27. *Tauria.* Stev. *Græcia* : depressis a mari remotis. Fr. l. c. *Sahara algeriensi,* alt. 750ᵐ. Cosson l. c.

XXIX. **Seseli** L. DC. l. c. — Seseli et Buboais spc. Spr. — Suseleos spc. Korb.

Sect. I. Hippomarathrum Rivin. non Link.

1 † S. hippomarathrum L. Circa *Byzantium.* Ad *Propontidem* : circa Tchekmedje et Selivria. G.

Sect. II. Hippomarathroides DC. l. c.

2 ⟩ S. corymbosum Boiss. et Heldr. (S. gummiferum Boiss. pl. anat. exsicc. non Sm.) *Lycaonia* : fissuris rupium reg. piniferæ m. Anemas supra Turtchalar. B. *Cappadocia* : jugo Aladagh, ad radicem m. Karanfil-dagh pr. Karmichlikhan, rupium fissuris. Bal.

Sect. III. Euseseli DC. — Seselia vera pleraque Koch. — Hippomarathrum Bub. in DC. bot. gall. non Link.

3 † S. montanum DC. non Pall. Ad *Byzantium.* G. — *Serbia.* Pau.

Var. glaucum DC. (S. glaucum L. S. careum Crantz.) Collibus circa *Byzantium,* Prdr. G. gr. I. 199. — *Serbia.* Pan. *Tauria.* Stev.

4 † B. cæspitosum Sibth. et Sm. Olympi *Bithyniæ* cacumine.
Prdr. fl. gr. I. 199.

5 B. puberulum DC. Ad *Byzantium*. G. *Armenia*: pr. Erzerum. T.

6 † B. tortuosum L. — Prdr. fl. gr. N° 697. (Œnanthe rigida
striata L. hort. Cliff. Sium annuum Pall. S. tauricum L. ex Spr.)
Circa *Byzantium*. T. — *Macedonia austr.* G. *Serbia.* Pan. *Tauria.*
Prov. *Caucas. Sibiria uralensi.* Ledeb. fl. ross. II. 270. *Græcia.*
Prdr. fl. gr. I. 200.

> Var. — *Tchihat.* pl. As. Min. exsicc. an. 1858. N° 837. — *Ponto.*
> Inter pagum Missak et oppidulum Zila. rupibus nemorosis ple-
> rumque asperis, alt. c. 850ᵐ. T.

7 B. petræum MB. (S. hippomarathrum Pall. Bubon glaucus Spr.)
Ponto : circa Trapezuntum. B. An. — *Tauria.* Prov. *Caucas.*
Ledeb. l. c.

> XXX. **Athamantha** Koch. DC. Prdr. IV. 154. non Scop. —
> Bubonis et Athamanthæ spec. L. —

1 † A. Cretensis L. (A. annua L.) *Archipelago :* ins. Melos, ad
agrorum marginos. Prdr. fl. gr. I. 188.

> XXXI. **Hippomarathrum** Link ex parte. Character
> emend. a Boiss. An. — Cachrydis Sect. III. Lophoscachrys DC.
> Prdr. IV. 238.

1 » H. crassiflorum Boiss. et Heldr. *Pamphylia :* campis pr. ruinas veterum urbis Perge. B.

2 H. cristatum Boiss. An. (Cachrys sicula D'Urv. non L. nec
Sibth. et Sm. C. cristata DC.) *Bal.* pl. d'Or. an. 1854. N° 41. —
Circa *Byzantium*. H. *Ionia :* ad Smyrnam, circa salinas. Bal.
Lydia. Ad *Hellespontum*. B. An. *Archipelago :* ins. Samos, Melos
et Astypalæa. DC. l. c.

> XXXII. **Cnidium** Cuss. DC. l. c. — Ligustici spec. L.

1 C. orientale Boiss. An. (C. conifolium Boiss. An. C. athoum Griseb. Laserpitium silaifolium Friv. non Jacq.) *Bal.* pl. d'Or. an.

1854. Nº 58. — Herb. græc. norm. Nº 30. — Circa Byzantium,
R. Bithynia: reg. media Olympi. R. An. Phrygia: depressis silvaticis. Ionia: inter Smyrnam et Magnesiam. Bal. Lydia: m.
Sipylo et Tmolo. B. An. Ciliciæ Bulgardagh: reg. mont. pr. pagos
Gulek, nec non ad plumbi fodinas Bulgarmaden. Bal. — Rumelia. B. An. Græcia: rupestribus reg. abietinæ m. Parnassi, alt.
1300-1625ᵐ. Heldr.

Species nondum descripta.

C. intermedium Herb. Vind. Ciliciæ Bulgardagh: umbrosis, alt.
c. 1300ᵐ. Ky. Reis. cilic. Taur. p. 389.

XXXIII. **Ligusticum** Korb. DC. l. c. Prdr. IV. 161. non Lag.
Ligustici spec. auct.

1 L. Cyprium Spr. *Cycladum* ins. Nikoxia. Nouv. fl. Pelop. —
Cypro. Prdr. fl. gr. I. 138.

2 L. saxifragum Boiss. et Sprun. An. (Athamantha multiflora
Sibth. et Sm. fl. gr. tab. 279.) Herb. græc. norm. Nº 653. —
Pr. *Smyrnam.* B. An. — M. Hymetto, alt. 325ᵐ. Heldr.

XXXIV. **Silaus** Bess. DC. Prdr. IV. 161. adjectis Bunii spec. —
Peucedani spec. L.

1 S. carvifolius C. A. Mey. fl. ross. IV. 267. — *Bal.* pl. d'Or. an.
1856. Nº 1000. — *Cappadocia:* summo m. Alidagh, pr. Kaisariam,
alt. 1700ᵐ. Bal. *Armenia rossica.* — Prov. *Caucas.* Ledeb. l. c.
Serbia. Pan. *Persia.* B. An.

2 † S. virescens Boiss. An. (Bunium virescens DC. Peucedanum
tauricum H. paris. Sium virescens Lois. Spr.) *Armenia:* ad
pagum Taclikœpru, pr. Erzerum. — *Banato. Burgundia.* B. An.

XXXV. **Crithmum** Tourn. DC. Prdr. IV. 164. — Cachrydis
spec. Spr.

1 † C. maritimum L. Circa *Byzantium.* T. Ad *Propontidem et
Marr .Ægæum.* Nym. *Cycladum* insulis. Nouv. fl. Pelop. *Lyciæ:*

rupibus maritimis. Forb. — *Tauria.* Ledeb. l. c. *Græcia marit.*
rupestr. Fr. l. c.

TRIBUS V. ANGELICEÆ Koch. DC. Prdr. IV. 164.

XXXVI. **Angelica** Hoffm.

1 † **A. silvestris** L. (Imperatorias ilvestre Desf. Selinum angelica
Roth. S. pubescens Mœnch.)

> *Var. Rumelica. Græc.* Agro *Byzantino.* Ad *Hellespontum,* G. *Bithynia*
> Olympo. Prdr. fl. gr. I. 194. — *Macedonia* : ad rivulos Scardi,
> alt. 177-916ᵐ; m. Athos. G. *Græcia.* Prdr. l. c.

2 > **A. dura** C. Koch. Linn. XVI. 357. Ledeb. fl. ross. II. 297.
Armenia russica bor. K.

TRIBUS VI. PEUCEDANEÆ DC. Prdr. IV. 170. — *Selinea* Koch

XXXVII **Opoponax** Koch. DC. l. c. — *Pastinacæ et Laserpitii*
spc. L.

1 † **O. orientalis** Boiss. An. (O. chironum Koch. Pastinaca opoponax L. — Fl. gr. P. altissima Lauk. Ferula opoponax Spr.
Laserpitium chironum L.) *Ionia et Lydia* : pr. Smyrnam et Magnesiam. — *Græcia. Syria. Persia.* B. An.

> β *Var.* — Ael. pl. d'Or. an. 1857. Nᵒ 1246. — *Phrygia* : pr. Uchak,
> alt. c. 910ᵐ. Bal.

XXXVIII. **Ferulago** Koch. Ledeb. fl. ross. II. 298. — *Ferula*
sect. Ferulago DC. Prdr. IV. 171.

1 † **F. sulcata** Ledeb. (F. nodiflora Koch. Ferula nodiflora L. —
Fl. gr. tab. 279. Ferula Barrelieri Ten. Ferula communis DC,
Bubon. rigidus L.) Herb. gr. nomu. Nᵒ 131. — *Thracia* : herba
sexpedalis obducit colles steriles 33ᵐ fere altos inter Byzantium
et Kutchuk Tchekmedje, et spursim occurrit in pratis maritimis.

G.—*Græcia.* Fr. Heldr. *Cypro.* Prdr. II. gr. II. 190. *Tauria.* Prov. *Caucas.* Ledeb. Ø. ross. II. 299.

2 » F. **longistilla** Boiss. An. *Cappadocia* : ad Euphratem. B. An.

3 » F. **asparagifolla** Boiss. An. — *Bal.* pl. d'Or. an. 1854. N° 40. — *Lydia* : collibus calidis, circa Smyrnam et Budja; ad radices Sipyli, pr. Magnesiam. B. An. *Cilicia campestri :* ad pagum Keplik, 6 leucis NNO. a Mersina situm, Bal. nec non jugo Bulgardagh pr. Gulek. Ky. Reis. cilic. Taur. p. 389.

4 » F. **humilis** Boiss. An. — *Bal.* pl. d'Or. an. 1854. N° 48. — Collibus et pratis siccis *Ioniæ* et *Lydiæ,* circa Smyrnam, Budja, Trianda, Magnesiam. B. An.

5 » F. **macroscladia** Boiss. et Bal. — *Bal.* pl. d'Or. an. 1856. N° 1264. — *Phrygia* : vineis circa Uchak, alt. 910^m. B.

6 » F. **platycarpa** Boiss. et Bal. — *Bal.* pl. d'Or. an. 1856. N° 1010. — *Tchihat.* pl. As. Min. exsicc. an. 1858. N° 216 bis. — *Cappadocia* : latere bor. m. Alidagh copiose, alt. 1500^m. B. *Armenia bor.*: inter pagum Sepigor et urbem Erzindjan, alt. c. 2000^m. T.

7 » F. **Ancheri** Boiss. An. *Lydia* : declivitatibus aridis glareosis m. Sipyli. *Phrygia.* B. An.

8 » F. **pauciradiata** Boiss. et Heldr. — *Bal.* pl. d'Or. an 1856. N° 1010. — Rupestribus calidis *Lycaoniæ,* pr. Karaman. B. *Cappadocia* : m. Alidagh, pr. Kaisariam, alt. c. 1430. Bal.

9 F. **Syriaca** Boiss. *Cilicia campestri :* ad pagum Bulukly, pr. Mersinam. Bal. — *Syria* : fissuris rupium montium ad ostium Orontis, nec non *Antilibano* : inter Damascum et Berythum. B.

10 » F. **setifolla** C. Koch. Linn. XVI. 355, Ledeb. Ø. ross. II. 290. *Armenia russica bor.* K.

XXXIX. **Ferula** Koch. — Ferulæ sect. Ferularia DC. Prdr. IV. 171.

1 † F. **silvatica** Boiss. DC. (Ferulago silvatica Rchbch. Ledeb. Ø. ross. II. 298.) Circa *Byzantium.* R. — Prov. *Caucas.* Ledeb.

2. F. **orientalis** L. (F. peucldanifolia Willd. herb. sec. Stev.)

Asia Minor. — *Græcia, Numidia?* DC. *Tauria.* Prov. *Caucas.*
Ledeb.

3 F. **rigidula** DC.

> Var. a *Caucasica* Fisch. et Mey. *Armeniæ rossicæ* prov. Nahitchevan.
> — Prov. *Caucas.* Ledeb.

4 › F. **Armena** DC. *Armenia.* DC. l. c.

5 › F. **Szovitsiana** DC. *Armeniæ rossicæ* prov. Nahitchevan.
Ledeb.

6 › F. **pachyloba** Fenzl. in Pugill. et in Russeg. Reis. I. 013.
(Ferulago trachycarpa Boiss. An.?) *Bal.* pl. d'Or. an. 1855.
N° 362. — *Ciliciæ* Bulgardagh : frequens rupestribus inferio-
ribus alpinis ad confines redretorum, alt. 1919ᵐ. Ky. in diar.
cilic. an. 1853.; ad castellum ruderatum supra pagum Gulek.
Bal. *Lydiæ* m. Sipylo. B. An.

>   XL. **Dorema** Don. Character reformatus a Boiss. An. — Diaer-
>   neuton Jaub. et Sp.

D. **glabrum** Fisch. et Mey. (Ferula racemifera Szowitz. herb.)
Armenia ross. : desertis salsis prov. Nahitchevan, Ledeb.

>   XLI. **Krinopetalon** DC. Prdr. IV. 178. — Ferulæ spec. Fisch.

1 › E. **Kotschyana** Fenzl. ined. in sched. herb, vind. E. perennis.
glaberrima, collo pluricipiti hypogæo; caule 3-4 pedali erecto,
farcto, haud sulcato, amplissimo pyramidato-ramoso; foliis
infimis majoribus 1 ¼ - ¼ pedalibus, longe petiolatis, circumscriptione *late triangulari-ovatis, tri-vel bipinnatisectis* 0-3 *jugis,*
jugis primariis secundariisque valde remotis petiolatis, rhachi
primaria a latere, secundariis obcompressis, segmentis 1 ¼ - ¼
pollicaribus ovatis, obovatis cuneatisve petiolulatis, profunde
pinnatipartitis, segmentulis oppositis alternisve in quovis latere
5-2, basi subconfluentibus, *profunde inæqualiterque incisis, vel
parce dentatis integrisve, laciniulis dentibusque planis, lanceolatis vel
linearibus.* 6-1 lin. lg. et 1 ¼ lin. latis, acutissimis, lucide viri-

dibus; *foliis caulinis rameisque reliquis vaginæformibus*, *in
lambium indivisam caudato-attenuatam*, 4-1 poll. longam ac 6-1
lin. latam productis; umbellis 23-13 radiatis subhæmisphæricis,
radiis longioribus 14-8 lin. lg. filiformibus, apice haud incrassatis; umbellulis 20-5 floris, pedicellis 3-2 lin. lg.; involucro
involucellisque nullis vel oligo-monophyllis; foliolis setaceis;
petalis flavo-virentibus; *fructu ovali vel oblongo* 2 ¼-1½ lin. lg.
ac medio 1¼-1 lin. lat. a dorso plano-compresso, viridi-flavo,
demum expallescente, stylis stylopodio minuto ovato æquilongis adpressissime deflexis; mericarpiorum margine spongioso,
circa dorsali plus minusve angustiore, rotundato, jugis socia-
libus tenuissimis vel obsoletis, depressis, valleculis univittatis
latis, vitticulis tenuissimis fuscis, binis dorsalibus approximatis, commissuralibus nullis; commissura plano-depressa,
foveoso-punctata, stria longitudinali elevata ac sub ea canali
triangulari inter albumen et pericarpium decurrente instructa.
— Fructus contriti et masticati ferulaceum aroma spirant ac
cum dulcedine sapiunt.

Tauro *Cilicico* : in angustiis inter Gulek-boghaz et Dorak, alt.
812ᵐ.; declivitatibus occidentalibus alpis Hadschin, alt. 974-
1253ᵐ, ubi fructiferam legit Ky. æstate anno 1853. Vindobonæ
ex seminibus allatis cultum; fructus perficit apud nos mense
octobr.

Observ. Simillima JOHRENIÆ DICHOTOMÆ ac solum fructu vittis
oleiferis donato distinguenda, transitum inter utraque genera
moliens. Inter Eriosynaphes E. TORTUOSÆ Fisch. et Mey. (Ind. h.
Petrop. V. 36 a Walpersio pratermissæ) magis quam E. LONGI-
FOLLÆ DC. accedit.

Character generis ERIOSYNAPHES, qualem Candolleus, Endli-
cherus ac Ledeburius dederunt eo emendandus, quod facies
mericarpiorum commissuralis non « tomentosa » imo potius
« e cellulis exsiccatione ruptis favoso-crebrosa » ac valleculæ
uni-, nec 2-3 vittatæ audiant; quod analysis fructuum omnium
specierum huc usque notarum me edocuit simulac Icone Candolleana (Mem. Umbellif. t. I, E) optime confirmatur.

XLII. **Peucedanum** Koch. DC. Prdr. IV. 176.

1 † P. silvestre DC. (Selinum palustre L. P. palustre Mœnch. Ledeb. Fl. ross. IV. 310. S. intermedium et Schiwéreckii Bess. Thysselinum silvestre Rchbch.) Bithyniæ Olympo. S. — Sibiria. Ledeb. l. c.

2 P. graminifolium Boiss. An. Bithyniæ Olympo. B. An.

3 » P. orientale Boiss. Armenia : pr. Erzerum. B. An.

4 » P. Caucasicum C. Koch. (Imperatoria caucasica Spr. Selenum caucasicum et Oreoselenum caucasicum MB.) Bithyniæ Olympo. B. An. — Prov. Caucas. Ledeb. Fl. ross. II. 314.

5 » P. depauperatum Boiss et Bal. Regione montana super. Ciliciæ Bulgardagh, supra Bulgarmadén. B.

6 » P. rupestre Boiss. et Bal. (Ferula rupestris Boiss. in Bal. pl. d'Or. an. 1856. N° 1011.) Cappadocia : praeruptis rupium verticalium ad pagum Talasse, pr. Kaisariam, alt. 1270. B.

7 » P. Anatolicum Boiss. Diagn. Ser. II. Vol. 1. p. 86. (Ferula Anatolica Boiss. An. sc. nat.) Ionia et Caria : regione calidiore montana; m. Sipylo, Cadmo, etc. B.

8 » P. platytaenium Boiss. et Bal. Cappadocia : cacumine m. Hundagh, ad occident. urbis Kaisariae, alt. 1550m, nec non reg. montana Argæi. Bal.

9 P. chrysanthum Boiss. et Bal. — Bal. pl. d'Or. an. 1857. N° 1245. — Lydia. B. Phrygia : pr. Uchak. Bal. — Græcia. B.

XLIII. **Crenosciadium** Boiss. et Heldr.

1 » C. alifolium Boiss. et Heldr. Lycaonia : herbidis humidis ad scaturigines, m. Anemas, alt. 1625-1950m. B.

XLIV. **Anethum** Tourn. DC. Prdr. IV. 186. — Anethi spe. L.

1 † A. segetum L. (A. graveolens Ucria sec. Guss.) Agro Byzantino. Bithynia. G. Ins. Samos : agris et hortis. D'Urv. — Græcia ; agris frequentissimum. Fr. Persia. DC.

2 † **A. graveolens** L. non Ucria nec Wall. *Bithynia*. G. — *Serbia. Pau.* Prov. *Caucas. Sibiria ural.* Ledeb. *Persia. Ægypto.* B. An.

3 > **A. chryseum** Boiss. et Heldr. Humilioribus Tauri *Pamphyliæ*, inter Maria et Adalia, alt. 325m. B.

XLV. **Pastinaca** Tourn. DC. Prdr. IV. 188 excl. spec.

1 † **P. opaca** Bernh. (P. sativa L.) Circa *Byzantium*. T. *Archipelago.* — *Peloponneso.* Prdr. fl. gr. *Macedonia.* G. *Tauria.* Prov. *Caucas. Sibiria ural. et altaica.* Ledeb. fl. ross. II. 318.

2 **P. pimpinellifolia** MB. (Heracleum pimpinellifolium Spr. Malabaila pimpinellifolia Hoffm.) Circa *Byzantium. Bithyniæ Olympo. Armenia rossica bor.* — Prov. *Caucas.* Ledeb. *Serbia. Pan.*

3 † **P. latifolia** DC. (P. lucida L. mant. P. Kochia var. latifolia Ihiby.) Bal. pl. d'Or. an. 1856. N° 1006. — *Cappadocia* : locis umbrosis ad rivulos pagi Talasser, pr. Kaisariam. Bal. — Prov. *Caucas.* Ledeb.

> Var. *elliptica* Boiss. *Bithynia* ad rivulos circa Brussam. B

4 > **P. zozimoides** Fenzl. Ined. (Zozimia humilis Fenzl. in sched. coll. Ky. it. cilic. an. 1853. N° 118, 232. c. !). *P. biennis, cano-villosa sive tomentosa; radice fusiformi, carnosa, altissime descendente, digiti puerilis crassitie; caule digitali paniculari ac forto altiore crasso, flexuoso elevato-striato, a basi parce divaricato-ramoso ibique dense foliato vaginisque foliorum annotinorum residuis tenue membranaceis latis tunicato; foliis inferioribus laxis longe petiolatis, lamina circumscriptione ovata ac ovato-oblonga, 1-2 pollicari, pinnatisecta 4-7 juga, jugis inferioribus remotis, supremis in rhachi subconfluentibus, majoribus 3-0 lin. longis, singulis ovatis profunde pinnatipartitis, segmentis utrinque 1-4 confertis, tam 2-1 fidis incisaive. quam integerrimis, laciniis lanceolatis acutis 1-1 ½ lin. ut plurimum latis, planis, erectiusculis; follis superioribus 2-3 plo minoribus simplicioribus; umbella terminali 5-8, ramorum 3-5-radiata, radiis demum pollicaribus ac brevioribus, dense 10-20-floris paten-*

libus striatis; *involucro involucellisque modo nullis, modo oligophyllis*, illo 1-2 phyllo, foliolo lineari-subulato vel setaceo 1-3
lin. longo, his 3-5 similaribus, membranaceis fugacibus; calycis
dentibus obsoletis; *petalis aequalibus olivaceis, extus purpurascentibus villosisque*, obovato-subrotundis subemarginatis, eximie
incurvis, lacinula lata truncato-retusa; stylopodio crasso disci-
formi repando-crenulo; *germine villosissimo cano*; fructu (semi-
maturo 1 ..., -2 lin. lg. ac 1-1½ lin. lt., maturo quadrante certe
majore) *exacte ovali, apice haud emarginato, crispato-villoso*,
pedicello 1-1½ lin. lg. fulto, stylis reflexis, stylopodio depresso
sublongioribus coronato; *mericarpiorum jugis tenuissimis, valleculis univittatis, vittulis omnibus tenue filiformibus usque ad
basin productis*, commissura glabra bivittata, *margine dilatato
haud incrassato seminis diametro dimidio angustiore.*

Ciliciae Bulgardagh : arenosis dioriticis in. Guzel-tepe, alt.
2730 m. Ky.! floret Jul.

Obserr. Habitu, foliorum forma ac indumento speciminibus
pumilis ZOSIMIÆ ABSINTHIFOLIÆ similis, ast fructus Indole
(nunc cautius examinato) ac petalorum colore ab hoc genere
omnino recedit. Species inter *Pastinacas genuinas*, nec inter
Malabailas militans a congeneribus omnibus caule humili, foliis
subbipinnatisectis, anguste varieque partitis, petalis extus purpurascentibus ac fructubus dense villosulis diversissima.

XLVI. **Heracleum** L. Inst. Pedr. IV. 191. — Heracleum, Spondylium et Wendtia Hoffm.

Sect. I. ERIOCALYPTERA DC. — G. Heracleum Hoffm.

† **H. flavescens** Bess. non Willd. (H. sibiricum L. — Ledeb. fl.
ross. H. angustifolium β L.) Ad *Byzantium*. G. — *Serbia*. Pan.
Rossia omni. Taurica. Prov. *Caucas. Sibiria.* Ledeb.

? ? **H. pastinaca** Fenzl. in ill. et descrip. pl. Syriæ, p. 79 (App., in
Russeg. Reise., I. I., p. 965)[1]. - Diagnosis secundum specimina
quae mihi prostabant perfectiora, castigata ac locupletata : H.

1. Ab ambris, clarissime Fenzl, haec species jam l. c. descripta, nunc primum novis solidioribusque characteribus praedita.

perenne, glaberrimum vel plus minusve pubescens; radice fusiformi alte descendente; collo pluricipiti caulem solitarium
pluresve, adjectis turionibus polyphyllis alente; *caule digitali ac
spithameo tenue filiformi recto vel varie curvato, sola basi parce
florigero-ramoso, rarius simplici: cum ramis elongatis e recurvata
basi adscendentibus vel squarroso-patentibus, abhinc aphyllo sca-
piformi*: foliis basi confertissimis, laxe imbricato-vaginantibus,
patentissime recurvis, 1-0 pollicaribus, nunc ex ipso apice vaginæ inflatæ tenue membranaceæ, nunc petioli plus minusque
longioris *semel ternati-sectis*, circumscriptione late deltoideo-ova-
lis, partialibus oblongis vel ovato-oblongis, longius breviusve,
a 3 lin. ad 3 poll. usque petiolatis, *remote 1-3 jugo pinnatisectis, segmentis nunc omnibus sessilibus, nunc infimis petiolatis late ovatis
vel subrotundis, 2-5 lin. longis, polymorphis, nunc pinnati-nunc
palmati-tripartitis*, segmentulis cum lobo terminali submajore
*vel inæqualiter inciso-3-5 lobatis, simulae vel solum simpliciter
grosse inciso-3-7 crenotis*, crenis subæqualibus ovatis lanceo-
latiave acutis mucronatis; caulinis minoribus simplicioribus,
supremo sæpe vaginali, in laminam linearem integram minutam excurrente; umbella terminali ac ramorum *nunc simplicis-
sima, nunc 2-3-, rarissime 4-5 radiata*, radiis in fructu (pro varia
stirpis magnitudine) 3 lin.-2 poll. longis, umbellula 5-12 floris.
cum umbella simul exinvolucratis; pedicellis valde inæqualibus,
intimis demum 2-6 lin. longis; calycis denticulis triangulari-
ovatis, acutis; *petalis vix radiantibus suborbicularibus primum
virentibus vel purpurascentibus, demum albis*; fructu obovato retuso, 2⅓-4 lin. longo ac superiori triente 2-2⅓ lin. lato, glabro vel
sparsim puberulo, stylopodio ovato, margine cyathiformi cre-
nato-plicato, *stylis reflexis sublongioribus* coronato; *mericarpiis
anguste marginatis, jugis tenuissimis, vallecalis 1-, commissura 2-
vittatis, vitticulis tenuissimis, haud elevatis, valde inæquilongis*
una alterave dorsali simul sæpe deficiente, alia usque ad medium fructus quandoque protensa, aliis nonnisi apicem vel trien-
tem aut quadrantem superiorem occupantibus, *commissuralis-
bus, binis manifestioribus valde divergentibus, æqualibus, mericorpio
dimidio vel longe ultra brevioribus*.

Ciliciæ Bulgardagh : alpe Maden-tepessi, jugis argillosis montis

Kizil-tepe et valle alpina Kar-Goll, alt. 2600ᵐ. Ky. Coll. an. 1836. Nᵒ 211; an. 1831. Nᵒˢ 129c, 219, 238ᵐ. Fl. Jul. fruct. Aug.

Observ. Species stirpibus pumilis H. urbano Sibth. et Sm. tam habitu, quam foliorum magnitudine, segmentulorum, petalorum ac fructuum forma valde æmula. Differt vero H. humile a nostro: foliis simpliciter pinnati-, nec ternatim pinnatisectis, umbellis potissimum 5-bracteatis cuique umbellulis involucratis, stylis stylopodio duplo longioribus, mericarpiorum commissura evittata ac vitticulis dorsalibus clavatis. — H. pastinaca inter Erheraclea (quibus pridem adnumeravi), Sphondylia genuina et Wendias ambigens, insignitur foliorum ternatisectorum majorum petiolis partialibus plerumque longissimis flaccidis, ramis potissimum recurvis magnoque arcu dein adscendentibus, scapiformibus, umbellam plerumque bi-tri-radiatam, quandoque eradiatam simplicissimam ferentibus. Indumenti, dum adsit, copia summe varia, pube in foliis tunc uberiore quam in caule, in cujus parte inferiore simul reversa; longe rarior in superiore ejus parte, in umbellæ radiis, pedicellis ac fructu, frequentissime omnino nulla. Herba tota Pastinacæ sativæ dulcem redolet ac sapit[1].

Sect. II. Sphondylium DC. l. c. — G. Spondylium Hoffm.

3 † H. spondylium L. (H. proteiforme Crantz. Spondylium branca Scop. Sp. branca ursina Hoffm. σφονδύλιον Theophr. σφονδύλιον Diosc.) Agro Byzantina, G. Asiæ Minoris pratis hinc inde sed haud divulgata. T. — Tauria, Sibiria. Ledeb. fl. ross. Græcia rarissima sec. Fr. Syn. fl. class., sed non sec. Prdr. fl. gr. qui illam in Patras, Peloponneso, monte Athos, etc., sine ulla observatione indicat. Serbia. Pan.

4 † H. panaces L. non Stev. Bithyniæ Olympo. S. — Sibiria. Ledeb. l. c.

5 H. trachyloma Fisch. et Mey. Ledeb. l. c. Armenia ross.: prov. Nahitchevan, nec non tractu Daritchitchak. Ledeb. l. c.

1. Heracleum n. sp. Boiss. in An. sc. nat. Ser. III. T. I, p. 331, [in Aucher coll. pl. Or. Nᵒ 1589 absque loco natali est: Heracleum brevivittatum. Ledeb. fl. ross. II. 311! F.

6 **H. pubescens** MB. (H. panaces Stev. Spondylium pubescens Hoffm.) *Armenia ross.* — Prov. *Caucas, Tauria.* Ledeb. l. c.

7 » **H. aplifolium** Boiss. An. *Armenia* : circa Erzerum, B.

    Var. puberum Boiss. Ibid. Cah.

8 **H. humile** Sibth. et Sm. *Bithynia* : omni reg. super. Olympi. Prdr. fl. gr. I. 192.

9 » **H. incanum** Boiss. et Huet. *Armenia* : m. Tekdagh supra Erzerum. B.

    Sect. III WENDTIA DC. l. c. — G. Wendtia Hoffm.

10 » **H. pastinacæfolium** C. Koch. Linn. XVI. 360. Ledeb. fl. ross. II. 328. *Armenia rossica* frequens. K.

11 » **H. Argæum** Boiss. *Cappadocia* : m. Argæo, alt. 2200^m. *Anti-tauro* : m. Arslandagh. B.

    XLVII. **Zozimia** Hoffm. DC. Prdr. IV. 196. — Heraclei et Tordylii spec. auct.

1 **Z. absinthifolia** DC. (Z. orientalis Hoffm.) *Bal. pl. d'Or. an.* 1855. N° 557. — *Cilicia* Bulgardagh : reg. mont. circa pylas. Bal. *Armenia rossica.* — Prov. *Caucas, Turcomania.* Ledeb. fl. ross. II. 329. *Mesopotamia* : inter Bagdad et Kermanchah. *Persia.* DC. l. c. *Egypto.* Steud. l. c.

    XLVIII. **Johrenia** DC. Prdr. IV. 176. Character emendatus a cl. Boiss. An. — Dichoropetalum Fenzl.

1 **J. dichotoma** DC. non Boiss. (Carusellna distans Griseb.) *Bal. pl. d'Or. an.* 1855. N° 566. — Vulgatissima reg. mont. infer. *Lydia* : m. Tmolo, supra Philadelphiam ; m. Sipylo, supra Magnesiam. B. *Cilicia* Bulgardagh : reg. mont. Bal. — *Macedonia* penins. Hajion-oros, G. *Libano.* B. An.

2 » **J. alpina** Fenzl. in Pugil. et in Husseg. Reis. I. 961. — *Cilicia* Bulgardagh : ad nives deliquescentes m. Kar-Gali, supra plumbifodinas, alt. 2600^m. Ky. diar. cilic. an. 1853.

3 » J. **fungosa** Boiss. (J. dichotoma Boiss. An.) *Bal. pl. d'Or. an.*
1854. N° 55. — *Lydia* montibus. B. *Ionia*. declivitate montium
supra Bunarbachi, ad orientem Smyrnæ. B.

4 » J. **selinoides** Boiss. et Bal. *Pylis Ciliciis*. B

5 » J. **aurea** Boiss. — *Bal. pl. d'Or. an.* 1856. N° 1007. — *Antitauro :* reg. alp. super. m. Arslandagh. Bal.

    XLIX. **Hasselquistia** L. DC. Prdr. IV. 197. — Tordylii -per.
    Lnk.

1 H. **Syriaca** Boiss. (Tordylium syriacum L. T. divaricatum
Mœnch.) *Bal. pl. d'Or. an.* 1855. N° 578. — *Caria*, Prdr. fl. gr.
I. 180. *Cilicia campestri :* ad pagum Bulukly, pr. Mersinam.
Bal. *Armenia*. B. An. — *Græcia*. *Syria*. DC. l. c.

2 » H. **lanata** Boiss. *Caria*. B. An.

    L. **Tordylium** Tourn. DC. l. c. — Tordylium et Condylocar-
    pus Hoffm. — Tordylii -per. Lnk.

    Sect. I. Euтordylium DC. — G. Tordylium Hoffm.

1 † T. **maximum** L.— *Bal. pl. d'Or. an.* 1857. N° 1235.—*Tchihat.*
pl. As. Min. exsicc. an. 1849. N° 784. — Agro *Byzantino*. Prdr.
fl. gr. I. 181. *Phrygia :* umbrosis pr. Uchak, alt. c. 910ᵐ. Bal.
Galatia : m. Kuredagh, depressis, herbosis, silvat., alt. 0-1200ᵐ.
T. — *Macedonia, Albania*. G. *Serbia*. Pan. *Græcia*. Nym. *Tauria*.
Prov. *Caucas*. Ledeb. fl. ross. II. 330.

    Sect. II. Condylocarpus DC. l. c. — G. Condylocarpus Hoffm.
    non Desf.

2 » T. **macropetalum** Boiss. *Lydia :* ad aggeres et sepes vallis
Mæandri pr. Guzel-hissar et Vadi frequentissimum. B. An.

3 » T. **Pestalozzæ** Boiss. — *Bal. pl. d'Or. an.* 1854. N° 50. —
Ionia : pr. Smyrnam, collibus incultis. Bal. *Lycia :* pr. Elmalu. B.

4 † T. **officinale** L. (T. microspermum Ten. Condylocarpus officinalis Koch. τορδύλιον Hippocr. Τορδύλιον v. Μῶλυ Diosc. Seseli Plin.

Armandja Græc. hodiern.) Agri *Byzantini* campis. G. *Bithyniæ* Olympo. *Archipelago*. Prdr. fl. gr. — Prequentissimum *Græciæ* siccis lapidosis. Fr. l. c.

5 > T. Cappadoicum Boiss. An. *Cappadocia* : ad Euphratem. B.

6 > T. brachytænium Boiss. et Heldr. (T. officinale Boiss. pl. Anat. Heldr. exsicc. non L.) *Pamphylia* : rupestribus collium pr. Kurunalu, ad occasum urbis Adaliæ. B.

7 † T. apulum L. — *Bal.* pl. d'Or. an. 1854. N° 49. — *Tchihat.* pl. As. Min. exsicc. an. 1858. N°˙ 130, 146. — Agro *Byzantino.* G. *Ponto* : collibus marit. silvat. supra Samsun. T. *Bithynia* : frequens ericetis ins. Prinkipos solitarie crescens, alt. 0-65ᵐ. G. *Ionia* : pr. Smyrnam. Bal. Ins. *Chios.* B. An.—*Græcia, Dahuria.* DC. l. c.

> Var. humile DC. (T. humile Desf. T. apulum Guss. Prdr. fl. sic. Condylocarpus humilis Koch.) *Archipelago* : ins. Melos. — *Græcia.* Agro *Tunetano.* DC. l. c.

8 > T. Aucheri Jaub. et Sp. *Cappadocia* : ad Euphratem. J. S.

> LI. **Ainsworthia** Boiss. An. — *Hasselquistiæ* spec. L. fil.

1 > A. elegans Boiss. — *Bal.* pl. d'Or. an. 1855. N° 509. — Reg. mont. *Ciliciæ* Bulgardagh : circa Gulek-boghaz. B.

2 > A. trachycarpa Boiss. — *Bal.* pl. d'Or. au. 1855. N° 370. — *Cilicia campestri* : planitie pr. Mersinam. B.

> LII. **Trigonosciadium** Boiss. An.

1 > T. tuberosum Boiss. An. *Mesopotamia.* B.

> TRIBUS VII. SILERINEÆ Koch. DC. Prdr. IV. 199.

> LIII. **Siler** Scop. DC. l. c. non Mænch. — *Sileris* spec. Spr. — Laserpitii spec. L. — Angelicæ spec. Link — *Bradkria* Neck. non L.

1 † S. trilobum Scop. (Laserpitium trilobum L.) Circa *Byzantium.* T. *Bithyniæ* Olympo. Prdr. fl. gr. — *Serbia.* Pan. *Tauria.* Prov. *Caucas.* Ledeb. l. c.

LIV. **Ormosolenia** Tausch. Boiss. — Siuons et Su. spec. auct.

1 > O. Pisidica Boiss. et Heldr. *Pisidia* · inter lapides reg. alp. m. Siaurus, pr. Isparta, alt. 2109ᵐ. B.

LV. **Froriepia** C. Koch. Linn. XVI. 352. Ledeb. fl. ross. II. 334.

1 > F. nuda C. Koch. loc. cit. *Armenia rossica*. K.

TRIBUS VIII. THAPSIEÆ Koch. DC. Prdr. IV. 201.

LVI. **Thapsia** Tourn. DC. l. c.

1 † T. villosa L. *Archipelago* : ins. Patmos. — *Cypro*. Prdr. fl. gr. I. 201. *Algeria* : pr. Djelfa, alt. 1120ᵐ. Coss. l. c.
2 † T. Garganica L. (T. decussata? Lag. sec DC. T. translagana Brot. sec. Schult. Ferula neapolitana Ten. sec. Spr. ... Theophr. ..., ... Græc. hodiern.) Agro *Byzantino*. G. *Archipelago* : frequentissima ins. Melos, Cimoli, Astypalæa, etc. D'Urv. *Rhodus*. B. — *Græciæ* provinciis et insulis frequens. Prdr. fl. gr. 202.
3 T. præalta D'Urv. (Laserpitium gummiferum Desf. var. Spr.) Rupestribus præruptis ins. Cos. l. c. — *Græcia*. Nym.

LVII. **Laserpitium** Tourn. ex parte DC. Prdr. IV. 201. ex parte.

1 > L. petrophilum Boiss. et Heldr. *Pisidia* : fissuris m. Budrun. *Lycia* : montibus supra Elmalu, alt. c. 1625ᵐ. B.

LVIII. **Polylophium** Boiss. An.

1 > P. thalictroides Fenzl. Ined. (Sched. coll. Ky. II. Cilic. an. 1859. N° 196, 242.! — Bot. pl. d'Or. an. 1855. N° 573.!) Gla-berrimum, radice perenni fusiformi; collo crasso multicipiti dense fasciculari, foliorum annotinorum vaginis reciduis latis arcte imbricato-squamato, caulem solitarium pluresve cum

turionibus foliosis simul edente; caule crassitie filli emporetici
mediocris, tereti, *palmari-subbipedali, nunc simplicissimo, nunc
basi vel varia altitudine ramis 1-4 elongatis simplicissimis incur-
riuscule erecto-patulis*, exceptis infimis 1-2, vaginis aphyllis
adstrictis fultis, muuito; foliis basilaribus copiosis, vaginis firmis oblongis, in petiolum teretiusculum elongatum productis,
cum lamina semel vel rarius passim biternatisecta, circumscriptione ovata, digitalibus ac spithameis; *divisionum media 3-4
juge-, binis reliquis 2-3 juge bipinnatisectis, jugis remotis petiolatis, segmentulis liberis 1/4-1-2 lin. longis, ovatis ac cuneato-obovatis,
palmati-semitrifidis, subinde semiquinquefidis, laciniis integerrimis
vel incise 2-3 dentatis, oblongis lanceolatisve acutis mucronatis, 1-1½
lin. lg. ac 1 ½-½ lin. diversimodo latis;* umbellis 7-3 radiatis, radiis
plerisque subæqualibus, 2-½ pollicaribus erectis, umbellulis
multifloris; *involucri 3-5 phylli* foliolis lanceolatis linearibusve
subulato-attenuatis, 9-1½ *lin. longis, involucelli* 10-5 *phylli* duplo
minoribus uninerviis, margine membranaceis laxis; calycis
dentibus triangularibus acutis; petalis *ex albido virentibus vel
purpurascentibus*, propter margines eximie replicatos dorso profunde canaliculatis, late ovatis, lacinula acutissima uncinato-
inflexa; *fructu pedicellis plus minusve longiore ovali, 2-½ lin. ac
ultra longo, 1 ½-2 lin. lato a dorso compressiusculo;* stylis deflexis,
stylopodio late conico duplo longioribus; mericarpiis intus planis,
jugorum alis ochroleucis vel purpurascentibus flexuose crispa-
tissimis, *margine spongiolore incrassato obsoletissime crenulatos,*
jugorum secundariorum reliquis duplo majoribus, *seminis diametrum subsuperantibus ac æquantibus, omnibus unicillulis commissura bivittata;* semine intus plano, *margine haud incurro.*

Ciliciæ Bulgardagh: declivibus borealibus circa argenti fodinas, alt. 2598-2930ᵐ vulgatissime. Ky.!; Ibidem Bal.! — Floret
Aug. Sept.

Observ. P. orientale Boiss. differt a nostro caule validiore, foliorum caulinorum inferiorum vaginis amplissimis (in nostro
magis adstrictis) umbellis plus 20-radiatis, radiis scabris, involucri ac involucellorum foliolis copiosis, demum flaccide reflexis,
fructu subduplo majore, ac semine margine parum inflexo. Folia
utrorumque simillima, configuratione fere THALICTRI *ejusi* Jacq.

LIX. **Lophosciadium** DC. Prdr IV. 107. Character reformatus a cl. Boiss. An.

1 † L. Barrelleri Griseb. (L. silaifolium Boiss. Ferula silvatica
Bess. T. myriophylla MB. Ferulago silvatica Rchbch.) Circa
Byzantium. R. *Bithynia* : dumosis reg. infer. Olympi, silvis cas-
tanel. B. An. — *Macedonia* : m. Athos, alt. 0-075ᵐ, B. An. *Serbia*. Pan.

2 L. meifolium DC. (Ferula meioides L. Laserpitium meioides
Friv.) Littoribus *Bosphori* ad Buyukdere, nec non m. Gigantis.
B. An. *Bithyniæ* Olympo. S. — *Macedonia*. G.

2 > L. Thirkianum Boiss. (L. meifolium C. Koch, in pl. Thirkei
non DC.) *Tchihat*. pl. As. Min. exsicc. an. 1858. Nº 105. — *Anatolia borrali*. B. *Ponto merid*., inter pagos Agatchbachi et Sarybaba, alt. c. 1800ᵐ. T.

TRIBUS IX. DAUCINEÆ Koch. DC. Prdr. IV. 508.

LX. **Artedia** L. DC. l. c.

1 A. squamata L. — Fl. gr. tab. 268 non Pall. — *Bal*. pl. d'Or.
an. 1851. Nº 52. — *Tchihat*. pl. As. Min. exsicc. an. 1852. Nº 300.
— Ioniæ, *Lydiæ* et *Cariæ* collibus : circa Smyrnam, Tralles,
Geyra, etc. B. An. *Lycia* : ad fl. Lymerum. Prdr. Fl. gr. nec non
Olympo lycio. Forb. *Lycaonia* : m. Karadagh. T. *Cilicia campes-
tri* : reg. calida ad pagum Bulukly, pr. Mersinam. Bal.—*Græcia,
Persia, Cypro*. DC. l. c. *Syria* : pr. Saida. Cat. herb. Syr. Nº 70.

LXI. **Orlaya** Hoffm. DC. Prdr. IV. 109. — Caucalidis spec. L.
— Platyspermum Koch. non Hoffm.

1 O. grandiflora Hoffm. (Caucalis grandiflora L. Daucus grandiflorus Scop.) Circa *Byzantium*. T. Ins. Chios. B. An. — *Creta.
Zante. Græcia*. Nym. *Serbia*. Pan. *Tauria*. Prov. *Caucas*. Ledeb.
l. c.

2 † O. platycarpos Hoffm. Ins. *Rhodos*. B. An. — *Macedoniæ* m.

Athoa. G. *Græcia.* Nym. *Tauria.* Prov. *Caspicis.* Ledeb. l. c. II.
337. *Syria.* R. An.

3 † O. **maritima** Koch. — *Tchihat.* pl. As. Min. exsicc. an. 1853.
N° 268. — Ins. *Chios.* B. An. *Lycaonia* : planitie arida inter Konia
et Hadinserai. alt. c. 1200ᵐ. T. — *Sahara algeriensi.* alt. 750ᵐ.
Coss. l. c.

4 › O. **intermedia** Boiss. *Ionia* : montibus circa Smyrnam. B.
An. Pylis *Ciliciis.* Bal.

LXII. **Daucus** Tourn. DC. Prdr. IV. 209. — *Caucalidis* spec. L.
— Daucus et Platyspermum Hoffm.

SECT. I. PLATYSPERMUM DC. l. c. — G. Platyspermum Hoffm.

1 † D. **muricatus** L. non Pall. (Artedia muricata L.) Ad *Bosphorum* et *Hellespontum.* G. *Archipelagi* marit. D'Urv. — *Mauritania.
Numidia.* DC. l. c.

2 D. **pulcherrimus** Koch. (Caucalis pulcherrima Willd. C. orienta-
lis MB.) *Bal.* pl. d'Or. an. 1856. N° 107. — *Tchihat.* pl. As. Min. ex-
sicc. an. 1858. N° 419 — *Cappadocia* : m. Alidagh, alt. 1350ᵐ. Bal.
Ponto austr. : inter pagos Sarybaba et Embreh, alt. 1600-1900ᵐ.
T. *Armenia ross.* : pr. Etchmiasdin. W. — Littoribus marit.
Iberiæ, Caucasi, Tauriæ, Persiæ. DC. l. c.

3 › D. **leptocarpus** Hochst. Flora an. 1845. — Walper. Repert.
bot. V. 890. — Caule ramoso striato aspero ; foliis biternatisec-
tis segmentis parvis lineari-lanceolatis setuloso-pilosis ; umbellis
longe pedunculatis terminalibus oppositifoliisque 6-8-radiatis
exinvolucratis ; umbellulis 7-9 floris ; involucelli phyllis tribus
pluribusve angustis ; mericarpiis angustis asprello-setulosis.
Armenia : pr. Erzerum. Hochst. l. c.

SECT. II. CAROTA DC. l. c.

4 † D. **carota** L. (Σταφυλῖνος ἄγριος Theophr. Pastinaca erratica Plin.
Ἀγρια δαυκί αγριτα Græc. hodiern.) Agro *Byzantino.* Prdr. fl. gr. I.
388. Ad *Hellespontum.* G. *Cilicia campestri* : ad pagum Bulukly,
pr. Mersinam. Bal. — *Bessarabiæ* campis pratisque. Ta. *Serbia.*

Tauria. Stev. *Græcia.* Pr. l. c. Prov. *Caucas. Sibiria altaica.
Kamtchatka.* Ledeb. l. c. *China.* DC. l. c. *Algeria.* Munby.

5 † D. gingidium L. non. Georgi. (D. lucidus L. D. mauritanicus
Salzm. non Guldenst. *rapidus* Diosr. Galen. Plin.) Agro *Byzantino,* pr. Buyukdere. G.

6 D. guttatus Sibth. et Sm. *Asia Minore. Græciæ* insulis. Prdr. fl.
gr. I. 281.

7 † D. hispidus Desf. non. Gilib. (D. holophyllus Brot. D. gummifer Ten.) Circa *Byzantium,* T. Ad littora maritima ins. *Samos,*
D'Urv. — *Macedonia.* G.

8 † D. aureus Desf. Atl. tab. 61. *Lycia:* ad Smyrnam. Prdr. fl.
gr. I. 185. — *Mauritania,* DC. l. c. *Algeria:* pr. Djelfa. Coss. l. c.
Sicilia. Neapoli. Hispania. Lusitania. Nym.

9 D. hirsutus Sibth. fl. gr. tab. 269 ex Sm. Prdr. I. 184. *Asia
Minore et Archipelago* frequens. DC. l. c.

10 D. bicolor Sibth. et Sm. (D. carota L. var. Spr.) *Bal.* pl. d'Or.
an. 1854. N° 593; an. 1855. N° 565; an. 1856. N° 1212. — *Bithynia:* pr. Bolu. G. *Ionia:* pr. Smyrnam ad septentr. pagi
Ludja. B. An. *Phrygia:* vineis circa Uchak, alt. 910^m. *Cilicia*
reg. calida, ad pagum Bulukly, pr. Mersinam. Bal.

11 D. glaberrimus Desf. Agro *Byzantino.* G. — *Africa boreali.*
Desf.

LXIII. Daucosma Boiss. et Hut.

1 D. Græca Boiss. An. (Daucus involucrata Sibth. Fl. gr. tab. 271.
Daucus Broteri Tin. Syll. p. 591.) Herb. gr. norm. N 123. —
Archipelago: ins. Syra. Boiss. An. — *Attica:* apricis m. Hymetti.
Heldr.

LXIV. Lisaea Boiss. An.

1 > L. papyracea Boiss. An. *Caria:* planitie elata ad meridiem
m. Cadmi, itinere a Gheyra ad Denizly. B. An.

SUBORDO II. CAMPYLOSPERMEÆ DC. Prdr. IV. 215.

TRIBUS X. ELÆOSELINEÆ Koch. DC. l. c.

LXV. **Elæoselinum** Koch. DC. l. c. — Laserpitii spec. Desf. — Guss.

1 † E. asclepium Bert. (Thapsia asclepium L. DC. l. c. — Fl. gr. tab. 280 et Prdr. fl. gr. I. 201.) Herb. græc. norm. N° 718. — Circa Byzantium, ins. Rhodus. Prdr. fl. gr. I. 201. — Argolide : olivetis m. Daritza, adversus ins. Poros. Heldr.

TRIBUS XI. CAUCALINEÆ Koch. DC. Prdr. II. 346.

LXVI. **Caucalis** Hoffm. DC. l. c. — Caucalidis spec. L.

1 † C. daucoides L. (C. leptophylla Lnk. non L. Conium Royeri L.) Tchihat. pl. As. Min. exsicc. an. 1858. N° 107. — Agro Byzantino. Prdr. fl. gr. I. 181. Ponto : supra Samsun collibus, T. nec non circa Trapezunt. D'Urv. Armenia turcica : circa Erzerum, alt. 1760ᵐ ; T. atque rossica. — Prov. Caucas. Tauria. Ledeb. l. c. Serbia. Pau. Græcia. Prdr. l. c.

2 † C. leptophylla L. — Bal. pl. d'Or. an. 1857. N° 1243. — Agro Byzantino. Prdr. fl. gr. I. 182. Phrygia : pr. Uchak, alt. 910ᵐ. cœmeteriis turcicis. Bal. Cilicia. B. An. — Macedonia. Græcia. Nym. Prov. Caucas. Ledeb. fl. ross. II. 341. Syria. Mascati cultis. B. An. Algeria : pr. Djelfa. Coss. l. c.

3 C. tenella Delile. — Bal. pl. d'Or. an. 1855. N° 564. — Herb. græc. norm. N° 425. — Cilicia campestri : planitie Mersinæ. Bal. — Græcia : colle Philopappi pr. Athenas. Heldr. Ægypto . lapidosis Alexandriæ DC. l. c.

LXVII. **Szowitsia** Fisch. et Mey. Ledeb. fl. ross. II. 340.

1 S. callicarpa Fisch. et Mey. Armenia rossica : planitie fl. Araxis, alt. 904-1136ᵐ, W. nec non prov. Nahitchevan. — Lapidosis tractus Karabagh. Ledeb. l. c.

LXVIII. **Turgenia** Hoffm. DC. Prdr. IV. 217. — Tordylii spec. L.

1 † **T. latifolia** Hoffm. (Tordylium latifolium L., Caucalis latifolia Rchbch. DC. U. fr., *Tchihat.* pl. As. Min. exsicc. an. 1853. Nº 104; au. 1858. Nº 449 bis. — Agro *Byzantino.* G. *Caria :* inter Mula et Dullahan, montosis, lapidosis, alt. c. 850ᵐ. T. *Ponto austr.* inter pagos Sarybaba et Embrek (ad NNO. urbis Gumuch-hane), alt. 1600-1900ᵐ. T. *Cappadocia :* planitie circa Kaisariam. T. *Ciliciæ* Bulgardagh : ad pagum Gulek, pr. pylas. Bal. *Armenia turcica :* circa Erzerum, T. et circa Ispir valle Tchoruk, H. atque *rossica,* Ledeb. l. c. Montibus inter hanc ultimam et *Grusiam* altis, alt. 988-1495. W. — Prov. *Caucas. Sibiria altaica, Tauria.* Ledeb. l. c. *Serbia.* Pan. *Algeria :* pr. Djelfa, alt. 1120ᵐ. Coss. l. c.

2 † **T. multiflora** DC. Agro *Byzantino,* DC. l. c.

LIX. **Turgeniopsis** Boiss. Ann.

1 > **T. fœniculacea** Boiss. An. (Turgenia fœniculacea Fenzl. in Pugil. et in Russeg. Reis. I. 969.; *Bal.* pl. d'Or. an. 1855. Nº 574. — *Lydia :* arenosis siccis ad radicem ruptium verticalium m. Sipyli supra Magnesiam. B. An. *Cilicia :* reg. super. Bulgardagh circa pagum Gulek, F. atque ad margines angustiæ Guzel-dere, pr. Mersinam. Bal.

LXX. **Torilis** Spr. DC. Prdr. IV. 218. — Torilis spec. Adans. — Tordylii, Caucalidis et Scandicis spec. auct.

1 † **T. anthriscus** Gmel. fl. b. non Pall. (Tordylium anthriscus L.) Agro *Byzantino.* Prdr. fl. gr. I. 182. *Bithyniæ* Olympo. S. — *Serbia.* Pan. *Græcia.* Prdr. l. c. *Tauria.* Prov. *Caucas.* Ledeb. l. c.

2 † **T. helvetica** Gmel. (T. infesta Hoffm. non L. T. anthriscus Pall. Scandix infesta L.) Agro *Byzantino.* G. *Bithynia.* T. *Ponto :* pr. Trapezunt. H. — *Tauria.* Prov. *Caucas.* Ledeb.

3 † **T. nodosa** Gærtn. (Tordylium nodosum L. Caucalis nodosa

Delil. l. c. nodiflora Link., Circa *Byzantium*. Clem. l. c. *Cilicia*. B. An. — *Tauria*. Prov. *Caucas*. Ledeb. l. c. *Græcia*. Prdr. fl. gr. *Serbia*. Pan. *Algeria* : pr. Djelfa, alt. 1120ᵐ. Coss. l. c. *America austr.* Steud.

4 ⧽ **T. triradiata** Boiss. et Heldr. *Pamphylia* : saxosis pr. Adalia. B.

5 ⧽ **T. grandiflora** Boiss. An. — *Bot.* pl. d'Or. an. 1857. N° 1211. — *Phrygia* : ad rupes fontium thermalium Hierapolis, B. atque pr. Tchak. Bal. *Ionia* . montibus circa Smyrnam. B. *Cappadocia* : planitie Kaisariæ. Bal.

TRIBUS XII. SCANDICINEÆ Koch. DC. l. c. 210.

LXXI. **Scandix** Gærtn. DC. l. c. — *Scandicis* spec. L. — *Scandix* et *Wylia* Hoffm.

Sect. I. Pecten Duby. — G. Scandix Hoffm.

1 † **S. pecten veneris** L. — *Tchihat.* pl. As. Min. exsicc. an. 1858. N° 23. — Circa *Byzantium*. Prdr. fl. gr. I. 197. *Ponto* : supra Samsun, collibus marit. silvat. T. *Cycladum* insulis. Nouv. fl. Pelop. *Bithyniæ* Olympo. S. *Ionia* : ad Smyrnam. B. An. *Phrygia* : ad pagum Bulgarkevi, pr. urbem Uchak. Bal. *Cappadocia* : m. Kuramaslagh, pr. Kaisariam. Bal. *Cilicia* : planitie circa Tarsum et Mersinam. T. — Prov. *Caucas*. *Tauria*. Ledeb. l. c. *Græcia*. *Cypro*. Prdr. fl. gr. *Serbia*. Pan. *Algeria* : pr. Djelfa, alt. 1120ᵐ. Coss. l. c.

Var. scabricarpa C. A. Mey. *Anat. Munro*. — *Persia* cultis. B. An. *Tauria*, Prov. *Caucas*, Ledeb. l. c.

2 ⧽ **S. Aucheri** Boiss. *Armenia* : pr. Erzerum. B.

Sect. II. Wylia Duby. — G. Wylia Hoffm.

3 † **S. australis** L. (Myrrhis australis All. Ἀνθρίσκος Theophr. Anthriscus scandici similis Plin., Circa *Byzantium*. T. *Lycia* : pratis subalpinis, alt. 974-1624ᵐ.; nec non inter Phineka et Armoutly. Forb. *Cariæ* arvis. Prdr. fl. gr. I. 198. Arvis ins. Cos. D'Urv. — *Græcia*. *Creta*. Fr. l. c. *Cypro*. Prdr. l. c. *Tauria*. Prov. *Caucas*. Ledeb. l. c. *Algeria* : alt. 1120ᵐ. Coss. l. c.

4) **S. macrorhynchus** Fisch. et C. A. Mey. Index IX Sem. hort. petrop. N° 2748. (Boiss. in Walp. Repert.) *Bal.* pl. d'Or. an. 1857. N° 1237. — S. umbellæ radiis subternis glabris; floribus subæqualibus; involucelli dimidiati foliolis herbaceis lanceolatis integerrimis ciliatis; fructibus subæneis pedicello longo fultis, rostro compressiusculo subulato-filiformi margine scabro parte seminifera scabra subtriplo longiore (affinis S. Pecten et S. Persica). Umbellæ 2-3-4 radiatæ, radiis crassis ¼-1 poll. longi. Involucella dimidiata, in umbella deflorata plerumque deflexa, foliola emarginata, pedicello 3 vel. 4 lin. longo in fructu incrassato multo breviora. Fructus pars seminifera 5 lin. circa longa, undique scabra; rostrum 15 lin. longum, tenue a dorso modice compressum planiusculum (non tetragonum), glabrum, margine scabrum. Corophorum apice bifidum, cruribus sæpe cohærentibus.

Phrygia : declivitate occidentali m. Bulgardagh, alt. c. 1200ᵐ. Bal. *Armenia* : ad colles circa Erzerum. H.

5 **S. falcata** Lood. non MB. (S. australis β MB. Wylia radiata Scholl.) *Bal.* pl. d'Or. an. 1854. N° 45. — *Ionia* : ad Smyrnam collibus incultis. Bal. *Armenia russica* : pr. Erivan, alt. 1071ᵐ. W. — *Tauria.* Ledeb. l. c.

6 † **S. grandiflora** L. — Fl. Pelop. N° 476. (S. grandiflora var. erioclada Boiss. in Heldr. pl. exsicc. an. 1854. Chærophyllum grandiflorum Lnk.) *Tchih.* pl. As. Min. exsicc. an. 1853. N° 10. — Herb. græc. norm. N° 382. — Circa *Byzantium.* T. *Lydia* : declivitate bor. m. Mesogis, inter Beikol et Sultanhissar, alt. c. 450ᵐ. T. *Pisidia* : inter pagos Tchukur et Ahyr, montosis, silvat., herb., alt. c. 1000ᵐ. T. — *Tauria.* Prov. Caucas. Ledeb. l. c. *Græcia* : inter segetes Atticæ. Heldr. *Dalmatia.* Nym.

7 **S. orientalis** Grisb. (S. grandiflora β glabrata DC. ? S. australis Friv. herb. rum. non L. et Fl. gr.) *Mesopotamia.* — *Thracia. Macedonia.* G.

8 **S. Iberica** MB. (S. foliata MB. Chærophyllum rostratum ₁ Lnk.) *Armenia* : ad pagum Meimansur, pr. Erzerum. H. — *Iberia. Persia.* DC. l. c.

1) Var. brachycarpa Boiss. An. Asia Minore. B. An.

9 > S. Pisidica Boiss. et Heldr. (S. iberica Boiss. pl. Anat. exsicc. non MB.; *Pisidia :* ad urbem Egerdir inter segetes. B.

Sect. III. STELLA Griseb.

10 S. pinnatifida Vent. (Chærophyllum pinnatifidum Poir.) *Bal.* pl. d'Or. an. 1857. N° 1256. — *Phrygia :* pr. Uchak, alt. 910m. *Cappadocia :* circa oppidulum Berekelly, alt. 1400m. *Cilicia,* pr. pylas. Bal. *Armenia turcica :* circa Ispir, H. atque *rossica :* planitie fl. Araxis, alt. 908-1196m. W. — *Tauria.* Prov. Caucas. Ledeb. l. c.

β *Var.* hirsuta. *Armenia ross. :* planitie fl. Araxis, atque pr. urbem Erivan, alt. 1071m. W.

11 > S. Russelliana Griseb. (S. stella Russ.) *Mesopotamia.* G.

LXXII. **Cyclotaxis** Boiss.

1 > C. turgida Boiss. et Bal. (Scandix turgida Boiss. et Bal. pl. cilic.) *Bal.* pl. d'Or. an. 1855. N° 570. — *Cilicia* littorali : calcareis ad pagum Bulukly, pr. Mersinam. B.

LXXIII. **Anthriscus** Hoffm. DC. Prdr. IV. 242. — *Scandicis et Chærophylli spec. L.*

1 † A. Sicula DC. (Chærophyllum siculum Guss.) *Bal.* pl. d'Or. an. 1855. N° 576. — Reg. mont. *Ciliciæ campestris :* silvis infra pagum Madagh sitis. Bal. — *Sicilia. Neapoli.* Guss.

2 † A. silvestris Hoffm. (A. humilis, procerus et elatior Bess. Chærophyllum silvestre L.) Agro *Byzantino.* G. — *Serbia.* Pan. *Tauria.* Prov. *Caucas. Sibiria,* Ledeb. l. c. *Græcia.* Prdr. fl. gr. I. 198.

3 > A. macrocarpa Boiss. et Heldr. (A. nemorosa var. macrocarpa Boiss. pl. exsicc.) *Bal.* pl. d'Or. an. 1851. N° 47. — *Lydia :* m. Sipylo et Tmolo. *Lycia :* m. Solyma. B. *Antitauro :* reg. mont. m. Arslanlagh. Bal. — *Græcia :* m. Olenos et Kyllene. H.

1 > A. Anatolica Boiss. Au. Circa *Byzantium.* R. *Bithynia :* reg.

alp. Olympi. *Troade* : m. Gargara. B. An. *Armenia* : circa Erzerum, H.

5 † **A. cerefolium** Hoffm. (Scandix cerefolium L.) *Bithynia*. G. —
Tauria. Stev. *Sibiria ural*. Ledeb.

> † *Var. trichosperma* DC. (Chærophyllum trichospermum Schult.
> non Lmk. Antr. trichosperma Schult. A. longisetis Bert.) Circa
> *Byzantinum*, T. *Armenia* ross. ornd. — *Iberia*, Prov. Caspica
> Talusch. *Tauria*, *Tarromanen* bor. Ledeb. l. c. *Macedonia*. G.
> *Serbia*, Pan.

6 **A. tenerrima** Boiss. et Sprun. An. (Scandix fumarioides Fl.
Pelop. N° 480 excl. syn.) *Boi.* pl. d'Or. an. 1854. N° 54. — Herb.
grœc. norm. N° 105.— *Lydia* : m. Sipylo, supra Magnesiam, Bal.
— *Græcia* : faucibus umbrosis Atticæ m. Hymetti, alt. 324-811ᵐ.
Heldr.

> » *Var. α eubricarpa* Boiss. An. Arenosis mobilibus montium
> *Nagræ* in consortio Microsciadii. — *Græcia* m. Hymetto et Tay-
> gete. B. An.
> » *Var. β brisearpa* Boiss. An. Ibid.

7 » **A. Kotschyi** Boiss. et Bal. (Chærophyllum Kotschyi Fenzl. in
sched. coll. Ky. II. cilic. an. 1853. N° 126a.) Reg. alp. *Ciliciæ*
Bulgardagh, alt. c. 2600ᵐ. Bal. Ky. l. c.

8 † **A. vulgaris** Pers. non Bernh. (Scandix anthriscus L.) *Ciliciæ*
Bulgardagh, ad pagum Gulek. Bal. — *Thracia*. Nym. *Serbia*. Pan.
Græcia. Prdr. fl. gr. *Tauria*. DC. Prov. *Caucas*. *Sibiria baikalensi*.
Ledeb.

> LXXIV. **Myrrhis** Scop. DC. Prdr. IV. 131. — Scandicis
> spec. L.

1 † **M. odorata** Scop. (Scandix odorata L. Chærophyllum odoratum Lmk. *μύρρις* Diosc. Plin.) *Asia Minore*. Prdr. fl. gr. I. 197.
— Prov. *Caucas*. Ledeb.

LXXV. **Physocaulis** Tausch. Griseb. Spic. fl. rum. bith. I. 367. — Chærophylli sect. Physocaula DC. Prdr. IV. 225. Ledeb. fl. ross. II. 349.

1 † P. nodosus Tausch. Scandix nodosa L. Anthriscus nodosa Pers. Chærophyllum nodosum Lmk. DC. Ledeb. Caucalis nodosa Crantz. *Bal.* pl. d'Or. an. 1854. N° 60. — *Ionia :* ad margines umbrosas rivulorum a Yamanlar in sinum smyrnensem fluentium. Reg. calida super. *Cilicia bor.*, ad pagum Aladagh. Bal. — *Serbia.* Pan. *Græcia. Syria. Tauria.* Prov. *Cauens.* Ledeb.

LXXVI. **Freyera** Schlch. Griseb.

1 » F. stylosa Boiss. (Butinia stylosa Boiss.) *Lydia :* Reg. silvat. m. Mesogis supra Aidin, et Tmoli supra Bozdagh. B. An.

LXXVII. **Grammosciadium** DC. Prdr. IV. 232. Character locupletatus a Boiss. An.

1 » G. scabridum Boiss. An. *Armenia.* B. An.
2 » G. Aucheri Boiss. An. Ibid.
3 » G. macrodon Boiss. An. Ibid.
4 » G. Persicum Boiss. An. *Armenia :* m. Tekdagh supra Erzerum H.
5 » G. pterocarpum Boiss. An. *Cappadocia :* m. Akdagh. B. An.
6 G. daucoides DC. *Armeniæ — Persia.* DC. l. c. Prov. *Karabagh.* Ledeb.
7 » G. meoides DC. (Myrrhis clavata Spr. Scandix macrospermum Willd.) *Armenia.* DC.

LXXVIII. **Chærophyllum** Hoffm. DC. l. c. excl. Sect. 1. — Chærophylli spec. L.

Sect. Euchærophyllum DC. l. c.

1 † C. bulbosum L. *Armenia :* circa Erzerum ad viam Persicam. H. — *Serbia.* Prov. *Caucas. Tauria.* Ledeb. fl. ross. II. 350.

β Caule immaculato, geniculis subinflatis. C. Koch. Linn. 349 et in Ledeb. fl. ross. l. c. Armenum rarius. K.

2 » **C. crinitum** Boiss. An. *Cappadocia* · ad Euphratem.— *Persia* alpibus Savalan. B. An.

3 † **C. aureum** L. (*C. maculatum* Willd. DC. Prdr. IV. 220. C. Koch. Linn. XVI. 364. *C. monogynum* Kit. *C. hybridum* Ten. *Myrrhis aurea* Spr.) *Armenia rossica bor.* — Promontorio totius *Caucasi. Tauria.* Ledeb. l. c. *Rumelia* : jugis Scardi et Orbeli. G. *Serbia.* Pan.

4 **C. millefolium** DC. *Armenia rossica.* — Prov. *Caucas.* Ledeb. l. c.

5 **C. roseum** L. (*C. millefolium* DC. sec. Spr. *Myrrhis rosea* Spr.) . *Armenia rossica* : planitie fl. Araxis, alt. 600-1130m. W. — Reg. orient. alp. et subalp. *Caucasi.* Ledeb.

6 † **C. aromaticum** L. Jacq. (*Scandix tinctoria* Scop. *Myrrhis aromatica* Spr.) Agro *Byzantino.* D'Urv. *Bithyniæ* Olympo umbrosis. Prdr. fl. gr. I. 198. — *Rumelia* : fruticetis humidis Scardi. G. *Serbia.* Pan. *Rossia media.* Ledeb.

7 » **C. Byzantinum** Boiss. An. (*angelicæfolium* DC. non MB. *C. aromaticum* ß Pers. *C. orientale* Willd. herb. ex Stev. mss. *Myrrhis aromatica* Schult.) Circa *Byzantium* : ad Bosphorum, pr. Goksu. *Bithynia* : silvis castaneæ vescæ Olympi. B. An.

    ß Var. *pubescens* Boiss. Silvis *Bithyniæ* Olympi. B. An.

TRIBUS XIII. SMYRNEÆ Koch. DC. Prdr. IV. 213.

LXXIX. **Lagœcia** L. DC. l. c. — Cuminoides Tourn.

1 † **L. cuminoides** L. — Fl. gr. tab. 133 non Willem. (Cuminoides obliqua Mœnch. κίμινον ἄγριον Diosc. ἄγρυ κίμινον Græc. hodiern.) Bal. pl. d'Or. an. 1854. N° 37. — Herb. græc. norm. N° 467. Ad *Hellespontum.* G. *Bithyniæ* Olympo. S. *Ionia* : pr. Smyrnam collibus incultis. *Cilicia campestri.* ad pagum Bulukly, pr. Mersinam. Bal. *Lycia* : pr. Œnanda. Forb.— *Thracia et Macedonia* : sparsim pascuis, pr. Enos ad ostium Maritzæ, pr. Saloniki. G. *Syria* : reg. superiore Libani, pr. Saidam. Cal. Herb. syr. N° 72. *Creta. Persia. Lybia.* DC.

LXXX. **Echinophora** Tourn. DC. Prdr. IV. 214.

Sect. I. Leucophora DC. l. c.

1 † E. spinosa L.

Var. orientalis Griseb. *Bithynia* : ad viam inter Brussam et Smyrnam. — *Græcia*. Prdr. fl. gr. I. 179.

2 E. Tournefortii Jaub. et Sp. — *Tchihat.* pl. As. Min. exsicc. an. 1853. N° 183. — Secus littora *Ponti Euxini, Galatia.* J. S. *Lycaonia* : pr. Ilukuskhan, alt. 1400ᵐ. T.

3 » E. Anatolica Boiss. et Heldr. — *Bal.* pl. d'Or. an. 1856. N° 1018.— *Pisidia* : ad Isbartam. R. *Cappadocia* : copiose planitie Kaisariæ, alt. 1107ᵐ. Bal.

4 E. trichophylla Sm. in Rees. Cyclop. XII. *Armenia* : ad pedem m. Ararat. DC. l. c. — Prov. *Karabagh, Persia* prov. Adjerbedjan. Ledeb. l. c. 353.

5 » E. radians Boiss. An. — *Bal.* pl. d'Or. an. 1854. N° 54. — *Ionia* : pr. Smyrnam. agria. Bal. *Lydia* : ad radices m. Messogis supra Dervent, et Tmoli, supra Philadelphiam. *Caria* : collibus calidis reg. mont. B. An.

6 » E. carvifolia Boiss. et Bal. — *Bal.* pl. d'Or. an. 1855. N° 575. — Reg. mont. Tauri *Ciliciæ campestris* : silva carpini orientalis exsurgente ad viam inter pagos Bulukly et Kechlik, 5 leucis ad NO. Mersinæ ; reg. mont., alt. c. 600ᵐ. Bal.

Sect. II. Chrysophora DC. l. c.

7 » E. tenuifolia L. Circa *Byzantium* et circa *Smyrnam.* DC. l. c. *Archipelago* : ins. Paros, Antiparos, Melos etc. Nouv. fl. Pelop. *Armenia rossica.* — Prov. *Elisabethpol.* Ledeb. fl. ross. II. 356. *Græcia. Apulia. Sicilia.* DC.

β. *Sibthorpiana* (E. sibthorpiana Guss. E. tenuifolia Fl. gr. tab. 316.) Bal. pl. d'Or. an. 1855. N° 52. Herb. græc. norm. N° 447. — Ad *Byzantium.* B. An. *Bithynia* inter Brussam et Smyrnam, Prdr. fl.

gr., nec non pr. Bolu. G. *Cappadocica* : planitie Kaisaree. Bal —
Graecia. Fr. Heldr. *Persia*. B. An.

γ. *varia* Griseb. Agro *Byzantio* : pr. Maltepe. *Bithynia* . pr. Bolu.
Ins. *Tenedos*. vineis. — *Macedonia*. G.

LXXXI. **Cachrys** Tourn. DC. Prdr. IV, 236. exel. spec. —
Cachrydis spec. Spr.

Sect. *Monmarathrum* DC. l. c. exel. spec. —

1 C. **crispa** Pers. (Hippomarathrum crispum C. A. Mey.)

Var. brevilaba Ledeb. 'C. crispa DC. l. c.' *Armenia rossica* bor. —
Transcaucasia territorio Elisabethpol. et prov. Karabagh. Ledeb. fl.
ross. II. 373. *Palestina*. DC. l. c.

LXXXII. **Prangos** Lindl. DC. Prdr. IV. 239. — Puccromara-
thrum Koch. — Cachrydis spec. auct.

1 P. **foeniculacea** C. A. Mey. *Armenia rossica* : prov. Nahltche-
van. — Prov. *Caucas*. Ledeb.

2 ⸮ P. **platychlaena** Boiss. Ined. — *Tchihat*. pl. As. Min. exsic.
an. 1858. N° 896. — P. glaberrima elata, foliis amplissimis
supra decompositis petiolis costisque primariis crassis, secundariis et tertiariis laciniis similibus longis linearibus rigidis
mucronulatis, umbellis ad ramorum extremitatem 2-3 circa
umbialem majorem verticellatis 9-15 radiatis, involucri involucellique phyllis 2-3 coriaceis cucullatis ovatis integris vel 2-3
fidis breviter caudato-acuminatis, petalis luteolis intus recurvis
integris cum laciuula inflexa, stylis patulo-recurvis stylopodio
depresso longioribus, fructu juniori oblongo glabro, mericarpiis alatis alis rectis angustis.

Folium et ramum vidi hujus plantæ quæ P. FOENICULACEO C. A.
Mey. affinis videtur, sed ab eo egregie distincta laciniis foliorum
crassioribus ¼ lineam saltem latis pollicem longis, involucri
involucellique phyllis non linearibus sed ovatis cucullatis.

Armenia : prope pagum Kale, haud procul a m. Mille Lacuum
(Bingœldagh), alt. 1900-2000m. T.

3 † P. **ferulacea** Lindl. (Laserpitium ferulaceum L. Thapsia Laserpitii Spr.) *Armenia rossica.* Ledeb. — *Alpibus Iberiæ et Caucas. orientalis. Italia. Sicilia. Persia.* DC.

> Var. — Bal. pl. d'Or. an. 1856. N° 1088. — *Cappadocia :* m. Ali-dagh, pr. Kaisariam, alt. 1150m. Bal.

4 » P. **pumila** Boiss. An. *Tauro.* B.

5 » P. **odontoptera** Boiss. An. *Tauro.* B.

6 » P. **denticulata** Fisch. et Mey. An. sc. nat. Ser. IV. T. 1, p. 30. — Tchihat.[1] pl. As. Min. exsicc. an. 1849. N° 746. Foliis supra decompositis laciniis angustissime linearibus; fructibus subrotundo-ellipticis alis membranaceis crispato-undulatis denticulatis. P. cluvenæ DC. proxima. — *Galatia :* circa Ango-ram. T.

7 » P. **humillis** Fisch. (Cachrys ? acaulis DC. Prdr. IV. 238.) *Armenia turcica orient. :* ad lacum Urumia. DC. l. c. atque rossica : prov. Nakhitchevan. Ledeb.

8 » P. **Pestalozzæ** Boiss. An. *Lycia :* montibus circa Elmalu. B.

9 » P. **mallocarpoides** Boiss. An. — Tchihat. pl. As. Min. exsicc. an. 1849. N° 179. — *Galatia :* circa Angoram. T.

10 » P. **arcis romanæ** Boiss. et Huet. — Tchihat. pl. As. Min. exsicc. an. 1858. N° 261. — *Armenia :* montibus supra Erzerum, B. nec non declivitate occid. m. Kussedagh, ad meridiem urbis Gumuchhane : inter pagos Kerekli et Kusse, alt. 1895-2112m. T.

11 » P. **corymbosa** Boiss. An. *Cappadocia :* ad Euphratem. B.

12 » P. **lophoptera** Boiss. An. *Tauro.* B.

> LXXXIII. **Colladonia** DC. Prdr. IV. 250, non Spr. — Laserpitii spec. Vent. — Cachrydis spec. Spr.

1 C. **triquetra** DC. Agro *Byzantino.* DC. — *Græcia :* ins. Zanthe. Nym.

1. Vide nostram tab. XIX.

LXXXIV. **Lecokia** DC. l. c. — Cachrydis spec. Tourn. — Scandicis spec. Sibth. et Sm.

1 † L. **Cretica** DC. (Cachrys cretica Lmk. Scandix latifolia Sibth. et Sm. fl. gr. tab. 284.) Bal. pl. d'Or. an. 1855. N° 538. — Reg. mont. Tauri *Ciliciæ*, ad pagum Madagh, umbrosis. Bal. — *Creta et Cypro* DC. l. c. Prov. Caucas. Ledeb. l. c. *Italia*. Nym.

LXXXV. **Malocarpus** Boiss. Ao.

1 » M. **Anatolicus** Boiss. An. — *Bal.* pl. d'Or. an. 1854. N° 57. — — *Ionia* : collibus pr. Smyrnam, via ad Budja ducente. B. An. — Bal.

2 » M. **Cilicicus** Boiss. (M. microcarpus Boiss. In pl. Anat. Bal. an. 1855 non Diagn.) Bal. pl. d'Or. an. 1855. N° 568. — *Cilicia campestri littorali* : ad pagum Tchauchli, pr. Mersinam. Bal.

LXXXVI. **Conium** L. DC. Prdr. IV. 242. — Cicuta Tourn.

1 † C. **maculatum** L. Sibth. Ruderatis circa *Byzantium*. Prdr. fl. gr. I. 187. *Bithyniæ* Olympo, S. *Ponto* : ruderatis pr. Trapezunt frequens. D'Urv. — Prov. Caucas. Tauria. Ledeb. l. c. *Græcia* : frequens frigidioribus et montosis. Fr. l. c. *Serbia*. Pan.

   » Var. leiocarpum Boiss. — *Bal.* pl. d'Or. an. 1853. N° 563. — *Cilicia campestri* : ad pagum Gulek, pr. pylas. Bal.

LXXXVII. **Eleutherospermum** C. Koch. Ledeb. fl. ross. II. 366.

1 » E. **grandiflorum** C. Koch. *Armenia boreali*. K.

LXXXVIII. **Malabaila** Hoffm. nec Tausch. — Character auctus a Boiss. An. — Leiolulus Ehrenb. — Pastinacæ spec. DC. Ledeb.

1 M. **rectistyla** Boiss. et Sprun. An. (Heracleum aureum Sibth. fl. gr. tab. 282. Pastinaca pimpinellifolia Fl. Peop. non MB.

P. rectistyla Cesati. Lophotænia aurea Griseb.) Herb. græc.
norm. N. 256. *Asia Minore.* — *Macedonia.* B. An. *Græcia* : faucibus m. Hymetti. Heldr.

2 **M. Sekakul** Boiss. Diagn. (M. platyptera Boiss. An. Pastinaca
Sekakul Russel. Alep. P. dissecta Vent.? Lelotulus alexandrinus
Ehrenb.?) *Bal.* pl. d'Or. an. 1855. N° 571. — *Tchihat.* pl. As.
Min. exsicc. an. 1858. N° 582. — *Caria* : dumosa et collibus pr.
Geyra et ad meridiem Cadmi. B. An. *Ciliciæ* Bulgardagh, pr.
pylas. Bal. *Ponto* : inter urbem Niksar et pagum Feringe, alt.
100-600m. T. — *Syria. Ægypto.* B. An.

3 **M. involucrata** Boiss. et Sprun. An. (Peucedanum obtusifolium Sibth. et Sm. exclus. syn. Pastinaca obtusifolia DC.) Herb.
græc. norm. N° 660. — Ad *Pontum Euxinum.* B. An. *Armenia
ross.* : prov. Erivan, alt. 1071m. W. — *Græcia* : faucibus reg.
infer. m. Parnassi, alt. 1138m. Heldr.

4 > **M. lasiocarpa** Boiss. (Pastinaca dasyantha C. Koch. Ledeb.
fl. ross. II. 320.) *Armenia.* B. An.-K.

5 > **M. curvifolia** Boiss. — *Bal.* pl. d'Or. an. 1856. N° 1016. —
Cappadocia : declivitate bor. m. Alidagh pr. Kaisariam, alt. 1350m.
Bal.

6 > **M. pastinacæfolia** Boiss. — *Bal.* pl. d'Or. an. 1856. N° 1020.
— *Cappadocia* : vineis partis inferioris m. Alidagh. B.

LXXXIX. **Physospermum** Cusson. DC. Prdr. IV. 116. —
Danaa All. non Sm. — Hanslera Lag.

1 † **P. aquilegifolium** Koch. (P. nudicaule C. A. Mey. Ligusticum aquilegifolium et Lobelii Willd.) *Bal.* pl. d'Or. an. 1855.
N° 567. — *Bithyniæ* Olympo. B. An. *Ciliciæ* Bulgardagh, pr.
pylas. Bal. — *Macedonia.* G. *Serbia.* Pan. Prov. *Caucas.* Ledeb.

XC. **Smyrnium** Lag. DC. l. c. — Smyrnii spec. (veteris orbis)
L. Spr.

1 † **S. olusatrum** L. Hipposelinon Theophr. Hipposelinum, olusatrum, olus pullum Plin. Colum. Apic. ... Græc.

hodiern., Pr. *Byzantium*. B. *Bithyniæ Olympo*. S. *Archipelago :* Ins.
Tinos. Nouv. O. Pelop. *Coriæ littore*. Prdr. O. gr. I. 203. —
Græcia : ruderatis frequens. Fr. l. c. Prov. *Caucas*. Ledeb. l. c.
Algeria : pr. Djelfa, alt. 1120ᵐ. Coss. Bull. soc. bot. IV. 486.

2 † **S. perfoliatum** Mill. S. perfoliatum a W. K. S. Dioscoridis
Spr. λεπτον Diosc. Smyrnium. Plin. τραχηλι Græc. hodiern.)
Tchihat. pl. As. Min. exsicc. an. 1849. N° 282.— *Lycia :* ripis fl.
Aryrandi. Forb. *Mysia :* inter Hanamlu et Bilediik, alt. c. 250ᵐ.
T. — *Macedonia* et *Albania :* solitarie ad sepes pr. Karaca, alt.
748ᵐ ; m. Athos. G. *Serbia*. Pan. *Creta*. Nym. *Græcia :* haud rarum
montibus elatioribus Fr. Prov. *Caucas, Tauria*. Ledeb. O. ross.
II. 364.

3 † **S. rotundifolium** Mill. (S. Ægyptiacum L. S. perfoliatum L.
var. Link. S. perfoliatum. Fl. gr. tab. 289 non L.; *Bal.* pl. d'Or.
an. 1854. N° 54. — Herb. græc. norm. Cent. 8. — Ad *Smyrnam*
ruderatis. Bal. Copiosissime summo culmine insulæ *Cos*. D'Urv.
Enum. (sub nom. S. ramosi). — Ins. *Zanthe*. Nym. *Græcia :*
submontosis *Atticæ*. Heldr.

XCI. **Cryptogeria** DC. l. c. Character reformatus a Boiss. An.

1 **S. Tournefortii** Boiss. An. (S. cretica Vis. Boiss. Diag. S. mi-
crocarpa DC. Bulbocastanum creticum Tourn. Bunium creti-
cum. D'Urv. B. napiforme Willd.) *Bal.* pl. d'Or. an. 1854. N° 78.
— Herb. gr. norm. N° 178. — Circa *Smyrnam*. B. An. Agro
Byzantino (Bunium ferulaceum var. napiforme Wahlenb.)
G. Ins. *Cos :* ad sepes. D'Urv. — *Creta*. B. An. *Græcia :* montibus
Hymetto et Parnethe, alt. 321-650ᵐ. Heldr. *Syria :* ad radices
Libani. DC. l. c. *Dalmatia*. Nym.

Var. *juncea* Boiss. An. (Bunium junceum Marg. et Reut.; *Cære* —
Ins. *Zacyntho, Græcia :* dumosis Bæotiæ. B. An.

SUBORDO III. CŒLOSPERMÆ. DC. Prdr. IV. 219.

TRIBUS XIV. CORIANDREÆ Koch. DC. l. c.

XCII. **Bifora** Hoffm. DC. l. c. — Coriandri spec. C. Bauh. Tourn. L. —

1 † **B. testiculata** Spr. ex parte non Pall. (Coriandrum testiculatum L.) Arvis circa *Byzantium*. Prdr. fl. gr. I. 196. — *Macedonia* : pr. Saloniki. G. *Grœcia*. DC. *Algeria* : pr. Djelfa, alt. 1120ᵐ. Coss. l. c.

2 † **B. radians** MB. (B. testiculata Spr. ex parte, B. testiculata Pall. Corian. testiculatum Link.; *Bal.* pl. d'Or. an. 1857. Nᵒ 1241. — *Phrygia* : pr. Uchak, inter segetes, alt. 910ᵐ. Bal.— *Serbia*. Pan. *Tauria*. Prov. *Caucas.* Ledeb.

XCIII. **Ormanocladium** Boiss. An.

1) **O. Aucheri** Boiss. An. *Cappadocia*. B. An.

ORDO LI. ARALIACEÆ Endl. gen. DC. Griseb. — Araliaceæ et Caprifoliacearum pars. Ledeb.

I. **Hedera** Swartz. DC. Prdr. IV. 261. — Hedera et Araliæ spec. L. et omn. auct. — Araliæ Sect. Gynapleina Blum.

1 † **H. helix** L. Pr. *Byzantium*. R. *Bithynia*, all. 0–850ᵐ : pr. Skutari ad muros; G. Olympo. S. *Ciliciæ* Bulgardagh : copiose parietes montium obtegit pr. pagum. Gulek. Ky. diar. cilic. an. 1853. — *Macedonia* : frequens castanetis penins. Hajlon-otus. G. *Serbia*. Pan. Omni *Grœcia*. Fr. l. c. *Tauria*. Prov. *Caucas.* Ledeb.

Var. *Colchica* C. Koch, Linn. XVI. *Armenia rossica*. K.

2 † B. poetarum Bert. Agro *Byzantino* : arboretis pr. Bechiktach, ad Bosphorum. G.

u. **Adoxa** L. DC. Prdr. IV. 151. — *Moschatellina* Tourn. — Caprifoliacearum G. Adoxa. Ledeb. fl. ross. II. 381.

1 † A. moschatellina DC. (*Moschatellina Adoxa* Scop. *M. tetragona* Mœnch.) Olympo *Bithyniæ*. S. — *Rossia. Prov. Caucas. Sibiria. Armenia rossica.* Ledeb. *Serbia.* Pan.

ORDO LII. CORNEÆ Endl. gen.

I. **Cornus**. Tourn. DC. Prdr. IV. 271.

1 † C. mas L. — *Bal.* pl. d'Or. an. 1856. N° 770. — *Tchihat.* pl. As. Min. exsicc. an. 1849. N° 9; an. 1853. N° 134. — Agro *Byzantino.* G. *Bithyniæ* silvis vulgaris : jugo Balabandere pr. Geuilik ; castanetis Olympi ; silvis inter Nicomædiam et Bolu. G. *Mysia. Troade. Pisidia* : inter Aglassan et Tchukurkoi. montosis. T. *Cilicia* : declivitate merid. Bulgardagh inter Gulek et Gumruk, alt. c. 1500ᵐ ; T. nec non pr. pagum Aladagh. Bal. *Antitauro* : inter Feke et Hadjin, alt. c. 1250ᵐ. T. *Ponto merid.* : inter pagos Yusufoglu et Almus, montibus collibusque valde silvaticis, alt. c. 1400ᵐ. T. *Archipelago* : ins. Tinos. Nouv. fl. Pelop. — *Bessarabiæ* silvis et vineis. Ta. *Serbia.* Pan. *Tauria. Prov. Caucas.* Ledeb. l. c. *Græcia* rarius. Fr.

2 † C. sanguinea L. non Forsk. nec Wall. — *Tchihat.* pl. As. Min. exsicc. an. 1858. N° 149. — Rupibus, versus *Bosphorum.* G. Olympo *Bithyniæ.* S. *Ponto* : supra Samsun collibus, T. nec non ad littora orientalia Maris Nigri. Ledeb. l. c. *Armenia turcica.* Calv. *Cilicia bor.* : cacumine viæ a pago Bulukly ad pagum Aladagh ducentis. Bal. — Prov. *Caucas. Tauria. Sibiria.* Ledeb. l. c. *Græcia* rarissima. Fr. l. c. *Serbia.* Pan. *Thracia* : quercetis Chersonesi, inter Adrianopolin et Hæmum. G. *America boreali.* Sund.

3 ! C. citrifolia Wahlenb. (C. paniculata l'Herit. C. tenuine Mill.
C. racemosa Link. C. albida β Ehrh.) Rupibus marit., ad *Bospho-*
rum. G. — *Bessarabia.* Ta. *America bor.* Steud.

ORDO LIII. VACCINEÆ DC. Prdr. VII. 565.
Ledeb. fl. ross. 901. — Ericearum gen. Juss.
Endl. gen. Griseb. — Caprifoliacearum trib.
Rchbch.

1. Vaccinium L. DC. l. c. — Vitis-idæa Tourn.

1 † **V. myrtillus** L. (Vitis idæa myrtillus Monch.) *Bithyniæ*
Olympo. G. — *Macedonia* frequens : m. Peristeri, alt. 1195-1510ᵐ.
G. *Serbia.* Pan. *Caucasi* alpibus, alt. 2700ᵐ. *Sibiria. America*
arctica. Ledeb. l. c.

2 † **V. arctostaphylos** L. non Willd. — *Tchihat.* pl. As. Min. exsicc. an. 1858. N° 787. — *Bithynia :* copiose alluvis Nicomediæ.
G. *Ponto :* inter pagos Fcke et Saraytch (ad SSE. Samsun), umbrosis, silvat., alt. 781-1090ᵐ. T.; frequentissimum declivitate
bor. Tauri pontici, alt. 1787ᵐ. K. *Cappadocia.* W. *Armenia .* pr.
Erzerum, alt. 1940ᵐ. T. — Prov. *Caucas.* Ledeb.

ORDO LIV. ERICACEÆ DC. Prdr. VII. 582,
Griseb. pro parte.

TRIBUS I. ARBUTEÆ DC. l. c. — Andromedearum gen. Dun.

1. Arbutus Tourn. DC. Prdr. VII. 581. — Unedo Hoffmas-g.
et Link. — Arbuti spec. L.

1 † **A. unedo** L. — Fl. gr. tab. 573 non Georgi. — *Tchihat.*
pl. As. Min. exsicc. au. 1819. N° 131. — Herb. gr. norm. N° 211.
— Reg. calida *Bithyniæ.* G. Olympo. S. *Caria :* collibus inter
Melassa et Ulach. T. *Ponto :* marit. inter Fatsa et Unia. T. *Archi-*

pelago frequens. Prdr. fl. gr. I. 271. — Reg. calida *Thraciæ* et *Macedoniæ.* G. *Cypro* rara. Prdr. l. c. *Græcia :* reg. sempervir. submontosa Atticæ. Heldr. *Algeria :* pr. Djelfa, alt. 1120ᵐ. Coss. l. c.

2 A. andrachne L. — *Bal.* pl. d'Or. an. 1854. N° 370. — *Tchihat.* pl. As. Min. exsicc. an. 1840. N° 66, 145. — *Bithynia :* pr. Nicomediam ; G. Olympo G.; copiose circa Magnesiam ; S. nec non inter Brussam et Smyrnam. *Archipelago.* Prdr. fl. gr. I. 274. *Mysia :* pr. pagum Yenidjikoi, haud procul a lacu Simav, alt. 778ᵐ. T. *Troade :* pr. Scamandrum; inter pagos Karadjilar et Divandjik. T. Vulgaris littore merid. *Ciliciæ tracheæ* ubi sæpe formam arborescentem præbet. T. — Reg. calida *Thraciæ* et *Macedoniæ :* ad radices m. Athos unico loco silvulam constituit, deinde solitarie crescit. G. *Græcia. Cypro. Tauria. Syria.* DC.,

TRIBUS II. ERICEÆ DC. Prdr. VII. 612.

SUBTRIB. EUERICEÆ.

II. **Calluna** Salisb. — Erica sp. L.

1 † C. vulgaris Salisb. (C. erica DC. fl. gr. Erica vulgaris L.) Agri *Byzantini* umbrosis. Prdr. fl. gr. I. 256. Declivitate bor. Tauri *Pontici,* alt. 488-813ᵐ. K. — *Sibiria uralensi,* Ledeb. fl. ross. II. 914. *Serbia.* Pan.

III. **Erica** L. DC. Prdr. VII. 613.

SUBG. EUERICA seu Breviflora DC. l. c. 656.

Sect. I. Ampace Salisb. DC. l. c. 682.

1 † E. arborea L. (E. scoparia Forsk. E. vulgaris Sestini.) Vasta ericeta constituit reg. calida *Bithyniæ, Thraciæ* et *Macedoniæ* a littore ad alt. 813ᵐ extensa : ad Bosphorum; ins. Prinkipo; Olympo ad 813ᵐ alt.; jugo Balabandere, etc. G. *Archipelago* fre-

quens. Prdr. gr. I. 25. *Paphalagonia* littorali. T. *Cilicia* marit.
T. — *Græcia.* Prdr. fl. gr. Prov. *Caucas.* Ledeb. l. c. *Madera.*
DC. l. c.

Sect. II. Gymnocaulis DC. Prdr. VII. 667. — G. *Gymnocaulis*
Salisb.

2 † E. multiflora L. non DC. nec Sestini. *Archipelago* : ins. Tinos,
Melos, etc. — *Græcia.* Nouv. fl. Pelop.

3 † E. vagans L. Sm. Engl. bot. non DC. (E. multiflora DC. E.
purpurascens L. non Berger. E. vaga Fl. gr.) Ad *Bosphorum,* alt.
98-188ᵐ, K. — *Creta.* Prdr. fl. gr. fl. gr. *Græcia. Syria.* DC.

4 † E. verticillata Forsk. (E. manipuliflora Salisb. — Fl. gr. tab.
382 et Prdr. fl. gr. E. multiflora Sestini.) *Bal.* pl. d'Or. an. 1855.
N° 709. — Herb. græc. norm. N° 430. — Ad *Bosphorum.* Erice-
tis *Bithyniæ* sparsim et gregarie, alt. 0-390ᵐ : m. Bulgurlu pr.
Scutari ; ins. Prinkipo. G. Apricis ins. *Samos,* ad urbem Vathi.
D'Urv. *Ciliciæ* Bulgardagh : regiones calidiores versus ripas
Cydni, alt. 650ᵐ incolat. Ky. diar. cilic. an. 1853, nec non ad
pagum Gulek, pr. pylas. Bal. — Ericetis *Macedoniæ* : penins.
Hadjion-oros. G. *Græcia* : fruticetis reg. sempervirentis *Atticæ*
montium frequens. Heldr. *Creta. Istria. Dalmatia.* Nym.

Sect. III. Chlorocodon DC. Prdr. VII. 691.

5 † E. scoparia L. ex parte non Thunb. nec Forsk. *Bithyniæ*
Olympo. K.

IV. **Bruckenthalia** Rchbch. DC. Prdr. VII. 691.

1 † B. spiculiflora Rchbch. (Erica Bruckenthalii Spr. Rchbch. E.
spiculiflora Salisb. Menziesia Bruckenthalii Bauing.) *Tchihat.* pl.
As. Min. exsicc. an. 1858. N° 347. — Cacumine Olympi *Bithyniæ.*
Prdr. fl. gr. I. 257. *Ponto australi* : inter pagos Agatchbachi et
Sarybaba, montosis, nudis, alt. c. 2000ᵐ. T. — *Macedonia* : limite
infer. alp. Scardi et Orbeli sociali vegetatione copiosa. G. *Serbia.*
Pan. *Græcia.* DC.

TRIBUS III. RHODOREÆ DC. Prdr. VII. 718.

SUBTRIB. RHODODENDREÆ DC. l. c.

V. **Azalea** Desv. DC. Prdr. IV. 715. — Thein Salisb. — Azalea
spec. L. — Rhododendri Sect. protanthera G. Don. — Antho-
dendron. Rchbch.

1 † **A. Pontica** L. (A. arborea L. Rhododendron flavum J. Don.)
Tchihat. pl. As. Min. exsicc. an. 1849. N° 530; an. 1853.
N° 480, 538; an. 1858. N° 379, 630, 689. — *Bithyniæ* Olympo.
R. *Troade* : inter pagos Karadjilar et Divandjik. T. Littore *Hel-
lesponti* : inter Tchanak-Kalessi et Inedje. T. *Ponto boreali* :
marit. circa Samsun; inter Samsun et pagum Tekekoi reg.
mont. silvat., alt. 700-1000™, inter Tekekoi et Sarnytch ubi
vasta pulcherrimaque fruticeta constituit; inter Sarnytch et
Tchelu (ad SSE. urbis Samsun), alt. 900-1090™; collibus marit.
inter Kerasun et Espia, alt. 300-400™; inter pagum Espia et
tractum montosum Hassanly copiosissime; collibus marit.
circa oppidulum Fatsa, T.; silvis circa Trapezunt; II. inter
Fatsa et pagum Ketchedere, atque hoc ultimum et Seleyailassi,
collibus elatioribus, alt. 1100™. T. *Ponto centrali et australi* :
inter tractum Hassanly et pagum alpinum Agatchbachi, alt.
1963™ mixta cum raris humilibusque fruticebus Rhod. pontici;
jugo Paryadres veterum usque ad alt. 2000™ quam Rhod. ponticum non attingit. T. *Cilicia* : ripis rupestrib. fl. Calycadni pr.
Kachkol, alt. c. 550™; nec non valle Kaledere. T. *Armenia rossica* prov. Erivan. K. — *Grusia.* K. *Ossetia, Mingrelia, Kachetia,
Somrhetia;* littoralium totius *Caucasi occidentalis, Rossia media,*
Ledeb. fl. ross. II. 919.

VI. **Rhododendron** L. DC. Prdr. VII. 718. — Rhododendron
et Rhodothamus Rchbch. — Rhododendri Sect. I-VI. G. Don.

1 † **R. Ponticum** L. non Schreb. (R. speciosum Salisb. Tourn.
Voy. R. lancifolium Mœnch.) *Tchihat.* pl. As. Min. exsicc. an.
1858. N° 529. — *Bithynia* : nec tamen cis Nicomediam : sex leucis

ultra hanc urbem primum viatori versus Bolu proficiscenti
silvis undique vastissimis occurrit, deinde collibus umbrosis,
alt. 260ᵐ pr. Sabandja et secus viam inter Djesida et Bolu;
frequenter crescit montanis inter Nicomediam et Handeck,
deinde ubique silvis districti Bolu; G. Olympo. R. *Ponto bor. et
australi* : marit. inter Fatsa et Uniah atque inter Kerasum et
Espia, alt. 300-100ᵐ; T. inter Espia et tractum montosum Hassanly, alt. 680-1000ᵐ, atque inter Hassanly et pagum Agatch-
haeldi, alt. 1963ᵐ; T. declivitate bor. Tauri pontici vallibus, alt.
325-1787ᵐ; K. jugo Parjadres veterum circa Kumbetkhan, alt.
1831ᵐ, nec non inter Kabarjakos et Yavchankhan, alt. 300-400ᵐ
cum A. Pontica mixtum. T. *Armenia* : ad radicem m. Karakaban, H. atque alpibus usque ad alt. 1162ᵐ. W.—*Iberia, Mingrelia*, per omnes prov. *transcaucasicas*. Ledeb. *Syria* : m. Libanon. Martins, Promen. bot. *Hispania*.

2 R. **Caucasicum** Pall. (R. pulcherrimum γ et R. Nobleanum
δ Lindl. R. stramineum β Hook. R. venustum ε D. Don.) Tauro
pontico, alt. 910-2512ᵐ. K. *Armenia* : inter Setchank et Koblat,
H. — Alpibus ad Hlultem *Armeniæ ross.* et *Gruziæ* sitis, alt.
2850ᵐ. W. Jugo caucasico, alt. 1800-2512ᵐ. K. *Imeretia, Mingrelia,
Guria*. Ledeb.

ORDO LV. MONOTROPEÆ Nutt. DC. Prdr.
VII. 780. Ledeb. fl. ross. II. 934.

I. **Hypopitys** Dill. Ledeb. l. c. DC. l. c. — Orobanchoides
Tourn. — Monotropæ spec. L.

1 † **H. multiflora** Scop. (Monotropa hypopitys L. Hypopitys
monotropa Moench.) *Bal. pl. d'Or. an.* 1856. N° 980. — *Antitauro* : reg. mont. Dededagh, silvis abietis elliciæ. Bal. —
Prov. *Caucas. Tauria. Sibiria. Rossia media.* Ledeb.

ORDO LVI. PYROLACEÆ Lindl. DC. Prdr. VII. 772. Ledeb. fl. ross. II. 772. — Ericearum gen. Juss. Griseb.

TRIBUS PYROLEÆ DC. non Lindl.

I. **Pyrola** Salisb. DC. l. c. — Pyrolæ spec. pleræque L.

1 † P. secunda L. — Engl. bot. tab. 517. Umbrosis Bithyniæ Olympi. Prdr. fl. gr. I. 271. — *Tauria, Prov. Caucas, Davuria, Sibiria. Armenia arctica* ad sinum Eschholtz. Ledeb. *Serbia.* Pan.

- - - - - - -

SYMPETALÆ.

-

ORDO LVII. EBENACEÆ Endl. gen.

I. **Diospyros** Dalech. DC. Prdr. VIII. 212. — Guaiacana Tourn. — Embryopteris Gærtn. — Cavanilla Lmk.

1 † D. lotus L. Agro *Byzantino.* Prdr. fl. gr. *Ponto bor.* : montibus pr. pagum Ruspa, atque ad Trapezuntum. K. — *Albania* : ad sinum Ambracicum. G. Olim *Græcia merid.,* ubi hodie non invenitur. Fr. Syn. fl. clas. *Tauria. Prov. Caucas.* Ledeb. *China bor.* DC.

ORDO LVIII. STYRACACEÆ DC. Prdr. VIII. 244.

TRIBUS STYRACEÆ DC. l. c.

I. **Styrax** Tourn. DC. l. c. — Lithocarpus Blum. — Epigeniæ spec. Wall.

1 † S. officinale L. — Fl. gr. tab. 375. (Στύραξ Theoph. Diosc. Plin. Strabo. Στύραξ apud Isidor. Ἀγριαστουμι Græc. hodiern.) Bal.

pl. d'Or. an. 1853. N° 694. — *Tchihat.* pl. As. Min. exalcc. an.
1819. N° 98, 127; an. 1853. N° 4, 401. — Herb. græc. norm.
N° 497. — *Bithynia:* pr. Artakol in penins. Cyz. nec non pr.
Brussam. S. *Ionia:* inter Smyrnam et Scala nova. Prdr. fl. gr. 1.
275. *Archipelago.* Fr. *Lydia:* declivitate merid. et bor. m. Mesogis. T. *Lycia:* collibus marit. pr. Anulphellum. Forb. *Caria:*
planitie et collibus inter Melassa et Clach, alt. c. 100°. T. *Pisidia:* jugo inter pagos Baulo et Melikler sito, alt. c. 1250°. T.
Cilicia campestri: Inter Tarsum et Namrum, montosis, silvaticis, atque omni declivitate austr. Jugi Bulgardagh frequentissimum usque ad altid. 1500°; planitie Mersinæ; ad sinum Issi-
cum (hodie Iskenderun). T. — *Rumelia* nondum detectum. G.
Græcia: ad fl. Cephissum; ad Orchomenos (hodie Scribu); m.
Parnasso, alt. 260°. Peloponneso. Fr. Heldr. *Dalmatia.* G. *Gallia
merid. Italia.* Nym.

Observ. Tam Pistacia terebinthus et lentiscus quam Styrax
officinalis in continenio græco nullam exsudant resinam sicut
in insulis græcis, (Rhodos, etc.) Cypro et præcipue Syria. Fr.
14 et 194.

ORDO LIX. PRIMULACEÆ Endl. gen.

TRIBUS I. PRIMULEÆ Endl. l. c.

SUBTRIB. I. ANDROSACEÆ Endl. l. c.

I. **Androsace** Tourn. DC. Prdr. VIII. 47. — Aretia et Androsace L.

Sect. I. Andrarpis Duby. in DC. l. c. — G. Androsace L.

1 > **A. odoratissima** Schreb. *Cappadociæ* alpibus. DC. l. c.

2 ‡ **A. villosa** L. non Sibth. nec Gmel. (A. chamæasme MB.
Primula villosa Lmk.) Circa *Byzantium.* R. *Bithyniæ* Olympo.
Cappadocia: cacuminibus montium. DC. l. c. *Armenia rossica.*
— Prov. *Caucas. Sibiria. Tauria.* Ledeb. l. c.

Var. incana Duby. (A. incana Lmk.) *Armenia:* pr. Bayazid.— Libano.
B. Herb. *Sibiria, Mongolia.* DC.

3 » A. Olympica Boiss. (A. villosa Sibth.) *Bal. pl. d'Or. an. 1855.*
N° 691, 694. — *Bithynia :* cacumine Olympi. B. *Cappadocia :*
reg. alp. ut. Argæl, alt. 3200ᵐ. Bal. *Cilicia* Bulgardagh : solum
arenosum ex dioritico saxo soluta mixtum ad fodinas argentiferas Bulgarmaden copiose obtegit, alt. 2826ᵐ. Ky. diar. cilic.
an. 1853.

4 A. albana Stev. *Armenia :* m. Ararat, Alagœs, Aladagh, Giaur-
dagh, etc., alt. 1910-2023ᵐ. W.— *Caucasi orient.* summo monte
Schahdagh ad nivem. Stev. Linn. transact. XI. Ledeb. fl. ross.
III. 17.

5 A. multiscapa Duby. — *Bal.* pl. d'Or. an. 1853. N° 714. —
Cilicia Bulgardagh reg. alp. *Cappadocia :* jugi Aladagh m.
Mammenev. Bal. *Armenia rossica.* — Prov. *Caucas. America arc-
tica.* Ledeb. Cacuminibus *Libani.* DC.

6 † A. carnea L. (A. Halleri Gmel. bad. Aretia Halleri L.) *Bithynia :* summitate Olympi, nive peracta, florens. Prdr. fl. gr. I. 126.

7 » A. Armeniaca Dub. *Cilicia* Bulgardagh : rara et disperisa
arenosis saxo dioritico soluto commixtis ad m. Kizil-tepe, alt.
2858ᵐ. Ky. l. c. *Armenia :* circa Erzerum, DC. l. c. m. Techdagh,
pr. Ispir; H. montibus Ararat, Alagœs, Aladagh, etc., alt. 1910-
2023ᵐ. W.

8 » A. macrantha Boiss. et Heldr. *Armenia :* circa Gumuchhane,
alt. 1137ᵐ. B.

9 » A. bidentata C. Koch. Tauri *Pontici* alpinis, alt. 2000-
2513ᵐ. K.

10 » A. Kochii Tchihat. (A. longifolia C. Koch. Beitr. Flr. Or.
p. 610, nomen propterea mutandum erat quum jam a cl. Turt-
zan. in DC. Prdr. VIII. 49. aliæ speciei impositum sit.) Tauri
Pontici alpinis, alt. 2000-2513ᵐ. K.

11 † A. elongata L. (A. nana Hornem.) *Armenia rossica :* districto
Schuragel, excelsis, alt. c. 1760ᵐ. K.— Inter segetes *Tauris.*
DC. *Sibiria.* Ledeb.

12 † A. maxima L. *Bithynia :* pr. Bolu. G. *Cilicia :* declivit. mer.
Bulgardagh inter rudera castelli supra pagum Gulek, alt. 1624ᵐ.
Ky. diar. cilic. an. 1853. *Armenia :* circa Erzerum; T. atque pr.

Ispir. H. — Hortis et præruptis *Euphrati* vicinis. DC. l. c. Prov.
Caucas. Ledeb. *Tauria. Sibiria. Persia.* DC. *Macedonia.* G. *Bessa-*
rabiæ campis pr. Odessam et Ovidiopol. Ta. *Serbia.* Pan. *Alge-*
ria : pr. Djelfa, alt. 1120ᵐ. Coss. l. c.

13 **A. rotundifolia** Hardw. *Galatia :* pr. Beybasar. T. — *Nepa-*
lia. DC.

II. Cyclamen L. DC. Prdr. VIII. 56.

1 † **C. Europæum** L. non Engl. Bot. *Bithyniæ* Olympo. S. Littoribus orient. *maris Nigri* ad Sukhum-kale. Ledeb. l. c. — *Geor-*
gia ad Tiflin. DC. l. c. *Creta. Græcia.* Nym. *Serbia.* Pan. M.
Libano. DC.

2 **C. Coum** Mill. (C. vernum Sweet non Ledeb.) Montosis circa
Byzantium. DC. l. c. *Bithynia,* pr. Bolu. G. *Armenia :* pr. Erze-
rum. T. — *Georgia* circa Tiflin. DC. *Tauria.* Ledeb. M. *Libano.*
DC.

3 **C. Persicum** Mill. *Cilicia.* DC. *Cycladum* ins. Sapienza. Nouv.
Q. Pelop. — *Græcia. Syria. Persia.* DC.

4 **C. latifolium** Sibth. et Sm. fl. gr. tab. 185. (C. hederæfolium
Willd. DC. l. c. C. europæum Sm. engl. bot.) *Cilicia.* B. herb.
Ins. *Rhodus. Cos.* — *Creta. Zacyntho. Græcia.* DC. l. c. *Macedonia.*
G. *Palæstina.* B. herb.

5 † **C. repandum** Sibth. et Sm. fl. gr. tab. 186. (C. vernum Lob.
DC. C. hederæfolium bot. mag. non Willd.). Agro *Byzantino.*
Prdr. fl. gr. I. 128. *Asia Minore.* — *Græcia.* DC.

6 ? **C. cilicicum** Boiss. et Heldr. — *Bal.* pl. d'Or. an. 1855.
Nᵒ 692. — *Ciliciæ* Bulgardagh : divulgatum omni terra ab angustiis pylarum usque ad reg. subalp. quousque arbores cres-
cunt, alt. 974-2112ᵐ. Ky. diar. cilic. an. 1853. Bal.

III. Primula L. DC. Prdr. VIII. 34.

Sect. I. Primclastrum Dub. In DC. l. c.

1 † **P. inflata** Lehm. (P. macrocalyx Dgc.) Montibus inter *Arme-*
niam ross. et *Grusiam* sitis, usque ad alt. 2210. — Vulgatissima
Grusia. W. *Sibiria altaica.* Ledeb. l. c. *Hungaria.* DC. l. c.

2 † **P. officinalis** Jacq. non Thull. (P. veris L.) *Agro Byzantino. Bithynia :* nemorosis Olympi. Prdr. fl. gr. I. 127.; silvis Nicomedicis. G. *Armenia :* ad Zazalarklum inter Erzerum et Baflut. H. — *Hæmo.* G. *Brusarabiz* humidis. Ta. *Serbia.* Pan. Prov. *Caucas. Tauria. Sibiria.* Ledeb. fl. ross. III. 9. *Algeria.* DC.

3 † **P. elatior** Jacq. non Fl. Dan. (P. veris L. var. elatior. P. vulgaris var. elatior Huds. P. officinalis Thuil.) *Armenia :* m. Ararat, Alagœa, Aladagh, etc., alt. 1940-2923ᵐ. W. — Prov. *Caucas. Sibiria.* Ledeb.

> † *Var.* foliis attenuatis (P. Pallasii Lehm. P. altaica Pall.) *Armenia :* pr. Erzerum. — *Sibiria altaica.* B. herb.

4 † **P. acaulis** Jacq. (P. veris var. acaulis L.) *Agro Byzantino.* G. *Bithynia :* umbrosis reg. castaneæ Olympi, alt. 195-650ᵐ. G. *Lycia :* m. Massicyto. Forb. *Ciliciæ* Bulgardagh : subalp. cedreti, alt. 1940ᵐ, pr. fontem superioris vallis Agatchkesse. Ky. dlar. cilic. an. 1853. — Prov. *Caucas.* Ledeb. l. c. *Macedonia.* G. *Syria.* DC. l. c.

> ⊃ *Var.* parviflora C. Koch. *Bithyniæ* Olympo. K.
> † *Var.* grandiflora C. Koch. (P. grandiflora Lmk. P. vulgaris Huds. Dub. P. acaulis Fl. Dan. P. brevistyla DC. fl. fr.) Tchihat. pl. As. Min. exsicc. an. 1849. Nº 467. — *Bithynia :* circa Brussam. E. *Phrygia.* T. — Prequentissima *Græciæ* silvis usque ad alt. 650ᵐ. *Tauria.* K.
> *Var.* flore purpureo Dub. (P. amœna var. gracilis MB. P. Sibthorpii Rchbch.) Circa *Byzantium.* DC. l. c. Tauri Pontici alpinis, alt. 1940-2571ᵐ. K. — *Caucaso. Peloponneso.* DC.

Sect. II. ARTHRITICA Dub.

5 **P. auriculata** Lmk. (P. longifolia Lehm.) *Bal.* pl. d'Or. an. 1855. — *Tchihat.* pl. As. Min. exsicc. an. 1858. Nᵒˢ 203, 500. — *Cappadocia.* DC. l. c. *Bithyniæ* Olympo. *Lycia :* m. Anemas, alt. c. 1940ᵐ. B. herb. *Ponto merid. :* jugo Paryadres veterum, vallibus alpestribus humidiusculis, nudis, alt. 2464ᵐ., inter pagos Lladja et Kumbetkhan. T. *Ciliciæ* Bulgardagh : reg. alp. supra plumbi fodinas Bulgarmaden, pratis uliginosis. *Antitauro :* reg.

alp. m. Arslandagh. Bal. *Armenia* : inter pagum Sepigor et
urbem Erzindjan, alt. 1500-1800. T., nec non in. Ararat, Alagœs, Aladagh, etc., alt. 1948-2921ᵐ. W. — Alpibus *Caucasicis* et
Sibiricis, Persia. m. Elvend. DC.

6 P. nivalis Pall. non Turtz.

> *Var. farinosa* Schrenk. Alpinis Tauri *pontici*, alt. c. 1623-2236ᵐ. K.
> — Prov. *Caucas. Sibiria altaica.* Ledeb. l. c.
> *Var. pumila* Ledeb. Alpinis Tauri *pontici.* K. — Terra *Tchakatchorum*
> ad sinum Sancti Laurentii. Ledeb.

SECT. III. ALEURITIA Dub.

7 † P. farinosa L. (P. scotica Hook. Androsace farinosa Spr.)
Bithyniæ Olympo. S. *Armeniæ* montibus. — *Rumelia.* B. herb.
Prov. *Caucas. Sibiria. Davuria.* Ledeb.

> ϱ *Var. parviflora* C. Koch. Tauri *pontici* excelsioribus, alt. 2173-
> 2512ᵐ. K.

SUBTRIB. II. LYSIMACHIEÆ Endl. gen.

IV. Glaux L. Endl. gen. non Medic.

1 † G. maritima L. — *Bal.* pl. d'Or. an. 1856. Nᵒ 1038. — *Cappa-*
docia : pratis siccis ad Nil. Kaisariæ sitis. Bal. *Armenia turcica* :
paludosis pr. Erzerum, H. atque *rossica* : pr. Erivan, alt. c.
870ᵐ. — *Deserto caspio. Sibiria.* Ins. *Sitka.* Ledeb.

V. Lysimachia L. excl. spec. DC. Prdr. VIII. 60 excl. spec.
— Lysimachia et Conis Endl. gen.

SECT. 1. EPHEMERUM Dub.

1 L. dubia Ait. (L. atropurpurea Murr. non L. L. orientalis Lmk.
L. ephemerum Mill. non L.) *Bal.* pl. d'Or. an. 1855. — *Bithy-*
nia, uliginosis ad lacum Nicœnsem. Prdr. fl. gr. I. 129. *Cilicia*
campestri : angustia Guzel-dere, pr. Mersinam. Bal. — *Thracia.*
G. *Bessarabia* : pr. Bender, Ismail, Kilia. Ta. *Caucaso. Syria.* DC.

Sect. II. Lysimachiarum Dub.

2 † **L. vulgaris** L. Agro *Byzantino*. Silvis *Bithyniæ* Olympi. Prdr.
fl. gr. I. 129. — *Tauria*. Prov. *Caucas. Sibiria*. Ledeb. *Serbia*.
Pan.

3 † **L. punctata** L. Circa *Byzantium*. T. *Bithynia* : paludosis; G.
In Olympo. S. — *Macedonia. Bulgaria*. ius. Danubii pr. Galatz.
G. *Serbia*. Pan. *Græcia* rarissima. Fr. l. c. Prov. *Caucas*. Ledeb.

4 **L. verticellata** MB. non Pall. (L. verticellaria Spr.) *Tchihat*. pl.
As. Min. exsicc. an. 1853. Nᵒ 441, et an. 1858. Nᵒ 409. — Agro
Byzantino : pratis pr. Buyuk-dere humidis. G. *Bithynia* : pr. Brus-
sam. K. *Ponto* : marit. pr. Kerasun, atque inter pagos Yusu-
foglu et Almus, montosis silvat. T. Littore orient. *maris Nigri* ;
Colchide : circa Sukhuui-Kale, ubi ad margines viarum abundat.
D'Urv. *Armenia* : circa Erzerum. T. — *Caucaso. Tauria*. Ledeb.

    Var. laxa L. (L. punctata var. racemosa C. Koch. in Linn. XIX.)
    Bithynia : pr Brussam. K.
    Ɔ Var. minor C. Koch. Tauro pontico, alt. 1137ᵐ. K.

5 **L. anagalloides** Sibth. et Sm. *Tchihat*. pl. As. Min. exsicc.
an. 1853. Nᵒ 636. — *Cappadocia* : declivitate orient. jugi Aladagh, inter pagum Kizildagh et O. Korkusun, excelsis montosis
silvat. T. — *Peloponneso. Creta*. DC.

6 † **L. nummularia** L. (L. nemorum Geners non L. Ephemerum
neuiorum Rehlich.) Agro *Byzantino* : uliginosis circa Belgrad.
Prdr. fl. gr. I. 150. *Bithyniæ* Olympo. S. — *Serbia*. Pan. *Tauria*.
Prov. *Caucas*. Ledeb.

    VI. **Palladia** Mœnch. Jaub. et Sp. — Lysimachiæ spec. L. DC.
    Grisb. et plurim. auct.

P. **atropurpurea** Mœnch. Jaub. et Sp. — Fl. gr. tab. 187. (Lysimachia atropurpurea L. DC. Grisb. non Murr. L. orientalis
Tourn. non Link.) *Bal*. pl. d'Or. an. 1854. Nᵒ 294. — Herb.
græc. norm. Nᵒ 59. — *Tchihat*. pl. As. Min. exsicc. an. 1853.
Nᵒ 41. — Ad *Bosphorum*, Maslak pagum versus. Clem. l. c. *Bithy-*

nia : arvis pr. Bolu. G. *Ionia :* ad pagum Xinß et pr. Smyrnam,
herbosis, subplanis. T. *Lydia :* circa Magnesiam, ad radicem m-
Sipyll. T. *Caria.* J. S. — *Thracia, Albania,* alt. 228ᵐ. G. *Græcia :*
uliginosis Parnassum versus. Prdr. fl. gr. 1. 129. Heldr.

VII. **Asterolinum** Link. et Hoffmg. DC. Prdr. VIII. 68. —
Lysimachiæ spec. L.

† **A. stellatum** Link. et Hoffmg. (Lysimachia linum stellatum L.)
Tchihat. pl. As. Min. exsicc. an. 1855.— *Lycia :* copiose collibus.
Forb. *Cilicia :* planitie circa Mersinam. T. *Archipelago :* apricis
ins. Melos. D'Urv. — *Cypro. Peloponneso.* DC. l. c. *Syria :* pr. Sai-
dam, marginibus hortorum. Cat. herb. syr. N° 26. Prov. *Caucas.*
Ledeb. *Algeria :* alt. 1120ᵐ. Coss. Bull. soc. bot. IV. *America.*
Steud.

TRIBUS II. ANAGALLIDEÆ Endl. gen.

VIII. **Anagallis** Tourn. DC. Prdr. VIII. 69.

† **A. arvensis** L. non Wall. — *Tchihat.* pl. As. Min. exsicc. an.
1849. N° 460; an. 1853. N°° 254 et 541.— *Bithynia :* Olympo, S.
atque circa Brussam. K. *Archipelago* frequens. Prdr. fl. gr. *Cappadocia :* inter pagum Ketchemegara et oppidulum Gurum, lapidosis, aridis, excelsis. T. — *Thracia. Macedonia.* G. *Serbia.*
Pan. Omni *Græcia.* Fr. Arvis totius Isthmi *Caucasici* usque alt.
813ᵐ. K. *Sibiria.* Ledeb. *Persia. Arabia* m. Sinai. *Cachemiria.
Japonia. Nova Hollandia. Nova Zelandia.* Ins. *Azoricis* et *Madera.
Africa bor. et austr. America.* DC.

> † *Var.* **phœnicea** (A. phœnicea Lmk. C. Koch. et nonnull. auct.)
> *Tchihat.* pl. As. Min. exsicc. an. 1858. N°° 56, 88. — *Ponto :* col-
> libus marit. silvat. supra Samsun. T.

> † *Var.* **cœrulea** (A. cœrulea Schreb. C. Koch. et nonn. auct. A.
> Monelli MB. non L. A. latifolia C. A. Mey.) *Tchihat.* pl. As. Min.
> exsicc. an. 1858. N° 129. — Circa *Byzantium.* T. *Bithynia :* circa
> Brussam. K. *Ponto :* valle Teluruk, alt. 650–1615ᵐ.; K. nec non
> collibus marit. supra Samsun in consortio cum var. præcedente.
> T. *Archipelago.* Nym. *Armenia rossica :* prov. Erivan frequens.
> K. — Prov. *Caucas, Sibir. ural. Tauria.* Ledeb. *Serbia.* Pan.

TRIBUS III. SAMOLEÆ Endl. gen.

IX. **Samolus** L. DC. Prdr. VIII. 73. — Scheffieldia Forst.

1 † S. Valerandi L. Circa *Byzantium*. T. *Archipelago :* Ins. Tinos, Naxos, etc. Nouv. fl. Pelop. *Bithyniæ* Olympo. — *Macedonia :* in. Athos ad rivulos. Prdr. fl. gr. I. 147. *Tauria*. Prov. *Caucas. Sibiria. Turcomania*. Ledeb. *India orient. Persia. Africa bor. et centr.* Ins. *Madera* et *Azoricis. Cap. Bon. Sp. America bor.* DC.

ORDO LX. LENTIBULARIEÆ Rich. — Utricularieæ Endl. gen.

I. **Pinguicula** Tourn. DC. Prdr. VIII. 26.—Brandosia Rchbch.

SECT. PIONOPHYLLUM DC. l. c.

1 † P. vulgaris L. Circa *Byzantium*. R. *Bithyniæ* Olympo. G. *Armenia :* circa Erzerum. T. — *Macedonia*. G. *Sibiria*. Ledeb. l. c. *America bor.* DC.

2 † P. leptoceras Rchbch. (P. grandiflora Koch. non Poll. nec Lmk. P. longifolia Gaud. non Koch. nec DC.) *Bithynia :* pr. Brussam. K.

3 P. crystallina Sibth. et Sm. fl. gr. tab. II. *Bithynia :* pr. Brussam. — *Cypro*. Prdr. fl. gr.

ORDO LXI. ACANTHACEÆ Endl. gen.

SUBORDO ECHMATACANTHEÆ Nees in DC. Prdr. XI. 79.

TRIBUS I. ACANTHEÆ Nees. l. c. 264.

I. **Acanthus** L. DC. Prdr. XI. 269.

1 A. Dioscoridis L. *Cappadocia :* ad Euphratem. DC. l. c. *Cilicia campestri :* ad radicem merid. Bulgardagh , inter vallem Kech-

bukur (haud procul ad septr. urbis Tarsus sitam,) et pagum
Namrun, moolosis, silvat. T. — *Kurdistano. Persia. Libano.* DC.

2 † **A. mollis** L. non Riedel. (Ἄκανθα ἡ ἡμέρωτος Diosc.) *Ponto :*
pr. Trapezunt, ruderibus ecclesiæ Stæ Sophiæ. K. — *Serbia.*
Pan.

3 † **A. spinosus** L. — Fl. gr. tab. 611. (Ἄκανθα ἡ ἀγρία; Theophr.
Ἄκανθα ἀγρία Diosc.) Herb. græc. norm. N° 301. — *Tchihat.* pl. As.
Min. exsicc. an. 1849. N° 290. — *Lycaonia :* planitie arida, pr.
pagum Severek, alt. 1063ᵐ. T. *Archipelago.* Nym. — *Macedonia :*
sparsim convalle fl. Vardar pr. Kœprell, alt. 0-98ᵐ. G. *Græcia :*
aridis vulgatissimus. Fr. — Heldr. *Creta. Zante. Corcyra.* Nym.

> Var. ꙁ. Nees. in DC. l. c. (A. spinosus herb. Willd.) *Tauro.* —
> *Syria.* DC. l. c.

4 † **A. hirsutus** Boiss. (A. spinosus var. β minor. Nees l. c. 271.)
Bal. pl. d'Or. an. 1855. N° 737. — ' *Tchihat.* pl. As. Min. exsicc. an.
1853 et an. 1858. N° 722 bis. — Reg. mont. *Lydiæ* et *Cariæ :*
copiosissime planitie elata ad meridiem Cadmi supra Denizli;
m. Mesogis circa Dervend; m. Tmolo supra Philadelphiam.
B. *Ponto :* jugo Paryadres veterum, reg. inferiori silvatica, alt.
1700-1800ᵐ, inter pagos Kabardjakos et Kurubethkan. T. *Pisidia :*
inter pagos Gelendus et Yakamber. T. *Ciliciæ* Bulgardagh : reg.
mont. pr. pylas. Bal. *Cappadocia :* reg. mont. m. Argæi. Bal.
Ins. *Rhodos.* — *Banato.* DC.

TRIBUS II. APHELANDREÆ Nees in DC. Prdr. XI. 279.

11. **Hypoestes** R. Br. — DC. Prdr. XI. 404. — Justiciæ spec. L.

H. triflora Rœm. et Schult. (Justicia triflora Forsk.) *Asia Minore.*
— *India orient. Arabia. Abyssinia.* DC. Prdr. XI. 506.

1. Vide nostram tab. XX.

ORDO LXII. SESAMEÆ DC. Prdr. IX. 249.

TRIBUS EUSESAMEÆ DC. l. c.

I. **Sesamum** L. DC. l. c.

1 **S. Indicum** DC. Arvis ins. *Tenedos.* D'Urv. Enum. (an vere spontaneum ?; — *India orient.* DC. l. c.

Var. rubindivisum DC. (S. orientale L.) *Armenia turrica :* districto Portakrek, atque ruska : prov. Erivan, planitie S. Araxis. K.

ERRATA

DU PREMIER VOLUME.

Subverticillatim. p. 6, ligne 20. — Lisez: subverticillatim.

Polymorph acoronata, p. 17, ligne 18.— Lisez: polymorpho coronata.

Circiter, p. 6, ligne 23. — Lisez: breviter.

Bipartiti, p. 6, ligne 24. — Lisez: bipartito.

Capitatis, p. 12, ligne 11. — Lisez: capitatis.

Ei, p. 12, ligne 12. — Lisez: ei.

Subsequente, p. 12, ligne 13. — Lisez: subsequenti.

Eo, p. 12, ligne 12. — Lisez: eo.

Contribulis, p. 12, ligne 16. — Lisez: contribulis.

Mesmenev, p. 9. — Lisez: Mesmenev.

Calyce sepall. p. 29, ligne 23. — Lisez: calyce sepalli.

Nava, p. 33, ligne 31. — Lisez: Nova.

Cotenam, p. 39, ligne 33. — Lisez: racemum.

Kotebyl, p. 40. — Lisez: Kotschyi.

Macrorrynchu, p. 40. — Lisez: macrorrhyncha.

Doryali spec., p. 44. — Lisez: doryali spec.

Acmonotrichum, p. 53. — Lisez: acmonotrichum.

Gloulis, p. 56. — Lisez: Gloutes.

Abaolete, p. 60, ligne 9. — Lisez: obsolete.

T., p. 66, ligne 11. — Lisez: F.

T., p. 47, ligne 57. — Lisez: P.

Ac late !, p. 66, ligne 16. — Lisez: alata !.

Vulneraria, p. 72, ligne 18. — Lisez: vulnerariæ.

Tisch., p. 96. — Lisez: Fisch.

Platistylis, p. 94. — Lisez: Platystylis.

Vices, p. 61. — Lisez: vicia.

Palavicum, p. 97. — Lisez: Palavicum.

Neo non reticulato, p. 76, ligne 13. — Lisez: nervoso reticulato.

A. anthylloiderum, p. 78, ligne 14. — Lisez: A. anthylloides.

Quad, p. 72, ligne 13. — Lisez: quid.

In lacinium, p. 72, ligne 9. — Lisez: in racemum.

Haloargeis, p. 136. — Lisez: haloargeis.

Rodium, p. 144, ligne 1. — Lisez: Erodium.

0,800°, p. 102. — Lisez: 6-800°.

Glob., p. 142. — Lisez: Gilib.

Hohenach, p. 142, ligne 11. — Lisez: Hohenack.

Tenus, p. 162. — Lisez: Tonus.

Lychnou, p. 164. — Lisez: Lychnis.

Vicagro, p. 190. — Lisez: Vicegro.

C. et Mey, p. 208 et 316. — Lisez: C. A. Mey.

Saponaria ortegioides, p. 202. — Lisez: ortegioides.

Adnumeranda, p. 202, ligne 7. — Lisez: adnumeranda.

Adaranda, p. 201, ligne 6. — Lisez: alciscenda.

Tunica ortegioides, ibid. — Lisez: ortegioides.

Gypsophila ortegioides, ibid. — Lisez: ortegioides.

Axi, p. 206, ligne 12. — Lisez: axis.

1. Les lignes sont comptées de haut en bas, en admettant comme ligne tout ce qui commence un alinéa, ainsi que les titres et paragraphes.

Calyce, p. 202, ligne 16. — Lisez : calyce.

Oblongue, p. 204, ligne 16. — Lisez : Oblonga.

Macandri, p. 207. — Lisez : Mæandri.

Colle, p. 221, ligne 22, et p. 227, ligne 7. — Lisez : collo.

Fornicatalis, p. 222, ligne 24. — Lisez : fasciculatis.

Fimbriate, p. 222, ligne 21. — Lisez : fimbriato.

Gonfferia, p. 223. — Lisez : Gonffeia.

Et, p. 224, ligne 6. — Lisez : e.

Crassa, p. 224, ligne 21. — Lisez : crasso.

Omnlae, p. 225, ligne 9. — Lisez : omnino.

Affinis e graminum, p. 225, ligne 14. — Lisez : Affinis A. graminex.

Liguma, p. 224, ligne 15. — Lisez : ligumo.

Floriferos, p. 224, ligne 14. — Lisez : floriferum.

Elliptiçia vel..., p. 226, ligne 1. — Lisez : ellipticisve.

Après A. tenuifolia γ hybrida, p. 226, ligne 21. — Mettez : Willk.

Après varietatis, p. 226, ligne 10. — Mettez : sequentes.

Cum præcedentibus, p. 226, ligne 22. — Lisez : præcedenti.

Est, p. 226, ligne 22. — Lisez : est

|, p. 226, ligne 22. — Lisez : |.

α tenuifolia et ε viscosa Willk., p. 227, ligne 22. — Lisez : A. tenuifolia ε viscosa Willk.

anatam, p. 227, ligne 24. — Lisez : enatam.

Multiflori, p. 228, ligne 14. — Lisez : multifloris.

glandulosa, p. 228, ligne 31. — Lisez : glanduloso.

varietatibus, p. 228, ligne 10. — Lisez : varietatis.

Subcylindrico-angusta, p. 228, ligne 31. — Lisez : subcylindrico-conica, angusta.

Obsolate, p. 228, ligne 26. — Lisez : obsolete.

Individuis, p. 229, ligne 39. — Lisez : individui.

Varians, p. 228, ligne 39. — Lisez : variat.

Constituit, p. 228, ligne 41. — Lisez : constituens.

Futiles divulsa, p. 229, ligne 42. — Lisez : futiles est divulsa.

Constantiarum, p. 228, ligne 48. — Lisez : constantiorum.

Quaadmodo, p. 228, ligne 44. — Lisez : quadamodo.

Mire, p. 249, ligne 25. — Lisez : mere.

Alpioo, p. 250, ligne 16. — Lisez : alpino.

Plorimarum, p. 250, ligne 9. — Lisez : plurimarum.

Anctis, p. 250, ligne 4. — Lisez : acutis.

Tamaria, p. 254. — Lisez : Tamarix.

Immédiatement après Ordo Polygaleæ, p. 275. — Mettez : I. Polygala L.

Calix, p. 292, ligne 6. — Lisez : Calyx.

Parvius, p. 298, ligne 9. — Lisez : parvum.

Oblonce, p. 92, ligne 24. — Lisez : Oblongo.

Obseta, p. 292, ligne 28. — Lisez : obsita.

Spécimina, p. 303, ligne 17. — Lisez : specimina.

Altior p. 303, ligne 22. — Lisez : altior.

Caulis, p. 303, ligne 22. — Lisez : caules.

Vides specimina, p. 303, ligne 35. — Lisez : vides. Specimina, etc.

Utrique, p. 305, ligne 1. — Lisez : utriusque.

Grandum, p. 305, 1. — Lisez : staminum.

Exhalatis, p. 306, ligne 13. — Lisez : exalatis.

Relatione, p. 305, ligne 3. — Lisez : ratione.

Ipse, p. 307, ligne 21. — Lisez : esse.

Deprehensis, p. 307, ligne 22. — Lisez : deprehensi.

Obsoletissimo, p. 302, ligne 15. — obsoletissime.

Remissi, p. 308, ligne 16. — Lisez : remissi.

Ellipticisve, p. 308, ligne 27. — Lisez : ellipticisve.

β-γ, p. 308, ligne 28. — Lisez : β-γ.

1-S, p. 308, ligne 30. — Lisez : 1-S.

Semo, p. 309, ligne 1. — Lisez : semel.

Woll., p. 309, ligne 9. — Lisez : Wulf.

Crit, p. 309, ligne 14. — Lisez : crit.

A. Rochelii Reichb., p. 309, ligne 16. —
Lisez : A. Rochelii. — Rchbch.

Corinthiae, p. 309, ligne 21. — Lisez :
Carinthiae.

Sene, p. 309, ligne 27. — Lisez : tenuet.

A. flexicaulis, p. 309, ligne 34.— Lisez :
A. flexicaulis.

Rochschwaval, p. 309, ligne 28. — Lisez :
Alpe Hochschwaben.

Pratulianis, p. 310, ligne 1. — Lisez :
Pratintianis.

Canaliculatarum, p. 310, ligne 10. —Lisez:
cauliculorum.

Quulem, p. 310, ligne 21. — Lisez : ejusdem.

Densa, p. 311, ligne 14. — Lisez : denso.

Habita, p. 311, ligne 14. — Lisez : habitu.

Ramo, p. 311, ligne 18. — Lisez : ramis.

Divino, p. 311, ligne 18. — Lisez :
dives.

Subovato-oblongis, p. 311, ligne 19. —
Lisez : subovato-oblongus.

Velutina, p. 310. — Lisez : velutina.

Fisch. p. 371, ligne 11. — Lisez : Fisch.

Cravenlacear, p. 371. — Lisez : Cravenlacear.

R. Cilicicum F. schd., etc., N° 19 a. R.
nivale, p. 311. — Lisez : R. Cilicicum
F. schd. N° 19 a. est R. nivale.

Digitali pedali, p. 311. — Lisez : digitali vel pedali.

Diverso-modo, p. 311. — Lisez : diversimode.

Indumeris, p. 311. — Lisez : innumis.

Subsessilibus, p. 311. — Lisez : subsessilibus.

Utraque, p. 312. — Lisez : ultraque.

Sub-imo, p. 312. — Lisez : — sublimo.

R. nivale β major, p. 312. — Lisez : R.
nivale β majus.

Omnino, p. 313, ligne 8. — Lisez :
omni.

2-3-j, p. 313, ligne 18. — Lisez : 2-3-j.

Machura, p. 313, ligne 22. — Lisez :
Manchura.

R. glaucocarpon, p. 313, ligne 22. —
Lisez : R. glaucocarpo.

Deprehensis, p. 313, ligne 23. — Lisez :
deprehensi.

Quod, p. 313, ligne 22. — Lisez : qnia.

Stirpes, p. 313, ligne 23. — Lisez : stirpis.

Tinea, p. 413. — Lisez : Linnea.

Sinan, p. 416, ligne 8. — Lisez : Sinon.

Flaccidcforme, p. 417, ligne 18. — Lisez :
flaccidiforme.

Rehlreichio, p. 418, ligne 28. — Lisez :
Heldreichio.

At, p. 418, ligne 32. — Lisez : ut.

P. 419, ligne 14, la phrase « longe pedunculatis petalis margine integerrimis » se trouve deux fois répétée.

Tum, p. 421, ligne 9. — Lisez : tunc.

Conjunctorum, p. 421, ligne 11. — Lisez :
consumtorum.

Auctissimis, p. 422, ligne 14. — Lisez :
acutissimis.

Juvencos eminentiores, p. 422, ligne 8.
— Lisez : in juvenco eminentius.

Diversimodo, p. 422, lignes 14 et 22. —
Lisez : diversimode.

Ramosissimo, p. 422, ligne 24. — Lisez :
ramosissime.

N° 4500, p. 422, ligne 25. — Lisez :
N° 4507.

Tebaya, p. 421, ligne 24. — Lisez :
Tebaya.

Fibroso-comata, p. 423, ligne 7. — Lisez :
fibroso-comata.

Producto, p. 423, ligne 24. — Lisez :
producte.

Habeat, p. 426, ligne 18. — Lisez : ha-
bens.

Parvo, p. 429, ligne 19. — Lisez :
Porro.

Amplissimo, p. 429, ligne 21. — Lisez :
amplissime.

Raliqulis, p. 434, ligne 1. — Lisez : reliquis.

Circa dorsali, p. 434, ligne 11. — Lisez :
area dorsali.

Cultum, p. 434, ligne 22. — Lisez : culta.

Perfrcit, p. 434, ligne 22. — Lisez : per-
fecit.

Favoso-cretosa, p. 434, ligne 21. —
Lisez : favoso-cribrosa.

Forto, p. 434, ligne 22. — Lisez : Porte.

Quae mihi prostant, p. 437, ligne 22.
— Lisez : quae mihi nunc prostant.

1-3 jugo, p. 438, ligne 18. — Lisez 1-3
juga.

Commissurabilibus, ibids, p. 438, ligne
22. — Lisez : commensurabilibus bu-
ais.

Rucidum, p. 440, ligne 27. — Lisez : ru-
  cidula.
Diversimodo. p. 441, ligne 18. — Lisez :
  diversimode.
Spongiolova. p. 444, ligne 23. — Lisez :
  spongiolarva.

Crenulatus, p. 444, ligne 25. — Lisez :
  crenulatis.
Differt, p. 444, ligne 33. — Lisez : dif-
  fert.
Meg, p. 444, ligne 28. — Lisez : Mey.
Conls, p. 474, ligne 23. — Lisez : Conls.

FIN DE L'ERRATA DU PREMIER VOLUME.